사랑 혹은

집착

사랑 혹은
집착

초판 1쇄 인쇄일 2016년 02월 19일
초판 1쇄 발행일 2016년 02월 25일

지은이 | 빛가람
펴낸이 | 김기선
편집장 | 김은지

펴낸곳 | 와이엠북스(YMBOOKS)
출판등록 | 2012년 7월 17일 (제382-2012-000021호)
주소 | 서울시 도봉구 노해로 379, 1005호(창동, 대성빌딩)
전화 | 02)906-7768 / **팩스** | 02)906-7769
E-mail | ymbooks@nate.com

ISBN 979-11-322-3668-9 03810

값 9,000원

빛가람

장편소설

사랑 혹은

집착

YMBOOKS ROMANCE STORY

차 례

Prologue

3시간을 줄곧 잠만 잤나 보다. 유빈은 자리를 고쳐 앉으며 찌뿌 듯한 몸을 이리저리 움직이기 시작했다. 불편한 자세로 장시간 움 츠러들었던 근육들이 제자리를 찾아가며 아픔을 호소하고 있었 다. 7월의 무더운 한여름 날씨가 무색하게 고속버스 안 에어컨의 찬바람으로 인한 서늘한 기온에 목이 따끔거리며 잠겨왔다.

깊이 잠이 들어버린 탓에 에어컨 공기 나오는 방향구가 유빈의 상반신을 향해 있다는 것도 미처 깨닫지 못하고 있었다. 미리 가방 에서 스카프라도 하나 챙겨둘걸. 느지막한 후회가 들었다. 한 가지 에 몰두하다 보면 다른 것에는 신경을 쓰지 못하는 아둔함, 스스로 의 어리석음을 책망하며 버릇처럼 앞 의자 등받이에 머리를 찧기 시작했다.

"이봐요, 아가씨!"

짜증이 잔뜩 배어 있는 목소리에 유빈은 뒤늦게 고속버스 앞좌석에 누군가 타고 있다는 것을 상기해냈다. 짧은 파마머리의 중년 아주머니가 돌아보며 인상을 찌푸리자, 미안함에 몇 번이나 머리를 조아려야만 했다.

"죄송합니다. 주의하겠습니다."

'바보, 멍청이……. 이러니 누군가의 잔소리에서 평생 벗어날 수가 없지.'

긴 프로젝트를 끝내고 마침내 갖게 된 4박5일의 휴가는 유빈에겐 꼭 필요한 재충전의 시간이었다. 지난 1년 5개월의 시간 동안 유빈은 줄곧 앞만 보고 달려왔다. 쉼표 없이 달려온 시간 동안 몸과 마음이 지칠 대로 지쳐 있었다.

수인 고모가 살고 있는 지리산 피아골의 작은 전원주택에 머물며 야생화로 유명한 노고단 정상과 돼지평전에서 산 중턱에 흐드러지게 피어 있는 들꽃들을 감상하며 대부분의 시간을 보냈다. 늦은 오후가 되면 등산로를 따라 계곡으로 내려갔다. 차가운 계곡물에 맨발을 담그는 순간 온몸으로 퍼지는 차가움에 머릿속의 잡념들이 흔적도 없이 자취를 감추어버렸다.

그러나 평화로움 뒤편으로 항상 유빈의 머릿속으로 파고드는 이름이 있었다. 벗어나고 싶어도 벗어날 수 없는 이름, 현하윤.

묵직하게 조여 오는 심장의 압박이 한동안 그녀를 놔주질 않는다. 버릇처럼 오른손으로 아픈 가슴을 쓸어내렸다. 언제쯤 무덤덤해질 수 있을까. 또다시 복잡하게 머릿속을 잠식해 들어가는 하윤의 존재를 비워내고자 소중하게 품고 있던 카메라 가방을 열었다.

디지털 카메라의 재생 버튼을 누르고 원추리, 큰물레나물, 참취

꽃, 가는 참나물, 송이풀, 기린초, 쥐오줌풀 등 메모리 카드에 담긴 지리산 야생화들을 다시금 하나씩 펼쳐보기 시작했다. 하얀 꽃잎들 안에 빨간 꽃술이 담겨 있는 함백이꽃은 수인이 가장 좋아하는 꽃이었다. 꽃잎을 말려 꽃차를 만드는 수인이 기관지염에 좋다며 함백이꽃 말린 것과 예쁜 마젠타 색이 우러나오는 천일홍을 떠나는 유빈의 가방에 챙겨 넣어주었다.

수인 고모. 이름을 떠올리는 것만으로도 가슴 안쪽으로부터 저릿한 그리움이 퍼져 간다. 그녀와 버스터미널에서 나누는 작별의 시간에는 언제나 아쉬운 미련이 남았다.

"나 여기로 이사 와서 살까?"

24살인 유빈은 지금도 수인 앞에서만은 항상 철없는 어린아이가 되고 만다.

"또 그런다. 하윤이 속 그만 썩이고, 이제 그만 하윤이가 하자는 대로 해."

매번 떠나기 싫은 발걸음 때문에 버스를 놓칠 뻔한 유빈의 등을 떠밀며 수인은 같은 잔소리를 늘어놓는다.

"싫은데. 나는 그냥 평범한 서유빈으로 평생 자유롭게 살고 싶은데, 고모처럼."

언제부터인가 반복되는 같은 대답. 한숨을 내쉬며 수인이 유빈의 코를 잡아당겼다. 수인의 부드러운 손짓에 아픔은 느껴지지 않았다.

"그런 소리 하지 말랬지. 한 번만 더 그 소리 하면 여기 출입금지야."

"치사하게 허구한 날 협박이지. 그러고는 만날 보고 싶다고 하고서는. 안 속아. 차라리 고모가 서울로 다시 이사 오는 건 어때?

사랑 혹은 집착 9

난 고모랑 같이 살고 싶은데."

"나는 싫다, 애. 이제 서울은 답답해서 싫어."

싫다는 감정을 고스란히 얼굴에 드러내는 수인을 바라보는 유빈의 마음 한편이 무겁게 가라앉았다. 한때는 방송가에서 화려한 여배우의 삶을 살았던 그녀. 화장기 하나 없는 수수한 차림으로 서울에서 살 때보다는 훨씬 편안해 보였다. 햇볕에 그을린 얼굴을 바라보며 유빈은 아쉬움을 담아 가냘픈 수인의 허리를 꼭 안아주었다.

"도착하면 전화할게, 고모. 시간 내서 주말에 다시 올게."

"그래. 언제든지 쉬고 싶을 때 와. 할머니도 네 생각 많이 하셔."

자꾸만 미련이 남았다. 몇 번이고 돌아서는 유빈을 수인이 억지로 등을 떠밀어 버스에 올려 보냈다. 일부러 몸을 혹사시킨 휴가였다. 휴가 내내 야생화를 찾아 언덕길을 헤매고 다녔었다. 덕분에 복잡하던 머릿속이 조금씩 맑아져 틈틈이 시원한 그늘에 앉아 새로운 아이디어로 조경 스케치북을 채워 나갈 수 있었다.

목적지에 도착했다는 안내 방송이 흘러나오자 유빈은 카메라를 다시 가방에 집어넣고, 스케치북을 머리 위 선반에서 꺼냈다. 카메라 가방과 백팩을 어깨에 둘러매고 스케치북을 안아 든 채 다른 승객들이 먼저 내리기를 기다렸다. 좁은 좌석 사이에 아무도 남지 않자, 그때에야 비로소 출입문으로 향했다.

버스에서 내리고 보니 이미 짐칸에서 꺼내어진 그녀의 여행 가방이 혼자 덩그러니 유빈을 기다리고 있었다. 타원형의 버튼을 눌러 손잡이를 당겨 올리자, 어느새 다가온 섬세하고 가느다란 다섯 개의 손가락이 그녀의 손에서 캐리어를 가져갔다. 혹시나 나와서 기다리지 않을까 예상은 하고 있었다.

유빈의 일거수일투족을 모두 다 보고받아야만 직성이 풀리는 하윤이었다. 언제 서울로 돌아오는지 알리지 않았음에도 제때 마중 나온 그의 모습을 당연하게 받아들이는 자신에 씁쓸해졌다. 익숙한 손을 타고 시선을 위로 들어 올리니 말끔한 차림의 하윤이 그녀를 내려다보고 있었다. 시선이 마주치자 서서히 고개가 내려오며 그의 입술이 다가왔다.

유빈이 고개를 옆으로 돌려 다가오는 입술을 거부하자 손가락 두 개가 그녀의 턱을 아프게 거머쥐었다. 그러고는 힘으로 얼굴을 고정시켜 유빈의 입술을 훔쳐갔다. 남들의 시선을 전혀 의식하지 않는 그와는 달리, 유빈은 쳐다보는 시선이 부담스러웠다. 어디서건 당당하게 자신의 소유권을 주장하는 듯한 하윤의 태도에 유빈은 서서히 숨이 막혀왔다. 하윤에 대한 불만으로 무의식중에 애꿎은 아랫입술을 질근질근 깨물기 시작했다.

"너는 너무 인색해."

하윤이 그녀의 입술을 엄지손가락으로 쓰다듬더니 불그스름하게 부풀어 오른 아랫입술을 그의 입술로 다시 강하게 빨아들이고 혀로 부드럽게 건드렸다. 섬세한 입술의 피부가 부풀대로 부풀어 올라 이제는 쓰라리기까지 했다.

"오빠는 너무 질척거려."

손등으로 입술을 가린 유빈이 쿡 하며 웃음이 새어 나오는 하윤의 입술을 사납게 노려보았다. 그러고는 빠른 걸음으로 그에게서 멀어졌다. 빈틈없이 따라잡은 하윤은 유빈의 손을 잡고 깍지를 끼웠다. 뿌리치지 못하게 단단히 거머쥔 채 터미널을 벗어나 주차장에 대기 중이던 검정 세단으로 다가갔다.

사랑 혹은 집착 11

그들이 가까워지자 하윤을 수행하던 비서 유미가 조수석의 문을 열고 모습을 드러냈다. 다가오는 유빈에게 조심스러운 미소로 인사를 건네고 뒷문을 열어 두 사람이 차에 오르기를 기다렸다. 흐트러짐 없는 단정한 자세. 어느 순간에도 유미는 흔들리는 모습을 보이지 않는다.

아픈 사랑을 가슴에 품은 채 다른 여자를 맹목적으로 사랑하는 남자를 지켜보는 유미의 심정은 과연 어떤 것일까.

벗어나고 싶다. 가슴을 짓누르는 이 관계들로부터.

"아파트 입구에서 내려줘. 내일부터 다시 출근이야."

줄곧 그녀에게 고정되어 있는 하윤의 시선을 외면한 채 화려하게 빛을 내는 건물의 LED 사인만을 주시했다. 자동차 안의 차가운 에어컨 바람에 또다시 목이 따끔거리며 고통을 호소했다. 무의식적으로 드러난 목을 유빈이 두 손으로 감싸 안았다.

"유미야."

하윤의 조용한 부름에 앞에 앉아 있던 유미가 뒤를 돌아보았다. 돌아보는 그녀의 손에는 이미 화려한 꽃무늬가 프린트된 스카프가 들려 있었다. 아마도 백미러를 통해 유빈이 불편해하는 몸짓을 지켜보고 있었으리라.

하윤이 부드러운 손길로 아픈 목에 스카프를 둘러주자, 이제는 유빈의 왼쪽 가슴이 따끔따끔 지끈거리며 아파왔다.

바보 같은 계집애, 착해빠진 계집애. 무슨 마음으로 유빈이 좋아하는 패턴의 스카프를 준비해두었을지 잘 알기에 명치끝이 답답해졌다.

"할머니 생신이라 본가에 들러야 해. 오래 걸리지는 않을 거야."

"가고 싶지 않아. 불편해."

"불편해도 참아. 오늘은 빠질 수 없는 자리야."

단호한 목소리에는 거절을 받아들이지 않겠다는 엄격함이 있었다.

"도대체 언제까지 끌려다녀야 하는 거야? 이제 그만하고 싶어."

"투정 부리지 마."

윤곽이 뚜렷한 하윤의 입매가 한일자를 그리며 고집스럽게 늘어졌다. 깊은 한숨을 내쉰 유빈은 좌석에 깊숙이 몸을 파묻었다. 긴 밤이 될 듯했다.

"보고 싶었어."

나지막한 숨결이 유빈의 귓가를 간질인다. 하윤은 다정하면서도 단호한 손길로 앞으로 흘러내린 머리카락을 쓸어 귀 뒤로 넘겨주었다. 그는 거부를 받아들이지 않는 태생부터 오만한 남자 현하윤이었다.

Chapter 1

　여름 방학이면 한국으로 돌아와 본가에 머물던 하윤은 19살이 되던 해, 재미있는 여자아이를 관찰하는 취미를 갖게 되었다.

　예전에는 가끔씩 햇볕을 쬐러 발코니에 나와 머물던 시간이 기껏해야 5분을 넘기지 않았다. 그러던 그가 최근에는 발코니에 나와 그녀를 지켜보는 게 하루 일과처럼 되어버렸다.

　부모님이 안 계신 유빈은 할머니와 시골에서 살다가 얼마 전 고모인 수인과 함께 별채로 이사를 왔다고 들었다. 막내 삼촌 강석과 수인은 내년에 결혼을 하기로 약속이 되어 있었다. 강석의 7년에 걸친 구애 끝에 이루어진 짝사랑의 결실이었다. 결혼 후 따로 독립하기 전까지 수인과 유빈은 본가의 별채에 머물기로 되어 있었다.

　결혼을 빌미로 방랑아 기질이 있는 막내아들을 한국에 눌러앉히고 싶은 오미영 회장의 특단의 조치였다. 아프리카로 사진 촬영을 간 강석이 돌아오는 2주 후면 가족들만의 조촐한 약혼식이 있을 예정이었다. 정해진 틀에 자신을 끼워 맞추기를 거부하는 강석을 억지로 설득시킨 할머니의 고집이었다. 그리고 하윤은 약혼식이 끝나는 대로 미국으로 돌아갈 계획이었다.

하윤은 한국에 도착한 다음 날, 강석의 소개로 수인과 인사를 나누었다. 수인은 이목구비가 섬세한 미인이었다. 미인 대회 출신의 여배우라는 선입견과는 달리 수수한 차림이 인상적이었다.

유빈과는 아직 정식으로 만나 인사를 나눌 기회가 없었지만, 수인이 등하교 시간에 맞춰 전철역까지 유빈을 차로 바래다준다는 것은 알고 있었다. 이른 아침이면 커피가 담긴 머그잔을 들고 접이식 의자에 앉아 유빈이 등교하는 모습을 보며 하루를 시작했다.

매일 같은 시간에 별채 문을 열고 나오는 그녀는 무슨 이유에서인지 못해도 2번은 다시 집 안으로 들어갔다 나오기를 반복했다. 그러고는 손목에 걸린 시계를 내려다보며 '늦었어, 고모'를 외치고는 주차장을 향해 뛰기 시작했다. 어김없이 뒤따라 나오는 수인의 손에는 항상 유빈이 놓고 간 무언가가 들려 있었다. 하루는 교복 넥타이, 다음 날은 체육복이 든 체크무늬 가방.

해 질 녘에는 학교에서 돌아온 유빈이 가끔 정원에 나와 시간을 보내는 모습을 지켜보고는 했었다. 어설픈 몸짓으로 커다란 헤드폰을 통해 흘러나오는 리듬에 맞춰 춤을 추는 유빈의 모습에 주체할 수 없는 웃음이 터진 적이 한두 번이 아니었다. 감정을 잘 드러내지 않는 그를 스스럼없이 웃게 만드는 아이였다.

결이 고운 긴 생머리로 헤드뱅잉이라도 하고 난 뒤에는 어지러운지 한참을 나무 기둥에 머리를 기댄 채 서 있었다. 어지러운데 굳이 헤드뱅잉은 왜 하는 건지. 궁금해서 말을 걸어볼까 싶은 충동이 들다가도, 몰래 지켜보고 있었다는 것을 들킬세라 호기심을 억눌러야만 했다.

오늘은 자기 키보다도 높은 사다리를 끙끙대며 끌어다놓고, 나무 위로 올라가는 모습을 흥미롭게 지켜보고 있었다. 다행히 제대로 자리를 잡았는지 풍성한 나뭇잎에 유빈의 몸이 사라졌다. 가끔씩 나뭇잎 사이로 뻗어 나온 그녀의 팔이 물결치는 움직임으로 오늘도 신나는 댄스 음악을 듣고 있다는 것을 알 수 있었다.

'무슨 노래를 듣는 걸까?'

확인해보고 싶은 호기심을 간신히 누르고 있던 참이었다. 자꾸만 유빈에게로 향하는 시선 때문에 무릎 위에 올려놓은 컴퓨터 프로그래밍에 관련된 서적에 집중하기가 힘이 들었다. 브레이크 댄스를 연상케 하는 유빈의 딱딱 끊어지는 손동작을 떠올리자, 또다시 킥킥거리는 웃음소리가 새어나왔다. 엉성하지만 나름 절도가 있었다. 그래서 보고 있노라면 따라 하고 싶게 만드는 이상한 마력이 있었다.

우연히 고개를 돌린 하윤의 시야에 사다리를 들고 멀어져가는 정원사의 뒷모습이 들어왔다. 유빈이 나무 기둥 옆에 세워놓은 바로 그 사다리였다. 벌떡 자리를 박차고 일어난 하윤은 스스로의 행동을 깨닫기도 전에 이미 방문을 열고 아래층으로 향하는 계단을 급하게 내려가고 있었다. 유빈이 떨어져 다칠지도 모른다는 생각에 느티나무를 향해 뛰어가는 내내 불안으로 가슴이 거칠게 요동치고 있었다. 지켜보던 것을 들킬지도 모른다는 염려는 이미 의식 밖으로 사라지고 없었다.

"사다리는 어디로 간 거야? 혹시 아저씨가 치우셨나?"

성량이 풍성한 고운 음색. 혼잣말을 중얼거리며 두리번거리는 유빈의 시선 아래로 하윤이 걸어갔다.

유빈이 땅으로 떨어지기 전에 도착할 수 있어서 다행이라 안도한 것도 잠시, 올려다보는 하윤의 시선과 마주한 순간 놀라 크게 떠진 유빈의 눈이 당황한 듯 깜빡거리기 시작했다. 분홍색으로 물들어가는 유빈의 볼이 그의 시선을 잡고 놓아주지 않았다. 불규칙하게 뛰고 있던 심장박동은 여전히 제자리를 찾지 못하고 있었다.

"뭐야? 올라가는 법은 배웠는데 내려오는 법은 터득을 못 한 거야?"

시니컬한 그의 말투에 유빈의 얼굴이 홍당무처럼 빨갛게 달아올랐다. 더구나 짧은 반바지를 입고 있는 그녀의 맨다리가 부끄러운지 급하게 다리를 나뭇가지 위로 들어 올린다는 게 중심을 잃고 몸이 아래로 쏠렸다. 간신히 두 손으로 가지에 매달려 추락하는 것만은 면한 유빈의 다리를 하윤이 든든한 두 팔로 조심스럽게 감싸안았다.

"떨어뜨리지 않을 거니깐, 안심하고 손 놔."

투박한 말투와는 달리 걱정이 담긴 목소리였다.

"혼자 내려갈 수 있어요."

유빈의 항의에도 하윤은 손을 놓지 않았다. 서서히 두 손에서 힘이 빠져나가고 그에게 안기다시피 매달린 유빈을 하윤이 한동안 그 상태로 안고 있었다. 그녀에게서는 시원한 바람 냄새가 났다. 그 냄새에 취해 부드럽게 안겨 오는 유빈의 허리를 오랜 동안 놔주고 싶지 않았다. 살랑거리며 불어오는 바람결을 따라 유빈의 부드러운 머리카락이 하윤의 얼굴을 간질이고 있었다.

17살의 유빈이 처음으로 하윤의 심장에 각인되는 순간이었다.

전철역에서부터 걸어오기 시작한 유빈은 터벅터벅 무거운 발걸음을 내딛고 있었다. 끝이 보이지 않는 골목길을 무작정 걸어가기에는 날씨가 너무 더웠다. 더구나 높게 쳐진 담벼락들이 주변의 경관을 가리고 있어서 산책의 묘미도 느낄 수가 없었다. 전철역에서 주택가 안쪽까지는 한참을 걸어야 하는데, 이 동네는 그 흔한 마을버스도 없었다. 서울에는 대중교통이 잘 발달되어 있다고 하더니 그것도 다 시골사람들 놀리려고 만든 헛소문이었나 보다.

약혼식을 앞둔 수인이 오후에는 드레스를 피팅하러 가야 한다며 학교 가는 유빈의 손에 택시비를 건네주었다. 지갑에 잘 챙겨 넣으라는 잔소리에 '나중에' 하며 교복 호주머니에 대충 찔러 넣었다. 고모 말을 새겨들을걸. 뒤늦은 후회에 더욱 발걸음이 뒤처졌다.

불행히도 항상 배가 고픈 고등학생들에 둘러싸인 유빈은 호주머니에서 삐져나온 그 지폐로 인해 곤혹을 치러야만 했다. 누구 입은 입이고, 내 입은 조동아리냐는 친구들의 억지스러운 투정에 어찌하다 보니 이번 달 용돈까지 다 털려버렸다.

전철역 근처의 편의점에 들러 지갑을 탈탈 털어 아이스크림 한 개를 사고 나니 이제는 완전 빈털터리 신세였다. 한동안은 고모가 해주는 건강식 요리만 먹어야 한다는 엄청난 현실 앞에 유빈은 급격히 우울해졌다.

"아…… 떡볶이 먹고 싶다. 오징어 튀김에 라면 먹고 싶다. 어디서 고소한 닭 꼬치 냄새가 나는 것 같아."

주저리주저리 푸념을 늘어놓다 무더위에 아이스크림이 녹아내리는 것도 모르고 있었다. 손가락으로 축축한 물기가 흘러내리자 축축 처지던 걸음을 멈추었다. 아까운 내 아이스크림. 한동안은 이것도 구경하기 힘들 건데.

급하게 고개를 옆으로 틀고 떨어지는 아이스크림을 밑으로부터 핥기 시작했다. 손가락 사이로 흘러내린 아이스크림도 부지런히 혀로 핥아 남김없이 먹었다. 나무 막대기에 남아 있는 색소 한 방울까지 깨끗하게 먹어 치우고 난 다음에야 비로소 누군가 옆에서 지켜보고 있다는 사실을 깨달을 수 있었다.

오토바이 위에서 헬멧을 쓴 채 그녀의 행동을 주시하던 남자가 유빈의 흠칫 놀라 뒷걸음치는 동작에 가늘게 어깨를 들썩거렸다. 아무리 먹는 데 정신이 팔려도 그렇지. 어떻게 오토바이 소리를 못 들을 수가 있냐. 헤드폰에서 흘러나오는 음악 소리에 오토바이가 가까이 다가오는 소리를 듣지 못했나 보다. 쪽팔림에 두 눈을 질끈 감았다 뜨는데 남자가 두 손으로 헬멧을 위로 들어 올리고 있었다. 시커먼 헬멧이 위로 올라가면서 서서히 가는 턱 선이 제 모습을 드러내고, 곧이어 남자의 정체가 드러났다.

망했다! 하필이면 이런 추접스러운 모습을 들키다니…….

헬멧으로 인해 흐트러진 머리를 단정히 정리하던 하윤의 눈과 마주친 순간 유빈의 심장이 쿵하고 내려앉았다. 부끄러움에 홍조가 올라온 얼굴이 저절로 숙여졌다. 참한 여고생의 모습은 아니더라도 그냥 정상적인 모습으로 부딪칠 수는 없는 것일까. 왜, 이 사람과는 이런 흉한 모습일 때만 만나지는 것일까. 제발 내가 누군지 기억하지 못해라. 레드 썬!

"다시 보니 반가운데. 우리 아직 정식으로 인사도 못했지?"

근사한 목소리였다. 낮게 울리는 저음에 유빈의 심장이 콩닥콩 닥 불규칙하게 뛰고 있었다.

"……."

"내가 누군지 기억 안 나? 아니면 기억을 안 하는 건가?"

놀리는 말투에는 당연히 자기가 누군지 알 거라는 자신감이 넘쳐났다. 유성그룹의 장손이 여름방학을 맞아 한국에 들어왔다는 말을 수인으로부터 전해 들었다. 간혹 먼발치에서 하윤이 마당을 가로질러 가는 모습을 본 적은 있었지만, 이렇게 가까이에서 그를 마주하기는 느티나무에서의 만남 이후 두 번째였다.

"안녕하세요, 서유빈입니다. 서수인 고모의 조카입니다. 다시 만나서 반갑습니다, 사돈어른."

용기를 내서 올려다본 하윤의 얼굴에서는 광채가 흘러나오는 듯했다. 쌍꺼풀이 얇고 깊게 팬 눈과 선이 곱게 뻗어 있는 코가 이국적인 느낌을 주었다. 섬세해 보이는 얼굴선은 누군가 손으로 빚어놓은 것처럼 훌륭했다. 단순하게 잘생겼다기보다는 기품이 있다는 표현이 어울리는 얼굴이었다.

남녀 공학인 유빈의 학교에서 하윤보다 더 잘생긴 남학생은 찾아볼 수 없을 것 같았다. 단정한 아치 모양의 눈썹 아래 시골의 밤하늘을 연상시키는 까만 눈동자가 그녀를 뚫어지게 내려다보고 있었다. 유빈의 가슴이 맹렬하게 뜀박질치기 시작했다. 뭐야, 불편하게. 어색하게 눈을 내리뜬 유빈의 시선을 유난히 붉은색의 도톰한 입술이 붙잡았다.

그녀가 지칭한 사돈어른이라는 표현에 그의 입술이 순간 비틀린 미소를 띠는 것을 유빈은 놓치지 않았다. 강석 아저씨 집안사람들이 수인 고모와의 결혼을 탐탁스럽지 않게 받아들인다는 것은 이미 눈치채고 있었다. 거기에 부속품처럼 딸려온 유빈까지 별 볼 일 없는 배경이라고 무시하는 것도 알고 있었다. 강석 아저씨가 해외에서 떠돌겠다고 으름장을 놓지 않았다면, 아마 평생 허락받지 못할 결혼이었을 것이다.

하윤의 비틀린 미소가 그런 그녀를 거부하는 의미 같아 마음이 무겁게 가라앉았다. 강석 아저씨는 진짜 좋은데.

"집에 가는 길이면 태워줄까?"

"아니요."

1초의 망설임도 없었다. 싫다는 대답을 하고 돌아서려는 유빈의 앞을 헬멧이 가로막았다.

"5분이면 충분할 텐데……."

호의를 베푸는 듯 뒷좌석을 헬멧으로 탕탕 치는 하윤의 몸짓에 유빈은 떨칠 수 없는 유혹을 느꼈다. 더운 여름 날씨에 더구나 오르막길이었다. 이렇게 축축 처지는 걸음걸이로는 30분은 족히 더 걸어야 할 것만 같았다. 오토바이를 얻어 타고 가면 5분이면 충분히 도착할 수 있는 거리. 쉬운 방법을 마다하고 굳이 어려운 길을 택할 필요가 있을까.

그런데 저 사람의 바로 뒤에 앉아도 심장이 터지지 않고 버텨줄려나. 혹시 두근거리는 심장박동 소리가 그대로 전달이라도 되면 어떻게 하지? 또다시 놀림거리가 되는 거 아닐까. 마음의 결정을 내리지 못하고 갈팡질팡하는 유빈의 갈등이 표정으로 그대로 드러났나 보다.

"걱정 마. 안 잡아먹어."

뭐야. 지금 놀리는 거잖아. 하윤의 도발에 비겁하게 도망치고 싶지 않았다.

"좋아요. 그럼 고개를 저쪽으로 돌리고 100까지만 세주세요."

순순히 고개를 돌리는 하윤을 바라보며 체크무늬 가방의 지퍼를 열었다. 다급한 손길로 체육복 바지를 꺼내며 주위를 둘러보았다. 그녀 뒤쪽으로 주차되어 있는 차 한 대 외에는 다른 사람의 흔적은 없었다. 내리쬐는 햇빛이 유리창에 반사되어 그 차에 사람이 타고 있는지는 확인할 수 없었다.

설마 이 더위에 누가 차에 앉아 있겠어. 자, 그럼 작업 개시.

후다닥 신발을 벗고 다리 한쪽을 체육복 안으로 끼워 넣었다. 초스피드 신공이다, 후다닥후다닥.

"하나, 둘, 셋, 넷 ……."

웃음을 억지로 참고 있는 목소리였다. 창피함을 무릅쓰고 하윤이 30을 세기도 전에 신발까지 챙겨 신은 유빈이 뒷자리에 턱하니 자리를 잡았다. 부르릉. 오토바이의 전원이 켜지며 시끄러운 엔진 소리가 조용한 주택가를 뒤흔들었다. 만족스런 미소가 하윤의 얼굴에 드리워졌다.

"자, 헬멧."

어깨 뒤로 하윤이 헬멧을 내밀었다.

"이거 안 쓰면 안 돼요? 예전에 동네 삼촌들이 뒤에 태워줄 때는 헬멧 같은 거 안 썼는데."

유빈은 시원한 바람을 맞고 싶었다. 할머니랑 시골에서 살 때 과수원 일을 도와준 동네 삼촌들이 저녁나절에 오토바이 뒷좌석에 유빈을 태우고 강둑을 달려주고는 했었다. 그때의 해방감을 다시 한 번 만끽하고 싶었다.

부릉. 아무 말 없이 헬멧을 거두어 간 하윤이 다시 한 번 시동을 걸었다. 갑자기 심술이라도 난 건지 오토바이가 거칠게 앞뒤로 튕겨 나가며 흔들렸다. 떨어질 것만 같은 불안한 마음에 어디를 잡아야 할지 몰라 헤매던 유빈의 두 손이 자연스럽게 앞에 놓인 하윤의 허리로 향했다. 거칠게 다시 앞뒤로 오토바이가 흔들리자 유빈이 그의 허리를 두 손으로 감싸 안고 넓은 등에 얼굴을 기대었다. 그러자 마침내 오토바이가 출발했다.

걸어서는 멀게만 느껴지던 거리가 오토바이로는 겨우 5분 만에 커다란 철제 대문 앞에 도착했다. 높은 돌담을 돌아가자 나무문양이 새겨진 차고 문이 자동으로 열렸다. 오토바이는 널따란 주차장의 한편에 세워졌다. 엔진이 꺼지고, 부르르 떨리던 진동이 멈추었다. 적당한 속도감에 한껏 기분이 고무되었던 유빈은 너무 짧게만 느껴지는 라이딩에 서운한 마음마저 들었다.

하윤의 허리를 잡고 있는 두 손이 가져다주는 생경한 느낌에 펄쩍 뛰다시피 오토바이에서 내려섰다. 여전히 그의 체취가 코 주변에서 아른거리는 기분이 들었다. 그에게서는 상큼한 꽃향기가 났다. 그 꽃향기에 성인 남자들에게서 나는 애프터 쉐이브 크림 냄새가 미비하게 섞여 있었다. 유독 짧게 느껴지던 라이딩이 거리감 때문만은 아닌 것 같았다.

어떻게 작별의 인사를 전해야 하나 고민하는 유빈의 뒤쪽으로 눈에 익은 자동차가 주차장으로 들어오는 것이 보였다. 저 차는 분명 아까 길거리에 주차되어 있던 차 같은데. 유성그룹 산하 유성자동차의 브랜드 로고와 앞 유리창의 상단에 부착된 스티커가 같은 차임을 증명하고 있었다. 차 밖으로 젊고 건장한 4명의 남자들이 차례로 내려서는 것을 보며 유빈은 당혹감을 감출 수가 없었다. 저 아저씨들이 아까 내가 교복 밑으로 체육복 입는 추한 모습을 다 봤다는 거잖아.

"설마 경호원들이랑 같이 다녀요?"

"아마도……."

"완전 망했어."

붙잡을 새도 없이 후다닥 뛰기 시작하는 유빈의 뒷모습을 하윤이 멍하게 바라보았다. 붙잡기 위해 하윤이 뒤늦게 손을 뻗어 보았지만, 그녀는 벌써 저만큼 달아나고 있었다. 아직도 등 쪽으로 유빈의 체온이 남아 있는 것처럼 후끈한 열기가 느껴졌다. 앞으로 내밀어진 손을 거둬들이지도 않은 채 계속 유빈의 뒷모습을 바라보고 있는 하윤의 곁으로 성민이 다가왔다.

"가서 불러올까?"

어느새 표정을 감추어버린 하윤의 얼굴에서 그의 속마음을 파악할 수는 없었다. 누군가에게 쉽게 곁을 내어주지 않는 하윤이 먼저 교복 입은 여학생에게 다가가는 모습이 의외였다. 더구나 그 여학생을 뒷자리에 태우고, 헬멧을 내미는 모습에 적잖이 당황스럽기까지 했다. 하윤이 디자인해서 특별히 제작한 헬멧이었다. 다른 사람의 숨결이 닿는 것이 싫다며 타인과는 절대로 헬멧을 공유하지 않았다. 처음 마주하는 하윤의 낯선 모습에 어떻게 대처해야 할지 성민은 쉽사리 판단이 서지 않았다.

"재미있는 아이야. 그렇게 생각하지 않아, 형?"

내밀어진 손을 거둬들이며 본래의 거만한 모습으로 돌아온 하윤이 절도 있는 걸음으로 정원을 가로질러 가기 시작했다. 그의 걸음걸이에 보조를 맞추며 성민이 다시 한 번 유빈이 뛰어간 방향으로 시선을 돌렸다.

"별채에서 지내는 서유빈이라는 학생 맞지? 너의 삼촌이랑 약혼하신다는 분 조카."

유빈이 사라진 방향으로 눈길을 준 채 잠시 생각에 잠긴 듯 짧은 침묵이 흘렀다. 왼쪽 가슴을 손가락으로 툭하고 건드리며 돌아서는 하윤의 눈가에 깊은 그림자가 드리워졌다.

"형, 서유빈에 대해 알아봐줘. 친구관계 그리고 학교생활. 특히 주변에서 어슬렁거리는 남자아이가 있는지도 알아봐줘."

현하윤이 원한다면 갖지 못하는 것이 없었다. 아니, 갖지 못할 거라면 애초에 쳐다보지도 않았다. 해야 할 일이 많은 하윤에게 쓸데없는 감정 소모는 에너지 낭비일 뿐이었다. 유성그룹의 후계자. 남이 벌여놓은 판을 뒤집기 위해서는 어느 누구보다 강해져야 한다. 처음으로 그의 심장을 불규칙하게 흔들어놓는 여자아이를 만났다. 철옹성 같던 심장에 균열이 생기고 있었다. 자꾸만 보고 싶고, 궁금해졌다.

"알았다. 그리고 신탁 문제로 논의할 게 있다고 강 변호사님이 전화 주셨다. 어머니는 일요일에 도착하신다고 연락이 왔어. 호텔에 머무실 거라는데 공항으로 마중 나갈 사람을 보낼게."

"그건 내가 알아서 처리할 거야. 유미는 좀 어때?"

유미라는 이름에 차가워 보이던 성민의 눈동자가 따뜻한 빛을 머금기 시작했다.

"적응 잘 하고 있어. 모든 게 다 네 덕분이다. 고마워."

"그런 인사치레는 이제 그만하자. 너무 많이 들어서 지겨워. 재미없어."

"그래, 이번이 마지막이다."

진심을 담아 성민이 고개를 숙여 하윤에게 감사를 표시했다. 비록 나이는 하윤보다 3살이나 많았지만, 이미 오래전에 하윤을 평생 받들어야 할 은인으로 마음속으로 품고 있는 성민이었다.

"유미가 지금 한국에서 고등학교 1학년이라고 그랬나?"

"응. 한국말이 아직은 부족해서 고등학교 1학년으로 편입했어."

"그럼 서유빈이 다니는 학교로 옮겨."

성민은 하윤이 하는 말의 의미를 빠르게 이해했다. 유미가 어설프게나마 하윤에게 품고 있는 감정이 무엇인지 잘 아는 성민으로서는 마음 한편이 씁쓸했다. 하지만 어차피 처음부터 부질없는 감정이었다. 유미를 향한 하윤의 눈은 신뢰 이외의 다른 어떤 감정도 담고 있지 않았다.

그리고 앞으로도 변하지 않을 거라는 사실은 성민도 유미도 잘 알고 있었다. 그 눈에 실망이 담기지 않도록 유미가 그녀의 인생 전부를 걸 거라는 것도 성민은 이미 알고 있었다.

"알았다. 빠른 시일 내로 조치할게."

감정을 걷어낸 성민이 하윤의 시선을 좇아 고개를 돌렸다.

쿡. 소리 내어 웃음을 흘리는 하윤의 시선 끝이 장독대에 머물러 있었다. 수십 개가 넘는 장독들 사이로 어설프게 몸을 숨기고 있는 여자아이가 눈에 들어왔다. 가장 덩치가 큰 항아리 뒤로 검은 머리가 나왔다, 재빨리 사라졌다. 흰색 체육복 바지가 둥그런 갈색의 항아리 옆으로 삐죽이 빠져나와 있었다.

"훗, 정말 재미있는 아이야."

유빈은 발 아래로 '툭' 하고 떨어지는 가방에 또다시 심장이 정처 없이 쿵하고 내려앉았다. 체육복을 담아두는 체크무늬 가방이었다. 주차장에서 정신없이 도망치느라 오토바이 위에 놔두고 온 지도 몰랐었다. 망신, 망신! 유치하게 숨어서 훔쳐보는 것까지 들키고 말았다. 처음부터 오토바이를 얻어 타는 게 아니었다. 오늘은 되는 일이 하나도 없었다. 밥통에 밥은 있으려나. 이런 날은 꼭 머피의 법칙이 적용된다는 불길한 예감이 들었다.

"일어나. 밥 먹으러 가자."

설마 투시력이라도 있는 거야?

"무슨 밥이요?"

그녀의 머릿속에 들어갔다 나오기라도 한 것 같은 하윤의 제안에 황당한 유빈이 고개를 한껏 뒤로 제쳤다. 진한 노을빛으로 변해가는 하늘을 배경으로 현하윤이 당당하게 서 있었다. 구름 뒤편으로 저물어가는 태양은 여전히 밝은 빛을 간직한 채 찬란한 빛줄기를 내뿜고 있었다. 잘난 인물은 이렇게도 후광이 비추는구나. 이제는 어느덧 숭배하는 눈빛으로 하윤을 바라보던 유빈은 앞으로 내밀어진 손을 무의식중에 붙잡았다.

"고모님은 하루 종일 외출하신다며. 아침에 나가실 때 그러시던데."

붙잡힌 손을 하윤이 힘들이지 않고 들어 올렸다. 심연처럼 깊고 진한 눈동자로 유빈을 바라보는 하윤에게서 쉽게 눈길을 돌릴 수가 없었다. 갸름하면서도 단단해 보이는 턱 선이 그의 고집스러움을 나타내고 있었다. 거절을 받아들이지 않겠다는 오만함도 그 안에 숨겨져 있는 것 같았다.

유빈보다 겨우 두 살이 많다고 들었다. 진짜 19살 맞나? 3학년이라며 거들먹거리는 학교 선배들이랑은 분위기가 달랐다. 그에게는 오묘하게 사람을 압도하는 지배자의 위엄이 있었다. 어려서부터 기업의 후계자 수업을 받는 사람이라서 그런가. 같은 공간에 있지만 달나라에 있는 사람처럼 멀게만 느껴진다. 그들이 가진 배경만큼이나 멀리. 왠지 더 이상은 엮이지 않는 게 좋을 것 같다는 생각이 들었다. 더구나 앞으로 사돈 될 사람인데 흠 잡혀서 좋을 것은 없었다.

"고모가 도시락 챙겨두신다고 하셨어요. 공부도 해야 하고. 서울에 사는 고등학생은 원래 공부할 게 많거든요. 그럼 안녕히 가세요."

꾸벅 고개를 숙이는 유빈을 바라보는 하윤의 단호한 입술 선이 희미한 미소로 흐트러졌다.

"무슨 과목이 제일 어려워?"

"네?"

"제일 못하는 과목이 뭐냐고……."

"제일 못하는 과목이요? 아마 영어일걸요."

그의 의도를 파악하지 못한 유빈의 천진스러운 대답이었다.

"잘됐네. 나는 제일로 잘하는 과목이 영어야. 가자, 밥 먹고 튜터 해줄게."

"네?"

"튜터가 무슨 말인지 몰라? 내가 네 공부 도와주겠다고. 그러니까 밥부터 먹자."

유빈의 손에서 가방을 뺏어 들고 하윤이 성큼성큼 걸음을 옮기기 시작했다. 설마 진짜 영어 과외를 하겠다는 것은 아니겠지. 서울에 사는 아이들은 방학이면 해외로 연수도 가고 한다는데 유빈은 수학여행 외에는 살던 지역을 벗어나본 적이 없었다. 발음부터 토속적이라며 놀림만 받을 것이 뻔했다.

멍하니 서 있는 유빈을 향해 하윤이 빨리 따라오라며 손가락을 까닥거렸다. 서늘한 눈빛으로 시간을 확인하는 하윤을 보니 농담을 하는 것으로는 보이지 않았다. 모르겠다. 당장은 하윤의 손아귀에서 벗어나고 보자. 혼자 차분하게 생각하다 보면 해결책이 떠오르겠지. 더 이상 망신은 안 돼. 다시금 돌아서는 하윤의 뒷모습을 보며, 유빈은 반대 방향으로 도망치듯 뛰기 시작했다.

"서유빈, 그만 일어나."

수인이 유빈의 잠옷 위로 손을 올려 엉덩이를 손바닥으로 부드럽게 쓸어주며 흔들어 깨웠다.

"고모, 나 어제 거의 못 잤어. 토요일인데 좀 더 잘래. 더구나 여름방학 첫날이야. 다음 주면 보충 수업 시작이라 늦잠도 못 자. 깨우는 대신 등 좀 토닥여줘."

베개 아래로 머리를 파묻으며 칭얼댔다. 꼴사나웠던 어제의 일들이 자꾸만 떠올라 유빈은 밤에 쉽게 잠들 수 없었다. 눈만 감으면 떠오르는 장면들 때문에 애꿎은 베개만 밤새 쥐어 패고 있었다.

"안 돼, 벌써 10시가 넘었어. 아침 먹어야지. 그리고 넌 나이도 어린 애가 왜 이렇게 정신이 없어. 이제는 하다하다 가방까지 놓고 다닐래?"

가방이라는 말에 유빈이 상체를 벌떡 일으켰다.

"내 가방."

그러고는 다시 극적인 포즈로 쓰러지더니 베개를 두들기기 시작했다.

"그만해. 먼지 나."

유빈의 머리맡에서 베개를 가져간 수인이 밝은 빛을 차단하는 블라인드의 줄을 잡아당겼다. 투명한 유리창을 통해 화사한 햇빛이 쏟아져 들어왔다. 창문이 열리자 상쾌한 공기가 밀고 들어와 밤사이 탁해진 공기를 밖으로 순환시켰다. 여전히 침대 위에서 게으름을 피우는 유빈을 수인이 침대 밖으로 끌어내었다. 수인이 밤새 흐트러진 시트를 단정하게 정리하고 주름을 탁탁 펴는 동안 유빈은 졸린 몸을 그녀의 등 뒤로 기대고 있었다. 수인의 가느다란 허리에 양손을 두르고 그녀의 움직임에 따라 이리저리 휩쓸려 다녔다.

"하윤이 알지? 강석 씨 큰 조카. 아침에 네 가방 가져왔더라."

또다시 떠오르는 기억들로 유빈은 이마를 수인의 등에 쿵쿵 찍어대기 시작했다.

"너한테 영어 과외 시켜준다고 했다며? 잘했다. 여기로 치면 고3인데 하윤이는 머리가 좋아서 정규 고등학교 과목 다 마치고, 지금 대학교 과정 듣는다나 봐. 미국에서 제일 좋은 사립학교 다니고 있다던데 머리가 진짜 좋다더라. 언제 만나서 친해진 거야? 같은 또래라 금방 친해졌나 보네. 나는 조카라고 해도 왠지 분위기가 조금 어렵던데. 나이에 맞지 않게 어른스럽다고나 할까?"

유빈의 어질러진 방을 치우면서 수인이 끊임없이 수다를 떨고 있었다. 귀찮게 매달리는 유빈을 떼어내지도 않은 채 수인은 흩어져 있는 빨랫감을 찾아 한곳에 모으느라 정신이 없었다.

"잠깐만, 고모. 그러니깐 내가 강석 아저씨네 조카랑 영어 공부를 하기로 했다, 뭐 이런 거야?"

갑자기 수인에게서 떨어져 나간 유빈이 얼굴을 바로 앞으로 내밀었다.

"엄마야! 고모 깜짝 놀랐잖아……. 이따 12시에 저기 느티나무 아래에서 만나자고 전해달래. 체육복 바지가 왜 이렇게 더러워졌어? 다시 빨아야겠다."

방 안을 치우느라 신경이 다른 곳으로 향해 있어 유빈의 좌절을 전혀 눈치채지 못하고 있는 수인이었다. 도무지 거절이라는 것을 모르는 사람인 듯했다. 거기다 하필이면 느티나무 아래라니. 이제 유빈은 방바닥에 드러누워 두 다리를 하늘로 올리고 공중에 하이킥을 하기 시작했다.

"열심히 배워. 그래서 다음 학기에서 영어 점수 10점만 더 올려. 그럼 고모가 네가 갖고 싶다고 노래하던 수동 카메라 한번 생각해볼게. 조경 디자이너 되고 싶다며. 미리미리 내신도 신경 쓰고 해야지. 좀 멀더라도 학원을 알아봐야 하는 거 아닌가 모르겠네."

절규로 온몸을 뒤틀던 유빈이 카메라라는 단어에 일순간 정지 상태가 되었다. 불과 몇 초의 시간이 흘렀을까. 언제 그랬냐는 듯이 태도가 180도 바뀌어 기쁨의 환호성을 지르며 수인을 껴안고 비벼대기 시작했다.

"약속했다. 성적만 오르면 무조건 사주기다."

탐스러운 속눈썹에 둘러싸인 유빈의 까만 눈이 햇볕에 반사되어 반짝반짝 빛나고 있었다. 윤곽이 뚜렷하고 오밀조밀한 이목구비를 들여다보며 수인이 부드러운 머리카락을 쓰다듬었다. 반듯한 이마를 손으로 쓸어주고, 살며시 그 이마에 입맞춤해주었다.

"대신, 너도 고모랑 약속해. 고모, 하윤이한테 잘 보이고 싶거든. 그러니깐 버릇없이 행동하기 없기."

"그럼, 당근이지. 내가 무슨 앤가. Don't worry, be happy!"

확실히 애라고 하기에는 어느새 훌쩍 커버린 유빈이었다. 아직은 뽀얀 솜털이 남아 있는 볼살은 시골집 마당에서 공기놀이를 하던 어린 유빈을 떠올리게 했다. 언제 이렇게 컸을까. 해맑게 미소 짓는 유빈을 바라보는 수인의 마음 한쪽에는 어쩔 수 없는 애잔함이 스쳐갔다.

영어 문제집을 챙겨 고모 방에 들어가 탁상시계를 보니 벌써 12시가 다가오고 있었다. 선생님을 기다리게 하면 당근 안 되지. 은근히 설레는 맘을 안고 거울을 몇 번을 들여다보는 건지 모르겠다. 스스로 기분이 좋은 이유는 니콘 수동 카메라가 생길지도 모른다는 꿈같은 사실과 아침에 먹은 맛있는 황탯국 때문이라고 핑계를 대고 있었지만, 약속 시간이 다가올수록 콩닥거리는 가슴은 확실히 다른 이유를 말해주고 있었다.

수인 몰래 화장대에서 꺼낸 향수도 뿌려보고, 연한 오렌지색의 투명 립글로스도 발라보았다. 약속 장소가 하필이면 느티나무라 조금 걸리긴 하지만 뭐 상관없어. 잘못 끼워진 첫 단추를 첫 만남의 장소에서 다시 제대로 채우기 시작하는 것도 나쁘진 않잖아. 이번에는 제대로 된 모습으로 애 취급은 받지 말아야지.

"유빈아, 아직도 안 갔어? 지금 12시 20분 넘은 거 같은데……. 너 혹시 고모 향수 뿌렸니?"

방으로 들어서던 수인이 거울 앞에 서 있는 유빈을 보고 깜짝 놀라 눈을 크게 떴다. 그러고는 코를 손으로 막으며 방 안 가득 퍼져 있는 향수 냄새에 인상을 찌푸렸다.

"까악! 말도 안 돼. 자명종 시계는 아직 11시 40분인데?"

그러고 보니 처음 수인의 방에 들어올 때도 바늘이 11시 40분을 가리키고 있던 것이 생각났다.

"미안. 배터리를 바꿔줘야 하는데 고모가 요즘 너무 바빠서 정신이 없었어. 하윤이 화났겠다. 날씨도 더운데……. 빨리 가서 미안하다고 사과해."

"난 몰라. 화나서 가버렸겠다."

손에 찬 손목시계를 확인하니 벌써 12시 25분도 더 지나 있었다. 발만 동동 구르는 유빈을 수인이 등을 떠밀어 방 밖으로 내보냈다. '망했다, 망했다'를 끊임없이 중얼거리며 유빈은 급하게 현관으로 달려갔다. 초조하고 정신없는 와중에도 미리 신발장에서 꺼내놓은 예쁜 샌들을 집어 들었다. 굽이 있어 뛰기에는 불편한 신발이었다. 다른 신발로 찾아볼까 하다 다급한 마음에 손에 든 신발을 품에 안고 느티나무를 향해 뛰기 시작했다.

유빈이 예상했던 대로 하윤의 모습은 어디에도 보이지 않았다. 늦어도 너무 늦어서 안 나올 거라고 생각하고 벌써 돌아가 버렸나 보다. 하긴 이렇게 더운 날씨에 기다려줄 거라고 기대한 내가 바보지. 두 발을 쿵쾅거리며 굴리는 것으로는 속상한 마음이 풀리지 않자, 이번에는 버릇처럼 이마를 느티나무 기둥에 쿵쿵 찧기 시작했다.

"주책바가지, 바보, 멍청이. 이제 내 카메라 어떻게 해. 이게 어떻게 생긴 기회인데……."

이번에는 제대로 된 '쿵' 소리와 함께 하윤이 유빈의 옆으로 떨어졌다.

"엄마야!"

너무나 놀라 다리까지 휘청거린 유빈의 허리를 하윤이 안고 똑바로 세워주었다. 느티나무 아래에서 벌써 두 번째 하윤에게 허리가 잡히는 순간이었다. 하윤의 손이 전해주는 따뜻한 감촉에 유빈의 심장이 빠르게 뛰기 시작했다.

"네 심장에서 천둥소리 난다."

순식간에 후각을 잠식한 하윤의 향기에 멍해져 있던 유빈은 장난기 가득한 목소리에 뜨끔했다.

"엉터리. 심장은 소리 안 내요."

정신을 못 차리게 빠르게 뛰고 있는 심장박동을 들킨 것만 같았다. 거리를 넓히려는 유빈의 허리를 하윤이 더욱 세게 끌어당겨 그의 가슴으로 밀착시켰다. 낯선 감각에 유빈의 볼이 화끈거리며 달아올랐다. 저절로 맞닿은 왼쪽 가슴에 귀를 기울였다. '쿵, 쿵, 쿵, 쿵' 그의 심장도 유빈의 것만큼이나 빠르게 뛰고 있었다.

서늘한 미풍이 그들의 주변을 감싸며 지나갔다. 바람에 실려 온 꽃과 나무의 냄새가 하윤에게서 나는 상큼한 향기와 섞여서 유빈의 감각 기관을 타고 폐부 깊숙이 스며들었다. 낮 시간임에도 태양빛에 흠뻑 취한 녹색의 잔디가 반짝이는 물방울을 머금고 있었다. 오전에 스프링클러에서 쏟아져 나온 물줄기에 한차례 샤워를 한 모양이었다. 물방울이 반사하는 태양빛에 눈이 부셔 유빈은 눈을 감았다.

유빈은 예감할 수 있었다. 그녀가 보고 느끼는 이곳을 아주 오랫동안 추억하게 될 것이라는 사실을.

"앞으로는 향수 뿌리지 마. 이런 인공적인 냄새는 별로야."

머리 위에서 들려오는 하윤의 투덜거림과 함께 느슨해진 팔 안에서 유빈이 후다닥 뒤로 물러났다. 어떻게 해. 또다시 안겼어. 뒤늦은 부끄러움에 저절로 고개가 숙여졌다.

"늦어서 미안해요. 이미 가버렸을 거라고 생각했어요. 고모 방

탁상시계가 고장이 난 줄 몰랐어요."

고개 숙인 유빈의 턱을 검지로 받쳐 얼굴을 들어 올린 하윤이 희미하게나마 핑크색으로 물든 흔적이 남아 있는 그녀의 이마를 들여다보았다.

딱.

"아야!"

그다지 아프지는 않았지만 하윤에게 꿀밤을 맞았다는 사실이 그저 황당한 유빈이었다.

"아프지? 그러니깐 앞으로 나무 기둥에다 머리 찧고 그러지 마. 너 때문에 나무 흔들려서 떨어졌잖아. 왜 이렇게 늦은 거야."

꼭 저렇게 얄밉게 말을 한다. 하늘로 풍선 타고 올라가던 기분이 하윤의 말 한마디에 '뻥' 하고 지상으로 추락한다. 거기에다 대고 거울 쳐다보느라 늦었다는 말은 절대 못하지. 얼마나 놀림을 받으려고.

"쳇! 그쪽이 저 나무 위에 있는 줄 알았으면 기둥을 발로 차줄 걸 그랬어요. 제대로 엉덩방아나 찧게. 만날 놀리기나 하고. 두고 봐요, 다음에는 제대로 복수할 거니까."

자꾸 놀리는 하윤이 얄미워 어떻게든 복수하고 싶었다. 매사 자신만만한 하윤이 엉덩방아를 찧는 모습을 상상하는 것만으로도 어느새 화가 풀리는 기분이 들었다.

"그쪽이 뭐야? 사돈어른도 그렇고. 다 마음에 안 들어. 그리고 카메라는 또 무슨 소리야?"

카메라를 잊고 있었다. 수인이 사이좋게 지내라는 당부의 말도 깜빡했다. 이 사람 옆에만 있으면 꼭 모든 게 뒤죽박죽이 된다. 심장 박동도 뒤죽박죽. 감정도 뒤죽박죽. 더 이상은 망가지지 말자. 바보처럼 허둥대지도 말고 눈치껏 잘해야지. 카메라를 잊으면 안 돼.

"그럼 하윤 오빠라고 불러도 돼요?"

용돈이 필요할 때마다 할머니한테 사용했던 비장의 콧소리까지 섞어 한껏 꾸며낸 목소리였다. 대한민국에서 가장 흔한 호칭 중의 하나인 '오빠'가 그런 유빈의 입을 통해 나오니 어느새 가장 달콤한 언어로 들리는 하윤이었다.

"네? 오빠."

풍성한 속눈썹이 하윤을 향해 깜빡거린다. 안쪽 어딘가가 자꾸 간질거린다.

"흠흠. 뭐, 편한 대로. 사돈어른보다는 낫네. 그럼 한 가지는 해결되었고. 좀 전에 중얼거린 카메라는 무슨 뜻이야?"

"그것도 꼭 말해야 해요? 사생활 보호 차원에서 대답 안 하면 안 되나."

"보호받아야 할 사생활도 있어? 겨우 17살짜리가……."

겨우 17살이라니. 자기도 겨우 19살이면서. 새치름하게 눈을 치켜뜨는 유빈을 내려다보는 하윤의 눈가에 옅은 미소가 어렸다. 남의 일에는 별다른 관심을 갖지 않던 하윤은 스스로가 놀라울 정도로 유빈의 모든 것이 궁금했다.

"당연하죠. 질풍노도의 시기라고 안 들어봤어요? 한국에서 학교를 안 다녀서 이런 고급스러운 단어는 모르려나."

따악. 다시금 꿀밤이 한 대 날아왔다. 뭐야, 숙녀 이마를…….

"이씨! 또 때린다."

"사춘기라서 비밀이 많다는 거야?"

이마를 손바닥으로 비비며 노려보는 유빈의 태도에도 꿈쩍도 하지 않는다. 그냥은 넘어가지 않겠다는 의지가 확실해 보였다. 겨우 2살 많은데 꼭 어른처럼 군다.

"별거 아니에요. 그냥 고모가 영어 공부 열심히 하면 제가 원하는 카메라 사준다고 약속했거든요."

"뭐야? 그럼 순전히 카메라 때문에 날 만나러 온 거잖아."

순간 장난기를 쏘옥 뺀 싸늘한 말투에 유빈의 심장이 급격하게 얼어붙는 기분이었다.

"아니, 뭐 꼭 그렇다기보다는……."

말끝을 흐리며 하윤의 눈치를 보니, 전에 보지 못한 차가운 인상에 냉기가 뚝뚝 떨어졌다.

"카메라 사준다는 약속이 없었으면 안 나왔다는 거네. 즉, 내가 카메라보다도 가치가 없다는 말인 거잖아."

"그럴 리가요. 당연히 하윤 오빠가 카메라보다 훨. 씬. 가치 있죠. 인간인데."

마지막 말은 덧붙이지 말 걸 그랬나. 여전히 표정이 풀리지 않는 그의 얼굴에 마음 한쪽이 서늘해졌다.

"얼마만큼?"

"얼마요? 그걸 어떻게 계산을……. 한 천배?"

여전히 흐트러짐 없는 그의 냉기에 애가 탔다.

"그럼 한 천억 배?"

표정의 변화가 없는 그의 얼굴에 시선을 고정한 채 소심한 마음에 목소리가 점점 잦아들었다. 마침내 그녀의 애달픔이 전해졌는지 살짝 입꼬리를 올리며 고개를 끄덕이는 하윤을 보니 안도의 한숨이 절로 흘러나왔다.

"좋아. 이번 한 번만 그냥 넘어가줄게. 대신 앞으로는 부르면 재 깍재깍 나오고, 약속시간에 두 번 다시 늦지 마."

"약속할게요."

유빈은 무엇을 어떻게 잘못했는지도 깨닫지 못한 채 하윤의 화가 풀렸다는 사실에 마냥 기분이 좋아졌다. 차라리 놀림을 당하는게 낫지. 하윤의 차가운 얼굴은 두 번 다시 보고 싶지 않다는 것만이 지금 그녀가 생각해낼 수 있는 전부였다.

"카메라 받으려면 공부해야지. 교재는 가져왔어?"

"아! 깜빡했다."

이놈의 정신머리. 잘 챙긴다고 챙겼는데. 정신없이 나오는 바람에 고모 방 화장대 위에 올려놓고는 그냥 나왔다.

"앞장서."

"어디로요?"

"교재도 없이 공부할 수는 없잖아. 책 가지러 갈 거니깐 앞장서라고."

"그냥 교재 없이 하면 안 되나?"

"카메라 필요 없어?"

"치사하게……."

앙증맞은 코끝을 손가락으로 살짝 튕기자 유빈이 질색을 한다. 두 팔을 요란하게 흔들며 가기 싫다는 의사를 온몸으로 표현하는 유빈을 바라보는 하윤의 턱 근육이 꿈틀대고 있었다. 새어 나오는 웃음을 들키지 않기 위해 입술을 앙다물어야만 했다. 서유빈 골려 먹는 재미에 빠져 미국으로 돌아갈 날짜가 다가오는 게 못내 아쉬웠다.

"영어 공부하러 아예 미국으로 가고 싶은 생각은 없어?"

"미국이요? 에이, 말도 안 돼. 거기 가려면 돈이 많이 있어야 하잖아요. 저희 할머니는 돈 없어요."

나란히 어깨를 마주하고 걷느라 팔이 스치며 부딪쳤다. 맨살이 닿을 때마다 유빈은 움찔거리며 거리를 넓혔다.

"우리 삼촌이 많잖아."

"강석 아저씨요? 아저씨 돈이랑 나랑 무슨 상관이에요. 고모가 우리 엄마는 아니잖아요. 할머니가 과수원 팔리면 그 돈으로 지리산 근처에 아담한 전원주택을 짓는다고 그랬어요. 나는 딱 1년만 고모랑 살다가 다시 할머니가 계시는 시골로 내려갈 거예요."

걸음걸이가 불편한 유빈이 두 발자국 뒤로 처졌다. 하윤은 걸음을 멈추고 그녀가 다가오기를 기다렸다. 유빈이 샌들을 벗어 손가락에 걸쳤다. 맨발에 닿는 잔디의 감촉이 따뜻했다.

유빈은 아주 어린 아기였을 때부터 과수원을 하시는 할머니 손에서 자라게 되었다. 미국에서 유학 중인 부모님들이 학업을 이유로 유빈을 할머니 손에 맡긴 것이었다. 유빈이 유치원에 다닐 무렵이었던 것으로 기억한다. 미국에서 교통사고 소식이 전해져왔고, 그로 인해 유빈은 아무리 기다려도 부모님은 그녀를 찾으러 오지 않는다는 사실을 깨닫게 되었다.

매년 여름이면 잠깐씩 그녀를 만나러 오시던 부모님의 존재를 지금은 앨범 속 사진을 통해서만 기억할 수 있었다. 대신 매년 생일이나 명절이면 선물을 한 아름 안고 시골 대문을 들어서던 수인이 있었기에 유빈은 마음 한편에 공백으로 남은 부모님의 자리를 그리움 대신 사랑으로 채울 수 있었다.

바쁜 서울 생활에 자주 볼 수 없었던 수인 고모. 대문을 열고 들어서는 고모를 붙잡고 항상 물어보는 질문은 하나였다. 이번에는 몇 밤이나 자고 갈 거냐고. 그러면 고모는 눈물이 그렁그렁한 눈으로 언젠가는 꼭 데리러 올 거라는 말을 반복했다. 그래서 꼭 한 번은 수인의 곁에서 살아보고 싶었다.

"신혼부부 생활에 방해꾼이 있으면 안 되잖아요. 고모랑 같이 한 번만 살아보고 싶었어요. 이제 그 소원을 이뤘으니 더 이상 욕심부릴 생각 없어요."

꾸밈없는 미소 뒤에 아픈 상처가 배어 있다는 것을 하윤은 놓치지 않았다. 부모 없이 자라는 아이. 할머니와 단둘이 산다는 것이 그리 녹록하지만은 않았을 것이다. 욕심낸다고 모든 것을 가질 수 없다는 사실을 유빈은 너무 이른 나이에 알아버렸다. 가시 박힌 손가락처럼 불편한 아픔이 하윤의 가슴 안쪽으로 파고들었다.

"전투태세 완료. 누가 먼저 도착하나 내기해요. 이긴 사람 부탁 들어주기. 셋 하면 뛰는 거예요. 셋!"

유빈이 멀어졌다. 하윤은 유빈을 따라잡기 위해 전속력을 다해 뛰었다. 내기에 이기겠다는 욕심은 없었다. 그저 알 수 없는 불안감에 사로잡혀 그녀를 놓치고 싶지 않았다. 이대로 그의 손이 닿지 않는 곳으로 사라질까 두려워 무작정 달렸다.

"책은 고모 방에 있어요. 여기서 잠깐만 기다려요. 오래 걸리지 않을 거예요."

내기에 져서 뿌루퉁하게 심술이 난 목소리였다. 현관 앞에 그를 세워 두고 혼자만 안으로 들어가려는 유빈을 따라 하윤이 신발을 벗었다.

"어디로 가려고요?"

당황해서 두 팔을 벌려 막아서는 유빈의 뒤로 수인의 목소리가 들려왔다.

"어머, 하윤이 조카 왔네. 들어와요. 유빈이 방에서 같이 공부하려고?"

"네. 마땅히 갈 데가 없어서요. 정원은 좀 더울 것 같고……."

유빈이 그동안 들어왔던 하윤의 말투가 아니었다. 꿀이라도 바른 듯 나긋나긋했다.

"좋은 생각이다. 그런데 방이 좀 작아서 불편할 텐데, 어쩌나. 아무튼 환영해요. 들어와요. 내가 먹을 것 좀 챙겨 갈게. 혹시 꽃차 좋아해요? 잘생긴 하윤이 조카한테는 무슨 차가 어울리려나."

어렵기만 하던 하윤과 친해질 기회가 생겨서 마음이 들뜬 수인이 또다시 유빈의 당황하는 모습은 눈치채지 못하고 있었다. 평소에는 너무 말이 없다고 주변에서 핀잔 듣는 수인이었지만, 유빈이 옆에서만은 조곤조곤 수다가 끊이질 않았다.

"그냥 편하게 유빈이처럼 대해주세요. 저는 아무거나 좋습니다. 사실 점심도 아직 못 먹었는데……."

"그럴까, 그럼."

점잖은 태도와 부드러운 말투로 친근하게 다가오는 하윤으로 인해 수인은 기분이 좋았다. 잘생기고 똑똑하다 해서 거만하지 않을까 염려했던 속 좁은 선입견이 미안해지기까지 했다. 기분 좋은 미소를 얼굴에 띤 채 유빈의 방문을 활짝 열고 그가 들어가길 재촉했다.

"하윤이 스파게티 좋아해? 새우랑 조개 사다 둔 게 있는데. 그걸로 스파게티 만들어줄게. 토마토소스가 좋아, 아님 크림소스가 좋아?"

"저는 상관없는데. 유빈이가 좋아하는 걸로 해주세요."

다정한 하윤의 말투가 낯설기만 했다. 우아! 두 얼굴의 사나이다. 이미 수인을 자신의 편으로 만들어버린 하윤이 희희낙락한 표정으로 유빈에게 젠틀맨 흉내를 내고 있었다. 자신의 의지와는 상관없이 돌아가는 상황이 영 마음에 들지 않는 유빈이 입술을 삐죽거렸다.

"나는 라면, 아니면 프라이드치킨."

"저 초등학생 입맛. 밖에서 사먹는 음식 많이 먹으면 건강에 안 좋아. 우선 간단하게 요기라도 하게 샌드위치라도 만들어볼게. 그리고 유빈이는 토마토소스로 만든 스파게티 좋아해. 금방 준비할 거니깐 천천히 놀다 가. 유빈아, 뭐 해? 얼른 오빠 방으로 모셔야지."

쳇. 겨우 2살 많은 오빠를 모시라는 표현은 억울하잖아. 누구는 처음부터 반말이었는데.

"오빠, 따라와…… 요."

투덜거리기는 했지만 막상 하윤이 그녀의 개인공간으로 들어선다는 사실에 다시금 가슴이 콩닥거리며 두근거리기 시작했다. 원래 감정의 기복이 심한 편이 아니었는데, 하윤이 옆에 있으면 모든게 엉망으로 변해버린다. 얄미웠다가도 어느 순간 설레고, 싫다면서 그새 가슴이 두근두근 뛰고 있었다. 먼저 방으로 들어선 유빈은 깨끗해진 방 안 모습에 보이지 않는 한숨을 내쉬었다. 다행이다. 아침에 수인이 정리해준 덕에 창피는 면할 수 있게 되었다. 수인이 향초를 태웠는지 공기 중에는 향긋한 라일락꽃 향기가 은은하게 퍼져 있었다.

"저기 의자에 앉아서 기다려요. 아무것도 만지면 안 돼. 알았지…… 요? 절대 안 돼. 금방 고모 방에서 영어책 가져올게요."

"알았어…… 요."

대범하게 반말을 시도했지만 왠지 불편한 마음에 자꾸만 '요'자가 따라왔다. 그런 그녀를 흉내 내는 하윤을 보며 유빈이 콧등에 주름을 잡았다.

"오는 길에 얼음물도 부탁해. 누구 덕에 한여름에 밖에서 30분 넘게 기다렸더니 목이 마르다."

적절하게 기세를 잡을 줄 아는 하윤이었다. 미안함에 금세 풀이 죽은 유빈이 고개를 힘없이 끄덕이더니 처진 어깨로 터벅터벅 방 안을 걸어 나갔다. 피식. 여지없이 새어 나오는 미소에 하윤의 입꼬리가 부드러운 호선을 그렸다.

방 안으로 들어서는 하윤의 눈동자에 호기심이 어렸다. 유빈이 아끼는 물건들이 방 안 어딘가에 숨겨져 있을 것만 같았다.

임시로 거처하는 공간이라 그런지 필요한 가구만 몇 개 놓인 심플한 구조였다. 대신 한쪽 벽면을 커다란 책장이 차지하고 있었다. 가장 먼저 눈에 띄는 책장으로 다가가 꽂혀 있는 책들의 제목을 하나하나 들여다보기 시작했다. 과목별 문제집과 문학서적 사이에서 플로리스트라 적힌 잡지책들을 간간이 발견할 수 있었다. 그러고 보니 군데군데 비어 있는 공간은 예쁜 꽃 장식들이 채우고 있었다.

"꽃을 좋아하는 아이였네."

혼잣말을 중얼거리던 하윤이 다시 방 안 전체를 둘러보았다. 책장과 한 세트인 듯한 하얀색 바탕의 심플한 가구들이 연한 파란색의 줄무늬 벽지와 조화를 이루어 단정한 느낌을 주고 있었다.

입구의 반대편에 유빈의 침대가 있었다. 1, 2초 정도 망설이다 침대 옆으로 다가갔다. 부드러워 보이는 연한 겨자색의 침대 커버를 손가락으로 가만히 쓸어보았다. 정갈하게 정리된 베개가 침대 머리 맡에 놓여 있었다. 푹신한 베개를 몇 번 토닥여보았다. 상큼한 섬유 유연제의 향과 더불어 유빈의 독특한 향기가 나는 것도 같았다.

"이 침대에는 푹신한 곰 인형이 필요할 거 같은데."

침대 머리맡에 놓여 있는 장식장으로 시선을 돌린 하윤은 또다 시 피식 웃음이 나왔다.

"여기에 다 들어 있었네."

침대 헤드보드의 서랍 공간에 미니어처 사이즈의 앙증맞은 조 각품들이 빼곡히 진열되어 있었다. 여학생들이 좋아할 만한 동물 모양의 크리스털과 만화 영화 캐릭터 인형들이 주를 이루고 있었 다. 하긴 우선은 임시로 거처하는 공간이니 벽에 못질하는 것도 조 심스럽겠지. 배려심이 많은 수인의 성격이 드러나는 듯했다.

싱글 침대에서 바라본 맞은편 벽에는 입구에서는 볼 수 없었던 커다란 사이즈의 포스터가 붙어 있었다. 포스터 속 얼굴이 낯설지 않았다. 미소 띤 하윤의 얼굴이 굳어지고, 그의 동공이 심하게 동요 하기 시작했다. 포스터 오른쪽 하단에 친필 사인처럼 보이는 글자가 눈에 익었다. 그러고 보니 책장 한가운데 진열되어 있던 CD케이스 들 중에서 가윤의 CD만이 유일하게 정면을 향해 장식되어 있었던 것이 기억났다.

제기랄!

"왜 거기에 앉아 있어요. 의자를 놔두고."

얼음이 들어 있는 예쁜 유리잔을 쟁반에 받쳐 들고 방으로 들어 서던 유빈이 침대에 앉아 있는 하윤의 모습에 기겁을 했다.

"너, 이 자식 누군 줄 알아?"

하윤의 손끝은 포스터를 가리키고 있었다.

"당연하죠. 우리나라 가요계의 샛별 같은 존재. 신이 내려준 천상의 목소리. 내가 제일 좋아하는 가수인데 어떻게 몰라요? 저거 고모가 받아다 준 친필 사인이 들어 있는 포스터예요. 진짜 가윤이 사인한 친필 사인."

망설임 없는 대답이 들려왔다.

"그럼 혹시 네가 날마다 이어폰으로 듣고 있던 게 이 자식 노래였어?"

"어떻게 알았어요? 혹시 오빠도 가윤 팬이야?"

흥분을 주체 못하는 목소리. 유빈의 감흥이 그대로 전해졌다. 하필 좋아하는 가수가 가윤이라니. 그만 보면 이를 드러내고 못 잡아먹어서 안달 난 녀석이었다. 제기랄이다.

"너, 카메라는 못 받겠다."

하윤은 그 말만을 남긴 채 쿵쾅거리며 방을 나가버렸다. 여전히 얼음물이 담긴 쟁반을 손에 든 채 심술을 내고 나가버리는 하윤을 유빈이 멍하니 바라보았다.

대충 신발을 구겨 신고 열린 현관문을 통해 정원으로 나간 하윤의 뒷모습을 유빈의 시선이 따라가고 있었다. 유리창을 통해 애꿎은 잔디만 걷어차며 걸어가는 하윤이 눈에 들어왔다. 대충 구겨 신은 한쪽 운동화가 헛발질에 멀리 날아가버렸다. 신발을 쫓아 한 발로 총총거리며 뛰어가는 그의 뒷모습에 킥 하며 웃음이 나왔다.

항상 자신감이 넘치며 당당하던 하윤이 지금은 그저 심술 난 19살 평범한 고등학생 남자아이 같았다. 무엇 때문에 감정이 상했는지 모르겠지만, 유빈은 하윤이 귀엽다는 생각이 들었다. 완벽해 보이던 하윤에게 빈틈이 숨겨져 있었다는 사실이 반가웠다. 하윤도 변덕을 부리는구나. 다른 세계에 살고 있다고 느꼈던 그가 그녀의 세계로 친근하게 걸어 들어온 느낌이었다.

그날 밤 유빈은 수인으로부터 한 시간도 넘게 잔소리를 들어야만 했다. 약속 시간을 제대로 지키지 못하는 사람은 사회에서 성공할 수 없다에서 시작된 잔소리가 어느새 유빈의 반찬 타령에 대한 것으로 이어졌다. 유빈은 한 시간이나 지속된 잔소리의 원인을 무조건 하윤의 탓으로 돌렸다.

"애들처럼 심술이나 내고. 내일 만나면 복수해줘야지."

그래서일까. 잠이 드는 순간까지도 잔디를 걷어차며 걸어가던 하윤의 뒷모습이 유빈의 머릿속에서 떠나질 않았다.

수인이 깨우지도 않았는데 아침 일찍 자리에서 일어난 유빈은 부지런을 떨기 시작했다. 심부름을 자처해서 텃밭에서 토마토와 오이를 따다 아침 준비를 도왔다. 아침 식사 후에는 긴 호스를 끌어다 텃밭에 물을 주었다. 잘 익은 고추와 피망을 따서 다른 별채에 기거하는 현자 아주머니께 가져다드렸다. 한여름의 더위가 기승을 부리려 하고 있었다. 얼굴이 열기로 벌겋게 달아오르자, 할수 없이 시원한 집 안으로 들어와야 했다.

책상에 앉아 영어 문제집을 펼쳐놓았다. 특별히 집중해서 문제집을 보는 것도 아니었다. 그저 자리에 앉아 무슨 소리만 났다 하면 목을 길게 빼고 유리창 너머 뒷마당을 살펴보고 있었다. 정원에서는 잔디 깎기가 한창이었다. 워낙 넓은 정원이기에 탑승식 잔디 깎는 기계에 앉은 정원사가 일직선 방향을 유지하며 기계를 운전하고 있었다. 귀에 걸린 커다란 헤드폰이 시끄러운 소음을 차단하고 있었다.

점심시간이 지날 무렵까지 하윤의 머리카락 한 올도 보이지 않자, 아침 일찍부터 들뜬 마음이 축축 처져가기 시작했다. 어디를 갔을까. 친구를 만나러 갔을까. 오늘도 경호원 아저씨들이랑 같이 다니는 걸까. 아니면 혼자 오토바이를 타고 갔을까. 하나둘씩 하윤의 일상이 궁금해지기 시작했다.

오후가 되자 좀이 쑤셔 더 이상은 앉아 있을 수가 없었다. 산책을 핑계 삼아 마당을 가로지르는 발길이 주차장으로 향했다. 오토바이가 있나 한번 확인해볼까. 발걸음이 빨라졌다. 오토바이를 발견하고 잠깐 미소 짓던 얼굴이 금세 울상으로 변해버렸다. 주차되어 있는 자동차들 중에 어제 봤던 차는 없었다. 경호원 아저씨들이랑 어디를 갔나 보네.

잔뜩 실망해서 뒤돌아서는 유빈의 뒤로 나뭇결 모양의 차고 문이 올라가는 소리가 들렸다. 순간 멈칫한 유빈이지만 뒤를 돌아보지는 않았다. 몸의 신경은 온통 뒤쪽을 향해 있었지만 못 들은 척 유유히 앞으로 걸어가기 시작했다. 하윤을 찾으러 다녔다는 사실을 들키고 싶지 않았다. 얼마나 걸었을까. 급하게 뛰어오는 발걸음 소리가 들리고 익숙한 향기가 코끝을 간질이기 시작했다.

"여기서 뭐 해?"

반가움이 묻어나는 목소리에 유빈의 맥박이 불규칙하게 뛰기 시작했다.

"점심 먹고 잠깐 산책 나왔어. 오빠는 어디 갔다 오는 길이에요?"

무관심을 가장한 목소리가 은연중에 떨려오고 있었다.

"엄마가 오셔서 공항에 좀 나갔다 왔어. 지금 호텔로 모셔다 드리고 오는 길."

"왜 집으로 안 오셔? 오빠도 호텔에서 지낼 거야?"

하이 톤의 다급한 음성. 유빈이 듣기에도 진하게 실망이 배어 나오는 목소리였다. 아, 창피해. 티 엄청 났겠지.

"글쎄……. 그럴 수도 있고, 아닐 수도 있고."

유들거리는 하윤의 목소리가 이미 유빈의 실망을 눈치챘다는 것을 말해주고 있었다. 사실 유빈은 모르고 있었지만 얼굴에 감정의 변화들이 여실하게 드러나고 있었다.

반가움에 환하게 미소 짓던 얼굴이 금세 무심함을 가장하고, 실망으로 뿌루퉁하던 얼굴이 지금은 수줍음을 담아 핑크빛으로 달아오르고 있었다. 순수함을 고스란히 간직한 유빈을 향해 자꾸만 뻗어 나가려는 손을 하윤이 억지로 바지 호주머니 속에 담아 두고 있었다.

"같이 영화 보러 갈래?"

어느새 두 눈은 초롱초롱 밝은 빛으로 반짝이고 있었다. 자꾸만 올라가는 입꼬리가 씰룩거린다.

"무슨 영화?"

"한국 영화 아무거나. 미국에서는 볼 기회가 없으니깐."

점심 식사를 같이하자는 어머니의 청을 거절하고 빠져나온 하윤이었다. 어머니가 한국에 있는 동안은 재미없는 비즈니스 미팅 자리에 불려나가야만 할 것이다. 잘못된 경로를 통해 미국으로 입양된 유미를 한국으로 무사히 데려오는 조건으로 어머니가 주관하는 미팅에 군말 없이 참석하기로 약속했다. 이미 거래를 맺은 이상 반드시 지켜야만 하는 약속이었다. 그로 인해 유빈과 함께할 시간이 그리 많지 않았다.

"맞다. 오빠는 미국에서 살아서 한국에는 별로 친구가 없을 거야. 그럼 내가 같이 가줄까?"

유빈의 능청이 귀엽기만 했다. 그래서 하윤은 맞장구를 쳐주기로 했다.

"그럼 부탁 좀 할까."

얼굴에 기쁨이 고스란히 나타난다. 이제는 숨기는 내색 없이 환하게 웃는 유빈의 얼굴에 하윤의 가슴이 기분 좋은 만족감으로 일렁이고 있었다.

"조금만 기다려. 내가 얼른 가서 옷 갈아입고 올게. 사실은 보고 싶은 코미디 영화가 있었는데. 금방이면 돼. 20분, 아니 10분만 기다려."

다급하게 뛰어가는 유빈의 뒷모습이 불안했다. 기다려도 괜찮아. 천천히 걸어가라고 말하고 싶었는데 유빈은 벌써 한참이나 뛰어가버렸다. 왜 이리 잘 뛰는 거야. 깡충깡충 망아지처럼 잘도 뛴다. 찰랑거리는 머릿결이 햇볕에 반사되어 빛이 나고 있었다. 그 빛의 움직임을 따라 하윤의 시선이 머물렀다.

20분 정도 흘렀을까. 지루한 듯 시계를 들여다보던 하윤의 시선 너머로 흰색 원피스를 입고 머리를 시원하게 묶은 유빈의 모습이 나타났다. 꽃무늬 가방을 어깨에 메고 얌전하게 걸어오는 모습에서 천방지축 말괄량이의 이미지는 찾아볼 수 없었다.

방금 샤워를 하고 온 듯 하나로 묶은 머리는 젖어 있었다. 한여름의 더위에 콧잔등 위로 땀방울이 송골송골 맺혀 있었다. 열로 엷게 달아오른 얼굴이 생기 있고 예뻤다. 더운지 손바닥으로 연신 부채질을 하는 모습에 하윤은 차 안에서 본 종이부채가 생각이 났다. 부끄러운 듯 고개를 떨구고 하윤의 곁으로 다가선 유빈이 차문을 열고 대기 중인 성민을 손가락으로 가리켰다.

"지난번처럼 저 아저씨들이랑 같이 다녀야 해?"

"아마도."

"왜?"

"엄마가 방학이면 나를 한국으로 보내는 조건에 최소 경호원 4명이라는 조건을 걸었거든. 엄마가 할머니를 싫어해서 골탕 먹일 수 있는 모든 방법을 동원하는데, 이게 그중 하나야."

"나 같은 평범한 사람은 상상이 안 가는데. 누가 오빠의 신변을 위협해?"

"글쎄……. 그럴 수도 있고, 아닐 수도 있고."

유들거리는 말투에 놀리는 건가 싶어 유빈이 고운 이마를 찌푸렸다.

"또 놀리는 거지?"

하윤이 찌푸린 이마를 손가락으로 살짝 건드렸다. 한일자로 다물어진 입매에 언뜻 망설임이 엿보였다.

"내가 10살 때쯤인가 유괴범들한테 몇 시간 감금을 당한 적이 있었거든."

놀란 유빈이 거칠게 숨을 몰아쉬었다.

"대단한 건 아니었어. 파워 게임이라고 할까. 그냥 한마디로 보여주기 위한 쇼 같은 거였어. 암튼 그게 좋은 트집거리가 된 거지. 이제 이 짓도 올해로 끝이야."

"말도 안 돼. 듣기에는 엄청 무서웠을 것 같은데……."

"별거 아니었다고 했잖아. 그냥 폐차장 같은 데서 한숨 자고 나오니 시간이 흘러가 있었을 뿐이야."

본인이 아닌 다른 사람의 이야기를 털어놓는 듯 시니컬한 하윤의 반응에 유빈은 말을 아꼈다. 별거 아니라고 했지만 나약한 어린아이가 감당하기에는 감히 상상도 할 수 없을 정도로 무서운 경험이었을 것이다. 폐차장에서 눈을 떴을 때 얼마나 두려웠을까. 그래서 경호원의 보호를 받는 것에 거부감이 없는 걸까. 겉으로는 강해보이는 것은 일부러 안으로 아픈 상처를 숨기기 위한 보호막 같은 것이 아닐까 마음이 쓰이기 시작했다.

유빈도 자라면서 동네 어른들이 무심코 내뱉는 말에 남들 모르게 속앓이를 해야만 했다. 부모 없이 커서 눈치 본다는 말. 유난히 엄하신 할머니 밑에서 자라 조심스럽게 행동하는 유빈이를 빗대어 동네 어른들은 그렇게 말하곤 했었다. 맞는 말이라 할지라도 인정하고 싶지 않았다.

한 번도 유빈을 찾지 않는 외가 식구들. 상상 속에서만 그려본 그들의 존재는 어린 마음에 상처로 남아 있었다. 진짜 남의 눈치나 보는 천덕꾸러기가 되어 버릴까 봐 과장된 쾌활함을 포장해내고는 했었다.

잊었다고 생각하지만 무의식은 아픈 상처를 기억한다. 남모를 아픔을 공유한다는 생각은 하윤을 한층 가깝게 느끼게 만들었다.

때마침 주차장의 자동문이 밖에서부터 다시 열렸다. 시동이 걸린 채 그들을 기다리던 검정 세단 옆으로 같은 종류의 자동차가 한 대 들어섰다. 누구지? 유빈이 궁금증을 담은 얼굴로 하윤을 바라보았다. 그는 차에 타고 있는 사람이 누구인지 이미 아는 듯 미간에 주름을 잡고 인상을 찡그리기 시작했다.

민첩하게 성민이 움직이고, 그가 잡아주는 자동차 문밖으로 키가 크고 이국적인 마스크의 세련된 미인이 내려섰다. 아치형의 선이 고운 눈썹 아래 깊이 있는 눈매가 하윤이 누구를 닮았는지 설명해주고 있었다.

"우아! 미인이다."

유빈의 입에서는 저절로 감탄사가 터져 나왔다.

"바쁘다고 해서 어디 갔나 했더니 데이트가 있었나 보네, 우리 아들."

입은 환하게 웃고 있지만 눈은 웃고 있지 않았다. 제니퍼가 그려놓은 청사진에는 예정되어 있지 않은 인연. 영민한 눈빛이 못마땅함을 교묘하게 숨기고 있다는 사실을 하윤은 놓치지 않았다.

"여긴 어쩐 일이세요. 오후에 약속 있으신 거 아니었어요?"

"오랜만에 서울에 왔더니, 이 집 음식 맛이 생각나서 한번 들러봤지. 여기 예쁘게 생긴 숙녀분은 소개 안 시켜줄 거니?"

제니퍼는 특별한 가족 모임에 참석하는 게 아니라면 이 집으로는 한 번도 발걸음을 하지 않았다. 보나마나 하윤이 다급하게 떠난 이유가 궁금했으리라.

하윤의 어머니 제니퍼 현. 현씨 집안사람들을 끔찍이도 싫어했다. 미국 교포인 그녀는 유학 온 하윤의 아버지 민석과는 대학에서 만나 둘만의 결혼식을 올렸다. 제니퍼의 친정아버지가 이탈리아계 미국인이었던 할아버지와 한국인 할머니 사이에서 태어난 혼혈이라는 이유로 두 사람의 결혼은 민석의 가족들에게는 인정받지 못했다. 그러나 얼마 후 하윤이 태어나자, 민석의 어머니 오미영 회장의 부름으로 세 식구가 한국으로 들어와 본가에서 생활하기 시작했다.

차가운 집안 분위기와 가족들의 냉대에 지쳐가기 시작하던 차에 민석이 해외 출장 중 사고사를 당했다. 하윤이 4살 무렵이었다. 갑자기 찾아온 이별의 아픔에 몸과 마음이 지쳐갔다. 우선은 지친 자신을 추스르는 게 급선무였다. 그래서 친정 가족이 있는 미국으로 홀로 돌아갔다.

유성그룹의 후계자로 키워질 하윤은 잠시 할머니의 손에 맡기기로 했다. 잠시라고 생각했던 기간이 6년이나 걸릴 줄은 제니퍼도 미처 예상하지 못했었다. 미국에서 다시 대학으로 돌아가 로스쿨에 들어갔다. 하윤을 데려올 준비가 되었다고 생각했을 때 오미영 회장의 강력한 반대에 부딪쳤다. 후계자로서의 하윤을 사이에 둔 편협한 힘겨루기.

제니퍼는 가능한 모든 수단을 써서라도 아들 하윤을 되찾아야만 했다. 하윤이 10살이 되었을 때였다. 학교에서 돌아오는 길에 유괴를 당해 폐차장에서 발견이 되었다. 그 일이 신문에 기사로 실리면서 사건은 크게 부풀어져 갔다.

그 모든 일의 배후에는 제니퍼가 있었다. 그 사건을 통해 어린 하윤을 버려두고 떠났다는 실추된 자존심도 되찾고, 미영과 다른 식구들에게 그녀의 존재를 새롭게 부각시켜주고 싶은 욕심이었다. 자신이 받은 상처를 되돌려주기에 급급했던 그녀는 어린 하윤이 받을 상처까지 돌아볼 여유는 없었던 것이다.

하윤을 한국에서 데려온 첫날이었다. 그녀는 아무도 모르는 완벽한 성공이라며 축배의 잔을 들었다. 하지만 그녀도 모르는 사실이 한 가지 있었다. 하윤이 모든 진실을 알아버렸다는 것. 술에 취해 혼자 떠들어대는 소리를 어린 하윤이 모두 다 듣고 있었다. 자신의 방에서 자고 있을 거라고 생각했던 하윤이 악몽을 꾸고 서재 앞에서 서성거리고 있었다는 사실을 그녀는 여전히 모른다.

진실을 봉인해버린 하윤의 아픔. 낯선 곳에 감금당한 그가 얼마나 두려움에 떨었는지, 밤사이 죽음과도 같은 추위에 얼마나 고통스러웠는지, 엄마는 알지 못한다. 1년만 기다리면 데리러 오겠다던 엄마의 약속. 1년이 2년이 되고, 3년이 될 때까지 하윤은 기다렸다. 이제 영원히 데리러 오지 않을 거라고 포기하고 있었을 때 엄마가 그를 찾으러 왔다.

다시 찾은 엄마는 어린 시절 기억 속의 엄마가 아니었다. 어린 하윤의 눈에 비친 제니퍼는 불꽃이 선사하는 현란함에 취해 불속으로 뛰어드는 불나방처럼 위태로워 보였다. 벼랑 끝에 아슬아슬하게 서 있는 엄마를 지켜주고 싶었다. 그녀의 뒤틀린 사랑을 묵인할 수밖에 없었다. 누가 뭐래도 세상에 하나뿐인 엄마였으니까, 어린 하윤은 엄마의 존재를 사무치게 그리워했으니까.

제니퍼는 하윤을 유성그룹의 후계자로 만들고 싶은 욕심을 숨기지 않았다. 초대받지도 않은 약혼식에 참석하기 위하여 제니퍼는 이번에도 한국으로 돌아왔다. 그들에게 하윤이 누구의 태생인지 똑똑하게 보여주기 위해 끊임없이 현씨 집안 가족 행사에 모습을 나타내고 있었다. 모성으로 포장된 야망. 그 야망에 하윤이 상처받고 있다는 것을 그녀는 묵과하고 있었다.

"안녕하세요, 서유빈입니다. 저는 강석 아저씨랑 약혼하시기로 한 서수인 씨 조카입니다. 저기 별채에서 살고 있어요."

"어머나, 말하는 게 어쩜 이렇게 싹싹할까. 반가워요. 나는 하윤이 엄마 제니퍼. 나는 저렇게 뻣뻣한 아들 녀석만 있어서 그런지, 유빈이 같은 여자아이들 보면 정말 부러워."

유빈과 강석의 관계를 들은 제니퍼의 표정이 눈에 띄게 부드러워졌다. 웃으니 조각 같은 광대뼈에 더해진 진분홍의 볼터치가 강조되었다.

"고모를 닮아서 이렇게 미인이구나. 서수인 씨 TV에서 본 적 있어요. 인간성이 참 바른 사람 같았어요. 그러고 보면 강석 씨는 참 운이 좋은 사람이야. 그런 미인과 함께 이렇게 귀여운 조카까지 한꺼번에 얻었으니."

이 집에서 유일하게 수인을 인정해주는 사람을 만난 것 같아서 유빈은 기뻤다.

"저희 고모 얼굴만 예쁜 게 아니고, 진짜진짜 착하세요. 요리도 최고로 잘하세요. 요리책 보고 웬만한 건 뚝딱하고 그 자리에서 만드시거든요. 꽃잎을 말려서 꽃차도 만드세요. 지금 집에 계시는데⋯⋯."

지금 당장 수인을 만나러 가자는 제안이었다. 유빈의 마음속에서 영화는 이미 지워진 관심의 대상인 듯 보였다. 유빈과 단둘이 시간을 보내고 싶었던 하윤으로서는 속수무책으로 흘러가는 일분일초가 아쉬웠다. 게다가 자신의 존재가 다른 누군가의 등장으로 뒷전으로 밀려났다는 사실에 더욱더 기분이 저조해졌다.

"갑자기 찾아가는 것은 예의가 아니지. 고모님이 불편할 거야. 약혼식에 정식으로 소개 부탁해. 할머니 집에 계시니?"

"아니요."

제니퍼가 원하는 대답일 것이다.

"그래. 그럼 다음에 인사드려야겠다. 나중에 호텔에서 보자.

사랑 늪은 집착

바이, 유빈."

친밀하게 다가서더니 미련 없이 돌아서는 제니퍼의 태도에 유빈은 약간 야속하다는 생각이 들었다. 강석 아저씨 다음으로 좋은 어른을 만난 거 같아서 친해지고 싶었는데. 하윤의 엄마라서 더욱 마음이 쏠렸는지도 모르겠다. 또렷한 입술 선에 머물던 미소가 일순간에 사라졌다. 감정이 사라진 얼굴에는 근접할 수 없는 엄격함이 드리워졌다. 유빈의 눈에 제니퍼는 따뜻함과 차가움을 동시에 지니고 있는 사람처럼 보였다.

제니퍼가 탄 차가 주차장을 빠져나가자, 하윤이 유빈에게 고갯짓을 했다.

"무슨 영화 보고 싶은지 결정했어?"

"응?"

"뭐야, 진짜 나는 안중에도 없나 보네."

토라진 사람처럼 말투에 서운함이 담겨 있었다.

"공항에서 호텔로 갔다가 바로 집으로 온 거면……. 배고프지 않아?"

제니퍼와의 대화를 듣다 보니 불현듯 그런 생각이 들었다. 아직 점심도 못 챙겨 먹었겠구나. 유빈이 상상하던 다정한 엄마와 아들의 모습은 아니었다. 엄마를 만나고 왔다기에 당연히 점심을 먹었을 거라고 단정 지었다.

"영화관 가서 뭐든 사 먹으면 돼. 가자."

"지금 벌써 두 시도 넘었는데……. 다들 배고프시겠다. 그러지 말고 우리 집 가서 점심부터 먹자. 고모가 만들어준 스파게티 나 혼자만 맛있게 먹었거든. 영화는 나중에 얼마든지 볼 수 있잖아.

저 아저씨들도 점심 식사 아직 안 하셨을 거 아냐."

하윤은 미처 거기까지는 생각해보지 못했다. 공항에서 호텔로 그리고 본가로. 오전 내내 바쁘게 움직이느라 그들이 하윤의 스케줄에 따라 제때 식사를 챙기는지까지는 고려하지 못하고 있었다.

하윤과 눈이 마주친 성민이 고개를 크게 위아래로 조아렸다. 커다란 덩치에 어울리지 않게 손으로 배를 쓸어대는 모습이 우스꽝스럽기까지 했다. 사실 하윤도 배가 고팠다. 아침에 먹은 베이글 한 조각이 그가 반나절 동안 유일하게 섭취한 음식이었다. 배고파 하는 게 보였을까. 어리다고만 생각했던 유빈의 마음 씀씀이가 새삼 대견했다.

하윤이 말없이 차로 다가가 열린 문 안으로 고개를 집어넣었다. 가죽 의자 가운데 놓인 수납 박스 안에서 부채와 손수건을 꺼내었다. 그리고 고개를 두리번거려 공항에서 샀던 막대 사탕을 찾았다. 다시 상체를 밖으로 꺼내 188cm의 큰 키를 곧게 폈다.

부채를 펼쳐 바람을 만들어보았다. 시원한 게 어느 정도는 더위를 식혀줄 것도 같았다. 유빈에게 다가가 시원한 바람을 만들어주자, 수줍은 미소가 돌아왔다. 손수건으로 유빈의 콧등과 이마에 맺힌 땀방울을 닦아주는 손길이 조심스러웠다.

"앞장서."

한동안은 부채가 펄럭거리는 소리만이 두 사람 사이에 존재했다. 마당을 가로질러 가는 내내 하윤은 조용히 침묵을 지키고 있었다. 무슨 생각을 하는 걸까? 곁눈질로 바라본 하윤의 얼굴은 깊은 상념에 빠진 듯이 보였다. 장독대를 지날 무렵 유빈은 조금 전에 들었던 하윤의 어린 시절을 떠올렸다.

"오빠는 혹시 밤에 무서운 꿈 꿔?"

"악몽? 나는 밤에 꿈 안 꿔. 아침에 일어나서 지난밤에 무슨 꿈을 꿨는지 생각해본 적 없는데."

막대 사탕을 입안에서 굴리던 유빈이 고개를 크게 한 번 끄덕였다.

"다행이다, 걱정했는데. 나는 오빠가 어렸을 때 겪은 일로 악몽 같은 거 꾸고 그럴까 봐 걱정했거든. 열 살이었으면 오빠도 아직 어린애였잖아. 드라마 보면 그런 얘기들 많이 나오거든. 어린 시절 트라우마로 어쩌고 하는 거."

"……."

"한번은 드라마에서 어떤 남자가 밤마다 옥상에서 떨어지는 꿈을 꾸면서 깨어나는 거야. 어린 시절 트라우마 때문에. 근데 내가 너무 몰입해서 봤나 봐. 나도 한 일주일 정도 만날 시골집 지붕에서 떨어지는 꿈을 꿨거든."

"……."

"꼬맹이 현하윤은 정말 용감했나 봐."

바로 옆에서 불어오는 시원한 부채 바람을 느끼며 유빈이 주절주절 끊임없이 수다를 떨고 있었다. 설레고 들뜬 마음이 유빈을 수다쟁이로 만들고 있었다. 떨리는 마음을 다스리느라 바쁜 유빈은 하윤의 감정변화를 눈치챌 여유가 없었다.

아무도 그에게 악몽을 꾼 적이 있느냐고 물어보지 않았다. 하물며 친엄마인 제니퍼조차 그가 자고 있는 침실을 걱정스레 들여다본 적이 없었다. '너는 큰일을 할 아이니까', '너는 나이보다 성숙한 아이니까', '너는 많은 것을 누리는 아이니까' 사람들은 그에게 아이가 아닌 어른이 되기를 강요했다.

어느 때부터인가 하윤은 아침에 일어나서 지난밤에 꾼 꿈에 대해 일부러 생각하지 않기 시작했다. 그가 지난밤에 겪은 공포를 잊을 수 있는 가장 확실한 방법을 터득한 셈이었다. 그러면서 그는 악몽을 꾸지 않게 되었다.

유빈은 자꾸 그가 일부러 잊고 살았던 것들에 대해 생각나게 했다. 사람에 대한 걱정, 관심 그리고 욕심.

그에게 유빈은 그저 재미있는 아이였다. 보고 있으면 즐거웠다. 그러던 유빈이 어느 순간부터는 보고 싶은 아이가 되어 있었다. 같이 있고 싶고, 알고 싶은 아이.

지금 유빈은 그에게 또 다른 존재로 각인되어가고 있었다. 차갑게 식어 있던 심장이 뜨겁게 뛰기 시작했다.

Chapter 2

불쑥불쑥 나타나 유빈을 놀래키던 하윤이 주차장에서의 만남 이후 며칠째 코빼기도 보이지 않았다. 어느새 훌쩍 그녀의 마음속으로 침입해버린 하윤으로 인해 유빈은 하루에도 몇 번씩 멍한 상태로 딴생각에 빠져 있곤 했다.

여름방학 보충 수업을 들으면서도 하루 종일 하윤의 생각에 공부에 집중할 수가 없었다. 교실을 나와 교문으로 가는 길이었다. 같은 반 친구들의 수다를 들으면서도 신경은 온통 하윤에게 가 있었다.

"우리 학원 땡땡이 치고 떡볶이 먹으러 가자."

"안 돼. 오늘도 땡땡이면 엄마가 학교로 날마다 데리러 올 거라고 엄포를 놓아."

"가윤 콘서트 티켓 구했어?"

"몰라. 벌써 다 매진이래."

주변 학생들이 떠들어대는 말 중에 유독 가윤이라는 이름이 들려왔다. 본능적으로 귀가 번쩍했지만, 그것도 이내 시들해졌다. 가윤의 이름에 유빈이 시큰둥한 반응을 보이는 것은 이번이 처음이었다.

"야, 저기 저 아저씨. 진짜 멋지다. 연예인 같아."

"스타일이 딱 연예인인데……. 우리 학교 학생 만나러 왔나 봐. 누군지 부럽다."

"우리 가서 말 걸어볼까?"

교문을 지나치며 누군가 유빈의 어깨를 흔들었다. 딴 세상에 빠져 있다 나온 사람처럼 유빈은 그제야 친구들이 가리키는 방향으로 고개를 돌렸다. 그곳에는 지금쯤 공항에 도착했을 거라고 생각했던 강석이 서 있었다. 반가운 마음이 먼저 들었다. 손을 흔드는 강석에게 한달음에 뛰어갔다. 흥분으로 넘어지다시피 달려간 유빈이 간신히 강석의 앞에서 중심을 잡고 멈추어 섰다.

"어이쿠, 여전히 애처럼 뛰어다니는 거 좋아하는구나. 그래도 다치지 않게 조심해야지."

강석은 수인과 같은 38살이었다. 보잉 선글라스가 완벽하게 어울리는 그는 도저히 30대 후반으로는 보이지 않는 세련된 패션 센스를 가지고 있었다. 사진작가들은 다 이렇게 멋쟁이들일까? 아님 강석 아저씨만 유독 멋져 보이는 걸까.

"안녕하세요. 여기는 어쩐 일이세요?"

여전히 강석을 향해 어색함을 숨기지 못하는 유빈이었지만, 얼굴 한가득 반가움이 넘쳤다.

"우리 유빈 공주님이 보고 싶어서 공항에서 한걸음에 달려왔지."

공주님이라는 강석의 표현에 유빈의 얼굴이 금세 홍조를 띠었다. 달콤한 말 백과사전이라도 들고 다니는 건지. 강석이 늘어놓는 말들은 항상 유빈을 기분 좋고 들뜨게 만들었다.

"내가 바쁘다는 핑계로 서울로 초대만 하고 신경을 못 써줬지. 이번 기회에 점수 좀 만회하려고 이렇게 찾아왔지. 집으로 갈 거지?"

"네."

운전기사가 대기하고 있는 차의 뒷문을 강석이 열어주었다. 유빈이 잠시 망설이다 차에 올라탔다. 수인 없이 강석과 단둘이 만나기는 이번이 처음이었다. 옆자리에 앉는 강석을 바라보는 유빈의 마음은 쑥스럽기도 하고 설레기도 했다. 할머니 댁으로 결혼 허가를 받으러 온 강석을 처음 보았을 때부터 유빈은 그가 좋았다.

처음 만났던 날도 그는 유빈을 공주님이라고 불렀다. 다정한 손길로 볼을 쓰다듬어주고 머리를 토닥여주었다. 따뜻한 온기가 전해주던 포근함을 오랫동안 잊을 수가 없었다. 크고 듬직한 손의 감촉에 아빠의 손도 이렇게 크고 따스했을까 하는 기분 좋은 상상을 해보고는 했었다.

"앞에 사고가 있었나. 차가 좀 막히네."

아직 퇴근 시간도 아닌데 정체되는 도로 상황에 꼼짝없이 갇혀버렸다. 초조한 듯 강석이 창문으로 고개를 길게 빼고 앞을 내다보고 있었다. 거북이걸음처럼 천천히 전진하는 차에 갇힌 강석이 혹시 피곤해지진 않을까 유빈은 점점 불편한 마음에 안절부절못했다.

"제가 전철로 움직였으면 더 편했을 건데. 앞으로는 공항에서 학교로 데리러 오지 마세요. 이동거리도 많고. 더구나 시차 때문에 피곤하실 텐데……."

길게 늘어선 차들과 그를 바라보며 미안함에 어쩔 줄 몰라 하는 유빈의 모습에 강석의 마음 한구석에 애잔함이 스쳤다. 할머니와 고모의 보호를 받고 자랐다고 해도 부모님의 사랑을 받고 성장한 또래의 아이들과는 달랐다. 직접적으로 표현은 하지 않지만 친부모의 부재가 무의식중에 유빈에게 어린 시절부터 상처로 남지 않았을까 마음이 쓰였다.

유난히 마음이 여린 유빈은 혹시 자신이 누군가에게 부담스러운 존재로 다가가지 않을까 매사에 조심스러워했다. 특히나 수인과 결혼을 앞둔 강석이 편한 듯하면서도 거리감을 두는 태도에 못내 서운했다.

"나는 유빈이가 좀 더 욕심이 많은 아이였으면 좋겠어."

강석이 솔직한 속내를 살짝 내비쳤다.

"저 욕심 많은데. 의외로 심술도 많고. 며칠 전에도 고모한테 밤에 한 시간 동안이나 잔소리 들었잖아요. 기억력 나쁘고, 반창 투정하고, 또 뭐가 있더라."

"설마……. 우리 착한 수인이 얼마나 유빈이를 사랑하는데. 그렇게 상처 주는 말을 했을 리가 없어."

"봐요. 역시 아저씨는 고모 편이라니깐요."

어느새 유쾌한 모습으로 돌아가서 깔깔거리며 웃어대는 유빈을 바라보며 강석은 이 아이가 감추고 있는 보이지 않는 상처까지 보듬어주고 싶다는 욕심이 들었다.

불현듯 유빈의 교복 호주머니가 부르르 울리기 시작했다. 낯선 번호였다. 혹시 하윤이 아닐까. 내심 하윤이기를 기대하는 유빈의 맥박이 불규칙하게 뛰기 시작했다.

"여보세요"

-왜 이렇게 늦게 받아. 어디야? 왜 아직도 안 와.

짜증 섞인 말투는 하윤의 목소리였다.

"친구 전화야?"

강석의 궁금증이 전화기를 타고 흘러들어 갔나 보다.

-누구야? 너 지금 남자랑 있어?

"응. 지금 집에 가는 길이야."

높아진 하윤의 목소리 톤이 꼭 질투하는 남자친구처럼 느껴져 은근히 기분이 좋았다.

-너 혹시 가윤이 그 자식이랑 같이 있는 거 아니지?

순식간에 낮게 깔린 저음이 꽤 위협적으로 들려왔다.

"누구? 설마 가수 가윤? 그렇게 유명한 사람이랑 내가 어떻게 같이 있어."

한동안 핸드폰 너머로 정적이 흘렀다.

-어디에 있는지 말해. 내가 데리러 갈게.

한층 부드러워진 목소리였다.

"걱정하지 마세요. 바쁘신 분이니 신경 안 쓰셔도 됩니다. 집까지 무사히 데려다줄 사람이랑 같이 있습니다."

며칠 동안 연락이 없었다는 사실을 비꼬아서 한마디 쏘아주고는 핸드폰을 가방 안으로 집어넣어버렸다. 흥이다. 나도 튕길 줄 안다, 뭐. 오랜만에 연락해서는 신경질만 내고서는.

'오랜만이다', '어떻게 지냈느냐' 뭐, 이런 게 정상적인 대화 아닌가.

"유빈이 그사이에 남자친구 생겼나 봐?"

"아뇨, 그런 거 아니에요."

뭐라고 설명해야 할지 유빈의 말문이 막혀버렸다. 강석 아저씨 조카라고 하면 싫어하실까.

"가수 가윤이라고 했던 것 같던데. 유빈이가 제일 좋아하는 가수 맞지."

"네. 요즘 우리들 사이에서 제일 핫한 가수예요."

"고모가 무슨 얘기 안 했어?"

"무슨 말이요?"

"나 다음으로 우리 집 꼴통인 녀석."

"아저씨가 꼴통이에요? 난 이 세상에서 제일 멋있다고 생각하는데."

"진짜? 유빈이가 보기에 내가 제일로 멋있어?"

"그럼요. 두말하면 입만 아프죠."

엄지를 척 꺼내든 유빈이 개구지게 웃는다. 유빈을 따라 강석도 기분 좋게 웃었다. 유빈에게는 긍정의 에너지가 넘친다. 남을 배려하고 사랑을 베풀 줄 아는 아이, 순수하게 마음을 받을 줄 아는 아이, 그래서 항상 사람의 정이 그리운 아이.

주차장에 강석의 차가 다가가자 근처를 서성거리고 있는 하윤의 모습이 눈에 들어왔다. 차에서 내린 유빈에게 하윤이 긴 다리로 성큼성큼 다가왔다. 그녀의 뒤를 따라 강석이 차에서 내리자 불만의 눈초리를 숨기지 않았다.

호텔에 머물고 있는 제니퍼가 주선한 비즈니스 미팅들로 유빈을 만나러 올 시간적 여유가 없었다. 작은아버지를 견제하고, 하윤에게 힘을 실어줄 세력을 도모하기 위한 만남. 18살이 된 이후로 한가락 한다는 정계 인사들과 커넥션을 만드는 자리가 어머니의 주선 아래 이어졌다. 숫자에 민감하고, 권익을 위해서라면 언제든지 등을 돌릴 수 있는 사람들이지만 적보다는 내 편으로 심어두는 게 편리한 사람들임에는 분명했다.

예의상 마련된 자리를 빠져나올 수 없어 초조하게 시간이 흘러가기만을 기다렸다. 지겨운 미팅들이 대충 마무리되자 성민에게 부탁해서 카메라 전문점으로 달려갔다. 유빈이 기뻐하는 모습을 보고 싶어 서프라이즈 선물을 준비했다. 제일 인기가 많다는 카메라를 구입하고, 예쁜 상자에 담아서 포장을 했다.

그리고 무작정 전철역 입구에서 그녀가 나타나기만을 기다렸다. 어린 시절 갑자기 떠나버린 엄마를 애타게 기다린 것을 제외하고는 누군가를 그리워해본 적이 없는 하윤으로서는 안달복달하는 자신의 모습이 낯설기까지 했다. 한국에 남아 있을 시간이 얼마 없었다. 시골로 돌아가겠다는 유빈의 말이 주문처럼 머릿속을 맴돌았다. 어느 날 갑자기 그의 인생에서 사라져버리기라도 할까 봐 초조한 마음에 어떤 것에도 집중할 수가 없었다.

보고 싶다, 그립다, 설렌다. 이 낯선 감정들이 하나로 묶일 수 있다는 사실을 유빈을 통해 처음으로 깨달았다. 설렘으로 심장이 자꾸만 두근거려 오른손으로 왼쪽 가슴을 두드려가며 진정시켜야 했다.

"어떻게 된 거야?"

심술 난 게 분명한 말투로 하윤이 강석을 노려보았다.

"오랜만에 만난 삼촌한테 왜 시비야? 혹시 유빈이 기다렸어? 수인이가 두 사람이 많이 친해졌다고 그러던데. 유빈아, 그런 거야?"

"저…… 많이 친해졌다기보다는 그냥 좀……."

오랜만에 만난 하윤을 마주하자 습관처럼 두 볼이 발그레하게 상기되었다. 아침에 딴 잘 익은 토마토처럼 붉은색으로 변해 있을 것이다. 손등으로 얼굴을 감싸고 살짝 곁눈질을 했다. 방금 샤워하고 온 듯 하윤에게서는 은은한 비누 향이 풍겨져 나왔다. 젖은 머리를 대충 털어 말린 듯 헝클어진 모습이 오히려 곱상하기만 한 하윤에게 남성다움을 실어주었다.

고개를 돌려 바라본 옆모습에서 날카롭지만 곧게 서 있는 콧대가 유난히 눈에 도드라져 보였다. 관능적일 정도로 도톰한 입술 바로 위에 작은 점이 있었다. 웃을 때면 위치가 달라지는 신기한 점이었다. 그녀의 시선을 의식한 듯 고개를 돌려 정면으로 유빈을 바라보는 하윤과 눈이 마주쳤다. 괜히 나쁜 짓 하다 들킨 것처럼 시선을 회피하는 유빈의 볼에 붉은 기가 퍼져갔다.

알맞게 도드라진 광대뼈 근처가 핑크빛으로 물들었다. 풍성하게 커브 진 속눈썹이 파르르 떨렸다. 유빈의 얼굴을 뚫어지게 쳐다보는 하윤의 눈길이 예사롭지가 않았다.

"현하윤, 그런 엉큼한 눈길로 쳐다보라고 누가 허락했어."

강석이 유빈을 보호하듯 뒤로 감췄다.

"내가 언제 엉큼하게 봤다는 거야."

하윤이 억울하다는 듯이 항의했다. 하윤이 가족이라 규정지어진 범주 내에서 유일하게 친밀감을 드러내는 존재가 강석이었다. 그럼에도 고슴도치처럼 자신을 향해 경계 태세를 드러내는 강석이 하윤은 마음에 들지 않았다.

"서유빈, 이리 나와. 할 말 있어."

살금살금 강석의 뒤편에서 걸어 나오는 유빈을 다시 강석이 막아섰다.

"삼촌!"

유괴 사건 후 미국으로 떠났던 하윤은 15살부터 여름방학이면 한국으로 돌아왔다. 다시 돌아온 하윤은 전혀 다른 사람이 되어 있었다. 조용하고 내성적이던 아이였지만, 곧잘 웃기도 하고 사람도 잘 따랐었다.

힘든 사건을 겪고도 의젓하던 녀석이었다. 일찍 어른이 되어 버린 듯 감정을 드러내지 않은 차가운 성정의 하윤이 강석은 항상 안타까웠다. 그래서 강석은 지금 하윤이 유빈을 바라보는 눈빛에 상당히 동요하고 있었다. 사람에 대해 철저하게 무관심으로 일관하던 녀석이 유빈을 바라볼 때만은 감정을 숨기지 못하고 있었다.

어떤 식으로 반응해야 할지 몰라 강석은 난감했다. 몇 년 만에 보여주는 인간다운 모습을 반가워해야 하는 건지, 상대가 유빈이라는 사실에 경계를 해야 하는 건지. 하윤을 신뢰하지 못하는 것은 아니지만 유빈을 상대로 장난을 치는 것이라면 결코 환영할 수만은 없었다.

"유빈아, 너 가수 가윤 좋아한다고 그랬지? 밖에 밴이 서 있는 거 보니깐 가윤이가 온 거 같은데……."

"내가 좋아하는 가수 가윤이요? 말도 안 돼. 가윤이 진짜 여기에 왔다구요?"

일부러 '가윤'을 강조하자 유빈이 흥분했다. 앞으로 급하게 튀어나오다 강석의 하이킹 부츠에 발이 걸려 바닥으로 넘어졌다.

"엄마야!"

"서유빈!"

화난 듯 목소리는 싸늘했지만 손을 잡아 일으켜 세워주는 하윤의 손길은 다정했다. 한쪽 무릎을 바닥에 꿇고 흙을 털어주는 하윤의 세심함에 강석의 눈매가 가늘어졌다. 하윤은 유빈에게 다친 상처가 없다는 것을 확인하고서야 긴장으로 굳어진 표정을 풀었다.

"혹시 아까 말하신 집안 꼴통이 설마 제가 좋아하는 가수 가윤이었어요? 하윤……. 가윤……. 맞다. 돌림자네. 진짜예요? 아니죠? 진짜예요? 오빠, 진짜예요?"

새로운 사실을 발견한 유빈이 본채를 바라다보며 감격에 겨워 떠들어대기 시작했다. 유빈의 입을 통해 나온 하윤, 가윤.

같은 레벨로 취급되는 것만 같아 더욱 기분이 나빴다. 꼬치꼬치 캐묻는 말에 하윤은 그저 묵묵부답으로 일관했다.

"맞아, 그 가윤."

강석의 대답에 하윤의 오른쪽 눈썹이 위로 치켜 올라갔다. 긴장하면 나오는 버릇이었다. 요놈 봐라, 단단히 빠졌네.

"고모 너무했다. 내가 가윤 오빠 좋아하는 것을 뻔히 알면서……."

"아마 유빈이 깜짝 놀래켜주려고 그랬을 거야."

"아니요. 보나마나 내가 가윤 오빠 귀찮게 할까 봐 그랬을 거예요. 고모는 가만히 보면 나를 너무 어린애 취급하는 경향이 있거든요. 고모한테는 내가 열한 살로 보이나 봐요. 아저씨 눈에도 내가 초등학생처럼 보여요?"

"아니, 딱 여섯 살로 보여. 그깟 가수가 뭐가 그리 대단하다고."

강석에게 한 질문에 하윤이 대신 대답했다. 하윤이 보기에 지금 유빈의 태도는 맛있는 초콜릿을 눈앞에 둔 6살짜리 어린아이의 모습 딱 그것이었다. 그리고 지금 하윤의 모습도 유빈과 별반 다르지 않다고 스스로 자조하고 있었다. 불안, 질투, 소유욕.

행동하기에 앞서 생각을 먼저 했던 하윤이었다. 그러던 것이 유빈과 함께 있을 때면 행동이 생각을 앞질렀다. 잠재되어 있던 유치한 모습이 하나둘씩 드러나는 것 같아 마음 한쪽이 찜찜했다. 지난번 가윤이 자식의 포스터를 보고 난 후 너무 유치하게 굴었던 것이 더욱 마음에 걸렸다.

　"나는 순수한 유빈이 귀엽기만 한데. 먼저들 들어가 있어. 나는 트렁크에서 짐 좀 챙겨서 들어갈게. 하윤아, 유빈이 데리고 가서 가윤이한테 인사부터 시켜."

　강석은 카메라 가방을 꺼내기 위해 자동차 뒤편으로 걸음을 옮겼다. 유빈의 옆에서 본래의 나이로 돌아가는 하윤이었다. 풋풋한 고등학생 같은 하윤의 모습이 점점 흥미로웠다. 짐을 꺼내기 위해 돌아서기 전 보았던 원망이 가득한 눈길에 하마터면 웃음이 터져 나올 뻔했다. 자신감이 배제된 현하윤을 본 적이 있었던가. 이제야 겨우 사람다워 보이는 조카의 변화가 강석은 싫지가 않았다.

　마당을 지나 본채에 가까워질수록 흥분으로 조잘대던 유빈의 목소리가 잦아들고 말수가 줄어들었다. 이내 발걸음도 뒤처지기 시작했다. 불현듯 멈춰버린 유빈의 발걸음에 바짝 뒤따르던 하윤도 걸음을 멈추었다.

　보충 수업을 다녀오는 길이라 하복 차림이었다. 하늘색 블라우스와 체크무늬 플레어스커트가 하얀 피부와 잘 어울렸다. 길게 늘어뜨린 머릿결이 걸을 때마다 폭포수처럼 찰랑거렸다. 굽이 없는 단화를 신은 유빈의 머리가 하윤의 어깨 근처에 머물러 있었다. 가슴에 맞닿아 있는 유빈을 향해 고개를 내리니 위를 올려다보는 유빈과 시선이 마주쳤다.

"왜?"

"초대받지도 않았는데 그냥 들어가도 될까? 모처럼 만난 가족들하고만 시간을 보내고 싶어 할지도 모르는데……."

순진한 유빈다운 배려에 피식 웃음이 나왔다. 어스름하게 해가 지고 있었다. 하늘에 퍼져 있는 붉은 노을 아래로 보이는 유빈의 얼굴은 뚜렷한 음영으로 나이보다 훨씬 성숙해 보였다.

"그럼 들어가지 말까?"

'응'이라는 대답을 내심 기대했다.

"아니. 그래도 만나는 보고 싶어."

"그럼, 들어가자. 가족들과 따로 시간을 보내고 싶어 하는 캐릭터는 아니지 싶은데."

뒤늦게 수인에게 연락을 취하고서야, 강석이 유빈을 데리러 갔다는 사실을 알게 되었다. 지하철역에서 집으로 돌아오는 길에 담벼락에 주차되어 있는 요란한 밴을 발견했다. 그 동네에서 연예인이 타고 다닌다고 광고할 만한 차를 몰로 다닐 사람은 가윤이밖에 없었다. 그래서 주차장에서 내내 유빈을 기다리고 있었다. 강석이 그 빌어먹을 가윤이라는 이름만 꺼내지 않았어도, 지금처럼 이렇게 유빈을 직접 그 녀석 앞으로 데려갈 일은 평생 없었을 것이다.

오늘따라 방해꾼들이 모종의 협상이라도 벌인 건지. 유빈과 단둘이 보낼 시간이 턱없이 부족했다. 내년이면 할머니가 계시는 시골로 내려갈 거라는 말이 영 마음에 걸렸다. 그가 만들어놓은 안전거리에서 벗어날 것만 같은 불안감. 그가 닿을 수 없는 곳으로 사라지는 것은 아닐까 불안했다.

좁은 한국 땅에서 어딘가로 사라진다고 하더라도, 찾지 못할 일은 없었다. 다만 유빈의 마음을 확인받고 싶었다. 그가 다시 돌아올 때까지 기다려줄 거라는 믿음. 아무 데도 가지 않을 거라는 약속이 필요했다. 쉼표 없이 흘러가는 시간이 야속하기만 했다.

"갑자기 동경하던 가수를 만나려니 긴장돼?"

"사실은 조금. 괜히 만나서 실수할까 봐 떨리기도 하고. 내가 생각했던 사람이 아니면 어쩌나 걱정도 되고……."

쿡. 웃음이 흘러나왔다. 의외로 문제는 간단히 해결될 수 있을 것 같았다. 유빈이 가윤에게 품고 있는 스타로서의 환상이 무엇이든지, 분명 녀석이 가지고 있는 어린아이 같은 유치함은 아니리라. 자연스럽게 녀석의 본모습을 자극하면 해결되는 문제였다.

데뷔 곡이었던 뮤직 비디오 속의 가윤은 애절한 눈빛으로 수많은 여심을 훔쳤다. 떠나버린 사랑에 가슴 시리게 아파하던 미소년. 감성 마케팅을 노린 철저하게 상업적으로 창조된 인물이었다. 더불어 노출을 자제한 신비주의 마케팅 덕에 나이보다 성숙해 보이는 이미지를 그대로 유지할 수 있었다.

굳이 하윤은 어떠한 행동도 할 필요가 없었다. 그만 보면 유치하게 이빨을 드러내는 녀석을 지켜보기만 하면 그뿐이었다. 자격지심인지, 하윤이 갖고 있는 거라면 뭐든지 가져야만 직성이 풀리는 녀석이었다. 초등학교에 입학하기 전까지는 가끔 어울려서 놀기도 한 것 같은데, 초등학교에 입학한 후로는 으르렁대는 녀석 때문에 이유도 모르고 어른들께 혼난 적이 한두 번이 아니었다. 생각하는 것만으로도 골치가 아파오는 녀석이었다.

분명 유빈은 어린아이같이 투정 부리며, 떼를 쓰는 가수 가윤이 달갑지는 않을 것이다. 녀석이 하윤에 비해 얼마나 미성숙한 인간인지만 보여주면 되는 것이다. 녀석에 대한 환상이 여지없이 깨질 것이다. 그럼 더 이상 가윤을 좋아하는 일도 없겠지.

"어차피 가수이기 이전에 우리랑 같은 사람이야. 하지만 무엇보다 가수로서의 녀석을 좋아한다면 그 녀석이 가지고 있는 예술성에 포커스를 두어야겠지. 인정하고 싶지는 않지만 음악적 재능을 타고난 녀석이야. 어려서부터 음악에 대한 주관이 뚜렷했던 것 같아. 그렇다고 자기가 하는 음악이 최고라는 편협한 사고를 가지고 있는 사람들하고는 달라. 모든 장르의 음악을 듣고 수용하는 편이라고 할까. 훌륭한 뮤지션으로 성장할거라고 생각해."

듣기 좋으라고 하는 말이 아니었다. 오래전부터 가윤의 뮤지션으로서의 재능은 인정하고 있었다. 어려서부터 녀석이 흥얼거리는 노랫소리를 듣고 성량이 풍부하고 고운 음색이라고 생각하고 있었다. 남들과는 다른 울림이 있었다. 그렇다고 진짜 가수가 될 줄은 몰랐지만…….

"가윤 오빠를 싫어하는 줄만 알았는데. 심술쟁이 장난꾸러기 같을 때도 있지만, 내가 본 열아홉 살 중에서 최고로 멋있어."

어느새 뒤로 돌아 하윤의 얼굴을 마주 보고 있던 유빈은 새로운 사실을 발견한 듯 반짝이는 호기심을 담고 그를 보기 시작했다. 생각이 멋진 사람. 다정한 사람. 잘생긴 외모 안에 따뜻한 마음씨까지.

'뭐야, 다 갖췄잖아. 다행이다. 내가 좋아하는 사람이 이렇게 멋진 사람이라서. 이렇게 멋진 어른이라서.'

불현듯 떠올린 생각에 가슴 안쪽이 뭉클하게 저려왔다. 좋아해. 내가 이 사람을 아주 많이 좋아해. 다른 세계에 속한 사람이라고 생각했었다. 동화 속에 나옴 직한 왕자님. 꿈을 꾸고 있는 것만 같았다. 요정의 실수로 인해 사랑에 빠져버린 한 편의 연극처럼 잠에서 깨어나면 현실로 돌아가겠지. 한여름 밤의 꿈처럼 여름이 지나면 기억 속에만 존재하는 사람이 되겠지. 그래도 소중한 추억으로 간직할 수 있어서 다행이다.

어설픈 짝사랑, 설레는 첫사랑.

다시 만나고 싶다고 하면 욕심이겠지. 나처럼 평범한 아이에게는 어울리지 않는 사람이니까. 해야 할 일이 많은 사람이니까. 나 말고도 욕심내는 사람이 많은 사람일 테니까.

이제는 동경에 찬 시선으로 올려다보는 유빈을 내려다보는 하윤의 심장이 자꾸만 울렁거렸다. 귀여운 서유빈. 쉽게 감동하고 쉽게 삐치고. 생각하는 것이 얼굴에 다 드러나는 유빈이 사랑스러웠다. 순수한 그녀의 마음이 고스란히 하윤에게 가서 전달이 되었다.

하윤이 오른손을 내밀어 그녀의 앞머리를 장난스럽게 헝클어뜨리자, '치이이' 하는 볼멘소리가 나왔다. 볼을 부풀리는 유빈의 얼굴이 귀여운 아기 천사의 것처럼 보였다. 손가락을 들어 부푼 볼을 찔러보자 바람 빠지는 소리가 났다. 킥킥대는 웃음소리가 하윤에게서 저절로 터져 나왔다.

하윤이 헝클어진 머리를 정갈하게 다듬어주었다. 어깨가 잡혀 앞으로 돌려진 유빈의 등을 하윤이 가슴으로 가볍게 밀었다. 가벼운 미풍에 유빈의 머리카락이 뒤로 휘날리며 하윤의 볼을 스쳤다. 부드러운 감촉과 함께 연한 꽃향기가 그의 후각을 간질거렸다.

오미영 회장의 취향이 분명한 화려한 거실. 고급스러운 장식품들로 치장된 집 안의 분위기는 무겁고 정제된 느낌이었다. 장인이 직접 수공했다는 원목 가구들은 이태리와 영국에서 직접 수입해 온 것들이었다. 거실 곳곳에 놓인 테이블에는 각양각색의 꽃무늬가 그려진 도자기들이 진열되어 있었다.

하윤은 들어오기 싫은 게 확연할 정도로 느린 동작으로 신발을 벗고 있었다. 그때 2층 계단을 날아오다시피 내려오던 가윤이 나긋나긋한 목소리로 인사를 건네었다.

"어이, 사촌. 오랜만이야. 미국물이 좋기는 좋은가 봐. 얼굴 환해졌다."

가윤은 못마땅함을 한껏 드러낸 하윤을 무시하고 곧바로 그의 옆에 서서 쭈뼛거리고 있는 유빈에게 다가갔다.

"여기 예쁜 고등학생은 누구? 교복을 보니 우리 학교 1학년인 것 같은데. 나 알지?"

예상치 못한 반격에 하윤은 호흡마저 잊은 듯 그대로 얼어버렸다.

"그럼요. 저희 학교의 자랑이신데요."

유빈의 대답은 0.1초도 걸리지 않았다. 바로 뒤따라 들어온 강석이 오랜만에 만나는 가윤과 그들만의 어깨 인사를 나누었다. 강석이 거들면서 오고 가던 대화가 급격히 활기를 띠기 시작했다.

"흠흠, 그랬나? 하윤이는 알고 있었겠구나. 두 사람 같은 학교 다닌다는 것. 참, 소개가 늦었다. 여기는 수인이 조카 서유빈. 그리고 여기는 내가 아까 말하던 꼴통 넘버 2, 최가윤. 우리 큰누나 아들."

강석은 상황이 점점 재미있게 돌아가는 것을 즐기고 있었다. 자꾸만 헛웃음이 나오려는 것을 참기 위해 몇 번이나 목소리를 가다듬어야 했다.

"안녕하세요. 1학년 3반 서유빈입니다."

"반가워. 나는 3학년 4반이던가……. 내가 3학년 선배니깐 말 편하게 해도 되지?"

"물론입니다. 그리고 선배님은 3학년 3반이세요."

배시시 웃는 유빈을 보며 하윤이 한쪽 눈썹을 치켜올렸다. 뭐야. 반까지 다 알고 있을 정도로 좋아한다는 거잖아. 용솟음치는 질투심을 억누르기 위해 아랫입술만 질끈 깨물었다. 하윤이 유빈을 좋아하는 것을 알면 어떻게 나올지 뻔했다. 그를 골탕 먹이기 위해서라도 유빈과 일부러 친하게 지낼 것이다.

"흠흠. 최가윤, 너는 네가 몇 반인 줄도 모르냐. 유빈이도 알고 있구만. 그러다 졸업은 할 수 있겠냐?"

강석은 터져 나오려는 웃음을 참기 위해 여러 번 헛기침을 해야만 했다. 만났다 하면 티격태격하는 두 사람이었다. 불행히도 대부분 가윤의 완패로 끝나는 게임이었다. 웬만한 상황이 아니고서는 동요하는 법이 없던 하윤이 당황을 감추지 못하고 감정을 고스란히 표정으로 드러내는 것을 얼마 만에 보는 건지. 좋아하는 것을 빼앗길까 전전긍긍하는 모습이라니. 유빈의 옆에서는 본연의 나이로 돌아가는 하윤이 귀엽기까지 했다.

"그러게, 내가 좀 무심했지. 우리 학교 교복을 보니 갑자기 학교가 가고 싶어지네. 고3인데 출석일수 부족해서 졸업 못하면 안 되겠지? 세상에 한 번뿐인 고등학교 생활인데 이대로 그냥 보내기 아깝다는 생각이 갑자기 드네……. 의외로 이번 학기에는 학교에서 재미있는 일이 생길 것 같은 예감이 들어."

하윤의 숨결이 눈에 띄게 거칠어지기 시작했다. 경직된 어깨에 힘이 잔뜩 들어갔다. 거울을 보고 수백 번도 더 연습한 윙크로 유빈의 미소를 훔치는 가윤을 바라보며 하윤이 주먹을 매섭게 거머쥐었다.

"유빈이 혹시 내 팬?"

"어떻게 아셨어요? 저희 학교 학생들 전부 오빠 왕 팬이에요. 저랑 저희 반 친구들은 오빠 팬클럽에도 가입했어요. 고모 편에 보내주신 친필 사인 포스터는 제 방 벽에 소중하게 간직하고 있어요."

"그랬구나. 이렇게 귀여운 소녀가 내 팬이었으면 하는 마음에서 한번 물어본 거였는데. 내가 좋아하는 미스코리아 숙모님한테 이렇게 귀여운 조카가 있었을 줄이야. 미리 알았더라면 콘서트에도 초대하고 그랬을 텐데 말이야. 나중에라도 콘서트 오고 싶으면 언제든지 말해. VIP좌석으로 준비해줄게."

"고맙지만 사양할래요. 나중에 용돈 모아서 제가 직접 사서 갈 거예요. 그게 올바른 팬의 자세죠."

결이 많은 속눈썹을 깜빡이며 결의를 다지는 말투가 귀여웠다. 가윤은 유빈의 앞머리를 장난스럽게 헝클어주었다. 2층 베란다에서 훔쳐봤던 하윤의 행동을 그대로 흉내 내고 있었다. 하윤을 자극하기 위한 계산된 행동이 반이라면, 나머지 반은 순수한 유빈이 마음에 들어서였다. 깨끗한 눈망울의 맑은 눈이 매력적이라는 생각이 들었다. 하윤의 앞에서 보여주던 수줍음 많던 소녀의 모습은 아니었지만, 순수한 팬심을 드러낸 채 방긋 웃는 유빈이 마음에 들었다. 귀여운 여동생이 한 명 생길 것 같아 기분이 좋아졌다.

힐끗 바라본 하윤의 얼굴 표정은 살얼음판 그 자체였다. 주먹 쥔 손이 꽤나 위협적이었다. 머리 좀 좋다고 잘난 척하던 녀석에게 벼르고 벼르던 복수의 기회. 끊임없는 시도에도 불과하고 아직 만족할 만한 결과물은 없었다. 오늘이야말로 성공의 단맛을 본 것 같은 짜릿한 전율에 손끝에서부터 소름이 돋아나기 시작했다.

"삼촌, 결혼식 축가는 제가 불러드릴게요. 유빈이가 특별히 좋아하는 노래로 한번 골라볼래. 같이 듀엣을 하는 것도 의미 있겠다."

쨍그랑. 가윤의 앞에 있던 탁자가 넘어지며 미영이 아끼던 도자기 화병이 박살이 났다. 덴마크 왕가에서 사용하던 거라며 애지중지하던 것이었다. 거친 발길질로 고가의 도자기를 깨뜨리고도 눈 하나 꿈쩍하지 않는 하윤을 보며 오히려 유빈이 안절부절못했다.

"어떻게 해. 무지 비싸 보이던데. 하윤 오빠, 왜 그랬어요. 조심 좀 하지."

어린아이 타이르듯 구는 유빈의 말투에 하윤의 성난 눈빛에 거친 불꽃이 어른거렸다. 쿵쿵. 발소리도 요란하게 계단을 뛰어 올라가는 하윤이었다. 작별 인사도 없이 위층으로 올라가는 그를 서운한 눈길로 바라보는 유빈의 등 뒤로 가윤은 간신히 웃음을 참고 있었다. 고개를 절레절레 흔드는 강석에게 윙크를 하던 가윤이 2층에서 들리는 요란한 방문소리에 끝내는 킬킬대는 웃음소리를 터트렸다.

점점 커져가는 웃음소리. 허리까지 숙여가며 요란하게 웃어대는 가윤을 향해 돌아서는 유빈의 눈가에 서운함이 남아 있었다. 미련이 남는지 몇 번이고 위층을 바라보는 그녀의 머리를 강석이 다정하게 토닥여주었다.

금빛 햇살이 영롱하게 반짝이는 아름다운 날씨였다. 푸른색이 청량해 보이는 하늘에는 솜사탕 모양의 뭉게구름이 군데군데 수놓아져 있었다. 임시로 설치된 사각의 프레임은 아름다운 꽃 장식과 하얀 천의 캐노피로 멋을 내고 있었다. 정원의 상석에 자리한 무대에서는 오케스트라 오중주에 의해 엘가의 <사랑의 인사>가 연주되고 있었다.

아침 일찍부터 수인과 강석의 약혼식을 위한 행사 준비가 한창이었다. 커다란 원형 테이블들이 일정한 간격에 맞춰 초록색 잔디 위에 놓여졌다. 하얀 린넨으로 커버를 씌운 테이블 위에는 생화를 이용한 테이블 센터피스, 와인 잔들이 배열에 맞춰 진열되어 있다. 그리고 전문가의 손길에 의해 큐빅을 박아놓은 예쁜 하트 모양의 링에 싸인 린넨 냅킨이 그 옆으로 화사하게 자리를 잡아가고 있었다. 한쪽에 일렬로 준비된 푸드 존, 디저트 존에서는 캐터링 회사에서 파견 나온 요리사들이 수준 높은 세계 각국의 음식을 세팅하느라 정신이 없었다.

한복을 곱게 차려입은 할머니와 이모할머니 옆에서 시중을 들고 있는 유빈은 하윤이 보기에 오늘 게스트 중에서 가장 빛이 나고 아름다웠다. 값비싼 보석으로 치장하지 않아도 존재 자체만으로 빛이 나는 아이였다. 연한 핑크색 원피스와 그에 어울리는 머리 장식만으로도 충분히 주위 사람들의 이목을 끌고 있었다.

고등학생 특유의 생기발랄함과 해사한 웃음은 지켜보는 사람들까지 기분 좋게 만들었다. 자꾸만 유빈을 바라보느라 하윤이 대화에 집중하지 못하는 모습을 보이자, 성민이 뒤에서 그의 의자 다리를 부지런히 차며 주의를 주고 있었다.

"그래서 너희 엄마는 기어이 오겠다던?"

"오신다고 하셨으니 오시겠죠."

심드렁한 대꾸였다. 어린 나이에 너무나 많은 일들을 겪어서 저렇게 냉소적인 성격으로 변해버린 것인지 미안함과 안타까운 마음으로 손자를 바라보는 오미영 회장의 눈길에 서운한 미련이 엿보였다.

미영이 하윤을 애정과 걱정스러움이 담긴 눈으로 쳐다보고 있을 동안에도 하윤의 시선은 유빈만을 좇고 있었다. 가까이 다가가지 못해 안달 난 모습이었다. 유빈이 자리에서 일어나서 뒷마당 쪽으로 걸어갔다. 단둘이 있을 기회를 엿보던 하윤이 몸을 추슬렀다. 그녀를 따라 바로 일어서려던 하윤의 어깨를 성민이 가만히 눌러 자제시켰다. 유빈에 대한 특별한 관심을 미영에게 들켜서 좋을 것은 없다는 성민의 뜻 깊은 배려였다.

뜨거운 여름 햇살 아래 불편한 한복을 입고 힘들어하시는 할머니들을 위해 부채를 가지러 별채로 가던 유빈의 부산한 발걸음이 앞을 가로막는 남자로 인해 멈칫했다.

"죄송합니다. 제가 급하게 서두르다가 앞을 못 봤어요."

급한 마음에 앞을 제대로 살피지 못한 유빈이 고개를 숙여 사과했다.

"사과할 거 없어요. 내 잘못이에요. 아는 사람이랑 너무 닮아서 계속 쳐다본다는 것이……."

부드러운 저음에는 유빈을 향한 강한 호기심이 깃들어 있었다.

"혹시 저희 고모를 아세요? 고모 닮았다는 말은 많이 들었는데."

"고모 이름이 서수인이에요?"

"네. 안녕하세요, 서유빈이라고 합니다. 지금은 은퇴하셨지만, 작년까지 TV드라마에 나와서 고모 얼굴을 많이들 기억하세요."

약혼식을 축하하러 온 사람 같지 않게 남자의 얼굴에는 복잡한 감정이 어려 있었다. 꼭 집어 뭐라 설명할 수는 없었지만 유빈은 그 남자의 아련한 듯 슬퍼 보이는 눈빛에 쉽게 자리를 떠날 수가 없었다.

"수인이 고등학교 시절 때 모습이랑 아주 많이 닮았네."

"저희 고모 고등학교 때 만난 적 있으세요? 혹시 옛날 친구분이세요?"

연예인이 되기 전의 수인을 안다는 남자의 말에 환하게 웃는 유빈의 눈이 선명한 초승달 모양으로 변해갔다. 그녀의 웃는 얼굴에 남자의 눈빛이 흔들렸다. 유빈을 향해 한 걸음 다가서던 남자의 다리가 잠시 휘청하며 몸의 중심을 잃고 흔들렸다.

불안하게 서 있는 남자의 팔을 유빈이 부축하듯이 감싸 안았다. 오른팔을 부축하는 유빈의 손등을 남자가 크고 따뜻한 손으로 감쌌다. 남자의 은은한 향수 냄새가 좋았다. 부드러운, 상쾌한 여름의 향. 다정하게 감싸주는 손의 느낌도 부드러웠다. 곱게 다듬어진 손톱 모양이 거친 일은 한 번도 안 해본 사람 같았다. 젠틀맨. 남자를 보며 맨 처음 떠올린 단어였다.

"실례인 줄 아는데……."

웅얼거리는 남자의 목소리는 하윤의 화난 음성에 덮여 끝까지 들리지 않았다.

"서유빈, 여기서 뭐 해?"

화난 게 분명한 톤이 높은 목소리로 하윤이 남자의 팔을 붙들고 있던 유빈의 손을 풀었다. 그러고는 거친 몸짓으로 유빈과 그 남자의 사이에 들어가 유빈을 시야에서 벗어나게 했다. 무슨 이유인지는 모르지만, 의도적으로 접근한 게 분명한 명환을 향한 적대감을 숨기지 않았다.

"안녕하세요."

집안 어른들과 친분이 있는 김명환에게 인사하는 하윤의 말투가 건방지기 짝이 없었다. 고급 슈트 차림의 명환이 먹먹한 눈빛으로 하늘을 바라보았다. 질끈 감은 두 눈에 어린 투명한 그림자를 본 것도 같았다. 불안이 하윤의 심장을 꿰뚫고 지나갔다.

"파티는 저쪽이에요."

하윤이 불손한 자세로 손을 들어 사람들이 모여 있는 방향을 가리키고는 유빈의 손을 잡아 반대쪽으로 걸어가기 시작했다. 멀어져 가는 유빈의 모습을 명환이 후회와 아픔이 고스란히 담긴 눈으로 오랫동안 바라보고 있었다.

하윤의 긴 다리가 내딛는 빠른 보폭에 맞추기 위해 뛰다시피 걸으며 유빈이 뒤를 돌아보았다. 명환이 같은 자리에 서서 그녀의 뒷모습을 지켜보고 있었다. 처음 보는 낯선 어른의 얼굴이 슬퍼 보인다고 유빈은 생각했다.

"오빠, 어른한테 너무 버릇없이 그러면 안 돼. 저번에도 그러더니……."

입으로는 근엄하게 잘못을 지적하지만, 하윤에게 잡힌 손을 풀지 않았다. 오히려 잡힌 손을 놓치지 않게 하윤의 빠른 보폭에 맞추어서 뛰다시피 걷고 있는 유빈이었다. 뒷마당의 느티나무 아래까지 쉼 없이 걸어온 하윤이 사람들의 시선이 차단되는 커다란 나무 등줄기 뒤편으로 유빈을 이끌었다. 마주 선 채 흐트러진 호흡을 정리하고 있는 유빈을 확 끌어당겨 품에 안았다.

흐흡. 놀란 유빈이 호흡을 삼켰다.

"너 자꾸 나 불안하게 할래?"

후우. 부드러운 목소리에 막힌 숨이 터져 나왔다. 화가 난 것은 아니구나. 하윤의 말투 하나에도 유빈의 감정이 요란하게 파도를 탔다.

"아무렇지도 않게 모르는 남자의 팔을 잡지를 않나, 친절하게 웃어주기까지 하고. 그 사람이 나쁜 마음으로 접근한 거면 어쩌려고 그래?"

"전혀 이상한 사람으로는 안 보이던데?"

"그건 네가 아직 세상에 나쁜 사람들이 얼마나 많은지 몰라서……."

순진한 눈망울을 깜빡거리는 유빈을 내려다보며 하윤은 깊은 한숨을 내쉬었다.

"진짠데. 우리 고모랑 고등학교 때부터 알던 친구분이래."

자신이 과잉반응을 하고 있다는 사실을 알고 있었다. 유빈은 결코 이해할 수 없는 타인에 대한 경계심과 살아남기 위해 독해질 수밖에 없는 냉혹한 경쟁 세계는 하윤에게 사람에 대한 불신감을 심어주었다.

"그래서 앞으로도 아무 남자한테나 친절하게 대해주고, 예쁘게 웃어주겠다고?"

"내가 언제?"

"앞으로 또다시 다른 남자한테 친절하게 대하는 것을 보이면 나 진짜 화낼 거야. 특히 가윤이 자식한테……."

화낼 거라는 하윤의 말에 유빈은 생각할 겨를도 없이 냉큼 말이 튀어나왔다.

"아니야, 나는 하윤 오빠만 좋아해."

얼떨결에 고백하고 말았다.

"어떡해. 말하면 안 되는 거였는데……."

가슴팍에서 웅얼거리며 들려오는 볼멘소리에 하윤이 한 걸음 뒤로 멀찍이 물러났다. 조그맣게 달싹거리는 입술이 말랑말랑한 체리 맛 젤리를 연상케 했다.

오늘따라 하늘이 높고 파랗다. 군데군데 솜사탕을 뭉쳐서 하늘에 흩뿌린 듯 하얀 구름들이 멈춰 서 있었다. 찬란한 태양빛에 눈이 부셔 가만히 눈을 감았다. 눈꺼풀이 감기기 전의 영상이 필름처럼 하윤의 뇌리에 새겨졌다. 초록이 녹아내린 뒷산의 나무들, 초록빛이 무성한 푸른 잔디, 색색별로 만개한 꽃송이들과 그들을 받쳐주는 초록의 잎사귀, 초록의 바다 한가운데 그가 서 있었다. 누군가 하윤에게 가장 좋아하는 색을 꼽으라면 두말할 것 없이 초록색을 꼽을 것이다.

이른 봄의 초록빛 새싹처럼 조그맣게 싹트기 시작했던 설렘. 어느새 잘 자란 푸른 느티나무처럼 사랑이라는 감정이 그의 심장에 뿌리를 내리기 시작했다. 온몸으로 퍼져가는 기쁨의 전율로 다시 눈을 떠 바라본 세상은 이전과는 확연하게 달라져 있었다.

"다시 말해 봐."

"싫어."

"왜?"

"몰라, 오빠 바보!"

'나도 네가 좋아' 혹시나 기대했었다. 고백에 대한 답은 못해줄망정 다시 고백하라는 하윤의 무신경함에 유빈은 토라졌다. 연애가 처음인 하윤도 지금이 고백 타이밍이라는 사실을 깨닫지 못하고 있었다. 그저 좋아한다는 유빈의 말에 가슴 떨리던 전율을 다시 한 번 느껴보고 싶었을 뿐이었다.

"미국에 가서 공부하지 않을래?"

뜬금없는 질문. 얼빠진 표정의 유빈이 미간을 슬며시 모았다. 미국이라는 단어는 듣기만 해도 마음 한편이 아려왔다. 내일이 지나면 하윤이 떠난다. 시큰해져가는 콧잔등에 가는 주름이 잡혔다.

"미국이 고속버스 타면 가는 데도 아닌데, 거길 어떻게 가?"

"너는 결정만 하면 돼. 나머지는 내가 다 알아서 할 거야."

집요하게 바라보는 눈빛에는 진심이 담겨 있었다.

"못 가는 거 알잖아. 할머니도 여기 있고, 고모도 여기 있는데……."

"나는? 나는 여기에 없잖아."

시원한 바람이 불어왔다. 바람결에 실려 온 공기는 달콤하고 감미로웠다. 사랑 고백이라도 들은 것처럼 뭉클한 감동이 저릿했던 아픔을 씻은 듯이 감춰버렸다.

"오빠도 나를 그리워할 거야?"

"당연한 것을 뭘 물어? 네가 나 좋다고 했으니, 네가 책임져."

외골수처럼 좋다는 말을 해주지는 않는다. 그럼에도 가슴 안쪽에 희망이라는 놈이 드센 날갯짓을 시작한다. 고집스럽게 올라간 한쪽 눈썹을 유빈이 슬며시 올려다보았다. 욕심을 내도 될까.

"어떻게 책임지면 되는 거야?"

하윤이 한 발자국 앞으로 다가가 유빈을 팔 안에 가두었다. 무언가를 하려고 했던 행동은 아니었다. 그냥 이대로는 보내고 싶지 않았다. 아주 조금만 더 이 기분 좋은 전율을 간직하고 싶었다. 그리고 전해주고 싶었다. 그가 느끼는 이 기분 좋은 설렘을 그녀에게 전해주고 싶었다.

하윤의 고개가 서서히 기울어졌다. 입술에 와 닿는 볼의 감촉이 부드러웠다. 볼을 스쳐 유빈의 입술 위로 그의 입술이 내려앉았다. 촉촉하게 와 닿는 입술의 느낌에 심장이 폭주하고 있었다. 꼭 다물고 있는 입술을 혀로 건드려보았다. 갈라진 입술 사이로 부드러운 혀가 탐험을 시작했다. 매끈하고 가지런한 치열 사이를 넘나드는 혀가 위태로웠다. 타오르는 갈증에 목이 말랐다. 유빈의 도톰한 입술 사이에 그의 입술을 넣어보았다. 그리고 부드럽게 빨아들였다. 포개진 입술이 제짝을 만난 듯 부드럽게 감싸주는 느낌이 좋아서 영원히 떼고 싶지가 않았다.

수줍은 첫사랑. 서툴기만 한 첫 키스.

"이제부터 서유빈은 내 거야. 아무 데도 못 가."

두 손으로 감싼 볼에서 화끈한 열기가 느껴졌다. 파르르 떨리던 눈꺼풀이 열렸다. 긴장으로 깜빡거리던 눈꺼풀이 여과되지 못한 열기를 품은 하윤의 눈과 만나자 다시 질끈 감겼다.

"나는…… 나를, 할머니가……."

"좋아한다, 서유빈."

어색하게 굳어 있던 유빈의 입꼬리가 몇 차례 꿈틀대다 부드러운 호선을 그리며 위를 향해 올라갔다. 좋아 어쩔 줄 모르겠는데 티 내지 않으려 애를 쓰는 모습에 하윤의 입 언저리에 피식 웃음이 묻어났다.

"서유빈, 약속해. 내가 한국에 없는 동안에 절대 다른 남자한테 예쁘게 웃지 않겠다고."

유빈이 몇 번이고 고개를 위아래로 끄덕였다.

"그리고 내가 모르는 곳으로 숨기 없기."

실눈을 뜨고 바라본 하윤의 표정이 짐짓 심각했다.

"그건 약속하고 말 것도 없어. 내가 오빠한테서 왜 도망치겠어? 숨을 데가 어디에 있다고……. 고모한테 물어보면 내가 어디에 있는지 쉽게 알 수 있을 텐데."

천연덕스러운 대답에도 하윤은 불안감을 떨칠 수가 없었다. 가슴 안쪽에서 스멀스멀 올라오는 정체 모를 불안감. 유빈을 혼자 남겨두고 떠나야 한다는 무거운 마음 때문일까, 아니면 예사롭지 않던 명환의 눈빛이 떠올랐기 때문일까. 잔칫집에 찾아온 불청객 같은 불안감. 자꾸만 생각은 명환의 마지막 모습에 머물렀다. 왜 유빈을 보며 그토록 흔들렸을까. 유빈을 안고 있던 팔에 저절로 힘이 들어갔다.

"나 이제 진짜 가봐야 해. 할머니가 걱정하실 거야. 곧 있으면 약혼식 시작할 거야."

할머니한테 가야 한다는 유빈을 더 이상 붙잡을 수는 없었다. 꼼지락대던 몸이 힘을 풀자 망아지처럼 뛰쳐나갔다. 초록빛이 무성한 잔디밭 한가운데를 망아지 같은 유빈이 통통거리며 뛰어갔다. 찰랑거리는 검은 머릿결이 근사한 빛으로 반짝거렸다.

여전히 가파르게 뛰고 있는 왼쪽 가슴의 진동을 손바닥으로 감싸 안으며 하윤은 듬직한 나무 기둥에 몸을 기대었다. 유빈의 순수함이 좋다. 유빈의 때 묻지 않은 웃음이 좋다. 아픔은 꽁꽁 숨겨두면서, 기쁨은 감추지 못하는 아이. 그래서 더욱 아껴주고 싶은 아이.

언제 돌아서서 등에 칼을 꽂을 줄 모르는 검게 얼룩진 관계들. 하윤이 마주해야 하는 세상의 단면이었다. 강해질 것이다. 어느 누구도 함부로 지저분한 세력 다툼에 저 아이를 이용하지 못하게 그가 지켜주고 싶었다. 그의 보호 아래서 건강한 웃음을 잃지 않도록 반드시 지켜낼 것이다.

세상의 나쁜 때로부터 저 아이를 지켜내기 위해서라도 그는 지금보다 더 단단해져야만 한다. 19살의 하윤은 자신 있었다. 자신이 가진 모든 것을 내걸고서라도 비틀린 어른들의 세상에서 저 아이를 지켜낼 자신이 있었다. 아니, 반드시 지켜낼 거라고 결심했다.

Chapter 3

오늘따라 아침 바람이 살을 베는 듯 매서웠다. 복도식 아파트의 텅 빈 복도를 내달리는 유빈의 코끝이 추위에 빨갛게 얼어붙었다. 대학교 4학년이 된 지금도 허둥대는 성격은 별반 달라진 것은 없었다. 엘리베이터 입구까지 뛰어갔다 다시 돌아가기를 벌써 두 번째. 처음에는 신발장 위에 올려놓은 핸드폰을 가지러, 지금은 어젯밤을 뜬눈으로 새가며 준비한 조경설계 수업시간 자료가 들어 있는 USB를 챙기러 부지런히 뛰어가고 있었다.

"나 때문에 유미까지 지각하는 거 아니야……?"

운이 좋게 가방에서 쿠키 한 조각을 찾았다. 먹다 남은 쿠키를 입에 물고 초조하게 아파트 현관의 디지털 도어록에 비밀번호를 찍었다. 1719. 유빈과 하윤이 처음 만나서 사랑에 빠진 나이. 하윤을 떠올리는 유빈의 입가에 해맑은 미소가 번져갔다.

하윤이 완전히 귀국한 게 벌써 한 달 전이다. 방학에만 잠깐씩 만날 수 있던 장거리 연애를 청산하고, 마침내 보고 싶을 때면 언제든지 달려가서 만날 수 있는 거리에 하윤이 있었다. 야호! 제자리에서 뜀박질이라도 하는 듯 발을 동동 구르던 유빈이 두 손을 높이 들고 소리를 질렀다. 허름한 복도에 그녀가 만들어낸 소리가 울림이 되어 퍼져 나가자, 민망함에 유빈이 얼른 문 뒤로 도망치듯 몸을 숨겼다.

더 이상은 지체할 여유가 없었다. 언제 올지 모를 엘리베이터를 포기하고 비상계단을 통해 3층 계단을 부지런히 뛰어 내려갔다. 다리가 후들거리고 숨이 턱까지 차오를 때 입구에 대기하고 있던 진회색 세단으로 뛰어들었다.

바깥의 차가운 공기와는 대비되는 차 안의 따뜻한 공기에 유빈은 '살았다'를 반복적으로 중얼거렸다. 유미가 미리 좌석 히팅 버튼을 눌러놓았는지 앉자마자 뜨끈한 열기에 부들부들 떨리던 몸이 빠르게 안정을 찾아갔다.

"늦어서 미안……."

차 안에 들어섬과 동시에 유빈은 사과부터 하기 시작했다. 어떻게 된 게 '안녕'이라는 말 대신, '늦어서 미안'이라는 사과가 매번 유빈의 아침 인사를 대신하고 있었다. 그럼에도 유미는 인상 한 번 찌푸리는 법이 없었다.

"커피 마셔."

아뜨뜨. 유미가 내미는 텀블러를 들고 급하게 한 모금 들이켜던 유빈이 혀를 내밀었다.

"아직 뜨거워. 불어가면서 천천히 마셔."

겨우 한 살 많으면서 항상 언니처럼 자상하게 챙겨주는 유미가 오늘따라 더욱 소중하게 느껴졌다.

"고마워, 나의 수호천사."

운전대를 잡고 있는 그녀의 허리춤 안으로 차가운 손을 들이미는 유빈을 피하며 유미가 모처럼 쿡 하고 소리 내어 웃었다.

"오늘은 왜 또 늦은 거야?"

"괴로워. 밤에 겨우 세 시간 잤어. 밀린 수업 준비하느라고. 간만에 하윤 오빠랑 데이트다운 데이트하느라고 요즘 조금 바빴거든."

"데이트다운 데이트는 뭔데?"

"DVD 빌려 보기, 피자 시켜 먹기, TV 보기."

"다 집에서 하는 거잖아."

킥킥거리며 웃음 짓는 유빈을 유미가 힐끗 쳐다보았다.

"역시 우리 유미의 예리함을 피해 갈 수가 없구나. 하윤 오빠가 회사 일 시작해서 많이 바쁘거든. 그래도 꽃피는 봄에 오빠를 만날 수 있다는 사실이 너무 좋아. 주로 더운 여름이나, 아주 추운 겨울에만 볼 수 있었거든. 벚꽃 축제도 같이 갈 수 있고. 가을이면 단풍 구경도 갈 수 있고. 생각만 해도 너무 좋아. 다만 문제는 숙제가 밀려 있다는 사실."

과장되게 한숨을 내쉬는 유빈을 향해 유미가 뒤를 가리켰다.

"그러게 미리미리 해두라니깐. 뒤에 샌드위치 있어. 가져가서 배고플 때 먹어."

"우아…… 신난다. 박유미표 샌드위치가 나는 세상에서 제일로 맛있더라. 부지런도 하셔라. 도대체 몇 시에 일어나야 샌드위치를 쌀 수가 있을까? 레시피 좀 줘봐. 나도 언제 하윤이 오빠 일하는 데 가서 서프라이즈 좀 해주게."

"……."

평상시에 말수가 적은 유미이기에 대꾸를 기대한 건 아니었다. 대신에 재킷 호주머니에 급하게 쑤셔 넣었던 핸드폰을 꺼내 들고, 어젯밤에 받았던 문자를 다시 한 번 읽어보았다.

"유미야, 다음 주 토요일에 바빠?"

"글쎄, 왜?"

"가윤 오빠가 주연한 영화 개봉했다면서 너 꼭 데리고 오라더라."

"난 바쁠 것 같아."

유빈이 킥킥거리며 메시지를 삽입하기 시작했다.

"가윤 오빠가 너한테 관심 있는 거 너도 알지? 안티를 포함해서 팬클럽이 지금은 무려 이백만 대군이라는 오빠가 너한테 관심 있다는데. 너는 진짜 전혀, 네버, 십 원어치도 관심이 없어?"

"……."

"나는 가윤 오빠 좋은데. 다른 사람이라면 몰라도 가윤 오빠 정도면 너를 보내줄 수도 있을 것 같거든. 내가 보기에 둘이 잘 어울려. 진심으로……."

아무런 대꾸 없이 운전에만 집중하는 유미를 보며 유빈은 쯧쯧 혀를 찼다.

"도대체 이 철벽녀의 심장을 두드릴 남자는 과연 어떤 남자일지 진짜 궁금하다."

"그래서 너는 토요일에 영화 보러 갈 거야?"

"당연히 가고는 싶지. 그런데 우리 과에서 매년 식목일에 나무 심기 행사하러 가잖아. 스케줄이 겹쳐서 안타깝지만 못 갈 것 같아."

핸드폰의 날짜를 체크하는 유빈을 유미가 또다시 힐끗 쳐다보는 게 느껴졌다. 가방에서 수첩을 꺼낸 유빈은 스케줄 표를 꼼꼼하게 들여다보기 시작했다.

"4학년인데 아직도 그런 행사에 꼭 따라다녀야 해?"

"너도 알잖아. 우리 과 전통 멘티·멘토 프로그램. 내 멘티가 마지막이라고 꼭 같이 가야 한다고 자꾸 보챈다. 군대 가기 전에 마지막 추억 쌓기라나."

"경석이라는 2학년 학생?"

"응. 군대 가기 전에 술 한 번 사야지 했었는데. 행사 끝나고 뒤풀이하면서 챙겨줄까 생각 중이야."

"오늘은 전공 수업이 뭐였지? 도시 조경론하고 조경설계였던가? 수업 끝나고는 뭐 할 거야?"

"훗. 이럴 때 보면 유미 너 꼭 무슨 엄마 같아. 내 하루 일과가 어떻게 되나 수시로 체크하고, 숙제했는지 검사하고."

"미안. 버릇이 됐나 봐. 워낙 고등학교 때부터 붙어 다녀서……."

인정한다는 듯 유빈이 고개를 크게 조아렸다. 유리창 너머로 두꺼운 재킷을 입은 학생들이 어깨를 잔뜩 움츠리고 걷고 있었다. 유빈이 전세로 살고 있는 아파트는 학교까지 자동차로 15분이면 도착하는 거리에 위치해 있었다. 복잡한 서울의 교통상황을 배려해 수인이 구해준 곳이었다. 아파트 자체는 낡고 오래되었지만 집주인이 리모델링을 해서 모든 것이 현대식이고 깨끗했다. 얼마 안 되는 돈으로 그런 아파트를 구할 수 있었다는 것은 정말 행운이었다.

자동차가 학교 정문을 지나 농대 건물 주차장으로 들어서고 있었다. 경영대 건물은 여기서 20분은 더 걸어가야 하는데도 유미는 차를 주차장에 주차시켰다. 캠퍼스 곳곳에는 아직도 겨울의 스산함이 남아 있었다. 혹독한 냉기에 바짝 얼어버린 낙엽이 사람의 흔적을 싣고 조각조각 흩어져 있었다. 시린 바람에 맨땅을 굴러다니던 노란 비닐봉투 하나가 차문을 열고 나오는 유빈의 다리를 스치고 지나갔다. 얇은 스타킹을 통해 서늘한 기운이 전해졌다. 뒤늦게 찾아온 꽃샘추위를 피해 유빈은 옷깃을 바짝 세웠다. 앙상하게 메마른 벚나무 가지에 피어 있는 반가운 꽃봉오리가 유일하게 봄이 왔음을 시사하고 있었다.

"유미야 나 여기서 내려주고, 너는 경영대 쪽으로 다시 가. 한참 걸어가야 하잖아."

"어차피 오늘 오전은 휴강이라 도서관으로 갈 거야. 끝나고 전화해. 바래다줄게."

뒷문을 열고 가방을 꺼내 어깨에 둘러멘 유미가 샌드위치가 든 봉투를 유빈에게 내밀었다.

"맞다, 내 정신 좀 봐. 내가 만날 이래. 어려서 할머니가 까마귀 고기를 먹였나. 개구리 뒷다리를 먹은 기억이 있기는 한데……. 좀 웃자, 박유미. 너 웃기려고 나 농담하는 거 안 보여?"

유미의 얼굴에서 감정 표현을 끌어내는 건 쉽지 않은 과제였다.

고등학교 1학년 2학기가 시작하는 첫날. 유미가 같은 반으로 전학을 왔다. 선생님이 자기소개를 하라고 하자 떨떠름한 표정으로 반 아이들을 한 번 쭉 훑어보았다. 그러고는 유빈과 시선이 마주치자 한동안 가만히 그녀의 얼굴만 바라보고 있었다. 반 친구들이 궁금증으로 유미의 시선을 좇아갈 쯤 그녀가 고개를 숙이고 인사말을 건넸다.

"안녕하세요. 박유미입니다."

개성이라고는 하나도 없는 지극히 형식적인 인사말이었다. 하지만 미소년 같은 유미의 이미지는 학생들에게는 관심의 대상으로 떠올랐다. 말수가 적은 유미는 항상 혼자였다. 새로운 전학생에 대한 관심이 부담스러운 듯 대부분의 시간을 책 속에 파묻혀 지냈다.

쉬는 시간마다 조용히 책만 읽던 유미는 서서히 학생들로부터 관심의 대상에서 무관심의 대상으로 옮겨갔다. 우연히 열려 있던 유미의 가방에서 '플로리스트'잡지책을 발견하지 않았더라면 유빈과의 인연도 시작되지 않았을 것이다. 꽃을 좋아하냐고 물어보는 유빈에게 유미는 가방에서 잡지책을 꺼내어주었다.

잡지책에서는 상큼한 꽃향기가 났다. 보고 싶은 사람들을 떠올리게 하는 그 향기에 유빈의 눈망울에 투명한 눈물이 차올랐다. 왜 우냐고 물어 오지 않았다. 갑자기 취소된 약혼식과 서울에 혼자 남게 된 유빈. 그리움으로 가득한 유빈의 마음을 알기라도 하는 듯 따뜻한 눈으로 말없이 지켜봐주었다. 그때부터 유미와 유빈의 소중한 인연이 시작되었다.

손목시계로 시간을 확인한 유빈은 마음이 급해지기 시작했다.

"오늘은 나, 사진 동아리 모임 있는 날이야. 자연 생태 사진 공모전 때문에 미팅이 있는 날이거든. 그리고 미팅 끝나면 한강 선배랑 취직 문제로 상담이 있어."

"그럼 오늘은 늦겠네."

"응. 나중에 전화할게. 오늘도 고마워. 사랑한다, 친구야."

아직 다 마르지 않은 머리를 휘날리며 유빈이 뛰어갔다. 그녀의 뒷모습을 바라보는 유미의 얼굴에 여러 가지 복잡한 감정들이 스며

들었다, 빠르게 사라져갔다. 샌드위치가 든 봉투와 텀블러를 양손에 들고 가던 유빈의 가방이 어깨에서 흘러내렸다. 가방을 추스르던 유빈의 걸음이 엉키자, 유미가 무의식중에 발을 앞으로 내밀었다.

그녀가 걱정스럽게 지켜보는 것을 알기라도 한다는 듯 유빈이 바로 뒤를 돌아 손을 흔들어주었다. 엄지와 검지를 둥그렇게 말아 쥐고 오케이 사인을 만들어 흔들어대는 모습에 저절로 웃음이 나왔다. 호주머니에서 핸드폰을 꺼내든 유미가 성민에게 전화를 걸었다.

"오빠, 지금 학교에 도착했어. 오전에는 전공 수업이 있고 오후에는 사진 동아리 사람들하고 미팅이 있어. 응, 알았어."

통화를 마친 유미는 버릇처럼 통화 기록을 삭제했다.

삭제 버튼을 누르자마자 부르르 걸려오는 진동. 최가윤이라는 이름 세 글자가 액정 화면에 나타났다. 몇 초가 지났을까. 가만히 들여다보고만 있자 핸드폰의 진동이 그대로 멈추었다. 그러고는 최가윤 이름 세 글자가 다시금 떠올랐다. 이대로 무시한다면 하루 종일 전화기가 진동할 것이다.

"여보세요?"

-전화 받았네.

놀란 목소리의 가윤이었다. 유미의 침묵에 그가 성급하게 말을 이어갔다.

-시간 좀 내. 보고 싶다.

"……."

이어지는 유미의 침묵에 나직한 한숨 소리가 전화기를 타고 흘러나왔다.

-알았어. 아직은 쌀쌀하니 감기 조심하고. 밥 꼭 챙겨 먹고 다녀.

다시 연락할게.

한동안 끊어지지 않는 전화를 유미가 계속 붙들고 있었다. 무슨 미련인지 상대방도 전화를 끊지 못한 채 주변에서 들리는 소음만 이 핸드폰의 스피커를 통해 전달되고 있었다. 자신의 바보 같은 사랑처럼 가윤의 어리석은 미련이 유미의 마음을 한동안 붙잡고 놔주질 않는다.

건물 3층의 유리창을 통해 주차장을 내려다본 유빈은 한동안 유미에게서 시선을 거두지 못하고 있었다. 그 시선에는 항상 곁에 있지만 속마음을 잘 드러내지 않는 친구에 대한 고마운 마음과 함께 서운한 감정도 녹아 있었다.

사내아이처럼 짧게 자른 머리에 항상 청바지와 티셔츠 차림의 유미는 멋을 내는 법이 없었다. 하지만 아무리 유미가 감추려 해도 그녀의 타고난 아름다움은 어디에서건 쉽게 드러났다. 지금도 주차장 옆을 지나가며 고개를 유미에게 고정시킨 남학생들의 모습이 여럿 눈에 들어왔다. 고혹적이며 차가운 분위기, 보이지 않는 벽이 그녀의 주변을 감싸고 있는 듯 누구에게도 쉽게 곁을 내주지 않는다.

전화기를 붙들고 한참을 서 있는 그녀의 모습에 통화 상대가 누구일까 불현듯 궁금해졌다.

"저…… 혹시 이 수첩 학생 거예요?"

울림이 있는 기분 좋은 저음. 바로 뒤에서 들려오는 목소리에 유빈의 관심이 유미에게서 서서히 멀어져갔다. 천천히 뒤로 돌아서는 유빈의 코끝으로 시원한 청량감이 스쳐갔다. 해 질 녘 시원한 초여름 바다를 연상케 하는 청량감. 낯선 중년 남성을 처음으로 본 유빈의 머릿속에 말로는 꼭 집어 설명할 수 없는 친근함이 느껴졌다. 어디서 본 적이 있었던가. 쉽사리 떠오르지 않는 기억에 고개가 한쪽으로 기울어졌다.

"계단을 올라가면서 학생이 떨어뜨린 것 같던데……."

그제야 자상하게 미소 짓는 남자의 얼굴에서 눈길을 돌려 손에 들린 수첩을 바라보았다. 스케줄을 체크하기 위해 꺼내놓았던 수첩을 가방에 집어넣는다는 것을 깜빡했었다.

이놈의 정신머리. 갈색의 가죽 커버를 들여다보는 유빈의 눈썹 사이에 가는 주름이 잡혔다. 다른 것도 아니고 신상 정보가 자세하게 적혀 있는 수첩이라니. 하윤이 보았다면 한차례 잔소리를 들었을 것이다.

"감사합니다. 제 수첩 맞아요. 제가 워낙 정신머리가 없어서요. 중요한 것들이 적혀 있던 수첩이라 잃어버렸으면 정말 낭패를 봤을 거예요."

"그렇다면 다행이네요. 이렇게 다시 주인을 만날 수 있어서……."

뚫어지게 바라보는 남자의 시선이 부담스럽다고 느낄 쯤이었다. 어색하게 굳어지는 유빈의 표정을 눈치챘는지 남자가 헛기침을 몇 번 하더니 수첩을 앞으로 내밀었다.

"수첩, 여기 있어요. 혹시 여기 학생이라면 세미나실이 어디에 있는지 알려줄 수 있을까요? 3층이라고만 들었는데……. 건물이 생각보다 크네요."

수첩을 전해 받은 유빈이 호주머니에서 핸드폰을 꺼내 시간을 확인했다. 얼굴에 언뜻 갈등이 엿보였다. 가능하다면 세미나실 앞까지 바래다 드리고 수첩을 찾아주신 것에 대한 감사를 표하고 싶었다. 그러나 수업시간 전까지는 불과 10분도 채 남아 있지 않았다.

"이런, 내가 시간을 너무 빼앗았나 보네요."

시간을 확인하는 유빈을 향해 다정하게 웃는 눈가로 가는 주름이 퍼져갔다. 관자놀이 부근에 얼핏 보이는 흰머리가 눈에 들어왔다. 흰머리가 자라기 시작한다며 한숨을 내쉬던 수인이 떠올랐다. 덕분에 유빈은 쉽게 마음의 결정을 내릴 수 있었다.

"이쪽으로 오세요. 제가 안내해드릴게요. 여기로 가다 보면 왼쪽에 있어요."

"그럴 것까지는 없어요. 어느 방향으로 가야 하는지만 알려주면 됐어요. 나 때문에 수업시간에 지각하면 안 되죠."

단호하게 거절의 의사를 표명하던 그가 오른손을 앞으로 내밀었다. 깔끔하게 다듬어진 커다란 손.

"만나서 반가웠어요. 인연이 된다면 언젠가 또 만나요."

마주 잡은 손이 생각보다 따뜻했다. 유빈의 손등을 한두 번 토닥여준 중년의 남성이 그녀가 가리켰던 방향으로 몸을 돌렸다. 다크 네이비 블레이저 재킷 안에 매치한 버건디 계열의 울 스웨터가 세련되었다고 생각했다. 학생들이 바쁘게 뛰어가는 복도를 천천히 걸어가는 뒷모습에 자꾸만 눈길이 갔다. 세련된 옷차림에 준수한 외모. 사회적으로 성공한 사람처럼 보이는 그가 어딘가 모르게 공허해 보인다고 할까. 쓸쓸해 보이는 눈빛 때문인가.

"저기…… 선생님."

마땅한 호칭을 고민하다, 학교에서 주로 어른들을 부르는 선생님이라는 호칭으로 그를 불렀다. 담백한 유빈의 목소리에 남자의 어깨가 눈에 띌 정도로 굳어졌다.

"세미나실은 복도 맨 끝이에요."

중년 남자의 뒷모습이 복도 반대편으로 멀어지는 것을 지켜보며 유빈은 골똘히 생각에 잠겼다. 언뜻 그의 눈빛이 슬퍼 보였다. 잘못 본 거겠지. 그럼에도 그 눈빛이 유빈의 마음 한쪽을 불편하게 잡아끌었다. 언젠가 그런 눈을 본 적이 있던 것도 같은데…… 우연히 스치는 수많은 인연 중의 하나였을까. 뿌연 안개로 뒤덮인 숲 속을 걷는 것처럼 머릿속에는 아무것도 확연하게 떠오르지 않았다.

그 순간 갑자기 커다란 손에 두 눈이 가려지며 유빈의 시야가 차단되었다.

"맞혀 봐, 누군지……."

"홋. 이렇게 느끼한 목소리는 우리 학교에 한 명밖에 없을걸요."

"잘한다, 선배한테. 세상이 어떻게 되어가는 것인지……. 요즘은 학교에서 위계질서라는 게 사라져서 문제야."

"네, 네. 앞으로는 선배님으로 깍듯이 모실 테니 이제 그만 제 눈 좀 해방시켜주시죠."

눈을 가린 두 손이 내려졌다. 다크 네이비 재킷을 입은 남자는 더 이상 보이지 않았다. 세미나실은 잘 찾아가셨을까. 평범한 강의실처럼 보여서 그냥 지나칠 수도 있는데. 일면식도 없는 사람에게 무슨 오지랖이람. 불필요한 감정을 털어내며 유빈은 단호하게 뒤로 돌아섰다. 작년 가을 학기까지 서신대의 프린스로 불리던 한강이 장난기 가득한 표정으로 그녀를 내려다보고 있었다.

"이 시간에 학교는 어쩐 일이세요? 모임은 이따 오후인데…….오늘 회사 출근 안 했어요?"

"하루 땡땡이치기로 했지. 조경설계 강의 있는 것 아니었어? 너 지각이야, 인마."

한강의 어깨 너머로 보니 이미 대부분의 학생들이 강의실로 들어간 탓에 복도는 한산했다.

"큰일 났다. 또 찍혔다. 이게 다 선배 때문이에요. 나중에 두고 봐요."

한강이 기가 막히다며 고개를 설레설레 흔들었다. 익살스러운 표정으로 주먹을 말아 쥐고 위협적인 행동을 취하는 유빈의 머리를 잡고 강의실이 있는 복도를 향해 돌려세웠다. 그러고는 손가락으로 뒤통수를 가볍게 밀었다.

"나중에 보자는 사람 하나도 안 무섭더라. 교수님 문 잠그시기 전에 빨리 뛰어나 가."

"오케이. 나중에 봐요, 선배."

정신없이 강의실로 뛰어가기 시작하는 유빈의 뒷모습을 한강이 물끄러미 바라보고 있었다. 강의실 문을 열기 직전 호흡을 가다듬던 유빈이 그를 향해 손을 흔들었다. 해사하게 웃는 얼굴을 바라보는 한강의 볼에 움푹 보조개가 파였다. 유빈이 떠난 자리에는 샌드위치 봉투가 덩그러니 남아 있었다.

"덤벙대는 것은 여전하네."

복도에는 따사로운 햇살이 내려쬐고 있었다. 한강은 복도 한쪽 벽면에 배치된 나무 의자에 가서 자리를 잡았다. 유빈이 두고 간 봉투는 가죽으로 된 검정 백팩 옆에 챙겨두었다. 바닥에 내려놓은 커다란 서류가방에서 노트북을 꺼내 전원을 켰다. 잠자고 있던 화면이 살아나자, 한참 진행 중인 옥상 정원 프로젝트의 파일을 열었다. 펼쳐진 설계도면에 집중하기 전에 다시 한 번 유빈이 두고 간 갈색의 봉투에 시선을 주었다.

피식. 유빈을 떠올린 한강의 입가에 미소가 어렸다. 여전했다. 급하게 서두를 때면 덤벙대느라 뭔가 한두 가지씩은 꼭 빼먹고 다닌다. 신입생 때도 그러더니 졸업생이 되고서도 달라진 것이 없었다.

"오늘은 두 시간만 기다리면 되려나……."

컴퓨터 스크린 하단에 위치한 시간을 확인하며 한강은 갈색 봉투를 햇볕이 닿지 않는 그늘진 곳으로 옮겨놓았다. 부스럭거리는 봉투 안에서 달달한 과일향이 올라왔다. 유빈이 좋아하는 머스크 멜론인가. 입가에 드리워진 미소를 거두지 않은 채 한강은 설계도면의 세부 사항을 크게 확대시켰다.

책상 위에 놓여 있는 컴퓨터 모니터 화면을 들여다보는 하윤의 표정이 점점 굳어갔다. 옆에 서 있는 성민의 표정에도 어두운 그림자가 드리워졌다. 모니터 화면의 스크롤을 내리는 하윤의 얼굴에 날 선 차가움이 어렸다. 화면에는 화장기 없는 수인이 시골집 대문을 나서는 모습이 찍힌 사진과 함께 '자연을 벗 삼은 여배우 서수인'이라는 타이틀의 기사가 띄워져 있었다.

"포털 사이트에서 기사 다 내리고. 이 글 올린 기자에 대해 알아봐. 최근에 목돈이 오고 간 상황이 있는지도, 처음 이 사진 올린 사람이 누군지도 알아봐줘……."

주주총회를 석 달 앞둔 시점에서 인터넷 포털 사이트에 수인과 관련된 기사가 올라왔다. 은퇴 이후 자연스럽게 대중의 관심에서 멀어진 수인. 정식 인터뷰를 통해 기사가 작성된 것도 아니었고,

한 인터넷 커뮤니티에 올라온 사진과 글을 기자가 퍼온 내용이었다. 누군가 유빈을 이용해 하윤을 공격하려는 의도일까.

"김명환 대표 쪽에 붙인 사람한테서는 무슨 연락 없었어?"

"후원 행사 이후로는 아직 눈에 띄는 움직임은 없었어."

모니터에서 시선을 뗀 하윤이 데스크 위에 놓인 사진 액자로 고개를 돌렸다. 3년 전 추운 겨울날. 크리스마스 장식들로 화려하게 치장한 서울의 밤거리에서 눈을 맞으며 해맑게 웃고 있는 유빈의 사진이 들어 있었다. 몇 년간 해외에서 거주하던 수인이 한국으로 돌아오고, 모처럼 함께 크리스마스 쇼핑을 하러 나가서 찍은 사진이었다.

하윤은 기다란 팔을 뻗어 액자를 집어 들었다. 길거리 악사가 들려주는 캐럴 송을 따라 부르며 행복해하던 유빈이 떠올랐다. 사진 속의 유빈은 그 어느 때보다 생기 있고 반짝거렸다. 할 수만 있다면 영원히 지켜주고 싶은 미소. 흑막 아래 감추어진 비밀을 알고 나서도 이렇게 웃어줄 수 있을까. 활짝 핀 연꽃처럼 화사함이 묻어나는 얼굴을 손가락으로 가만히 쓸어보았다. 그 느낌만으로도 하윤의 가슴 안쪽으로 묵직한 저림이 퍼져갔다. 액자를 다시 원래의 자리에 올려두고 하윤이 성민을 바라보았다.

"유빈이는?"

"지금 학교 전공 수업 중일 거야. 오후에 사진 동아리 모임에 참석할 예정인가 봐."

"사람 따로 붙여서 어디로 가는지 알아봐."

"알았다."

"한 시간 후에 독일 메르세데스 회사에서 파견 나온 엔지니어들과 음성인식 전자정보 시스템 기술 협력에 대한 미팅이 있어. 회의실 보안에 각별하게 신경 써줘."

매사 철저한 하윤의 성격을 알기에 성민은 말없이 고개만 끄덕였다. 190cm의 다부진 그가 민첩한 동작으로 입구를 향해 걸어갔다. 사무실 문이 닫히자, 하윤은 핸드폰을 꺼내 유빈에게 문자를 보내기 시작했다.

[보고 싶다.]

수업 중이라더니 금방 답장이 왔다.

[미안. 오늘은 사진 모임 가야 함. 공모전 때문에 절대 빠질 수 없음. 대신 내일 두 배로 놀아줄게. 나도 보고 싶어.]

그리고 연이어 문자 하나가 도착했다.

[대신 가윤 오빠한테 연락해봐. 다음 주에 첫 주연 영화 개봉한다는데 다 같이 축하해주면 좋겠는데. 이제는 제발 둘이 사이좋게 지내.]

문자를 보며 책상을 두드리는 손가락의 움직임이 빨라지면서 하윤의 복잡한 심경을 대신하고 있었다. 2주 후면 하윤의 생일이 다가온다. 신탁에 묶여 있던 유산이 풀리면서 주주총회에서 대주주로서의 권리를 직접 행사할 수 있게 될 것이다.

대대적인 인사이동이 이루어질 예정이었다. 문어발식으로 확장된 현 그룹 시스템에 회사마다 성장성, 수익성이 둔화되는 내부 환경변화에 적절히 대응하는 구조 조정이 논의될 계획이었다.

하윤은 혈연이나 재산 상속에 의한 나눠 먹기식 경영 방식은 구시대적 사고방식이라고 치부하고 있었다. 쓸데없이 부피만 커다란 그룹을 재정비할 필요가 있었다. 실력으로 인정받는 전문경영인이 회사를 이끌어가야 한다고 하윤은 생각해왔다.

빠르게 변화되어가는 시장의 요구를 유연하게 따라잡을 수 있는 전문경영인 시스템이 그가 구상하고 있는 유성그룹의 미래였다. 하윤도 예외는 아니었다. 그가 잘해낼 수 있는 분야에 머물며, 전문경영인이 유성그룹을 경제 여건에 걸맞은 고부가가치 산업으로 성장시킬 수 있도록 협력할 생각이었다. 소유와 경영이 분리되는 시스템. 제니퍼는 하윤의 생각에 강력하게 반기를 들고 있었지만, 오미영 회장도 동의한 부분이었다.

유성그룹의 핵심 산업이라 할 수 있는 유성자동차의 대표이사를 맡고 있는 작은아버지 현유석이 투표권을 행사할 수 있는 주주들을 만나고 있었다. 자리싸움. 오미영 회장의 후광을 등에 업고 있는 하윤을 견제하기 위한 반대세력을 키우고 있었다. 하윤이 회사 경영에 끼어들기 시작한 이상 본격적인 싸움은 지금부터였다. 힘든 싸움이 될 것이다. 아직은 힘이 부족한 하윤이 상대하기에는 벅찬 상대들이었다.

'작은아버지일까.'

수인의 과거를 문제 삼아 하윤의 약점이라도 잡고 싶은 것일까. 협박에 대처하는 하윤의 자세는 의외로 담담했다. 누구든 배후에 있는 사람이 곧 자신의 정체를 드러낼 것이다. 욕심이 많은 사람일수록 감추고 싶은 비리도 많은 법이었다. 목표물에 다가가기 위해 차근차근 준비 중이었고, 지금은 조용히 그 때를 기다리고 있었다.

그럼에도 불구하고 어떤 식으로든 수인이 언론에 노출되는 것을 하윤은 원치 않았다. 살며시 불안이라는 놈이 그의 심장 안에서 꿈틀댄다. 으레 버릇처럼 하윤이 왼쪽 가슴을 툭툭 하고 건드렸다. 작은 진동에 불안으로 꿈틀대던 심장이 언제 그랬냐는 듯이 서늘하게 가라앉았다.

'김명환 이사 측에서 움직인 걸까.'

다시금 유빈의 메시지를 들여다보는 하윤의 미간에 가는 주름이 잡히고 섬세한 입술 선이 한일자로 굳어졌다. 온전히 잡힐 듯 잡히지 않는 유빈으로 인해 그는 애가 탔다. 손바닥에 움켜쥔 마른 모래가 손가락 사이로 서서히 흘러내리듯, 유빈이 어느 순간 그의 손아귀에서 빠져나가버릴까 불안하고 초조했다. 약혼식 날의 만남 이후로 유빈의 근처에서 배회하는 명환의 존재가 보이지 않는 시한폭탄처럼 늘 그의 마음을 답답하게 조이고 있었다.

하윤이 데스크의 오른쪽 서랍을 열자, 자그마한 사각의 보석 상자가 모습을 드러냈다. 벨벳으로 감싸인 상자를 손끝으로 가만히 쓰다듬었다. 손끝에서 전해지는 부드러움에 굳어 있던 하윤의 입매가 유연하게 변해갔다. 가능하다면 세상의 모든 법적 수단을 동원해서라도 서유빈을 그의 곁에 꽁꽁 묶어두고 싶었다.

서랍을 다시 밀어 안쪽으로 닫음과 동시에 내선 전화기의 버저 음이 울리고 어머니가 방문했음을 알려왔다. 예정에 없던, 그러나 충분히 예상하고 있던 방문이었다. 2박3일의 일정으로 한국을 방문한 제니퍼는 오후에 미국으로 출국할 예정이었다. 자리에서 일어서기 전 마지막으로 하윤은 문자 메시지 하나를 더 전송했다

[절대 술 마시지 마.]

똑똑.

노크 소리와 함께 제니퍼가 찬바람을 일으키며 사무실 안으로 걸어 들어왔다. 세월의 흐름을 무색하게 할 정도로 여전히 당당하고 자신감 넘치는 걸음걸이였다. 하나로 묶어 올린 단아한 헤어스

타일과 우아한 그레이 코트가 성공한 변호사의 이미지를 강조했다. 드롭 스타일의 진주 귀걸이가 유일하게 부드러운 여성스러움을 포장하고 있었다.

"어쩐 일이세요. 아침에도 아무런 말씀, 없으셨잖아요."

시니컬한 하윤의 인사에도 제니퍼는 묵묵히 코트를 벗어 소파 팔걸이에 걸쳤다. 손에 들린 커다란 선물 상자에 하윤의 시선이 짧게 머물렀다.

"전해줄 게 있어서 공항에 가는 길에 잠깐 들렀어. 유빈이 졸업이라고 해서 선물을 준비했거든. 아무래도 네가 직접 전해주는 게 좋겠다 싶어서……"

테이블 위에 놓여 있는 핑크색 상자를 그녀가 하윤의 앞으로 가볍게 밀었다. 붉은 리본으로 감싸인 상자를 하윤은 무덤덤하게 내려다볼 뿐이었다.

"유빈이한테 잘 어울릴 거야. 특별히 주문한 거다."

선물을 전해주기 위해 사무실까지 일부러 들를 필요는 없었다. 후계자 구도의 직계 코스인 유성자동차 경영기획팀으로의 발령을 마다하고, 첨단 자동차 연구개발팀으로 지원해서 온 것에 대한 불만을 표하기 위해 왔다는 것을 두 사람 모두 알고 있었다.

"유빈이가 좋아하겠네요. 비행기 시간이 세 시라고 하셨나요? 중요한 미팅이 있어서 공항까지는 배웅 못 해드리겠네요."

"그건 나도 원하지 않아. 지금부터 진짜 시작인데 다른 데 정신 팔릴 겨를이 없어야겠지."

유빈과의 약혼에 빗대어 하는 말이라는 것을 하윤은 눈치챘다. 아직 정식으로 청혼을 하지는 않았지만 유명 보석디자이너에게 반지 세팅을 맡긴 것을 어머니도 알고 있었다. 비릿하게 퍼져가는 미소를 하윤도 굳이 숨기지 않았다. 철없을 때의 불장난 정도로 여겼던 유빈과의 사랑이 어른이 된 지금까지도 이어지고 있다는 사실에 못내 불만스러워하는 어머니의 속내를 모르던 것도 아니었다. 어쩌면 그의 독단적인 성격은 어머니를 꼭 닮은 것인지도 몰랐다. 외골수, 융통성 없이 단 한곳만을 파고드는 성격.

"할머니도 많이 늙으셨더구나. 조만간 현직에서 물러나실 생각인 모양이야. 너는 알고 있었니?"

제니퍼의 말투에는 감출 수 없는 초조함이 묻어났다. 할머니가 회장직에서 물러나면 그만큼 하윤의 입지가 좁아질 거라고 생각하고 있었다. 유산으로 넘겨받을 주식의 보유량과 오미영 회장의 후광으로 탄탄대로라고 여겼던 후계 구도가 하윤의 선택으로 인해 시작부터 흔들리고 있었다.

시간이 없었다. 오미영 회장이 현직에 있을 때 초고속 승진으로 경영 승계를 받아야만 했다. 그래야 작은아버지 현유석이 차기회장으로 선임되더라도 힘의 균형을 이룰 수가 있었다. 제니퍼는 이런 식으로 시간을 낭비해서는 경영권 후계 구도가 직계 가족인 사촌들에게 유리하게 작용될까 염려하고 있었다.

"네."

담담한 그의 대답에 어색한 미소를 지으며 한 점 흐트러짐 없는 앞머리를 다소곳이 쓸어 올렸다.

"당연히 알고 있었겠지……."

말끝을 흐리며 제니퍼가 자세를 바로 했다. 법정에서 주로 보여주는 강단 있는 표정으로 하윤을 마주했다.

"첨단 자동차 연구개발팀으로 발령 내달라고 한 사람이 너라면서? 이러려고 비즈니스 공부 하면서 컴퓨터 엔지니어링도 같이 전공했던 거니?"

한국으로 치면 고등학교 2학년 때부터 하윤은 대학 정규 과정을 이수받고 있었다. 비즈니스 전공에 본격적으로 집중해야 할 시점에 컴퓨터 엔지니어링을 복수 전공으로 선택할 것을 예측하지 못했었다. 그 바람에 졸업이 늦어지고, 시간은 더욱 촉박해졌다.

"세계 자동차 산업은 환경, 에너지 그리고 IT기술들이 접목된 첨단 자동차 시대로 변모해 가고 있어요. 반도체 기술이 자동차에 접목되면서 첨단 지능형 서비스를 제공하는 자동차 시대가 열리고 있다는 것은 제가 설명 안 해도 아시겠죠. 자율 주행 자동차. 자동차 산업의 미래입니다. 머지않아 사람이 운전하지 않아도 자동차가 스스로 주행하는 자율 주행 자동차 시대가 열릴 겁니다."

"하고 싶은 말이 뭐냐?"

"유성그룹의 미래도 다를 것이 없습니다. 최대 주주가 기업을 좌지우지하던 시대는 지났다는 겁니다. 시장은 빠르게 변하고 있습니다. 세계적인 기업으로 살아남기 위해서는 빠르게 변화하는 세계 시장의 흐름에 발맞춰가야 한다는 거죠."

"내 생각에는 너야말로 그 흐름에 발맞춰가기 위한 최상의 조건을 갖춘 사람이라고 여겨지는데……."

단정 지으며 말하는 제니퍼를 보는 하윤의 한쪽 입꼬리가 티 나게 비틀렸다. 하나도 달라지지 않았다. 평행선을 달리는 두 사람. 그 간격은 아마도 영원히 좁혀지지 않을 것이다. 그가 왜 컴퓨터 엔지니어링을 공부하고 싶었는지, 진정으로 하고 싶은 것이 무엇인지는 제니퍼에게 중요하지 않았다. 경영보다는 신기술 개발 분야에 품고 있는 열정. 이제 와서 이해를 구할 생각 따위는 없었다.

"저는 유성그룹 내에서 절 필요로 하는 곳에 있을 겁니다. 제가 있어야 할 곳이 꼭대기 층이라고 단정 짓지 마세요."

잔잔한 겨울바다를 연상케 하는 시린 눈빛. 감정을 닫아버린 하윤은 바로 앞에 있음에도 아주 멀리 있는 사람처럼 느껴진다. 제니퍼는 예의 바른 미소로 선물상자를 집어 드는 하윤을 보며 지금은 물러서야 할 때라는 것을 깨달았다.

"시간이 없어서 유빈은 다음 기회에 만나봐야겠구나. 나중에 한번 같이 식사나 하자꾸나. 내가 못 보고 가서 서운해하더라고 전해주렴. 중요한 미팅이 있다고 들었다. 배웅은 사절하마."

소파에서 일어서는 제니퍼를 위해 하윤이 코트를 펼쳐들었다. 새하얀 블라우스의 소매가 코트 안으로 사라지는 것을 확인하자, 주저 없이 성큼성큼 입구로 걸음을 옮겼다. 활짝 열린 문 너머로 비서가 자리에서 일어서서 정중히 자세를 가다듬었다. 굽이 높은 하이힐을 신었음에도 또박또박 걷는 포즈에는 우아함이 넘쳤다. 문을 나서기 전 제니퍼가 가볍게 하윤을 포옹했다.

"또 보자, 아들."

"너무 무리하지 마세요, 어머니."

제니퍼를 껴안는 하윤의 팔에 살짝 힘이 들어갔다. 그 작은 동작에 담겨진 어머니를 걱정하는 아들의 마음에, 하윤의 볼을 부드럽게 토닥이는 제니퍼의 얼굴에도 아주 잠깐 따스한 빛이 머물렀다.

일명 초록세상 사진클럽. 조경학과 내에서 사진 찍기 좋아하는 사람들을 모아 꾸려진 소규모의 동아리 모임이었다. 군복무를 마치고 복학한 한강이 만든 모임이었다. 3학년이 갓 입학한 신입생들의 멘토가 되는 학과 전통에 따라 한강의 멘티가 된 유빈도 동아리의 회원이 되었다.

사실 반강압에 의한 가입이기는 했었다. 우연히 캠퍼스 내 수목원에서 하윤에게 선물 받은 카메라로 사진을 찍고 있던 유빈을 발견한 한강이 가입 신청서를 작성하고 유빈은 강압에 못 이겨 사인을 해야만 했었다.

처음 몇 번은 한강에 의해 억지로 모임에 불려 나갔었다. 그러던 것이 어느 틈에 유빈에게는 없어서는 안 될 대학 생활의 소중한 활력소로 자리 잡아갔다. 사진을 통해 자연과 가까워지는 느낌이었고, 왁자지껄 떠드는 사람들과 있다 보면 보고 싶은 사람들을 잠시나마 잊을 수 있어서 좋았다.

"그럼 장소는 강원도 정선으로 결정 났고, 날짜는 차후에 결정하도록 하겠습니다. 이왕이면 주말이 좋겠죠. 한강 선배님도 참여하실 건가요?"

올해 회장을 맡고 있는 3학년 장미의 질문에 한강이 유빈을 한번 슬쩍 쳐다보았다. 유빈은 옆에 앉아 있는 후배 경석과 대화를 나누느라 그들의 대화에는 관심이 없어 보였다.

"유빈 선배, 선배도 갈 거죠?"

한강이 유빈에게 가진 관심을 눈치채고 있던 장미가 유빈에게 질문을 던졌다.

"어? 촬영? 물론 나도 가야지. 마지막 작품이 될지도 모르는데. 한강 선배는 어쩌실 거예요?"

"글쎄. 날짜 봐서 특별한 일 없으면 참석하는 것도 나쁘지는 않겠지."

한강의 대답에 장미가 음흉한 눈초리를 만들며 입술을 씰룩거렸다.

"그건 걱정 마세요. 저희 기둥이신데요. 저희가 당연히 선배님 스케줄에 맞추겠습니다."

장미가 꺼낸 기둥이라는 단어에 모임에 있던 모든 학생들이 환호성을 올리며 한목소리를 만들어내기 시작했다.

"뒤풀이! 뒤풀이!"

"알았다. 그만, 그만. 옆방에서 항의 들어오겠다."

두 손을 앞으로 벌려 대중을 진정시킨 한강이 슬로모션으로 오른손을 재킷 안주머니에 집어넣었다. 모두의 시선이 오로지 한강의 오른손에 집중되어 있었다. 유빈도 눈을 반짝이며 한강의 동작을 주시하고 있었다. 그 모습이 귀여워 한강이 상큼한 미소를 내보였다. 볼에 크게 보조개가 패면서 서신대 프린스가 재림했다.

동아리 방에 보여 있던 여학생들의 '꺄악' 하는 비명 소리와 함께 한강의 오른손에 두툼한 지갑이 들려져 나타났다. '우아아' 굵직한 남학생들의 환호성이 뒤를 이었다. 후배들의 아우성에 한강의 얼굴에서는 미소가 더 크게 번지고 있었다. 대부분의 여학생들이 한강의 미소에 빠져 허우적댈 때 오로지 유빈만이 그들의 반응을 재미있게 감상할 뿐이었다.

'여전하네, 서유빈.'

흔들림 없는 그녀의 모습에 한강의 미소가 씁쓸하게 바뀌어갔다.

"한강 선배님 먹고 싶은 거 다 시켜도 되죠? 누나, 특별히 먹고 싶은 거 있어요?"

메뉴를 들여다보던 경석이 유빈을 바라보며 질문을 던졌다. 삼겹살집에서의 동아리 모임 뒤풀이가 끝나고, 유빈은 단짝 친구라고도 할 수 있는 순이의 손에 이끌려 학교 근처에 새로 오픈했다는 스페인 레스토랑에 앉아 있었다.

"나는 배부른데. 더구나 난 스페인 음식 잘 몰라. 유럽여행 다녀온 사람들이 알아서 주문해."

"그러게 선배는 어떻게 된 게 그 흔한 유럽 배낭여행을 한 번 못 가봤을까."

"그러게."

경석의 의문에 유빈이 깊은 한숨을 내쉬었다. 3학년 여름방학에 가려던 계획이 수포로 돌아가지만 않았더라도 당당하게 대답할 수 있었을 텐데. 몇몇 동기들과 '서양 조경사' 수업시간에 배운 것들을 눈으로 직접 보고 확인하기로 뜻을 모았었다. 화려하고 고풍스러운 공원이며, 정원들이 기나긴 역사 속에서 어떻게 보존되고 유지가 되어왔는지 꼭 보고 싶었는데. 사진으로는 수백 번도 더 본 베르사유 궁전의 정원도 직접 가보고, 루브르 박물관 옆에 있다는 뛸르리 정원도 마음껏 걸어보고 싶었다. 물론 나중에라도 언제든지 갈 수 있는 곳이지만 처음으로 친구들과 함께하는 여행이라 한껏 들떠 있었다.

여행 책자를 사서 관광지 공부도 열심히 하고, 틈틈이 한강의 아버지가 운영하시는 조경 회사에서 나무 심고 자갈 깔아가며 알바도 열심히 했었다. 하필이면 공교롭게 하윤이 예정보다 3주나 일찍 한국으로 들어오는 바람에 무산이 되고 말았지만.

분명 서머스쿨을 들어야 한다는 하윤의 말에 치밀하게 날짜 계산을 해서 잡은 스케줄이었다. 하윤의 성격으로 봐서는 절대 혼자 보내주지 않을 것 같아 비밀리에 계획했던 여행이었다.

유미한테만 몰래 털어놓은 비밀이었는데. 출발 이틀 전에 한국으로 들어온 하윤의 반대에 부딪쳐 여행은 포기해야만 했다. 속상했지만 어쩔 수 없는 선택이었다. 그만큼 하윤이 유빈에게는 더 소중했으니깐.

"언젠가는 나도 갈 거야."

"그럼 나랑 같이 가요, 누나. 제대로 안내해줄게요."

시무룩하게 고개를 숙이는 유빈의 머리를 경석이 다정하게 쓰다듬었다. 그러고는 메뉴를 향해 고개를 숙이는 그의 뒤통수를 순이가 들고 있던 메뉴판으로 인정사정없이 내리쳤다. 김순이. 이름처럼 순하면 얼마나 좋을까. 같은 과 동기이자 동아리 동기로 유빈과는 가장 허물없이 지내는 친구였다.

"적당히 들이대. 치마만 두르면 다 좋다지. 그러다 유빈이 애인한테 혼쭐나는 수가 있어."

"내가 언제 들이댔다고 그래요?"

펄쩍 뛰는 반응에도 순이는 개의치 않았다.

"허리까지 부실해서 공익으로 가는 주제에…… 어떻게 현역도 아닌 애가 허구한 날 술 사달라고 아무한테나 앵기냐?"

취직 문제로 할 얘기가 있다는 그들을 기어이 따라온 경석을 영 못마땅한 눈초리로 바라보고 있던 순이였다. 아마도 술에 취해 의식을 잃은 순이를 업어준 후로 자꾸만 술고래라고 놀려대는 경석에게 쌓인 울분을 터트릴 기회를 노리고 있었을 것이다.

"공익이었어? 그럼 최전방이 아니고 출퇴근하는 거잖아."

"순이 선배!"

경석이 다급하게 순이의 입을 손으로 막았다. 그 손을 순이가 굳이 이로 물더니, 이번에는 더럽다며 열심히 냅킨으로 입안을 닦아내고 있었다.

"차경석, 다음 주 토요일 약속은 무조건 취소다. 이 자리가 네 송별회라고 생각해. 한동안 고생할 것이 안타까워 오냐오냐해줬더니……. 앞으로는 일절 국물도 없을 줄 알아. 공짜 술 너무 밝히지 마라. 은근히 대머리 기질 보이더라."

갈색 수첩을 꺼내 스케줄 표를 정리하며 두서없이 쏟아내는 유빈의 말에 경석이 오만상을 찌푸렸다.

"그런 게 어디 있어요. 그리고 우리 집안에 대머리는 아직 없거든요."

"그렇겠지. 가발 쓴 대머리만 있을 뿐."

얄밉게 순이가 한마디 거들자 경석이 끝내는 발끈했다.

"이씨……. 야, 술고래."

"뭐? 술고래. 이게 뒈질라고 환장을 했나."

기가 막혀 천장으로 눈을 굴리던 순이가 경석의 목에 헤드록을 걸었다. 인정사정없이 조여대는 팔에 숨이 막히다며 난리를 치는데도 아랑곳없이 나머지 손으로 머리카락을 엉망으로 헤집어놓았다. 엉켜서 일방적으로 두들겨 맞는 경석을 보며 이번에는 유빈도 모른 척 외면했다.

"적당히 우려먹었어야지. 그렇지 않아요, 한강 선배?"

입술을 삐죽거리며 고개를 돌려 외면하다가도 자꾸만 불안한 듯 경석의 맞는 모습에 시선을 주었다. 엄살을 떨어대는 경석을 보다 못한 유빈이 결국에는 중재에 나섰다. 순이의 팔에서 벗어난 경석의 헝클어진 복장을 다듬어주고, 흥분으로 씩씩대는 그에게 시원한 얼음물을 들려주며 달래고 있었다.

그런 유빈의 행동을 하나도 빼놓지 않고 한강은 주시하고 있었다. 욕심이 났다. 웃는 얼굴이 예쁜 후배가 자꾸 신경이 쓰였다. 어쩌다 사랑하는 사람이 있다는 여자한테 빠져서 이렇게 속병이 단단히 들었는지…….

시끄러운 그들의 테이블로 젊은 여자가 주문을 받으러 다가왔다. 고급스러운 분위기에 어울리지 않는 순이의 행동이 영 마음에 들지 않는 눈치였다. 유빈을 바라보는 눈초리마저 영 곱지 않았다.

"주문 도와드리겠습니다. 음료 주문하시겠습니까."

"상그리아로 주세요. 우선은 타파즈 종류 중에서 인기 많은 것들로 몇 접시만 가져다주세요."

한강이 주저 없이 주문을 했다.

"네. 잠시만 기다려주시면 금방 준비해드리겠습니다."

그제야 한강의 존재를 눈치챈 종업원이 급하게 친절모드로 돌아섰다. 한강과 같은 방향을 보고 있느라 제대로 얼굴을 살필 겨를이 없었던 모양이었다. 주문 내용을 받아 적으며 유난히 풍만한 상체를 앞으로 강조하는 모습에 유빈이 입술을 억지로 치아 사이에 물었다. 웃음이 터져 나오려는 것을 방지하기 위해서였다.

"저 사람, 선배가 마음에 들었나 봐요. 우리 보던 얼굴이랑 완전 하늘과 땅 차이예요."

"인마, 그걸 이제야 알았어? 나한테 안 넘어오는 여자는 이 세상에서 우리 엄마랑 너뿐일 거다."

킥킥거리며 유빈이 한참을 웃었다. 어쩜 가윤 오빠랑 토씨 하나 안 틀리고 같은 말을 하지. 팬클럽이 있었다더니 사실인가 보네. 유들유들한 성격이 가윤과 판박이였다. 그래서였는지 처음 만났을 때부터 친근하고 편안한 느낌으로 다가왔다.

"근데 방금 전에 주문한 거. 그거 와인이죠? 난 금주령 떨어졌는데."

술에 약한 유빈은 알코올이 조금만 들어가도 쉽게 취했다. 조금만 취해도 헤프게 웃고, 아무 데서나 쉽게 잠이 들었다. 유빈이 술에 약하다는 것을 안 하윤은 그녀가 다른 사람들과 술 마시는 것을 극도로 싫어했다. 그래서 하윤에게는 말할 수 없는 비밀이 생겨버렸다. 순이의 압력에 의해 마신 폭탄주 때문에 무턱대고 식당에서 잠들어버린 전력이 한두 번 있었다는 것. 그로 인해 모텔에서 깨어나는 생소한 경험을 하기도 했었다. 하윤에게는 절대 말할 수 없는 비밀이었지만.

"그냥 과일주스 같은 거야. 알코올 없는……."

무뚝뚝한 말투가 튀어나왔다. 어색하게 웃고 있는 유빈을 보며 한강은 멋쩍은 미소를 지었다. 금주령을 내린 사람이 다름 아닌 남자친구라는 사실을 굳이 확인받지 않아도 알 수 있었다. 숨길 수 없는 애정, 남자친구를 언급할 때면 으레 떠올리는 표정에 질투가 났다. 만난 적도 없는 연적에 대한 반감으로 한강은 진실을 숨겼다. 그리고 의도적으로 화제를 돌렸다.

"서유빈, 우리 회사에 들어오는 것에 대해 생각해봤어?"

"아직 결정 못 했어요. 대학원에 가서 더 공부하고 싶은 욕심도 있고. 빨리 취직해서 돈을 벌어야겠다는 생각이 더 크기도 하고…….”

“부자 애인 두고 별소리를 다 듣겠네.”

유일하게 하윤의 배경을 알고 있는 순이가 무심코 내던진 말이었다. 급하게 테이블 밑으로 날아오는 유빈의 발길질에 그녀가 당혹감을 감추지 못하고 시선을 회피했다.

평범하지 않은 하윤의 배경을 다른 사람들한테는 아직 털어놓을 수가 없었다. 처음부터 사는 세계가 다르다는 것은 어느 정도 인지하고 있었다. 재산의 많고 적음을 떠나서, 사회에 나와서 하윤이 떠맡게 될 책임감은 감히 그녀는 상상도 할 수 없는 무게였다. 17살에는 심각하게 생각하지 않았던 하윤의 배경이 어른이 되어가는 23살의 유빈에게는 불편한 마음의 짐이 되고 있었다. 언제부터였을까. 하윤과 유빈의 차이점을 정확하게 깨닫게 된 시점이…….

‘서수인 조카라더니 남자 후리는 재주를 닮았나 봐. 약혼식도 그래서 깨졌잖아요. 식장에 옛날 남자가 나타나서. 결혼식이 아니어서 다행이었지. 무슨 망신이에요.’

‘그만해요, 새언니. 듣겠어요.’

‘들으면 어때요. 이거야 원, 수준에 안 맞아서. 기본적인 가정교육을 못 받았잖아요. 식탁 매너부터 시작해서……. 뭐라도 보고 배운 게 있어야 가르칠 엄두라도 나지.’

우연히 하윤의 본가에서 들었던 수인과 유빈에 대한 뒷담화. 일부러 유빈이 들을 수 있게 큰 소리로 떠들던 하윤의 작은어머니 현주와 작은고모 정은. 유난히 유빈을 못마땅해하는 두 사람이었다. 그들과 같은 배경을 가지고 태어나지 않았다는 이유로 무시당하고 배척받아야만 하는 현실의 벽을 처음으로 깨닫게 된 순간이었다.

그때부터였던 것 같다. 하윤의 가족모임에 가는 것을 거부하기 시작하던 것이. 그녀가 느끼는 감정을 하윤이 알게 하고 싶지 않았다. 가뜩이나 가족이나 친척들에게 정을 느끼지 못하는 것을 아는데, 그녀까지 보태서 반감을 키워주고 싶지 않았다. 싫든 좋든, 그들은 하윤과 함께 유성그룹을 이끌어갈 사람들이었다. 하윤의 옆에 머물고 싶다면 유빈이 감당해야 할 몫이었다.

때마침 주문한 상그리아가 테이블에 전달되었다. 연한 붉은색의 와인 잔이 조명을 받아 투명하게 반짝거렸다. 한강에 의해 가득 채워진 글라스를 유빈이 단숨에 비워냈다. 답답하게 조여 오는 불안함을 털어내고 싶었다. 싫다, 이런 무거운 마음. 하윤이 다른 세계에 속한 것만 같은 거리감. 얼음이 채워져 시원하고 단맛이 가득한 음료에 매료된 유빈이 두 잔을 연속으로 비워냈다. 알코올이 들어 있는지도 모르고 주스처럼 들이켜는 그녀를 순이가 불안한 시선으로 지켜보고 있었다.

"상그리아 맛있다. 여러 종류의 과일 맛이 섞여 있나 봐. 사과 맛도 나고 레몬 맛도 나고. 무슨 맛인지 알고 싶어서 자꾸 마시게 된다."

일부러 밝게 웃는 유빈의 미소가 예뻐서 한강이 자꾸만 줄어드는 유빈의 잔을 채워주고 있었다. 무겁게 가라앉는 생각을 머릿속에서 지워보고자 홀짝홀짝 마시다 보니 벌써 꽤 여러 잔을 비웠다. 아까부터 의자에 매달려 있는 그녀의 가방이 진동으로 부르르 떨리고 있었지만 유빈은 알지 못했다.

"우리 회사가 규모는 작게 시작했어도 요즘 잘나가고 있다. 알지? 대학원은 나중에라도 갈 수 있잖아. 우리는 서유빈 같은 능력 있는 인재를 원해. 잘 생각해봐."

사랑 혹은 집착 119

한강이 오늘 유빈을 만나러 온 가장 큰 이유 중의 하나였다. 오랜만에 유빈을 보고 싶다는 개인적인 사심도 무시할 수 없었지만 그녀가 가지고 있는 능력을 놓치고 싶지 않았다.

조경 디자인도 아름다움을 추구하는 하나의 예술이었다. 다른 종목과 차이점이 있다면 살아 있는 식물을 다룬다는 것이었다. 정원이라는 무대 위에 식물의 개성과 조화, 강조, 반복, 움직임의 원리를 이용해 조형미와 더불어 안락함을 연출해야 한다.

유빈은 사소한 정원의 식물이라도 디자이너의 눈으로 바라볼 줄 알았다. 공원의 나무 한 그루도 허투루 보지 않았다. 나무 고유의 아름다움과 더불어 주변 식물들과의 조화를 살폈다. 살아 있는 생명을 심는 작업이기 때문에 당장 아름다운 것보다는 주어진 환경에서 스스로 자생할 수 있을지에 대한 것까지 세심하게 들여다볼 줄 알았다.

무엇보다 한강이 유빈의 재능을 높이 평가하는 이유는 따로 있었다. 유빈은 꽃과 나무를 사랑했다. 사랑하는 꽃과 나무로 삭막한 도시 속에서 안락한 휴식공간을 만들어 아름다움을 나누고 싶다는 열정이 대단했다. 그것만으로도 좋은 조경 디자이너의 조건을 갖춘 셈이었다.

흔들리는 유빈의 표정을 바라보며 한강이 순이의 의자 다리를 발로 찼다. 이미 한강의 회사로 출근하고 있는 순이에게 유빈을 설득해보라는 무언의 압력이었다.

"서유빈, 이제 진상 되는 거냐? 어쩌냐. 한강 선배가 너 꼬실라고 뻥치는 소리를 그대로 믿어서. 상그리아가 알코올 농도는 낮아도 많이 마시면 취할걸. 내가 그랬지. 다리 세 개 달린 인간들은 다

거기서 거기라고. 믿어서는 안 되는 족속들이라고……."

김순이, 어떻게 된 게 평생 도움이 안 되냐.

뒤늦게 안 사실에 눈썹을 찡그리는 유빈의 눈치를 살피며 한강이 또다시 테이블 밑에서 순이의 다리를 건드렸다. 불행히도 돌아오는 것은 거센 발길질뿐이었다. 제대로 얻어맞은 정강이를 쓰다듬으며 가만히 고개를 떨어뜨렸다. 그에게 안 넘어오는 여자가 여기 한 명 더 있다는 것을 깜빡했다.

"조심해, 내 꼴 나기 싫으면. 그놈의 술 내기만 아니었어도 내가 그런 막노동 환경에서 호구 노릇이나 하고 있지는 않았을 거다. 웬수 같은 상철 선배. 이틀 연속 음주한 상태에서 주량 내기를 강요하다니……. 썩을 인간."

속이 타는 듯 상그리아가 들어 있는 유리병을 통째로 들고 마셔 대는 순이를 바라보며 한강은 인상을 찌푸렸다. 그도 원망을 피해 갈 수는 없었다.

"선배, 나한테 거짓말한 거였어요? 우아, 나는 한강 선배 말이라면 100프로 신뢰했었는데. 진짜 나빴다."

"저기, 그게 나쁜 의도가 아니라……. 김순이, 너 정말……."

"그러게 왜 순진한 애를 놀려요. 서유빈, 너도 진상짓 그만하고 핸드폰이나 받아봐. 네 가방 지금 부르르 하고 난리 부르스를 떤다. 애인님이 다급하게 너 찾나 보다."

순이가 손가락을 까딱거리며 의자 등받이에 걸어둔 가방을 가리켰다. 일순간 유빈의 눈이 당황으로 휘둥그레졌다. 큰일 났다. 데리러 올 거라고 했는데. 여기가 어디인지 문자 넣는 것을 깜빡했다. 이놈의 정신머리는 왜 이리도 출장을 자주 다니시는지. 계속

우우웅 하면서 떨리는 진동이 하윤의 지금 심정을 고스란히 전해 주고 있는 것 같았다. 화났나 보다. 엎친 데 덮친다고 술까지 마셨으니. 잔소리 꽤나 듣게 생겼다.

가방에서 핸드폰을 꺼내들고 일어서는데 몸이 순간 휘청거렸다. 다리에 힘이 풀리는 것을 보니 생각보다 많이 취한 모양이었다. 부재중 통화 열다섯. 음성 메시지 하나. 액정 화면을 들여다보는 유빈의 콧잔등에 잔주름이 잡혔다. 첫 번째 부재중 통화의 시간을 확인하니 한 시간도 훨씬 전이었다. 캠퍼스 내에서 자전거 타다 넘어져서 다친 것도 아직 고백 못했는데. 이래저래 이번에는 잔소리 일주일짜리다. 호흡을 가다듬고 메시지 확인 버튼부터 눌렀다.

[어디야.]

무뚝뚝하기는. 어쩌면 이리도 한결같은 건지.

"잠깐. 나 조용한 데 가서 전화 좀 하고 올게."

취기가 올라오는지 유빈의 동작이 뭔가 어설펐다. 테이블에서 멀어져 조용한 장소를 찾아가는 걸음걸이가 불안해 보였다. 일직선으로 걷지 못하고 갈팡질팡하는 그녀의 뒤를 한강이 뒤따르고 있다는 것도 눈치채지 못했다.

레스토랑의 입구에 전시된 커다란 장식장 앞에서 유빈이 걸음을 멈추었다. 맨 위 두 줄은 스페인 출신의 유명한 축구선수 사진들이 액자에 끼워져 놓여 있었다. 세 번째 줄에 놓인 플라멩코 댄서 인형들을 바라보는데 바로 옆에 놓인 스피커에서 댄스 음악이 흘러나왔다.

스피커에서 흘러나오는 플라멩코 음악 소리에 한쪽 귀를 손으로 막은 채 부재중 번호를 눌렀다. 단 한 번의 신호음 후에 하윤의 음성이 들려왔다.

-어디야…….

음산하게 낮게 깔린 목소리가 화가 나 있음을 말해주고 있었다. 유빈은 하윤의 화난 목소리가 싫었다. 화를 억누르는 듯한 말투에 매번 압도당하는 기분이 들었다. 잘못한 게 없을 때조차도 먼저 사과를 해야 할 것 같은 불안감에 사로잡히고는 했다. 초초한 마음에 버릇처럼 아랫입술을 치아 사이에 물고 짓이기기 시작했다. 이것은 하윤이 싫어하는 유빈의 버릇이었다.

"미안. 동아리 모임 끝나고 자리를 옮겼어. 친구들이랑 수다 떠느라고 전화 온지 몰랐어. 설마 나한테 화내는 거 아니지?"

-지금 데리러 갈 거야. 학교 근처에 있어.

"지금? 벌써 왔어? 여기를 어떻게 설명해야 하나. 나도 여기는 처음이라 위치 설명을 못하겠네. 학교 정문에서 나와서 오른쪽으로 걸어왔던가. 미안. 내가 조금 정신이 없지. 지금 문자로 여기 주소……."

갑자기 나타난 손이 유빈의 핸드폰을 낚아채가는 바람에 뒷말을 이어가지 못했다. 시끄러운 음악 소리 때문인지 한강의 발소리를 듣지 못했다.

"내가 여기 위치 설명해줄게. 너는 자리로 돌아가. 여기는 음악 소리 때문에 시끄러우니까 밖으로 나가서 받고 올게."

혼자 남겨진 유빈은 무거운 나무문을 열고 나가는 한강의 뒷모습을 불안하게 지켜보고 있었다. 뭐지. 이 느낌을 어떻게 설명해야 할까. 마음 한쪽이 무겁게 가라앉는다. 한강이 넘어서지 말아야 할 경계선을 넘어버린 듯한 느낌. 해줄 수 있는 것이 아무것도 없기에 일부러 외면해왔던 진실. 불편한, 그러면서 한편으로는 답답한 마

사랑 혹은 집착 **123**

음의 짐. 깊숙이 가라앉아 있던 내면의 갈등이 표면 위로 일순간에 떠올랐다.

"여보세요."

무거운 출입문을 열고 밖으로 걸어나가며 한강이 유빈의 핸드폰을 귀로 가져갔다. 매서운 밤바람이 얇은 셔츠를 뚫고 심장까지 서늘하게 얼어붙게 만들고 있었다. 한기에 움츠러드는 어깨를 펴고 한쪽 손을 바지 주머니에 찔러 넣었다.

"안녕하세요. 박한강입니다. 유빈이 학교 선배입니다."

…….

이어지는 침묵을 견디지 못하고 한강이 말을 이었다.

"유빈이는 모임이 끝나는 대로 제가 차로 집까지 안전하게 바래다주겠습니다. 걱정하실 일은 없을 겁니다. 그럼 무례하지만 이만 끊겠습니다."

비겁하다는 것은 알고 있었다. 남의 여자를 넘보는 나쁜 놈이라고 욕해도 할 수 없었다. 세상 모든 이들의 비난을 떠안게 되더라도 욕심이 났다. 이제는 유빈을 향한 마음이 너무 커져서 더 이상은 숨길 수도 없게 되어버렸다. 그녀의 말 한마디에 하루 종일 웃고, 그녀의 말 한마디에 혹시나 하는 설렘으로 피곤한 몸을 뒤척이며 까맣게 밤을 지새운 것도 여러 날이었다.

처음부터 정해진 자리. 보이지 않게 유빈과의 사이를 갈라놓았던 경계선. 그 선을 넘어서는 한강의 마음은 불안으로 파닥거렸다. 경계선 너머 그들의 세상에 무엇이 있는지 알지 못한다. 6년의 세월. 무시할 수 없는 그들만의 시간. 서늘한 밤기운만큼이나 차가운 기운이 한강의 마음을 어지럽혔다.

유빈이 화를 내리라는 것을 알면서도 핸드폰의 전원 버튼을 눌렀다. 아직은 그녀 옆에 다른 남자가 서 있는 것을 볼 자신이 없었다. 고개를 숙여 액정 화면이 요란한 불빛과 함께 어둠 속으로 사라지는 것을 지켜보고 있던 한강의 시선 안으로 남자치고는 섬세해 보이는 기다란 손가락이 내밀어졌다.

　정교한 박음질의 고급스러운 수제 구두. 의문을 담고 올려다본 한강의 시선 앞에 한 남자가 서 있었다. 한 손에 핸드폰을 들고 있는 차가운 인상의 남자. 쉽게 곁을 내주지 않을 것 같은 카리스마. 이런 강렬한 인상의 남자를 만난 적이 있었던가. 고급스런 슈트에 감싸인 몸이 운동으로 다져진 듯 탄력이 넘쳤다. 적당히 넓은 어깨와 성형외과 의사가 밑그림을 그려놓고 하나하나 조각이라도 해놓은 듯한 완벽한 이목구비에 저절로 시선을 빼앗겼다.

　"현하윤입니다."

　이름만으로 모든 것을 설명하고 있는 자신감. 핸드폰을 요구하는 당당한 그의 태도가 그녀에 대한 소유권을 주장하고 있었다. 한강은 무력하게 그녀의 핸드폰이 하윤의 손에서 옆에 서 있는 보좌관인 듯한 장신의 남자에게 넘어가는 것을 지켜보고 있었다. 하윤이 처음부터 자신을 지켜보고 있었다고 자신하는 한강이었다. 매서운 칼바람에도 인상 한 번 쓰지 않는다. 쉽게 흐트러지지 않는 남자였다.

　"박한강입니다."

　감정을 내보이지 않는 얼굴 표정과는 달리 악수를 위해 내밀어진 한강의 손을 하윤이 거칠게 거머쥐었다. 아픔이 느껴질 만큼 강하게 잡힌 손을 통해 하윤의 적의가 그대로 전해졌다.

　"형, 차 대기시켜."

명령이 익숙한 남자의 말투였다. 한강을 내려다보는 눈빛에 위험한 경고가 실려 있었다. 감히 내 여자를 마음에 담지 말라는. 불끈 쥔 주먹 안으로 손톱이 살갗을 파고들었다. 평범하지 않은 하윤의 외모와 타고난 자신감에 한강은 저절로 위축이 되어갔다. 이런 초라한 자신이 정말 마음에 들지 않았다.

"유빈이는 어디까지 알고 있습니까?"

한강이 유빈의 이름을 입에 올린 순간 하윤의 한쪽 입꼬리가 비틀렸다. 유빈이 모르게 감시자를 붙였다는 것에 대한 반감을 표하는 한강을 비릿한 미소로 응시했다.

"유빈이가 알아야 합니까?"

"유빈도 그렇게 생각할까요?"

거친 불꽃이 허공에서 부딪쳤다. 먹이를 노리는 야생의 들짐승처럼 서로를 향한 경계를 무너뜨리지 않는다. 두 사람 사이에 흐르는 적대감. 터질 듯한 긴장감을 깨뜨린 사람은 다름 아닌 하윤이었다.

그의 시선이 머무는 곳으로 한강이 고개를 돌렸다. 두꺼운 나무문을 열고 유빈이 걸어 나오고 있었다. 실내와 대조되는 차가운 밤기운에 잔뜩 움츠리고 있었다. 추운지 양팔을 껴안고 인상을 찡그렸다. 고개를 들어 하윤을 발견한 순간 얼어 있던 유빈의 얼굴에 봄 햇살이 화사하게 퍼져갔다. 사랑을 표현하는데 한 치의 망설임도 없었다. 사랑하는 남자를 대하는 여자의 수줍은 미소. 질투가 한강의 심장을 아프게 찔렀다. 당당하게 유빈을 품에 안는 하윤을 보며 한강은 원치 않는 패배감에 사로잡혀야만 했다.

찌릿찌릿하게 퍼져가는 자극에 유빈이 인상을 썼다. 아직도 잠들어 있는 의식을 깨우며 아래쪽으로부터 스멀거리며 올라오는 감각에 간신히 한쪽 눈꺼풀을 들어 올렸다. 익숙하지 않는 주변 환경에 유빈이 벌떡 상체를 일으켰다. 그러나 그녀의 시도는 하윤의 단단한 팔 안에서 작은 몸짓으로 그치고 말았다.

몇 번 와본 적이 있는 하윤의 오피스텔이었다. 등 뒤로 따뜻한 하윤의 체온이 느껴지고 좀 전에 느꼈던 감각의 근원이 어디서부터 시작되었는지 뚜렷이 알게 되었다. 그녀의 배꼽 부위에서 원을 그리며 쓰다듬기 시작하던 하윤의 손가락이 서서히 가슴의 윤곽을 타고 움직이고 있었다. 그의 손가락이 스치는 부분에 짜릿한 전율이 느껴지고 서서히 몸 구석구석으로 퍼져 나갔다.

드러난 어깨 위로 스쳐가는 촉촉한 혀의 감촉이 전달해주는 예민한 자극에 유빈의 허리가 저절로 움찔거렸다. 다리 사이로 뜨거운 기운이 솟구치자, 참기 힘든 유빈이 손을 뒤로 뻗어 그의 몸을 더듬었다. 손가락에 그의 치골이 느껴지자 부드럽게 몇 차례 쓸어주고는, 손가락을 더 깊숙한 안쪽으로 옮겨갔다.

브리프 위로 솟아 있는 그의 중심이 느껴졌다. 천 위로 단단하게 일어선 기둥을 손바닥으로 감싸 쥐었다. 그것으로는 만족할 수 없는 유빈이 브리프 안으로 손을 집어넣으려 하자, 하윤이 그녀의 손을 잡아 머리 위로 들어 올렸다.

"안 돼. 너는 지금 벌 받는 중이야."

몸을 뒤로 뺀 하윤이 유빈의 두 손을 머리 위로 올려 손목을 겹쳐 한 손으로 감아쥐었다. 그리고 나머지 한 손으로는 그녀의 배꼽 바로 아래 부위를 부드럽게 쓸며 배회하기 시작했다. 입술로 유빈의 귓불을 물고 이로 지분거리기도 하고 혀로 핥으며 끊임없이 그녀의 성감대를 자극했다.

"억울해. 나는 선배가 주스라고 해서 믿었단 말이야. 술인 줄 몰랐다구……."

선배라는 단어가 들리자 하윤이 귀밑 아랫부분을 입술로 세게 빨아들였다. 찌릿한 아픔이 묘한 쾌감을 동반했다. 투명한 피부에 새겨진 붉은색 인증을 하윤이 만족스럽게 바라보았다. 낙인과도 같은 붉은 멍 자국을 입술에 담고 혀로 쓰다듬었다.

부드러운 혀의 감각이 피부를 스칠 때마다 채워지지 않는 욕망에 유빈의 다리 사이가 꿈틀댔다. 하윤의 단단한 근육을 더듬고 느끼고 싶었다. 탄탄하면서도 부드러운 피부의 감촉을 직접 만져보고 싶었다. 손목을 비틀며 빼내려는 유빈의 시도는 하윤의 강한 힘에 의해 저지되고 말았다.

"아직 안 돼."

허리를 뒤척이는 유빈을 침대 위로 바로 눕히자 봉긋하게 솟은 가슴이 찬란한 아침 햇살에 제 모습을 드러났다. 한곳에 집중되어 있는 하윤의 시선에 유빈의 볼이 핑크빛으로 달아올랐다. 열기를 머금은 뜨거운 눈빛은 시간이 지나도 익숙해지지가 않았다. 뜨겁게 내려다보는 시선만으로도 저릿한 흥분이 온몸의 신경세포를 훑고 지나갔다. 하윤이 손가락 끝으로 가슴 한복판에 자리 잡은 붉은 정점을 살짝 건드렸다.

"거긴 안 돼. 어젯밤에 충분히 괴롭혔잖아. 어젯밤 후유증으로 조금 쓰라려."

열락을 머금은 입술이 표정과는 다른 말을 하고 있었다. 혹시나 하윤이 풀어주지 않을까 잔꾀를 부려보는 중이었다. 하윤은 크지도 작지도 않는 딱 적당한 사이즈라면서 손가락 사이에 끼우고 비벼대거나 틈만 나면 사탕처럼 입에 넣고 혀로 굴리는 것을 좋아했다. 하윤의 입가에 슬쩍 미소가 머물렀다. 고개가 밑으로 향한다고 느꼈을 때, 부드러운 입술의 감촉이 진분홍 돌기를 감싸 안았다. 입술에 갇혀버린 돌기를 끈적거리는 혀로 반복적으로 굴리기 시작했다.

아흣. 열에 들뜬 호흡이 여과 없이 흘러나왔다.

"어제는 네가 알코올 기운에 잠이 들어서 제대로 벌을 못 받았지. 그리고 지금 네 표정이 쓰라린 거랑은 전혀 다른 말을 하고 있는데."

육체가 주는 언어로 서로에게 익숙해져가는 두 사람이었다. 브리프를 벗는 동작으로 손아귀의 힘이 느슨해지자 유빈이 재빨리 두 손을 잡아당겨서 가슴으로부터 하윤의 얼굴을 밀어내고 탈출을 시도했다.

"어림없지."

킥킥대며 꿈틀거리는 유빈의 두 다리를 옆으로 벌리고 한가운데 자리를 잡은 하윤이 이번에는 그녀의 두 손목을 잡고 배 위에서 하나로 묶었다. 두 팔 사이에 유빈의 가슴이 한데 모아져, 위에서 내려다본 가슴골이 꽤나 선정적이었다. 우윳빛처럼 뽀얀 살결이 신음을 참기 위해 혀로 짓이겨 붉게 타오르는 입술과 묘한 대조를 이루며 시선을 사로잡았다. 하윤만이 알고 있는 두 얼굴. 청순한 얼굴에 감춰진 섹시한 표정이 하윤의 야수로서의 본능을 일깨웠다.

이미 팽창할 대로 팽창한 하복부 중심 부위가 묵직한 둔통을 호소했다. 안락한 보금자리를 찾듯이 한 방향을 향해 우뚝 선 중심부 대신 섬세한 손가락이 유빈의 따뜻한 숲 언저리를 배회하기 시작했다. 예민한 수풀을 더듬거리던 기다란 손가락이 벌어진 틈새를 가르고 들어왔다. 뜨거운 열기에 휩싸인 동굴의 입구는 이미 매끄럽게 젖어 있었다. 미끈거리는 손가락이 갈라진 틈 사이로 도톰하게 튀어나온 부분을 마찰하자 유빈의 입술에서 환희에 들뜬 거친 숨결이 새어나왔다.

하윤의 손가락이 깊숙한 동굴 안으로 침입을 시도했다. 새하얀 허벅지가 움찔대며 그를 유혹하고 있었다. 주름진 안쪽 깊은 곳이 손가락을 감싸고 빨아들였다. 강한 흡입력에 손가락 끝에서부터 전해지는 아찔한 감각이 신경세포를 통해 하윤의 중심부로 몰려들었다. 달뜬 신음과 함께 하윤의 허리가 저절로 꿈틀댔다. 아직은 아니지. 원하는 약속을 받아내기 위해 하윤이 초유의 절제력을 발휘해 상체를 위로 끌어올렸다.

하윤의 하얀 치아가 진분홍의 유두를 잘근잘근 씹기도 하고 입술 사이로 강하게 빨아들였다, 부드럽게 혀로 할짝대는 반복적인 동작으로 그녀를 점차 한계점으로 몰고 갔다. 두 곳에서 동시에 전해지는 지칠 줄 모르는 자극. 이미 한껏 젖어 있는 그녀의 샘에서 끈적이는 샘물이 끊임없이 쏟아져 나오고 있었다. 온몸의 감각기관이 두 곳에 집중된 것만 같았다.

하아. 숨소리가 점점 거칠어지고 있었다. 유빈은 머릿속이 하얘지며 그대로 폭발할 것만 같았다. 이대로 혼자 가버리고 싶지 않아. 허리를 들썩이며 자유로운 두 다리를 이용해 하윤의 상체를 휘감았다.

"싫어……. 나만 일방적으로……."

한쪽 다리를 들고 둥글게 말아서 발바닥으로 하윤의 벗은 엉덩이를 비비며 자극을 주자 그가 마침내 고개를 들어 유빈과 시선을 마주했다. 검은 눈동자가 먹잇감을 기다리는 짐승의 눈처럼 번뜩거렸다.

"나보다 힘이 세다고 이런 식으로 힘자랑하는 것은 엄연히 규칙

위반이야. 침대에서만은 페어플레이해줘."

호흡을 가다듬는 유빈의 목소리는 허스키하게 가라앉아 있었다.

"그럼 먼저 약속부터 해."

끈적이는 시선이 허공에서 서로를 얽어매고 놔주지 않았다.

"억울해. 나는 목이 타서 그냥 주스라고 생각하고……."

아훗. 말을 끝맺기도 전에 탄성과 함께 유빈의 허리가 위로 튕겨 올라갔다. 유연하게 휘어지는 허리 뒤쪽으로 짜릿한 흥분이 척추를 타고 흘러내렸다. 불꽃이 터지는 것처럼 아찔한 쾌감에 하윤의 머리를 힘껏 끌어안았다. 거기까지였다. 순식간에 덮쳐왔던 쾌락의 파도가 순식간에 뒤로 물러섰다. 열락의 꽃을 채 피우기도 전에 어두운 동굴을 꽉 채운 기운이 순식간에 몸에서 빠져나갔다.

"약속. 절대 술 마시지 않기."

하윤의 욕망 어린 눈동자가 어둡게 가라앉으며 짙어졌다.

"하나 더. 다른 남자 앞에서 웃지 않기."

"그건 억지지. 내가 오빠 말고 남자가 어디 있어. 그냥 Y염색체를 가진 인간일 뿐이지."

한쪽 눈썹을 찡그리며 아래를 내려다보던 하윤의 머리가 서서히 다리 사이로 향하자 유빈이 다급하게 말을 이어갔다.

"약속할게. 절대 웃지 않기."

지켜지지 않을 약속임을 두 사람 다 잘 알고 있었다. 그럼에도 하윤은 항상 다짐받고 싶어 했다. 현하윤이 서유빈의 유일한 남자이기를.

"이제 됐지? 그럼 지금부터는 착한 서유빈 상 받을 시간."

마침내 두 손이 자유로워지자 유빈이 하윤을 끌어안고 몸을 뒤집었다. 부드러운 시트에 무릎을 받치고 하윤의 가슴 위를 타고 올라갔다. 도톰한 엉덩이를 하윤의 따뜻한 손바닥이 거머쥐며 아래로 끌어당겼다. 그 순간 뜨겁고 단단한 중심부가 가뜩이나 예민해진 입구를 거침없이 밀고 들어왔다.

완벽한 조합. 빈틈없이 꽉 채운 그곳에 열락의 불꽃이 활활 타오르고 있었다. 유빈이 허리를 부드럽게 움직일 때마다 새된 신음이 침실을 가득 메우고 있었다. 꽉 움켜쥐고 절대 놔주지 않을 것 같은 좁은 질벽이 수축과 이완을 반복하며 하윤을 극상의 세계로 이끌고 있었다. 유빈이 하윤의 젖꼭지를 혀로 자극하자, 자제력을 잃은 손이 그녀의 엉덩이를 쉼 없이 몰아붙였다.

거친 호흡을 내뱉던 입술이 겹쳐지고, 뜨겁게 서로를 탐하며 달콤한 숨결을 나누어가졌다. 유빈이 떨어지지 않으려드는 하윤의 입술을 간신히 물리고 상체를 들어 올렸다. 다리를 무릎 아래 접고 앉자, 그의 중심부가 자궁 안쪽까지 깊숙이 밀고 들어왔다. 강한 자극에 허리가 뒤로 활처럼 굽어졌다. 등이 아름다운 곡선모양으로 휘고, 양손은 하윤의 다리에 올려 몸을 지탱했다.

유빈이 서서히 허리를 움직였다. 하나로 겹쳐진 부분이 노출되며 자유로운 공간이 생겼다. 하윤의 기다란 손가락이 연결된 부위를 자극했다. 매끈거리는 꿀물에 촉촉이 젖은 손가락이 유빈의 갈라진 틈새로 미끄러졌다. 위아래로 부드럽게 문지르는 자극에서 오는 짜릿한 쾌감. 안과 밖에서 주는 자극에 유빈의 움직임이 빨라졌다. 미칠 듯이 달궈지는 은밀한 감각이 절정에 달하는 순간. 머릿속이 텅 비고, 아래에서부터 시작된 쾌감의 불꽃이 전신을 휘감았다.

절정에 오른 동굴이 강한 수축으로 뜨겁게 달궈진 중심을 삼킬

듯이 조여 왔다. 더 빠르게, 강하게, 쉼 없이 몰아붙이고 싶은 욕구를 하윤은 인내심을 갖고 참고 있었다. 유빈이 여운을 즐길 수 있게 기다려주었다. 유빈의 움직임이 느슨해지자, 이번에는 하윤이 유빈을 안고 옆으로 굴렀다.

"벌써 지치면 곤란해. 나는 아직 본게임 시작도 안 했어. 네가 누구한테 속한 사람인지 확실하게 증명해줄게."

눈앞에 있는 도드라지게 붉은 그의 아랫입술이 자석처럼 유빈의 입술을 끌어당겼다. 마주한 두 입술 사이로 유빈이 속삭였다.

"욕심쟁이. 그래도 오빠가 좋아."

유빈의 얼굴을 감싸 안은 하윤이 벌어진 유빈의 입술 사이로 그의 입술을 부드럽게 겹쳐왔다.

아침 10시가 넘어서야 간신히 침대에서 벗어났다. 붙박이 냉장고의 문을 열고 안을 들여다보며 유빈은 가볍게 혀를 찼다. 그녀 것의 두 배는 되어 보이는 대형 냉장고에는 차가운 음료만이 몇 개 덩그러니 들어 있었다. 유빈은 자신도 모르는 사이에 수인이 항상 입버릇처럼 말하던 집 밥의 중요성을 중얼거리고 있었다. 하긴 한국에 정착한 지도 얼마 안 되고 늦게까지 일하느라 집에서 밥 먹을 시간도 없었을 것이다.

그나마 유빈의 집에서 저녁을 먹을 때도 대부분 음식을 배달시키거나 하윤이 그녀가 좋아하는 메뉴를 레스토랑에서 테이크 아웃해서 가져오는 경우가 대부분이었다. 냉장고부터 채워야겠다는 생각이 들었다. 하윤은 입맛이 까다로운 것에 비해 수인이 만든 음식은 뭐든 맛있게 먹었다.

반찬통만 몇 개 가져다 놓으면 아침은 먹고 출근할 수 있겠지. 토요일에 아침 일찍 와서 깜짝 놀라게 만들어줘야지. 운동 갔다 와서 내가 차려놓은 아침상 보고 감동하면 어떻게 하지.

큭. 냉장고를 들여다보며 혼자 킥킥대는 유빈의 허리로 하윤의 손이 부드럽게 감겨왔다. 반사적으로 가슴을 두근거리게 하는 기분 좋은 하윤의 냄새.

"냉장고에 재미있는 거라도 들어 있어? 음료수밖에 없는 걸로 알고 있는데……. 나가자. 학교 가기 전에 맛있는 거 사줄게."

목과 어깨의 경계선에 하윤이 얼굴을 깊숙이 묻자, 유빈이 부드러운 머릿결을 쓰다듬었다.

"오빠 회사 늦었잖아. 난 간단하게 학교 학생식당 가서 챙겨 먹으면 돼."

"헤어지기 싫다. 그냥 우리 다음 달에 결혼할까?"

어느새 하윤의 손이 티셔츠 아래로 들어왔다. 유빈이 말릴 새도 없이 브래지어를 위로 밀어 올리고는 가슴을 만지며 장난을 치기 시작했다.

"말도 안 돼. 내가 몇 살인데? 거기다 아직 제대로 된 연애도 못 해봤어. 난 오빠랑 연애 오래오래 하고 싶어. 그리고 정식으로 취직해서 일도 하고 싶고."

"결혼하고도 충분히 일할 수 있잖아."

투정부리는 말투. 남들은 모르는 하윤의 편안한 모습. 유빈과 단둘이 있을 때면 거리낌 없이 어린아이처럼 투정도 부리고 칭얼대기도 했다. 그리고 유빈은 그런 하윤의 모습을 좋아했다. 사랑스럽게 볼을 토닥여주는 손바닥을 하윤이 입술 위로 끌어다 키스했다.

현하윤의 아내 서유빈. 생각만으로도 구름 위에 붕붕 떠 있는 기분이었다. 그러나 세상 사람들은 그들을 다른 이름으로 부를 것이다. 유성그룹 후계자 현하윤의 아내 서유빈. 아직은 그 이름이 부담스러웠다. 사랑만으로는 극복할 수 없는 세간의 시선. 유성그룹 현하윤의 옆에 당당히 설 자신이 없었다. 한 단계, 한 단계 다가가기 위해 노력 중이었다. 그러기 위해서 유빈은 자신만의 타이틀을 가지고 싶었다.

조경 디자이너. 가끔 조경 전용 CAD를 통해 미래에 그들이 살 집의 정원을 설계해보고는 했었다. 커다란 정원이 있는 그들만의 보금자리. 새로운 가족, 태어날 아이들, 수인 고모, 할머니. 꿈꾸듯이 그려본 가족사진이었다.

유빈이 가장 매력 있게 생각하는 분야는 옥상 정원이었다. 빼곡한 빌딩 숲 사이에서 푸른 자연을 그리워하는 도시인들이 콘크리트 건물 한복판에서 자연을 경험하고 숨 쉴 수 있는 소중한 공간을 그녀의 손으로 창조해낸다는 것은 보람 있는 작업이었다. 휴양림의 효과까지는 기대할 수 없지만 조그마한 공원을 옮겨놓은 듯한 옥상 정원은 새로운 녹지 공간으로 각광받는 분야이기도 했다.

사람과 자연을 이어주는 그 역할을 멋지게 해내고 싶었다. 언젠가는 누군가의 도움이 아닌 유빈 스스로의 힘으로 조경 전문 회사를 차리고 싶었다. 그때가 되면 당당하게 하윤의 옆자리에 설 수 있을까. 어쨌든 지금은 아니다. 아직은 하윤 옆에 당당히 서기에 자신의 모습이 너무 초라해 보였다.

"일부터 배우고 결혼하는 걸로. 대신에 이렇게 항상 같이 있을 거잖아."

사랑 혹은 집착 **135**

"고집쟁이. 그럼 여기로 옮겨. 그게 싫으면 근처 가까운 곳으로라도 거처를 옮겨."

"말도 안 돼. 이 동네 집값이 얼마나 비싼데……."

허리를 껴안는 하윤의 팔에 힘이 들어갔다.

"그런 건 네가 신경 안 써도 돼."

"그건 더 싫어."

단호한 목소리에는 하윤도 꺾을 수 없는 고집이 숨어 있었다. 하윤이 주는 돈은 받고 싶지 않았다. 가진 거라고는 쥐뿔도 없다는 소리. 남자 홀리는 재주가 탁월하다는 소리. 상처받은 자존심이 허락하지 않았다.

"난 지금 살고 있는 집도 과분해. 고모한테 미안해서라도 빨리 돈 벌어야 해. 그리고 내가 오빠의 엉큼한 속을 모를 줄 알고……. 나를 근처에 두고 밤낮으로 부려먹을 속셈이잖아. 나 바보 아냐."

손가락 사이로 유두를 끼우고 장난을 치던 손길이 이번에는 유빈의 다리를 번쩍 들어 그의 어깨 위로 들어 올렸다. 어지러움을 잘 느끼는 유빈이 싫어하는 장난 중의 하나. 유빈이 원하는 대답을 내놓지 않을 때 벌을 주는 방식이었다.

"하지 마. 차라리 예전처럼 꿀밤을 때려. 뭐든 맘대로지. 얄미워, 진짜."

"싫어, 그건 재미없어. 난 이게 훨씬 좋아. 내가 원하는 반응이 빨리 오거든."

말을 끝맺자마자 하윤이 제자리에서 몇 바퀴 회전하기 시작했다.

"어어어어……."

어지러움에 하윤의 팔을 붙들고 매달렸다.

"항복, 항복!"

유빈의 목소리가 다급하게 변해가자 마침내 하윤이 회전을 멈췄다. 축 늘어진 유빈을 바닥에 조심스럽게 내려놓았다. 중심을 잃고 휘청하는 유빈의 허리를 단단히 감싸 안고 지탱해주었다. 겨우 안정을 찾고 투정부리는 유빈의 허리를 이제는 손가락으로 살살 간지러움을 피우기 시작했다. 조그마한 자극에도 간지러움을 참지 못하는 유빈은 키득거리며 몸을 배배꼬더니 어떻게든 하윤의 손길을 피해보려고 애를 썼다.

도저히 빠져나갈 방법을 찾지 못한 유빈이 무릎을 세워 하윤의 급소를 노렸다. 딱딱한 무릎이 중요 부위에 닿으려는 순간 하윤의 손에 의해 저지당했다. 무릎을 내려다보는 그의 미간에 깊은 주름이 새겨졌다. 거친 아스팔트 표면에 쓸린 붉은 상처가 아직도 보기 흉하게 남아 있었다. 교내에서 후배의 자전거를 얻어 타고 가다 넘어져, 거친 아스팔트 표면에 쓸린 상처였다. 못마땅함으로 달싹거리는 입술을 유빈이 다급하게 손바닥으로 막았다.

"거기까지……. 더 이상 잔소리는 사절이야. 어젯밤에 시달린 걸로 충분해."

"약속해. 다시는 자전거 타지 않겠다고……."

휴우. 세상이 무너질 것 같은 처량한 한숨 소리에도 하윤은 엄한 표정을 지우지 않았다. 무표정하게 내려다보는 얼굴에는 무슨 일이 있어도 약속을 받아내겠다는 굳은 의지가 엿보였다.

"몇 번이나 말해, 나는 깨지기 쉬운 도자기 인형이 아니라고. 뼈가 부러진 것도 아니고, 그냥 살짝 스치기만 한 거야. 별로 아프지도 않았어."

"이번에는 다행히 이 정도로 그쳤지만 나중에는 더 큰 상처를 입을지도 모르잖아. 나는 너 다치는 거 싫어."

"걱정하지 마. 분명히 약속할게. 절대 다치는 일 없을 거야."

두 사람은 새끼손가락을 엮어 걸고, 엄지로 지장을 찍느라 정신 없는 유빈의 아래턱을 하윤이 들어 올렸다. 생각이 많은 까만 눈동자가 그녀를 내려다보고 있었다. 바보 현하윤. 세상에 거칠 것이 없어 보이는 그가 유독 유빈과 관련된 일이라면 하염없이 작아졌다. 그녀의 몸에 새겨진 작은 상처 하나에도 애달아하고, 자제심을 잃어버린다.

"오빠가 무슨 생각하는지 알아. 오빠한테는 내가 여전히 돌봐줘야 할 고등학생 철부지로 보인다는 것도 알아."

갑작스레 약혼이 취소되고 외국으로 떠난 수인을 대신해서 그는 유빈의 보호자 역할까지 도맡았었다. 바쁜 생활 속에도 유빈의 건강과 학교 공부까지 챙기는 것은 하윤의 몫이었다.

고등학교 2학년 때였던가. 아파트 계단에서 굴러 넘어져 발목에 금이 간 적이 있었다. 병원 치료를 받기 위해서는 보호자의 동의서가 필요했다. 시골에 계시는 할머니한테 연락하기 미안해서 밤새 혼자 끙끙 앓다가, 다음 날 성민에게 도움을 청해야만 했다. 뒤늦게 성민에게 보고를 받은 하윤이 곧바로 비행기를 타고 미국에서 날아왔었다.

행여나 그러지 않을까 염려가 돼서 어떻게든 혼자 해결해보려고 했었던 건데. 결과적으로는 하윤에게 걱정거리만 잔뜩 안겨주고 말았다. 밤 비행기를 타고 다음 날 병원으로 찾아온 하윤에게 엄청난 잔소리를 들어야만 했다. 그날 이후로 하윤은 유빈의 몸에

난 작은 상처에도 예민하게 반응했다. 유난스러운 보호자. 그래서인지 23살이 된 지금까지도 하윤은 그녀를 돌봐줘야 할 고등학생 취급을 할 때가 있었다.

두 손을 넓게 펼친 유빈이 가늘게 한숨을 쉬었다. 어차피 승산 없는 게임이었다. 쓸데없는 고집으로 모처럼 함께 맞이하는 단란한 아침을 망치고 싶지 않았다.

"알았어. 오빠가 허락해줄 때까지 앞으로는 자전거 근처에도 안 갈게. 그러니까 그렇게 엄격한 표정 하지 마."

뒤꿈치를 들고 하윤의 입술에 쪽 하고 입맞춤을 하자 그제야 굳은 입매가 부드럽게 풀렸다.

"착하다, 서유빈."

흡사 유치원생을 칭찬하는 듯 머리를 쓰다듬고 엉덩이를 토닥거렸다. 괜히 억울한 마음이 들어 재빠르게 거실로 도망을 쳤으나, 부엌을 벗어나기도 전에 다시 붙들렸다.

허리를 감싸 안은 하윤이 드러난 목에 입술을 묻고 진한 키스자국을 남겼다. 그리고 만족한 듯 몇 차례나 그 부위를 혀로 간질이기 시작했다.

"킥킥킥. 그만해, 간지러워. 언젠가 다 갚아줄 거야. 두고 봐, 독재자 현하윤. 하하하……. 그만."

허리와 목에서 느껴지는 감각에 웃음을 참지 못한 유빈이 자꾸만 뒷걸음을 쳤다.

"고집쟁이, 서유빈."

유빈의 등이 식탁에 부딪쳐 더 이상 물러설 수 없게 되자 하윤이 그녀를 번쩍 들어 식탁 위에 앉히고 시선을 마주했다. 짓궂은 장난에 까만 눈망울이 어느새 투명한 눈물을 머금고 있었다.

"아무리 그래도 이사는 절대 안 돼."

촉촉하게 반짝이는 두 눈에는 하윤을 향한 순수한 사랑만을 담고 있었다. 욕심이라고는 찾아볼 수 없는 맑은 눈망울.

언제부터였는지는 정확하게 그도 모른다. 평범하지 않은 하윤의 타이틀과 배경을 유빈이 부담스러워한다는 것을 눈치채고 있었다. 그녀가 그어놓은 보이지 않는 경계선, 그들이 속한 세계를 구분하는 유빈으로 인해 하윤은 초조했다. 그로부터의 경제적 도움을 일절 거부하는 이유가 그것 때문일까. 그들의 사이를 가로막는 장벽이 생긴 것 같은 불안감. 그가 가진 배경에 유빈이 자꾸 움츠러드는 모습이 하윤을 내내 불안하게 만들었다.

'더 많이 욕심을 내, 서유빈. 내가 가진 것들로부터 뒷걸음치지 말고 남들처럼 욕심을 내. 내가 가진 돈이든 권력이든 좀 더 욕심을 내. 그러면 이 불안과 초조함이 조금은 가실 수 있을 것 같으니까.'

17살의 서유빈을 만나고 다시 꿈을 꾸기 시작했다. 악몽이 두렵고 도망치기에 바빴던 하윤에게 어린 유빈은 용기를 불어넣어주었다. 다시 용기를 내고 꿈과 마주하기 시작했을 때 그의 세상은 달라져 있었다. 서유빈으로 인해 금빛으로 빛나기 시작한 세상. 그녀가 없는 미래는 상상조차 할 수 없었다.

"그래도 나 사랑하지?"

유빈의 까만 눈이 오롯이 그를 담고 있다. 해사한 미소는 유리창을 통해 내려쬐는 태양빛보다 눈부시고 아름다웠다.

"내가 가진 전부를 걸 만큼……."

목에 팔을 두르며 안겨오는 유빈을 가슴에 품고 하윤이 진심을 담아 대답했다.

"내 심장이 멈추는 그날까지."

선한 금빛 미소에 그의 세상이 따사롭게 녹아내리고 있었다.

Chapter 4

점심 무렵에 유빈은 학교에 도착했다. 오는 길에 문자 메시지로 유미와 학생식당에서 점심을 먹기로 약속을 잡았다. 학생식당으로 들어서자마자 제일 구석진 자리부터 둘러보기 시작했다.

그럼 그렇지. 여전히 유미는 얼굴을 책 속에 파묻은 채 혼자만의 성을 쌓고 있었다. 단아한 미인. 유빈은 유미를 그렇게 평가했다. 등을 꼿꼿이 세운 채 책장을 넘기는 작은 손짓 하나에도 정갈함이 묻어 있었다.

저렇게 책을 좋아하면서 왜 경영학 공부를 하는 것일까. 가끔씩 유미가 노트에 볼펜으로 적어놓은 글귀들을 훔쳐 읽고는 했었다. 말로 표현하지 않던 그녀의 감수성이 글귀들에 고스란히 녹아 있었다. 한번은 본격적으로 글을 써보는 게 어떻겠냐고 물어본 적이 있었다.

'글쓰기는 나한테 어쩌다 한 번씩 누리는 사치야.'

어쩌다 한 번씩 누리는 사치. 돌아온 대답에 유빈은 왠지 모르게 가슴 한쪽이 아련해졌다. 왜 그것이 사치가 되는지 차마 유미에게는 물어볼 수 없었다. 나는 나에 대한 모든 것을 털어놓는데, 유미는 언제쯤 모든 것을 털어놓아줄까.

외국에서 보낸 어린 시절의 이야기를 유미는 한 번도 꺼낸 적이 없었다. 어떻게 미국으로 건너가게 된 건지, 왜 돌아오게 된 건지, 왜 혼자 사는지, 가족은 어디에 있는지, 모르는 것투성이였다. 처음 본 순간부터 유미가 좋았다. 좋은 만큼 더 다가가고 싶었다. 하지만 아직은 유미가 내어준 딱 그만큼의 틀 안에서 유미를 알아가고 있었다.

갑작스레 멀리 떠나버린 고모의 빈자리를 유미가 없었더라면 어떻게 견뎠을까. 1년에 두 번씩 방학에만 잠깐씩 만날 수 있던 하윤의 빈자리 또한 유빈의 외로움에 무게를 더하였었다. 그 빈자리를 지탱해준 사람이 유미였다. 유미가 전학을 와준 것이 그녀에게는 행운이었고, 그 행운에 늘 감사했다.

지나가며 유미의 관심을 끌려고 시도하는 남학생들이 보였다. 수줍게 음료수 병을 전해주기도 하고, 대화를 시도하는 학생도 있었다. 유미는 형식적인 인사로 그들의 접근을 완벽하게 차단하고 있었다.

'철벽녀, 박유미. 두고 봐. 다음 주에 내가 무슨 일을 꾸밀지.'

상상만으로도 흥분이 되었다. 순이한테 도움을 빌려야 할까. 화장법에 대해서는 유빈은 문외한이나 다름없었다. 하긴 화장만 잘한다고 무슨 도움이 되겠어. 남자 형제들 사이에서 자라서인지 쌈닭이나 다름없는 순이를 보면, 보나마나 유미가 기겁을 하고 도망부터 가겠지. 기질부터 다른 두 사람이었다. 그냥 비상금을 털어서 유명하다는 미용실에 데려가는 게 쉬울지도 모르겠다.

똑똑. 유미의 맞은편에 서서 테이블을 두드렸다. 가만히 고개를 들어 올리는 유미의 눈꼬리에 가는 주름이 잡혔다.

"나 애인 있다고 분명히 말했다. 자꾸 그런 식으로 눈웃음쳐서 마음 흔들어놓고……. 그러면 반칙이야."

의자를 꺼내 앉는 유빈을 보며 유미가 읽던 책을 가방에 집어넣었다. 대신 샌드위치가 들어 있는 봉투를 가방에서 꺼내 테이블 위에 올려놓았다.

"싱겁기는. 배고프지? 샌드위치 좀 싸왔어. 어제 모임은 잘했어?"

"응. 아침에 연락 못해서 미안. 혹시 나 많이 기다렸어?"

"아니. 혹시나 해서 전화했더니 전화기가 꺼져 있기에 안 기다렸어."

따뜻하게 웃어주는 유미의 손을 잡고 유빈이 아랫입술을 삐죽거리며 어리광을 피우기 시작했다. 그런 유빈의 모습을 옆 테이블에 앉아 있던 남학생들이 히죽거리며 훔쳐보고 있었다. 자기들끼리 머리를 맞대고 소곤거리고는 가위바위보를 하는 폼이 누가 와서 말을 걸 것인지 내기를 하고 있는 모양이었다. 거칠게 서로의 어깨를 치며 장난을 치던 그들 중 한 남학생이 싸늘한 유미의 시선과 마주치자 움찔했다.

"다행이다. 어제 스페인 레스토랑으로 2차 갔었거든. 상그라이라던가? 한강 선배가 그게 술이 아니라 주스라고 장난을 쳤잖아. 나만 바보처럼 몰랐지 뭐야."

"그래서 많이 마신 거야?"

"많이는 아닌데…… 은근히 취하더라. 하윤 오빠한테 벌 받았어. 여기 좀 봐."

목까지 올라오는 스웨터에 가려진 키스 마크를 유미가 볼 수 있게 조금 잡아당겼다. 붉게 멍이 든 자국을 세심하게 들여다본 유미가 다정하게 유빈의 볼을 토닥여주었다. 이럴 때면 진짜 꼭 언니 같다.

"혹시나 해서 오빠 집에 옷 한두 벌 가져다놨는데 다행히 이 스웨터가 나를 구했어. 오래가진 않겠지?"

유미에게는 숨기는 것이 없었다. 하윤의 배경도, 미래의 계획도 유미에게는 부담 없이 얘기할 수 있었다.

"주말이 지나면 희미해질 거야. 너무 걱정하지 마. 토요일은 여전히 식목일 행사 갈 거야?"

"당연하지. 너는 그날 특별히 할 일 있어?"

유미가 고개를 가로저었다.

"별다른 건 없어. 그냥 집에서 빈둥거릴까 봐."

표정을 살피던 유빈의 눈이 반짝하고 빛을 냈다.

"좋았어. 그럼 우선 샌드위치 먹고 힘을 좀 내야지. 어제 간 레스토랑 새로 오픈했다는데 분위기 좋더라. 언제 한번 같이 가자. 하윤 오빠한테 맛있는 거 사달라고 하자."

샌드위치를 크게 한입 베어 먹는 그녀를 보며 유미가 가방 옆에 세워둔 보온병을 집어 들었다. 뚜껑을 열자 보온병에서 하얀 물결이 춤을 추듯이 솟아올랐다. 열기를 식히기 위해 뚜껑은 열어둔 채 유미가 가방에서 텀블러를 꺼냈다. 상큼한 유자차의 향기가 식욕을 자극했다. 유빈이 샌드위치 하나를 다 먹자, 그녀가 따뜻한 유자차를 비어 있는 텀블러에 부었다.

"천천히 마셔. 급하게 마시다 또 지난번처럼 입천장 헐지 말고."

"고마워. 너한테 사랑받는 남자는 진짜 행운아일 거야. 예쁜 데

다 자상하기까지……. 기대해. 내가 나중에 네 신혼집 정원 진짜 예쁘게 꾸며줄 거야."

유빈은 진심으로 그렇게 생각했다. 누구든지 박유미의 선택을 받는 남자는 세상에서 제일 행운아일 것이라고. 그 남자와 행복을 나누는 집에서 유미가 글을 쓸 수 있는 편안한 장소를 유빈이 직접 꾸며주고 싶었다. 유미가 사치를 누리며 글을 쓸 수 있는 환경을 반드시 만들어주고 싶었다. 유미에게는 뭐든 해주고 싶었다.

"기대할게. 대신 물 안 줘도 혼자 잘 크는 애들로 부탁해."

"그럼 선인장들만 심어야겠네. 그것도 재미있겠다."

재미있는 농담이라도 들은 듯 유빈이 해맑게 웃기 시작했다. 유빈은 그녀가 무심하게 툭툭 던지는 말에도 뭐가 그리 재미있는지 항상 웃음이 넘쳤다.

웃고 있는 얼굴 앞으로 하얀 쪽지가 내밀어졌다. 쭈뼛거리며 머리를 긁적이던 남학생이 유빈의 손등 위로 쪽지를 떨어뜨렸다.

"저기…… 제 친구가 이것 좀 전해달라고 해서요."

쪽지를 펼쳐보니 전화번호가 적혀 있었다. 남학생이 가리키는 방향으로 고개를 돌리자, 앳되어 보이는 남학생 한 명이 번쩍 일어나 90도 각도로 고개를 숙여 인사를 했다. 멀리서 봐도 여드름이 남아 있는 얼굴이 목까지 벌겋게 달아오르는 게 티가 났다.

"혹시 신입생?"

쪽지를 전해준 남학생이 가만히 고개를 끄덕였다.

"어쩌지? 나는 졸업생인데……."

오히려 유빈의 미안해하는 태도에 남학생이 용기를 냈다.

"저희도 사실은 재수를 해서 들어왔거든요. 나이는 별로 문제가 될 것 같지 않은데……. 어떻게, 잠깐 합석이라도 하면 어떨까요."

당장이라도 유빈의 옆자리를 꿰차고 앉을 기세였다.

"우리는 그럴 생각 없어. 방해 말고 이만 가주면 좋겠는데."

얼음장처럼 차가운 목소리가 유빈의 맞은편에서 흘러나왔다. 싸늘하게 굳어 있는 유미를 보는 남학생의 얼굴이 홍시처럼 붉게 달아올랐다. 무안한 마음을 숨기지 못하는 어린 남학생을 향해 유빈이 상냥하게 웃어주었다.

"미안해요. 너무 귀여운 학생이라 그러고는 싶은데 사실 질투심 많은 애인이 있거든요. 친구한테 고맙다고 전해줘요. 멋진 남자한테 대시 받아서 하루 종일 기분이 좋을 것 같다고."

"그럼 할 수 없네요. 언젠가 남자친구분이랑 헤어지시면 꼭 연락 주세요."

반드시 헤어짐이 있을 거라 장담하는 남학생의 말에 유빈은 그저 웃고 말았다. 남학생이 옆 테이블로 돌아가자 유빈이 쪽지를 집어 가방에 넣었다.

"그건 왜?"

"보는 데서 버리면 기분 나쁘잖아."

"서유빈, 은근히 헤프게 잘 웃는 거 알지? 그러니 애인이 다른 남자한테 웃지 말라고 하는 거야."

"인간에 대한 기본적인 예의일 뿐이야."

인간에 대한 예의. 착한 서유빈이 항상 강조하는 말. 유미의 얼굴에 어두운 그림자가 드리워졌다. 불안으로 흔들리는 동공에 불길한 기운이 스며들었다. 그러나 어느새 무표정으로 감정을 가려버린 유미가 순수한 미소를 짓고 있는 유빈을 향해 두 번째 샌드위치 조각을 내밀었다. 장난꾸러기처럼 삼각형 모서리 밖으로 빠져나온 햄과 치즈를 유빈이 먼저 베어 먹기 시작했다. 샌드위치 봉투에서 냅킨을 꺼낸 유미가 랩에 싸인 마지막 샌드위치 조각을 유빈의 앞으로 밀어주었다.

"너는 안 먹어?"

"나는 집에서 챙겨 먹었어."

"아침에 보니까 오빠네 냉장고에 먹을 게 하나도 없는 거야. 이 참에 우리 집 냉장고 좀 털어야 할 것 같아. 너는 뭐 더 필요한 거 없어? 마른 반찬이랑 김치 좀 가져다줄까?"

"괜찮아. 아직도 많이 남아 있어."

"필요하면 언제든지 말해. 만날 받기만 하고 해주는 게 별로 없어서 항상 미안해하는 내 마음 알지?"

"나는 신경 쓰지 마. 내 걱정은 말고 애인한테 잘해줘. 그동안 많이 보고 싶어 했잖아. 어제 한강 선배랑은 무슨 얘기했어? 취직 상담할 거라고 하지 않았어?"

"응. 수인 고모한테 미안해서 우선 취직을 해서 돈을 벌어야 하지 않을까 고민 중이야."

"대학원에 가고 싶다고 했잖아."

"가고 싶기는 하지만⋯⋯. 공부는 나중에 다시 할 수 있으니깐. 학비에 생활비도 만만치 않은데 언제까지나 고모한테 신세질 수도 없잖아."

친딸도 아닌데 경제적으로 너무 많이 의존하고 있다는 사실에 마음이 무거웠다. 조카보다는 딸처럼 대해주는 수인이 유빈에게는 부모처럼 소중한 존재였다. 그렇다고 뻔뻔하게 언제까지나 뒷

바라지를 해달라고 할 수는 없는 노릇이었다. 빨리 경제적인 독립을 해서 그동안 받은 경제적 후원을 갚고 싶다는 마음이 컸다.

"네가 그렇게 생각하는 것을 알게 되면 고모님이 서운해하실 거야."

유미의 타이르는 말투에 유빈이 콧등에 주름을 잡았다.

"알아. 그래서 더 미안해. 빨리 경제적으로 독립해서 효도해야지. 서울 물가가 어디 보통 비싼가."

속사정을 아는 유미의 눈에 안타까움이 어렸다.

"한강 선배가 자기 회사로 오라고 하는데 좋은 기회인 것도 같고"

"선배 친구랑 동업한다면서……. 한강 선배 아버지가 큰 조경 회사를 하신다고 하셨잖아."

"응. 그런데 아버지 밑으로는 들어가기 싫은가 봐."

"급하게 결정하지 말고 심사숙고해. 어느 쪽이든 네가 행복할 수 있는 쪽으로 선택했으면 좋겠어. 돈 많은 애인도 있잖아. 나는 유빈이 네가 좀 더 욕심이 많은 아이였으면 좋겠어."

예전에도 이런 말을 들은 적이 있었다. 강석 아저씨가 했던 말이었다. 그를 떠올리자 금세 코끝이 시큰해졌다. 고모는 왜 아저씨와 결혼하지 않은 걸까. 서로 사랑하는 게 어린 유빈의 눈에도 보일 정도였는데. 강석의 옆에서 소녀처럼 깔깔거리며 웃고, 볼을 붉히던 수인의 모습이 지금도 기억에 선명했다. 한번은 진짜 궁금해서 수인에게 물어본 적이 있었다. 갑자기 약혼을 취소한 이유가 뭐냐고. 대답 없이 조용히 미소 짓던 그녀. 슬픔이 묻어나는 미소에 더 이상 강석의 이름은 꺼내지 않게 되었다.

수인의 약혼을 위해 잠시 기거했던 하윤의 본가. 그곳에서 두 사람의 운명이 바뀌었다. 사랑을 잃어버린 수인과 사랑을 얻은 유빈. 그녀의 행복을 유빈이 대신 누리고 있는 것은 아닐까. 불현듯 떠오르는 질문은 유빈의 마음을 무겁게 가라앉힌다.

"나 욕심 많아. 네가 몰라서 그래. 그러니깐 너야말로 좀 더 욕심을 내. 나한테 자꾸 양보만 하지 말고."

강석을 떠올리며 서글픈 미소를 짓는 유빈의 손등을 유미가 다정하게 토닥여주었다. 굳이 말하지 않아도 그녀의 생각을 훤히 꿰뚫고 있는 것만 같았다. 우울한 기분을 털어내려 따뜻한 유자차를 한 모금 마셨다.

"요즘은 네가 행복해 보여서 좋아. 그동안 힘들었잖아."

"응. 요즘은 정말 행복해."

따뜻한 유자차가 목 안을 타고 마음까지 따뜻하게 덥혀주는 기분이었다. 달착지근한 맛이 혀끝에서 맴돌았다.

"사실은 오늘 처음 정식으로 데이트 신청 받았거든. 저녁에 근사한 레스토랑에 가기로 했어. 어디 가고 싶냐고 해서 파스타 먹고 싶다고 했는데……. 이렇게 입고 가면 안 되겠지?"

"특별한 데이트 같은데 청바지는 좀 그렇지. 무슨 선물 받았다고 하지 않았어? 유명한 디자이너 작품이라면서. 그거 입으면 좋을 것 같은데."

"맞다, 그럼 되겠다. 그런데 내가 그것까지 자랑했었나?"

"응."

언제 선물 받은 것까지 자랑을 했나 싶어 유빈의 고개가 갸우뚱했다. 그러나 의구심이 드는 것도 잠깐이었다. 이놈의 정신머리가 어련하겠어. 다른 사람도 아니고 매사 정확한 유미가 그랬다면 당연히 그런 거겠지.

"그럼 이따 집에 들러야겠네? 바래다줄게. 수업 마치고 주차장에서 만나자."

"고마워. 모태솔로 앞에서 내가 좀 주책이다, 그치? 대신에 내가 너에게 어울리는 멋진 짝을 구해올게. 우리도 남들처럼 더블데이트도 하고 그래야지. 기대하시라."

어딘가에서 종이비행기가 날아왔다. 언뜻 보니 흰 종이에 검정 볼펜으로 밑그림이 그려져 있었다. 호기심에 펼쳐보니 유미를 그린 그림이었다. 보일 듯 말 듯 잔잔한 미소를 짓고 있는 그녀. 그러나 그림 속의 그녀는 얼음 심장을 안고 있었다. 종이비행기를 날린 사람을 찾아 주위를 두리번거리며 유빈은 남은 샌드위치 조각을 급하게 입으로 쑤셔 넣었다.

유빈의 앞머리가 샌드위치와 함께 입안으로 휩쓸려 들어갔다. 그림을 그린 범인을 찾으려 자리에서 일어서려는 그녀를 유미가 차분하게 말렸다. 다른 사람은 신경 쓰지 않는다는 태도. 유미는 무심하게 어깨를 한 번 들썩일 뿐이었다.

대신 유미는 유빈의 머리카락을 단정하게 정리해주었다. 입술 주위에 남아 있는 빵가루도 털어내고, 손에 묻은 소스까지 냅킨으로 깨끗하게 닦아주었다. 보살핌에 익숙한 손길. 처음 만났을 때부터 유미는 누군가를 보살피는 게 익숙한 손길로 유빈을 보살피고 있었다.

"이럴 때 보면 진짜 보모 같아."

피식. 유빈의 핀잔에 유미가 하얀 이를 살포시 드러내며 미소 지었다. 다른 어느 누구보다 뜨거운 심장을 가진 유미. 유빈은 본능적으로 알 수 있었다. 그 심장에 한번 품은 사랑은 결코 쉽게 변하지 않을 것이라고.

최고급 호텔 꼭대기 층에 자리한 이탈리안 레스토랑. 유리창 너머로 내려다보이는 서울의 야경은 아름답게 조성된 정원을 바라보는 것만큼 화사하고 다채로웠다. 강물 위를 화려하게 수놓는 자동차 조명등의 행렬도 하나의 장관을 이루고 있었다. 화려한 야경에서 시선을 떼지 못하는 유빈의 목에 차가운 글라스의 감촉이 느껴졌다. 글라스의 표면에 생긴 물방울이 그녀의 목을 적시자, 하윤의 부드러운 입술이 물기를 훔쳤다.

"서유빈, 자꾸 딴생각할래."

투정 어린 목소리에 유빈이 자세를 바로 했다. 소유욕 가득한 눈빛에는 유빈을 온전히 차지하고 싶은 욕심이 담겨 있었다.

"어, 미안. 갑자기 조경 디자인 아이디어가 생각나서……. 지금부터는 오빠한테만 집중할게."

근사한 차림의 하윤을 바라보는 유빈의 까만 눈망울이 설렘으로 반짝거렸다. 캐주얼 차림에 익숙한 유빈의 눈에 슈트를 차려입은 하윤은 색다른 매력으로 다가왔다. 어렴풋이 자란 턱수염이 야성의 매력까지 더해주고 있었다. 답답했는지 백옥처럼 하얀 드레스셔츠의 목단추가 가슴 위까지 풀어져 있었다. 팔을 움직일 때마다 셔츠 안쪽으로 잘 단련된 근육이 살짝 모습을 드러냈다. 의자위에 벗어둔 양복 재킷 호주머니에 버건디 칼라의 넥타이가 삐져나와 있었다. 아직은 넥타이를 매야 하는 정장 차림에 익숙해져 있지 않은 하윤이었다.

고급스러운 테이블 린넨 위로 은색의 꽃무늬가 은은하게 장식된 크리스털 잔이 놓여 있었다. 그 안에는 처음으로 맛보는 샴페인 페리에 주에가 담겨 있었다. 끊임없이 황금빛의 액체를 밀고 올라 오는 기포를 신기한 듯이 바라보며 유빈이 다시금 잔을 들고 고급 스런 맛을 음미했다.

"나 오늘은 공식적으로 취해도 되는 날인가?"

유빈이 키득거리며 잔잔히 흐르는 재즈 음악에 맞춰 몸을 살랑 살랑 흔들었다. 샴페인 잔을 내려놓자 숯불에 구워 풍미가 더해진 왕새우가 한입에 먹기 좋은 크기로 잘라져 입안으로 들어왔다.

"음…… 맛있다. 이러고 있으니 나 꼭 공주가 된 기분이야. 이러 다 너무 버릇없어지면 안 되는데. 오빠가 고생 좀 할걸. 그러니 미 리미리 조심해."

제니퍼가 미리 주는 졸업 선물이라며 하윤을 통해 보내준 드레 스를 차려입었다. 몸의 곡선을 그대로 드러내며 가슴골을 강조한 드레스는 목이 길고 늘씬한 유빈에게 잘 어울렸다. 머리를 하나로 틀어 올리고, 길게 늘어뜨리는 루비 귀걸이로 포인트를 주었다. 몸 을 움직일 때마다 살갗에 와 닿는 고급스러운 원단의 느낌이 꽤나 자극적이었다.

"버릇없는 너는 어떤 모습일지 궁금한데."

장난스럽게 한쪽 눈을 찡긋하며 하윤이 코끝을 손가락으로 가 볍게 튕겼다.

"그 말 책임져. 나중에 버릇없어졌다고 혼내기 없다. 사실은 어려서 할머니한테 버릇없다고 많이 혼났거든."

유난히 유빈에게 엄격하셨던 할머니. 특히 수인이 시골집을 방 문하고 떠나는 순간 유빈이 가지 말라고 떼라도 쓰는 날에는 엄한

꾸중을 들어야만 했었다.

"고모가 나한테는 엄마 같은 사람이었거든. 예뻐해준다고 버릇없이 어리광을 많이 부렸어. 서울로 돌아갈 때마다 나도 따라 가겠다고 조르기도 많이 했어. 그래서 만날 혼났지, 뭐."

"할머니가 너무 엄하게 대하셔서 원망하지 않았어?"

"어려서는 그랬는데, 그때는 철이 없었으니깐. 지금은 이해해. 어린아이를 맡아서 키우기 힘드셨을 거야. 내가 아기였을 때부터 할머니가 키워주셨거든. 나 보면 돌아가신 아빠 생각이 나셔서 더 힘드셨을 거야."

상처가 아니라면 거짓이겠지. 누군가에게 버거운 존재로 떠넘겨진다는 것은 슬프다는 것을, 그리고 조금은 비참하다는 것을 유빈은 아주 어린 나이에 알아버렸다. 감추고 있던 유빈의 상처가 가끔씩 표면으로 드러날 때가 있었다. 그럴 때면 하윤은 심장 한편에 거친 풍랑이라도 부는 듯 막막한 두려움을 느껴야 했다. 저 상처에 무게가 더해지는 날, 유빈이 손이 닿을 수 없는 곳으로 날아가버릴 것만 같은 불안감에 자꾸만 초조해져 갔다.

"사랑해, 서유빈."

유빈의 손을 가져다 손등 위에 키스하며 하윤이 속삭였다. 근사한 목소리에 그녀의 심장이 두근두근 요란하게 요동친다. 하윤의 달라진 목소리 톤 하나만으로도 여전히 유빈의 심장은 파도타기를 한다.

"나도 사랑해."

목소리의 떨림이 유빈이 지금 이 순간 얼마나 설레고 있는지를 말해주고 있었다. 붉은색의 드레스에 엷은 핑크색의 볼 화장이 연한 조명등 아래 섹시미를 더해줬다. 세월의 흔적으로 성숙미가 더해진 유빈을 바라보는 하윤의 가슴은 자랑스러움으로 뿌듯해졌다.

딸깍. 하윤이 네모난 상자의 뚜껑을 열었다. 상자 안에는 조명을 받아 빛이 여러 각도로 반사되는 다이아몬드 반지가 들어 있었다.

"어떤 보석이 어울릴까 생각해봤어, 서유빈한테는. 그런데 마땅한 게 없더라. 네 자체가 어떤 보석보다 빛이 나서. 그래서 영원한 사랑이라는 의미가 마음에 들어서 다이아몬드로 결정했어."

어디에 들어 있었던 걸까? 차에서 레스토랑까지 에스코트를 받으면서도 저런 네모난 상자가 그의 호주머니에 들어 있을 거라고는 상상도 못했다. 반지를 바라보는 유빈의 얼굴에 시시각각 다양하게 변해가는 감정의 변화가 고스란히 드러나고 있었다. 놀람, 감동, 기쁨, 부담, 걱정. 하윤이 버릇처럼 쿡 하고 웃음을 터뜨렸다. 유빈의 옆에서는 지루할 틈이 없었다. 배가 불러 나른한 페르시안 고양이 같던 그녀가 지금은 털을 바짝 곧추 세운 샴고양이 같다.

"지금 당장 결혼식을 하자는 건 아니야. 징표라도 줘서 새겨놓으려고 그러는 거야. 다른 사람이 채가지 못하게……."

망설임보다는 호기심이 앞섰다. 반지를 조심스럽게 꺼내 네 번째 손가락에 끼워보았다. 신기하게 자로 잰 듯 꼭 맞았다.

"내 손가락 사이즈 어떻게 알았어?"

하윤은 기념일을 정성스럽게 챙겼다. 목걸이, 팔찌 등의 선물은 매년 받아왔지만 반지는 처음이었다. 그 선물들도 액세서리라고 하기에는 너무 고가의 보석들이라 오늘 같은 특별한 외출이 아니면 대부분 유빈의 옷장 깊숙이 고이 모셔져 있었다.

"자고 있을 때. 맘에 들어?"

"응. 너무 예뻐. 그런데 이거 반칙이야. 내가 분명히 그랬잖아.

아직은 그냥 이런 타이틀은 부담스럽다고."

"무슨 타이틀인데?"

"현하윤의 약혼자, 서유빈."

막상 스스로 말하고 보니 쑥스럽기도 하고, 짜릿한 느낌이 안쪽 어딘가를 자꾸만 꿈틀거리게 했다. 자꾸만 제어할 수 없는 웃음이 흘러나왔다. 진짜 현하윤의 여자가 된 듯한 느낌. 각도를 바꾸어 가며 반지 하나로 달라져 보이는 손의 화려함을 음미해보았다. 평범하기만 했던 손이 반지 하나로 고급스럽게 치장된 느낌이었다. 내 손이 이렇게 길고 예뻤던가. 싫다고 해놓고 이렇게 대놓고 행복해해도 되는 걸까. 연약한 마음이 변덕을 부렸다.

"좋아. 오빠가 원한다면 받을게."

들썩거리는 입꼬리를 억지로 끌어내리고 있었다. 웃음을 참고 있는 게 분명한 모습으로 유빈이 한껏 으스댔다. 그런 그녀가 하윤의 눈에는 예전 말괄량이 여고생의 모습으로 되돌아간 것처럼 보였다.

"대신에 나도 조건이 있어."

"뭔데?"

"먼저 약속부터 해줘. 무조건 들어준다고."

"글쎄, 내가 배운 비즈니스 룰하고는 상반되는 거래인데. 그런 거래는 처음부터 안 하는 걸로⋯⋯."

하윤의 손이 반지 낀 손가락 근처로 다가오자 얼른 손을 등 뒤로 숨겼다.

"줬다, 빼앗는 것은 더 반칙이지. 어려운 거 아니야. 친한 후배가 타고 다니던 스쿠터가 있는데, 입대하기 전에 팔고 싶어 하거든. 고모가 하윤 오빠만 허락하면 사준다고 했어. 허락할 거지?"

"안 돼."

단호한 하윤의 음성은 타협의 여지가 없다는 것을 확연히 드러내고 있었다.

"자전거 타다 넘어진 것은 진짜 실수였어. 갑자기 오토바이가 건물 뒤에서 튀어나왔다니깐. 별로 다치지도 않았잖아."

"샴페인 더 마실래?"

"스쿠터는 진짜 조심하면서 탈 거야. 시골에서는 중학교 때까지 자전거 타고 등하고 다 했었어. 거기다 며칠 전에 연습 삼아 한 번 타봤는데 너무 쉽던걸. 운전면허증만 있으면 따로 면허증이 필요한 것도 아니고."

두툼한 새우 살이 들어 있는 썬 드라이 토마토 스파게티가 한입에 먹기 알맞은 사이즈로 돌돌 말아져 유빈의 입안으로 들어왔다.

"맛있기는 한데……. 오빠는 나를 너무 어린애 취급하는 거 모르지? 나 지금 스물세 살이거든."

"스쿠터는 비가 오거나 눈이 오면 위험해. 나는 너 다치는 거 싫어. 차라리 자동차를 타."

"자동차는 너무 비싸잖아. 그건 내가 나중에 취직해서 돈 벌면 살 거야."

"그럼 그때까지 내가 빌려주는 차 타."

뿌루퉁하게 내밀어진 유빈의 입술 위로 향긋한 숯불향이 나는 스테이크 한 점이 다가왔다. 도저히 당해낼 수가 없다.

"약았어. 두고 봐, 내가 어떻게든 오빠 설득할 거야."

음식을 씹으며 오물거리는 볼 위를 하윤이 손가락으로 퉁겨보았다. 손끝에서 느껴지는 보드라운 감촉에 만족한 듯 손가락의 움직임이 점점 대범하게 목선을 지나 아래로 향하고 있었다.

"어떻게 설득할 건데?"

낮게 깔린 목소리가 섹시하다. 질문에 내포된 의미를 되새기자 머릿속이 하얗게 비워져 갔다. 그래, 다른 복잡한 생각들은 비워버리자. 이 순간은 오로지 두 사람만 생각하자. 유빈은 반지 낀 손가락을 조명에 비춰보았다. 조명 아래 찬란하게 빛나는 형형색색 무지개 색이 그녀의 기분을 대변해주고 있는 듯했다.

"지금 이 순간 내가 얼마나 행복한지 오빠는 모를 거야. 나같이 평범한 애가 오빠 같은 대단한 사람한테 사랑받는 기분."

"나한테 너보다 더 특별한 사람은 없어."

"오빠도 나한테 세상에서 제일 소중해."

기사에게 내미는 공주의 손처럼 앞으로 뻗어나간 유빈의 손등을 다시 하윤이 입술 위로 가져갔다. 그러나 이번에는 입맞춤만으로 끝나지 않고 하윤의 혀가 부드럽게 원을 그리며 관능적인 감각을 아로새기고 있었다.

손등을 타고 손목의 안쪽으로 혀가 움직였다. 심장의 박동이 느껴지는 혈관을 발견한 하윤이 혀로 반복적으로 쓸고 지나갔다. 순간 온몸으로 퍼져가는 짜릿한 쾌감에 당황한 유빈이 손을 끌어당겼다. 끌어당기는 유빈의 손목을 하윤이 입술로 강하게 빨아들였다.

"지금은 안 돼. 이 드레스 제니퍼 아줌마한테 선물로 받은 거란 말이야. 망치면 큰일 나."

의문이 담긴 눈빛을 유빈에게 던지면서도 하윤의 입술은 쉼 없이 그녀를 열망의 늪으로 몰아가고 있었다.

"이 드레스, 몸에 완벽하게 달라붙어서 속에 아무것도 못 입었단 말이야. 라인이 그대로 드러나서."

유빈은 스스로가 던진 말이 어떠한 파급효과를 가져올지는 생각지도 못하는 모양이었다. 하마터면 심장마비 걸릴 뻔했어, 서유빈. 쑥스러운 듯 고개를 숙이는 유빈의 손을 잡고 번쩍 일으켜 세웠다. 놀란 유빈의 커다란 눈망울이 테이블 위에 놓여 있는 접시들에 머물렀다. 겨우 한 입씩 맛만 본 상태였다.

"어, 이제 겨우 시작인데……."

"사람 심장마비 걸리게 만들어놓고, 이제 와서 모른 척하면 안되지."

"무슨……."

"진짜 파티 하러 가자. 대신 룸서비스 시켜줄게."

유빈의 허리에 두르려던 하윤의 손이 멈칫했다. 저 안에 아무것도 없다는 거잖아. 이 상태로는 더 이상의 자극은 무리였다. 허리로 가려던 손으로 유빈의 손을 단단히 거머쥐었다. 얼떨결에 복도까지 따라 나와서야 유빈은 하윤의 상태를 이해했다. 부끄러움으로 그의 어깨에 얼굴을 묻었다.

"나는 그런 의미가 아니었단 말이야."

웅얼거리는 소리를 들으며 하윤은 가장 가까이에 있는 엘리베이터의 버튼을 눌렀다. 호텔 내에 있는 레스토랑을 예약한 성민의 깊은 속내에 감사하는 심정이었다.

띵. 엘리베이터의 문이 열리자마자 하윤이 그녀를 스위트룸 안으로 밀어 넣었다. 유럽풍의 고전적인 인테리어가 어스름한 달빛에 모습을 드러냈다. 조명도 켜지 않고 다급하게 거실 안쪽으로 그녀를 이끌었다. 마침내 단 두 사람만 존재하는 공간에서 유빈의 허리를 마음껏 껴안았다. 아랫배를 찔러오는 단단한 감촉에 유빈의 볼이 핑크빛으로 물들었다.

"일부러 호텔 레스토랑으로 예약한 거지. 어째 시간이 갈수록 점점 더 음흉해."

"그런 억측은 곤란해. 이 식당 예약한 사람은 내가 아니야."

날씬한 허리 라인을 쓰다듬던 손이 아래로 향했다. 한 손으로 도톰한 엉덩이를 한 움큼 쥐고, 나머지 한 손으로 유빈의 한쪽 다리를 들어 허리에 걸치게 했다. 드레스가 위로 올라가며 허벅지 사이의 비밀스러운 장소가 아슬아슬하게 모습을 드러냈다. 뜨거운 열기를 품은 하윤의 시선에 유빈은 기대와 흥분으로 가볍게 몸을 떨었다.

"그리고 네가 오해하는 것 같아서 분명히 해두겠는데, 나는 처음부터 음흉했어. 네가 자라서 어른이 되기를 기다리고 있었을 뿐이야."

탁해진 목소리로 속삭이며 하윤이 그녀를 번쩍 들어 올렸다.

"날 이렇게 음흉하게 만들 수 있는 사람은 세상에서 너 하나뿐이라는 것만 알아둬."

가장 가까이에 위치한 소파에 유빈을 내려놓은 하윤이 드레스 치마를 허리 위까지 끌어올렸다. 당황한 그녀가 드레스를 끌어내리려 버둥댔다. 반항에도 개의치 않고 하윤은 그녀의 매끈한 허벅지를 양쪽으로 넓게 벌렸다. 시원스레 노출된 부위를 하윤이 흡족하게 내려다보았다

"드레스 망가지면……."

아흑. 단말마의 신음이 뒷말을 대신했다. 그녀의 좁고 비밀스러운 공간으로 부드러운 혀가 무단으로 침입해 들어왔다. 말랑말랑

한 감촉이 갈라진 틈을 구석구석 누비고 다녔다. 뜨거운 열기가 순식간에 유빈의 몸을 채웠다. 그녀의 엉덩이가 저절로 위로 올라가고, 잡아먹을 듯이 빨아들이는 입술의 감각에 등이 활처럼 굽어졌다. 그의 혀가 지나가는 곳마다 아찔한 감각이 전신을 휘감았다. 화려한 열꽃이 은밀한 안쪽 깊은 곳에서 피어나고 있었다.

아읏. 벌어진 입술 사이로 거친 숨결이 흘러나왔다. 고르지 못한 호흡에서 유빈이 한차례 절정에 도달했음을 시사하고 있었다. 흐릿하게 젖어드는 눈동자를 만족스럽게 내려다보며 하윤은 서두르지 않았다. 교묘하게 비틀거리는 허리의 움직임을 머릿속에 아로새기듯, 까만 눈동자가 한 치의 흔들림도 없이 유빈을 내려다보고 있었다.

바지와 속옷이 내려가고, 마침내 우뚝 선 중심부가 제 모습을 드러냈다. 기다렸다는 듯이 유빈이 그의 허리를 다리로 휘감았다. 하복부에서 느껴지는 뻐근한 아픔이 발산하지 못한 욕망을 부채질했다. 더 이상은 무리였다. 유빈을 앞에 두고 느긋이, 라는 단어는 하윤에게 어울리지 않았다. 다급한 손길이 둥그렇게 솟아 있는 유빈의 엉덩이를 움켜쥐었다. 1초의 망설임도 없이 욱신거리는 중심부가 연약한 살을 헤집고 비좁은 공간으로 단숨에 파고들었다.

지독한 황홀감이 밀려들었다. 완벽에 가까운 결합. 온몸을 태워버릴 듯 뜨거운 열기가 하윤을 순식간에 사로잡았다. 흡입력 있게 빨아들이는 접착력에 의식이 흐릿해졌다. 두 사람을 하나로 이어주는 연결 부위를 유빈이 손가락 끝으로 가볍게 쓸어내렸다. 찌릿한 전기와도 같은 전율이 전신을 뒤흔들었다. 마주 닿은 부위가 부딪칠 때마다 짙은 신음 소리가 하윤의 입에서 흘러나왔다.

"사랑해."

유빈이 원을 그리듯 허리를 천천히 움직였다. 반동으로 크고 단단한 기둥이 뿌리 끝까지 파고들며 찔러대는 느낌에 예민한 살결이 곧바로 반응했다. 아찔한 허벅지 근육이 팽팽하게 당겨지며, 빠져나갈 조그마한 틈도 허락하지 않았다. 아래쪽을 묵직하게 채웠다 빠져나가는 감각에 유빈의 미간이 찌푸려졌다. 느린 속도로 움직이다 빠르게 변해가는 하윤의 성마른 몸짓. 거침없이 그러나 부드럽게 밀고 들어오는 압박감은 걷잡을 수 없을 정도의 쾌락을 선사했다.

열에 들뜬 시선이 허공에서 불꽃처럼 타올랐다. 깊고 감정이 풍부해진 눈빛이 서로를 잡아먹을 듯이 응시했다. 별다른 애무 없이 두 사람은 오로지 서로를 채우고 있는 온기에 온 신경을 집중했다. 들뜬 호흡이 정적을 깨뜨린다. 거센 풍랑이 몰아치고 있었다. 거친 파도가 모래사장에 하얀 포말을 흩뿌리듯 거침없는 몸짓에 저릿한 감각이 손끝까지 퍼져갔다. 뜨거운 열망이 그들을 쉴 없이 집어삼키고 있었다.

아침 일찍 하윤이 운전하는 차를 타고 도서관 건물에 도착한 후에야 서재의 컴퓨터에 꽂아둔 USB가 생각났다.

"이거야 원, 한두 번도 아니고. 목걸이로라도 만들어서 몸에 걸고 다녀야 안 잊어버리려나."

조경설계 수업을 위한 작업을 계속하기 위해 필요한 설계도면이 거기에 고스란히 들어 있었다. 수업에 늦지 않으려면 빨리 움직여야 하는데. 버스를 타기 위해 캠퍼스 밖까지 걸어가면 시간이 많이 지체될 것이 분명했다. 그렇다고 바쁜 하윤을 다시 부를 수도 없었다. 유미는 혹시 학교에 왔을까.

가방에서 핸드폰을 꺼내드는 유빈의 앞을 택시 한 대가 지나쳐 갔다. 50미터 정도 지나쳤을까. 교수 연구동 앞에서 손님이 내렸다. 캠퍼스 안에서 빈 택시를 만날 확률이 얼마나 될까. 이른 아침부터 운이 좋았다는 표현이 딱 맞았다. 꽃샘추위가 여전히 기승을 부리고 있었다. 귀가 시릴 정도의 차가운 바람을 거스르며 무작정 뛰기 시작했다.

마침 비상금으로 챙겨둔 만 원짜리 지폐를 꺼내 택시비를 지불했다. 시간을 확인하니 아직 한 시간의 여유가 남아 있었다. 아파트의 입구를 향해 뛰었다. 하윤이 준 카드 키로 입구 유리문을 통과하자마자 엘리베이터의 도착 소리가 들렸다. 대박의 연속 행진. 요즘 들어 계속 좋은 일만 생긴다.

현관 도어록에 유빈의 것과 같은 비밀번호를 넣고 안으로 들어서자 따뜻한 공기가 그녀를 반겼다. 추위에 움츠렸던 어깨를 이제야 활짝 펼 수 있었다. 하윤의 깔끔한 성격이 엿보이는 공간이었다. 아무것도 놓여 있지 않은 현관에 스니커즈를 벗어 얌전히 구석에 정리했다. 신발을 벗으면서 흘러내린 양말을 끌어올리는데 손에 든 핸드폰이 진동했다. 박유미. 이름 석 자를 확인한 유빈의 입가에 진한 미소가 걸렸다.

-유빈아, 학교에는 잘 도착했어?

"아침에 하윤 오빠가 학교까지 차로 바래다줬어. 너는?"

-아직. 볼일이 좀 있어서……. 수업 끝나고 바로 집으로 갈 거면 연락해. 같이 가자.

유빈의 아파트 바로 앞 건물이 유미가 사는 오피스텔이었다.

"알았어. 오늘은 내가 저녁 당번 할게."

-그래. 점심 잘 챙겨 먹어. 컵라면 같은 걸로 때우지 말고 식당 가서 밥 사 먹어. 같이 먹을 사람 없으면 나한테 연락하든지 하고.

"내 걱정은 그만해. 잔소리 대마왕 넘버 3. 잘하면 넘버 2 고모 자리 네가 차지할지도 몰라."

-홋. 그럼 잔소리는 여기까지만 할게. 이따 전화해.

통화 중지 버튼을 누르는 유빈의 입 언저리가 놀라움으로 삐죽 거렸다. 귀신은 속여도 박유미는 속일 수가 없다. 점심으로 컵라면 먹겠다는 생각은 또 어떻게 알았지. 고개를 좌우로 절레절레 저으며 대리석 바닥을 빠르게 가로질렀다. 유빈이 사는 아파트의 열 배쯤 되어 보이는 넓은 공간이었다. 거실을 지나 오른쪽에 위치한 서재의 문을 열자 탁 트인 전면 유리창이 밝은 빛을 여과 없이 투영시키고 있었다.

천장까지 높게 쌓인 책장. 기분 좋은 종이책 냄새와 함께 익숙한 하윤의 냄새가 났다. 서재에는 책상 두 개가 나란히 놓여 있었다. 하윤을 위한, 그리고 유빈을 위한. 도무지 한번 올라간 유빈의 입꼬리가 내려올 줄을 몰랐다. 각각의 책상 위에는 커다란 모니터가 나란히 자리하고 있었다. 하윤이 특별히 유빈의 CAD 작업을 위해 마련해준 컴퓨터였다.

마침내 하윤이 같은 서울 하늘 아래 살고 있음을 실감할 수 있었다. 태평양을 사이에 두고 더 이상 마음속으로만 그를 그리워하지 않아도 되었다. 밤낮이 뒤바뀐 시차 때문에 전화 걸기를 망설일 필요도 없었다. 보고 싶으면 언제든지 달려가 만날 수 있는 거리에 그가 있었다.

현하윤의 약혼녀. 하루 종일 머릿속을 맴도는 단어. 여전히 그에

비해 부족한 것이 많다는 것을 안다. 그러나 그의 옆에 있을 때면 그 부족함마저 잊게 만들어줄 정도로 하윤은 그녀를 소중하게 다루어줬다. 그의 말대로 당장 결혼을 하는 것은 아니었다. 필요한 사람이라는 증표. 서로에게 주는 새로운 이름표. 이렇게 행복해도 되는 걸까. 가슴속 깊숙이 퍼져가는 만족감에 유빈은 지금 그 어느 때보다 행복했다.

조경 전용 CAD에 쓸 수 있게 특별히 제작된 USB를 컴퓨터에서 뽑아서 호주머니에 넣고 주방으로 들어갔다. 하윤의 냉장고가 수인의 반찬 통으로 채워져 있었다. 지퍼 백에 한 끼 식사용으로 얼려진 곰국이며 황탯국이 텅 비어 있던 냉동실의 첫 번째 칸을 차지하고 있었다.

할머니의 맛있는 김치가 들어 있는 김치 통은 냉장고의 제일 마지막 칸에 넣어 두었었다. 두부를 사다 놓아야겠다. 마땅히 먹을 것이 없을 때 간단하게 할머니 김치에 참치 캔이랑 두부만 넣어도 훌륭한 한 끼 식사가 마련된다. 온통 하얀색 타일로 꾸며진 이 집 주방에는 왠지 안 어울리는 메뉴일 것 같기는 한데. 최고급 자재들로 설계된 이런 주방에서는 고급 레스토랑에서 나옴 직한 요리를 해 먹어야 될 것만 같았다.

유리 칸막이 안에는 포도즙이며 홍삼즙이 채워져 있었다. 수인이 계절마다 한 상자씩 보내오는 건강식 즙을 이제 하윤한테 대신 마시게 해야겠다는 생각이 들었다. 쓴 보약도 몰래몰래 과일즙에 타서 줘야지. 버리기에는 양심의 가책이 오고, 억지로 마실 때마다 쓴맛에 정말이지 한 번씩 몸서리를 쳐야만 했다.

"그나저나 이제 나는 우리 집에서 뭘 먹지?"

이제 유빈의 냉장고는 텅텅 비어 있다고 해도 과언이 아니었다.

"상관없어. 어차피 대부분 오빠랑 같이 지낼 거니까……."

혼잣말을 중얼거리며 주방을 나와 거실을 둘러보았다. 왠지 처음 본 장소처럼 낯설게 다가왔다. 하윤이 없어서 그런가. 하윤이 옆에 있고, 없음에 따라 같은 공간이 다르게 보였다.

2층까지 높게 올라간 거실의 천장이 정말 마음에 드는 집이였다. 전면이 유리창이라 햇볕도 많이 들고, 커다란 화면의 벽걸이 TV도 마음에 들었다. 대리석 바닥도 마음에 들고, 위층에서 걸어 다니는 소리가 들리지 않는다는 사실도 마음에 들었다.

무엇보다 유빈이 이 집을 마음에 들어 하는 이유는 바로 현하윤이 사는 공간이라는 사실 때문이었다.

"늦겠다."

유빈은 벽에 걸린 시계를 쳐다보며 현관으로 다급하게 발걸음을 옮겼다. 앞으로 수업 시작 전까지 남은 시간은 30분. 너무 여유를 부렸다. 수중에 남은 거라고는 교통카드와 현금카드밖에 없는데. 근처에 현금인출기가 어디에 있더라. 미리미리 현금인출기에서 현금을 좀 찾아둘걸. 아니면 하윤이 준 신용카드를 비상용으로 챙겨둘 걸 그랬나.

막 스니커즈에 한쪽 발을 집어넣으려는 찰나에 엘리베이터의 도착 음이 들려왔다. 2층은 하윤의 아파트 전용인데…….

아마 하윤도 무언가를 빠뜨리고 출근한 모양이었다. 잘됐다. 가는 길에 학교까지 바래다달라고 해야지. 안심이 되는 한편 장난기가 동했다. 재빨리 현관에서 스니커즈를 챙겨들고 거실의 한쪽 벽과 소파 사이의 비어 있는 공간에 몸을 숨겼다. 소파 밑으로 들어

가다시피 했으니 절대 안 보이겠지.

언젠가 한번은 예기치 못한 시간과 장소에서 짜안 하고 나타나서 하윤을 놀래켜주고 싶었다. 항상 단정한 하윤이 깜짝 놀라 무너지는 모습을 꼭 보고 싶었다. 아니, 사실은 갑자기 나타난 유빈으로 인해 기뻐할 그의 모습을 보고 싶은 욕심이 더 컸다. 생각지도 못했던 그날이 바로 오늘이 될 것이라는 기대에 몸 전체로 흥분의 아드레날린이 퍼져가고 있었다.

토요일 식목일 행사 참가가 취소된 것도 유미에게 알리지 않았다. 아침 일찍 유미의 집을 급습해서 억지로라도 끌고 가윤이 초대한 영화를 보러 갈 계획을 세우고 있었다. 어설프지만 나름 사랑의 큐피드가 되기로 굳게 마음먹었다.

"계속 서프라이즈의 연속이네."

키득거리는 웃음소리가 새어 나올 것만 같아 한 손을 입에 대고 간신히 웃음을 참고 있었다. 도어록 열리는 소리와 함께 발소리가 들려왔다. 적당한 타이밍을 계산하고 있을 때 하윤의 발걸음 뒤로 뒤따르는 소리들이 있었다. 성민 오빠일까.

"여기는 처음이지?"

"응."

"갑자기 타이어에 구멍이 나는 바람에 큰일 날 뻔했다. 도로에 못이 있었나 봐. 우선은 스페어타이어로 교체를 했는데 오후에 자동차 딜러숍 가서 교체해야지. 공사장 근처는 이래서 운전하기 꺼려져. 유미 너도 항상 운전 조심해."

익숙한 성민의 목소리에 이어 들려오는 유미의 대답에 유빈의 사고가 순간 마비되었다. 머리카락이 쭈뼛거리며 싸늘한 기온이 등줄기를 내달렸다.

"그럴게, 오빠. 그나마 큰 사고로 이어지지 않아서 다행이야."

"편하게 앉아 있어. 마실 만한 것이 뭐가 있으려나. 유빈이가 냉장고에 뭔가를 잔뜩 넣어두기는 한 것 같은데……."

유미의 목소리에 이어 하윤의 목소리가 멀리 주방 쪽에서 들려왔다.

"그럴 필요 없어요. 저도 학교로 들어가봐야 해요."

부스럭거리는 소리가 들리고 눈에 익은 양말이 맞은편 소파로 다가갔다. 만화 캐릭터가 그려진 양말. 유빈이 백화점에서 세일할 때 세트로 사서 나눠준 양말이었다.

"그럼 두 사람이 먼저 얘기하고 있어. 나는 지하 주차장에 내려가서 새 차 끌고 나올게. 자동차 시트에 커버가 씌워져 있어서 그것 떼어내려면 시간이 좀 걸릴 것 같아. 그동안 유미 네가 하윤이한테 직접 보고하는 게 좋겠다. 그리고 엄마가 너 준다고 털실로 조끼 만든 게 나한테 있어. 그것도 꼭 가져가."

서랍 문이 열리고 달그락거리는 소리가 들렸다. 가벼운 쇠가 부딪치는 소리. 구두를 신는지 딱딱한 뒤축이 바닥을 차는 소리. 현관문이 열리고 닫히는 소리. 도어록이 자동으로 잠기는 소리. 성민이 움직이는 동선을 소리를 통해 추측하던 유빈은 손가락 하나 움직일 여유가 없었다. 다만 성민이 언급했던 보고라는 단어에 유빈의 심장만이 급격하게 뜀박질치기 시작했다.

"박한강 선배는 유빈이가 신입생 때 3학년 선배로 처음 만났어요. 아버지가 꽤 큰 규모의 전문 조경 업체를 운영하고 있는데, (주)설록이라고 그쪽 업계에서는 브랜드 네임 가치가 높은 편이에요. 학과 전통에 따라 신입생 때부터 유빈이 멘토를 맡았던 선배예요. 제 추측이 맞는다면, 그 선배는 유빈이를 단순한 후배 이상의 감정으로 생각하는 것 같아요."

"……."

"괜히 신경 쓰실까 봐 보고 안 했어요. 유빈이도 단순히 따르는 선배 이상의 감정은 없는 편이라 굳이 문제 될 것이 없다고 생각했어요."

"그건 내가 알아서 판단해."

높낮이가 배제된 서늘한 목소리. 유빈이가 싫어하는 하윤의 냉정한 말투였다.

"네."

왠지 유미의 대답에서 슬픔이 묻어 나오는 것만 같았다. 가슴이 답답했다. 알아서는 안 되는 판도라의 상자를 열어버린 아찔한 느낌에 규칙적으로 숨을 쉬기조차 버거웠다.

"그날 같이 모임에 합석했던 사람들은?"

"전에 성민 오빠를 통해서 보고했던 사진 동아리 모임 학생들이에요. 그중에 순이라는 4학년 동기와 가장 친하게 지내고 있어요. 한강 선배가 졸업과 동시에 유상철 선배라는 사람과 조경 전문 회사를 차렸는데, 아마도 유빈이를 그 회사로 스카우트하고 싶어 하는 것 같아요. 작은 회사로 시작해서 지금은 조금씩 자리를 잡아가고 있다고 들었어요."

자신의 이야기를 유미의 입을 통해 보고를 받는 하윤을 이해하는 데 시간이 걸렸다. 방학이면 한국으로 들어와서 유빈과 시간을 보내는 하윤에게 유미를 소개시켜준 적이 있었다. 유미가 낯선 사람과의 식사 자리를 불편하게 생각해서 겨우 1년에 한 번 정도 함께하는 자리를 만들었었다. 그런 유미가 왜 이곳에 있는 것일까.

"유빈이 의견은?"

"수인 고모님한테 계속 신세지는 게 미안해서 하루빨리 경제적으로 독립하고 싶어 해요."

유빈의 입을 통해 나온 아주 사사로운 일까지 하윤에게 보고되고 있을 줄은 상상도 하지 못했다.

"수인 고모님 기사 난 것은 아직 모르지?"

"네. 활동 안 하신 지 오래된 분이라 그런지 주변에서 얘기하는 사람이 없어서 모르고 지나간 것 같아요. 더구나 기사도 바로 내려갔고."

유빈은 모르는 이야기였다. 은퇴한 고모에 대해 누가 무슨 내용으로 기사를 썼다는 걸까. 거기에 대해 왜 그녀에게 아무런 언질도 주지 않았던 걸까. 그녀만 몰라야 하는 일이라도 있는 걸까. 모든 것이 혼란스러울 뿐이었다.

"토요일에는 학과에서 주최하는 식목일 나무 심기 행사가 있고, 끝나고는 군 입대 예정인 후배와 모임을 가질 예정이라고 들었어요. 유빈이가 멘토를 맡았던 후배로, 아직까지는 좋은 선후배 사이를 유지하고 있어요."

신경질적으로 의자 손잡이를 손가락으로 두드리는 소리. 생각이 많을 때 나오는 하윤의 버릇이었다. 그리고 무겁게 짓누르는 정적. 유빈은 그 정적을 견딜 수가 없었다. 터져나오려는 비명을 안간힘을 다해 틀어막았다.

"유미, 넌 어때? 달리 하고 싶은 공부는 없어?"

훨씬 부드러워진 하윤의 말투였다.

"좋아요. 지금 하고 있는 공부가 좋아요."

사무적인 말투를 벗고 오랜 지인을 대하듯 유미의 목소리가 편안하게 변했다.

"마음이 내키지는 않겠지만 어머니 한 번 찾아가봐. 얼마 안 남으신 것 같더라. 성민이 형이 요즘 힘들어하는 것 같아."

처음으로 유미가 침묵했다. 유미의 가족. 유빈이 알고 있는 유미의 모습은 어디서부터가 진짜일까.

"편하게 쉬고 있어. 차에 두고 온 게 있어서 잠깐 내려갔다 와야 할 것 같아. 성민이 형 올라오면 자동차 키 받아서 앞으로는 그 차타고 다녀. 훨씬 안전할 거야."

"네, 고마워요."

모든 것이 혼란스러웠다. 숨 쉬는 게 버거워서 더 이상은 좁은 공간 안에 있을 수가 없었다. 하윤이 문을 열고 나가는 소리가 들리자 유빈이 소파 밑에서 천천히 기어 나왔다. 부들부들 떨리는 팔로 바닥을 짚고 간신히 몸을 움직였다. 무릎이 떨려 제대로 서 있기조차 힘이 들었다. 소파 팔걸이에 의지해 겨우겨우 한 발자국씩 이동할 수 있었다.

커다란 TV의 액정 화면을 통해 유미의 모습이 반사되고 있었다. 현관을 향해 뒤돌아 서 있는 유미의 뒷모습이 낯설었다. 6년을 보았던 유미의 모습이 이 순간 전혀 모르는 타인 같았다. 연극, 철저하게 계산된 행동. 언제부터 시작된 연극이었을까. 처음부터 하윤에게 고용된 사람이었을까.

유미가 몸을 돌려 천천히 주방으로 발걸음을 옮겼다. 식탁 의자 등받이에 걸려 있는 하윤의 양복 재킷 앞으로 다가가 멈춰 선 그녀가 몇 번을 망설이다 조심스러운 손길로 양복 소매를 쓰다듬었다. 그러고는 하윤의 재킷을 소중한 물건이라도 품는 양 가슴으로 감싸 안았다. 그리운 향이라도 맡는 듯 고개를 숙이는 유미의 뒷모습이 애처로워 보였다.

날카로운 칼날이 유빈의 심장을 찌르고 지나갔다. 슬로모션처럼 그녀의 손짓 하나, 몸짓 하나가 유빈의 눈에 아프게 새겨졌다. 더 이상은 지켜볼 수가 없었다. 벗어나야만 했다. 이 숨 막히는 공간에서. 긴장된 유빈의 몸짓에 손에 들린 스니커즈 한 짝이 바닥으로 떨어졌다. 바닥에 튕겨진 신발이 내는 소리에 놀란 유미가 급하게 뒤를 돌아보았다. 두 사람의 상반된 시선이 공기 중에서 얽혔다.

'아니지?' 소리 없는 질문이 유미에게 와 닿았다.

"유빈아, 네가 어떻게 여기에……."

절박한 목소리가 유빈의 발길을 붙잡았다.

"언제부터였어? 설마 처음부터였던 건 아니지?"

낮게 조아리는 유빈의 말투에서 부정을 바라는 간절한 심정이 느껴졌다.

"유빈아, 내 말 좀 들어줘."

"전학, 잡지책, 모두 다 잘 짜인 연극이었니?"

"나는……."

거짓이라고 대답해주길 바랐다. 단 한순간만이라도 그들 관계가 진짜였다고 확인받고 싶었다. 유빈은 가슴이 텅 비어지는 것만 같았다. 거짓으로 더 이상 기만당하고 싶지 않았다. 바르르 떨리는 입술을 질끈 깨물었다

"혹시 내가 유럽 여행 가기 바로 전에 오빠가 한국에 온 것도 너

때문이었어? 네가 그 보고라는 것을 해서……."

"나는……."

"왜……. 난 우리가 친구인 줄 알았는데. 넌 내 친구잖아. 친구여서 내 옆에 있었던 게 아니었어?"

붉게 물들어가는 눈시울에 맑은 눈물이 고이기 시작했다. 투명한 눈물이 오히려 유빈의 시야를 뿌옇게 흐려놓았다.

유미가 한 걸음 다가서자 유빈이 두 걸음 물러났다. 그들의 현재 마음 상태를 대변하는 것처럼 다가오는 유미를 유빈이 밀어내고 있었다. 죄책감이 서린 유미의 얼굴이 유빈의 마음에 커다란 상처 자국을 새기고 있었다. 우정이라 믿었던 마음이 추한 거래에 퇴색되어갔다.

숨이 막힐 것 같은 침묵을 깨고 엘리베이터가 움직이면서 만들어내는 기계음이 멀리서 들려왔다. 심장을 무겁게 짓누르는 사람. 지금 가장 마주치고 싶지 않은 당사자인 하윤일지도 모른다는 두려움에 유빈은 몸을 돌려 미친 듯이 밖으로 뛰쳐나갔다.

무거운 돌덩이가 발목에라도 묶여 있는 것처럼 유미는 한 걸음도 내디딜 수가 없었다. 유빈이 받았을 상처의 깊이를 가늠조차 할수 없어서, 밀려오는 두려움에 옴짝달싹 할 수가 없었다. 의도적인만남이었다. 주어진 임무에 충실한 역할이었다. 하지만 유빈을 향한 그녀의 마음만은 진심이었다. 거짓의 무게. 칼날 위를 걷는 것처럼 불안했던 예감이 현실로 나타나고야 말았다.

첫 만남에 내어준 질긴 가슴앓이. 이루어질 수 없는 사랑에 한톨의 미련도 없었다면 거짓일 것이다. 하지만 거기까지였다. 버거운 세상에서 도망치고 싶을 때 동아줄이 되어준 사람. 그저 옆에만 이라도 있고 싶었다. 유미는 여전히 하윤의 양복을 가슴에 품고 있다는 사실도 깨닫지 못한 채 소리 없이 무너져 내렸다.

신발도 신지 않은 채로 유빈은 달렸다. 숨이 가빠져서 폐가 찢어질 듯 아파올 때까지 무작정 달렸다. 고르지 않은 호흡으로 목에서 더 이상 숨을 쉴 수가 없다고 소리를 지르고 있었다. 헉헉거리는 숨결로 도망치듯 내달렸다. 겨우 한 사람이 들어갈 수 있는 좁은 골목길에 서서 허리를 굽혀 두 무릎 위로 양손을 가져갔다. 한 손에 들린 스니커즈 한 짝을 아프게 거머쥐었다. 거칠게 내쉬는 숨결 사이로 어렴풋이 유빈의 하얀 양말이 붉은 피로 젖어 들어가고 있는 것이 눈에 들어왔다.

선명한 붉은색으로 변해가는 양말을 보자 순간적으로 두려움이 몰려왔다. 정지된 의식 속으로 순식간에 몰려오는 육체의 고통에 그대로 바닥으로 털썩 주저앉았다. 아팠다. 발밑에서부터 올라오는 고통이, 가슴 안쪽으로 무겁게 스며드는 진실이 유빈을 아프게 했다. 아픈 발을 들여다볼 용기도 없었다. 날카롭게 찔러 오는 가슴 안쪽의 고통도 들여다볼 용기가 없었다.

배신감. 처음으로 유빈의 마음에 거세게 휘몰아치는 감정이었다. 모든 것이 연극이었다. 하윤이 만들어놓은 연극 무대에서 그녀의 삶이 조정되고 있었다. 그녀의 감정까지도 그에 의해 지배되고 있었다. 하윤에 의해 설계된 인생. 하윤의 소유욕이 처음으로 몸서리치게 두려웠다.

그리고 곧바로 이어지는 상실감. 6년을 이어왔던 소중한 인연. 그것이 허상이라고 말할 수 있을까? 6년이라는 오랜 기간 동안 함께 공유했던 시간들이 마지막이 예정되어 있던 쇼였다고 말할 수 있을까.

언제부터 시작된 사랑이었을까. 간혹 유미의 얼굴에 떠오르던 알 수 없던 비애. 지독하게 얽어버린 그들의 운명. 어떻게 시작된 사랑인지는 모르지만 아픈 유미의 사랑은 하윤을 향해 있었다. 유미의 마음에 어떤 상처를 남기는 줄도 모르고 당연하다는 듯이 하윤으로부터 받은 사랑을 자랑했었다. 얼마나 그녀가 미웠을까.

심장이 조여와 숨을 쉴 수가 없었다. 단단히 주먹을 쥐고 왼쪽 가슴을 반복적으로 두드렸다. 눈물로 뿌옇게 변해버린 세상에서 숨을 쉬려고 발버둥을 칠수록 숨이 턱턱 막혀왔다. 거짓으로 얼룩진 관계. 존재조차 하지 않았던 우정. 처음부터 하윤이 짜놓은 연극무대에서 철저하게 조종되고 있었다.

나쁜 사람. 무서운 사람. 세상에 벌거숭이로 내동댕이쳐진 것처럼 유빈은 비참했다.

얼마의 시간이 흘렀는지 모르겠다. 축축하게 젖어 있던 양말의 피가 딱딱하게 말라갈 쯤 유빈은 가방을 뒤져 핸드폰을 꺼내들었다. 누구에게 전화를 해야 할까. 가장 스스럼없이 연락했던 두 사람이 지금은 가장 피하고 싶은 대상이 되어버렸다. 부재중 통화 아흔여섯. 발신자 하윤의 이름은 유빈의 심장을 아프게 짓눌렀다.

그리고 낯선 번호 하나. 그로부터의 음성 메시지 하나.

-오랜만이구나. 잠깐 한국에 들어왔다. 하윤이 모르게 만나고 싶구나. 시간 좀 내줄래?

전화번호를 누르는 유빈의 손가락이 심하게 떨리고 있었다.

"저 유빈이에요."

-유빈, 오랜만이지. 갑자기 연락해서 미안해. 전해줄 게 있어서 그러는데 잠시 우리 두 사람만 따로 만날 수 있을까? 아무도 몰랐으면 하는데.

하윤은 몰라야 하는 그들만의 대화. 불길한 예감에 전화기를 감싸 안은 두 손이 눈에 띄게 떨려왔다.

"저 좀 데리러 와주실 수 있으세요?"

벽난로가 있는 넓은 응접실. 안락해 보이는 나무 바닥 위에 고풍스러운 느낌이 나는 양탄자가 깔려 있었다. 부드러워 보이는 양탄자의 표면을 발로 쓸자 의외로 투박하며 거칠었다. 제니퍼의 부축을 받은 유빈이 다이닝 룸 테이블의 의자에 몸을 기댔다. 벽난로에서 뿜어져 나오는 열기에 춥게 얼어붙은 몸이 조금씩 풀려가기 시작했다. 열기와 함께 올라오는 독한 소독약 냄새.

날카로운 유리에 찢긴 발바닥을 5바늘 이상 꿰매고, 군데군데 상처 입은 곳을 소독했다. 찌르르하게 퍼져가는 고통에 달라진 게 없는 현실을 깨달았다. 여전히 비어 있는 위장은 배고픔을 호소했고, 다친 발은 유빈의 신경을 아프게 자극했다. 하루는 여전히 24시간이었고, 그녀가 서 있는 지구는 해를 중심으로 돌고 있었다.

유빈의 아픔은 오로지 온전히 그녀의 몫이었다.

호텔의 전면 유리창을 통해 저물어가는 햇살이 마지막 따사로움을 전해주고 있었다. 룸서비스로 주문한 설렁탕을 앞으로 밀어주며 제니퍼가 유빈에게 수저를 건네주었다.

"어떻게 하다 이렇게 다친 거야. 무슨 일인지 말 안 해줄 거니? 하윤이는 알아? 유미는?"

말없이 수저를 받아 규칙적으로 입으로 가져가는 유빈을 바라보며 제니퍼가 의사가 주고 간 약봉투를 꺼내었다. 종이 포장을 찢어 한 번 먹을 분량을 물이 담겨 있는 물 컵 옆으로 조심스럽게 올려놓았다.

"파상풍 주사도 맞았으니 별일 없을 거야. 진통제가 독해서 위를 자극하니깐 밥이랑 같이 먹어야 한다고 의사가 그러더라. 열이 있어서 해열제도 같이 들어 있으니 많이 부담스러울 거야. 억지로라도 좀 더 먹으렴."

하윤은 제니퍼를 참 많이 닮아 있었다. 동양과 서양의 미가 절묘하게 제니퍼의 얼굴에 녹아 있었다. 균형 잡힌 이목구비와 수련한 턱선. 하나로 묶은 머리에 깊은 눈을 강조하는 아이라이너가 짙게 그려진 세련된 화장. 6년 전 처음 만났을 때와 달라진 게 하나도 없었다. 친절한 듯하면서도 결코 곁을 쉽게 내어주지 않았다.

"유미를 아세요?"

놀라는 기색 없이 담담하게 말하며 수저를 규칙적으로 입으로 가져가는 유빈을 보며 제니퍼는 자신이 생각 없이 꺼낸 이름이 의미하는 바를 깨달았다.

"알았구나. 미국에서 하윤이가 도움을 준 적이 있었다. 잘못된 입양으로 힘들어했던 아이였는데 하윤이가 나한테 부탁해서 파양할 수 있게 내가 법적 대리인으로 그 아이 소송을 맡았었어."

그랬었구나. 그런 아픔이 있었어. 유미에게 둘러쳐진 벽. 외국에서 살았던 어린 시절의 상처로 인해 비롯된 것이 아닐까 추측은 하고 있었다. 그 벽이 허물어지는 날 한 발자국 더 가까이 다가갈 수 있을 거라고 기대하며 조용히 기다리고 있었다.

"그럼 두 사람 아주 오래된 인연이군요."

"성민으로부터 시작된 인연이었지. 자세한 건 나중에 하윤이한테 들으렴. 이건 내 권한은 아닌 것 같구나."

그녀는 모르는 그들만의 인연. 어쩌면 유빈보다 훨씬 더 오래된 인연일지도……

"갑자기 한국은 왜 오신 거예요?"

더 이상 음식을 삼킬 수가 없었다. 밑으로부터 치고 올라오는 답답함에 수저를 옆으로 내려놓았다. 옆에 놓여 있는 약들을 삼켜야 한다는 생각만으로도 고통스러웠다. 멍하니 약봉투를 들여다만 보고 있는 유빈의 손바닥 위로 작은 알약이 올라왔다. 제니퍼가 컵을 들어 입안으로 물을 흘려보내주었다. 진통제를 물과 함께 입안으로 털어 넣으며 내면의 아픔도 이 약이 치료해주었으면 하는 부질없는 바람을 해보았다.

"혹시 들었을지 모르겠는데, 하윤이 할머니가 얼마 안 있으면 현직에서 물러나실 거야."

물 컵을 테이블 위에 내려놓고, 호텔 로고가 새겨진 종이 냅킨을 건네주는 제니퍼의 얼굴에는 아무런 감정이 실려 있지 않았다.

"새로운 그룹의 회장이 선출될 거야. 그러면 그룹 내에 많은 인사이동이 있을 것 같아. 이제 막 회사 일을 시작한 하윤이를 견제하는 세력들이 많아. 언젠가는 하윤이도 그룹의 총수가 될 운명이니깐. 하윤이가 오랫 동안 준비해온 일이지."

하윤이 현씨 집안의 장손이라는 사실은 처음부터 알고 있었다. 유성그룹의 후계자가 될 사람. 하지만 한 번도 구체적으로 하윤이 회사 내에서 어떤 위치에 있는지에 대해서 물어본 적이 없었다. 하윤도 유빈 앞에서 회사에서 어떤 직책을 맡고 있는지, 앞으로 회사

내에서 어떤 자리까지 올라갈 것인지에 대해 구체적인 이야기를 꺼낸 적이 없었다.

암묵적 합의하에 들여다보지 않으려 했던 하윤의 위치. 더 이상은 앞에 놓인 음식을 쳐다보는 게 부담스러웠다.

"저쪽으로 가서 앉을게요."

붕대 감은 다리를 절룩거리며 푹신해 보이는 소파 쪽으로 걸어갔다. 제니퍼가 다가와 유빈의 손을 부축해주었다. 그녀의 팔에 의지한 채 붕대 감은 발에 무게가 실리지 않게 한 발 한 발 조심스럽게 움직였다. 소파에 유빈이 앉자 제니퍼가 주변의 쿠션들을 끌어모아 상체를 받쳐주었다. 맞은편 소파에 놓인 커다란 쿠션을 가져다 다친 발아래 받쳐주는 손길이 다정했다. 울컥 받쳐 오르는 서글픔에 유빈의 눈가가 붉게 물들었다.

"커피나 따뜻한 차 마실까?"

"저는 괜찮아요. 지금은 아무것도 먹고 싶지 않아요."

가만히 고개를 끄덕이며 제니퍼가 마주 보이는 소파에 자리를 잡았다. 허리를 꼿꼿하게 세우고, 한쪽 다리를 교차시켜 앉는 모습에 감정이 결여되어 보였다. 얼핏 망설임이 보인 것은 유빈의 착각일까.

"나는 유빈이가 좋아. 처음 만났을 때 유빈이가 입고 있었던 드레스도 기억나고. 강석 씨 약혼식 파티에서 분홍색 드레스를 입고 ……거동이 불편하신 할머니를 살뜰하게 보살피던 네 모습이 오랜 동안 기억에 남아 있었어."

"네."

"나도 인정받지 못한 며느리였어. 그래서 특히, 나는 엄마라는 이름으로 자식의 사랑을 좌지우지할 권리는 없다고 생각해. 오히

사랑 혹은 집착

려 하윤이 선택한 사랑을 축복하고 행복을 빌어주고 싶었어. 그런데 유빈아……."

망설이며 뒷말을 잇지 못하는 제니퍼의 아름다운 입술 라인을 유빈이 말없이 바라보고 있었다. 붉은 입술이 벌어질 때마다 드러나는 고르고 하얀 치아가 보기 좋았다.

"누군가가 하윤이를 자기 유리한 쪽으로 끌어들이기 위해서 압력을 가하는 것 같아. 원래 경영이라는 게 정치 못지않게 권력 싸움이 치열한 곳이거든. 치명적 약점이 상대편한테 노출이 되면 많은 것을 잃게 되지. 평범한 사람들은 이해하기 힘든 부분일 거야."

약점을 언급하면서 유빈의 눈을 정면으로 바라보는 제니퍼는 자신이 생각하는 바를 굳이 숨기려고 하지 않았다. 제니퍼가 다리 모양을 바꿔가며 자세를 취하는 것을 유빈이 멍하니 바라보고 있었다. 약점……. 약점……. 이 단어만이 반복적으로 머릿속을 헤매고 다녔다.

"얼마 전에 수인 씨 기사가 인터넷에 뜬 적이 있었어. 금방 사라지기는 했지만. 잊혔다고는 하지만 사람들은 한때 스크린을 풍미했던 유명 여배우가 어떻게 살아가고 있는지 궁금해하지. 가십거리로 시끄러워지는 것을 막기 위해 하윤이 손을 쓴 모양이더구나."

제니퍼가 소파 옆 테이블에 놓여 있던 자신의 서류 가방에서 얇은 노란색의 서류 봉투를 꺼내들었다.

"이게 그 배경인 것 같아. 유빈이는 현명하니까 내가 무슨 말을 하는지 이해할 거라고 생각해. 하윤이는 내가 안다는 것을 모를 거야. 앞으로도 몰랐으면 좋겠구나."

유빈의 무릎 위로 노란색 서류 봉투가 올려졌다. 얇은 봉투에 무게감을 느낄 수는 없었다.

"하윤이는 앞으로 스스로의 힘으로 헤쳐 나가야 할 게 많은 아이야. 힘겨운 싸움에 힘을 보태줄 수 있는 사람이 절실히 필요하지."

하고 싶은 말이 이거였구나. 전략적 제휴. 그들이 사는 세계에서 결혼을 부르는 또 다른 이름.

"알아서 잘 해주리라 믿어. 이렇게밖에 할 수 없어서 미안하다. 누구나 사랑하는 사람과 행복해질 권리가 있다고 생각해. 다만 그 사랑이 상대방의 인생에 걸림돌이 되는 건 본인도 원하지 않을 거라고 생각해."

"⋯⋯."

"유빈아, 이런 식으로 알게 해서 미안하구나. 나도 결국에는 어쩔 수 없는 이기적인 엄마일 뿐이구나. 하지만 너도 이제는 진실을 알고 있어야 한다고 생각한다. 결국에는 너와 관련된 일이니까. 상처를 준 것이라면 미안하구나."

납득하기 어려운 말들로 유빈은 혼란스러웠다. 오늘 하루 너무나 많은 일들이 일어나서 머리가 포화 상태인가 보다. 무슨 말인지 하나도 이해할 수가 없었다. 하윤이 언급했던 기사, 스캔들, 그녀만 몰랐던 또 다른 진실. 여전히 멍한 상태로 무릎 위에 놓여 있는 봉투를 내려다보았다. 방금 전에 먹은 밥이 체한 듯 가슴 한복판이 콕콕 쑤셔왔다.

가슴 한가운데를 유빈의 할머니가 그랬던 것처럼 몇 번 주먹으로 툭툭 때렸다. 뒤틀린 고통에 숨 쉬기가 불편했다. 얇은 봉투가 이상하리만치 무겁게 유빈의 위장을 내리누르는 것 같았다.

봉투를 들어 올리는 손이 심하게 떨리고 있었다. 보기에도 애처로울 정도로 부들거리는 손으로 봉투를 열고 내용물을 꺼내기 시작했다. 흰 종이 위에 가득 메운 까만 글자들.

<친자 확인 검사 결과 보고서>

동공에 자꾸만 눈물이 고이고 눈에 초점이 맞지 않아 몇 번이나 눈꺼풀을 깜빡여야만 했다. 그럴 때마다 눈물이 주르륵 흘러내렸다. 볼을 지나 턱밑을 타고 흘러내린 눈물은 종이 위에 굵은 눈물방울을 남겼다.

<서수인과 서유빈의 생물학적 친자 관계 99.9%>

점점 퍼져가는 물방울에 드러난 이름은 분명 수인과 유빈이었다.

"뭔가 감출 수밖에 없는 사정이 있었을 거라고 생각해. 하지만 세상은 온갖 억측으로 시끄럽게 떠들어댈 테지. 세상 밖으로 나와서는 안 되는 비밀, 여배우의 숨겨진 사생아. 그 비밀을 지켜주기 위해 하윤이가 대신 치러야 할 대가는 무엇일까?"

입을 손으로 가리고 유빈은 그대로 화장실로 뛰어 들어갔다. 변기 뚜껑을 열자마자 위속에 들어 있던 음식물들을 토해내기 시작했다. 허여멀건 덩어리들이 쏟아져 나왔다. 자꾸만 쿨렁거리며 음식물들을 게워내는 위장의 역기능에 가슴이 미칠 듯이 아팠다.

쓰디쓴 노란 위액을 쏟아낼 때까지 계속 토했다. 가라앉을 줄 모르고 위축되던 위장이 아무것도 토해낼 수 없게 되자, 마침내 진정이 되었다. 쓰디쓴 위액을 아무리 물로 헹구어내도 입안의 쓴맛이 가셔지지 않았다. 세면대를 붙들고 고통으로 허덕이는 몸을 간신히 지탱했다.

세면대 아래로 실밥이 다시 터졌는지 하얀 붕대에 빨갛게 핏물이 배어 나오기 시작하는 것이 유빈의 눈에 들어왔다. 붉게 변해가는 붕대를 보면서도 아무런 감각을 느낄 수가 없었다. 유빈은 육체적 고통에 서서히 둔감해져갔다.

"유빈아, 문 좀 열어봐. 괜찮아?"

화장실 문을 두드리며 유빈의 이름을 불러대는 제니퍼의 목소리가 꿈이 아님을 일깨워주고 있었다. 꿈이기를 간절히 바라는 유빈에게 냉엄한 현실은 어떤 자비도 베풀어주지 않았다. 의식의 끈을 놓고 아무것도 모르는 곳으로 도피하고 싶은데, 무서운 진실이 유빈의 의식을 더욱 또렷하게 만들고 있었다.

서수인과 서유빈의 생물학적 친자 관계, 99.9%

밤새 한잠도 자지 못한 유빈은 새벽이 밝아오자 호텔방을 도망치듯 벗어났다. 무턱대고 호텔 앞에 대기하고 있는 택시 운전기사를 붙잡고 지리산 피아골로 가줄 수 있는지 물었다. 수인의 집 앞에 도착해서야 유빈은 택시비가 필요하다는 문자를 보냈다. 문자를 보내고 2분 만에 수인이 외투도 걸치지 않은 채 대문 밖으로 뛰어나왔다. 하윤의 연락을 받고 밤새 걱정하고 있었을 것이다.

택시기사에게 현금을 지불하고 몇 번이나 고맙다고 인사를 하는 수인의 발을 유빈이 무심히 바라보고 있었다. 구겨진 운동화 한 짝과 맨발. 정신없이 뛰어나오느라 나머지 신발 한 짝을 찾아 신을 여유도 없었던 모양이었다.

떠나는 택시에 손을 흔들고 돌아서는 수인의 얼굴에는 반가움과 걱정이 어려 있었다. 유빈을 닮은 수인의 얼굴. 수인을 닮은 유빈의 얼굴.

"어떻게 된 거야. 어제 하윤이가 전화했었어. 혹시 너 오면 전화해달라고. 고모 밤새 한숨도 못 잤어. 네 걱정 하느라고……."

따져 물으려고 단단히 벼르고 있었다. 비겁자라고 비난하고 싶었다. 엄마라고 부르지도 못하게 할 거면 차라리 낳지 말지 왜 낳았냐고 원망하고 싶었다. 그녀가 받은 상처만큼 수인도 아팠으면 좋겠다고 생각했었다.

투명한 눈물 한 방울이 또르르 볼을 타고 흘러내렸다. 말없이 눈물을 닦아주는 다정한 손길에 화는 아픔이 되고, 원망은 소리 없는 슬픔이 되었다. 묵직하게 가슴을 저미는 고통. 수인도 아팠을까. 그녀가 지금 아픈 것보다 열 배는, 천 배는 더 아팠겠지?

유빈은 말없이 양팔을 넓게 벌렸다. '쯧쯧' 하며 혀를 차며 수인이 그녀의 품으로 안겨왔다. 익숙하고 달콤한 향기. 가냘픈 몸을 두 팔로 감싸 안고, 항상 그리워하던 수인의 향기를 흠뻑 들이마셨다. 그래서였나. 항상 수인의 향기를 그리워하던 이유. 열 달이나 배 속에서 품어준 사람이라서, 첫 젖을 물려준 사람이라서, 그래서 항상 수인의 냄새가 정겨웠던 걸까.

"사춘기 때도 말썽 한 번 안 부리던 애가 무슨 일이야, 갑자기. 하윤이한테 전화부터 하자. 걱정하느라고 속이 시커멓게 탔을 거야."

유빈의 손을 잡고 대문 안으로 이끌던 수인이 슬리퍼를 신은 발을 절름거리는 것을 발견하고는 놀란 눈을 더욱 크게 떴다.

"어디 다친 거야? 어디 좀 봐……. 세상에, 이 피 좀 봐. 얼마나 다친 거야? 여기서 기다리고 있어. 차키 가져올게. 당장 병원 가서 치료부터 받자."

집 안으로 들어가려는 수인을 유빈이 다시 붙잡고 뒤에서 안겨 들었다.

"잠깐만. 나 고모한테 조금만 기대고 있을게. 그냥 나 좀 안아줘."

"아프지 않아? 어머나……. 그러고 보니 몸이 불덩이네. 빨리 병원부터 가자."

걱정이 묻어나는 목소리가 지쳐 있던 유빈의 마음에 작은 위로를 주었다.

"고모는 강석 아저씨 안 보고 싶어? 나는 아저씨 많이 보고 싶은데."

짧은 침묵이 흘렀다. 가냘픈 수인의 어깨가 순간 딱딱하게 굳어지는 것을 느낄 수 있었다.

"나한테는 오래전에 지나간 인연이야."

혹시 나 때문이었냐고 유빈은 묻고 싶었다. 하지만 유빈은 아무것도 물을 수가 없었다. 수인의 손에 의해 차에 태워지고 병원으로 이동하는 내내 유빈은 침묵했다.

왜 진실을 말해주지 않았느냐고 원망하고 싶지 않았다. 나로 인해 약혼이 깨진 것이냐고 캐묻고 싶지 않았다. 무엇이 두려워 숨어 있느냐고 따지고 싶지도 않았다. 지금은 이대로 조용히 수인의 곁에 머물고 싶었다. 힘들게 버텨왔을 수인의 가냘픈 어깨를 보듬어 안아주고 싶었다. 버리지 않아줘서 고맙다고 말하고 싶었다.

그녀가 엄마든 고모든 상관없었다. 아파할 수인을 볼 자신이 없었다. 숨길 수밖에 없는 이유가 있었을 것이다. 말해서 상처가 된다면 조용히 묻어두고 싶었다. 누가 뭐래든 수인은 유빈의 곁을 지켜주었다. 당장은 그것만 생각하기로 했다.

숨겨진 사생아. 수인이 숨기고자 하는 진실이 무엇인지 유빈에게는 중요하지 않았다. 유빈은 수인을 사랑했고, 그것이면 충분했다. 굳이 감추고 싶어 하는 진실을 까발려서 수인을 더 아프게 하고 싶지 않았다.

상처 자리를 다시 봉합하고 항생제 주사를 맞았다. 돌아오는 차 안에서 수인이 하윤에게 전화하는 소리가 옅은 잠결에 들려왔다.

"유빈이가 좀 다쳤어. 발바닥이 찢어져서 봉합을 했는데, 어떻게 다친 건지 말을 안 해. 속상하게…… 약 먹고 지금 자. 내가 며칠 데리고 있으면서 돌봐주고 싶어. 너무 걱정하지 마. 건강 회복되는 대로 연락할게. 그때 데리러 와."

전화기 너머 나지막한 하윤의 목소리가 들렸다. 유빈이, 유빈이. 하윤의 입을 통해 나오는 그 이름이 오늘은 낯설게만 느껴진다. 밉다. 날 이렇게 아프게 해서 원망스럽다. 그럼에도 여전히 미치게 보고 싶다.

상처 자리에 염증이 났는지 유빈은 3일 이상 고열에 시달렸다. 대부분의 시간을 약에 취해 잠을 잤다. 고통을 잊을 수 있어서 더욱 잠속으로 빠져들었다. 꿈속에서 유빈은 수인의 숨기고 싶은 과거도 아니었고, 하윤의 인생을 가로막는 걸림돌도 아니었다. 유미는 여전히 그녀의 친구였고, 유빈은 큰 소리로 다시 웃을 수 있었다.

억지로 수인에 의해 깨워져 죽을 먹고, 약을 삼키고 다시 잠자리에 드는 일이 반복되었다. 가끔은 잠결에 수인이 하윤과 전화로 유빈의 상태에 대해 이야기하는 소리가 들려왔다.

"오늘은 열은 많이 내린 것 같아. 낮에 나랑 잠깐 산책도 다녀왔어. 혹시 너희 둘 사이에 무슨 일이 있는 건 아니지? 유빈이는 아무 일도 없다는데, 원래 유빈이가 이렇게 너 걱정시키고 그럴 애가 아니라서…… 그럼, 다행이구. 너한테 유빈이 떠맡겨놓고 내가 염치가 없다."

열이 내리고 몸이 제법 가뿐해졌다. 수인과 함께 병원에 들러 상처 자국도 다시 돌보고, 오는 길에는 마트에 들러 장도 보았다. 유빈이 좋아하는 만두 재료를 사온 수인이 만두소를 만드느라 부산했다. 고기, 부추, 당면을 넣고 만든 만두를 밤새 끓인 사골 국물에 넣고 만둣국을 만들었다.

맛있게 먹는 모습을 보고 싶어 준비한 정성이 무색하게 유빈은 겨우 국물만 두세 숟가락 뜨더니 수저를 내려놓았다. 파리해 보이는 유빈의 얼굴을 수인이 손바닥으로 쓸어주었다. 따뜻한 손바닥을 볼에 대고 있으니 또다시 졸음이 밀려왔다.

"아무래도 우리 유빈이가 오늘 하루 무리를 한 모양이네."

방으로 들어가는 유빈을 수인이 따라 들어왔다. 침대에 모로 누워 있는 유빈의 등을 수인이 천천히 쓸어주고 있었다.

"고모 나 잘래. 내일은 서울로 돌아가야 할 것 같아."

"며칠 더 있으면 좋을 텐데. 아무래도 학교 때문에 가봐야겠지? 하윤이랑 무슨 일이 있었는지는 모르겠지만 대화로 풀어. 고모는 하윤이가 우리 유빈이 지켜줄 거라고 믿어."

"응."

유빈이 눈을 감았다. 수인이 베개를 정성스럽게 받쳐주고 이불을 턱밑까지 덮어주었다. 유빈이 이불을 머리 꼭대기까지 끌어올렸다. 질끈 감은 눈꺼풀 아래로 흘러내리는 눈물을 들키고 싶지 않았다. 침대 옆 탁자에 놓인 전화기를 가져다가 수인이 하윤에게 전화를 걸었다.

"내일 유빈이가 서울에 간다는구나. 데리러 올래? 오전에 한의

원에 보약 주문해놓은 거 찾아야 하니깐 12시 넘어서 오면 좋겠는데. 약 하루라도 빼먹지 않게 네가 잘 좀 챙겨주렴. 하윤이 네 것도 같이 주문하고 싶었는데 한의사 선생님이 먼저 진맥을 해보셔야 한다고 하셔서. 다음에 시간 내서 한번 오렴. 그럼 내일 보자."

수인이 문을 닫고 나가는 소리가 들렸다. 유빈은 간신히 참고 있던 숨을 밖으로 토해냈다. 숨소리에 울음소리가 섞여 나올까 봐 억지로 버티고 있던 참이었다. 어찌나 아랫입술을 앙다물고 있었는지 비릿한 피 맛이 느껴졌다.

들켜서는 안 되는 비밀을 힘들게 껴안은 하윤의 사랑. 집착과도 같은 애달픈 그의 사랑에 가슴이 저민다. 사랑에는 희생이 따르기도 한다는 사실을 이제 유빈은 안다. 사랑하는 사람들을 지켜주기 위해 그녀는 달라져야 한다. 하윤의 미래에 걸림돌이 되지 않기 위해, 유빈은 아픈 사랑을 외면해야 한다. 그들은 같은 사랑을 하고 있지만, 다른 종류의 아픔을 나누어 가진다.

수인은 아침부터 유빈을 위해 찬거리를 만드느라 한동안 주방에서 나오지 않고 있었다. 바쁘게 움직이는 그녀의 뒷모습을 유빈의 시선이 따라다니고 있었다.

"심심하면 TV라도 봐."

"내가 뭐 도울 거 없어?"

"없어. 서울 가면 혼자 공부하면서 밥 해먹느라 고생할 건데…… 지금이라도 그냥 편하게 있어."

얼린 만두를 개수에 맞춰 지퍼 백에 담고, 그 위에 유성 펜으로 만두 10개라고 큼지막하게 적는 손길이 분주해 보였다.

"고모는 사랑이 뭐라고 생각해?"

뜬금없는 질문에 수인이 유빈을 돌아봤다.

"그건 왜? 유빈이 너한테는 사랑이 뭔데?"

"나는 사랑은 설렘이고, 두근거림이고, 반짝거리고, 뭐 그런 것인 줄만 알았어."

유빈의 시선이 뒷마당을 향했다. 곱게 핀 매화꽃이 고고한 자태를 뽐내고 있었다. 꽃이 떨어진 저 자리에는 매실이 주렁주렁 열리겠지.

"그럼 지금은 아니야?"

"잘 모르겠어. 사랑 때문에 아프기도 하고, 사랑 때문에 눈멀기도 하고."

"우리 유빈이 어른의 세상을 만났네."

차분한 목소리에 유빈이 고개를 돌려 수인을 바라보았다.

"그런 건가……. 이런 게 어른의 세상인 건가. 고모가 처음 만난 어른의 세상은 어떤 거였어?"

"글쎄……. 한마디로 단정 지을 수는 없을 것 같아. 그저 달콤하지만은 않았던 거 같은데."

유빈은 한동안 먹먹한 마음에 말을 이을 수가 없었다.

"유빈아, 여기 이것들은 가자마자 냉동실에 넣어둬. 이름이랑 날짜 적어뒀으니깐, 저번에 보낸 것들부터 먼저 꺼내 먹고. 하윤이랑 같이 먹을 수 있게 넉넉하게 넣었어. 하윤이 입맛에 맞으려나 모르겠다."

"……."

"여기 꽃차는 하윤이 편에 하윤이 할머니한테 보낼 거야. 구기자도 조금 샀으니깐 주말에 물 넣고 끓여서 냉장고에 두고 마셔. 눈도 맑게 해주고 피부도 좋아지고 몸에 좋은 거니깐 꼭 챙겨서 마셔. 알았지?"

종이봉투에 이것저것 챙겨 넣느라 바쁘게 움직이는 수인의 손이 많이 거칠어져 있었다. 가늘고 기다란 손가락 마디가 조금씩 굵어진 것도 같았다. 항상 예쁘게 매니큐어가 발라져 있던 손톱은 바짝 잘라져 고유의 투명한 색을 띠고 있었다.

"고모는 지금 행복해?"

행복을 물어보는 유빈의 눈에 시선을 맞춘 수인이 따뜻하게 웃어주었다.

"나는 지금이 평안해."

붉게 번져갈 눈시울을 보여주기 싫어 자리에서 일어난 유빈이 냉장고 문을 열고 안을 들여다보았다. 유빈, 유빈, 유빈이라는 이름표를 붙이고 있는 커다란 플라스틱 상자들을 바라보며 또다시 입술을 앙다물고 터져 나오는 울음소리를 안으로 삼켰다.

"내 정신 좀 봐. 하윤이 점심때 온다고 했는데. 빨리 식사 준비해야지. 하윤이 먹으려고 아침에 시장 가서 싱싱한 꽃게 사왔는데. 하윤이가 꽃게를 좋아하잖아. 미리 양념장 만들어야겠다."

부산스럽게 움직이는 수인의 기척을 등 뒤로 느끼면서 유빈이 굵은 눈물 한 방울을 냉장고 선반 위로 떨어뜨렸다.

"하윤아, 이것도 좀 먹어봐. 봄나물들은 비타민이 풍부하고 몸에 좋아. 양념게장은 맛은 있는데 먹기는 좀 불편해. 그렇지, 유빈아?"

유빈이 양념에 버무린 게살을 하윤의 수저 위로 올려주었다. 헬

쑥한 모습으로 대문을 들어서는 그를 보며 바보 같은 심장이 아프게 뜀박질을 했다. 훨씬 깊어진 눈이 사려 깊게 유빈을 살핀다. 그의 시선이 닿을 때마다 온몸의 신경세포가 예민하게 반응하고, 그녀의 심장은 보이지 않는 슬픔으로 물들어갔다.

먹음직스러운 게살이 하윤의 입으로 들어가는 것을 확인하고, 이번에는 굵직한 다리에서 나온 살을 골라 양념에 버무렸다. 차분하게 게살을 수인의 수저 위에 올려주었다.

"너도 먹어. 우리 유빈이 철들었네. 이런 것도 할 줄 알고."

기특하다는 듯이 머리를 쓸어주는 수인의 손길에 또다시 눈가에 말간 눈물이 맺혀왔다. 고장 난 수도꼭지처럼 자꾸만 흐르는 눈물에 애꿎은 아랫입술만 질끈 깨물었다.

"저 따뜻한 차 한 잔만 주세요."

"이런, 내 정신 좀 봐. 대추차 다려놓은 것을 깜빡했네……."

하윤의 부탁에 수인이 의자를 뒤로 밀고 다급하게 일어났다. 수인이 자리를 뜨자, 그가 유빈의 턱을 잡고 얼굴을 들어 올렸다. 눈시울이 붉어진 그녀의 눈가를 다정한 손가락이 부드럽게 쓰다듬었다.

"왜 이렇게 말랐어, 속상하게."

투정 어린 말투. 누군가 심장을 쥐어짜기라도 하는 것처럼 격렬한 통증에 가슴 안쪽이 비틀렸다. 뜨거운 눈물이 하윤의 손가락을 타고 손등으로 흘러내렸다. 부드러운 입술이 눈가에 맺힌 짭짜름한 눈물을 훔칠 때까지 유빈은 미동도 하지 않았다. 따뜻한 손바닥이 유빈의 양 볼을 부드럽게 감싸 안았다. 하얀 치아 사이에 짓이겨지고 있는 부풀어 오른 아랫입술을 못마땅한 시선으로 하윤이 내려다보고 있었다.

사랑이 아프다는 것을 뒤늦게 깨달은 유빈은 사랑의 성장통에 지독하게 아파하고 있었다.

하윤의 옆자리에 앉아 서울로 돌아오는 여정 내내 유빈은 말이 없었다. 창밖으로 지나치는 풍경만을 오롯이 그녀의 시야에 담고 있었다. 하윤이 운전대를 잡지 않은 손을 뻗어 그녀의 손에 깍지를 꼈을 때, 유빈은 뿌리치지 않았다. 한가로운 논두렁 풍경이 고속도로 옆의 깎여진 바위산으로 바뀌고, 번잡한 도심의 빌딩숲으로 바뀌었을 때 유빈이 담담한 목소리로 하윤을 불렀다.

"오빠."

"응."

"왜 그랬어?"

운전대를 잡은 하윤의 손등이 하얗게 굳어져가는 것을 보며 유빈은 말을 이었다.

"내가 오빠를 그렇게 불안하게 했어?"

"……."

"나는 오빠가 의도적으로 유미를 나에게 보내고, 나의 생각과 나의 생활을 보고받았다는 사실을 도저히 납득할 수가 없어. 유미도 그때 겨우 열여덟 살이었어."

"충분히 보상했어."

"돈으로? 차로? 그 아이의 인생은? 그 아이의 선택은?"

분노가 실린 그녀의 목소리에 하윤이 운전대를 꺾었다. 예고 없이 바뀐 차선에 뒤따르던 차들의 클랙슨 소리가 그들의 분노를 여과 없이 드러내고 있었다. 아슬아슬하게 차를 갓길로 몰고 간 하윤이 밟은 급브레이크에 유빈의 상체가 앞으로 힘없이 쏠렸다.

"제기랄!"

하윤이 '탕' 하고 주먹으로 핸들을 거칠게 내리쳤다. 그가 유빈의 상체를 돌려세웠다. 핏기 없이 창백한 얼굴. 검은 머리에 감싸인 얼굴이 처연할 정도로 슬퍼 보였다. 그를 마주하는 얼굴에서 반짝이던 빛이 사라졌다. 불과 며칠 사이에 너무나 많은 것이 변해버렸다. 그가 모르는 무슨 일이 있었던 걸까. 상처를 숨기지 않는 얼굴이 그의 마음을 아프게 할퀴었다. 그가 선택했던 사랑의 방식이 이렇게 유빈을 아프게 할 줄은 몰랐었다.

"너를 지켜주고 싶었어. 너를 사랑하는 만큼 보호해주고 싶었을 뿐이야."

"무엇으로부터 나를 보호해야 하는데?"

"……."

하윤이 모든 진실을 알고 있다는 것을 이제는 유빈도 안다. 아마도 유빈이 모르는 더 많은 것들을 알고 있을 것이다. 약혼식이 왜 깨졌는지도, 왜 수인이 외국으로 떠나야 했는지도. 인터넷에 오른 수인의 기사를 내린 사람도 하윤이었을 것이다. 도대체 무엇을 숨기고 있는 것일까. 나를 지키기 위해 고모가 힘든 선택을 한 것처럼 오빠는 무엇을 잃어야 하는 것일까.

"내가 지금 몇 살인 줄 알아? 오빠 눈에는 내가 여전히 느티나무 가지에 매달려 있던 철없던 열일곱 살 서유빈으로 보이지."

"유빈아."

달래듯 하윤의 목소리는 낮고 긴 여운이 담겨 있었다.

"나는 오빠의 사랑에 숨이 막혀."

거짓말. 날카로운 아픔이 심장을 꿰뚫었다.

"이러지 마, 유빈아. 네가 원한다면 내가 달라지도록 노력할게. 너는 이렇게 내 옆에 있어주면 돼."

다음에 해야 할 말을 유빈은 수십 번도 넘게 연습했다. 하지만 지금 이 순간 그 말이 목을 타고 넘어오지 않았다. 난폭해진 심장이 미칠 듯이 가슴을 조여와서 숨을 못 쉬겠는데 입도 벙긋할 수가 없었다. 혼돈에 빠진 하윤의 까만 눈동자에 유빈의 모습이 담겨 있었다. 유빈의 상처가 그대로 하윤에게 반사되어 생채기를 남기고 있었다.

'헤어지자.'

수십 번도 더 연습한 그 말을 전할 수가 없었다. 모질게 굴자고 다짐하고 또 다짐했는데. 아파하는 그를 바라볼 자신이 없었다. 무엇보다 유빈은 자신의 사랑을 떠나보낼 마음의 준비가 되어 있지 않았다.

"유빈아, 나는 단지……."

주저주저 말을 아끼는 하윤의 자신 없는 모습. 미세하게 떨리는 입술 끝이 그의 두려움을 내보이고 있었다. 다정하게 뻗어오는 그의 손길을 처음으로 외면했다. 하윤의 상처받은 눈이 날카로운 화살이 되어 유빈의 심장을 아프게 찌르고 있었다. 시간, 그들에게는 시간이 필요했다. 6년의 사랑을 하루아침에 아무것도 아닌 걸로 만들 수는 없었다.

첫 사랑과 이별할 시간. 과거와 이별할 시간. 고통에 무덤덤해질 시간. 서로가 없는 세상에서 숨 쉴 연습을 하는 시간.

상처로 너덜너덜해진 심장을 부여잡고 유빈이 아프게 말했다.

"기다릴게. 오빠의 사랑이 식어지면……. 오빠한테 내가 덜 소중한 사람이 되면……. 그때 오빠가 나 좀 버려줘."

내어뻗은 손이 공중에서 그대로 굳어졌다. 서서히 감정이 사라지는 하윤의 얼굴을 보며 유빈이 말했다.

"한 달이든, 일 년이 되든…… 기다릴게. 그때가 오면 오빠가 나 좀 버려줘."

Chapter 5

　우우웅. 최신형 핸드폰이 책상 위에 쌓여 있는 서류들 위에서 진동하고 있었다. 현하윤. 미련스럽게도 그 이름 석 자에 유빈의 가슴은 여전히 설렌다. 그리고 묵직한 체기처럼 그녀의 가슴 안쪽을 무겁게 짓누른다. 그의 전화를 받지 않은 지 1년 6개월.

　지치지도 않는지 그는 매일 하루에 두 번씩 유빈에게 꼬박꼬박 안부 전화를 걸어온다. 시차가 다른 해외에 나갔을 때도 걸려오는 전화의 시간대는 크게 달라지지 않는다. 외부 출장이 잦은 유빈의 퇴근 시간에 맞추어 알려주지도 않은 근무지로, 비즈니스 미팅 후의 회식 장소로, 예고도 없이 불쑥불쑥 찾아오기를 1년 6개월.

　여전히 유빈은 그와의 이별을 기다리고, 하윤은 그녀를 소유하고 싶어 한다.

"서 대리, 저번에 너 지리산으로 휴가 가기 전에 우리가 마무리했던 유니크 병원 내일 개원식이라는데, 어떻게 해. 서 대리가 따라갈래 아니면 대표이사인 내가 갈까?"

'초록세상' 대표이사 타이틀을 맡고 있는 유상철이 금박의 장미 문양이 새겨진 초대장을 내민 채 유빈을 내려다보고 있었다. 네가 가라는 무언의 압력이었다.

"나는 어제 가서 식물 상태 점검하고, 마감재 뒷정리 깔끔하게 하고 오면서 병원 식구들이랑 인사 다 했는데요. 대표님이 가세요."

핸드폰의 액정 화면에는 현하윤이라는 이름 대신 음성이 녹음되었다는 메시지가 떠 있었다.

"원래는 내가 당연히 갈라고 했지. 그런데 우리 이모가 갑자기 산악회 모임 날짜를 내일로 땡겼다잖아. 어떻게 해. 거기 회장님이 이번에 한정식 레스토랑 3호점 공사 들어가신다는데. 가서 로비 좀 해야지. 거기다 김 대리가 폭탄주를 기가 막히게 말잖냐. 분위기 좀 화끈하게 띄워줘야지……."

초대장이 유빈의 코끝까지 바짝 들이밀어졌다. 뭐야, 누구는 비즈니스 핑계 삼아 회식하러 가고, 누구는 잡일이라는 잡일은 도맡아서 하고. 날 잡아서 한번 매다 꽂아볼까? 디딤석 나르느라 팔 근육도 장난 아니게 붙었는데. 사나이 자존심이라며 젤을 발라 바짝 세운 상철의 머리를 망가뜨리고 싶다는 강한 충동을 느꼈다.

"이건 스카우트 조건이 틀리잖아요. 조경 디자이너로 날개를 달아준다더니……. 디자인에, 나무 심기는 기본. 거름 흙 섞기부터 자갈 깔기까지 허드렛일도 몽땅 다 내가 해야 하고. 이제는 하다하다 개원식에 화분 나르는 딱가리 노릇까지 해야 합니까?"

"어쭈, 이것 봐라. 그럼 서 대리 눈에는 나는 팽팽 노는 걸로 보이냐?"

"폭탄주 제조도 일이냐."

어느새 다가온 한강이 초대장을 손에 받아 쥐고 상철의 눈앞에 모서리 부분을 들이밀었다. 뾰족한 부분에 예민하게 반응하는 선단 공포증을 앓고 있는 상철이 기겁을 했다. 한강이 장난스럽게 팔을 휘두르자, 미리 겁을 먹고 뒤쪽으로 멀찌감치 물러났다.

"야, 인마. 이것도 다 비즈니스의 일종이야. 원래 어디나 다 인맥으로 먹고사는 거야. 그나마 그 인맥 덕에 여기까지 온 걸 알아야지. 폭탄주 제조 다음 날의 고통을 니들이 알기나 하겠냐? 돈 많은 아버지를 두면 뭐하고, 돈 많은 애인을 두면 뭐해. 생전 가야 일감을 안 물어오는데……."

그들 사이의 암묵적인 금기어나 마찬가지인 하윤이 언급되는 순간 분위기가 싸늘하게 가라앉았다. 급기야 상철이 눈치를 보며 살살 달래기 시작했다.

"사무실 월세에, 월급에, 세금에……. 요즘 건축 경기가 바닥이라 일감이 부족한 거 너도 잘 알잖아. 누가 이렇게 경쟁이 심각할지 알았겠냐. 이번에 큰 건 한 건만 더 하고 사람 구할 거야."

"알바생 말고…… 제대로 된 정. 규. 직. 원으로 뽑아요."

휴게실에서 믹스 커피를 종이컵에 담아 나오며 순이가 또박또박한 말투로 그들의 주의를 끌었다.

"물론이지. 그래도 이번에 우리가 죽을 똥 싸가면서 고생해서 꾸며놓은 유니크 병원 실내 정원 보고 다들 칭찬이 자자하다고 그러더라. 거기 건축 설계 맡은 강 기사가 그러는데 옥상 정원도 잘 빠졌지만 로비 휴식 공간이 너무 근사하게 잘 꾸며졌다고 병원 측에서 대만족이래."

"그래서요?"

칭찬에도 심드렁한 표정의 유빈이 모니터에 붙은 포스트 지를 떼어냈다. 양재동 꽃시장에서 사야 할 원예 용품 리스트가 적혀 있었다.

"내일 가서 거기 초대 손님들한테 얼굴 도장 좀 찍고 그러면 좋잖아. 홍보가 별거냐? 오신 분들 중에 개업하실 의사들도 많을 거고. 혼자 가는 것보다는 밑에 직원 하나 데리고 다녀야 한강이도 폼이 날 거 아냐."

"선배가 아니고 웬수다."

유빈의 입에서 나지막한 원망이 흘러나왔다. 사람들이 많이 모이는 공식적인 행사에 모습을 드러내는 것을 한사코 꺼리는 그녀였다. 세상에 당당하게 맞서야지 하면서도 자꾸만 움츠러든다.

"진짜 나뻤다."

다시 한 번 원망으로 가득한 불만이 터져 나오고 한강의 손에 있던 초대장이 유빈의 손에 쥐어졌다.

"고맙다. 네가 우리 회사의 실질적인 기둥이다. 그래서 제발 부탁하는 건데 내일은 제대로 된 스타일로 차려입고 나가라. 다들 삐까뻔쩍하게 꾸미고 올 텐데. 지금처럼 작업복 같은 청바지는 절대 안 된다. 회사 얼굴로 가는 건데 좀 있어 보여야지. 그리고 스쿠터도 절대 안 돼."

"스쿠터는 왜요?"

"왜라니? 치마 정장으로 차려입고 머리도 좀 세팅하고. 한국 사회에서는 외모도 경쟁력이라는 사실, 잊지 않았지?"

쯧쯧쯧쯧……. 상철의 말에 위아래로 유빈을 훑어보던 순이가 쉼 없이 혀를 차기 시작했다. 선크림만 바른 화장기 없는 맨얼굴을 손가락으로 한 번 쓸어보더니 염색 안 한 검은 머리를 한 움큼 쥐었다 놨다.

물 빠진 스키니 진에 낡은 캔버스화. 흰색의 타이트한 끈나시 위로 걸쳐놓은 헐렁한 박스형의 흰색 셔츠. 워낙 마른 체형에 키가 커서 모델 필이 나기는 한다. 볼륨이 좀 필요해서 그렇지.

"어째 몰골이 갈수록 영 맛이 간다. 기본기 좀 있다고 까불지 말고 미리미리 신경 써라. 주변에 보니깐 다들 하루아침에 확 가드라. 피부과도 좀 가고, 한 번씩 계절에 맞춰서 염색도 좀 하고. 요즘 세상에 칙칙하게 검정 머리가 뭐냐?"

"사돈 남말 하시네……."

유빈이 순이의 푸석푸석해 보이는 볼을 손가락으로 푹 찔렀다.

"너야말로 몰골이 영 아니시다. 밤마다 폭탄주 좀 그만 제조해. 날마다 믹스커피에 의존해서 간신히 눈만 뜨고 다니잖아. 완전 좀비가 따로 없다."

"회사를 잘못 들어와서 그래. 너는 육체적 막노동에 감사해라. 술 상무의 슬픈 레퍼토리는 책 한 권감이다."

"무슨 소설? 판타지 아니면 과학 소설? 맥주와 양주의 절묘한 배합량과 그 뒤에 다가오는 무의식의 발광 상태?"

"이걸 그냥 손을 봐줘, 말어?"

남동생에게 하던 버릇이 그대로 나왔다. 유빈의 턱밑까지 올라온 주먹이 멈춰 선 순간 말아 쥔 손가락이 하나씩 펴졌다. 그리고 복잡한 숫자들의 조합이 나열된 서류철이 대신 쥐어졌다.

"강산빌딩 옥상 정원에 필요한 예산안이야. 자재비들 맞나 확인 좀 해봐. 바닥 마감재로 쓸 데크랑 플랜트 박스에 필요한 원목도 미리미리 주문 좀 넣고."

상철이 쥐어 준 서류철을 순이가 한번 훑어보았다. 그러고는 두말없이 유빈의 손으로 넘겨주었다. 유빈이 미처 확인해보기도 전에 등 뒤로 다가온 한강이 서류철을 낚아채 갔다. 상철의 머릿속에서 미리 그려진 시나리오였다. 만족의 미소를 띠고 자기 자리로 돌아가는 상철을 보는 유빈의 머리에 두통이 일기 시작했다. 뚜벅뚜벅 멀어져가는 한강의 구두 소리에 묵직한 먹구름이 관자놀이 옆으로 몰려드는 기분이었다.

서류철 위에 놓여 있는 핸드폰을 힘겹게 들어 올렸다. 언제부터인지 불편한 자리는 피하고 보는 유빈이었다. 딸랑. 투덜대는 순이를 뒤로하고 사무실 문을 열자, 문에 매단 종소리가 청량한 소리를 만들어내었다. 조용한 복도를 지나 묵직한 비상구의 문을 열자 계단이 나타났다. 계단을 한 칸씩 오르면서 손에 쥔 핸드폰의 모서리를 버릇처럼 만지작거리고 있었다.

계단이 멈춰 선 곳에 옥상 정원이라고 적힌 삼나무 패널이 눈에 들어왔다. 마침내 마음의 결심을 굳힌 듯 옥상 정원으로 통하는 문을 열기 전에 음성사서함의 비밀번호를 눌렀다.

-유빈아, 점심 맛있게 먹어. 보약도 꼭 챙겨 먹고. 요즘 통 입맛 없어 하는 것 같다고 고모가 걱정하시더라. 오늘은 비즈니스 미팅 때문에 부산에 내려왔어. 해외출장 여파로 시차도 있었고, 프레젠테이션 준비로 새벽에 겨우 한두 시간밖에 못 잤더니 피곤하다. 이런 날은 네 옆에서 잠들고 싶은데……. 내일이나 다시 서울로 올라

갈 거야. 많이 보고 싶다. 사랑한다, 서유빈.

　문을 열고 바깥으로 나온 유빈은 에어컨으로 인해 서늘한 건물 안의 온도와는 급격하게 차이 나는 후덥지근한 열기에 잠시 움찔했다. 태풍권에 접어들었다더니 하늘의 회색 구름이 빠른 속도로 모양을 바꿔가며 이동하고 있었다. 시커먼 구름이 뜨거운 태양빛을 가리고 있었지만 습기 가득한 공기가 오히려 체감 온도를 높여주고 있었다.

　차라리 비라도 한차례 쏟아지고 나면 더 시원해지겠지. 공기 중에 습도를 머금은 비 오기 전의 늦여름 날씨는 후덥지근하며 불쾌감만 증가시켰다. 봄날, 비 오기 전의 맑고 서늘한 날씨와는 확연히 달랐다.

　시원한 사무실 안으로 다시 들어가고 싶은 유혹을 뿌리치고 유빈이 가장 좋아하는 허브 레몬 버베나가 심겨져 있는 정자로 걸음을 옮겼다. 레몬 향기와 가까우면서 달콤함까지 겸비하고 있는 허브의 향은 몸과 마음이 상쾌해지는 오묘한 매력이 있었다. 그 매혹적인 향은 하윤을 떠올리게 했다. 19살의 하윤에게서는 시원한 꽃향기가 났다.

　또다시 묵직해지는 명치의 느낌에 유빈은 가슴을 툭 하고 건드렸다. 말이 없어진 그녀를 대신해서 하윤은 수다쟁이가 되어버렸다. 평상시와 다를 바 없는 하윤의 다정한 목소리. 그러나 그 뒤에 감추어진 아픔 어린 눈빛을 유빈은 알고 있었다. 굳게 다문 입술 끝에 미세한 경련이 일었다. 이별을 기다린다면서, 이별의 말을 듣는 것을 두려워하는 비겁자. 놓아줘야 한다는 것을 알지만 애달픈 심장은 여전히 그를 놓지 못한다.

　하윤의 생각에서 벗어나고자 핸드폰에 저장되어 있는 가윤의 노래 중 가장 신나는 곡의 재생 버튼을 눌렀다. 빠른 비트가 어느 정도 무거운 마음과 머리를 희석시켜갈 쯤, 손에 들고 있던 핸드폰에서 문자 메시지 알림 소리가 울렸다.

[지금 다 같이 점심 먹으러 갈 거야. -한강]

[약속 있어요. -유빈]

[무슨 약속? 오늘은 외부 미팅 없는 걸로 아는데. -한강]

같은 회사의 같은 부서에 근무하면 서로의 스케줄을 공유한다는 애로 사항이 존재했다.

[박람회 출품작 준비 때문에 꽃시장 들러봐야 해요. 맛있게 드세요. -유빈]

위이이잉. 메시지를 전송하자마자 울려대는 전화기에는 박한강이라는 이름이 새겨져 있었다. 사랑이라는 울타리에 갇혀 쉽게 끊어낼 수 없는 미련 때문에 아파하는 또 다른 이름. 23살이 되어서야 알게 된 사랑의 양면성. 아픔, 집착 그리고 미련.

지금이라도 시원하게 비가 쏟아졌으면 좋겠다. 공기에 떠다니는 불필요한 습기들이 피부의 땀구멍을 통해 신경계에 혼란을 일으키나 보다. 몸이 물에 젖은 솜처럼 축 늘어진다. 더불어 유빈의 마음도 또다시 무겁게 가라앉았다.

텅 비어 있을 거라고 생각했던 사무실에서 순이가 태블릿 PC를 들여다보며 유빈을 기다리고 있었다. 가수 가윤의 극성팬답게 인터넷 연예란에 올라온 기사 내용을 꼼꼼하게 모니터하고 있는 중이었다.

"점심 먹으러 안 갔어?"

"한강 선배가 너 챙겨서 데리고 오래. 상철 선배가 내일 만날 한정식집 사장님 취향을 알아야 한다고 거기 2호점으로 갔어. 미리

가서 한정식집 음식 맛도 좀 보고 분위기도 익힌다나. 단골인 척 점수 따려는 개수작이지. 가방 챙겨들어."

개수작이라는 거친 표현에 유빈은 피식 웃음이 났다. 반항은 받아들이지 않겠다는 강압적인 태도에 유빈은 순순히 가방을 들고 따라나섰다. 위아래로 한 살씩 차이 나는 남자 형제들 사이에서 자라 터프하고, 막무가내로 밀어붙이는 기질이 있었지만, 가끔은 순이의 그런 기질이 편하기도 했다. 타협을 거부하는 그녀 덕에 생각 없이 따라가다 보면 복잡한 머릿속이 단순해지는 기분이었다. 무엇보다 순이의 행동에 유빈을 걱정하고 염려하는 마음이 실려 있음을 알기에 거부할 수가 없었다.

"점심 값은 회사 카드로 쓰는 거지?"

"무섭다, 서 대리. 너도 이 회사 지분 1/4 소유하고 있거든. 제발 주인의식 좀 가져라."

"개인기야?"

"요즘 들어 눈치 좀 늘었는데…… 상철 선배로 빙의 좀 해봤다. 어때, 주인의식 좀 생겼냐?"

"보너스 대신 자산 가치도 없는 주식 안겨주는 악덕 기업주 밑에서 그나마 이렇게 버티고 있는 게 그 주인의식이다. 알면 하수인 취급 말고, 정당한 동업자로 대해달라고 전해."

앞장서던 순이가 입구에서 갑자기 뒤로 돌아섰다. 얼굴을 바짝 들이미는 그녀를 피해 유빈이 뒤로 한 발짝 물러났다.

"뭐야?"

"나랑 같이 시간을 너무 많이 보낸 부작용인가…… 이게 좋은 걸까, 나쁜 걸까. 영 아리송해."

순이가 몇 번이고 고개를 갸우뚱거렸다.

"무슨 소리야? 알아듣게 말해줘."

"너 좀 많이 변했어. 나쁘게 말해서 살벌해졌다고 해야 하나. 굳이 좋게 말하자면 강단이 있어졌다고 할 수도 있겠다. 내 개인적인 의견으로는 전자가 마음에 들기는 하는데……. 암튼 날마다 실실 대기만 하던 예전의 서유빈이 아니야."

변했다는 말에 유빈은 말없이 순이를 지나쳐 사무실 문을 열고 복도로 나갔다. 엘리베이터를 타고 지하 주차장으로 향하는 내내 유빈은 자기만의 세계에 빠져 있었다. 실실대기만 하던 서유빈. 철 없이 남에게 보살핌이나 받던 서유빈은 이제 없다. 아니, 없어져야 한다. 혼자 살아남기 위해 달라져야 했다. 지킬 것이 많아진 유빈은 강해져야 했다.

다행이다. 예전의 내가 아니라서, 아무것도 모르던 바보 서유빈이 아니라서…….

차에 타자마자 순이는 거울을 보며 세팅된 머리를 정돈하기 시작했다. 좌석 뒷자리에 두고 내렸던 화장 가방을 꺼내 눈 화장부터 새로 시작했다. 아이섀도를 펼쳐 바르더니, 진한 아이라이너로 눈매를 크게 만들고 가짜 속눈썹까지 완벽하게 붙였다. 일부러 메이크업 학원에 다니며 화장술을 익힌 순이가 화장으로 성형을 하고 있는 모습을 유빈이 신기하게 바라보고 있었다.

"뭐야? 그냥 밥 먹으러 가는 거 아니었어? 무슨 애인이라도 만나러 가는 분위기인데."

"거기 엄청 잘나가는 한정식집이래. 정계 사람들도 많이 가고, 연예인들도 많이 가고 그런다더라. 혹시 알아? 거기서 가수 가윤이라도 만나게 될지. 인생은 예측 불허라잖아. 미리미리 대비를 해 둬야지."

"평상시에도 이렇게 예쁘게 하고 다녀."

"내가 아무한테나 막 줄려고 고이 모시고 있는 순정이 아니시다."

"가윤 오빠가 그렇게 좋아?"

순이가 마스카라를 하며 힐끗 옆을 돌아보았다. 무거운 속눈썹을 붙였더니 없던 쌍꺼풀이 자연스럽게 만들어져 있었다.

"웬일이냐? 네가 오빠라는 호칭을 다 쓰고……. 그거 누구 전용 아니었어?"

질투심 많은 현하윤의 전용 호칭. 가윤과 성민 외에 다른 사람들에게는 허용되지 않았던 오빠라는 호칭. 삶 전반에 드리워진 하윤의 흔적.

"됐다. 오빠나 선배나 그게 그거지. 우리 가윤이 너희 고등학교 졸업했다고 했지? 학교 다닐 때 혹시라도 사귀던 여학생은 없었 지?"

유미가 떠오르자 재빨리 자동차의 오디오를 켜고 볼륨을 높였다. 절대 빠지지 않는 가시처럼 안쪽 어딘가에 깊숙이 박혀 있는 상흔. 그리워서 아프고, 미안해서 아프다. 또다시 시작된 격통. 유 빈은 손바닥으로 가슴 한복판을 가만히 쓸어보았다. 언제쯤이면 고통에 무덤덤해질 수 있을까.

"없었어."

쩌렁쩌렁 울리는 스피커를 통해 가윤의 애절한 목소리가 흘러 나왔다. 만족한 표정의 순이가 사각의 화장품 가방에서 오렌지 칼 라의 립스틱을 꺼냈다.

"너도 바를래? 너는 피부가 투명해서 붉은색이 더 어울릴 것도 같은데……."

"나는 됐어. 어차피 점심 먹으면 지워질 텐데, 뭐."

"뭐냐, 가진 자의 여유. 뭐 이런 건가?"

투덜거리면서 기어이 붉은 색조의 립스틱을 꺼내 유빈의 입술에 발라준다. 겨우 립스틱 하나만으로 창백해 보이던 얼굴에 생기가 돌았다. 너무나 화사해서 오히려 애틋해 보인다.

"생기 있고 보기 좋다. 힘내자, 친구."

순이는 아무것도 묻지 않았다. 달라진 유빈의 성격이 하윤과 관계가 있을 거라고 어림짐작만 할 뿐 아무것도 캐묻지 않았다. 한 번씩 공허한 표정으로 유리창 너머의 바깥세상을 바라볼 때면 가만히 다가와서 어깨를 두드려준다. 그러고는 지나가는 바람처럼 '힘내' 한마디를 덧붙인다.

순이는 이미 알고 있었을까. 그녀가 함부로 욕심내서는 안 되는 사람을 사랑하고 있었다는 것을.

사람의 마음에도 화장을 입힐 수 있다면 좋겠다. 초라한 내 마음을 숨길 수 있는 화려한 기술이 있다면 얼마나 좋을까. 어디서든 당당하고 자신만만하게. 아픈 상처도 숨기고, 비굴한 사랑도 숨기고, 어리석은 미련도 숨길 수 있다면 좋겠다.

레드 스포츠카가 레스토랑 입구에 다가서자 발렛 파킹을 담당하는 직원이 사무실로 보이는 건물에서 뛰어나왔다. 고급 한정식집이라더니 들어서는 입구에서부터 분위기가 고풍스러웠다. 최신식 건물에 전통 한옥을 접목시킨 디자인으로 푸른색의 기와가 없어진 지붕이 인상적이었다.

차에서 내린 유빈은 가장 먼저 정원으로 발길을 돌렸다. 자연의 느낌을 풍기는 원목 데크와 타일 등을 바닥 마감재로 활용해서 관리가 잘된 잔디와 경계선을 만들었다. 타일을 따라가다 보니 넓은 정원 한쪽에 멋진 기암절벽 조형물이 세워져 있었다. 아래로는 비단잉어가 헤엄치는 큼지막한 연못이 있고, 그 연못 위를 견우직녀의 오작교를 연상시키는 나무다리가 통과하고 있었다. 어찌 보면 조금 과하다 싶을 정도의 조형물들을 바라보는 유빈의 머릿속이 새로운 디자인 아이디어로 바쁘게 돌아가고 있었다.

"유빈, 오랜만이구나……."

혼자만의 생각에 빠져 눈앞에 사람이 다가오는 것도 제대로 깨닫지 못했다. 현실로 돌아와 인사를 건네는 유빈의 목소리가 가늘게 떨려왔다.

"안녕하세요. 한국에 계신지 몰랐어요."

전혀 예상하지 못했던 만남. 그래서 마음에 방패막이를 쌓을 시간이 없었다. 제니퍼 아줌마. 호텔에서의 만남 이후 얼굴을 마주하기는 처음이었다. 여전히 세련되고 단정한 모습에서 흐트러짐은 찾아볼 수 없었다. 앞으로 내딛는 발걸음, 입술 주위로 내려앉는 미소까지도 미리 계산이 되어 있는 듯 헛되이 버리는 동작이 없었다.

"꼭 만나보고 싶은 사람이 있어서 잠깐 들어왔어. 점심 식사 하러 왔나 보구나. 우리는 지금 나가는 길이었어."

그제야 유빈은 제니퍼 옆에 서 있는 동행에게 시선을 돌렸다. 키가 크고, 눈이 확 뜨일 정도로 육감적인 몸매의 젊은 여성이 유명한 브랜드 로고가 새겨진 클러치 백을 한 손에 들고 있었다. 하늘거리는 시폰 드레스를 입고 커다란 가슴골을 자신 있게 드러내고 있는 그녀의 모습이 유빈의 시선을 사로잡았다.

"그래, 요즘은 가족 모임에 잘 안 따라다니는 것 같던데……."

아마도 지난번 가족 모임에 모습을 나타낸 유빈을 비난하는 소리일 것이다.

"네."

"내 정신 좀 봐, 인사해. 여기는 허지나. 내가 잘 알고 지내는 지인의 딸. 아버지 사업 때문에 나랑 친분이 있어. 어머니가 유명한 큐레이터로 이번에 삼익동에 있는 아트 갤러리 관장으로 취임하셔서 얼마 전에 한국으로 들어왔어. 부모님 따라서 외국에서 오래 살아서 영어, 독일어뿐만 아니라 중국어에 능통해. 그러고 보니 다재다능한 친구라고 할 수 있겠네."

"안녕하세요. 허지나예요."

외국의 자유로운 분위기에서 성장해서일까. 유빈의 앞으로 한 걸음 더 다가와 악수를 청하는 지나의 행동에는 자유분방함과 자신감이 넘쳐났다. 오후에 꽃 시장에 들러 오래 걸을 것을 대비해서 청바지에 편한 스니커즈를 신은 자신의 초라한 행색이 조금 마음에 걸렸다.

"서유빈입니다. 축하드려요. 그럼……."

형식적인 인사말로 불편한 자리를 벗어나려는 유빈을 제니퍼의 다음 말이 잡아 세웠다.

"유성그룹에서 일하는데 이번에 하윤이 비서실로 발령을 받았어. 하윤이가 중국 출장이 잦으니 중국어에 능한 비서가 대동하는 게 도움이 될 것 같아서……. 미국에서 같은 학교를 다녔던 인연도 있고 해서 내가 특별히 추천했어.”

질투라는 낯선 감정이 유빈의 마음을 훑고 지나갔다. 지난번에 보여준 제니퍼의 태도에서 지금 그녀가 하려는 말의 의도를 충분히 알 것 같았다. 평상시의 제니퍼라면 굳이 덧붙이지 않았을 대화들. 초라하게 움츠러드는 자신의 모습에 자존심이 상했다.

“네.”

“유빈이 지난번에 봤을 때보다 조금 마른 것 같다. 회사에 취직했다고 들었는데, 바빠도 건강에 신경 써야지.”

걱정이 배어 있는 다정한 목소리.

“네.”

더 이상 받을 상처가 남아 있었던가. 이제는 굳은살이 박였다고 생각했던 것은 유빈의 착각이었나 보다. 가슴속 해묵은 상처 부위에서 다시금 붉은 피가 스며 나오고 있었다.

배신감. 어리석게도 유빈은 제니퍼에게 배신감을 느꼈다. 따사로운 말과 행동으로 그 긴 시간을 감쪽같이 속여 왔다.

처음부터 알려주었으면 더 좋았을 것을. 나는 네가 싫다고 처음부터 못을 박았더라면 더 좋았을 텐데. 사랑받고 있다고 착각하게 만들어놓고, 좋아하게 만들어놓고, 이렇듯 차갑게 돌아서면 너무 아프잖아.

“안녕하세요. 유빈이 회사 동료 김순이입니다. 유빈아, 대표님이 지금 손님이 기다리신다고 빨리 들어오라는데. 말씀 나누시는데 죄송합니다. 저희가 지금 중요한 클라이언트랑 미팅이 잡혀서요.”

“아, 그래요. 반가워요, 순이 씨. 우리 유빈이 잘 부탁해요. 유빈아, 기회가 되면 또 보자꾸나. 수인 씨한테 내 대신 안부 좀 전해주렴.”

간신히 눈물을 참고 있던 참이었다. 어찌나 앙다물고 있었는지 유빈의 아랫입술에서 비릿한 피 맛이 느껴졌다. 순간 등짝으로 둔탁한 마찰음이 들리고 매서운 손맛이 짜릿하게 퍼져 나갔다. 덕분에 눈물에 핑계가 생겼다. 턱밑으로 흐르는 굵은 눈물 자국을 손등으로 거칠게 쓸었다. 등에서 느껴지는 아픔에 잠시나마 명치끝을 짓누르는 무게를 잊을 수 있어서 좋았다.

"쪽 팔리게…… 어디 기 죽을 게 없어서 저런 실리콘에 기가 죽고 그래. 아무리 네가 볼품이 없어도 내 친구가 기죽고 그러는 거 나는 싫다."

순이가 때린 부위를 위아래로 투박하게 쓰다듬기 시작했다.

"저 싸모님 뭐래니. 완전 얼음 인형이 따로 없네. 거기다 옆에 있는 여자는 또 뭐래니. 수술한 가슴 보여주고 싶어서 아주 환장을 했더구면. 딱 보니깐 코도 했네. 쌍꺼풀은 자연산일지 몰라도, 옆 트임은 확실히 했다. 내가…… 에잇, 인심 썼다. 순도 100프로 자연산인 네가 훨 나아."

순이의 너스레에 픽 하고 실없는 웃음이 나왔다.

"내가 어떻게 나은데?"

"그냥 나아. 무조건 네가 나아. 내가 그렇다면 그런 줄 알고 있어."

우기는 대는 선수급이었다.

"알았어. 그런 줄 알고 있을게. 그리고……."

"됐어, 그리고는 넣어둬. 상철 선배가 빨리 들어오라고 난리다. 5분 안에 안 들어오면 장어구이 다 먹어버린다고 숫제 협박이다. 의리 없게…… 치사해서 그냥 쳐 잡수시라고 했다."

투박하게 등을 쓰다듬던 그녀의 손길이 확연히 부드러워졌다.

등줄기로 퍼져가는 규칙적인 진동이 무심한 듯 유빈의 마음을 다독거리고 있었다.

개원식을 갖는 유니크 병원의 로비 입구는 화려한 색으로 장식된 꽃 화환과 파스텔 색상의 아기자기한 풍선 아치로 방문객들을 환영하고 있었다. 한껏 멋을 내고 들떠 보이는 축하객들 사이에서 유빈의 시선은 우산 아래로 보이는 빈티지 카고 바지와 가죽 워커 부츠에 멈추어 있었다. 우산 아래로 남성다운 손이 들어오더니 유빈으로부터 접이식 우산을 가져가 미리 준비해둔 비닐에 씌워 넣었다.

"늦어서 미안해요. 주문한 화분이 늦게 오는 바람에……."

못마땅함을 드러내며 유빈이 한강의 손에서 비닐에 덮인 우산을 가져갔다. 그러자 개업 선물로 주문한 타원 형태의 라운드 화기에 담겨진 미니 소나무와 우산을 유빈의 손에서 다시 거두어가는 한강이었다. 못 말린다, 저 고집쟁이. 인상을 잔뜩 찌푸리는 유빈의 표정에도 한강은 전혀 개의치 않았다.

"도대체 빗속에서 얼마나 기다린 거예요?"

워커 부츠가 빗물에 흠뻑 젖어 있었다.

"한 시간 정도."

"그냥 먼저 들어가지 그랬어요."

"상철이 말 못 들었어. 아랫사람 하나 달고 가야 있어 보인다잖아. 네가 그 아랫사람 맞잖아."

천연덕스럽게 대답하는 한강을 보며 유빈이 오른쪽 다리를 들어 그의 정강이를 겨냥했다. 잽싸게 뒤로 한 발짝 물러난 한강이 우산으로 유빈의 다리를 막아서며 싱긋 웃음 지었다.

"빨리 얼굴 도장 찍고 저녁 먹으러 가자. 배고파 쓰러지기 일보 직전이다. 근처에 흑맥주랑 파닭 맛있게 하는 집 알아. 거기 바로 옆이 베트남 쌀국숫집인데 주인이 같아서 배달도 해주더라. 날씨가 후줄근하니 따뜻한 국물 땡긴다. 쌀국수 좋아하지?"

유빈은 거절의 핑곗거리를 준비하고 있었다.

"최수강이 기억나? 내 동기. 그 자식 회사가 이 근처라 퇴근하면 같이 만나기로 했어. 요즘 퇴근하고 집에 가기 싫다고 난리다. 와이프가 첫째 낳고 산후 우울증이라나. 아기 돌봐주시는 장모님이 와이프한테 잘 좀 하라고 잔소리가 장난 아닌가 봐."

"……."

"오늘은 못 이기는 척 그냥 좀 따라오지……."

거기까지였다. 한강은 딱 그만큼의 거리를 두고 유빈의 곁에 머물고 있었다. 핑곗거리는 통하지 않는다는 표정으로 한강이 유빈의 반걸음 앞에서 길을 안내하고 있었다.

"박 실장님, 어서 오세요. 덕분에 병원이 환해졌습니다."

병원의 행정 실무를 담당하고 있는 맹 과장이 한강에게 반갑게 인사하며 다가왔다. 50대 초반의 깐깐하게 생긴 남자였으나 유독 그들에게게만은 친절했다. 병원 신축 공사에 참가한 다른 하청 회사 직원들이 그에 대해 불평을 털어놓는 소리를 자주 들을 기회가 있었다. 은근히 편의를 봐준다는 명목으로 이것저것 보이지 않는 것들을 요구하는 그의 뻔뻔한 행동에 원성이 자자했다. 그럼에도 유독 '초록세상'에는 별다른 요구조건이 없었다.

미니 소나무를 받자마자 귀찮다는 듯이 옆의 직원에게 넘겨주는 그를 보면서도 유빈은 인상 한 번 찌푸리지 않았다. 나름 성심성의껏 준비한 선물이었다. 유명하다는 공방에서 주문한 화기에 천년송을 닮았다는 미니 소나무를 심었다. 대단한 가치가 있는 것은 아니었다. 불로장생을 상징하는 나무라 의미가 있겠다고 생각해서 선택했다. 선물의 가치를 돈으로 따지는 사람에게는 하찮게 보일 수도 있었다. 다만 한 사람이라도 어여삐 여겨 정성껏 돌봐준 다면 그걸로 충분하다고 생각했다.

"개원 축하드립니다. 앞으로 바빠지시겠어요."

평상시보다 두 음 정도 높은 활기찬 음성이었다.

"그래야죠. 벌써부터 입소문을 타고 예약환자가 줄을 이었습니다. 저희 병원 이사장님한테는 인사하셨죠?"

당연하다는 듯이 물어보는 맹 과장에게 유빈은 고개를 저어주었다.

"아뇨, 아직요. 사실 저도 인사드리고 싶었는데 아직까지 기회가 없었어요. 어느 분이신지요?"

복층 구조의 로비 안쪽에 마련된 행사장을 둘러보니 얼핏 병원에 속한 사람들과 방문객이 대충 구분이 되었다. 병원 유니폼을 입은 사람들과 포멀한 정장을 입은 사람들. 넓은 행사장 곳곳에 놓인 원형 테이블 주위로 사람들이 그룹 지어 담소를 나누고 있었다. 유빈은 하얀 가운을 입은 의사들 사이에서 담소를 나누고 있는 나이 지긋하신 분들의 얼굴을 살펴보기 시작했다. 그런 유빈을 맹 과장이 의외라는 표정으로 바라보았다.

"그래요? 나는 잘 아는 사이인 줄 알았는데. 이사장 라인에서 박 실장네 회사를 강력하게 추천했다고 들었던 것 같은데. 내가 착각했을 리가 없는데……. 아무튼 따라와요."

갑자기 친밀하게 굴던 태도를 바꾸고 거만하게 지시하는 맹 과장의 모습에 지금까지의 편의가 이해가 되었다. 한강이 이사장님과 잘 아는 사이라고 오해를 했었구나. 킥 하고 실웃음이 새어나왔다. 어쩜 저렇게 당당하게 속물적일 수 있을까. 그나마 공사가 끝난 시점에 오해가 풀려 다행이라고 해야겠지. 미소 짓는 유빈의 어깨에 한강의 어깨가 부딪쳐왔다.

"네가 먼저 가서 인사드리고 있어. 나는 저기 시설관리팀 사람들한테 몇 가지 주의사항만 전해주고 금방 따라갈게."

"제가요? 저는 아직까지 그럴 만한 급이 아닌데요."

어려운 자리에 혼자 보내려는 한강을 원망의 시선을 담아 올려다보았다. 이렇게 큰 병원의 이사장이라면 나이도 지긋하실 텐데. 사회 초년생인 그녀가 인사드리기에는 부담스러운 자리였다. 잽싸게 뒷걸음질 치는 유빈을 한강이 가볍게 붙들었다. 도망칠 기회를 주지 않겠다는 듯 커다란 손으로 머리 위쪽을 붙잡아 앞으로 돌려세웠다.

"인마, 너 충분히 그 급이야. 여기 로비 대부분 네 아이디어로 꾸며진 거야. 자신감을 가져."

고개가 돌려지면서 그녀를 바라보고 있던 여의사와 눈길이 마주쳤다. 지켜보고 있었는지 눈이 마주치자 살짝 고개를 숙여 먼저 인사를 건네왔다. 여의사의 시선을 의식한 맹 과장의 재촉에 유빈은 할 수 없이 인파들 속으로 부지런히 걸음을 옮겼다.

"이사장님, 이분이 조경 전문 회사 '초록세상'에서 오신 조경 디자이너예요."

맹 과장의 부름에 세련되어 보이는 다크 브라운 계열로 염색한 짧은 단발의 여성이 뒤돌아 유빈을 마주했다. 규칙적으로 관리를 받는 듯 잔주름 하나 새겨져 있지 않은 얼굴 피부는 어딘가 모르게 부자연스러워 보였다. 그럼에도 목에 잡힌 굵은 주름이 세월의 흔적을 말해주고 있었다. 힐끗 내려다본 명찰에는 이사장 정숙희 라고 적혀 있었다.

"이곳 야외 옥상이랑 실내 정원 맡아서 공사해주신 분이세요. 서 대리님, 저희 병원 이사장님이세요."

"안녕하세요. 개원을 축하드립니다. 정말 훌륭한 병원이에요."

이런. 스스로가 생각해도 어딘가 모르게 어색한 인사말이었다. 유난히 평가하는 것처럼 보이는 이사장의 냉정한 눈빛에 긴장을 했나 보다. 안경 너머로 날카롭게 빛나는 눈이 유빈을 위아래로 훑 어보기 시작했다. 차갑게 경계하는 눈. 결코 호의적이지 않는 태도 에 유빈은 당황스러웠다. 뭔가 이상한 것이라도 얼굴에 묻히고 왔 나 싶어 얼굴을 손으로 만져보기까지 했다.

어색하게 웃고 있는 입가를 바라보던 이사장이 태도를 조금 누 그러뜨렸다.

"반가워요."

커다란 흑진주 주변을 작은 다이아몬드 조각들이 촘촘하게 감 싸고 있는 화려한 반지를 끼고 있는 오른손을 내밀어 악수를 청했 다. 그러고 보니 짧은 머리 안쪽으로 언뜻 보이는 귀걸이와 목걸이 까지 하나의 세트를 이루고 있었다. 나이에 맞지 않게 길게 다듬어 진 손톱의 매니큐어가 반짝반짝 윤이 났다. 흙을 만지는 손이라 바 짝 깎은 유빈의 손톱과 비교가 되었다. 이사장은 마주 잡은 손을 형식적으로 살짝만 잡았다 바로 거두어갔다.

"정말 솜씨가 좋네요. 곳곳에 벽이 좀 단조롭다 했는데 거기에 공간을 설치해서 조명 넣고 예쁘게 꾸민 것이 참 마음에 들어요."

216

이사장의 오른편에 서 있던 가운 입은 여의사가 유빈에게 대신 말을 걸어왔다. 조금 전에 유빈과 눈길이 마주쳤던 바로 그 의사였다. 명찰에 적힌 이름은 내과 과장 김미라였다.

"감사합니다. 처음부터 건물을 설계할 때 채광이며 배수관 설치에 신경을 써서 편하게 작업할 수 있었습니다. 기회를 주셔서 감사합니다."

"서 대리님 덕분에 병원이 환해진 느낌이에요. 저기에 있는 식물은 이름이 어떻게 되나요?"

"먼지 먹는 식물로 불리는 틸란드시아입니다. 공기 중의 수분과 미세 먼지를 먹고 자라서 공기 정화 효과가 탁월한 식물입니다."

"호호호……. 젊은 사람이라 그런지 똑 부러지네요. 사실은 지인이 이번에 주택을 새로 짓는데 여기 꾸며진 것 보고는 누구 솜씨냐고 자꾸 소개를 해달라고 하네요. 바쁜 거 아니면 단독주택도 가능한지 모르겠네."

"물론입니다. 아파트 베란다부터 공원시설까지. 기회만 주어진다면 최선을 다해 성심성의껏 모시겠습니다."

빨리도 왔네……. 유빈을 대신해서 한강이 큰 소리로 대답했다. 넉살 좋게 90도로 허리를 꺾어 인사하며 오른손을 앞으로 쭉 내밀자 주변에서 가벼운 웃음소리가 터져 나왔다.

"젊은 사람이 박력이 넘치네. 마침 저기 있네요. 김 대표."

미라의 손짓에 체크무늬 블레이저 재킷을 입은 중년의 남자가 다가와 손을 내밀었다.

"반가워요."

이사장과 달리 마주 잡은 유빈의 손을 부드럽게 감싸는 손이 참 따뜻했다.

"처음 뵙겠습니다. 서유빈입니다."

"안녕하십니까. 박한강입니다. 저희 학과 후원의 밤 행사에서 몇 번인가 뵌 적 있는데…… 혹시 저 기억하시겠습니까?"

유빈의 손을 한참 동안 붙들고 있는 그에게 한강이 알은척을 했다.

"눈썰미가 좋네요."

멋쩍은 미소로 한강에게 손을 내미는 중년 남성의 모습이 어딘가 낯이 익었다.

"죄송합니다. 그러고 보니 어디서 뵌 적이 있는 것 같아요."

고개를 갸웃거리며 유빈이 말을 이었다.

"별로 중요한 거 아니니까 걱정하지 말아요."

기억을 더듬는 유빈을 바라보는 그의 시선이 유난히 끈질겼다. 한강은 처음 유빈이 이곳에 모습을 드러낸 후부터 그녀를 주시하던 중년 남성의 시선이 마음에 들지 않았다. 애틋하다. 다른 말로는 설명할 수 없는 바로 그런 느낌이었다. 반면 유빈은 전혀 낯선 사람을 대하듯 그를 의식하지 못했다.

본능과도 같은 보호 의식. 한강은 시설관리팀 사람들을 만나러 가는 것을 포기하고 급하게 유빈의 곁으로 달려올 수밖에 없었다. 한강은 명함을 건네며 유빈을 보호하듯 그 남자의 시선을 차단시켰다.

"정식으로 인사드리겠습니다. '초록세상' 박한강입니다. 전문적인 시공 시스템으로 웰빙 시대에 맞게 쾌적하며 안락한 주거 공간을 만들고 가꾸어나가는 일에 최선을 다하고 있습니다. 언제든지 불러만 주시면 만사 제쳐두고 무조건 달려가겠습니다."

"재미있는 친구네. 나는 K&J 컨설턴트 투자 전문가 김명환 대표예요."

천장에 매달린 크리스털 샹들리에가 웃고 있는 명환의 얼굴 위로 밝은 빛을 비추고 있었다. 웃는 얼굴이 낯설지 않았다. 재킷 안쪽에서 명함을 꺼내는 명환의 모습에서 훨씬 더 젊었을 때의 그의 얼굴이 스치고 지나갔다. 어디에서 봤더라. 유빈은 언뜻언뜻 스치는 이미지에 애가 탔다. 분명히 야외였고, 햇살이 강했던 날 같은데……

"주택을 새로 지으신다구요?"

유빈도 가방에서 명함을 꺼내 내밀었다.

"내가 살 집은 아니라. 누구한테 선물할 집인데……. 선물하고 싶은 사람이 서유빈 씨와 같은 나잇대라, 가능하다면 여러 가지로 조언을 듣고 싶네요."

"우아, 선물 받을 사람이 누군지 부러운데요. 우리나라에서는 아직 주택을 설계할 때 조경까지는 생각을 못 하는 경우가 대부분이라서요. 처음부터 조경 시설을 염두에 두시고 설계를 시작한다면 고를 수 있는 식물의 폭도 넓어지고 훨씬 다양한 구조의 정원을 만들어낼 수 있습니다."

자신의 일에 대해서라면 당당한 유빈의 자신감 넘치는 목소리였다.

"실내 외 정원으로 건물의 가치도 상승하고 넓게는 에너지 절약 효과까지 얻어낼 수 있습니다. 정원이 아니더라도 도움이 필요하시면 언제든지 말씀하세요. 제가 아는 정보 내에서 최선을 다해 도와드리겠습니다. 언제든지 시간과 장소를 정해주시면 찾아뵙겠습니다."

이사장 앞에서와는 달리 조금도 주눅 들어 보이지 않는 모습에 명환이 부드러운 미소를 지었다.

"그래 줄래요. 그럼 이 번호로 연락해도 될까요?"

명함 하단부에 프린트된 유빈의 핸드폰 번호를 손가락으로 가리키며 명환이 물어왔다.

"네. 회사로 바로 연락하셔도 좋고, 거기 적힌 제 휴대전화 번호로 연락 주셔도 좋습니다. 믿고 맡겨주신다면 최고로 멋진 정원을 만들어드리겠습니다."

"이 일을 정말 좋아하는 것 같아서 보기 좋아요. 그럼 빠른 시일 내로 미팅 약속을 잡아보죠."

주위에 머물며 그들의 대화를 주시하고 있는 이사장의 날카로운 시선이 부담스러웠다. 의도치 않게 시간을 많이 뺏은 것 같아 뒤로 한 발짝 물러났다. 껄끄러워하는 유빈의 마음을 한강이 바로 눈치챘다. 그 역시도 명환이 유빈을 바라보는 시선이 마음에 들지 않았다.

"연락 기다리겠습니다. 바쁘실 테니 저희는 이만 가보겠습니다. 다시 한 번 축하드립니다. 서 대리, 가자."

다시금 90도로 허리를 숙여 깍듯이 인사한 한강이 유빈의 팔을 이끌고 행사장 입구로 이동하기 시작했다. 그동안 안면을 익힌 직원들과 인사를 주고받으면서도 걸음을 멈추지 않았다. 입구에 다다라서야 행사장을 돌아보았다. 북적대는 인파에 가려 김 대표가 여전히 그들을 주시하고 있는지는 확인할 수 없었다. 대신 한강은 유빈의 귀에만 들릴 수 있게 작은 소리로 속삭였다.

"저 이사장이라는 분. 분위기 살벌하지 않냐? 바늘로 찔러도 피한 방울 안 나오게 생겼다. 맹 과장님도 완전 쩔쩔매시더라."

"그만해요. 어른한테 그렇게 말하는 거 아니에요."

툭하면 하윤에게 타이르던 버릇처럼 짐짓 어른스럽게 한강을 꾸짖었지만, 이사장의 차가운 시선이 떠오른 유빈의 발걸음이 빨라지는 것은 스스로도 변명거리가 없었다. 실수한 것은 없었나 기억을 더듬어보는 마음 한편이 꺼림칙했다. 좋지 못한 첫인상을 심어준 것 같아 심사가 불편했다.

입구로 다가갈수록 바닥에 고여 있는 물이 대리석 바닥을 미끄럽게 만들고 있었다. 직원들이 물걸레로 빗물을 훔친다고 부지런히 돌아다니고 있었지만, 방문객들이 늘어나면서 우산에서 떨어진 물이 바닥에 고이고 있었다. 모처럼 슬랙스에 하이힐을 신은 유빈이 맞은편에서 뛰어오는 어린아이를 피하려다 중심을 잃었다. 허무하게 바닥으로 넘어질 뻔한 것을 한강이 단단하게 허리를 받쳐줘서 흉한 꼴은 면할 수 있었다.

"내 팔 잡아. 계단은 여기보다 더 미끄러울지 몰라."

하늘에 구멍이라도 났는지 아침부터 내리는 빗줄기는 잠깐 동안이라도 그칠 기미가 없었다. 유리창에 내리치는 빗줄기의 기세가 당당했다. 어쩔 수 없이 한강의 팔에 의지해 조심스러운 걸음을 옮길 수밖에 없었다. 로비의 자동문이 열리자 바람이 거세게 휘몰아쳤다. 비닐에서 우산을 꺼내드는 유빈의 재킷이 바람 인형처럼 흔들렸다. 한강이 앞으로 나서며 한시적으로나마 바람을 막아주었다.

본격적인 태풍이 시작되었는지 거센 바람에 우산 손잡이를 잡고 있는 한강의 손이 이리저리 흔들리고 있었다. 빗물에 미끄러지지 않기 위해 한강의 팔에 의지한 채 내리치는 빗물을 피하려고 하나의 우산 속에서 한강 옆으로 바짝 다가서야 했다. 한강과 보조를 맞추어서 조심히 계단을 하나씩 밟고 맨 아래 칸으로 내려섰다.

바닥으로 내려서자마자 어디선가 다가온 손이 우산 속으로 들어왔다. 그러고는 거친 듯 부드럽게 그녀의 허리를 감싸 안았다. 양복 소매 밑으로 매끄럽게 뻗어 있는 익숙한 손, 익숙한 하윤의 향기. 그 손에 이끌려 어느새 유빈은 하윤의 우산 속으로 들어가 있었다.

무의식적으로 들어 올린 유빈의 시선 안으로 하윤의 경직된 턱 근육이 들어왔다. 불만을 여실히 드러내고 있는 그의 눈길이 한강을 향한 분노를 숨기지 않고 있었다. 그의 눈길을 따라간 곳에서 한강의 굳어 있는 얼굴과 마주할 수 있었다.

서로를 향한 적대감, 그러나 검은 장막 뒤로 가려진 한강의 상처받은 영혼. 보듬어줄 자격조차 없기에 그저 외면하는 수밖에 없었다. 감정이 얽히는 일은 없을 거라는 한강의 호언장담을 처음부터 믿지 말았어야 했다. 하루하루 쌓여가는 미안함은 유빈의 마음 한편에 굳은살처럼 아프게 박여가고 있었다.

유빈의 눈에 서린 슬픔을 읽은 한강이 먼저 공격적인 태도를 거두어갔다.

"오랜만입니다. 그럼, 서 대리 잘 부탁드립니다. 푹 쉬고 월요일 날 보자."

유빈에게 우산을 씌워주느라 한강의 머리와 한쪽 어깨가 젖어 있었다. 머리카락을 타고 흘러내리는 빗물이 그의 볼을 타고 흘러내렸다. 그가 오늘 밤도 늦게까지 술잔을 기울일 거라는 확신이 들었다. 가슴앓이와 더불어 늘어나는 술자리.

"선배……."

술 마시지 말고 일찍 들어가라는 주제넘은 참견이라도 하고 싶었던 걸까. 먹먹한 눈동자로 힘없이 돌아서는 한강을 향해 유빈이 한발 앞으로 나섰다. 그러자 뒤에서 하윤이 그녀의 허리를 강하게 끌어당겼다.

"아무것도 하지 마."

아플 정도로 세게 끌어안은 팔이 억지로 유빈을 돌려세웠다. 한 강을 향한 어떤 감정도 내보이지 말라는 경고. 질투로 어둡게 잠겨버린 눈이 폭발하기 직전의 화산처럼 열기가 가득했다.

"더 이상 나를 자극하지 마. 화나면 나도 무슨 일을 어떻게 벌일지 몰라."

우산을 때리는 빗줄기가 요란한 소음을 만들고 있었다. 그 소리에 지지 않기 위해 유빈은 크게 소리를 질러야 했다.

"무슨 뜻이야? 무슨 일을 어떻게 벌일 건데? 우리 회사를 공중분해라도 시키겠다는 뜻이야? 그런 식으로 내 숨통을 조이겠고? 그렇게 숨통을 조여서 마네킹처럼 오빠 옆에 붙들어두겠다는 뜻이야?"

못된 말들이 유빈의 입에서 쏟아져 나왔다.

"오빠의 그 대단한 배경으로 또다시 나의 인생을 조종하겠다는 의미냐고? 왜 뭐든 그렇게 자기 마음대로야? 처음 만난 순간부터 오빠는 그랬어. 오만하고, 자기중심적이고……."

억눌렀던 상한 감정이 한꺼번에 터져 나왔다. 어제부터 그녀를 괴롭혔던 지긋지긋한 자격지심.

"오빠의 독선적인 태도에 언제까지 휘둘려야 되는 거야? 제발 나를 좀 가만히 내버려둬."

하윤이 상처받을 것을 알면서도 멈출 수가 없었다.

"오빠의 사랑에 숨이 막혀. 숨이 막혀 죽을 것 같다고."

고집스럽게 다물어진 입가가 미세하게 떨리고 있었다. 불안정하게 흔들리는 눈동자에 날카로운 상처가 스며들었다. 아픔을 삼키기 위해서 시선을 피하는 그를 보며 유빈은 가슴이 미어졌다. 얼마나 더 아파야 이 사랑이 끝이 날까. 얼마나 더 잔인한 말로 상처 난 가슴을 후벼 파야 그가 유빈을 떠날 수 있을까. 그의 바보 같은 사랑이 그녀를 아프게 했다. 더 이상 예전의 서유빈이 될 수 없음을 그는 모른다. 두꺼운 껍데기 속으로 숨어들어가는 겁쟁이라는 것을, 그가 사랑하는 그녀의 모습이 허상이라는 것을 깨닫기 전에 그가 떠나줬으면 했다.

앙칼진 말들은 부메랑이 되어 아물 틈이 없는 상처를 헤집어놓는다. 따스한 손가락이 눈물 어린 눈가를 쓰다듬자 유빈은 무작정 빗속으로 뛰쳐나갔다. 오래된 습관. 익숙한 느낌에 손이 올라가려는 것을 간신히 버텼다. 하윤의 다정함은 단단히 세워둔 마음의 장벽을 순식간에 허물어버린다. 꽁꽁 감춰둬야만 하는 사랑이라는 놈이 슬그머니 모습을 드러내려 한다. 지칠 줄 모르고 쏟아지는 빗물에 젖은 몸이 위태롭게 흔들렸다.

"서유빈, 그만둬. 언제까지……."

어느새 다가온 하윤이 유빈의 손목을 낚아챘다. 불안한 걸음걸이에 비틀거리는 그녀의 어깨를 그가 양손으로 붙잡았다. 감정을 억누른 얼굴이 세찬 빗줄기를 맞으며 그녀를 마주했다. 다른 남자의 품에 안긴 유빈을 보는 순간, 불안감은 이미 냉철한 이성을 파괴시켰다.

"도대체 언제까지 이렇게 어린애처럼 투정부리고 도망만 다닐 거야?"

차마 거세게 붙잡지도 못하는 손길. 그의 손을 거칠게 뿌리쳤다.

그리고 있는 힘껏 가슴을 밀쳐냈다.

"오빠야말로 언제까지 나를 어린애 취급할 건데? 싫다고 했잖아, 어린애 취급하는 오빠가 싫다고 했잖아. 그러니, 제발 가……."

꿈쩍도 하지 않는 가슴이 미워서 주먹을 쥐고 아프게 때렸다.

"제발 가버리란 말이야……."

울음 섞인 절규가 빗소리를 뚫고 하윤의 마음에 아프게 파고들었다. 질투로 들썩이던 신경세포가 어느 순간 그녀의 아픔과 동화되며 싸늘하게 식어갔다. 그가 말없이 양복 재킷을 벗어 흠뻑 젖은 그녀의 몸을 감싸 안았다.

"왜 이렇게 말랐어? 밥은 도대체 먹고 다니는 거야?"

가냘픈 허리를 감싸 안는 팔에 힘이 들어갔다. 벗어나려 몸부림칠수록 그의 품 안으로 끌려 들어갔다. 그는 나무와 같다. 대지에 힘차게 뿌리를 내린 나무처럼 견고하고 흔들림이 없다. 아무리 독한 말을 퍼부어도, 아무리 모진 말로 상처를 주어도, 아프다며 내색하는 법이 없다. 묵묵히 견디고 또 견뎠다.

주먹 쥔 손을 힘없이 떨어뜨렸다. 진이 빠져 더 이상은 버틸 힘도 없었다. 지친 이마를 잠시 그의 어깨에 기대었다. 처음부터 승자가 없는 싸움이었다. 죽을 듯이 아파야만 끝이 나는 싸움이었다.

빗줄기에 흐르는 눈물을 씻겨 흘려보냈다. 차갑게 식어가는 체온은 그녀의 이성을 마비시켰다. 딱 하루만 더 그의 곁에 머물러 있자. 비겁함은 잠시 숨겨두고, 욕심내지 말고 딱 하루만 더…….

잠들어 있는 유빈의 볼이 엷은 핑크색을 띠고 있었다. 드러난 이마에 하윤이 손등을 맞대고 미열이 있는지 체크해보았다. 약을 먹고 잠이 들어서인지 체온은 정상으로 돌아와 있었다. 작년 봄에 심하게 앓고 난 후로 조금만 무리를 해도 감기를 달고 살았다. 차가운 비를 그렇게 맞았으니. 이만한 게 다행이었다. 가벼운 한숨을 내쉬며 가만히 볼을 쓰다듬었다.

그 짧은 접촉에도 유빈의 미간에 가느다란 주름이 잡혔다. 주름 잡힌 부위를 손가락으로 부드럽게 쓸어주자 잠결에 유빈이 그의 손을 잡고 심장 위로 올려놓았다. 따뜻한 손바닥이 전해주는 체온이 그녀의 가슴을 감싸자 굳게 다문 입술 사이로 가느다란 만족의 한숨이 새어나왔다.

"가지 마……."

반복적으로 웅얼거리는 소리에 하윤은 귀를 기울였다. 잠결에 내보이는 그녀의 속마음. 유일하게 정직해지는 시간.

엷은 조명등 아래 광대뼈 부분이 도드라져 보이고, 볼 밑으로 진한 그림자가 드리워졌다. 움푹 팬 쇄골의 라인이 하윤의 마음을 무겁게 가라앉혔다. 앙상하게 마른 어깨를 바라보는 그의 눈동자에 아픔이 서렸다.

밥은 제때 챙겨 먹고 다니는 건지, 아직도 화가 나고 아프기만 한 건지, 그가 모르는 상처를 숨기고 있는 것은 아닌지, 굳게 입을 다물어버린 유빈은 아무것도 알려주지 않는다. 그의 옆에서 파랑새처럼 재잘대던 그녀가 마음의 창살을 닫아버렸다. 얼마나 더 기다려야 다시 환하게 웃어줄 수 있을까.

'내 사랑에 여전히 너는 숨이 막히니…….'

그날 이후로 유빈의 얼굴에서 빛이 사라졌다. 초롱초롱 반짝이던 유빈의 눈은 더 이상 하윤의 모습을 담지 않았다. 대화를 거부한 채 차가운 등만을 내보이는 유빈으로 인해 그의 심장 안에 새겨진 날카로운 생채기가 자꾸만 커져갔다. 저 조그마한 머릿속에서 무슨 생각들이 소용돌이치고 있는지 알 수 없어 애가 탔다.

지난번 하윤의 가족 모임에서 유빈은 철저하게 자신을 아웃사이더로 취급했다. 그룹 내에서 하윤의 입지가 높아지면서 달라진 대우. 날카로운 발톱을 감추고 하윤에게 살갑게 구는 작은어머니와 작은고모를 보며 유빈의 경계심은 오히려 커져만 갔다. 유빈이 그를 떠나려 하는 이유에 그가 가진 배경도 포함이 되어 있을까.

유성그룹의 후계자. 그는 결코 원하지 않는 타이틀. 그럼에도 운명처럼 따라오는 책임감을 회피할 수는 없었다. 수만 명의 임직원들. 수십 년에 걸친 그들의 땀과 노고가 유성그룹을 굴지의 기업으로 성장시켰다. 그들의 미래를 외면할 수는 없었다. 그래서 그는 힘을 키워야만 했다. 안정적인 전문경영인 시스템을 그룹 내에 뿌리내리게 하기 위해 그는 여전히 힘든 싸움을 벌이고 있었다. 그럼에도 자신 있었다.

싫다는 유빈을 억지로 가족 모임에 데리고 간 이유도 그 때문이었다. 보여주고 싶었다. 그는 충분히 강하고, 그녀를 지켜줄 자신이 있다는 것을 알려주고 싶었다. 그가 가진 배경에 움츠러드는 유빈을 보며 일부러 회피했던 화제. 어디서부터 잘못된 것일까. 자신 있게 내세울 수 있는 청사진을 준비할 때까지 말을 아끼겠다는 것이 너무 늦어버린 것은 아닐까. 유빈의 말대로 그녀를 너무 어리다고만 생각했던 걸까. 이제 그녀는 아무것도 들으려고도, 보려고도 하지 않았다.

여전히 유빈의 출생은 열려서는 안 되는 판도라의 상자처럼 그들의 사이를 가로막고 있었다. 서서히 자신을 드러내는 명환의 존재가 얽혀버린 실타래처럼 하윤의 신경을 초조하게 갉아먹고 있었다. 진실을 알게 된 유빈이 어느 동화 속 이야기처럼 비눗방울이 되어 그의 곁에서 산산이 부서져 사라질까 봐 하윤은 두려웠다.

여린 성정의 유빈이 받아들이기에는 너무나 아픈 진실. 모든 것을 알고 난 다음에도 담담하게 버텨낼 수 있을까. 지금도 유미에 대한 죄책감으로 힘들어하는 그녀가 과연 감당할 수 있을까. 수인의 약혼식을 떠올리며 하윤은 불안한 듯 유빈을 품 안으로 감싸 안았다.

느티나무에서의 첫 키스. 유빈이 약혼식장으로 돌아가고 난 후로도 한동안 하윤은 느티나무를 떠나지 못하고 있었다. 글로벌 투자전문가 김명환 이사. 약혼식이 있기 얼마 전에 제니퍼의 주선으로 비즈니스 미팅에서 만난 적이 있었다. 미국의 명문 와튼 대학에서 MBA를 수료한 재원이라면서 특별히 마련된 자리였다.

나무의 커다란 기둥에 가려진 하윤을 눈치채지 못한 건지, 하윤의 머릿속을 어지럽히던 명환이 그의 존재를 드러냈다. 누군가와 전화 통화를 하는 듯한 그의 말소리가 점차 가까이 들려왔다.

"서수인 재정 상태에 대해 알아보라는 것은 어떻게 되었어?"

다시금 멀어지는 명환의 목소리에 뒤의 대화 내용은 들을 수 없었다. 혼란스러움에 한동안 하윤의 사고 회로가 정지했다. 그 남자의 입을 통해 들려온 수인이라는 이름으로 하윤의 경각심이 날카롭게 날을 세웠다. 나무 기둥에서 몸을 일으켜 명환의 목소리가 사라진 방향으로 눈을 돌렸다.

그 방향의 끝에서 메이크업과 머리 손질을 끝낸 수인이 별채에서 걸어 나오는 모습을 볼 수 있었다. 한 떨기 꽃처럼 우아한 자태를 드러낸 채 환하게 웃고 있는 수인. 유빈과 같은 색의 화사한 핑크빛 약혼 드레스를 입고 있었다. 마지막 손질을 마친 듯 메이크업 박스를 챙겨 든 여자가 그녀의 뒤에서 걸어 나왔다. 어깨에 가방을 두르고 손을 흔들며 멀어져 가는 모습을 수인이 지켜보고 있었다. 아름다웠다. 그리고 그 어느 때보다 행복해 보였다. 천천히 몸을 돌린 수인이 넓게 펼쳐진 드레스 자락을 두 손으로 추스르는 모습을 하윤이 불안하게 지켜보았다. 아마도 강석을 기다리는 중이리라.

가만히 고개를 들어 올린 수인의 시선이 닿은 곳에는 명환이 서 있었다. 화사하게 미소 짓던 입가가 놀라움으로 비틀어지고, 행복이 넘실대던 그녀의 눈동자가 경악으로 물들어갔다. 꽃같이 가녀린 수인이 부들부들 떨리는 몸을 간신히 지탱하고 있다는 것은 멀리 있는 하윤의 육안으로도 알 수 있었다. 바지 주머니에서 다급하게 핸드폰을 꺼내든 하윤이 성민에게 전화를 걸었다.

"형, 지금 빨리 강석 삼촌 찾아서 뒷마당으로 보내. 아무도 눈치채지 못하게 은밀하게 움직여야 해."

하윤이 쓰러질 듯 불안하게 흔들리는 수인을 향해 뻗어가는 명환의 손을 거칠게 밀어내었다.

"하윤아, 강석 씨 좀……."

간신히 흘러나오는 수인의 목소리는 겁에 질려 있었다. 수인의 허리를 단단하게 받쳐 안고 하윤이 그녀를 안심시켰다.

"오는 중이에요. 저한테 기대세요."

팔을 통해 수인의 떨림이 그대로 전해져왔다.

"정윤아……."

회한이 담긴 명환의 눈이 빛이 꺼져가는 수인을 담고 있었다. 미련이 가득 담긴 목소리로 명환이 그녀를 불렀다.

"정윤아……."

"그렇게 부르지 마, 가!"

서늘한 감각이 수인의 심장을 움켜쥐었다. 지독한 집착. 명환의 존재가 불러온 쓰라린 기억들에 수인의 심장이 싸늘하게 식어갔다. 꼬챙이처럼 심장을 찔러대던 잔인한 말들. 그 아픈 과거에서 벗어나기 위해 이름까지 바꿨다. 언젠가 한 번쯤은 다시 만나게 될지도 모른다고 상상은 했었다. 하지만 이곳에서 명환을 마주치게 될 줄이야. 진실을 세상 밖으로 드러내기에는 아직 아무런 준비가 되어 있지 않았다.

"정윤아, 한 번쯤은 진심으로 미안하다고 사과하고 싶었어."

"제발 가줘. 그리고 다시는 내 앞에 나타나지 마."

낮게 갈라지는 목소리. 간신히 짜내는 것처럼 힘이 없었다.

"용서해달라고는 안 할게. 하지만 이것만은 알아줘. 죽을 만큼 괴로웠고, 남은 평생을 다 바쳐서라도 보상하고 싶어."

"제발 가줘⋯⋯. 부탁이야. 제발⋯⋯."

흐느낌에 가까운 그녀의 음성은 너무나도 구슬퍼 처량하기까지 했다. 천성이 순한 유빈. 그 아이가 알아서는 안 돼. 아직 어린 그 아이의 마음이 다쳐서는 안 돼. 절망으로 무너지는 수인의 머릿속에 떠오른 유일한 생각이었다.

"정윤아, 용서를 빌 기회를 줘."

"제발 가⋯⋯."

비참하게 외면당해도 명환은 자리를 뜰 수 없었다. 누군가 땅속에서 다리를 잡고 놓아주지 않는 것처럼 꼼짝도 할 수가 없었다.

"딱 한 번만. 딱 한 번만, 정윤아⋯⋯."

"⋯⋯."

이제는 대답조차 회피하는 수인을 바라보는 명환의 마음이 날카로운 칼날에 찢기는 것처럼 고통스러웠다. 그의 기억 속에 남아 있던 마지막 모습 그대로, 그녀는 처연하게 그를 외면했다.

퍼억. 명환의 어깨가 잡혀 뒤로 돌려졌다. 힘없이 돌아서는 그의 얼굴로 매서운 주먹이 날아왔다. 정통으로 얻어맞은 턱에서 시작된 둔탁한 고통이 채 가시기도 전에 복부 깊숙이 주먹이 꽂혔다. 아픔과 함께 폐부에서 공기가 빠져나가는 느낌에 숨을 쉴 수가 없었다. 다리에서 힘이 빠져나가 무릎을 땅에 대고 간신히 버티고 있었다.

분노에 찬 강석은 본능적으로 느낄 수 있었다. 이 사람이 유빈의 친부이자, 오랫동안 수인을 고통 속에 가두어둔 남자라는 사실을. 억누를 수 없는 분노를 실어 멱살을 틀어쥐었다. 주먹을 날리기 위해 높이 쳐든 팔이 성민에 의해 가까스로 저지당했다. 뒤따라온 성민이 그의 허리를 붙잡아 명환으로부터 억지로 떼어놓았다.

"그만하세요. 사람들이 궁금해할 겁니다."

"형, 김 이사님 조용히 밖으로 모셔. 그리고 삼촌은 숙모님 모시고 별채로 가. 행사장 마무리는 내가 알아서 할 거야."

어른스러운 하윤의 지시 사항에 그제야 강석은 처연하게 버티고 있는 수인을 가슴으로 끌어안았다. 그런 두 사람을 외면하는 명환의 눈에 허락조차 받지 못하는 질투가 아프게 새겨져 있었다. 손바닥을 파고드는 손톱이 주는 고통도 느끼지 못한 채 명환은 팔을 잡아끄는 성민을 따라 걸음을 옮겼다.

밤새 거칠게 불어대는 태풍의 영향으로 빗줄기가 유리창을 거세게 내리치고 있었다. 후드득후드득. 빗줄기가 유리창에 부딪치며 내는 소리에 유빈이 하윤의 품 안으로 파고들었다. 비가 오는 밤이면 잠결에도 소리에 예민하게 반응한다. 얇은 침대 시트로 유빈의 몸을 감싸 안으며 하윤은 유빈의 머리에 얼굴을 묻었다. 마주 닿아 있는 가슴에서 전해져오는 유빈의 심장은 불규칙하고 빠르게 뛰고 있었다.

나쁜 꿈이라도 꾸고 있는 걸까. 조그마한 틈도 허락되지 않을 만큼 하윤이 유빈을 그의 품 안으로 바짝 끌어안았다. 어루만지듯 토닥이는 손길에 거칠게 오르락내리락거리던 호흡이 차분하게 가라앉기 시작했다. 규칙적인 숨소리를 들으며 하윤은 정수리에 부드럽게 키스했다. 거센 폭풍우가 지나고 나면 다시 찬란한 태양이 떠오르듯이, 유빈이 맞고 있는 폭풍우가 하루빨리 지나가기만을 기다리고 있었다.

혼자만의 유일한 안식처로 돌아온 유빈은 모처럼 만에 한가한 일요일 아침을 보내고 있었다. 주말도 없이 공사 현장을 들락거려야 했던 일정이 태풍으로 인해 보류 상태였다. 보일러를 틀어 눅눅해진 집 안의 습도를 해결하고, 밀린 빨래도 세탁기에 돌렸다. TV를 시끄럽게 틀어놓고 집 안 구석구석 쌓여 있던 먼지를 털어냈다. 조경에 관련된 잡지책들도 월별로 정리해 책장에 꽂아두고, 침대도 꼼꼼하게 정리했다.

허기가 느껴지자 아침 일찍 냉동실에서 꺼내놓은 곰국을 가스레인지에 따뜻하게 데웠다. 반찬을 몇 개 꺼낼까 고민하다 세탁이 끝났다는 벨소리에 그냥 밥에 말아 대충 아침을 해결했다. 간단한 설거지가 끝나고 세탁물을 꺼내 베란다로 나갔다. 탁탁. 청바지의 주름을 힘 있게 떨어내는데 반가운 햇살이 투명한 유리창을 통해 유빈의 손을 따스하게 비추고 있었다. 태풍이 지나간 파란 하늘은 구름 한 점 없이 맑고 깨끗했다.

말끔하게 정돈된 거실을 둘러보며 말린 천일홍을 찻물에 띄워 베란다로 나왔다. 투명한 유리컵으로 퍼지는 마젠타 색이 무척 자극적으로 시선을 잡아끌었다. 유리창을 열고 신선한 공기를 폐부 깊숙이 들이마셨다. 접이식 의자에 앉아 차 한 모금을 머금었다. 자극적인 색과 달리 담백한 차 맛이 바쁘게 몸을 움직이던 그녀에게 작은 여유를 주었다.

발아래 펼쳐진 세상은 평화로워 보였다. 휴일이라 그런지 꽤 많은 아이들이 편안한 복장으로 놀이터에서 놀고 있었다. 놀이터 뒤쪽의 벤치에 중학생으로 보이는 여자아이들이 한데 어울려 수다를 떨고 있었다. 재미있는 농담이라도 하는지 깔깔거리며 웃고 있는 모습에 유빈의 입가에 살며시 미소가 어렸다.

놀이터 주변으로 산책로가 있었다. 두발자전거를 타는 아이의 자전거를 잡아주는 아버지, 목에 노란수건을 두른 채 사이좋게 걸어가는 노부부, 유모차를 밀고 가는 젊은 엄마, 런닝화 신발 끈을 매고 있는 젊은 남자의 뒷모습.

평화로운 그들의 일상이 부러웠다. 이곳으로 이사 온 후 줄곧 베란다에서 내려다보는 또 다른 세상이었다. 나한테는 허락되지 않을 것 같은 한가한 일상. 아무 일도 없었던 것처럼 그들 사이에 한데 뒤엉켜 여유로움을 즐길 배짱이 아직은 없었다.

"겁쟁이."

찻잔을 들어 올리는 행동으로 얇은 티셔츠에 가슴이 쓸리자 유두에 쓰라림이 느껴졌다. 샤워를 하고 거울에 비친 유빈의 몸 구석구석에서 하윤의 흔적을 발견할 수 있었다. 여전히 강한 소유욕을 드러내며 지칠 줄 모르는 정염으로 밤새 유빈의 안을 휘젓고 다녔다. 하윤의 열에 들뜬 얼굴이 유빈의 상념을 흩트려놓았다.

오랜만에 함께한 잠자리였다. 거부해야 한다는 것을 알면서도 몸은 저절로 뜨거운 육체에 반응하고 있었다. 스산하게 들리는 빗소리 때문이었을까. 그것도 아니라면 열에 취해 약해진 마음이 그를 받아들이고 싶었기 때문일까. 어설픈 변명을 늘어놓을수록 확연해지는 진실. 그가 미치게 그리웠다.

자리에서 벌떡 일어난 유빈의 티셔츠로 찻물이 쏟아져 연한 붉은색의 흔적들이 퍼져가고 있었다. 혼자만 되면 어김없이 유빈의 머리를 어지럽히는 현하윤의 그림자처럼.

"잊을 거야…… 잊을 거야."

여유로움은 그녀에게는 허락되지 않는 일종의 사치였다. 쉼 없는 되돌이표처럼 같은 말을 중얼거리며 유빈은 나갈 채비를 서둘렀다. 20평 남짓한 작은 공간이 답답하게 느껴졌다.

유빈의 출퇴근 전용 애마인 피아지오 베스파의 키를 챙겨 바지 호주머니에 찔러 넣었다. 급한 대로 냉장고에 넣어두었던 구기자 달인 물과 초콜릿, 소형 디지털 카메라를 백팩에 챙겨 넣었다. 오늘은 바쁘다는 핑계로 차일피일 미루기만 했던 일을 해보기로 했다.

헬멧을 옆구리에 끼고 주차장을 향해 내려가는 발걸음이 흥분과 긴장으로 빨라지고 있었다. 목표를 정하자, 이번 박람회에 전시될 기획에는 우리나라 야산에서 주로 볼 수 있는 야생화를 이용하면 좋은 효과를 볼 수 있을 것 같다는 생각이 불현듯 들었다. 몇 년 전까지만 해도 흔히 접할 수 있었던, 그러나 이제는 도시 계획으로 점점 사라져 가는 우리 뒷동산의 모습을 재현해보는 것도 재미있는 기획이 될 것이다.

멀지 않은 가평 쪽으로 가볼까? 거기 수목원으로 가서 나무들 구경 좀 하고 근처에서 유명하다는 막국숫집에 들러볼까? 아니면 가는 길에 호수가 내려다보이는 전망 좋은 레스토랑을 찾아 점심을 먹을까? 인테리어 소품이 아늑한 카페에서 허브차를 마실 수 있으면 좋을 텐데.

마침내 스쿠터를 타고 서울 외곽으로 벗어나보는 건가. 내내 머릿속으로만 구상했던 드라이브 코스였다. 어디든지 가보자. 구 국도를 타고 팔당댐 쪽으로 가다 보면 어떻게 생각이 정리가 되겠지. 답답한 가슴속이 뻥 뚫렸으면 좋겠다.

헬멧을 눌러쓰고 키를 꽂았다. 엔진의 미세한 진동만으로도 유빈은 벌써 물색 좋은 호숫가 옆을 달리고 있는 듯한 착각에 빠졌다.

한가한 일요일이라 도로는 한산한 편이었다. 그래서인지 평상시보다 속도를 내며 막무가내로 차선을 바꿔대는 택시들 때문에 신경이 바짝 곤두섰다. 검정색 아스팔트에서 내뿜는 열기도 만만치 않았다. 낡은 트럭 뒤꽁무니에서 뿜어져 나오는 매캐한 매연에 빨리 서울 시내를 벗어나고 싶다는 마음이 들어 조바심이 났다.

트럭을 피해 차선을 바꾸기 위해 깜빡이를 넣었다. 고개를 돌려 안전거리를 확인한 유빈이 왼쪽 차선을 건너갔다. 그때 갑자기 예고도 없이 무법자 같은 택시가 끼어들었다. 어디서 나타났는지 확인할 겨를도 없었다. 아슬아슬하게 앞쪽으로 부딪치려는 것을 간신이 모면했다. 택시를 피해 유빈은 다시 원래의 차선으로 핸들을 꺾을 수밖에 없었다. 갑자기 벌어진 일들에 도로 상태에 주의를 기울이지 못한 순간이었다. 미처 아스팔트가 움푹 패어 있는 도로의 상태를 발견하지 못했다. 피하기에는 이미 늦어버렸다.

앞바퀴가 패어 있는 도로에 먼저 닿자, 스쿠터가 크게 중심을 잃고 흔들렸다. 브레이크를 당겨 속도를 줄인다는 것이 상황을 더 불리한 쪽으로 몰고 간 것 같았다. 몇 번 뒤뚱거리며 방향을 잡지 못하던 스쿠터가 옆으로 요란하게 넘어졌다. 다행히 갓길이었고 바짝 따라붙은 차도 없었다.

처음 당하는 사고에 유빈은 아픔을 느낄 정신도 없었다. 스쿠터에서 내팽개쳐져서 혼자 굴러떨어졌다. 방어 본능이었는지 스쿠터를 찻길 반대편으로 틀어 큰 사고는 면할 수 있었다. 몸에 힘을 주어, 팔도 움직이고 다리도 움직였다. 뜨거운 아스팔트 바닥에 손을 짚고 상체를 일으켰다. 손목에 작은 통증이 느껴졌지만 크게 염려하지 않았다.

답답한 헬멧을 벗고 다리를 살펴보니 반바지 아래 양쪽 무릎 부분이 쓸려 피가 나고 있었다. 손바닥 보호대를 착용하고 있어서 그나마 다행이었다. 넘어지면서 손바닥이 한참 바닥에 쓸려갔었다. 종아리에도 긁힌 상처 자국이 길게 새겨져 있었다. 다리를 절름거리며 스쿠터로 다가갔다. 예쁜 빨간색의 몸체가 못난 스크래치 자국으로 할퀴고 찌그러져 있었다.

'무례한 사람들. 자신들만 빨리 갈 수 있으면 다른 사람들의 안전은 무시해도 된다는 거야. 이기적인 사람들. 남의 상처 따위는 안중에도 없는 사람들. 나쁜 사람들…… 잔인한 사람들…….'

화가 났다. 단순히 택시 운전자들 때문만은 아니라는 것을 유빈은 알고 있었다. 미친 듯이 소리라도 지르고 싶었다. 세상을 향해 거센 발길질이라도 하고 싶었다. 누구라도 붙들고 공정하지 못한 세상에 대해 악다구니라도 부리고 싶었다.

왜 나는 모든 게 이렇게 힘든 건지, 왜 나만 이렇게 자유롭지 못한 건지, 남들도 나만큼 힘든 건지, 나만 이렇게 바보 같은 건지. 안으로 칸칸이 쌓아둔 감정이 스멀스멀 밖으로 기어 나오려고 하고 있었다.

'나오지 마. 나오지 마. 숨어 있어. 그냥 숨어 있어. 누구도 다치지 않게, 그냥 숨어 있어.'

억지로 담아 꼭꼭 숨겨두려니 숨이 막혔다. 강한 척하는 나약한 심장이 아프다고 하소연을 했다. 숨이 막혀오는 가슴을 주먹으로 탕탕 때리며 바닥에 도로 주저앉았다. 도망쳐야만 했다. 그래서 열심히 도망치고 있었다. 수인이 감추고 싶어 하는 진실로부터, 지켜주고 싶은 하윤의 미래로부터. 죽을힘을 다해 도망치고 있었다. 하지만 유빈은 여전히 얄궂은 운명의 수레바퀴 안에서 제자리걸음을 하고 있는 자신을 발견했다.

"괜찮아요?"

사람들이 유빈의 주위를 둘러쌌다. 어느 틈에 쓰러져 있던 스쿠터도 일으켜 세워져 안전한 보도블록 위에 놓여 있었다.

"아가씨, 괜찮아요?"

괜찮지 않다고 말해볼까. 벗어나고 싶었는데, 벗어날 수 없었다고 투정을 부려볼까. 내 의지대로 할 수 있는 게 아무것도 없어서 슬프다고 불평해볼까. 그러면 달라질까. 이 억눌린 원망이 조금은 덜어질까.

"병원에 안 가봐도 되겠어? 무릎이 많이 아파 보이는데……."

친절한 아주머니가 가방에서 반창고 몇 개를 꺼내 내밀었다. 다른 사람들 눈에는 절대 보이지 않는 상처. 그래서 누구도 치료해줄 수 없는 상처. 달라질 게 없는 세상에서 유빈은 가만히 고개를 저었다.

"괜찮아요. 고맙습니다."

"진짜 괜찮아요?"

걱정을 표하는 아주머니에게 크게 다치지 않았다는 것을 확인시켜주어야 했다. 부축해주는 손에 의지해 바닥에서 일어났다. 제자리걸음을 걸을 때마다 무릎이 따끔거렸지만 무시했다.

"많이 다쳤으면 어쩌나 걱정했더니……. 그만하길 다행이네. 나도 아가씨만 한 딸이 있어서 더 놀랐지, 뭐유."

바지에 묻은 흙먼지를 털어주시는 아주머니의 투박한 손길을 피하지 않았다. 툭툭 건드리는 손길에 어딘가 자꾸 시큰거렸다. 다친 손목이 시큰거리는 것도 같고, 깨진 무릎 위에 난 상처 자국이 시큰거리는 것도 같고, 수인을 떠올리는 가슴 안쪽이 시큰거리는 것도 같고. 덕분에 울분으로 울렁거리던 마음은 차분하게 가라앉았다. 응석을 부린다고 달라질 것은 아무것도 없었다.

철부지 어리광은 사절이다. 칠칠맞은 서유빈은 더 이상 사절이다.

택시를 타고 아파트 단지 입구에서 내렸다. 집에 소독약이 있었던가? 없을 확률이 높다는 생각에 약국에 들렀다. 미리미리 기초 상비약들은 준비해둘걸. 항상 이런 식이지. 생각만 하고 행동으로 연결되지 않는다.

바보……. 멍청이…….

상처 자국이 따끔거려 걷기가 쉽지 않았다. 다행히 장갑이 손바닥의 쓸림은 막아줬다. 그것만으로 행운이라고 생각하자. 내일이면 놀란 근육들이 아프다고 아우성을 쳐대겠지. 아파트 단지 상가 약국에 들러 소독약과 근육진통제를 샀다. 한 손에 비닐봉지를 든 채 최대한 절룩거리지 않으려 노력하며 걸었다.

단지 하나를 지나치자 아이들의 고함 소리가 들려왔다. 화단을 따라 걸어가며 고개를 드니 멀찍이 아침에 내려다본 놀이터가 눈에 들어왔다. 그리고 옆으로 유성자동차 로고가 앞머리에 붙어 있는 검정색 세단이 천천히 굴러왔다. 유리창이 내려가고 굳어 있는 하윤의 옆얼굴이 보였다.

"타!"

"싫어."

얼마쯤 차가 굴러가더니 제자리에 멈춰 섰다. 운전석에서 걸어 나온 하윤이 조수석 문을 열고 그녀가 타기를 기다렸다.

"정 박사님한테 예약해뒀어, 타."

"싫어, 싫어, 싫다구!"

인내심을 잃어버린 하윤이 차문을 거칠게 닫았다. 신경질적으로 자동차 지붕을 주먹으로 내려치는 모습에 유빈은 두 눈을 질끈 감았다. 웬만한 일이 아니고서는 눈 하나 까딱하지 않을 정도로 냉정함을 잃지 않던 하윤이 이토록 감정적으로 행동하는 것을 본 적이 없었다. 긴 다리를 이용해 성큼 앞으로 다가온 그가 유빈의 앞을 막아섰다.

"어린애처럼 굴지 마!"

"오빠야말로 자꾸 내 보호자처럼 굴지 마. 내 몸 하나 정도는 내가 알아서 해."

"알아서 한다는 게 이런 거야? 틈만 나면 아프고, 다치고……. 얼마나 더 망가져야 직성이 풀릴 건데?"

질문을 무시하고 그를 지나쳐 가려는 유빈의 양팔을 하윤이 아프게 잡았다. 고집스럽게 입을 다물고 시선을 회피하는 그녀를 내려다보며 하윤이 거친 숨을 내쉬었다. 다친 팔목에서 느껴지는 저릿함에 유빈이 인상을 찡그렸다. 그제야 그의 손에서 서서히 힘이 빠져나갔다. 붙잡힌 팔이 자유로워지자 대신 아래턱이 위로 들어 올려졌다. 외면할수록 강압적인 힘에 이끌렸다. 어쩔 수 없이 그의 시선을 정면으로 마주할 수밖에 없었다. 걱정으로 어둡게 내려앉은 눈빛. 그 눈빛에 심장 안쪽이 욱신거렸다.

"도대체 언제까지 이럴 거야. 얼마나 더 기다려줘야 하는 거야?"

화가 한풀 꺾였는지 목소리가 훨씬 부드럽게 울렸다.

"아프면 그때 갈게. 지금은 무릎만 조금 다쳤어."

질문의 의도를 일부러 회피하는 유빈을 하윤이 아프게 바라보았다. 무거운 한숨 소리가 들리고 하윤이 몸을 낮추어 그녀의 무릎 위를 조심스럽게 살펴보기 시작했다. 단정한 정수리. 저절로 올라가려는 손을 꽉 움켜쥐고 단단히 허벅지 옆에 붙이고 있어야 했다.

"아야……."

하윤이 유빈의 한쪽 다리를 들어 올렸다. 무릎이 굽혀지며 쓸린 상처가 쓰라렸다. 살갗이 벗겨진 상처 부위가 벌어지면서 붉은 피가 조금씩 새어나왔다. 이번에는 다른 쪽 다리가 들어 올려졌다. 역시나 무릎이 굽혀지며 쓸린 상처가 쓰라렸다. 허벅지 안쪽으로 긁힌 상처를 손가락이 가만히 쓸었다. 따끔거렸지만 내색하지 않았다. 더 이상 앓는 소리는 사양이다.

"……."

조수석의 문이 열렸다. 하윤이 유빈의 몸을 차 옆으로 돌려세우고, 어깨를 손으로 눌러 좌석에 앉혔다. 차 밖으로 내밀어진 다리를 다시 한 번 살펴보더니 뒤쪽으로 사라졌다. 트렁크의 문이 신경질적으로 닫히는 소리가 나고, 하윤이 손에 구급상자와 함께 생수병을 들고 돌아왔다. 1초의 망설임도 없이 생수병의 뚜껑을 따는 그를 보며 유빈이 기겁을 했다.

"하지 마."

유빈의 항의에도 거침없이 오른쪽 다리를 들어 올렸다. 따끔한 고통이 무릎 위로 퍼져 갔다. 일부러 벌이라도 주는 듯 거칠게 물을 부었다. 차가운 물이 해진 상처를 타고 흘렀다.

"아파."

저도 모르게 투정 어린 말이 흘러나왔다. 유빈의 볼멘소리에 물병을 기울이던 손이 멈칫했다. 후후. 하윤이 불어주는 시원한 바람이 아픔을 조금씩 누그러뜨려주었다. 약국에서 사온 소독약과 솜봉투를 내밀자 하윤이 조심스러운 손길로 맨살에 박혀 있던 흙들을 털어내었다.

시커먼 흙과 핏자국이 씻겨간 자리에 독한 소독약이 뿌려졌다. 찌릿찌릿 퍼지는 고통으로 붉게 물든 눈시울에 또다시 눈물이 차올랐다. 이미 눈물이 자리하고 있던 그곳을 상처 부위가 아파서라고 변명을 할 수 있어서 오히려 다행이었다. 반대쪽 무릎도 물과 소독약으로 깨끗이 씻겨지고, 연고를 바른 상처 위로 커다란 반창고가 붙여졌다.

"흉터 생길 거야."

"알아. 못생긴 흉터가 남을 거야. 나처럼 삐뚤어진……. 그러니깐 지금이라도 나를 버려."

아래를 향했던 하윤의 고개가 위로 올라왔다. 미운 말을 골라 하는 유빈이 미웠다.

"스쿠터는 더 이상 안 돼. 내일 아침은 성민 형이 데리러 올 거야. 며칠 동안은 형이 운전하는 차로 출퇴근해. 후유증 나타나면 바로 말해. 혼자 끙끙대지 말고."

"나한테 이래라저래라 명령하지 마. 우리 사이에 달라진 것은 아무것도 없어. 어젯밤 일은 실수였어. 감정이 배제된 육체적 결합일 뿐이야. 그 외에 아무런 의미도 없어."

익숙해져버린 거짓말. 하윤의 아래턱이 딱딱하게 경직되고 잿빛 눈이 사납게 변했다.

"그만해, 서유빈."

낮게 읊조리는 목소리에 울컥하고 서글픔이 몰려들었다. 약해지려는 마음을 다잡기 위해서라도 더 독해질 수밖에 없었다.

"언제까지 나한테 그림자를 붙일 거야. 혹시 제2의 박유미라도 물색하고 있는 것은 아니겠지."

"……."

"더 이상 나한테 사람 붙여서 감시하지 마. 숨을 쉴 수가 없어."

유빈이 내뱉은 독한 말들이 그대로 부메랑이 되어 그녀의 심장을 시커멓게 태우고 있었다. 못된 말들 뒤로 아파하는 마음이 그대로 그녀의 두 눈에 투영되고 있다는 것을 유빈은 모른다. 볼을 타고 흘러내리는 눈물방울에 그의 심장이 지끈거리며 짓이겨졌다. 얼마나 더 아파해야 너의 고통이 사라질까. 아무것도 할 수 없다는 무력감이 하윤의 절망을 더욱 헤집어놓는다.

볼을 쓰다듬는 손길을 거부하며 유빈이 고개를 돌렸다. 가는 목선 위로 그가 새겨놓은 붉은 키스 자국이 지난밤의 뜨거웠던 열정을 증명해주고 있었다. 빠르게 뛰고 있는 맥박 위로 뜨거운 호흡과 함께 부드러운 입술이 닿았다. 턱을 타고 흘러내리는 한 줄기 눈물이 하윤의 입술을 촉촉하게 적셨다.

"나는 너 죽어도 안 버려. 그러니 꿈도 꾸지 마."

유빈의 이마와 입술에 하윤의 감미로운 입술의 감촉이 긴 여운을 남겼다.

"사랑해."

Chapter 6

욱신거리는 몸을 이끌고 유빈은 간신히 슬리퍼에 발을 끼워 넣었다. 무릎을 구부릴 때마다 찌릿한 아픔에 저절로 미간이 모아졌다. 아스팔트 바닥을 구른 후유증으로 몇 시간을 끙끙 앓아누워 있었다. 잠이라도 자고 싶은데, 그것도 여의치 않았다. 꼬리에 꼬리를 물고 늘어지는 상념은 머릿속을 엉망으로 흐트려놓을 뿐이었다. 상처 자국이 쓰라려 이대로는 더 이상 버텨낼 재간이 없었다.

몸이 약해지면 마음까지 약해지는 모양이었다. 유빈은 온통 하윤의 생각으로 침식되어버린 머리도 식힐 겸 진통제를 사러 나가는 참이었다. 아파트 상가에 있는 약국은 이미 문을 닫았겠지. 큰 길로 나가면 늦게까지 문을 연 약국을 찾을 수 있을지도 모르겠다. 유빈은 신용카드가 들어 있는 바지 호주머니를 다시 한 번 확인했다. 빈손으로 나갈 뻔했다는 것을 현관문을 열고 나가려는 순간에 생각해냈다. 그나마 다행이었다, 아픈 다리를 이끌고 헛걸음질하지 않게 되어서.

힘없이 문손잡이를 돌렸다. 현관문이 열리자, 늦은 밤공기와 함께 갈색의 종이봉투가 불쑥 눈앞에 나타났다. 얼떨결에 받아 열어본 종이봉투에는 죽이 담긴 보온병과 하얀 약봉지가 들어 있었다. 분명 사다둔 기억은 있는데 진통제를 찾을 수가 없어, 찬장이며 서랍장을 뒤적거리다 끝내는 찾기를 포기한 진통제가 하얀 약봉지 안에 들어 있었다.

"도대체……."

늦은 시간에 여기서 뭐 하느냐고 따져 묻고 싶었다. 그러나 울컥하고 치미는 뭔가가 나머지 말을 삼켜버렸다. 낮에 보았던 것과 같은 옷차림의 하윤을 보는 순간 아픈 심장이 툭 하고 바닥으로 내려앉았다. 얼마나 오랫동안 문 앞을 서성거리며 그녀가 나오기를 기다린 걸까.

"얼마나 기다린 거야? 벨을 누르지 그랬어, 아니면 전화를 하든가."

피곤이 짙게 드리워진 하윤의 얼굴을 보자 저절로 목소리가 날카로워졌다.

"자는데 깨우고 싶지 않았어."

"잘 것 같으면 그냥 가면 되잖아. 이따위가 뭐라고……. 내 몸 하나 정도는 건사할 수 있다고 분명히 말했잖아."

흔들리는 마음을 들킬세라 말에 뾰족한 가시가 박혔다.

"혼자서 끙끙 앓을 거 아니까."

단정적으로 말하며 하윤이 손으로 이마의 온도를 체크했다. 무서울 정도로 나를 잘 아는 사람.

"다행이다, 열은 없어서. 약만 먹지 말고, 뭐라도 좀 먹고 자."

허스키하게 가라앉은 목소리. 차분한 눈길이 커다란 반창고로 덮인 무릎을 지나 창백한 유빈의 얼굴에 머물렀다. 유빈의 상태를 살피는 듯 조심스러운 하윤의 태도에 가슴 안쪽이 시큰거렸다. 잔잔하게 미소 짓는 하윤의 얼굴이 슬퍼 보였다. 마른세수를 하듯 쓸어내린 그의 눈 밑에 새겨진 검은 그림자. 그도 아팠구나.

문 하나를 사이에 두고, 그들을 가로막고 있는 보이지 않는 경계의 깊이만큼 그가 서글퍼 보였다. 당당하게 문을 열고 들어오지 못하고, 몇 번이고 문손잡이를 잡았다 놓았을 그의 모습을 상상하자 처연한 슬픔이 그녀를 사로잡았다. 처음으로 내보인 하윤의 약한 내면. 그에게로 뻗어나가려는 손을 간신히 붙잡아두었다. 안 돼. 더 이상은 욕심내지 않기로 했잖아.

"스케줄 때문에 아침 일찍 공항으로 나가봐야 해. 상태가 더 나빠지면 형한테 말하고."

순순히 고개를 끄덕이는 유빈의 머리를 커다란 손이 다정하게 토닥여주었다.

"착하다. 괜찮은 것 확인했으니, 이제 진짜 가봐야겠다."

"……."

욱신욱신 저린 아픔이 목까지 차올라서 아무런 말도 할 수가 없었다. 사랑 앞에 당당해질 수 없는 자신의 처지가 서러워, 심장이 저리다 못해 붉은 피를 흘리고 있는 모양이었다.

"아프지 마."

정수리에 짧은 입맞춤을 남기고 그가 돌아섰다. 하윤의 손길이 닿은 곳에 아직도 따뜻한 온기가 남아 있었다. 아픈 사랑은 매번 흔적을 남긴다. 지끈거리는 왼쪽 가슴을 쓸어내리며 유빈은 현관문에 기대었다. 그리고 꽤 오랫동안 그가 떠나버린 빈자리를 지키고 있었다.

하윤의 예고대로 성민은 아침 일찍 유빈을 데리러 왔다.

"하윤이가 보냈다. 어제 사고가 있었다면서……."

걱정을 담은 눈이 유미의 것과 닮아 있었다. 저토록 닮아 있는 두 사람인데 유빈은 두 사람이 남매라는 사실을 전혀 눈치채지 못했었다. 잘 짜인 각본에 의해 움직이는 배우처럼 유빈은 하윤이 만들어놓은 무대 위에 길들여져 있었다.

"괜찮아요. 많이 다친 것도 아니에요."

"오늘 하루는 쉬지 그래. 하윤이도 몇 번 오토바이 타다 넘어진 적이 있었거든. 교통사고라는 게 이틀 정도 지나면 그때 제대로 된 후유증이 나타나거든."

"그럴까 생각 중이에요."

17살 학교에서 돌아오는 길에 오토바이를 타고 있던 하윤과 처음으로 인사를 나누었었다. 그 후로도 몇 년 동안 여름방학이면 그가 오토바이 타는 모습을 자주 볼 수 있었다. 언제부터였을까, 하윤이 더 이상 오토바이를 타지 않기 시작한 것이. 아마도 유빈이 오토바이 운전을 배워보고 싶다는 희망을 내비친 후였을 것이다.

"잠깐 들어오세요. 고모가 직접 만든 대추차 있어요."

어색함을 숨기지 못하며 성민이 신발을 벗었다. 비좁은 거실을 한 바퀴 돌아보며 앉을 곳을 찾는 그를 남겨두고 유빈은 주방으로 향했다. 예쁜 유리잔에 대추차를 붓고 얼음을 띄워 쟁반에 담았다. 구부정하게 거실 한복판에 서 있는 성민을 보니 피식 웃음이 나왔다. 덩치가 큰 성민으로 인해 천장이 유난히 낮아 보였다. 쟁반을 탁자에 올려놓자, 그가 소파 맞은편 바닥에 구부정한 자세로 앉았다.

"오빠, 내가 그렇게 불편해요?"

"어? 그게……."

"예전에는 편하게 유빈아 하면서 장난도 치고 그랬잖아요, 동생처럼."

유미와의 일을 알게 된 후 성민이 몇 번 유빈에게 연락을 취했었다. 하지만 유빈은 그를 피했다. 스스로를 다독이기에도 너무나 힘든 시간들이었다. 다른 사람을 돌아볼 여유가 없었다. 그 후로 더 이상 성민은 유빈을 찾지 않았다. 이렇게 얼굴을 맞대고 대화를 나누는 것도 그때 이후 처음이었다.

"오빠랑 단둘이 차 마시는 것은 처음인 거 같아요."

"그랬나? 하긴……."

두 사람 사이에 한동안 어색한 침묵이 흘렀다.

"유빈아, 오래전부터 하고 싶은 말이 있었는데……. 지금이라도 들어줄래?"

성민은 유빈의 침묵을 긍정의 의미로 해석하고 싶었다. 그래서 조심히 지난날에 못했던 이야기를 털어놓기 시작했다.

"우선은 사과부터 하고 싶다. 유미의 감정을 알고 있었으면서 처음부터 하윤이 옆에 둔 내 잘못이 크다."

"오빠는 알고 있었구나……. 그것도 알아요? 유미도 그때 겨우 열여덟 살 소녀였어요."

유미의 아픈 마음을 먼저 챙기는 그녀를 보며 성민은 그들 사이의 우정이 그가 생각했던 것보다 훨씬 값진 것이었음을 깨달았다. 두 사람에게 씻을 수 없는 상처를 준 것 같아 마음이 무겁게 가라앉았다.

"내 잘못이야. 나와 유미는 하윤이한테 평생 갚아도 모자랄 신세를 졌어. 그래서 어떻게든 돌려주고 싶었어."

유빈은 조용히 유리컵 주변에 생긴 물방울을 손가락으로 쓸어내렸다. 제니퍼가 언급했던 잘못된 입양과 파양.

"내가 기억하는 우리 집은 항상 가난했었어. 아버지가 건설현장에서 다치셔서 오랜 동안 병상에 누워계셨지. 그래서 엄마가 유미를 데리고 한국에 해외 파견 근무 나온 미국인 가정집에 상주하는 도우미로 그 집 살림을 돌봐주고 있었어. 유미가 그 집 아이들을 잘 돌봐주자, 그 집에서 미국으로 돌아가는 길에 유미를 입양하고 싶다는 제안을 했어. 쌓여가는 병원비 때문에 경제적으로 한참 힘들 때였지. 데려가서 공부도 제대로 시켜준다는 제안에 솔깃한 엄마가 다른 가족과는 상의도 없이 덜컥 유미를 입양 보냈어."

"그게 가능해요?"

"돈이면 안 되는 것도 되게 만들더라고. 처음에는 화가 났지만 나중에는 나도 그냥 단순하게 생각했어. 부잣집으로 입양되어 갔으니 가난한 집에서 크는 것보다는 낫겠지 하고. 3년쯤 후에 우리 집으로 유미가 미국에서 양부모 몰래 편지를 써서 보냈어. 한국으로 다시 돌아오고 싶다고. 편하게 부려먹을 수 있는 보모로서 유미를 데려갔던 거지. 겉으로는 자선 사업가인 것처럼 생색도 나고……."

유빈은 낯선 땅에서 힘겨워했을 어린 소녀를 생각하자 목이 메여 아무런 말도 할 수가 없었다. 그녀를 살갑게 보살펴주던 유미를 향해 보모 같다고 놀리던 기억이 떠올랐다. 묵직하게 퍼져가는 통증에 가슴 한복판을 손바닥으로 쓸어내렸다.

"내 힘으로는 아무것도 할 수가 없었어. 힘들게 돈을 모아 비행기 표를 샀지. 그럼에도 그 당시에는 관광 비자를 받을 수가 없어서 미국으로 동생을 만나러 갈 수조차 없었어. 내 자신이 얼마나 무능력한지 절실히 깨달았지. 그리고 1년 후에 하윤이를 경호하는 일을 맡게 되었어."

"……."

"미국에서 학교를 다니고, 엄마가 변호사라는 얘기를 듣고 부조건 빌었어. 동생만 찾아준다면 평생을 바쳐 충성하겠다고. 어린 녀석이 눈빛이 살아 있었거든."

스스로가 말하고도 어이가 없다는 듯 성민이 멋쩍은 미소를 지었다. 경호원과 피경호원으로 만난 사이. 겨우 17살의 남자아이에게 20살의 성민은 충성을 맹세했었다.

"하윤이 사람을 고용해서 그 집에 들이고, 증거를 모으고 재판으로 다시 파양이 되었지. 그 집에서 벗어나서 재판을 받는 동안 법적 대리인이었던 변호사님이 힘을 써서 하윤의 집에서 지내고 있었던 모양이야. 기댈 곳이 필요했겠지, 유미로서는. 그래서 마음이 갔던 것 같아."

목이 타는 듯 대추차를 한꺼번에 들이켜는 성민을 유빈이 말없이 바라보았다.

"유미가 널 대하던 마음은 진심이었어. 상처받은 유미가 마음을 열었던 유일한 상대가 유빈이 너였어. 하윤이가 한국으로 귀국하고는 유미가 더 이상은 너를 속이고 싶지 않다고…… 순수한 친구로 남고 싶다고 부탁했었어."

'그렇게 하지. 내가 몰랐으면 좋았잖아요. 그럼 아무것도 모르는 채 유미 곁에 있을 수 있었잖아요.'

입 밖으로 꺼낼 수 없는 말이었다. 아무것도 몰랐더라면 유미를 잃지 않았을지도 모른다는 헛된 욕심과 그녀로 인해 희생해야 했던 시간들에 대한 미안함. 아무것도 해준 게 없어 더 미안하기만 한 아픈 우정.

"당시에 하윤이가 막 회사 일을 시작하는 시점이었어. 신경 써야 할 일이 많아서 유미의 부탁을 내가 중간에서 거절했었어. 그것이 하윤이를 위한 일이라고 판단한 내 불찰이었어. 다 내 잘못이야."

아마도 제니퍼가 말한 하윤에게 가해지는 압력을 말하는 것이겠지. 유빈은 아무런 내색도 하지 않았다.

유미의 아픈 과거를 이런 식으로 알고 싶었던 건 아니었는데. 이기적인 어른들 세상에서 이리저리 휩쓸려 다녔을 어린 유미가 눈에 밟혔다. 상처받아 마음의 문을 닫아버린 유미로 인해 유빈은 가슴이 답답했다. 유미가 한발 더 다가와주기만을 바라지 말고, 내가 더 다가갔더라면 달라졌을까. 그녀가 유빈을 의지하고 마음을 털어놓았을까. 그랬더라면 어긋났던 그들의 시작이 제자리를 찾아갈 수 있었을까.

너무나 일찍 어른의 세상을 알아버린 유미와 하윤. 그들의 잃어버린 유년 시절에 유빈은 마음이 아팠다.

"유빈아, 유미 오빠로서 부탁하고 싶어. 유미를 이해해주면 안 될까? 유미가 아주 많이 힘들어했어. 원래 감정을 잘 표현하지 않는 아이인데 너랑 있으면 많이 웃고 즐거워했어. 유미가 너를 많이 그리워해."

"유미가 쓴 글을 읽은 적이 있어요. 언젠가는 유미가 자신의 꿈을 찾아갈 수 있었으면 좋겠어요."

'저도 유미가 그리워요.' 차마 밖으로 내뱉지 못한 말을 안으로 삼켜야만 했다. 의도적인 만남과 보고. 유미로서는 어쩔 수 없는 선택이었음을 알기에 일말의 원망조차 남아 있지 않았다. 오래전에 그녀를 용서했다고 말해주고 싶었다. 사실은 용서랄 것도 없이 그저 이해한다고 말해주고 싶었다. 그녀로 인해 하윤을 멀리한다는 오해를 풀어주고 싶었다.

하지만 유빈은 말을 아껴야만 했다. 하윤을 떠나보내기 위해서는 그들의 과거와 연결된 모든 것들을 떠나보내야 했다. 차곡차곡 쌓여만 가는 미안함.

"성민 오빠, 나는 이제 어른이 되었어요. 그런데 하윤 오빠는 내가 어른이 된 것을 몰라요. 나에 대한 사랑이 오빠의 눈을 멀게 한 것 같아요."

이번에는 성민이 조용히 유리잔을 거머쥔 유빈의 두 손을 바라보았다.

"난 그 사랑 때문에 하윤 오빠가 소중한 것을 잃을까 봐 두려워요. 나를 지키기 위해 오빠가 힘든 싸움을 벌일까 봐, 그러다가 언젠가는 오빠가 나를 미워하게 될까 봐……. 나는 그것이 두려워요."

부드러운 곡선을 그리는 유빈의 입술 끝이 미세하게 떨리고 있었다. 벽에 걸린 사진을 바라보는 아련한 눈빛. 사진 속 수인을 바라보는 유빈의 얼굴에 뭐라 설명할 수 없는 복잡한 감정이 어렸다 사라졌다. 그 순간 성민은 혹시나 유빈이 친모의 존재를 알고 있는 게 아닌가 하는 불안한 생각이 들었다. 동요하는 성민의 눈동자가 불안정하게 흔들렸다. 그가 하윤에게 털어놓지 않은 진실 하나가 그의 숨통을 답답하게 조여왔다.

띠링. 유빈의 핸드폰으로 문자 메시지 알림임이 울렸다. 가윤이 10분 후에 도착할 것이라는 내용이었다. 예정된 약속 시간에서 30분이나 이른 시간이었다. 다급하게 컴퓨터에서 작업 중이던 도안을 USB에 저장하고, 책상을 정리했다.

"저 클라이언트랑 미팅 있어서 나가요."

휴대용 노트북을 큼직한 가방에 챙기는 유빈의 뒤로 상철의 목소리가 들려왔다.

"서유빈, 가긴 어딜 가? 너 지금 땡땡이치는 거 누가 모를 줄 알아?"

"땡땡이 아닙니다. 클라이언트랑 미팅 있어서 그만 나가보겠습니다. 바로 퇴근합니다."

"야!"

사무실 문이 닫힘과 동시에 상철의 외침도 힘을 잃어갔다.

"진짜인데. 그 유명한 가윤의 펜트하우스 계약을 따오면 어쩌시려고……."

유빈은 혼잣말을 중얼거리며 어젯밤에 온 문자 메시지를 다시 한 번 확인했다. 가윤이 새로 구입한 아파트의 야외 옥상을 꾸며달라는 메시지를 보내왔다. 그래서 지금 그 공간을 둘러보러 가는 길이었다.

어깨에 무거운 가방을 둘러메며 승강기 하향 버튼을 눌렀다. 간발의 차이로 놓친 승강기는 로비에 도착했다는 '땡' 하는 소리로 도착 음을 알려왔다. 그 소리와 맞물려 핸드폰이 요란하게 울려대기 시작했다. 액정 화면에 떠오른 K&J 컨설턴트라는 이름에 반가운 마음이 먼저 들었다. 미래의 고객. 1초의 망설임도 없이 유빈이 화면을 그린 색을 따라 이동시켰다.

"안녕하십니까. 초록정원 서유빈입니다."

-유빈 씨, 여전히 씩씩한 목소리가 듣기 좋네요. K&J 컨설턴트 김명환 대표예요.

"네, 알고 있습니다. 전화 기다리고 있었습니다."

-내 전화 기다렸어요? 그럼 더 일찍 할 걸 잘못했네요.

"그럼요. 바쁘실 텐데 전화 주셔서 감사합니다. 어떻게, 공사에 진척은 있으십니까?"

허허허. 중후한 목소리의 기분 좋은 울림이 전화선을 타고 전해져왔다.

-사실은 그것 때문에 도움을 좀 받을까 해서 연락을 했어요. 젊은 사람 취향을 몰라서…….

"잘하셨어요. 저희 쪽 일이 아니더라도 최선을 다해 도와드리겠습니다. 언제든지 시간과 장소만 정해주시면 찾아뵙겠습니다."

-언제든지 만나준다니 좋네요. 쇠뿔도 단김에 빼랬다고 그럼 내일이라도 봤으면 좋겠는데…….. 점심 식사라도 하면서 얘기하면 좋을 듯한데. 뭐 특별히 좋아하는 음식 있어요?

"저는 아무거나 잘 먹습니다. 대표님 잘 가시는 곳으로 정해서 연락 주세요."

-그럼 비서한테 물어봐서 젊은 사람들이 좋아할 만한 곳으로 예약할게요. 시간과 장소는 문자로 보낼게요. 내일 봐요.

"네. 좋은 하루 되십시오."

기분 좋은 통화였다. 겨우 두 번 대화를 나누어본 것이 전부였지만, 상대방을 배려할 줄 아는 자상한 성격일 것이라는 느낌이 들었다. 핸드폰을 가방의 사이드포켓에 집어넣는 유빈의 머리가 갸우뚱하고 기울어졌다. 분명히 어디서 본 적이 있는데…… 정확히 어디에서 만났던 것인지 기억이 가물가물했다. 누군가 일부러 명환과 관련된 기억만을 잠가놓은 듯 생각이 날 듯하면서 떠오르지 않는 기억에 궁금증이 더해갔다.

그사이에 아래층에서 올라오던 승강기가 도착하고, 한강과 순이가 양손 가득 간식거리를 들고 내렸다.

"어디 가? 간식 사왔는데……."

순이가 양팔을 넓게 벌리고 유빈의 앞을 가로막았다. 뭔가 억울해 죽겠다는 표정이었다.

"설마 상철 선배랑 또 사다리타기 했어?"

"묻지 마. 매번 꼬임에 넘어가는 내가 미친년이다. 내가 모르는 비리가 있는 것이 틀림없어. 어떻게 허구한 날 나만 꽝이냐고?"

"그래서 얼굴이 이렇게 오만상이야? 나는 또 가윤 콘서트 티켓 못 구했나 했지."

"무슨 소리! 내가 그 세계에서는 나름 티켓팅의 황금 손이라고 추앙받는 사람이야. 모든 세팅을 맞춰놓고 8시 정각에 클릭을 했지. 일분일초가 승패를 가름하는 긴장된 순간. 클릭, 클릭, 클릭. 물론 결제는 가장 신속한 무통장 입금으로. 빛의 속도로 끝내버렸다는 것 아니겠냐."

어찌나 요란하게 손을 흔들어댔는지, 테이크아웃 컵홀더에 담긴 종이컵이 바닥으로 떨어지면서 연한 갈색물이 순식간에 회색에 가까운 바닥을 물들였다.

"잘났다, 대단하신 황금손 님. 그 클릭하던 솜씨로 바닥 청소도 부탁한다."

"내가 못 살아. 그러게 그냥 달달한 믹스커피 마시자니깐. 한강 선배가 여기 아메리카노 마시고 싶다고 기어코 우기더라고. 누가 너 줄라고 산 거 모를 줄……. 흐흡."

종이봉투를 바닥에 내려놓은 한강이 끝내는 순이의 입을 틀어막았다. 한 손으로 입을 틀어막고, 나머지 한 손으로는 장난스럽게 머리를 쥐어박았다.

"순이야, 순이야……. 너는 어떻게 된 애가 평생 도움이 안 되냐?"

한강의 깊은 한숨 소리에 마침내 순이가 다소곳하게 고개를 숙였다. 쓸데없이 너무 떠벌렸다는 사실을 뒤늦게 깨달았다. 어색한 모습으로 시간을 확인하는 유빈을 보며, 한강이 승강기의 하강 버튼을 눌렀다. 그날 그렇게 헤어지고 난 후로 같은 공간에 서 있는 것도 오랜만이었다. 한동안은 유빈이 그를 대하는 것을 불편해할 것을 알기에 일부러 사무실 밖으로만 돌아다녔었다.

"어디 가?"

"누가 옥상 정원을 꾸미고 싶다고 해서요. 고마워요, 선배."

승강기 안에서 미소 짓는 유빈의 광대뼈가 유난히 도드라져 보였다. 움푹 들어간 눈가를 보는 한강의 미간에 주름이 잡혔다.

"인마, 밥 좀 먹고 다녀."

사랑 혹은 집착 255

"그럴게요."

"하여간, 대답은 잘하지……."

고개를 저으며 미소 짓는 한강의 볼에 연한 볼우물이 파였다. 승강기의 문이 닫히며 거울로 된 벽면에 유빈의 얼굴이 비쳤다. 핼쑥하고 마른 얼굴. 생기를 잃어버린 얼굴이 푸석푸석해 보였다. 제대로 끼니를 챙겨 먹어야지 하면서도 음식에 쉽게 손이 가지 않는다. 억지로 먹으면 체하기 일쑤라 요즘 들어 소화제를 달고 살았다.

핸드백을 뒤져 립스틱을 꺼냈다. 핑크색 립스틱을 손등에 찍어 손가락으로 문질렀다. 살짝 볼에 펼쳐 바르니 창백하던 얼굴에 혈색이 돌았다. 입술에도 립스틱을 발랐다. 훨씬 생기 있어 보여 안심이 되었다.

승강기의 문이 열리자 부지런히 현관으로 달려갔다. 커다란 검정 밴을 찾아 주위를 두리번거리는데, 유빈의 핸드폰이 또다시 요란하게 울렸다.

"오빠, 어디야?"

"나와서 왼쪽으로 세 걸음. 하얀 랜드로버 보이지?"

운전석에 앉아 손을 흔들고 있는 가윤의 모습이 보였다. 하긴 스케줄이 없는 날은 매니저가 운전하는 회사 차를 타고 다닐 오빠가 아니지.

유빈이 앉자마자 고른 치아가 환하게 빛나는 미소를 내보이며 가윤이 포옹했다. 익숙한 인사법에 유빈도 가볍게 등을 토닥여주었다. 얼굴의 반을 가린 커다란 선글라스 아래 시원스레 웃는 입매가 매력적이었다.

"우리 유빈이는 볼 때마다 예뻐지는 것 같아."

오른손으로 다정하게 머리를 쓰다듬었다. 가윤을 볼 때면 유빈은 강석을 떠올렸다. 항상 기분 좋은 말로 유빈을 들뜨게 만들고 장난스러운 손짓으로 마음을 따뜻하게 채워주던 강석 아저씨.

"오빠는 강석 아저씨 자주 만나?"

"삼촌이 대부분 해외에 계셔서 자주는 아니고. 해외 촬영 가서 뵌 적도 있고. 나보다는 하윤이랑 더 자주 연락하실걸. 삼촌 생각나?"

"가끔씩. 요즘은 더 못 뵈는 거 같아."

"내가 보기에는 금발 미녀들이랑 데이트하시느라 한국에 안 오시는 것 같아."

선글라스를 위로 올리고 장난스럽게 윙크를 날리던 가윤이 유빈의 앞쪽으로 몸을 기울였다. 여자 승객을 태울 때면 나오는 버릇인지 유빈의 안전벨트를 당겨 버클을 채웠다. 그러고는 일말의 주저도 없이 유빈의 무릎 위에 놓인 커다란 가방을 뒷좌석으로 던져버렸다.

"내 컴퓨터……."

"걱정하지 마. 더 좋은 걸로 하나 사줄게. 오빠 믿지?"

걱정스레 뒤를 돌아보는 유빈을 향해 가윤이 양팔을 벌리고 어깨를 으쓱거렸다.

"완전 선수야. 누가 상상이나 하겠어. 이런 사람이 일편단심 순정파라는 사실을……."

"꼬맹이, 많이 컸다."

반박하지 못하는 가윤이 유빈의 이마를 가볍게 손가락으로 튕겼다. 차의 시동을 걸며 사이드미러를 확인하는 얼굴에서 장난기는 사라지고 없었다.

가윤이 고등학교 3학년 졸업을 앞두고 유빈의 반을 자주 찾아왔던 것을 기억한다. 팬클럽을 몰고 다니는 가윤의 방문이 점점 부담스러워지던 유빈이었다. 다행히 먼 친척이라는 그럴싸한 핑계로 다른 여학생들의 질투의 대상에서 간신히 벗어나긴 했었지만, 그의 등장으로 까악 대며 소리를 질러대는 팬들 때문에 복도가 조용할 날이 없었다. 나중에야 가윤이 찾아오던 이유가 유미 때문이라는 것을 깨달을 수 있었다. 항상 유빈과 함께 있는 유미를 보기위해, 바쁜 스케줄에도 뻔질나게 학교로 등교하던 가윤이었다.

시동이 걸리고 차가 서서히 앞으로 나아갔다. 도로 상황을 여유 있게 주시하며 라디오의 버튼을 켜는 가윤의 기다란 팔에 저절로 시선이 쏠렸다. 화려한 장신구가 손목에 여러 개 걸려 있었다. 그 중에 유독 유빈의 시선을 사로잡는 것이 있었다. 보석이 박힌 것도 아니고 전문가의 손길이 닿은 디자이너의 제품도 아니었다. 고등학교 때 동대문 시장에서 재료를 사다 유빈과 유미가 직접 만들어서 졸업 선물로 준 가죽 팔찌였다.

"오빠, 아직도 유미 많이 좋아해?"

"짝사랑도 사랑이지, 아마."

시니컬한 그의 말과는 달리 입가에 부드러운 미소가 걸려 있었다. 가윤은 알고 있을까? 유미의 마음을……. 알고 있었을지도 모르겠다. 하윤 앞에서 갈수록 날이 선 가윤의 태도가 아마도 그런 이유 때문이었을 것이다. 나만 몰랐구나, 바보처럼 또 나만.

언젠가 짝사랑에 대한 글을 읽은 적이 있는 유빈이 스마트 폰의 검색란에 짝사랑이란 단어를 넣어보았다. 자칫 침울해질지도 모를 분위기를 바꿔보고 싶었다. 우울한 유빈의 마음이 그에게까지 전달될까 신경이 쓰였다.

"짝사랑의 장점. 첫째, 차일 염려가 없다."

"땡. 수백 번 차임."

"둘째, 돈이 많이 들지 않는다."

"땡. 잘 보이려고 사주고 퇴짜 맞은 선물만 옷 방에 한가득."

"셋째, 노력하면 언제든지 볼 수 있다."

"땡. 수십 번 찾아가야 겨우 한 번 만나줌. 말하다 보니 자존심 상하네……."

"넷째, 매일 가슴이 설렌다."

"땡. 애타는 날이 더 많음."

"맞는 게 하나도 없네. 다섯째, 마음먹으면 언제든 상대를 바꿀 수 있다."

"그거 하나 맘에 드는데. 다음……."

"여섯째, 절대 버림받지 않는다."

"좀 더 현실적인 건 없어?"

"이제 마지막인데……. 이별은 내가 결정한다."

유빈의 목소리가 점점 작아져갔다. 이별을 결정한다. 사랑이 식으면 이별이 결정된다. 이별을 결정하면 사랑이 식는다.

"이별을 결정하면 진짜 사랑이 식을 수 있을까? 이별을 말로 하면 사랑이 식을 수 있을까?"

"글쎄, 사람들이 그러던데. 말에는 힘이 있다구. 하지만 말보다 더 강한 게 사랑 아닐까? 너도 알다시피 내가 이쪽으로는 좀 바보 같아서."

창가 너머로 가로수 길을 바라보는 유빈의 옆모습이 쓸쓸해 보였다.

"우리 유빈이 무슨 고민 있어? 하윤이가 바쁘다고 안 놀아줘?"

"내가 앤가⋯⋯."

"내 눈에는 여전히 교복 입은 여고생처럼 보이는데? 수줍게 인사하던 귀여운 여학생. 딱 내 여동생이었으면 좋겠다고 생각했었는데⋯⋯. 녀석한테 조금만 시간을 줘. 뭐가 됐든지 기필코 해낼 녀석이야."

"만나기만 하면 못 잡아먹어서 안달이면서⋯⋯."

"인간미 없는 녀석이지만, 인정할 것은 우리가 또 쿨하게 인정하잖아. 게다가 우리 여사님이 녀석한테 올인하셨거든. 그 녀석 말이라면 아들인 나보다도 신봉하신다니까."

하윤을 필요로 하는 사람들. 차는 복잡한 시내를 벗어나 외곽도로로 접어들고 있었다.

"우선 조용한 데 가서 밥부터 먹자. 공사는 아직 시작도 안 했는데, 너 고생시켰다고 모든 원성은 내가 듣게 생겼다. 미스코리아 숙모가 너에 관해서라면 끔찍하시잖아. 뭐 먹을까?"

유빈에게서는 아무런 대답도 들려오지 않았다. 굳게 닫힌 눈꺼풀 아래 풍성한 속눈썹에 물기가 어려 있었다. 가윤은 햇볕에 반사되어 반짝거리는 물방울을 애써 모르는 척했다. 대신 감미로운 노래 가사에 귀를 기울이며 오디오의 볼륨을 높였다.

다음 날, 각 나라마다의 특색을 드러내는 레스토랑들이 밀접해 있는 거리에서 유빈은 약속 장소로 지정된 2층짜리 건물을 올려다보았다. 요즘 젊은 블로거들 사이에서 평이 좋은 태국식 퓨전 레스토랑이었다. 일주일 전에 미리 예약을 해야만 좌석을 잡을 수 있는 곳으로도 유명했다. 하루 만에 좌석을 예약하기가 쉽지는 않았을 텐데.

다행히 오늘 유빈은 화려한 레스토랑 외관에 어울릴 만한 복장을 하고 있었다. 클라이언트와의 미팅이 있는 날은 평상시의 캐주얼한 의상에서 벗어나 클래식한 정장을 고집했다. 고객에 신뢰를 심어주는 데는 외모에서 오는 자신감도 한몫했다. 아직까지 남아 있는 무릎 위의 흉터 자국을 가리기 위해 스커트 대신 밝은 크림색의 정장 바지를 입었다. 스니커즈를 벗고 베이지색의 하이힐을 멋들어지게 매치했다. 7센티는 더 커 보이는 키가 유빈의 늘씬한 몸에 자신감을 실어주었다.

옷매무새를 점검하고, 미리 몇 개 만들어본 정원 디자인 샘플이 들어 있는 묵직한 노트북 가방을 어깨에 다시 고쳐 메었다. 심호흡을 하고 레스토랑 문을 열고 들어서자 플로어 매니저가 유빈을 기다리고 있었다. 이른 점심이지만 1층에는 테이블 곳곳에 예약석이라는 사인이 올라와 있었다.

그녀를 따라 2층으로 올라가니 오픈된 1층과는 달리 카펫이 깔린 복도를 끼고 프라이빗 룸이 마련되어 있었다. 진짜인지 복사본인지 구분이 어려운 유화 작품들로 채워진 복도를 따라 안쪽으로 걸어 들어갔다. 가장 안쪽으로 유빈을 안내한 매니저가 문을 두 번 두드렸다. 남자의 중후한 목소리를 기대했던 유빈은 대신 밝은 소프라노 톤의 여자 음성이 들려오자 조금 당황스러웠다. 열려진 문을 통과해서 안으로 들어서니 캐주얼하면서도 댄디한 스타일의 명환이 유빈의 시선을 사로잡았다. 그리고 그의 옆에는 나이를 가늠하기 어려운 세련된 외모의 여자가 앉아 있었다. 반갑게 유빈을 맞아주는 그 여자의 낯이 익다는 생각이 언뜻 들었다.

"안녕하세요. 기다리게 해서 죄송합니다."

약속 시간에 맞춰 온다고 서둘렀는데도 5분이나 늦어버렸다. 고개를 숙여 정중하게 인사하는 유빈에게 명환이 다가왔다. 그러고는 그녀의 뒤로 매너 있게 의자를 빼주었다. 기분 좋은 향수 냄새. 상큼하면서 시원한 바닷바람을 연상시키는 향이었다.

"우리도 방금 왔어요. 찾기 어렵지 않았어요? 우선 앉아요."

뒤에서 의자를 밀어주는 명환에게 환한 미소로 답례했다.

"아닙니다. 여기 레스토랑이 유명하다고 해서 한번 와보고 싶었어요. 특히나 디저트가 맛있다고 소문이 났더라고요. 아차차……. 내 정신 좀 봐. 정식으로 인사드리겠습니다. 조경 디자이너 서유빈이라고 합니다."

유빈은 바로 맞은편에 앉아 있는 명환의 동행을 위해 가방에서 명함첩을 꺼내 명함 한 장을 집어 들고, 두 손으로 명함을 건네며 다시 허리를 숙여 정중하게 인사를 건넸다.

"항상 느끼는 것인데 요즘 젊은 사람답지 않게 예의가 바르네."

웃으면서 유빈에게 악수를 제안하는 그녀의 얼굴이 어떤 사람과 겹쳐 보였다.

"혹시 유니크 병원에 계시는 김미라 과장님 아니세요?"

"맞아요. 우리 개원식에서 봤었죠."

"죄송합니다. 그때는 제가 너무 경황이 없었습니다. 여기서 뵙게 될 줄은 몰라서 조금 놀랐습니다. 흰 가운도 잘 어울리시던데, 가운 벗은 모습도 세련되고 아름다우세요."

타이트한 붉은색의 블라우스와 날씬한 허리를 부각시키는 하이

웨이스트 스커트를 입은 모습에 유빈이 감탄을 드러냈다.

"고마워요. 유빈 씨도 젊어서 그런지 생기 있고 참 예뻐요. 부러울 정도로. 그때 유빈 씨가 병원에 가져온 미니 소나무 화분은 내가 달라고 우겨서 내 진료실에서 잘 크고 있어요."

"그러셨구나. 꽃나무도 좋아하시면 다음에 기회가 되면 순백의 멋들어진 흰 호접란을 준비해올게요. 서양란인데 우아하고 고급스러운 이미지가 잘 어울리실 것 같아요."

명환 쪽을 돌아보지 않아도 그가 미라와 대화를 나누고 있는 유빈에게 시선이 고정되어 있다는 것을 느낄 수 있었다.

"어쩜 말도 참 예쁘게 한다. 여기서 나를 봐서 놀랐죠? 명환이가 유빈 씨 만난다기에 따라 나왔어요. 워낙 인상이 좋아서 사적으로 꼭 한 번 만나보고 싶었어요. 실례가 아니라면 좋겠는데."

"아닙니다. 혹시……."

"연인 사이 아니냐고요? 훗, 어때요? 잘 어울려요?"

고객의 기본 정보를 알아보기 위해 찾아본 회사 소개란에서 명환이 아직 미혼이라는 것은 알고 있었다. 어색해하는 명환과 눈이 마주치자 장난기를 가득 담아 윙크를 해 보이는 모습에 자신감이 넘쳐흘렀다. 누군가를 짝사랑 할 타입으로는 보이지 않았다. 오히려 명환 쪽이라면 모를까. 하긴 소심한 성격만이 짝사랑을 하는 것은 아니지.

"사실은 명환이 친누나예요."

"아……."

당황해하는 유빈을 보며 미라가 또 웃음을 터트렸다.

"유빈 씨는 참 순수한 사람 같아요."

"칭찬인 거죠? 감사합니다."

"내가 좀 짓궂죠? 같은 남매인데도 성격이 많이 달라요. 유빈씨, 뭐 좋아해요? 여기 코스 요리가 유명하다고 하던데. 아니면 애피타이저부터 골라볼래요?"

활발하게 떠들어대는 미라에게 가끔 맞장구 칠 때를 제외하고는 명환은 대체로 말이 없었다. 가끔씩 유빈에게 고정된 시선을 거두지 않는 명환으로 인해 서서히 불편한 마음이 들기 시작했다. 어색한 기분을 숨기고자 앞에 놓인 얼음물을 벌컥벌컥 들이마셨다. 작은 얼음 알갱이가 넘어간 듯 날카로운 통증이 목 안쪽을 타고 내려갔다.

뭘까. 시간이 지날수록 자꾸만 안절부절못하게 되는 이 불안감은. 뭔가 떠오를 듯, 떠오르지 않는 기억도 차분해질 수 없는 마음에 한몫했다. 비즈니스 미팅 자리인 만큼 불편한 감정은 우선 안으로 감춰두기로 했다. 그동안 연습해둔 고객 전용 미소를 얼굴 만면에 띤 채 유빈이 마침내 명환을 마주 바라보았다.

"주택 시공은 시작되었나요? 저희 쪽에서 공사 담당자를 한번 만나봤으면 좋겠는데요. 시공할 공간이 얼마나 되는지도 알고, 채광 상태나 배수 시설 등을 미리 알면 견적을 뽑는 데 도움이 될 것 같습니다. 토지 상태도 미리 점검할 겸."

"그쪽 담당자랑 얘기를 해서 시간을 맞추어보도록 하죠."

"먼저 양해를 구하고 공사에 관련된 대화 내용을 녹음해도 될까요? 나중에 실수가 없도록 확실히 하고 싶어서요."

"나는 상관없어요."

"감사합니다."

유빈은 핸드백에서 볼펜 모양의 녹음기를 꺼내 전원 버튼을 눌렀다. 그리고 테이블 세팅에 방해가 되지 않게 한쪽 테이블 위에 올려두었다.

"무슨 나무를 좋아하시는지 모르겠네요. 식물의 형태에 따라서 정원 전체의 윤곽과 틀이 달라지거든요. 예를 들면 단풍나무를 심느냐, 벗나무를 심느냐에 따라……."

공사에 관련된 얘기를 하면서 말이 많아지는 유빈을 명환이 부드러운 미소를 띤 채 바라보고 있었다.

"나는 잘 모르니 주택의 외양과 어울리는 나무를 추천해주면 좋겠네요."

"그건 문제없습니다. 주변을 경계 지을 디딤돌의 종류며, 정원수 종류도 많고, 요즘은 미적인 인테리어 효과까지 함께 얻을 수 있는 제품들이 시장에 많이 나와 있습니다. 제가 미리 가상으로 시안 몇 개 디자인한 게 있는데 한번 보시겠습니까?"

"벌써요? 궁금하네요. 그런데 우선은 차분하게 식사부터 하면 어떨까요?"

가방에서 휴대용 컴퓨터를 꺼내려다 다시 집어넣는 유빈을 보면서, 명환이 비어 있는 유리잔에 물을 채웠다.

"제가 너무 정신이 없었네요. 참, 지난번에 인사드렸던 박한강 실장님도 같이 오고 싶어 하셨는데, 오늘 지방에 공사 건으로 출타 중이시라 같이 못 오셨어요."

"기억나요, 그 패기 넘치던 친구. 다음에 다시 자리를 마련하죠. 모든 결정은 그쪽 회사에 일임하고 싶어요. 돈은 구애받지 말고, 유빈 씨가 생각하는 최고의 것들로 부탁해요. 나는 젊은 사람 취향은 잘 몰라서."

유빈은 메뉴를 들여다보는 미라가 그들의 대화를 주의 깊게 듣고 있다는 것을 느낄 수 있었다. 왠지 자연스럽지 못한 분위기를 연출하는 두 사람으로 인해 불편함이 커져만 갔다.

"선물하실 계획이라고 그러셨죠? 누군지 엄청 행복하시겠어요. 이런 멋진 선물을 받으실 분이 누군지 부러운데요."

유빈의 말에 씁쓸한 미소를 짓는 명환을 보며 자꾸 언뜻언뜻 스치는 이미지가 있었다. 분명 어디선가 저런 표정의 명환을 본 적이 있는 것 같은데…….

"아, 생각났어요. 대표님을 어디선가 뵌 적이 있다고 생각했는데, 지금 떠올랐어요."

순간 명환의 표정이 당혹감으로 흐려졌다.

"작년에 제가 다니던 대학교에서 뵌 적이 있는 것 같아요. 그때 농대 건물에서 세미나실을 찾는다고 하셨는데. 너무 오래전이라 기억 못하실 거예요."

"아마 그랬을 거예요. 후배가 그 학교에서 강의를 해서……."

유빈은 마침내 풀리지 않는 실타래가 풀린 기분이었다. 워낙 인상이 좋아서 기억에 남아 있었나 보다. 훨씬 홀가분해진 마음으로 얼음이 든 유리잔을 들어 올렸다. 평상시보다 더 긴장을 해서인지 자꾸만 목이 말랐다.

유리잔을 테이블 위에 내려놓자마자 문에서 노크 소리가 들렸다. 주문을 받으러 왔을 거라는 생각에 유빈은 서둘러 메뉴를 집어 들었다. 가죽을 덧대 고급스러워 보이는 문 뒤로 유빈을 방까지 안내했던 플로어 매니저가 모습을 나타냈다. 그리고 유니크 병원의 정숙희 이사장이 그녀를 지나쳐 룸 안으로 걸어 들어왔다.

"부를 때까지 이 방으로 사람 보내지 말아요."

차가운 표정의 숙희가 거만한 말투로 명령하듯이 말하자, 그녀의 뒤로 문이 굳게 닫혔다.

"어머니!"

놀람이 가득한 표정으로 명환이 자리를 박차고 일어났다.

"엄마!"

날카로운 미라의 외침에 유빈 또한 당혹스러움을 숨기지 못했다. 전혀 예기치 못한 방문이었다. 못마땅하게 여기던 것을 숨기지 않았던 첫 만남처럼, 여전히 못마땅한 표정으로 그녀를 내려다보고 있었다. 유빈은 당황해서 어찌할 바를 모르다, 불현듯 인사를 드려야 한다는 사실을 깨닫고, 주위를 돌아볼 겨를도 없이 자리에서 벌떡 일어났다.

"안녕하십니까, 이사장님."

허둥대느라 무릎 위에 놓여 있던 핸드백이 바닥으로 떨어졌다. 녹음기를 꺼내느라 열어두었던 핸드백에서 소지품 몇 가지가 쏟아져 나왔다. 맞은편 명환의 자리까지 굴러가는 립글로스에 더욱 난감해하는 유빈을 보며 명환이 허리를 숙였다. 먼저 바닥으로 떨어진 립글로스를 집고, 핸드폰이며 바닥을 구르고 있는 나머지 물건들도 두 손에 모아 몸을 일으켰다.

명환이 실수인지 다른 물건과 함께 집어 들었던 핸드폰을 테이블 위로 떨어뜨렸다. 물건을 건네주는 명환의 손가락이 불안정하게 떨리고 있었다. 초조해하는 표정이 그 역시도 숙희의 방문을 예상하지 못했다는 것을 증명하고 있었다. 그럼에도 유빈은 가족이 모이는 자리에 낯선 이방인인 자신이 끼어든 것 같아 불편한 마음을 감출 수가 없었다. 이쯤에서 자리를 피해주는 것이 예의에 맞는 것 같다는 생각이 들었다. 물건을 받아 핸드백에 집어넣으며 차분하게 목소리를 가다듬었다.

"저는 이만 가보겠습니다. 말씀 나누세요. 시간 나실 때 다시 연락주세요."

"그러는 게 좋겠네요. 다시 연락할게요."

명환이 테이블에 떨어뜨린 핸드폰을 집어 앞으로 내밀었다. 핸드폰을 건네받는 유빈의 손가락이 무의식중에 액정 화면 하단에 위치한 버튼을 눌렀다. 그러자 잠자고 있던 스크린에 불이 들어왔다. 환하게 웃고 있는 수인의 사진이 바탕 화면으로 떠올랐다.

그 순간이었다. 유빈의 기억 속 안개에 가려졌던 명환과의 첫 번째 만남이 떠올랐다. 화려하게 치장한 정원, 햇살이 강렬했던 여름날, 수인의 약혼식. 부채를 가지러 가던 유빈에게 말을 걸었던 남자.

'수인이 고등학교 시절 때 모습이랑 아주 많이 닮았네.'

퍼즐이 하나둘씩 자기 자리를 찾아가듯이 유빈의 머릿속에서 하나의 그림이 완성되어가고 있었다.

'서수인 조카라더니 남자 후리는 재주를 닮았나 봐. 약혼식도 그래서 깨졌잖아요, 식장에 옛날 남자가 나타나서. 결혼식이 아니어서 다행이었지. 무슨 망신이에요.'

'이사장 라인에서 박 실장네 회사를 강력하게 추천했다고 들었던 것 같은데. 내가 착각했을 리가 없는데…….'

유빈의 다리에서 힘이 빠져나갔다. 무시무시한 결론으로 뻗어나가는 상상력을 제어할 수가 없었다. 반쯤 넋이 나간 표정으로 서 있는 유빈을 명환이 불안하게 바라보고 있었다.

"앉아라. 너한테 할 말이 있어서 여기까지 찾아왔으니."

숙희의 냉정한 목소리는 그녀를 향하고 있었다. 유빈은 힘없이 의자에 도로 주저앉았다. 그런 그녀의 어깨 위로 명환의 손이 올라왔다.

"괜찮아요?"

끔찍한 벌레가 닿기라도 한 것처럼 온몸에 소름이 돋았다. 찐득거리는 거미줄에 걸려든 먹잇감이 되어버린 듯한 아찔한 느낌이었다. 손을 거칠게 밀어내며 유빈이 차갑게 외면했다.

"나한테 손대지 말아요."

"버르장머리 없는 것. 저런 것은 지 애미를 꼭 닮았구나."

그렇구나. 이들은 처음부터 유빈을 알고 있다. 이제야 모든 것이 명확해졌다. 명환은 의도적으로 유빈의 주위를 맴돌고 있었다. 농대 건물에서 마주친 것도, 병원 공사를 맡겼던 것도, 모두가 계획적이었다.

"어머니! 제발 아무 말도 하지 마세요."

명환의 애원에도 숙희의 차가운 표정은 풀리지 않았다.

"당신들 뭐예요? 당신이 누군데 내 주변을 맴도는 거야?"

유빈의 목소리가 심하게 떨리고 있었다. 알 수 없는 예감. 심장에서 피가 빠져나가는 것처럼 싸늘한 한기가 돌았다.

"애비한테 그게 무슨 말버릇이냐."

못마땅함을 가득 드러낸 숙희가 유빈을 노려보았다. 오만한 표정에 깃든 노골적인 적의를 숨기지 않았다.

"어머니!"

"엄마!"

유빈은 머릿속이 하얗게 비워졌다. 비난이 섞인 두 사람의 고함 소리가 그녀의 귀에는 들리지 않았다. '애비'라는 단어만이 머릿속에서 맴돌았다.

"유빈아……."

명환이 주저주저하며 유빈의 이름을 불렀다. 격식을 빼고, 친근하게 이름을 부른다. 당신이 왜? 초점이 맞지 않는 눈으로 그를 주시했다. 지금보다 훨씬 젊어 보이던 그의 얼굴이 이제는 확연하게 떠올랐다. 수인과 닮은 유빈을 보고 흔들리던 모습. 마음을 잡아끌던 애처로워 보이던 눈빛.

이 사람이었다. 이 사람이 나타나고 모든 것이 엉망으로 변해버렸다. 약혼식이 취소되고, 엄마가 한국을 떠나야 했다. 왜? 납득할 수 없는 의문에 유빈은 혼란스러웠다. 무엇 때문에 오랜 시간 그녀의 주변을 맴돌기만 했을까. 가정이 있는 것도 아니면서 왜 떳떳하게 아버지라고 자신을 밝힐 수가 없었을까. 엄마는 왜 철저하게 아버지의 존재를 비밀로 묻어두려고 했을까. 도대체 무엇이 두려웠을까.

"못난 놈, 네가 뭘 잘못했다고 당당하게 나서지를 못해? 잘 봐라. 이게 바로 네 엄마가 너를 숨어서 키울 수밖에 없는 이유다."

숙희가 고급 악어가죽 백에서 오래된 종이 한 장을 꺼냈다. '각서'라고 써진 문구에 유빈의 시선이 아프게 박혔다. 삐뚤빼뚤 엉망으로 비틀린 수인의 글씨체. 명환이 순식간에 종이를 구겨 재킷 호주머니에 찔러 넣었다.

"상관없다. 공증받은 각서는 따로 있으니까. 그깟 종이 한 장 없앤다고, 증거가 사라지는 것도 아니야."

"어머니, 도대체 무슨 생각으로 이러시는 거예요? 아무것도 모

270

르는 유빈이 앞에서……."

하얗게 질린 유빈을 살피며 명환이 테이블을 주먹으로 내려쳤다. 물 잔이 흔들리며 물을 쏟아냈다. 테이블 천으로 번지는 잔물결을 바라보는 유빈의 심장이 따끔거리며 아파왔다.

"제가 진짜 죽는 꼴을 보셔야 직성이 풀리시겠어요?"

"내가 왜 이러는지 몰라서 이러는 게야? 네가 그토록 찾고 싶어 하는 딸을 찾아주려고 이러는 거잖아. 제 딸 마음 하나 못 잡아서 몇 년을 허송세월하고 있는 못난 놈. 좋은 혼처 자리도 마다하고, 언제까지 저 아이 뒤꽁무니만 따라다니고 있을 거냐. 결혼을 해서 집안의 대를 이어갈 생각은 안 하는 게야?"

"어머니!"

명환의 절규에도 숙희는 표정 하나 흐트러트리지 않았다. 서슬 퍼런 눈길에는 유빈을 향한 미움이 가득했다.

"내 잘난 아들이 왜 이러고 살아? 내가 너를 어떻게 키웠는데?"

"제발 그만 좀 하세요, 엄마. 명환이가 지난 25년간 얼마나 비참했는지 아시는 분이 이러세요?"

"돈 때문에 접근했다가, 돈을 받고 떠난 애야. 그런 계집애 하나 못 잊어서 쩔쩔맨다는 게 말이 된다고 생각하니?"

"어머니!"

"그게 사실이 아니라는 것은 누구보다 엄마가 잘 아시잖아요."

"돈을 받고 합의서와 각서를 쓴 것이 그 증거야. 도대체 뭐가 더 필요해?"

이해할 수 없는 대화를 들으면서 유빈의 얼굴이 두려움으로 굳어가고 있었다.

"너도 네 엄마가 어떤 사람인지 똑똑히 알아야지. 네 엄마가 순진한 우리 아들을 꼬여서 팔자를 고치겠다는 영리한 계획을 세웠지. 내가 나서서 말리자, 엉뚱한 죄를 뒤집어씌워서 경찰에 신고하고 나를 협박했다. 기어이 우리한테서 돈을 뜯어내고, 합의서와 각서에 사인을 했다. 각서에는 행여나 배 속에 애가 생기면 반드시 수술하고, 낳지 않겠다는 맹세까지 했어. 다시는 내 아들 앞에 나타나지 않겠다는 약속과 더불어."

"어머니!"

거친 비명 소리와 함께 명환이 무너졌다. 바닥으로 쓰러진 명환이 유빈의 앞에 무릎을 꿇었다.

"사실이 아니다. 미안하다, 아가. 난 감히 아버지라고 불릴 자격도 없는 사람이란 것을 잘 안다. 내가 너희 엄마를 오랫동안 사랑했었다. 질투에 눈이 멀어 있었어. 받아들여지지 않는 사랑에 애가 타서 미쳐 있었지. 남한테 네 엄마를 빼앗길까 봐 두려워서 억지로라도 네 엄마를 차지하고 싶었단다. 그렇게 하면 내 것이 될 줄 알았어. 그게 네 엄마에게 평생 씻을 수 없는 상처를 남길 줄은……."

빠르게 쏟아내는 명환의 말에 유빈은 귀를 틀어막았다. 흐느끼는 명환의 발음이 불분명해서 잘못 듣고 있는 것이라고 스스로를 다독였다. 잘못 들은 거야. 나랑은 아무 상관 없는 사람들이야. 아무것도 믿지 않을 거야.

"네가 태어났다는 사실도 몰랐다. 약혼식장에서 너를 보고 한눈에 알아봤단다. 네 엄마를 원망해서는 안 된다. 네 엄마가 너의 존재를 숨길 수밖에 없었던 이유도 다 나 때문이었어. 내가 죽일 놈이다."

아무리 부인하고 싶어도, 부정할 수 없는 진실이 있었다. 씻을 수 없는 상처. 그로 인해 잉태된 아이가 바로 유빈 자신이었다. 여기서 더 비참해질 수도 있을까. 얼마나 더 처참하게 망가져야 이 모든 쇼가 끝이 날까.

"무슨 소리야? 몇 번을 말해야 알아듣겠니? 그 애가 순진한 너한테 꼬리를 친 거야. 모녀가 짜고 너를 궁지에 몰아넣은 거라고……."

"제발 이제 그만하세요. 그 애가 돈을 받지 않았다는 것을 아시잖아요. 엄마가 억지로 받아낸 각서로 인해 어떤 비참한 결과가 있었는지 아세요? 엄마의 그 비틀린 모성애로 인해 명환이가 자책감에 얼마나 힘들어했는지 아시냐고요. 오죽하면 평생 아이를 낳지 않겠다고 결심을 했겠어요."

"아이를 낳지 않겠다니……."

"그래요. 명환이는 아이를 낳을 수 없어요."

경악으로 이성을 잃은 이사장은 제정신이 아니었다.

"지금 네 누나가 뭐라는 거냐? 설마 수술이라도 했다는 거냐?"

"똑똑히 들으세요. 엄마의 잔인함으로 인해 결과적으로 모두가 피해자라고요."

"그러니까 그게 무슨 뜻이냐고? 명환아, 아니라고 말해. 아니지?"

명환의 어깨를 흔들어대는 이사장의 모습이 무서운 마귀할멈 같았다. 검붉은 매니큐어를 바른 손이 허공에서 춤을 추었다. 세상이 거센 회오리바람에 휩쓸리고 있었다. 눈앞에 벌어지고 있는 일들이 꿈이었으면 했다. 눈을 떴을 때 한줌의 연기처럼 사라지는 신기루이기를 바랐다. 유빈은 눈을 질끈 감았다. 믿고 싶지 않은 진실 앞에서 유빈은 한없이 움츠러들고 있었다.

수인이 가슴에 품고 있던 아픈 비밀. 꽃다운 20살. 짓밟힌 순정과 축복받지 못한 생명체. 얼마나 미웠을까. 얼마나 원망했을까. 왜 할머니가 그토록 어린 유빈에게 엄격하고, 냉정해야만 했는지 이제야 이해가 되었다. 끔찍한 악몽을 꾸고 있는 것이라면 좋겠다. 아침에 눈을 뜨면 사라져버릴 허상이었으면 좋겠다.

그런 유빈의 머릿속에 가장 먼저 떠오르는 사람. 안전한 보호막처럼 그녀를 지켜주던 사람. 그라면 가능하지 않을까. 사방이 꽉 막힌 밀실에서 그녀를 꺼내줄 것이다. 악몽을 꾸는 거라고 다독여줄 것이다. 넓은 품 안에 보듬어 안고 아무것도 듣지 않게, 보지 않게 지켜줄 것이다.

'하윤 오빠, 나 좀 도와줘. 가슴이 터질 것 같아. 숨을 쉴 수 없어 답답해서 미칠 것 같아.'

타들어가는 심장. 그리움은 날카로운 가시가 되어 아픈 심장을 무자비하게 찔러댔다. 가슴을 쥐어짜는 고통은 결코 꿈이 될 수 없는 현실을 말하고 있었다. 그로 인해 유빈은 독한 현실을 깨달을 수밖에 없었다.

"유빈아, 내 말을 좀 들어줘. 당장은 이해하고 받아들이기 힘들 거야. 하지만 명환이도 아프고 힘든 시간들을 보냈어."

"유빈아, 미안하다. 아가……."

처연한 눈동자가 명환을 마주했다. 가증스러운 사람. 슬픔과 절망으로 유빈의 마음은 공허해져갔다.

"그렇게 부르지 마세요. 당신이 나타나면서 모든 게 엉망으로 틀어지기 시작했어요. 얼마나 내가 더 비참해져야 끝이 나나요. 나로 인해 얼마나 더 많은 사람들이 상처를 받아야 끝이 날까요."

"그렇지 않아, 나는 절대로……."

앞으로 다가서는 명환을 피해 유빈이 뒤로 물러났다. 부들부들 떨고 있는 가녀린 팔이 애처로워 명환은 말을 잇지 못했다.

"나는 절대로 당신을 내 아버지로 인정하지 않을 겁니다. 나는, 나는……."

잔인한 말들로 상처 입히고 싶었다. 그녀가 느끼는 비참함을 그도 느끼게 해주고 싶었다. 어떤 말로 상처를 줘야 수인이 감당해야 했을 절규 어린 슬픔을 보상받을 수 있을까. 어떻게 복수를 해줘야 수인의 한 맺힌 설움을 풀어줄 수 있을까.

그러나 아무런 말도 떠오르지 않았다. 눈물 어린 눈빛에 후회가 가득해서……. 그 눈을 보는 유빈의 마음이 절망으로 무너져 내려서, 아무것도 생각해낼 수가 없었다.

"나는……."

당신으로 인해 세상에 태어난 것이 부끄럽다는 말을 차마 할 수 없었다.

"나는 당신이 원망스럽습니다. 다시는 나를 찾지 마세요."

테이블 위에 놓여 있는 물건을 하나씩 집어 핸드백에 쑤셔 넣었다. 어느 것 하나라도 그들이 속한 세상에 남겨두고 싶지 않았다. 철저하게 그들과 단절되고 싶었다. 허리를 숙여 바닥에 널브러져 있는 가방도 일으켜 세웠다. 노트북이 들어 있는 무거운 가방을 한쪽 어깨에 짊어졌다. 무게를 못 이겨 휘청거리는 몸을 간신히 지탱했다.

후들거리는 다리에 힘을 주고 반듯하게 허리를 폈다. 주먹을 아프게 쥐었다. 손톱이 손바닥을 파고들었다. 손바닥에서 전해지는 아픔에 온 신경을 집중했다. 약한 모습을 보이지 않기 위해 안간힘을 쓰고 있었다. 울지 않으려, 떨리는 입술을 야무지게 붙들고 불안한 시선을 들키지 않았다. 굳게 닫혀 있는 문을 열고 복도로 나왔다. 뒤도 돌아보지 않았다. 그들과 그녀의 세상을 단절시키듯이 문이 등 뒤로 굳게 닫혔다.

가을이 시작된 아침의 파란 하늘은 높고 쾌청했다. 찬란한 햇살에 눈이 부셨다. 너무나 맑은 세상에 오히려 가슴이 먹먹했다. 지금쯤 지리산의 하늘은 무슨 색일까. 베란다의 유리창을 열어 신선한 공기로 집 안을 순환시켰다. 베란다의 한 면을 차지하고 있는 초록 식물들에게 물을 주고 아침 인사를 건넸다. 뽀송뽀송하게 마른 빨래를 걷어 바구니에 담았다. 단정하게 갠 빨래는 옷장에 차곡차곡 쌓아두었다. 타이머가 제시간에 작동한 덕분에 커피메이커에서 내려진 구수한 커피 향이 집 안을 가득 채우고 있었다.

부엌으로 향한 유빈은 제일 먼저 식빵을 꺼내 토스터기에 집어넣었다. 그리고 커피를 머그컵 가득 붓고 향을 음미했다. 갓 내린 신선한 커피를 한 모금 입안에 머금었다. 따뜻함이 입안으로 퍼져나갔다. 빵이 노릇하게 구워져 올라오고, 유빈은 냉장고에서 수인이 만들어 보내준 무화과 잼을 찾았다. 습관적으로 행하던 아침의 일과들이었다. 여느 날과 다름없이 시작되는 하루.

벽에 걸린 시계가 7시 56분을 가리키고 있었다. 앞으로 4분. 잼을 바르는 손길이 가늘게 떨리고 있었다. 하지만 부지런하게 움직이는 손놀림을 멈추지 않았다.

우-우-우웅, 우-우-우웅. 오늘도 어김없이 걸려오는 하윤의 전화.

"여보세요."

예상치 못한 반격인 듯 한동안 하윤은 아무런 말도 하지 않았다. 하윤이 다정하게 '유빈아.' 하고 불러주던 때가 있었다. 그 시절이 가슴 시리게 그리웠다. 입안이 바짝 마르고 텁텁한 기운에 커피라도 한 모금 입에 머금고 싶었다. 머그잔을 만지작거리던 손이 불안한 듯 손잡이를 움켜쥐었다 놓기를 반복했다. 하지만 결심을 굳힌 듯 유빈은 머그잔을 멀찍이 밀어놓았다. 그러고는 밤새 연습해 두었던 대사를 차분하게 읊조리기 시작했다. 유빈이 만들고 싶은 무대에서 처음으로 하윤과 대면하는 순간이었다.

"오빠…… 나는 이제 오빠 그만 기다릴 거야……. 내가 먼저 오빠 버릴래. 이제는 오빠 전화를 기다리지도 않을 거고, 찾아오는 오빠를 따라나서지도 않을 거야."

영원처럼 느껴지는 기나긴 침묵이 흐르고 하윤이 입을 열었다.

-왜 그래야 하지?

냉소적인 하윤의 말투에 유빈의 심장이 차갑게 얼어붙었다. 얼어버린 심장이 서서히 지끈거리는 고통에 얼얼해져갔다.

"오빠가 만들어놓은 그늘 아래에서 나는 행복할 수 없어. 그래서 나는 거기서 이제 그만 벗어나려고 해."

-…….

"미안해."

울음소리가 섞여 나올 것만 같아 더 이상은 아무런 말도 할 수가 없었다. 또다시 잠식해 들어오는 무거운 침묵을 유빈은 두 주먹을 쥐고 어떻게든 견디어내고 있었다.

-그럼 내 옆에서 평생 불행해. 나는 영원히 널 놓아줄 생각 없어.

지극히 차가운 하윤의 말투. 유빈은 울컥 서러움이 목 안으로 차올라 손으로 목을 감싸 안았다. 전화가 끊기고 화면에는 10분

20초라는 통화 시간이 기록되었다. 1년 6개월을 끌어왔던 이별을 고하는데 고작 10분 20초가 걸렸다. 뿌옇게 가려진 시야에 더 이상 숫자를 확인할 수가 없었다. 복받쳐 올라오는 감정에 목이 메여 왔지만 유빈은 빵을 입안으로 넣고 의무적으로 씹었다.

'보약 챙겨 먹어'

한없이 다정했던 하윤의 목소리. 그 음성만이 그녀의 머릿속에서 끊임없이 재생되고 있었다. 유빈은 말 잘 듣는 아이처럼 커피를 싱크대에 따라 버렸다. 대신 냉장고에 쟁여 있던 보약을 한 팩 꺼내 컵을 채웠다.

'보고 싶다.'

'사랑해!'

순간순간 환청처럼 들려오는 하윤의 목소리에 주체할 수 없이 눈물이 흘렀다. 슬픔이 목으로 차올라와 기묘한 소리를 만들어냈다. 머그를 잡은 손에 힘이 빠지고 보약이 싱크대로 쏟아졌다. 소리를 막아보려 손바닥으로 입을 틀어막았다. 억지로 숨을 삼키자, 콕콕 쑤셔대는 아픔이 목을 타고 가슴으로 쌓여갔다.

꺼억, 꺼억. 공기와 함께 서러운 울음을 토해냈다. 누군가 날카로운 송곳으로 심장을 찌르는 것만 같았다. 심장에서 역류한 피가 숨통을 조인다. 무게를 이기지 못하는 슬픔에 유빈은 힘없이 바닥으로 무너져 내렸다.

무릎에 얼굴을 묻고 양팔로 머리를 감싸 안았다. 홀로서기를 시작하는 유빈의 가슴이 미칠 듯이 따끔거렸다.

집을 나선 유빈은 정처 없이 걸었다. 슬픔으로 터져버릴 것 같은 마음이 탈출구를 찾아 헤매고 있었다. 어디로 가야 답답한 마음이 자유로워질까. 어느새 발걸음은 버스 터미널을 향해 있었고, 정신을 차리고 보니 유빈은 수인의 집 대문 앞을 서성이고 있었다. 유일한 피난처. 도어 벨을 누르려는 그녀의 손이 멈칫거렸다. 내가 이곳에 올 자격이 있을까. 감히 수인을 마주 볼 면목이 없었다.

수인의 나이 겨우 20살. 그녀가 겪어야 했을 고단했을 젊음에 너무 미안해서, 유빈이 누렸던 20살의 행복이 너무 찬란해서 처량한 가슴이 숙연해졌다. 그래서 자꾸만 뒷걸음질 쳐진다.

수인이 만들어준 보호막. 그 보호막에서 어리광부리던 철없던 서유빈. 수인의 상처를 알면서도 모르는 척 숨어 있었다. 어두운 심연의 밑바닥에 숨겨진 진실을 아는 게 두려웠다. 진실을 알고 마주 대해야 할 수인의 상처. 그녀의 시선 한 자락에 유빈을 향한 원망이 숨어 있을까 두려워 진실을 피해 도망 다니고 있었다. 어린 시절 대문 앞에서 가지 마라며 발목을 잡고 늘어진 것처럼 평생 수인의 인생에 채워진 무거운 족쇄.

도망칠까. 여기에서마저 도망치면 어디로 가야 하지. 환영받지 못하는 비겁자가 되어서 이 세상 어디로 도망을 쳐야 하지……. 도어 벨을 누르려던 손길이 허무하게 아래를 향했다. 어디선가 불어오는 바람결에 유빈의 머리가 앞으로 휘날렸다. 대문 안쪽에서 덜그럭거리는 소리가 들렸다. 마당에 널어놓은 꽃차를 거두려 수인이 마당으로 나온 걸까.

유빈은 무의식중에 뒷걸음치기 시작했다. 다급한 마음에 걸음이 빨라졌다. 도망치듯 뒤돌아서던 유빈은 그 순간 누군가의 품으로 뛰어들다시피 안기었다. 덥석 등을 감싸는 단단한 팔 힘에 그대로 얼어붙었다.

"우리 유빈 공주님, 여기서 뭐 해?"

그리운 목소리에 저절로 고개가 위를 향했다. 강석 아저씨. 여전히 젊은 사람 못지않은 패션 센스를 자랑하듯, 한가한 시골 마을 정경에서 혼자만 따로 떨어져 있는 듯한 모습으로 그녀를 향해 환하게 미소 짓고 있었다. 눈 주위에 세월의 흔적이 깊게 패어 있었지만 조금도 개의치 않은 듯 아름다운 미소가 그녀를 내려다보고 있었다.

"아저씨……."

그리운 호칭이 유빈의 눈물샘을 자극했다. 유빈은 정신없이 강석의 품 안으로 파고들었다. 폭포수처럼 울음이 그치지 않았다. 안으로만 쌓아두던 감정의 댐이 폭발이라도 한 것처럼 서럽게 울고 또 울었다. 아픔을 토해내듯 소리 내어 마음껏 울었다. 숨죽이지 않고 울었다. 강석의 품에 안기니 아무것도 보이지 않았다. 넓은 품에 숨어서 울기만 했다. 등을 쓰다듬는 그의 따뜻한 손이 그녀가 혼자가 아니라고 말해주고 있는 것만 같았다. 울음소리가 잦아들 때까지 강석은 아무 말도 없었다. 들썩임이 어느 정도 가라앉자 강석이 유빈을 대문 옆에 주차되어 있는 그의 차로 이끌었다.

"유빈아, 무슨 일이야. 아저씨한테 말해주지 않을래?"

차 안에서 크리넥스 박스를 찾는 강석의 듬직한 뒷모습을 보며 유빈은 간신히 감정을 추슬렀다. 눈물로 엉망이 된 얼굴을 손등으로 훔쳤다.

"무슨 일이야. 하윤이가 속 썩여서 그래? 아직도 두 사람 화해하지 않은 거야?"

아저씨는 알고 있었구나. 눈물 자국으로 색이 진하게 번진 셔츠를 바라보며 유빈이 고개를 저었다.

"죄송해요. 저 때문에 셔츠를 망쳐서⋯⋯."

"괜찮아. 어차피 갈아입으려고 했었어. 고모 만나러 온 거야? 수인이 지금 집에 없는데."

"아저씨는 여기 어쩐 일이세요?"

"지리산 노고단에서 촬영이 있었거든. 근처에 온 김에 수인이 얼굴이나 한번 보고 가려고 했었지. 고모가 말 안 해? 우리 사이, 좋은 친구 사이라고."

"고모가 가끔 아저씨랑 이메일로 소식을 주고받는다는 것은 알고 있었어요."

"요즘은 한국에 들어오면 가끔 들러. 수인이한테 맛있는 반찬도 얻어가고, 잘 지내는지 눈으로 확인도 할 겸. 나이 먹으니 자꾸 옛 친구가 그리워져."

"고모는 말 좀 해주지. 나도 아저씨 많이 보고 싶었는데⋯⋯. 고모한테는 제가 여전히 초등학생 같은 어린아이로 보이나 봐요. 일일이 챙겨주고 돌봐줘야만 하는 철부지 아이."

"수인이한테는 유빈이가 딸 같은 존재잖아. 원래 부모 마음이란 게 다 그런 거야. 다 컸는데도 물가에 내놓은 어린애마냥 신경이 쓰이는 법이야. 그러니 철부지처럼 굴어도 괜찮아."

강석은 여전했다. 그녀의 마음을 현미경으로 들여다보는 것처럼 듣고 싶은 말만 골라서 해주었다.

"고마워요, 아저씨."

"뭐가?"

앞으로 흘러내린 앞머리를 쓸어주며 강석이 유빈의 머리를 토닥여주었다.

"그냥, 뭐든⋯⋯."

"싱겁기는. 강미 씨 알지? 고모 친구. 그 친구가 그러는데 수인이 할머니 모시고 광주에 가셨다는데. 오늘 밤늦게 오든지 아니면 내일 올 거라고 그러더라. 촬영 중간에 잠깐 짬 내서 와본 거라, 나 지금 서울 올라가봐야 하는데. 데려다줄까?"

"네."

지쳐 보이는 유빈을 위해 강석이 보조석의 문을 열었다. 몸을 기울여 의자에 앉은 유빈이 힘없이 좌석 상단에 머리를 기댔다. 허기진 배에 하루 종일 먹은 거라고는 아침에 억지로 삼킨 토스트 한쪽이 전부라는 것을 기억해냈다. 갑작스럽게 몰려오는 어지러움에 이마를 손으로 짚었다.

편안하게 누울 수 있게 의자를 기울이고, 안전벨트를 끌어다 매어주었다. 에어컨의 차가운 공기가 나오는 환기통도 반대편으로 돌려주고, 뒤편 어딘가에서 가져온 쿠션으로 다리도 편안하게 받쳐주었다. 토닥토닥 머리를 쓰다듬어주는 강석으로 인해 유빈은 다시 17살로 되돌아간 느낌이 들었다.

"고마워요, 아저씨. 우리 고모를 지켜줘서⋯⋯."

"나보다는 유빈이가 고모를 지켜주고 있는 거지. 몰랐어? 유빈이가 고모 인생에서 어떤 의미인지. 고모가 유빈이 때문에 얼마나 행복해하는지."

더 이상 흘릴 눈물이 없을 거라고 생각했었다. 눈가에 맺히는 눈물을 손으로 감췄다. 감은 눈꺼풀이 맑은 눈물 한 줄기를 흘려보냈다. 강석은 모를 것이다. 그가 한 말이 유빈에게 어떤 의미를 부여하는지. 지금 그 말이 작은 희망의 씨앗이 되어 뿌리를 내리고 있다는 것을. 아저씨의 따뜻한 눈빛이 햇살이 되고, 부드럽게 토닥여주는 손길이 빗물이 되어 소중한 싹을 틔우고 있다는 것을. 공허하던 유빈의 마음에 작은 한 줄기 희망의 빛이 켜졌다.

유빈은 정신도 육체도 지칠 대로 지쳐 있었다. 차가 출발하자마자 어딘가에서 전화가 걸려왔다. 눈을 감고 있는 유빈을 의식해서인지 낮은 목소리가 조곤조곤 속삭이고 있었다. 유빈이 잘 모르는 촬영기법이며 세트장의 배경 조건들을 토론하는 강석의 목소리가 세상에서 가장 편안한 자장가처럼 들려왔다. 그가 운전하는 차를 타고 서울로 돌아오는 길에 유빈은 잠 속으로 빠져들었다. 잠결에 흐느끼지도 않고, 울다 놀라 깨지도 않았다. 강석의 재킷을 포근한 담요처럼 덮고 모처럼 만에 깊은 단잠을 잤다.

차가 아파트 단지에 도착해서야 유빈은 깊은 잠에 깨어났다. 떠나는 강석을 배웅하고 돌아서는 길에 수인으로부터 전화가 걸려왔다.

"유빈아, 갑자기 그냥 왔다가 가면 어떻게 해? 어디야? 오늘 할머니 모시고 광주에 있는 병원 다녀오는 날이었거든."

근심 가득한 목소리에 유빈의 마음이 거짓말처럼 포근해졌다.

"걱정시켜서 미안해. 방금 집에 도착했어."

"강석 씨가 너 방금 내려줬다고 전화해서 깜짝 놀랐잖아. 하윤이랑 싸웠어? 아니면 회사에 무슨 일 있었어?"

"내가 어린앤가 싸우게. 그런 날 있잖아, 갑자기 누군가 보고 싶어지는 날. 오늘이 그런 날이었나 봐."

"그럼 다행이구. 앞으로는 꼭 미리 전화해. 한두 시간도 아니고 멀리서 와서 그냥 가면 서운하잖아. 고모도 너 많이 보고 싶었는데……."

아쉬움이 가득 담긴 목소리에 서운해할 수인의 얼굴이 떠올랐다.

"앞으로는 이런 일 없을 거야. 약속할게."

"진짜 하윤이랑 무슨 일 있는 것은 아니지?"

"별건 아니고……. 회사일로 클라이언트를 만났는데, 좀 까다로운 사람들이라 마음이 많이 상해 있었어."

"그랬구나. 다들 내 마음 같지는 않으니깐."

"그렇지? 역시 고모는 내 맘을 이해하는구나. 고모는 살면서 언제가 제일 힘들었어?"

핸드폰을 움켜쥔 유빈의 손에 힘이 잔뜩 들어갔다.

"순간순간 살면서 힘들다고 느낀 적은 많았지. 하지만 시간이 지나고 보면 그 힘들었던 경험이 지금의 나를 만들어준 것 같아 나중에는 고마울 때도 많았어. 부대낀 만큼 성숙해지고, 아파한 만큼 보상도 있었어."

"……."

"유빈아, 무슨 일인지는 모르지만 혼자서 다 해결하려고 하지 말고 가능하면 하윤이랑도 대화를 해봐. 하윤이만큼 너를 잘 아는 사람도 없으니까. 네가 미처 찾지 못한 해답을 가지고 있을지도 몰라."

유빈은 수인의 아픔을 묻지만, 수인은 유빈의 아픔만을 걱정한다. 달라지는 것은 아무것도 없었다. 유빈이 친아버지의 존재를 알았다고 해서, 그녀를 둘러싼 아픈 과거를 알았다고 해서 달라지는 것은 없었다. 수인은 여전히 유빈을 걱정하고, 유빈은 항상 수인이 그리웠다. 그리우면 그리워하고, 보고 싶으면 언제든지 보러 가면 된다. 그것으로 충분했다.

'고모가 내 엄마라서 나는 세상에서 제일로 운이 좋은 사람인 것 같아.'

머릿속에서 맴도는 말을 입 밖으로 꺼낼 수는 없었다. 아직은 준비가 되어 있지 않았다. 단단해질 시간이 필요했다. 수인을 지켜주기 위해 더 강해져야만 했다.

"고모가 서울에 한번 다녀가면 안 될까? 같이 쇼핑도 가고, 뮤지컬도 보러 가고 싶은데⋯⋯."

"그럴게. 할머니 광주 이모할머니 댁에 가시면 서울로 고모가 한번 찾아갈게."

"꼭이야, 약속했다. 사랑해, 고모. 할머니한테도 내가 보고 싶어 한다고 전해줘."

핸드폰의 불빛이 꺼질 때까지 유빈은 가만히 제자리에 멈추어 있었다. 어두운 화단 밑을 밤 고양이 한 마리가 지나쳐갔다. 고양이 울음소리를 들으며 유빈은 무거운 발걸음을 내디뎠다. 수인의 말을 믿어보고 싶었다. 부대낀 만큼 성숙해지고, 아파한 만큼 보상도 있으리라는 그녀의 말을 믿고 싶었다. 지나가리라. 언젠가는 다 지나가리라.

'1719' 여전히 같은 숫자의 비밀번호를 숫자판에 눌렀다. 잠금이 해제되는 소리에 자연스럽게 현관 손잡이를 돌렸다. 어두컴컴한 실내. 유빈이 안으로 들어서자 자동 센서에 불이 들어왔다. 현관에는 갈색의 수제 구두 한 켤레가 단정하게 놓여 있었다. 박음질이

정교한 부드러운 질감의 가죽 구두.

처음이었다. 하윤이 그녀의 새로운 보금자리를 방문한 것은.

어두운 거실 한가운데 그가 장승처럼 서 있었다. 얼마나 저러고 있었을까. 유빈은 차분하게 스니커즈를 벗어 신발장 위로 올려놓았다. 거실로 들어서며 벽에 걸린 스위치를 눌러 조명등을 켰다. 갑자기 쏟아지는 밝은 불빛에도 하윤은 눈 하나 깜짝하지 않았다. 날이 선 차가움. 얼음 조각처럼 냉기 어린 하윤을 바라보는 유빈의 가슴으로 날카로운 통증이 스치고 지나갔다. 17살 이후로 한 번도 그녀에게는 내보인 적이 없던 또 다른 모습의 현하윤.

"앉아서 기다리지. 마실 것 줄까?"

거실 한쪽에 커다란 컴퓨터 가방을 내려놓았다. 퇴근하고 오는 길에 화훼 시장에 들러 걸이용 화분으로 아이비를 샀다. 거실을 가로질러 베란다의 유리창을 열고 나갔다. 녹색 식물들 옆에 아이비 화분을 조심스럽게 내려놓았다. 그녀를 따라다니는 시선을 의식하며 떨리는 손끝을 바지 호주머니에 감췄다. 태연한 척 표정을 숨기고 있었지만 요란하게 뛰는 심장박동에 입안이 바짝 말라왔다.

"여기, 정리해."

지끈지끈 조여오는 왼쪽 가슴을 무시한 채 어그러지는 감정 선을 간신히 다잡았다.

"뭐로 마실래? 시원한 대추차 마실까?"

그의 말을 무시하고 주방으로 향하는 유빈의 앞을 하윤이 막아섰다.

"내 말대로 해!"

"그럴 생각 없어."

유빈의 목소리가 격앙된 듯 날카롭게 올라갔다.

"나 무시하지 마. 난 분명히 내 의사 충분히 전했어."

하윤의 곁을 지나쳐 방으로 들어가려는 유빈의 팔을 하윤이 거칠게 붙잡아 세웠다. 강한 손아귀 힘에 저절로 얼굴이 찡그려졌다.

"아파……."

아픔을 호소하는 유빈을 무시하고 하윤이 그녀의 어깨를 두 손으로 붙잡고 돌려세웠다. 격한 몸짓만으로도 그의 성난 마음을 읽을 수 있었다. 지금쯤 유럽에 있어야 할 하윤, 어제 아침 이별을 통보받고 다급하게 한국으로 날아왔을 것이다. 바짝 말라버린 입술은 그의 이틀이 결코 녹록지 않았음을 말해주었다.

"기다려줄 만큼 기다려줬어. 나도 더 이상은 안 참아."

"무슨 뜻이야? 내 날개를 꺾어서 새장 안에 가두기라도 하겠다는 거야?"

"그렇게라도 해서 네가 온전히 내 옆에 머물 수만 있다면 무슨 짓이라도 할 거야. 내가 못 할 것 같아?"

"미쳤구나."

"몰랐다고는 하지 마. 나는 열아홉 살 때부터 너한테 미쳐 있었어."

"이러지 마. 자꾸 구석으로 몰지 마. 도망쳐서 영원히 사라져버릴 거야."

사라져버릴 거라는 유빈의 말에 힘겹게 붙들고 있던 이성이 팟하고 머릿속에서 터져버렸다.

"제기랄……. 내가 그렇게 놔둘 것 같아."

어깨를 붙잡고 있던 손이 유빈의 머리를 감싸 안았다. 고개를 흔들며 반항하는 유빈의 머리카락을 한 손으로 움켜쥐고, 다른 손으로는 허리를 바짝 끌어당겨 그의 품 안에 가두었다. 하윤의 눈동자에 일렁이는 검은빛이 유빈을 두렵게 만들었다. 눈을 질끈 감은 유빈의 입술에 하윤의 입술이 거칠게 파고들어왔다.

고집스럽게 굳게 다물린 입술을 하윤의 입술이 강하게 빨아들였다. 반복적으로 빨리는 아랫입술이 벌겋게 부풀어 올랐다. 열리지 않는 아랫입술을 벌이라도 주듯이 그가 강하게 깨물었다. 예민할 대로 예민해진 입술에 닿는 아픔에 저절로 입술이 벌어졌다. 거친 호흡과 더불어 벌어진 유빈의 입안을 기다렸다는 듯이 그의 혀가 침입했다. 그러고는 일말의 망설임도 없이 거센 탐험을 시작했다.

촉촉하고 보드라운 입안을 마음대로 헤집고 다니던 그가 유빈의 혀를 찾자 격정적으로 탐하기 시작했다. 거칠게 시작된 키스가 어느 순간부터 서서히 부드러움을 띠기 시작했다. 강하게 밀어붙이기만 했던 혀가 전진과 후퇴를 거듭하며 유빈의 감각기관에 불꽃을 피우고 있었다. 비릿한 피 맛이 느껴지는 키스에 유빈의 몸 안으로 관능적인 감각이 퍼져 나갔다.

도망치기 바빴던 유빈의 혀가 어느새 적극적으로 그에게 반응하고 있었다. 한 치의 양보도 없이 얽히고 감싸 안으며 서로를 소유해나갔다. 허벅지 안쪽에서부터 욱신거리며 피어나는 열꽃에 저절로 유빈의 입술에서 열에 들뜬 신음이 새어나왔다.

"넌 나한테서 벗어날 수 없어."

지독히도 섹시한 목소리에 자신감이 넘쳐흘렀다.

"나는 지금 오빠가 너무 미워."

지독한 반감으로 유빈이 하윤의 몸을 있는 힘껏 밀어내었다. 한

걸음 뒤로 물러난 하윤이 빨갛게 부풀어 오른 유빈의 아랫입술을 손가락으로 천천히 쓸었다. 상처 입은 입술에 알싸한 아픔이 퍼져 나갔다.

"아프게 하고 싶지 않아."

허스키한 음성으로 속삭이던 하윤이 부푼 유빈의 아랫입술을 강하게 빨아들였다. 찌르는 듯한 고통이 묘한 쾌감이 되어 유빈의 몸을 훑고 지나갔다. 그가 유도한 대로 속절없이 끌려가는 자신이 싫었다.

"익숙해져버린 육체의 반응일 뿐이야. 착각하지 마."

"상관없어. 내일 아침에 데리러 올 거야."

어느새 냉정함을 되찾은 하윤의 모습에 유빈은 고개를 틀어 그를 외면했다.

"난 분명히 말했어. 더 이상 오빠의 그늘에서 살지 않을 거야. 그러니 이제부턴 내가 오빠 소유물인 것처럼 굴지 마."

아프게 외면하는 유빈의 어깨 위로 하윤의 숨결이 느껴지고, 그가 드러난 유빈의 목에 얼굴을 묻었다. 위태로워 보이는 유빈을 껴안고 한참을 그 상태로 있었다.

"너한테 무슨 일이 있었던 걸까."

독백처럼 낮게 속삭이는 목소리. 아픔이 묻어나는 눈빛이 유빈을 지그시 바라본다. 해답을 찾기라도 하겠다는 듯 끈질기게 바라보는 눈빛에 가만히 두 눈을 감았다.

'나는 더 이상 오빠가 사랑했던 서유빈이 될 수 없어. 오빠 옆에 당당히 서고 싶던 나는 이제 없어. 남들의 이목 앞에서 초라하게 움츠르드는 나는 오빠 인생에 무거운 족쇄가 될 거야. 멀리 날아올

라. 다시는 내 손이 닿을 수 없는 아주 먼 곳으로. 다시는 미련조차 가질 수 없는 아주 높은 곳으로……'

들켜서는 안 되는 마음. 규칙적으로 움직이는 벽시계의 초침 소리. 깊어지는 밤은 슬픔에 무게를 더해줄 뿐이었다.

"피곤해. 자고 싶어."

길게 드리워진 피곤한 기색에 마침내 하윤이 뒤로 물러났다. 뜨거운 입김이 목 주위를 배회하다 멀어져간다. 망설이다 차마 묻지 못한 말.

"사랑한다."

멀어져가는 발걸음 소리가 들렸다. 닫힌 문 너머로 도어록이 자동으로 잠기자 유빈은 무너지듯 거실 바닥으로 주저앉았다. 꽉 채워졌던 공기가 단숨에 빠져나간 것처럼 팽팽했던 긴장이 몸에서 빠져나갔다. 하윤이 떠난 거실은 순식간에 무채색으로 변해버렸다.

"지나갈 거야, 지나갈 거야……."

혼잣말을 중얼거리며 유빈은 왼쪽 가슴을 손바닥으로 쓸어내렸다. 그를 잊기 위해 정신없이 흘려보낸 하루. 고단한 육체. 시간이 빨리 흘렀으면 좋겠다. 시간이 흐르면 아픔은 둔감해져갈 것이다. 곪아 터져버린 상처에도 새살이 돋을 것이다. 견디다 보면 잊힐 것이다. 언젠가는 모두 다 지나갈 것이다.

Chapter 7

재수 없는 기계 장치. 그것보다 더 재수 없는 현하윤. 유빈은 20분이 넘도록 도어록 비밀번호와 씨름을 하고 있었다. 어둑어둑해져가는 초가을 밤이지만 한낮의 찜통더위로 아직까지 공기 중의 열기가 후끈거렸다. 시원한 물에 샤워하고 싶다. 하루 종일 혹사당한 육체는 땀에 젖어 있었고, 피곤에 지친 다리는 얼마간만이라도 앉아서 휴식을 취하기를 요구했다.

아침 일찍 출근길에 비밀번호를 바꾸었다. 그녀만이 알 수 있는 유일한 번호, 하윤이 결코 추측해낼 수 없는 번호. 그게 함정이었다. 유빈조차 기억해낼 수 없는 그 망할 놈의 숫자들. 지치고 피곤한 몸은 모든 원망을 하윤에게 쏟아붓고 있었다. 데리러 오겠다는 하윤을 피해 아침 일찍 서두른다는 게 지갑을 신발장 위에 두고 나왔다. 한결같은 바보, 서유빈.

A/S가 필요한 조경수의 교체와 박람회 준비를 위해 오후 내내 순이와 함께 농원과 나무 농장을 헤매고 다녔다. 한국의 자생종인 꼬리풀, 풍란, 개정향풀 등을 찾아 바쁘게 시장을 누비고 다녔다. 다리가 아파서 못 걷겠다면서도 순이는 순순히 보조를 맞춰주었다. 끊임없이 불평을 늘어놓는 그녀 덕분에 오늘 하루도 어떻게 지나갔는지 모르게 지나갔다.

'사랑한다.'

불쑥불쑥 귓속에서 들려오는 환청과 지난밤 보여준 하윤의 낯선 모습이 하루 종일 유빈의 머릿속을 헤집고 다녔다. 움직이는 내내 어디선가 하윤이 불쑥 나타나는 것이 아닐까 신경이 예민해져 있었다. 이별을 준비하던 지난 1년 6개월의 시간보다 이별의 말을 꺼내버린 후에 하윤의 존재는 유빈을 더욱 괴롭히고 있었다. 미칠 듯이 솟아오르는 그리움에 몇 번이나 뒤를 돌아 그의 흔적을 찾기를 수십 번. 심장을 쥐어짜는 아픔에 숨이 턱에 차오르기를 끊임없이 반복하고 있었다. 언제쯤이면 편안해질 수 있을까. 과연 편안하게 숨을 쉴 수 있는 날이 오기는 할까.

20분을 문 앞에서 씨름하면서 간간이 들리는 발소리에 유빈의 심장이 덜컹하고 떨어지기도 여러 번이었다. 또다시 조용한 복도를 울리는 구두 소리에 유빈의 어깨가 긴장으로 뻣뻣하게 굳어갔다. 익숙한 하윤의 향기가 그녀의 코끝을 자극하기 시작할 쯤, 단단한 팔이 유빈의 허리를 감싸 안고 뒤에서 끌어안았다.

"너 자꾸 나 불안하게 할래."

평상시와 다름없는 다정한 그의 목소리에 유빈은 울컥 참고 있던 서러움이 몰려왔다. 단단한 껍질 속에 숨겨두었던 응석이 허락도 없이 단박에 빠져나와버렸다.

"왜? 왜 내가 오빠를 불안하게 하는데? 내가 서수인 조카가 아니고 딸이라서?"

호흡조차 멈춘 듯 한동안 하윤은 미동도 하지 않았다.

"언제부터 알고 있었어?"

간신히 꺼낸 하윤의 목소리에서 그가 심하게 동요하고 있다는 것을 유빈은 알 수 있었다.

"내가 언제부터 알고 있었는지가 중요해? 나는 왜 나만 내 부모의 존재를 몰라야 하는지 그것이 궁금했어."

"어디까지 알고 있는 거야?"

"언제까지 감출 생각이었어?"

하윤은 말문이 막혀버렸다. 바람 앞의 등불처럼 하윤은 유빈이 불안했다. 그의 보호 아래 유빈이 상처받지 않게 지켜주고 싶었다. 적당한 때를 기다리고 있었다, 아픔을 최소화시킬 수 있는. 모든 것이 제자리를 찾아갈 수 있을 적당한 때를 기다리고 있었다. 어디서부터 잘못되어버린 것일까. 명환과의 만남 후에 이별을 통보한 유빈. 혹시나 했던 의문들. 어디까지 알고 있다는 뜻일까. 명환이 자신의 존재를 드러냈다는 뜻으로 해석해야 하는 걸까. 살얼음판 위를 걷는 듯 여전히 불안한 마음은 섣불리 어떤 결론도 내릴 수가 없었다.

"유빈아."

"얼마만큼 내가 비참해져야겠어? 얼마나 더 내가 오빠 앞에서 초라해져야 오빠가 나를 내버려둘 건데."

"서유빈!"

고조를 높인 하윤의 목소리가 날카로운 파열음이 되어 조용한 복도에 퍼져갔다. 유빈이 양손으로 귀를 막았다. 어린아이처럼 아무것도 듣지 않겠다는 그녀를 하윤이 돌려세웠다. 손을 잡고 끌어당기는 하윤을 유빈이 거칠게 뿌리쳤다.

"내버려둬. 난 분명히 말했어. 더 이상 오빠를 따라가지 않겠다고⋯⋯."

"나도 분명히 말했어. 나는 너 놔줄 생각 없다고."

"오빠가 무슨 생각으로 이러는지 알아. 사랑이라고 착각하지 마. 집착이야. 갖기로 결정한 것은 무슨 수를 써서라도 다 갖고야 말겠다는 오만한 오빠의 집착일 뿐이야. 지긋지긋해."

"바보처럼 억지 부리지 마."

하윤에게 퍼붓는 독한 말들은 온전히 유빈의 마음에 아픈 생채기를 만들어놓는다. 이 사이로 내뱉는 그의 차가운 말투에 상처받은 유빈의 눈망울에 맑은 눈물이 차오르기 시작했다. 순식간에 볼을 타고 흘러내리는 눈물이 툭 하고 바닥으로 떨어졌다.

"제기랄!"

유빈을 상처 입힌 스스로를 용서할 수 없었다. 초췌한 듯 피곤해 보이는 유빈의 눈가를 조심스럽게 쓰다듬었다. 당장이라도 쓰러질 듯 지쳐 보이는 그녀를 편히 쉬게 하고 싶었다.

바지 호주머니에서 카드 키를 꺼내 키패드에 가져다대었다. '디리리릭' 스르륵 해제된 도어록의 손잡이를 하윤이 잡고 문을 열었다. 밀랍 인형처럼 굳어 있는 유빈을 보며 하윤이 길게 숨을 들이쉬었다 내뱉었다.

"그런 표정 하지 마. 네가 예전에 떨어뜨려 놓고 간 카드야. 찾지 않기에 그냥 가지고 있었을 뿐이야."

부질없는 싸움이었다. 벗어날 수도, 사실은 벗어나고 싶지도 않았던 어리석은 몸부림이었다. 인정해야만 했다. 어린아이처럼 하윤에게 투정을 부리고 있었다. 그를 향해 원망을 쏟아내며 아픈 상처를 달래고 있었다. 집 안으로 들어서자마자 유빈은 어깨에 매달린 가방을 바닥으로 툭 하고 떨어뜨렸다.

　"씻고 싶어."

　유빈의 가방을 챙겨 들어 탁자 위로 올려놓으면서 하윤은 욕실로 들어가는 그녀의 뒷모습을 불안한 시선으로 지켜보고 있었다. 두 번째로 찾아온 유빈의 아파트를 둘러보는 하윤의 다부진 입매가 씁쓸함으로 비틀렸다. 작은 공간 어디에서도 그의 흔적을 찾아볼 수 없었다. 그의 집에 남기고 간 그녀의 작은 소지품들이 그로 하여금 유빈의 존재를 매일 각인시켜주던 것과는 달리 작은 공간 어디에서도 그를 떠올릴 만한 물건을 찾아볼 수 없었다.

　하물며 그와 찍은 사진 한 장조차도 놓여 있지 않았다. 언제부터였던가, 유빈이 하윤의 사진을 찍지 않기 시작하던 것이. 피곤한 듯 소파에 주저앉은 하윤이 두 손으로 마른세수를 하듯 얼굴을 쓸어내렸다. 이별에 대처하는 유빈의 자세에, 그의 심장이 잔뜩 움츠러들었다.

　심플한 거실 벽면의 중앙에 수인과 유빈이 함께 찍은 사진이 걸려 있었다. 대학교 졸업식에서 찍은 사진이었다. 학사모를 입은 유빈이 수인의 팔짱을 끼고 환하게 웃고 있었다. 4각의 패널을 바라보는 그의 눈빛에 씁쓸함이 어렸다. 그가 없는 공간에서 그녀가 환하게 웃을 수 있다는 사실에 저릿한 아픔이 또다시 심장을 움켜쥐었다.

문득 갈색의 나무 액자 한모서리에 하윤의 시선이 멈췄다. 연한 크림색 벽지와는 다른 질감의 흰색 종이. 주의 깊게 살펴보지 않으면 스치고 지나칠 종이의 흔적을 좇아 하윤이 손을 뻗었다. 커다란 사진 액자를 벽에서 내려 뒷면을 살폈다. 액자 뒷면의 덮개에 삐져나와 있는 얇은 종이 한 장. 사진과는 별개로 덮개 안에 넣어둔 것 같은 종이. 호기심에 덮개를 열고 종이를 꺼냈다. 군데군데 퍼져 있는 눈물 자국들. 젖었다 마르기를 반복한 종이의 표면을 손가락으로 가만히 쓸어보았다.

<친자 확인 검사 결과 보고서>

날짜를 확인하는 하윤의 동공이 혼돈으로 흔들렸다. 격앙된 손길로 거칠게 종이를 구기는 손이 섬뜩한 예감으로 떨리고 있었다. 성민에게 전화를 거는 그의 마음은 걷잡을 수 없는 감정으로 횡포해져가고 있었다.

"형, 유빈이 숙모님과의 관계를 알고 있었어. 누군가 2년 전에 유빈과 숙모님의 유전자 검사를 요청했어. 혹시 여기에 대해 아는 것 없어?"

거칠게 몰아쉬는 성민의 숨소리가 들려왔다. 이어지는 침묵에 하윤의 표정이 서늘하게 굳어졌다.

"어머니인 건가……."

-미안하다. 나는 너뿐만 아니라 변호사님에게도 큰 빚이 있어.

자책으로 성민의 목소리가 흔들리고 있었다.

"어디까지 알고 계신 거야."

-두 사람이 모녀 관계라는 것, 거기까지가 다야. 나도 얼마 전에야 혹시 유빈이 진실을 알고 있는 게 아닐까 의심을 하기 시작했어. 그

래서 작년에 수인 고모에 관한 기사를 올렸던 기자를 다시 수소문하고, 마침내 그 배경에 변호사님이 계셨다는 것을 알게 되었어.

하윤의 싸늘하게 메말라가는 눈동자에 시린 아픔이 스쳐간다.

"내 어머니라면 그러고도 남으실 분이지. 한 가지 목표를 세우면 그것밖에 못 보시는 분이니까."

-미안하다. 그것을 미끼로 유빈이를 상처 주실 줄은 정말 몰랐다.

충분히 예측할 수 있는 행동이었다. 어머니가 철저한 비즈니스 마인드를 가지고 있다는 것을 간과했다. 호의를 가장한 선물 공세. 유빈을 대하던 제니퍼의 살가운 태도에 방심했었다. 뒤늦은 자책에 하윤은 주먹을 아프게 거머쥐었다.

-저기, 하윤아…….

"나한테 말 안 한 게 더 있는 거야?"

냉소적인 하윤의 말투에 성민은 때늦은 후회의 한숨을 내쉬었다. 신뢰를 잃어버린 관계. 철저하게 사무적으로 변해가는 하윤을 대하는 성민의 마음이 회색빛으로 무겁게 가라앉았다.

-처음부터 유미가 하윤이 너를 많이 의지했었다. 그 마음이 사랑으로 커져갔어. 혼자 잘 정리할 거라고 믿었다. 그걸 유빈이가 알았던 거 같아.

"제기랄!"

솟구치는 분노를 참지 못하고 하윤이 핸드폰을 거실 한구석으로 거칠게 던져버렸다. 동생 같은 아이였다. 감정을 쉽게 드러내지 않는 아이였다. 단 한 번도 유미가 어떤 식으로 그를 바라보는지 의식하지 못했다. 그의 마음을 완벽하게 차지하고 있는 유빈으로 인해 그는 장님이 되어 있었다. 유미의 사랑을 알았더라면 결코 유빈의 곁에 두지 않았을 것이다. 올가미와도 같은 죄책감이 그의 성난 심장을 할퀴었다.

상처받은 영혼을 무슨 수로 보상해줄 거냐며 울부짖던 유빈의 절규. 마침내 불안의 실체가 송두리째 드러났다. 이제야 겨우 왜 유빈이 그토록 하윤을 밀어내고자 했는지 이해가 되었다. 유미의 가슴 아픈 사랑과 새로이 알게 된 엄마의 존재. 거기에 치밀하게 계산된 제니퍼의 시나리오. 꼬챙이처럼 말라가던 유빈을 떠올리자 얼음송곳이 그의 심장 한 곳을 도려내는 것만 같았다.

어쩌자고 아무것도 눈치채지 못했을까. 우리에 갇힌 맹수처럼 하윤이 좁은 실내를 초조한 몸짓으로 왔다 갔다 걸어 다니기 시작했다. 어디서부터 꼬여버린 매듭인지, 어떻게 하나씩 풀어나가야 하는 것인지.

제니퍼는 하윤이 호락호락하게 그녀의 뜻을 따라주지 않을 것을 알고 있었다. 어머니가 정해놓은 최고경영자와는 다른 길을 가고 싶어 하는 그의 꿈을 알고 있었을 것이다. 자존심을 되찾기 위해 어린 하윤을 위험에 노출시켰듯이, 자신의 목적을 이루기 위해 유빈을 차가운 세상 밖으로 떠밀어내었다. 그 한 수를 위해 아마도 오랜 시간 적당한 타이밍을 기다리고 있었을 것이다. 유빈이 하윤의 유일한 약점임을 알기에, 하윤을 뿌리째 흔들어놓을 수 있는 유일한 수단임을 알기에.

유빈의 모든 고통의 근원에 그가 있었다. 거친 세상으로부터 지켜주겠다는 알량한 자만심이 오히려 그녀를 고통의 늪으로 떨어뜨려놓았다. 누군가 목줄을 단단히 틀어쥐고 그의 숨통을 조이고 있었다. 자책으로 어그러지는 분노와 작은 회오리바람처럼 시작된 절망이 그를 단숨에 집어삼켜버렸다. 하얀 종이를 단단히 틀어 쥐고 그가 벽을 아프게 내려쳤다.

쨍강. 불안하게 벽에 걸려 있던 액자가 거실 바닥으로 떨어지면 서 유리 파편이 튀어 올랐다. 날카로운 조각으로 산산조각 난 유리 아래 화사하게 웃고 있는 유빈의 미소. 그 미소 아래 감춰진 아픔 에 그의 심장은 멍투성이다.

물기가 떨어지는 젖은 머리를 수건으로 대충 감싼 유빈이 목욕 가운을 걸친 채 욕실에서 걸어 나왔다. 맑고 투명한 피부가 거실의 은은한 조명 아래 아름답게 빛이 났다. 가느다란 어깨선에 머리카 락에서 떨어져 맺히는 물방울이 무척이나 고혹적이었다. 어렴풋 이 홍조를 띤 유빈의 얼굴을 바라보는 하윤의 눈에 아픔이 어렸다.

바닥을 어지럽히는 유리 조각과 하윤의 손에 든 종이를 번갈아 보던 유빈의 얼굴이 일순간 얼어붙었다. 조각 파편이 튀어 올라 상 처 입은 하윤의 발등을 보며 유빈이 앞으로 한 발을 내디뎠다.

"움직이지 마.

음울하게 갈라지는 목소리에 슬픔이 묻어났다.

들키고 싶지 않았는데. 상처받을 거라는 것을 알기에 혼자만의 비밀로 묻어두고 싶었다. 강하면서도 여린 하윤의 내면을 유빈은 알 고 있었다. 그래서 끝까지 모르게 보듬어주고 감싸주고 싶었다. 수 많은 독한 말들로 아프게 할퀴고 상처 준 사람은 자신이면서……

"그 자리에 가만히 있어. 내가 갈게."

상처 입은 짐승처럼 하윤이 커다란 몸을 웅크렸다. 아찔한 아픔 이 유빈의 가슴 한복판을 짓이겼다. 날카로운 유리 조각에 선홍색 의 핏자국이 묻어났다. 찢겨진 피부에서 흐르는 피를 의식하지 못하는 듯 하윤은 묵묵히 맨손으로 유리 파편을 치웠다. 사진 액자가 반듯하게 한쪽 벽에 세워졌다. 청소기가 바닥에 남아 있던 모래알 같은 유리 파편을 말끔하게 빨아들였다.

하윤은 다용도실에서 찾아온 물건들을 다시 원래의 자리로 되돌려놓았다. 깨끗해진 거실 바닥을 가로질러 유빈이 안방으로 들어갔다. 침대 협탁의 첫 번째 칸을 뒤져 반창고와 연고를 찾았다. 찾는 약들이 보이지 않았다. 초조하게 두 번째 칸을 뒤적이다, 지난번 사고 후에 거실 탁자 서랍에 넣어둔 것을 기억해냈다. 거실로 나와보니 하윤이 거실 한복판에 우두커니 서 있었다.

공허해 보이기조차 하는 하윤의 상처받은 얼굴. 비틀린 심장이 지끈지끈 유빈의 호흡조차 잠식해 들어갔다.

거실 탁자 서랍을 열자, 그녀가 찾던 약봉투가 얌전하게 제자리에 놓여 있었다. 유빈의 행동을 눈으로만 좇고 있는 하윤의 손을 잡고 소파에 앉혔다. 매사 자신감 넘치던 하윤이 가야 할 길을 잃어버린 어린아이처럼 유빈의 지시에 따라 손가락을 펼쳐 보였다. 유빈은 그 앞에 무릎을 꿇고 앉았다. 다섯 군데나 찢어진 상처 자국에서 피가 흐르고 있었다. 휴지에 피를 닦아내고 조각이 박힌 것은 아닌지 살펴보았다. 다행히 많이 찢어진 자국은 없었다. 지혈을 위해 상처 부위에 휴지를 대고 눌렀다. 아픔을 느끼지 못하는 사람처럼 하윤은 미동조차 없었다.

"바보같이, 이게 뭐야. 맨손으로 유리 파편을 잡으면 어떻게 해. 하다못해 빗자루로 쓸어 담았어야지. 조각이라도 박히면 어쩌려고 그랬어."

"미안하다."

하윤이 말하고자 하는 의미를 알면서도 모르는 척 상처 자국에 연고를 발랐다.

"너만 혼자 아프게 해서 벌 받나 보다."

웅얼거리는 소리도 못 들은 척했다.

"현하윤이 왜 이렇게 바보가 되어버렸어, 내가 뭐라고……."

단정하게 다듬어진 손톱 위에 반창고를 붙였다. 밖으로 새어나온 연고는 휴지로 깨끗하게 닦아냈다. 물이 새어들지 않게 상처 자국마다 반창고를 두 개씩 붙였다. 피 묻은 휴지를 움켜쥔 손으로 욱신거리는 왼쪽 가슴을 지그시 눌렀다.

"오빠, 우리 그만하자."

엉성한 모양의 반창고를 내려다보며 유빈이 담담하게 말을 이었다.

"시간이 지나면 익숙해질 거야. 그럼 언젠가는 서로 모르는 사람처럼 살아갈 수 있을 거야."

목소리에 감정이 실리지 않아 다행이었다. 아픈 심장이 아니라 다친 하윤의 손에 정신이 집중되어 있어 다행이었다. 다친 손이 소파의 가장자리를 짚었다. 바닥으로 내려앉은 하윤이 젖은 머리를 감싼 타월의 매듭을 풀었다. 물기 어린 머리카락이 어깨 위로 쏟아졌다. 타월로 젖은 머리를 말리며 다친 손가락이 머리카락을 단정하게 쓸어줬다.

"나는 너 안 버려, 아니, 못 버려. 심장을 버리고 내가 어떻게 살아……."

촉촉하게 젖어 있는 목소리가 유빈의 세상을 뒤흔들었다. 아파하는 두 사람의 시선이 허공에서 부딪쳤다. 상처투성이 내면을 들여다보듯 서로를 향한 시선을 거두어들이지 못한다. 물 먹은 솜처럼 몸이 무거워 까닥도 할 수가 없었다. 고개를 먼저 돌린 것은 유빈이었다. 제자리걸음. 아무리 멀리 돌아가도 그녀가 서 있는 곳은 언제나 하윤의 옆자리였다.

꾸르륵.

유빈의 배고픈 위장에서 나는 소리를 들었는지 하윤이 몸을 움직였다. 얼마 후에 달그락거리는 소리가 주방에서 들려왔다. 드레스셔츠 소매를 팔꿈치까지 걷어 올리고, 셔츠 단추 몇 개를 풀어버린 편안한 차림의 하윤이 식탁 앞을 서성거리고 있었다. 냉동실에서 꺼내 놓은 박스 안을 뒤적거리는 하윤의 모습에서 시선을 뗄 수가 없었다. 환한 조명등이 조각 같은 그의 얼굴을 뚜렷하게 비춰주고 있었다. 내용물을 하나씩 꺼내들고 거기에 쓰여 있는 글자를 읽어보는 하윤의 선명한 미간에 주름이 잡혔다. 혼란스러워 보이던 그가 마음의 결정을 내린 듯 꽁꽁 얼려진 지퍼 백 하나를 박스에서 꺼냈다.

"지금 뭐 하는 거야?"

유빈이 하윤의 손에게 지퍼 백 상단에 적힌 글자를 읽었다. 그러고는 '단호박죽'이라 적혀 있는 차가운 지퍼 백을 다시 박스에 담았다. 식탁 위에 올려져 있는 몇 개의 반찬통을 들여다보며 그가 유빈을 위해 저녁상을 차리고 있다는 사실에 피식 허망한 웃음이 새어나왔다. 여전히 그에게는 유빈의 비어 있는 위장을 채워주는 것이 중요한 숙제인 모양이다.

핼쑥하게 마른 하윤의 옆얼굴을 보며 유빈은 얼린 음식으로 채워진 박스를 냉동실에 집어넣었다. 아마 그도 하루 종일 제대로 된 음식을 섭취하지 못했을 것이다. 안쓰러운 마음이 그녀의 모성본능을 자극했다.

"할머니가 보내준 묵은 김치 있는데, 김치찌개 먹을래?"

유빈이 싱크대 아래에서 냄비를 찾아 꺼냈다. 전기밥솥의 뚜껑을 열고 안을 들여다보던 유빈이 인상을 찌푸렸다.

"밥이 좀 오래됐는데……. 다시 해야겠다."

얼마 만에 나눠보는 일상의 대화일까. 상큼한 과일 향이 풍기는 유빈의 긴 머리카락을 한 움큼 쥐고 하윤이 얼굴을 묻었다.

"유빈아, 시간을 조금만 줘. 엉킨 실타래를 풀어갈 시간을 줘."

"……."

"나는 너 아니면 죽어도 안 돼."

대답 없는 유빈의 어깨 위로 두 손을 둘러 백 허그를 한 하윤이 목덜미에 얼굴을 묻었다. 샴푸 향기 속에 섞여 있는 그녀만의 독특한 향을 찾아 깊이 숨을 들이마셨다.

"나한테서 도망쳐. 내가 오빠한테 매달리기 전에……."

유빈의 몸을 더욱 강하게 밀착시킴으로써 그가 대답을 대신했다.

"나 때문에 오빠가 많은 것을 잃을지도 몰라. 나의 출생이 오빠의 인생에 커다란 걸림돌이 될지도 몰라."

"그렇게 두지 않아. 내가 가진 능력을 우습게 보지 마. 반드시 지켜줄 거야."

단호한 하윤의 말에 유빈이 품 안에서 몸을 돌렸다. 열려진 셔츠 깃 사이로 보이는 가슴에 이마를 대자, 하윤이 양팔로 허리를 강하게 끌어안았다.

"오빠는 바보야. 사랑에 눈이 먼 바보."

"그럴지도 몰라, 내 눈에는 오직 너만 보이니까. 내가 가진 전부를 걸고서라도 너를 지킬 거야. 그러니 나를 믿고 나한테 기대."

달콤한 유혹과도 같은 제안. 유빈은 가만히 고개를 가로저었다.

"내 출생을 빌미로 누군가 오빠를 이용하려들면? 나 때문에 오빠가 힘들어질 것을 뻔히 아는데 어떻게……."

하윤이 유빈의 볼을 감싸 안았다. 확신에 찬 눈빛에 유빈은 뒷말을 삼켜야 했다.

"너만 내 옆에 있으면 돼. 그러면 어떤 어려움이 닥치더라도 헤쳐 나갈 자신이 있어. 너만 버텨주면 돼. 너만 강하게 버텨주면, 나는 아무것도 잃을 것이 없어."

그럴 수 있을까. 하윤의 옆에서 다시 행복해져도 되는 걸까. 오랜만에 느껴보는 마음의 평화. 이기적인 결정이라 비난받을지도 몰랐다. 그렇더라도 함께하고 싶어졌다.

"나는 이기적인 아이인가 봐. 오빠가 힘들어질 것을 아는데, 오빠를 놔줄 수가 없어."

하윤의 부드러운 입술이 이마에 와 닿았다.

"대신 내가 강해질게. 지금보다 강해져서, 오빠한테 어울리는 사람이 되도록 내가 노력할게."

바짝 끌어당기는 하윤으로 인해 유빈의 허리가 뒤로 꺾이었다. 저절로 올라간 시선에 단호하게 빛나는 하윤의 눈빛이 유빈을 사로잡았다.

"하나만 약속해. 무슨 일이 생기더라도 나한테서 도망치지 않겠다고, 다시는 아픈 비밀 같은 거 만들지 않겠다고."

말하지 않아도 하윤이 염려하는 것이 무엇인지 유빈은 짐작할 수 있었다.

"약속할게. 두 번 다시 도망치지 않을 거야."

고개를 위아래로 끄덕이는 유빈의 턱을 하윤이 한 손으로 붙잡았다. 만족의 한숨을 내쉬는 그의 숨결에 유빈의 속눈썹이 파르르 떨렸다. 그윽한 눈길로 내려다보던 하윤의 눈동자에 뜨거운 열기가 차오르고, 성적 긴장감이 일순간에 두 사람을 에워쌌다. 시작은 조심스러웠다. 투명하게 반짝이는 입술 위에 그의 입술을 맞대었다.

입술이 서로 포개지며 부드러운 감촉을 나누어 가졌다. 서서히 벌어지는 치아의 균열 안으로 하윤의 혀가 침입해 들어왔다. 촉촉하고 보드라운 입안을 그가 거침없이 탐닉하기 시작했다. 부딪치고 끌어당기는 강렬한 키스에 유빈의 호흡이 거칠어졌다. 손가락으로 머리카락을 휘어감아 그의 머리를 강하게 끌어당기자, 하윤이 뜨거운 호흡을 토해냈다. 어느새 게걸스럽게 서로를 탐하며 몸 안쪽으로 환락의 열기가 피어오르고 있었다.

다급한 하윤의 손이 가운의 끈을 찾았다. 매듭이 풀리자 두꺼운 목욕 가운이 옆으로 활짝 벌어졌다. 갑자기 차가운 공기에 노출된 유두가 바짝 곤두서는 게 느껴졌다. 하윤이 두 손으로 탄력 있는 가슴을 강하게 움켜쥐었다. 손가락 사이에 유두를 끼우고 비틀고 조이기를 반복하며 자극하자 뜨거운 기운이 아랫배를 관통했다. 짜릿한 쾌감이 몸 구석구석으로 퍼져가고 달뜬 신음이 유빈의 입술 사이로 흘러나왔다.

달콤한 혀가 부풀어 오른 아랫입술을 쓸고 목을 스쳐 가슴으로 내려왔다. 손가락이 주는 감각에 예민해질 대로 예민해진 분홍빛 돌기가 하얀 치아 사이에 물려지는 모습을 유빈이 열에 들뜬 눈으로 내려다보았다. 혀로 굴리고 감싸이는 아찔한 감각에 유빈의 머릿속에 남아 있던 이성이 흔적도 없이 사라져갔다. 지금은 채워지지 않는 갈증에 대한 강한 욕구만이 유빈을 지배하고 있었다.

하윤을 일으켜 세우고 다급하게 바지 벨트로 손을 가져갔다. 바지의 버튼을 풀고 지퍼를 내렸다. 그리고 한결 여유로워진 허리춤 안으로 손을 집어넣어 하윤의 성난 물건을 감싸 안았다. 부드럽게 위아래로 쓰다듬는 손길에 하윤의 입에서 헉 하며 거친 호흡이 쏟아져 나왔다.

그것을 사인으로 하윤이 유빈을 안아 올렸다. 목욕 가운이 저절로 그의 발아래로 떨어졌다. 침대가 보이는 방 안으로 거침없이 걸어가는 동안에도 유빈은 하윤의 중심부를 끊임없이 자극하고 있었다. 침대 한가운데 조심스럽게 유빈을 내려놓은 하윤이 한 발짝 뒤로 물러났다. 매끈한 나신을 바라보며 조바심이 난 하윤이 셔츠를 양옆으로 잡아당겼다. 후두둑 단추가 떨어짐과 동시에 셔츠가 어딘가로 날아갔다.

이동하는 동안 바지는 이미 벗겨지고 없었다. 하윤이 순식간에 브리프를 끌어내렸다. 그 동작으로 단단히 솟아 있던 중심부가 하늘을 향해 튕겨져 올라오며 유용을 드러냈다. 자신의 물건을 손으로 한 번 슬쩍 쓸어내린 하윤이 유연한 그녀의 종아리를 잡아 아래로 끌어당겼다. 그에 의해 활짝 벌려진 허벅지 사이로 끈적끈적한 샘물이 그를 유혹하고 있었다. 채워지지 않는 갈증을 느끼며 하윤이 뽀얀 허벅지 사이에 얼굴을 묻었다.

발끝으로 전율이 흘렀다. 격렬한 감각이 척추를 훑고 지나갔다. 머릿속에 무수한 불꽃이 터지고, 견딜 수 없는 감각의 늪에서 허우적거리다 허리가 저절로 튕겨져 올라갔다. 그 순간 하윤이 유빈의 안을 가득 채우고 있었다. 그녀의 동굴이 강한 수축을 반복하며 전진과 후퇴를 거듭하는 하윤의 분신을 절정의 순간으로 몰아가고 있었다.

한차례 거친 폭풍이 지나가고 등을 돌린 채 누워 있는 유빈의 벗은 어깨를 하윤이 입술로 지분거리고 있었다. 한 치의 여유 공간도 허락하지 않은 채 하윤이 유빈의 몸을 뒤에서 바짝 끌어안고 있었다.

"오빠, 배고프지. 내가 금방 저녁 준비할게."

졸음이 묻어나는 목소리에 하윤이 유빈을 앞으로 돌려 눕게 했다. 팔베개를 해주며 머리를 다정하게 쓰다듬기 시작했다.

"우선은 너부터 재워야겠다. 한숨 자고 일어나서 간단하게 먹자. 앞으로 함께할 시간은 많으니까. 나중에 하자."

무겁게 내려앉은 눈꺼풀에 유빈은 순응했다. 하윤의 옆이라면 용기를 낼 수 있을 것 같았다. 먼 길을 돌아왔지만 유빈은 그녀가 있어야 할 곳으로 돌아오자 평온함이 밀려들었다. 그는 그녀가 기억하는 그대로였다. 아프지 않게 꿀밤을 때리는 법을 알고, 그녀의 사소한 행동 하나에 의미를 두는 그녀의 현하윤이었다.

유빈은 지쳐 있었다. 바보처럼 도망치느라 아주 많이 지쳐 있었다. 이제는 그의 옆에서 쉬고 싶다. 그의 든든한 품 안에서 보호받으며 지친 마음을 위로받고 싶었다. 하윤의 허리에 두 손을 두르고 가슴에 얼굴을 묻었다. 긴 호흡을 통해 익숙한 그의 체취를 들이마셨다. 수면 가스처럼 그의 향기가 그녀에게 안정감을 주었다. 믿을 수 없게도 그 순간 유빈은 깊은 잠 속으로 빠져들었다.

유빈은 오랜만에 늦잠을 잤다. 오늘도 햇살은 변함없이 창가로

스며들었다. 어제 아침과 같은 종류의 태양이 떠올랐지만 그녀가 만끽하는 빛의 온도는 천지 차이였다. 하윤의 따뜻한 체온에 감싸인 온몸이 노곤하게 늘어졌다. 아침에 일어나서 한 일이라고는 상관인 상철에게 '월차'라는 문자 메시지를 보낸 것이 전부였다. 하윤이 밤사이 꺼내놓은 황탯국을 데워서 밥공기와 함께 쟁반에 담아 침대 맡으로 배달해주었다. 아이처럼 하윤이 떠주는 밥과 국을 받아먹고 포만감과 함께 다시 잠을 청했다.

유빈도 모르는 사이 몸에 미열이 있었던 모양이었다. 으슬으슬 떨리는 몸이 하윤의 품으로 파고들었다. 춥다며 칭얼대는 그녀를 위해 하윤이 담요를 찾아 덮어주고, 따뜻한 차와 더불어 해열제를 입안으로 넣어주었다. 그것이 그녀가 기억하는 하루의 대부분이었다. 얼마나 잤을까. 달그락대는 소리에 저절로 눈이 떠졌다.

유리창으로 보이는 하늘이 어느새 어스름한 초저녁의 색을 두르고 있었다. 잠결에 하윤이 커튼을 쳐서 눈부심을 차단했던 것이 어렴풋이 기억이 났다. 해가 기울어가면서 그가 다시 커튼을 열어두었는지, 방 안은 어스름한 노을빛에 물들고 있었다. 가뿐해진 팔다리로 기지개를 켜며 몽롱한 잠을 완전히 떨쳐버렸다. 쌓였던 피로를 한꺼번에 날려버린 기분이었다.

간단하게 양치질을 하고 세수를 했다. 훨씬 개운해진 기분으로 군침 돋는 냄새를 풍기는 주방으로 향했다. 식탁에는 차갑게 식어 있는 죽 그릇과 생선 초밥이 놓여 있었다. 음식을 보니 배가 고팠다. 맛있는 것을 먹고 싶다는 식욕이 돋는 것은 실로 오랜만이었다. 가스렌즈 위에서 끓고 있는 냄비에서 자극적인 냄새가 났다. 심각하게 냄비를 들여다보고 있는 하윤의 뒤로 가서 그의 허리에 팔을 둘렀다. 비좁은 공간이 하윤 한 사람으로 인해 꽉 찬 느낌이었다.

"뭐야? 맛있는 냄새 난다."

"잘 잤어?"

하윤이 돌아보며 정수리에 다정하게 키스했다. 그러고는 이마와 목을 손으로 만져 열을 체크했다. 체온이 정상으로 돌아온 것을 확인하고는 바로 냄비를 향해 돌아섰다. 유빈보다는 냄비 속 찌개에 더 관심을 두는 것 같아 은근히 질투가 났다. 하윤의 관심이 부담스럽다고 벗어나게 해달라고 불평할 때는 언제고, 이제는 먹는 음식에 질투를 하다니. 자신의 모순적인 모습에 생긋 기분 좋은 웃음이 났다. 별일 아닌 일에, 별거 아닌 생각에 자꾸만 웃음이 났다. 하윤의 옆이라서 그런가. 모든 것이 단순하고 여유로웠다.

"왜 자꾸 웃어. 나는 지금 심각한데."

"뭐가 그렇게 심각해?"

"배달원이 국물이 적당히 자글자글해지면 불을 끄라고 했거든. 그래서 지금 계속 지켜보는 거야. 자글자글이 무슨 의미일지 곱씹으면서."

"뭐?"

하윤의 허리 너머로 냄비 속 내용을 들여다보니 맛있는 냄새의 주범은 해물탕이었다. 너무 오래 끓여서인지 국물이 반 정도가 졸아들어 있었다.

"바보."

킥킥거리며 불을 꺼버리고는 다시 하윤의 등에 얼굴을 묻고 딱정벌레처럼 매달렸다. 예전에 수인의 등에 매달렸던 것처럼. 하윤이 오른쪽으로 움직이면 그녀도 오른쪽으로 끌려가고, 왼쪽으로 움직이면 왼쪽으로 따라갔다. 수인이 귀찮다고 밀어내지 않았던 것처럼 하윤도 그녀가 따라오기 쉽게 천천히 몸을 움직였다.

"뭘 먹고 싶어 할지 몰라서 이것저것 전화로 주문했어."

"용케 찾았네."

예전에 하윤이 두고 간 옷들을 이삿짐 속에 넣어두었었다. 정리해야지 하면서도, 차마 버리지 못하고 옷장 깊숙이 숨겨놨던 것들을 하윤이 용케 찾아 입었다. 부드러운 면 소재의 티셔츠에 코를 묻고 하윤의 향기를 들이마셨다.

"우선 뭐라도 먹자. 너 요즘 너무 말랐어. 매일 몸무게 체크할 테니까 그런 줄 알아. 만날 골골하고……. 냉장고에 들어 있는 보약도 개수 다 세어놨어. 먹었나, 안 먹었나, 날마다 확인할 거야. 예전에는 밤샘 작업하고도 휠휠 날아다니더니."

찌개 그릇을 식탁 한가운데 올려놓은 하윤이 싱크대 서랍장을 하나씩 열어보았다. 찾고 있던 숟가락과 젓가락을 발견하자 두 쌍을 나란히 식탁 위에 배치했다.

"그런 거 아냐. 나도 이제 늙어서 그래……."

"까분다."

하윤이 돌아서서 유빈의 코를 장난스럽게 비틀었다. 살이 빠져 홀쭉해진 볼을 손등으로 쓸어내리며 콧잔등에 주름을 잡았다.

"거울을 좀 봐. 너무 말라서 만져도 재미가 없잖아."

"잔소리꾼. 그럼 앞으로 만지지 마."

입으로는 만지지 마라 경고하면서 허리를 붙잡고 있는 손에 더욱 힘을 주었다.

"그럴 수는 없지. 날마다 안고 확인해봐야지. 우선 앉자. 밥 먹고 몸무게부터 확인하자."

허리에 둘러진 손을 풀려는 하윤의 손을 유빈이 교차해서 붙잡았다.

"오빠…… 내가 미안하다는 말 안 했지. 그동안 힘들게 해서 미안해. 미운 말만 골라 하고……. 사랑한다는 말도 못해줘서 미안해. 바보 같은 나…… 안 버려줘서 고마워."

"바보."

"알아, 나 바보인 거……. 만약에, 만약에 말이야. 나중에 오빠가 나 때문에 아주 힘든 일이 생겨도, 그래도 나 그냥 오빠 옆에 있고 싶어. 나 때문에 힘든 만큼 내가 더 잘할게."

물기 어린 목소리가 낮게 가라앉아 있었다. 하윤이 유빈의 얼굴에 흘러내린 머리카락을 단정하게 귀 뒤로 쓸어 넘겼다. 시원하게 드러난 이마와 깊어진 눈매를 손가락으로 가만히 쓸어보았다. 물기 어린 눈가에서 흘러내린 투명한 눈물 자국이 손끝에 묻어났다.

그사이에 유빈은 어른이 되어버렸다. 옅은 미소 속에 보이지 않는 상처를 잘도 숨겨두었다. 수인과의 관계를 알았을 때도, 명환의 존재를 알고서도 아픔을 오롯이 혼자 감당했다. 아프다고 엄살이라도 좀 부려주지. 아무렇지도 않은 척 수인을 감싸며 상처를 토닥이고 있었다. 어느새 성숙한 여인이 되어버린 유빈. 그녀의 성장에 하윤은 심장이 지끈거리며 저리고 아팠다.

"이 세상에 네가 내 옆에 없는 것보다 더 힘든 일은 없어. 그것만 알면 돼. 잊지 마. 나는 너 아니면 안 돼."

묵직한 삶의 무게는 여전히 유빈의 어깨를 무겁게 짓누르고 있었다. 풀지 못한 매듭처럼 꼬여 있는 관계들. 무거운 짐을 털어내고 자유롭게 창공을 향해 비상하기 위해 그녀가 풀어야 할 과제가 남아 있었다.

"사랑해, 오빠."

가까이에서 들여다본 까만 동공에 하윤의 모습이 반사되고 있었다. 예쁘게 미소 짓는 눈웃음은 오로지 그를 위한 것이었다. 머나먼 여정을 마치고 파랑새가 다시 품 안으로 돌아왔다. 서리가 내려앉은 가슴에 따스한 기운이 퍼진다. 유빈이 옆에 있다는 사실 하나만으로 조각났던 세상이 완벽하게 제 형태를 맞추어가고 있었다. 지금은 그것으로 충분했다. 길게 퍼지는 눈꼬리에 키스하며 하윤은 유빈을 품 안으로 깊숙이 끌어당겼다.

딸랑. 아침 일찍 사무실 문을 열고 들어서자 상큼한 장미 향이 기분 좋게 유빈을 맞아주었다. 공사를 맡긴 클라이언트에게 받은 향초 선물이었다.

"서유빈!"

손님용 접대 테이블에 앉아 핸드폰을 만지작거리던 상철이 유빈을 발견하자마자 득달같이 달려왔다. 양팔을 벌려 앞을 가로막으며 날카로운 눈으로 유빈을 위아래로 훑어보기 시작했다. 평상시와 다름없는 모습을 확인하고는 안도와 함께 허망한 한숨을 길게 내쉬었다. 찌든 술 냄새에 유빈은 인상을 찌푸리며 코를 손으로 막았다.

"그냥 확 짤리고 싶지? 그러지 않고서야 네 만행을 설명할 방법이 없다. 무단결석을 밥 먹듯이 해, 들쑥날쑥 문자 하나 달랑 보내고는 감히 내 전화를 씹지를 않나, 아예 수시로 핸드폰을 꺼놓지를 않나……. 회사가 네 집 안방이냐? 당장 시말서 써서 제출해."

"좋은 아침입니다."

대답을 요구하는 상철의 팔 밑을 가볍게 통과해 사무실 안으로 들어서며 유빈이 코맹맹이 소리로 인사를 건넸다. 창가에 등을 기댄 한강이 그녀를 말없이 바라보고 있는 것을 아프게 의식했다.

"야, 서 대리. 너 지금 내 말 씹은 거냐?"

상철이 유빈의 뒤를 바짝 따라 걸으며 시비를 걸고 있었다.

"클라이언트 만나러 간 것은 어떻게 됐어? 대박 하나 물어올 것처럼 기세등등하게 나가더니."

"유빈아, 무시해라. 어제 밤늦게까지 술 마시느라 소개팅한 여자한테 까였단다. 지금 누구든지 하나만 걸려라 하고 벼르고 있는 중이시다. 그냥 아침부터 똥 밟았다 생각해."

순이가 휴게실로 들어가며 한마디 거들었다.

"야, 김순이. 도대체 애네 학번 애들은 왜 다들 이 모양이야? 그게 선배한테 할 소리냐? 더구나 내가 네 상사거든. 차라리 이 기회에 안 씨로 성을 바꾸는 게 어때?"

"아침부터 똥 싼 개가 짖나, 왜 이리 시끄러워……."

씨도 안 먹힐 소리지, 어디 순이한테. 붉으락푸르락 변해가는 그를 보며 유빈이 간신히 웃음을 참고 있었다. 상철은 '열통 터져'를 중얼거리며 뜨거운 커피를 시원한 얼음물이라도 되는 양 한입에 들이켤 기세였다.

"가수 가윤이 저희 회사에 새로 분양받은 펜트하우스 옥상 정원 공사를 맡기고 싶대요."

푸우웃. 손에 들고 있던 블랙커피를 한입 크게 들이켜던 상철이 예상치 못한 발언에 호흡을 놓쳤다. 마른기침으로 입에 담긴 커피

를 유빈의 하얀 블라우스 위로 뿜어낸 후 어찌할 바를 모르고 허
둥대기 시작했다. 급한 대로 맨손으로 유빈의 블라우스로 번져버
린 커피를 닦아내느라 자신의 손이 어디를 더듬고 있는지도 몰랐
다. 열심히 유빈의 가슴을 규칙적으로 털어내는 상철의 손목을 한
강이 거칠게 잡아챘다.

"너 미쳤어!"

화가 나서 씩씩거리는 게 주먹이라도 한 대 내려칠 기세였다.

"뭐?"

아직도 상황파악이 되지 않는 상철이 멍한 표정으로 한강과 유
빈을 번갈아가며 쳐다보았다.

"대표님 혹시 직장 내 성추행이라고 들어보셨어요? 순이야, 이
런 것은 직장 내 근로기준법 어디에 해당되는 거지?"

유빈이 휴게실을 향해 큰 소리로 외치자, 순이가 믹스커피가 들
어 있는 종이컵을 수저로 저으며 걸어 나왔다.

"살벌하지. 사업주의 성희롱 행위에 대하여는 남녀고용평등법
제39조에 의거하여 1천만 원 이하의 과태료에 처함. 사실 벌금이
문제냐. 인생 완전 개쪽 되는 거지."

"야! 내가 언제 성…… 거 뭐냐. 암튼 감히 입에 담지도 못할 그
런 걸 했다고 그래? 완전 오해야."

"그럼 퉁쳐요."

"허, 기가 막혀서……. 야, 이것 좀 놔봐."

괘씸하다는 표정을 숨기지 않고 상철이 한강에 잡힌 손목을 비틀
어 뺐다. 그러고는 유빈의 주위를 뱅글뱅글 돌기 시작했다. 엄지손가
락으로는 턱을 받치고 검지로 열심히 콧잔등을 두드려대고 있었다.

"뭐지? 뭔가 촉이 오는데 그게 뭔지를 모르겠네. 분명 오늘따라 분위기가 다른데. 서 대리, 너 혹시 우리 몰래 복권이라도 당첨됐냐?"

"무슨 소리예요?"

"분명 달라. 촉이 와. 얼굴에 번지르르한 윤기가 돈다고 할까. 아무튼 한 번만 더 맘대로 땡땡이치면 그때는 진짜 시말서 열 장 쓸줄 알아. 이틀 동안 한강이가 너 걱정하느라고 잠도……."

푸우우우. 이번에는 순이가 입에 담긴 커피를 유빈의 옷에 뿜어버렸다. 밀크 커피의 연한 갈색으로 번져가는 블라우스를 유빈이 곤란한 눈으로 내려다보았다. 상철은 말꼬리를 얼버무린 채 슬쩍 한강의 눈치를 살폈다. 험하게 변해가는 얼굴 표정에 손바닥으로 자신의 입을 거칠게 한 대 쳤다.

"아, 나도 이제 몰라. 둘이 알아서 해결해. 나도 니들 눈치 보기 힘들다. 서 대리, 무슨 일이 있어도 방금 전에 말한 가윤 팬트하우스 계약 꼭 성사시켜라."

순이의 휘둥그레진 눈이 유빈을 향했다.

"가윤? 무슨 가윤? 설마 내 가윤?"

"네 가윤이고, 내 가윤이고…… 그건 나중에 따져 묻기로 하자. 너는 나랑 갈 데가 있어."

"어딜요?"

가지 않겠다고 버틸 것 같았던 순이가 순순히 끌려 나갔다. 의자에 걸어둔 가방을 챙기는 것도 잊지 않았다. 벨소리와 함께 문이 닫히자 어색한 공기가 두 사람을 에워쌌다. 침묵을 견디지 못하고 유빈이 먼저 말을 꺼내려는 찰나에 한강이 휴게실로 걸음을 옮겼다.

"따라와."

휴게실 한쪽 구석을 차지하고 있는 캐비닛으로 다가간 한강이 옷걸이에 걸린 티셔츠를 꺼내 유빈에게 내밀었다. 티셔츠를 받은 유빈은 말없이 화장실로 들어가서 옷을 갈아입었다. 공사 현장에 나갈 때를 대비해서 비치해둔 옷이었다. 박스처럼 커다란 티셔츠의 밑단을 허리춤에서 하나로 묶었다.

한강은 분쇄기로 커피 원두를 갈고 있었다. 방금 간 원두를 필터에 넣고 뜨거운 물을 부어 내리는 드립커피를 좋아했다. 전기드립포트에서 물을 내려붓자 열기가 올라오며 은은한 커피 향이 공기 중으로 퍼져나갔다. 진해 보이는 커피를 머그잔에 부어 유빈에게 내밀었다. 진한 코나 커피 향을 음미하는 유빈을 바라보며 한강이 두 번째 잔에 커피를 채웠다.

꺼칠하고 피곤해 보이는 얼굴을 하고 있었다. 아침에 면도를 하다 베었는지 말끔한 아래턱에 작은 상처 자국이 있었다. 푹 꺼진 눈이 오랜 동안 휴식다운 휴식을 취하지 못한 사람 같았다. 매일 보다시피 한 얼굴이면서 한 번도 제대로 들여다보지 못한 얼굴이었다. 미안함, 안쓰러움, 고마움, 복잡한 감정이 마음을 어지럽히자 시선을 아래로 떨어뜨렸다.

"걱정시켜서 미안해요."

"아픈 건 괜찮아?"

차분한 목소리에 유빈이 고개를 다시 들어 올렸다.

"어떻게 알았어요? 혹시……."

한강이 가볍게 고개를 끄덕였다. 아마 유빈이 자고 있을 때 다녀간 모양이었다. 명치를 한 대 차인 기분이었다. 의도치 않게 또다시 그에게 아픈 상처를 입히고 말았다.

"미안해요. 내가 진작 선배 놔줬어야 하는데……. 내가 너무 이기적이었어요. 선배가 무슨 생각으로 나를 바라보는지 알면서도 모르는 척했어요."

"네가 사과할 필요 없어. 알고 있었어. 네가 편하게 숨 쉴 공간이 필요하다는 것을."

나지막한 음성에는 아무런 감정도 실려 있지 않았다.

"힘들어서 기댈 곳이 필요했었나 봐요. 나도 모르는 사이에 선배한테 많이 의지하고 있었어요."

"이제는 더 이상 힘들지 않아?"

아일랜드 테이블에 가볍게 기대고 선 한강이 옆에 놓인 보라색 수국을 손끝으로 건드렸다.

"힘을 내볼려구요. 사실은 겁쟁이처럼 도망만 다니고 있었거든요. 부딪쳐볼 용기도 없이……."

오늘따라 쓰게만 느껴지는 커피를 한강은 억지로 끝까지 다 마셨다. 사무실 문을 열고 들어오던 유빈에게서는 밝은 빛이 나고 있었다. 오랜만에 보는 밝고 생동감 넘치는 에너지. 둔한 줄만 알았던 상철조차 유빈이 달라 보인다는 지적에 그의 예감이 맞았다는 확신이 들었다. 원래의 자리로 돌아갔구나. 아파트 문을 열고 나오는 하윤을 봤을 때 이미 예상한 일이었다.

"고백도 못 해보고 차이는 건가. 이래 봬도 내가 연희동 얼짱 출신인데. 은근 자존심 좀 상하는데……."

다 마신 커피 잔을 싱크대에 밀어놓고 한강은 허리를 폈다. 어그러진 마음을 들키고 싶지 않았다. 유빈은 한 번도 그에게 빈틈을 내보인 적이 없었다. 그녀가 미안해할 필요도, 죄책감을 가질 필요도 없었다. 그도 그녀도, 각자의 사랑에 최선을 다했을 뿐이었다.

"나 선배 좋아해요. 학교 선배로서, 직장 상사로서 선배를 잃고 싶지 않아요. 나보고 이기적이라고 해도 할 수 없어요. 앞으로는 더 뻔뻔해질 거거든요."

가벼운 농담으로 분위기를 풀어주려는 한강이 고마웠다. 그래서 용기를 낼 수 있었다.

"그래서 내가 어떻게 해주길 바라?"

"더 이상 나 여자로 좋아하지 말고, 후배로 아껴줘요. 순이처럼 마구마구 뺑뺑이 돌리세요. 열심히 따라갈게요."

숨을 곳이 필요했었다. 초라한 자신이 싫어 자꾸만 움츠러들던 유빈이었다. 그런 그녀를 한강이 '초록세상'으로 이끌어주었다. 그곳은 그녀에게 탈출구가 되어주었다. 상처받은 유빈은 그곳에서 숨을 쉴 방법을 찾아가고 있었다. 그러면서 유빈은 조금씩 성장하고 있었다.

"후회 안 할 자신 있지?"

한강은 웃고 있었다. 하지만 단단하게 힘을 준 어깨를 보며 유빈은 그가 상처받은 마음을 감추기 위해 힘겹게 버티고 있다는 것을 알 수 있었다.

"자신 있어요."

소중한 인연을 지켜낼 자신이 생겼다. 한강의 양손이 유빈의 어깨에 놓이고, 그가 허리를 굽혀 눈높이를 맞추었다. 빤히 바라보는 시선을 당당하게 마주했다.

"방금 너는 지옥행 급행열차의 VIP 티켓을 예매한 거다."

장난스러운 윙크를 마지막으로 한강이 유빈에게 등을 내보이며 멀어져갔다.

컴퓨터 CAD 작업을 통해 펜트하우스에 사용될 데크와 정원을 설계하는 유빈의 책상 위로 서류철 하나가 툭 하고 떨어졌다. 그리고 책상 옆으로 빨간 플레어스커트가 지나갔다. 서류철에는 추가로 주문해야 할 자재 목록들이 열거되어 있었다. 부엽토, 녹화 마대, 막대 비료, 트리코트, 발근촉진제…….

"이건 내 담당 아닌데."

한강의 무시무시한 경고는 단순한 농담이 아니었다. 뺑뺑이 돌려달라는 말은 하지 말았어야 했어. 지난 일주일 동안 책상에 머리를 찧어가며 후회했지만 한번 입 밖으로 내뱉은 말을 주워 담을 수도 없었다.

[한강 선배가 너보고 확인해서 오늘 중으로 주문하래.]

순이가 문자 메시지로 대답을 대신했다. 가윤의 공사 건으로 단단히 토라져 일체의 대화를 거부하고 있었다. 문자 메시지를 읽고, 마음속으로 10까지 세고 난 후에야 자리에서 일어났다. 몇 발자국 떨어진 곳에 자리한 한강의 파티션 칸막이를 두드렸다.

까다로운 클라이언트들을 상대하면서 터득한 매너. 양쪽 입꼬리는 최대한 부드럽게 올리고, 눈꼬리는 최대한 얌전하게 내려뜨렸다.

"박한강 실장님, 저한테 이번 옥상 정원 디자인 전임하셨잖아요. 한 단계 발전할 수 있는 좋은 기회일거라는 실장님의 격려에 열심히 작업 중입니다."

서류철을 조심히 한강의 책상 위로 올려놓았다. 무심하게 서류철을 내려다보던 한강의 시선이 컴퓨터 모니터 화면으로 돌아갔다. 모니터 안에는 가상의 테마 조경 디자인이 펼쳐져 있었다. 고층빌딩 사이로 자유로운 놀이공간과 녹지 공원의 개념을 넘어서 도심 속에서 전원생활을 경험할 수 있는 공용 텃밭을 조성하자는 취지가 디자인에 담겨 있었다. 한강이 회사 이름을 걸고 야심차게 준비하는 공모전 참가 작품이었다.

"유 대표가 너한테 일임하라던데."

"그거야, 유 선배가 한강 선배한테 직접 주기 눈치 보여서 나한테……."

차마 뒷말을 끝마칠 수가 없었다. 혀라도 깨물고 싶었다. 의도하지 않게 한강의 마음을 언급하고 말았다. 반복되는 일상처럼 의식하지 못하는 동안 한강의 배려에 길들여져 있었다. 눈에 뻔히 보이는 술수를 부리는 상철과 확실하게 단판을 지을 필요가 있었다. 사무실 안을 둘러보며 그를 찾는 유빈에게 한강이 주의를 주었다.

"아침에 회의할 때 못 들었어? 정신 똑바로 안 차리지? 상철이 1박2일 예정으로 지방 공사 현장 내려갔잖아. 부엽토는 항상 하는 주문 양대로 하고, 막대 비료는 한번 꽂으면 1년 가는 거라 이번에는 주문 리스트에서 빼도 될 것 같은데. 나머지도 재고 물량 확인해서 항상 하던 대로 주문 물량 맞추면 될 것 같고."

재고 물량 확인하려면 전철 타고 창고까지 다녀와야 하는데. 오늘 중으로 끝낼 수 있으려나. 벌써 오후 3시가 지나고 있었다. 시간을 확인하며 서류철을 집어 드는 유빈의 손에서 서류철이 사라졌다. 사라진 서류철은 한강의 책상 서랍 안으로 들어갔다. 금세 눈으로 웃음이 퍼지는 유빈을 보며 한강이 미간을 찡그린 채 손가락을 좌우로 흔들었다.

"오늘까지만이야. 다음부터는 그런 불쌍한 표정 안 먹혀."

"열심히 하겠습니다."

"대박!"

유빈의 대답과 맞물려 하이 톤의 외침이 사무실에 울려 퍼졌다. 깜짝 놀라 고개를 든 유빈과 순이의 시선이 마주쳤다. 한 손에 태블릿을 든 순이가 옥상으로 올라오라는 손짓을 해보였다. 책상으로 돌아간 유빈이 습관처럼 작업 중인 설계 도면을 따로 USB에 저장했다. 모니터를 끄고 핸드폰을 호주머니에 챙겨 넣는 유빈의 동작을 한강이 말없이 지켜보고 있었다.

사실 한강도 조금 전에 거래처의 문의 전화를 받고 가윤의 스캔들 기사를 읽고 있던 참이었다. 데뷔 이후 처음으로 터진 스캔들 기사였다. 각종 언론에서 앞다투어 추측성 기사를 내보내고 있었다. 게다가 특종으로 단독 기사를 터뜨린 신문사에서 기사와 함께 제공한 몇 장의 사진들이 신빈성에 무게를 실어주고 있었다.

<차 안에서 여자의 머리를 만지는 장면, 안전벨트를 잡아당기기 위해 상체가 기울어져 있는 장면. 아파트 지하 주차장에서 차문을 열고 여자를 에스코트해주는 장면. 지하 주차장 엘리베이터 안으로 걸어 들어가는 장면.>

누가 봐도 다정한 연인의 모습으로 오해할 만한 사진들이었다. 활발한 음반 활동과 콘서트로 해외에서도 인지도가 높은 가윤이었다. 기사는 처음 중국의 한 포털 사이트에 실렸었다. 한국 내에서 연예인이 아닌 일반인은 신분 보호를 위해 얼굴이 모자이크 처리되어 기사가 나지만, 해외 사이트에 실린 기사 속 사진에는 유빈의 얼굴이 여과 없이 드러나 있었다. 그리고 그 사진들은 빠른 속

도로 소셜 네트워크를 통해 퍼져가고 있었다.

가윤의 매니지먼트 회사에서 반박 기사를 내고 사진들이 내려지고 있었지만, 사람들의 관심을 차단하기에는 역부족이었다. 댓글을 통해 데이트 목격담이 전해지고, 가윤이 해외의 유명 쥬얼리숍에서 반지를 샀다는 증언들이 이어졌다.

무엇보다 SNS를 통해 가윤의 여자친구라고 믿는 유빈에 대한 개인정보가 빠른 속도로 퍼져가고 있는 것이 가장 큰 문제였다. 같은 고등학교 졸업생들의 댓글에 살이 붙여지고, 황당한 소문으로 부풀려지는 것을 지금으로서는 막을 방도가 없었다. 직장 선배로서 해줄 수 있는 게 아무것도 없다는 사실에 또 한 번 그의 한계를 실감하고 있었다. 힘든 시간들을 꿋꿋하게 버텨온 유빈이 이번에도 무사히 이겨내기를 응원할 수밖에. 거기까지가 그가 할 수 있는 전부였다.

"이제 그럼 나한테 화 풀린 거야?"

기사 내용을 일일이 읽어주는 순이에게 대뜸 유빈이 던진 질문이었다.

"대한민국을 뒤흔들어 놓은 스캔들 기사의 주인공이 되어서는 팔자 좋은 소리 하고 있다."

"사실이 아니잖아."

담담하게 말하지만 손톱을 물어뜯는 모습이 초조함을 숨기지 못하고 있었다. 유빈은 기사보다는 커뮤니티 사이트들의 댓글에 예민하게 반응하고 있었다.

"네 잘못을 알기는 하고?"

"물론이지. 사실은 진작부터 털어놓고 싶었어. 그런데 가윤 오빠가 유성그룹이랑 연결됐다는 배경이 알려지는 것을 끔찍이 싫어해서 나도 어쩔 수가 없었어. 나도 열렬한 팬이라, 이왕이면 오빠가 원하는 것은 뭐든 들어주고 싶었거든."

"어쭈, 얘 좀 봐. 사회 물 좀 먹었는데? 이제는 사람을 들었다, 놨다 굴릴 줄도 알고. 기특해서 우선은 내가 넘어가준다. 나는 사무실로 내려가서 제대로 된 댓글 놀이 좀 하고 있을 테니, 마음 차분하게 진정되는 대로 내려와."

핸드폰으로 열심히 문자 메시지를 찍어 보내면서 순이가 자리를 털고 일어났다. 그 순간 은은한 국화 향이 유빈의 관심을 끌었다. 얼마 전 꽃시장에서 사온 국화가 노랗게 만개해 바람결에 꽃향기를 실려 보내고 있었다. 곧 있으면 수인네 뒷마당에도 국화꽃이 만발하겠지. 꽃차를 만드는 손길이 한동안 바빠지겠다. 시골에서 자라 꽃과 나무를 좋아한다고 생각했었는데. 지금 생각해보니 엄마를 닮아서였나 보다.

긴 한숨과 함께 시선을 손에 들고 있는 태블릿 PC로 옮겨갔다. 옥상에 홀로 남겨진 유빈은 댓글들 하나하나를 유심히 읽어 내려가기 시작했다. 수인과의 관계를 언급하는 글에 순간 목 뒤로 싸늘한 한기가 돋아났다. 어느새 댓글은 서유빈이라는 일반인보다 서수인이라는 은퇴한 연예인에 대한 관심으로 채워져가고 있었다. 갑작스러운 은퇴를 둘러싼 추측성 댓글들이 꼬리에 꼬리를 물고 있었다. 재벌과의 약혼설과 파혼설, 한적한 시골 생활에 대한 의문들.

누군가가 의도적으로 수인을 다시 대중의 관심으로 끌어올리기 위해 일부러 댓글을 유도하고 있다는 생각까지 들었다. 유빈의 머릿속은 오로지 수인에 대한 걱정으로 가득 찼다. 조용히 지내고 싶은 수인이 다시 대중의 관심을 받게 되고 입방아에 오르내리게 되면 어떻게 하지. 혹시 수인의 과거를 기억하는 사람이 나와의 관계를 유추해내기라도 하면 어떻게 하지.

명환에게 딸을 찾아주겠다던 숙희의 냉혹한 얼굴이 떠오르자 가슴 안쪽으로 시린 분노가 울렁거렸다. 삐뚤빼뚤 써내려간 각서. 17살의 유빈을 혼자 두고 떠날 수밖에 없었던 수인의 결정을 이제는 이해할 수 있었다. 아무것도 모르던 어린 유빈이 감당하기에는 너무나 뼈아픈 출생의 비밀. 그녀를 지키기 위해 수인은 너무나 많은 것들을 희생했다. 이제는 유빈이 수인을 지키고 보듬어줘야 할 차례였다.

대담해지려 애쓰는 마음 한편으로 살며시 떠오르는 얼굴. 유빈으로 인해 소중한 것을 잃게 될지도 모르는 또 다른 한 사람. 용감해지겠다고 큰소리쳤음에도 다시 불안으로 조마조마해지는 마음, 작아지는 마음을 달래려 몇 번이고 맑은 공기를 들이마시며 호흡을 가다듬었다. 수인을 생각나게 하는 국화 향이 불안으로 흔들리는 마음을 차분하게 가라앉혀주었다.

"아…… 아. 마이크 시험 중. 고모, 사랑해."

평상시의 안정적인 목소리를 만들어내기 위해 몇 번이고 혼잣말을 중얼거렸다. 태블릿 화면에 펼쳐놓은 인터넷 사이트들을 하나씩 지우고, 마침내 핸드폰에 저장된 단축번호 1번을 눌렀다.

"고모, 뭐 해?"

-그렇지 않아도 네 생각 하면서 밑반찬 몇 개 만들고 있었는데. 어떻게 딱 맞춰서 전화했네?

"힘들게 왜 그랬어? 아직도 반찬 많이 남았는데…….

-하윤이가 너 살 빠졌다고 걱정 많이 하더라. 입맛 살아나는 음

324

식이 뭐가 있냐고 묻기에 생각난 김에 간장게장 만들고 있었어. 어려서부터 그것만 있으면 앉은자리에서 밥 한 공기는 뚝딱했잖아.

"맞아, 흰밥에 비벼서 먹으면 두 공기도 끄떡없지. 그런데 고모…… 혹시 오늘 인터넷 기사 봤어?"

-아니. 바빠서 못 찾아봤는데. 무슨 큰 사건이라도 있었어?

다행이다. 유빈은 작게 안도의 한숨을 내쉬었다.

"가윤 오빠가 새로 입주할 아파트 베란다 공사를 우리 회사에 맡겼거든. 일 때문에 단둘이 만났는데, 그걸 파파라치가 사진으로 찍었나 봐. 스캔들 기사로 터져서 지금 인터넷에서 난리도 아니야. 암튼 나 오빠 덕에 엄청 유명해졌어."

-어머나, 어떡해? 사람들 입소문이라는 게 한번 퍼지기 시작하면 정말 무서운 건데. 이상한 말이라도 만들어서 너랑 하윤이 곤란해지는 거 아니야?

"하윤 오빠가 좀 열 받기는 하겠지만 이해해줄 거야. 그런데 나는 고모 때문에 좀 걱정이 된다. 혹시 이번 일로 사람들이 고모 찾아가고 그럴까 봐."

-설마. 나야 예전에 잊힌 사람인데…….

"그렇겠지?"

-그럼. 괜히 나 때문에 걱정하고 그러지는 말고. 나는 오히려 너랑 하윤이가 걱정이다. 화낸다고 괜히 같이 싸우거나 그러지 말고, 잘 풀어줘. 속상해서 그런 거니깐. 그나저나 회사 일 하는 데 지장은 없어야 할 텐데 걱정이다.

"사실 아니라는 반박 기사 나갔으니깐 금방 잊힐 거야. 고모가 보고 속상해할까 봐 나는 그게 제일 걱정이야. 속상하니깐 고모는

사랑 혹은 집착

인터넷 보지 마, 알았지?"

-그래, 약속할게. 유빈아, 밥 잘 챙겨 먹고 다니지?

"당연하지. 고모가 냉장고 빵빵하게 채워줬잖아. 하윤 오빠도 덕분에 잘 먹고 있어."

-밖에서 파는 음식보다는 집 밥이 건강에 좋아. 잘 챙겨 먹고 다녀. 고모가 며칠 있다가 서울로 갈까 해. 이모할머니 생신이라고, 삼촌이 할머니랑 제주도로 여행 보내드린다고 하더라. 그래서 광주 공항에 모셔다드리면서 나는 김포행 비행기 타고 너한테 갈까 하는데. 시간 괜찮겠어?

"꼭이야. 미리 휴가 받아놔야겠다. 생각만 해도 너무 좋아. 정확한 날짜랑 시간 정해지면 바로 알려줘. 공항으로 마중 나갈 거니깐."

-그래. 티켓팅 하면 바로 알려줄게.

"빨리 보고 싶다. 사랑해, 고모."

-나도 우리 유빈이 사랑해.

전화를 끊고 난 후 자꾸 눈물이 차올라서 유빈은 하늘을 향해 고개를 들어 올렸다. 구름 없는 파란 하늘이 맑고 깨끗하다. 구름에 가려지면 볼 수 없는 파란색. 수인이 껴안고 있는 비밀이 구름이 되어 파란 하늘도 가리고 찬란한 태양도 가리고 있는 것은 아닐까. 수인이 감싸 안고 있는 구름이 없어지면, 수인은 행복해질 수 있을까. 안으로 조금씩 곪아가는 상처. 수인의 인생을 좀먹는 상처. 터트려서 깨끗이 씻어내면 세상 밖으로 당당하게 걸어 나올 수 있을까.

잔잔하게 흐르는 음악 소리에 유빈은 핸드폰을 하늘 높이 들어 올렸다. 가윤이 다운받아준 벨소리가 울리면서 액정 화면에 떠오른 이름 세 글자가 유빈의 마음을 편안하게 감싸주기 시작했다.

"오빠."

-아직 회사지?

"응."

-나랑 한 약속 잊지 마.

"안 잊을 거야. 아무리 힘들어도 난 오빠 옆에 있을 거야."

간신히 참고 있던 눈물 한 줄기가 관자놀이를 타고 머리카락 사이로 사라졌다. 주먹 쥔 손등으로 눈물을 닦아냈다. 강해지기 위해서는 연습이 필요하다는 사실을 깨달아가고 있었다. 울먹이는 소리를 감추느라 유빈은 말을 아꼈다. 오랜 시간 아프게 해서 더 이상은 하윤을 속상하게 하고 싶지 않았다.

-그쪽 회사에서 수습하고 있으니 해결하는 데 오래 걸리지 않을 거야. 걱정하지 마.

"걱정 안 해."

-착하다. 지금 회사 앞으로 가고 있어. 준비하고 내려와.

"알았어. 15분만 기다려줘. 지금 준비해서 내려갈게."

-그리고 서유빈, 이번 딱 한 번만 그냥 넘어가는 거다. 또 한 번만 그 녀석이랑 다정하게 사진 찍히기만 해. 그때는 진짜 혼날 줄 알아.

"하나도 안 변했어. 걱정 마, 나도 오늘 배운 게 있어. 다음부터는 가운 오빠 만날 때 마스크 꼭 쓰고 만날 거야."

-고집쟁이. 절대 안 만난다는 말은 안 하지……. 보고 싶다.

기분 좋은 울림. 보고 싶다는 말 한마디에 심장이 두근두근 설레기 시작했다. 침울하게 가라앉던 기분이 순식간에 기분 좋은 설렘으로 들뜨고 있었다. 17살의 여름으로 다시 돌아간 기분이었다. 장난스럽게 툭툭 내뱉는 하윤의 말 한마디에 세상이 무지갯빛이 되기도 하고, 잿빛으로 변하기도 했던 시절. 소시지 반찬 하나에 세상을 다 얻은 것처럼 행복해하던 때가 있었다.

사소한 일상이 이제는 오래된 추억으로 기억의 저장 창고에 남아 있다. 두근거리는 왼쪽 가슴을 손으로 쓸며 유빈은 살며시 미소 지었다. 더 이상 불안하지 않았다. 하윤과의 추억이 고단함을 위로해준다. 기댈 곳이 있다는 것. 믿음은 그들의 사랑을 담금질하는 쇠처럼 그녀를 강하게 만들고 있었다.

대형 검정 세단이 빌딩의 입구를 유유히 지나쳐 지하 주차장으로 들어섰다. 빌딩 앞 도로변에는 신문사 로고가 새겨진 차량이 나란히 주차되어 있고, 보도블록 위에는 카메라와 언론사 마크가 새겨진 기자증을 가슴에 달고 있는 기자들이 서성거리고 있었다. 어딘가로 전화를 걸기도 하고, 빌딩 안을 기웃거리는 모습에 호기심 어린 구경꾼들이 모여들고 있었다. 어딘가로 꼭꼭 숨어버린 가윤을 대신해서 유빈을 기다리는 기자들을 일별하는 하윤의 표정은 얼음 칼날처럼 날카롭고 서늘했다.

-네 작품이니?

"유성건설 차명계좌와 관련해 특검팀이 꾸려졌습니다. 월요일이면 유성건설 전, 현직 임원 12명의 이름을 빌려 주식을 차명으로 보유한 명의 신탁 의혹을 수사하기 위해 법원의 압수 수색영장이 발부될 겁니다. 주식을 산 자금의 출처와 배당금의 흐름에 대한 조사가 이루어지겠죠."

-도대체 무슨 생각인 거냐?

제니퍼의 음성이 휴대폰 스피커를 통해 나지막하게 흘러나왔다.

"유성캐피탈 전환 사채 편법 발행에 대해서도 언제든지 수사가 진행될 수 있습니다. 8년 전에 헐값에 사들인 사채로 20배의 수익을 이룬 큐빅스 파이낸스의 실체에 대한 조사가 이루어지겠죠. 이들을 잇는 연결 고리의 실마리가 밝혀지는 것은 시간문제일 겁니다."

-그래서 나한테 원하는 게 뭐니?

"한동안은 한국으로 발걸음을 하지 않는 게 좋으실 거라고 충고 드리는 겁니다."

지극히 공적인 비즈니스 미팅에서 대화를 나누는 사람들처럼 오고 가는 대화에 아무런 감흥이 없었다. 처음으로 제니퍼의 호흡이 틀어졌다고 느낀 순간 속삭이는 음성에 감정이 실렸다.

-그 아이 때문이니?

짧은 순간 정적이 흘렀다. 차가 지하 주차장으로 들어서며 깨끗하던 통화음에 잡음이 생겼다. 넓은 주차장을 돌아 지하 2층 승강기 출구 앞에 차가 멈추어 섰다. 엘리베이터 입구에는 검은 양복을 입은 경호원들이 대기 중이었다. 그 주위를 어슬렁거리는 기자들을 보는 하윤의 입매에 균열이 생겼다.

"그러지 말지 그러셨어요. 그럼 다 참아드리려고 했었거든요. 내 목숨을 가지고 장난을 치셨어도 참아드렸고, 내 이름을 내걸고 무모한 도박을 하셨을 때도 참아드렸잖아요."

"그건 다 네 경영권 승계를 위해서……."

갑자기 휘몰아치는 깨달음에 제니퍼는 한동안 말을 잇지 못했다. 설마…….

아무도 모를 거라 생각했던 납치 사건에 대한 내막을 알고 있을 거라고는 단 한 번도 의심해보지 못했다. 결코 좁혀질 수 없었던 그들의 간격. 차갑게 변해버린 하윤을 볼 때마다 엉클어진 운명을 원망하며 앞만 보고 달렸다. 아이러니하게도 하윤을 그녀로부터 멀어지게 만든 사람은 다름 아닌 제니퍼 자신이었다. 뒤늦은 깨달음에 말문이 막혀버렸다. 간신히 입을 열었을 때는 목소리가 심하게 떨리고 있었다.

-알고 있었던 거니?

어떤 순간에도 냉정함을 잃지 않던 어머니. 마침내 표면 위로 끌어올린 진실을 대면하는 하윤의 얼굴에 씁쓸한 미소가 떠올랐다. 너무나 오래되어 이제는 흐릿하게 남아 있는 그날의 기억들. 잠결에 울면서 엄마를 찾으러 집 안을 돌아다녔던 기억을 두고 악몽을 꾸었던 것이 아닐까 하고 헛된 희망을 품은 적도 있었다.

"왜 그러셨어요. 힘없는 아이를 어디까지 몰아붙일 생각이셨어요? 그 아이가 견뎌야 했을 절망의 무게를 생각해보셨어요?"

격양된 목소리는 어머니를 향한 아들의 원망이 담겨 있었다.

"그 아이한테는 그러지 말지 그러셨어요. 저를 위한다면 하나뿐인 제 심장은 건드리면 안 되는 거잖아요."

-너를 위해서였다.

"아니요, 어머니는 하나의 목표를 세워놓고, 그것을 위해 사시는 분이세요. 그 목표로 다가가는 길에 그 아이가 방해가 된다고 생각하셨겠죠."

가윤과의 스캔들 기사를 빌려 유빈에게 마지막 경고를 보내는 어머니의 잔혹함에 좌절할 수밖에 없었다. 목표물을 향해 불도저처럼 밀어붙이는 무모함을 방관만 한 자신에게 화가 났다. 자식으로서 그가 해줄 수 있는 유일한 배려라고 생각했었다. 언젠가는 어머니가 스스로 깨닫고 조용히 물러나주기를 기다리고 있었다, 그가 끝내기 전에.

오만했었다. 유리성에 유빈을 가둬놓고 지켜줄 수 있다고 큰소리쳤던 것처럼, 친절한 미소 속에 감추고 있던 냉혹한 시선을 간과했다. 결코 넘어서는 안 되는 경계선을 넘어버린 어머니. 돌이키기에는 너무 멀리까지 와버렸다. 마지막 남은 존경심마저 잃어버린 하윤의 삭막한 눈동자에 찬 서리가 어렸다.

"제 충고를 잊지 마세요."

결연한 목소리가 마지막 경고를 보내고 있었다.

딸깍.

자동차의 문이 밖에서 열리자 하윤은 어둠이 내려앉은 핸드폰을 재킷 호주머니에 집어넣었다. 진한 감색 양복을 입은 남자가 하윤을 기다리고 있었다. 유성그룹 법무팀에서 소송 및 자문 업무를 맡고 있는 김철주 변호사였다. 몇 년 동안 이어졌던 유성자동차 하이브리드 기술 특허 침해 소송에서 승리를 이끈 법무팀의 수장으로 언론에도 꽤 얼굴이 알려진 사람이었다.

"어떻게 되었습니까?"

"그쪽 회사에서 언론사마다 보도 자료를 배포하고, 스캔들 반박 기사를 냈습니다. 앞으로 두 시간 후에 정식으로 가수 가윤의 입장 표명이 있을 예정입니다. 기자회견보다는 팬클럽을 통해 입장 표명 글이 공개될 것 같습니다."

하윤이 고개를 가볍게 끄덕이며 출구를 향해 걸음을 옮기기 시작했다. 그의 등장으로 경호원들의 대열이 잠시 혼란을 겪었다. 엘리베이터의 입구를 경호하던 그들이 옆으로 움직이면서 틈이 생겼다.

때마침 하향선 엘리베이터가 도착을 알리며 문이 양쪽으로 열렸다.

"가윤의 그녀다."

무심하게 앞으로 발을 내딛던 유빈의 얼굴이 낭패감으로 흐려졌다. 앞다투어 덤벼드는 기자들을 피해 뒤로 물러서던 그녀가 누군가에게 팔이 잡혀 엘리베이터 밖으로 끌려나오다시피 했다.

"서수인 씨 조카라고 들었습니다. 서수인 씨는 두 사람의 관계를 알고 있습니까?"

"약혼했다는 게 사실입니까?"

누구에게 팔이 붙잡혔는지 확인해볼 겨를도 없었다. 하윤이 조끼를 입은 남자의 팔을 꺾어 가차 없이 벽으로 밀어붙였다. 고통으로 험악하게 구겨지는 남자의 머리를 하윤이 팔꿈치로 짓이겼다.

"오빠, 그만해."

노기로 번들거리는 하윤의 팔을 유빈이 잡아당겼다. 검은 양복의 사내들이 일사불란하게 그들의 주위를 경호하며 다른 사람들의 접근을 차단시켰다. 사진기 셔터 누르는 소리에 당황한 유빈이 하윤의 어깨에 얼굴을 묻자, 단단하게 경직된 어깨 근육에서 서서히 힘이 빠져나갔다. 하윤의 완력에 꼼짝도 못하던 남자가 팔에서 힘이 빠져나가자 기회를 놓치지 않고 하윤의 팔 아래서 기어 나오더니 쏜살같이 몇 발자국 멀찍이 떨어졌다. 고개를 들고 맨 먼저 천장에 매달린 보안 카메라를 확인했다. 그러고는 아래턱을 만지작거리며 험상궂은 말을 내뱉기 시작했다.

"니들 뭐야? 조폭이야? 깡패야? 니들 나 완전히 잘못 건드렸어. 내가 감히 누군 줄 알고……. 방금 그 장면 카메라에 다 찍혔거든? 어디서 감히 기자한테 손을 대?"

조끼 호주머니에서 핸드폰을 찾아 꺼내는 남자에게 하윤 대신 김철주 변호사가 다가갔다.

"서유빈 씨 법률 대리인 자격으로 온 김철주 변호사입니다."

의기양양하던 남자의 눈빛에 순간 당혹함이 어렸다. 유성그룹의 큰 소송 건과 관련해서 몇 차례 뉴스를 통해 세간에 얼굴이 알려진 사람이었다. 앞으로 내밀어진 명함을 받아든 남자의 얼굴에 작은 경련이 일었다. 왜 유성그룹 법무팀 소속 변호사가 유성그룹과는 아무런 연관이 없는 서유빈의 법률 대리를 맡고 있다는 것일까. 불현듯 머리를 스치는 의구심에 고개를 옆으로 돌려 자신을 단숨에 제압했던 장신의 남자를 찾았다.

하윤은 유빈의 어깨에 팔을 둘러 품 안으로 안전하게 끌어당겼다. 불안해하는 그녀에게 귓속말로 다정하게 속삭이는 표정이 따뜻한 봄날의 온화함을 연상시켰다. 유빈의 어깨에 매달린 커다란 가방을 대신 자신의 어깨로 옮겨가는 하윤의 얼굴을 확인한 남자의 두 눈이 놀라움으로 휘둥그레졌다. 누가 봐도 사랑하는 연인을 살갑게 챙기는 남자의 모습이었다. 카메라는 연속적으로 플래시를 터트리며 연인의 모습을 담고 있었다.

"서유빈 씨의 법률 대리인 자격으로 말씀드리겠습니다. 검증되지 않은 기사나 추측성 보도에 대해서는 법적 조치 등의 가능한 모든 방법을 동원해서 대응할 생각입니다. 추측성 음해 글과 확대 재생산 글에 대해서도 적극 대응할 생각입니다. 근거 없는 보도에 대해 자제를 부탁드리는 바입니다."

유성그룹 차기 후계자 현하윤이 그들에게 선전포고를 하고 있었다. 짚어도 한참 잘못 짚었다. 서유빈은 가수 가윤이 아닌 다른 남자의 연인이었다. 기자들이 웅성거리기 시작했다. 가윤과의 스캔들 기사가 사실이 아님을 입증하기 위해 특종에 목말라 하는 기자들이 도사리고 있는 장소에 스스럼없이 모습을 드러낸 하윤은 당당하게 그녀가 자신의 연인임을 암시하고 있었다.

그럼에도 불구하고 다정하게 보살펴주는 모습을 찍은 사진만으로는 추측성 기사에 불과하다는 언질을 주고 있었다. 덧붙여 가윤과의 스캔들 기사를 내리라는 무언의 압력이었다. 눈치 빠른 기자들이라 하윤의 경고에는 수인에 대한 기사도 포함된다는 것을 단박에 알아차렸다. 특종을 눈앞에 두고도 기사 한 줄 쓸 수 없게 되었다. 유성그룹의 광고 혜택을 무시할 수 없는 그들이기에 지금으로서는 조용히 물러서는 것이 최선의 선택이었다.

이로써 가윤의 스캔들 기사도 한낱 해프닝으로 마무리할 수밖에 없었다. 모처럼 만에 대어를 낚았다고 생각했던 기자들은 아쉬움을 뒤로하고 본사로 복귀하기 위해 가방을 챙겨들었다. 벽으로 밀쳐져 얼굴이 쓸린 남자도 씁쓸하게 카메라를 가방에 집어넣고 있었다. 현하윤의 여자를 함부로 건드리고 그 정도로 끝나서 다행이라며 보이지 않는 안도의 한숨을 내쉬고 있었다.

모처럼 만에 한가한 저녁 시간이었다. 이제는 그녀의 공간 곳곳에 제법 하윤의 흔적들이 묻어났다. 여유분의 칫솔과 면도기가 그녀의 세면대 서랍 칸을 차지하고 있었고, 빨래 건조대에는 그의 속옷과 양말이 그녀의 옷 사이사이에 자리하고 있었다. 빠른 속도로 그는 다시 유빈의 일상생활 속으로 파고들어왔다.

수인으로부터의 당부의 말도 있었지만, 하윤에게 따뜻한 집 밥을 해주고 싶었다. 사먹는 음식보다는 집 밥이 건강에 좋다는 수인의 잔소리에 어느덧 주방에서 보내는 시간이 많아졌다. 힘들게 했던 시간에 대한 보상이라도 하려는 듯 유빈은 시간이 날 때마다 인터넷의 요리 사이트를 둘러보고 있었다.

하윤의 바쁜 회사 일로 좀처럼 기회를 잡을 수가 없어 차일피일 미루던 요리 솜씨를 오늘 발휘해보기로 마음먹고, 집에 도착하자마자 부지런히 재료들을 꺼내놓기 시작했다. 부족한 재료들을 적은 쇼핑 리스트를 하윤의 손에 들려 마트로 보냈다.

"뭐가 좋은 건지 몰라서……."

음식 재료는 처음 사본다며 같은 재료를 다른 회사 제품으로 여러 개를 사들고 왔다. 쇼핑 봉투 하나 정도를 예상했던 유빈으로서는 4개나 되는 커다란 봉투를 들고 돌아오는 하윤을 보며 한동안 할 말을 잃었다.

"냉장고에 넣어두고 나중에 먹으면 되지, 뭐."

멋쩍은 표정으로 사온 물건들을 식탁 위에 진열하는 하윤을 보고 있으려니 금방이라도 쏟아져 나올 것 같던 잔소리가 쏙 들어가고 말았다. 이토록 자신없어하는 하윤을 본 적이 있었던가. 혼날까봐 눈치를 보는 천진난만한 어린아이를 연상케 하는 모습에 싱긋 웃음이 나오고야 말았다. 참을 수 없는 충동에 어린아이 얼굴에 뽀뽀하는 것처럼 쪽쪽 소리가 나게 하윤의 볼과 이마에 반복적으로 키스하고 있었다.

"이왕 할 거면 제대로 해."

장난스럽게 시작되었던 키스가 어느새 어른들의 격정적인 입맞춤으로 변해버렸다. 침실로 이끄는 손길을 간신히 뿌리치고 본격적인 요리 준비에 나섰지만, 반복되는 패턴에 시간만 마냥 흐르고 있었다. 처음에는 도와주겠다고 손을 걷어붙이고 나선 하윤에게 기대를 걸어봤다. 그러나 채 10분도 지나지 않아 그것이 실수였다는 것을 깨달았다.

요리가 처음인 하윤은 뭐 하나 제대로 해내는 법이 없었다. 도마를 어떤 식으로 사용하는지도 모르고, 양파 껍질을 어떻게 벗겨야 하는지도 몰랐다. 혼자서 했더라면 후다닥 해치울 일도 일일이 설명을 하고 가르쳐야 하니 두 배의 시간이 걸렸다. 가늘게 채를 썰어달라고 부탁했던 당근은 사각형의 큐빅이 되어 돌아오고, 노란색 파프리카는 길쭉하게는 썰었지만 너무나 두껍게 썰어 다시 두세 번에 걸쳐 가늘게 써는 것도 일이었다.

도와주기는커녕 번거롭게 일만 만들어내는 하윤을 비좁은 주방에서 내보내려 했지만 한사코 쫓겨나길 거부했다. 재료 손질 대신 유빈을 뒤에서 바짝 안고 있던 하윤이 간지럼을 피우는 통에 끝내는 접시가 두 개나 박살이 나고 말았다. 덕분에 6시부터 준비하던 저녁식사를 9시가 다 되어가는 늦은 밤이 되어서야 마무리 지을 수 있었다.

"성민 오빠는 무슨 요리 좋아해? 내가 한번 정식으로 초대하고 싶은데……."

따뜻한 물에 라이스페이퍼를 적시고 그 위에 간장 소스로 맛을 낸 닭고기, 가늘게 채 썬 야채들, 허브를 뿌리고 오븐에 구운 새우, 파인애플 등을 올렸다. 라이스페이퍼의 위아래를 모양 좋게 접어 한쪽으로 둥그렇게 말았다. 적당한 사이즈로 말아진 쌈을 땅콩 소스에 찍어 하윤에게 내밀었다.

"너부터 먹어."

"우선 오빠 먼저 먹고 나서. 그래서 뭘로 하지?"

대답 대신 하윤이 쌈을 한입 베어 물었다. 규칙적으로 움직이는 턱 근육 때문에 굳어진 표정을 유빈은 눈치채지 못했다. 하윤은 음식을 먹을 때 절대 흐트러진 모습을 보이지 않았다. 먹기 좋은 사이즈로 한입에 넣고 소리를 내거나, 음식을 삼키기 전까지는 입을 벌리지 않았다. 단정하게 음식을 삼키는 모습을 지켜보며 유빈은 다시 하윤이 좋아하는 것들로 채워 쌈을 쌌다.

"미안, 오늘 중으로 반드시 보내야만 하는 거라서. 다 끝났어. 그 거 이리 줘, 내가 쌀게."

유빈이 저녁을 준비하는 동안 노트북을 펼쳐 든 하윤은 한창 일에 빠져 있었다. 이메일의 SEND 버튼을 누르고 노트북을 거실에 가져다두고 온 하윤이 유빈의 옆자리로 다가와 앉았다.

"오빠는 못할걸. 이것도 나름 요령이 필요한 거라고. 안 그럼 내용물이 여기저기 다 빠져나와."

또 한 장을 싸서 하윤에게 내밀고, 맛있게 먹는 그를 뿌듯하게 바라보고 있었다.

"이제 네가 먹을 차례야. 아까 냉장고 뒤져봤더니 보약 개수가 그대로던데? 진짜 말 안 듣지? 점심은 제때 챙겨먹었지?"

보약 개수를 세어봤다는 말에 유빈이 허겁지겁 닭고기와 당근, 새우를 넣고 쌈을 싸서 입에 집어넣었다. 행여나 몸무게라도 재자고 할까 봐, 두 번째 쌈을 싸며 화제를 돌렸다.

"그래서 성민 오빠는 무슨 음식을 좋아하냐니까?"

"잔머리."

"칫, 그냥 좀 넘어가지?"

눈에 보이는 뻔한 술수에 하윤이 피식 미소 지었다. 잔소리 대신 하윤이 색색의 파프리카를 집어 닭고기 옆에 올려놓았다.

"형은 불판에 굽는 종류를 좋아하는 것 같던데. 갈비, 삼겹살, 조개 구이 이런 종류들. 주로 사먹는 음식이 그런 거던데. 그런 것들은 식당 가야 먹을 수 있는 거 아닌가?"

무심한 대답을 들으며 유빈이 야채가 들어 있는 쌈을 입에 크게 베어 물었다. 파프리카의 씹히는 맛이 싫어 잔뜩 인상을 찌푸린 채 입을 오물거렸다. 하윤은 칭찬하듯이 머리를 한 번 쓰다듬어주더니 입가에 묻은 땅콩 소스를 손가락으로 훔쳤다. 그러고는 곱게 흘겨보는 유빈의 눈가에 키스했다.

"오빠는 가끔 보면 나 외에 다른 사람들한테는 너무 무관심한 거 같아. 모르는 사람이 보면 엄청 차가운 사람이라고 오해할 거야. 속마음은 그렇지 않은데……."

미지근하게 식어버린 물을 반쯤 버리고, 전기 주전자에서 뜨거운 물을 커다란 볼에 섞어 담았다. 비어버린 주전자를 채우기 위해 유빈이 일어섰다. 식후에는 따뜻한 국화차를 마시고 싶었다. 의자를 뒤로 밀어내는 유빈의 허리를 안고 하윤이 무릎 위에 앉혔다.

"잠깐만 이렇게 있자."

진중한 목소리에 유빈이 움직임을 멈추었다. 가만히 등을 기대자 규칙적인 심장의 울림이 그대로 전달되었다. 조그맣게 열려 있는 다용도실 유리창 너머로 아이 엄마가 아이를 찾는 외침이 멀리서 들려왔다. 실내에는 벽시계의 초침 돌아가는 소리만이 조용한 정적을 깨고 있었다. 유빈이 얼굴을 들어 올리자, 하윤이 짧지만 다정하게 입술에 키스했다. 수염이 까칠하게 자란 아래턱이 볼을 스쳤다. 거친 느낌이 나는 아래턱을 손가락으로 쓰다듬자, 하윤이 손바닥에 입술을 가져다대며 조심스럽게 입을 열었다.

"사실은 할 말이 있어. 유미는 지난주부터 기업문화팀으로 자리를 옮겼어."

"알아, 성민 오빠한테 들었어. 사내 복지랑 기업 문화에 관심이 많아서 그쪽 분야 일을 해보고 싶어 한다고 들었어. 유미라면 잘 해낼 거야."

하윤이 유빈의 등까지 흘러내리는 머리카락들을 한 손으로 모아 한쪽 어깨 위로 늘어뜨렸다. 유미에 대한 이야기를 꺼내기가 조심스러운 듯 한동안 머리를 쓰다듬던 손길을 멈추고 드러난 반대쪽 어깨에 얼굴을 묻었다.

"처음에 만났을 때 유미는 상처가 많은 아이였어. 갑작스럽게 낯선 환경, 낯선 언어를 쓰는 나라에 떨어뜨려져서 아주 많이 힘겨웠을 거야. 혼자의 힘으로 모든 것을 이겨내야 했을 테니까. 그래서인지 자신의 감정을 드러내는 법이 거의 없었어. 특히 내 앞에서는 더욱 철저하게 표정을 감추고 있었던 것 같아."

"그게 어떤 건지 조금은 알 것 같아."

작은 한숨 소리와 함께 뜨거운 숨결이 목덜미를 훑고 지나갔다.

"성민이 형과 마찬가지로 내가 믿고 신뢰할 수 있는 몇 안 되는 사람들 중의 한 명이었어. 어떻게 보면 나한테는 돌봐주고 싶은 여동생에 가까운 존재였어. 앞으로도 그럴 거고."

"……."

"어떻게 설명해야 네가 더 쉽게 이해할 수 있을까……"

"굳이 설명하지 않아도 돼. 오빠가 유미의 마음을 이용하지 않았다는 것을 알아. 알았더라면 처음부터 내 옆으로 보내지 않았겠지."

"네 말처럼 나는 내가 관심 있는 것 외에는 무심한 성격이야. 아마 평생 변하지 않을지도 몰라. 그래서 앞으로도 너를 힘들게 할까 봐 미리 경고하는 거야. 절대 도망가지 못하게……."

"또 도망가면 어떻게 할 건데?"

"꿈도 꾸지 마. 너는 절대 나한테서 벗어날 수 없어."

하윤이 협박이라도 하는 것처럼 유빈의 허리를 바짝 끌어안았다.

"그런 꿈 안 꿔. 나 절대 도망 안 갈 거야. 그러니깐 오빠도 나한테서 도망갈 생각 하지 마. 강석 아저씨도 내 편이고, 가윤 오빠도 내 편이야. 오빠가 나 속상하게 하면 혼내줄 거라고 약속했어."

"여기서 그 자식 이름은 왜 나오는 거야? 지금도 간신히 참고 있는 거 안 보여? 능글맞은 바람둥이 자식. 한 번만 더 네 머리카락 가지고 장난치면, 그 뺀질거리는 얼굴을 죽사발을 만들어놓는 수가 있어."

흥분했는지 뜨거운 콧김이 귓바퀴에 어른거렸다.

"풋. 그런 말도 할 줄 알아? 오빠야말로 조심해. 가윤 오빠가 단단히 벼르고 있던데……."

"서유빈, 설마 나보다 그 자식이 싸움을 잘한다. 뭐, 이런 말도 안 되는 소리를 하고 싶은 건 아니지?"

하윤이 다리를 넓게 벌리는 통에 유빈의 엉덩이가 아래로 내려갔다. 좁은 의자 위로 하윤의 다리 사이에 끼어 앉은 꼴이 되어버렸다. 강한 허벅지의 힘에 옴짝달싹 못하게 된 유빈의 티셔츠 안으로 하윤의 손이 드리워졌다. 갑자기 허를 찔린 유빈이 긴장으로 몸을 도사리기 시작했다. 보나마나 또 장난기가 발동해서 간지러움을 태우든지, 아니면 예민한 부분을 혀로 자극해서 항복을 받아내려는 작전일 것이다.

"무식하게 힘으로 누르기 없기. 정정당당하게 말로 해."

"너하고는 정정당당한 게임이 안 돼. 처음 느티나무에서 만났을 때부터 그랬어. 유일하게 유치한 내 본성을 끄집어내고, 자극하는 사람이 바로 너야."

반항하듯 하윤의 허벅지를 누르며 다리를 자유롭게 빼려던 노력은 허사로 돌아갔다. 유빈의 두 팔이 하윤의 포옹에 단단히 갇혀버렸다. 하윤의 혀가 목과 어깨가 연결된 가장 예민한 부분을 간질이자 유빈의 어깨가 요란하게 움찔거렸다.

"진짜 유치해, 현하윤. 두고 봐. 내가 세상에서 최고로 부드러운 깃털을 사서 자고 있을 때……."

그 순간 유빈의 손가락에 묵직한 느낌이 전해졌다. 하윤이 결혼을 약속하며 징표로 끼워줬던 반지. 내부로 들어오는 빛을 전부 반사시키며 아름다운 광채를 발휘하는 화려한 보석이 끼워진 반지를 내려다보는 유빈의 목소리에 물기가 담겨 있었다.

"찾았구나."

이별을 준비하며 그에게 받은 선물들을 서재의 책상 서랍 안에 가져다놓았었다. 그가 돌려받길 원치 않을 것을 알면서도 달리 선택의 여지가 없었다. 마음이 담긴 선물들이기에 함부로 처리할 수가 없었다. 게다가 대부분 고가의 물건들이기에 그녀의 소유로 남겨둘 수도 없었다.

값어치가 없는 것들로 한두 개만 남겨두고, 나머지 것들은 평범한 종이 상자에 담아 눈에 띄지 않게 넣어두었다. 행여나 그가 발견하면 그들의 이별이 기정사실이 될까 두려워 비겁하게 그가 사용하지 않는 서랍을 골라 안쪽 깊은 곳에 숨겨두었었다. 언제 발견했을까. 설마 놓고 간 다음 날은 아니었겠지. 상자를 열어보고 어떤 기분이 들었을까. 복잡한 심정으로 흐려진 마음을 읽은 하윤이 목덜미에 부드럽게 키스했다.

"잃어버리지 않고 다시 주인을 찾아왔으니 됐어. 앞으로 다시는 놓치지 마."

"비겁해. 이런 식으로 사람 감동시키고……. 자꾸 미안하게 하고."

"그럼 약속해, 다시는 빼놓지 않겠다고."

깍지 낀 손등을 들어 올리자, 반지가 조명에 영롱한 빛을 반사하고 있었다. 원석이 깎여진 결에 따라 빛의 각도가 달라졌다.

'현하윤의 약혼자, 서유빈.'

네 번째 손가락에 느껴지는 묵직한 반지의 존재감. 주먹을 쥔 상태에서 다른 손가락들을 펴보면 다들 혼자서 펼 수가 있는데, 유독 네 번째 손가락은 혼자 힘으로 들어 올릴 수가 없다. 누군가의 도움을 받아야만 펴지는 손가락처럼 혼자의 힘으로 못하는 일을 상대방의 힘을 빌려 서로 함께 헤쳐 나가야 하는 것, 반지가 주는 의미였다. 지켜주겠다는 하윤의 약속. 힘이 들면 기댈 곳을 제공하겠다는 약속의 증표가 지금 유빈의 네 번째 손가락에 굳건하게 자리하고 있었다.

하윤이 구부정한 자세로 낮은 싱크대에서 설거지를 하고 있는 뒷모습을 유빈이 관찰하고 있었다. 큰 키 때문에 불편하게 앞으로 굽은 허리를 몇 번이나 펴고 스트레칭하는 모습이 우스웠다. 처음으로 하는 주방 일이 서툴러 보였지만 까다로운 성격답게 깨끗한 뒷마무리는 마음에 들었다.

몇 번이나 물로 헹구고 비누가 남았는지 손으로 확인하는 하윤의 완벽주의 성격에 시간은 벌써 11시가 넘어가고 있었다. 음식 준비하고 뒷정리까지 6시간도 넘게 걸렸다. 수인이 만들어놓은 반찬에 손쉬운 국이나 찌개를 끓여서 먹었던 것이 전부였던 그녀는 장보기부터 재료 손질까지, 처음부터 하나하나 준비해서 음식을 장만한다는 것이 보통 힘든 일이 아니라는 것을 실감했다. 자주 하다 보면 실력이 늘겠지? 말도 안 되게 엄청난 에너지를 소모한 기분이었다.

긴 하루였다. 주방에서 북적거리느라 잠시나마 머릿속에서 지울 수 있었던 현실과 대면할 시간이었다. 설거지가 대충 마무리되어가는 것을 지켜보며 유빈은 노트북의 전원을 켰다. 생각하지 않으려 노력했지만 의식 밑바닥에 잠재하고 있는 불안감을 완벽하게 떨칠 수는 없었다. 회사로 변호사를 대동하고 나타난 하윤을 떠올리자 유빈의 맥박이 다시 세차게 뛰기 시작했다. 나만의 방공호. 세상으로부터 그녀를 보호하고 싶어 하는 마음, 또 한편으로는 세상에 그녀를 당당하게 소개하고 싶어 하는 그의 마음이 고스란히 와 닿았다.

수인에 대한 헛된 관심이 잠잠해졌기를 바라며 포털 사이트의 연예란을 클릭했다. 창이 뜨자마자 자극적인 헤드라인 문구가 유빈의 시선을 사로잡았다. 대부분의 기사는 가수 가윤의 결혼 발표로 도배가 되어 있었다. 이게 무슨 소리야. 도대체 누구랑 결혼을 한다는 거지. 유빈은 재빠르게 기사 내용을 읽어 내려가기 시작했다.

<이 시대의 아이콘이라 할 수 있는 가수이자 영화배우 가윤. 한

류의 선봉 주자인 그가 전격 결혼을 발표했다. 데뷔 이후 처음으로 스캔들 기사가 났던 그는 방금 전 자신의 팬 카페를 통해 결혼 사실을 알려왔다. 스캔들 기사에 나왔던 사진 속 여인은 결혼 후 살게 될 신혼집 인테리어를 담당해주기로 한 가윤의 외가 친척이라고 밝혀졌다. 톱스타 가윤을 사로잡은 약혼녀는 대기업에 다니는 평범한 일반인으로 알려졌다.>

유빈에게 피해가 갈 것을 걱정한 가윤의 발 빠른 대처였다. 이제 대중의 관심은 평범한 직장인이라는 약혼녀에게 옮겨갔다. 수많은 팬텀을 해외까지 거느리고 있는 가윤의 열애에 국내는 물론 해외 팬들의 관심까지 뜨거웠다. 가윤이 팬 카페에 직접 올린 편지의 내용에는 고등학교에서 만난 인연으로 맺어진 그들의 러브 스토리가 간략하게 언급되어 있었다.

유빈의 마음속으로 한 줄기 희망과 불안이 교차하고 있었다. 유미를 향한 가윤의 오랜 짝사랑. 사랑의 결실이라는 단어를 반복해서 읽어 내려갔다. 진짜일까. 그녀를 위해 유미가 또다시 멍에를 짊어진 것이라면 어떻게 하지. 당장이라도 진위를 확인하고 싶은 마음이 유빈을 초조하게 만들고 있었다.

본능적으로 오른손이 약혼반지를 찾았다. 둥근 링을 안쪽으로 굴리며 보석을 감싸고 있는 측면을 손끝으로 쓰다듬었다. 별것도 아닌 행위가 신기하게도 조금씩 마음의 안정을 찾아주고 있었다. 이 모든 전제가 사실이라면 얼마나 좋을까. 그렇게만 된다면 유미에게 다가가기 위한 용기를 내볼 수 있지 않을까.

메일함을 열고 머릿속에 선명하게 기억하고 있는 유미의 이메일 주소를 입력했다. 자판기를 두드리고, 지우고를 반복했다. 많은 단어와 문장들의 홍수 속에서 그녀가 전하고 싶은 말은 결과적으로 하나였다.

　<그립다.>

　화면을 차지하고 있는 세 글자에서 유빈은 오랫동안 시선을 거두지 못했다.

Chapter 8

　유미와 유빈이 네모난 테이블을 앞에 두고 마주 앉아 있었다. 1층 로비에 자리한 직원 휴게실은 산뜻한 카페를 연상시켰다. 유리창에서 쏟아지는 오후의 햇살이 균등하게 실내를 비춰주며 밝음을 선사해주었다. 입구 반대편에 자리한 책장에는 월별로 발간된 회사 사보와 경제주간지가 나란히 진열되어 있었다. 책장 앞에 놓여 있는 가죽소파에 앉아 휴식을 취하는 직원들의 표정이 한결같이 여유로워 보였다. 유리벽을 세워 안과 밖의 세상을 연결하고 있었지만, 안에서는 그들만의 단절된 세상에서 평안함을 누리고 있었다.

　더운 계절에도 따뜻한 음료를 좋아하는 유빈을 위해 유미가 따뜻한 유자차를 보온병에 준비해두었다. 테이블 위에는 유미가 좋아하는 피칸을 올린 타르트와 유빈이 좋아하는 슈가 파우더를 뿌린 슈크림이 놓여 있었다. 출근길에 유빈이 대학 시절 유미와 자주 다니던 베이커리에 들러 사 온 것들이었다.

"입술 위에 크림 묻었어."

슈크림에서 빠져나온 노란 버터크림이 유빈의 입술 위로 번졌다. 유미가 호주머니에서 휴대용 화장지를 꺼내 크림 묻은 부위를 깨끗하게 닦아주었다.

"여전하구나, 우리는."

시큰거리는 콧잔등에 주름을 잡고 유빈이 나머지 슈크림을 입 안으로 집어넣었다. 주책없게 자꾸만 눈물이 맺히려 하고 있었다.

"여기 슈크림 여전히 왕 사이즈다. 그래서 나는 여기 베이커리 슈크림이 제일 맛있는 것 같아."

"나는 겨울이면 그 집 단팥죽이 생각나던데……."

유미는 유독 팥이 재료로 들어간 음식들을 좋아했었다.

"그러고 보면 너랑 성민 오빠랑 입맛이 비슷하기도 해. 오빠도 단팥빵을 좋아했던 것 같던데."

"어려서 엄마가 팥죽을 자주 해주셨거든. 아마 오빠랑 나한테 그 시절이 추억이 남아 있나 봐."

처음으로 어린 시절의 추억을 언급하는 유미의 표정이 편안해 보였다. 멍울이 사라진 얼굴에 유빈의 마음 또한 편안하게 물들었다. 유미가 따뜻한 유자차가 들어 있는 머그잔을 두 손으로 감싸 입으로 가져갔다. 반짝거리는 왼손에 유빈은 자연스럽게 시선을 빼앗겼다. 그녀의 네 번째 손가락에는 특이한 나비 문양의 반지가 끼워져 있었다. 나비 문양을 따라 촘촘하게 박힌 다이아몬드가 빛의 각도에 따라 화려하게 춤을 추었다. 한 쌍으로 보이는 같은 문

사랑 혹은 집착 347

양의 목걸이가 유미의 셔츠 깃 사이에서 모습을 드러냈다, 감췄다를 반복하며 숨바꼭질을 하고 있었다.

가끔 반지를 만지작거리는 유미는 혼자만의 세상에 동떨어진 사람 같았다. 수줍게 미소 짓기도 하고, 배시시 웃기도 하고. 아마도 가윤을 떠올리고 있겠지. 표정이 없던 유미의 얼굴에 다채로운 변화가 생겼다. 서로가 마음을 나누지 못했던 지난 1년 6개월의 시간이 유미에게도 커다란 변화의 시간들이었다는 것을 새삼스럽게 깨닫고 있었다. 사랑에 빠진 수줍은 친구의 얼굴에 유빈의 마음도 덩달아 흐뭇해졌다. 주책없이 눈가가 시큰거리는 것을 막기 위해 따뜻한 유자차를 마셨다. 맹맹하지도, 너무 달지도 않은 딱 적당한 맛. 유빈이 그리워하던 바로 그 맛이었다.

유성그룹 내 주요 계열사인 유성카드에서 신축하는 사옥의 옥상 정원과 휴게 공간인 실내 정원의 조성을 위한 조경 회사들의 공개 입찰이 본사에서 있는 날이었다. 이 본사 건물은 하윤과 유미가 근무하는 곳이기도 했다. 상철과 한강이 오랫동안 정성을 들여 준비하고 있던 프로젝트로 유빈이 굳이 따라올 필요는 없었다. 하지만 유빈에게는 작은 핑곗거리가 필요했다. 유미를 만나러 올 작은 구실.

'유미가 가윤이를 많이 사랑하는 것 같아. 나도 처음에는 반대했었다. 상대방 배경에 비해 우리가 가진 것이 너무 없어서. 하지만 지금은 가윤이를 믿고 유미를 맡기기로 했어. 유미가 요즘 많이 행복해한다. 너한테 차마 염치가 없어서 연락을 못 하는 것 같아. 나는 아무래도 남자고 결혼 준비 같은 것은 잘 몰라서. 누군가 유미를 도와줬으면 좋겠는데…….'

결혼 발표가 있던 다음 날, 성민이 먼저 유빈을 찾아왔었다. 가윤의 권유로 혹시 모를 후폭풍을 대비해 유미는 잠시 외국에 나가 있다고 전해주었다. 사무실로 돌아오자마자 차마 전날 보내지 못했던 이메일을 유미에게 보냈다. 문자로 서로의 안부를 주고받고 직접 얼굴을 대면하기는 일주일 만이었다.

　"신혼집 정원에 특별히 심고 싶은 정원수 있어?"

　"전문가한테 일임할게. 규칙적으로 물만 자동으로 나오게 신경 써줘. 네가 예쁘게 만들어준 정원이 엉망이 될까 봐 벌써부터 걱정 돼."

　"그건 걱정 마. 관리 안 해도 혼자 잘 자라는 정원수들로 골라 볼게. 스프링클러 시스템이 있어서 시간마다 물도 자동으로 나올 거야. 물론 내가 시간 날 때마다 들러서 관리도 해줄 거야."

　"안심이다. 가윤 선배는 벚나무를 좋아하는 것 같던데. 그런 큰 나무도 옥상에 심을 수 있으려나……."

　가윤의 이름을 언급하는 유미의 볼이 핑크색으로 곱게 물들었다. 예쁜 입술선이 크게 포물선이 그려졌다. 행복하구나. 몇 번이고 확인하게 된다.

　"가윤 오빠가 잘해줘?"

　"그렇지, 뭐. 티격태격했다가 자상했다가……."

　"오빠가 워낙 장난기가 심해서. 그래도 자상한 성격이라 잘해줄 거야. 그런데 여자들한테 너무 친절해서 문제가 되겠어. 지난번에 오빠 차를 탔는데 내 좌석 벨트로 손이 자동으로 오더라니깐. 너 대신 내가 따끔하게 언질을 줘야겠어. 아니다. 차라리 성민 오빠한 테 부탁해야지. 성민 오빠 싸움 잘하잖아."

"……."

유빈을 바라보는 유미의 눈시울이 점점 붉어져갔다. 일상의 대화가 사무치게 그리웠었다. 지난 시간의 공백이 전혀 어색하지 않아 다행이었다.

"유미야, 내가 너무 늦게 연락해서 미안해. 내가 아주 많이 비겁했어."

"그러지 마. 나 때문이기도 하니까. 성민 오빠한테 그동안 무슨일이 있었는지 들었어. 네가 가장 힘든 시간을 보낼 동안 옆에 있어주지 못해서 미안해."

손등 위로 따뜻하게 전해져오는 온기에 기어이 참고 있던 눈물한 방울을 흘리고야 말았다.

"우리 그런 얘기는 이제 그만하자. 이러다 대성통곡이라도 하면어떻게 해. 지나가는 사람들이 다들 이상하게 생각할 거야."

유미도 급하게 눈가를 훔치며 피칸 타르트를 한입 크게 베어 물었다. 사원들의 휴식공간인 휴게실에서 흘러넘치는 감정을 조절하느라 두 사람 모두 다른 곳으로 관심을 돌려야 했다.

"이 건물은 처음이지?"

"응, 생각보다 안이 넓어서 놀랐어. 로비에서 백 미터 달리기를해도 되겠는데."

유리 칸막이를 통해 바쁘게 움직이는 직원들의 모습을 눈으로쫓았다. 은연중에 그들 속에서 하윤의 모습을 찾고 있었다.

"성민 오빠한테 전화해볼까?"

그녀의 시선을 살피던 유미가 조심스럽게 물어왔다.

"아니. 어차피 마주쳐도 아는 척하지 말라고 부탁하고 싶어. 불편하잖아, 아무래도……."

평사원들과는 다른 하윤의 위치 때문에 다른 직원들의 이목이 부담스러웠다. 회사에서는 어떤 모습일까. 호기심에 한 번쯤 몰래 훔쳐보고 싶다는 생각은 순진한 욕심일 뿐이었다. 공개 입찰에 참여하러 온 회사의 직원이라는 입장에 더욱 조심스러웠다. 그런데 우연인지 말이 끝나기가 무섭게 옆 테이블에서 현하윤 이사라는 하윤을 지칭한 단어가 들려왔다. 그 순간 유빈의 심장이 빠른 속도로 요동치기 시작했다. 여전히 하윤의 존재는 이름만으로도 유빈의 심장박동을 불규칙적으로 만들어놓는 힘이 있었다.

로비 입구에서부터 진회색의 슬림 핏 양복이 근사하게 어울리는 하윤이 정면으로 걸어오고 있었다. 허리를 곧게 세우고 보좌관의 말에 귀를 기울이는 모습은 그녀가 상상했던 그대로였다. 유연한 걸음걸이에는 자신감이 넘쳤다. 스쳐가는 직원들에게 고개를 끄덕이며 인사를 건네는 모습이 낯선 듯하면서 어딘가 편안한 익숙함이 있었다. 가슴 밑바닥에서부터 차고 올라오는 자랑스러움에 유빈의 얼굴에 저절로 환한 미소가 피어올랐다.

기다란 다리로 성큼성큼 걸어오던 그가 로비 한가운데에서 걸음을 멈추었다. 뒤따라오던 보좌관의 종종걸음에 보조를 맞추기 위해서였다. 그의 오른편에 서서 어깨를 나란히 하는 동행에게 관심을 기울이던 유빈의 얼굴이 그 순간 긴장으로 살며시 굳어졌다.

올백으로 머리를 하나로 묶어 말끔하게 정리하고, 볼륨 있는 몸매가 강조된 타이트한 오피스룩 차림의 수행 비서가 하윤의 곁을 지키고 있었다. 세련된 셔츠에 무릎까지 내려오는 A라인의 스커트를 매치했다. 화이트 스커트 옆 라인에 그레이로 착시현상을 일으키는 포인트를 주어 날씬한 허리를 더욱 부각시켰다. 높은 하이힐을 신고 또박또박 걷는 허지나에게서는 지난번에 볼 수 없었던 단아하면서 이지적인 매력이 더해져 있었다.

유빈은 무의식적으로 자신의 옷차림을 내려다보게 되었다. 캐주얼한 하늘색 셔츠에 연한 베이지 색상의 슬랙스를 매치해서 입고 있었다. 바짓단 밑으로 보이는 남색의 캔버스 슈즈가 초라해 보이는 순간이었다.

로비의 입구와 휴게실의 중간 정도에 엘리베이터 전용 공간이 있었다. 그 전용 공간 안으로 들어간 하윤이 벽에 붙어 있는 동그란 버튼을 눌렀다. 그의 주위를 빙 둘러싸고 사람들이 모여들기 시작했다. 많은 사람들에 둘러싸여 있어도 키가 큰 하윤은 눈에 쉽게 띄었다. 허지나가 무언가 말을 걸자, 그가 고개를 숙여 귀를 기울였다. 옅은 미소 뒤에 달뜬 표정을 숨기지 못하는 그녀가 손으로 입을 가렸다.

하윤은 지금 어떤 표정을 짓고 있을까. 하윤이 고개를 끄덕이며 지나에게 기울어지는 각도가 깊어질수록 유빈의 심장이 불안으로 파닥거렸다. 그의 관심이 유빈이 아닌 다른 누군가에게 향한다는 사실 하나만으로 묘한 질투에 사로잡혀버렸다. 이럴 줄 알았더라면 처음부터 쳐다보지 말걸. 당당하게 뛰쳐나가서 현하윤은 내 사람이라고 큰 소리 칠 자신도 없으면서…….

다섯 대의 엘리베이터 중에 두 대의 문이 동시에 열렸다. 비좁은 복도로 정장을 입은 한 무리의 사람들이 쏟아져 나왔다. 비슷한 색감의 옷들을 입은 사람들과 섞여 하윤의 모습이 일순간 사라졌다. 두 대의 엘리베이터 중에 한 대에 하윤이 타고 있겠지.

눈앞에서 보고도 인사조차 없이 떠나보내려니 왠지 서운한 마음이 들었다. 몇 시간만 있으면 다시 그녀를 만나러 집으로 돌아올 거라는 것을 알면서도 가슴 한 켠이 허전했다. 하윤에 관해서는 염치없는 욕심쟁이가 되어버리고 만다. 더 이상 바랄 게 없다 생각했다가도, 어느 틈에 새로운 욕심이 생긴다.

엘리베이터 문이 열리고 정신없이 교차되는 사람들이 좁은 틈바구니에서 썰물처럼 빠져나가고 있었다. 넓은 로비로 빠져나온 사람들이 물방울처럼 사방으로 퍼져 나갔다. 엘리베이터를 위한 전용 공간에 한 사람의 인영만이 남아 있었다. 진회색 바탕의 슈트에는 세로로 가는 줄무늬가 새겨져 있다는 것을 이제야 알았다.

왜 다른 사람들처럼 엘리베이터를 타지 않았을까. 반가움과 함께 의문을 떠올린 순간 하윤이 몸을 돌려 휴게실을 향해 곧바로 걸어왔다. 그의 시선은 유리벽 너머 유빈에게 고정되어 있었다. 그녀를 바라보는 시선에는 일말의 놀라움도 없었다. 마치 처음부터 그녀가 휴게실에 있다는 사실을 알고 있었던 것 같았다. 오히려 놀라 당혹감에 눈이 휘둥그레지는 사람은 유빈이었다.

하윤이 휴게실을 향해 걸어오고 있다는 사실에 아늑하던 장소가 어수선해지기 시작했다. 대리석 바닥으로 의자가 밀려나 긁히는 소리가 연이어 이어졌다. 가죽소파에 앉아 있던 사람들이 일어나면서 부스럭거리는 소리와 책장에 잡지가 꽂히는 둔탁한 소음이 뒤를 이었다. 두런대는 말소리에는 분명 처음 겪어보는 상황에 대한 혼란이 담겨 있었다.

하윤과 눈이 마주쳤다. 더 이상 다가오지 말라는 의미로 고개를 옆으로 저었지만, 전혀 개의치 않는 눈치였다.

"안녕하십니까, 이사님."

"안녕하십니까, 현 이사님."

마침내 유리문이 열렸다. 금남의 집에 남학생이 침입해 들어온 것처럼 멋쩍은 목소리가 한데 섞여 들여왔다. 어색한 순간이었다. 유빈도 의식하지 못하는 사이에 자리에서 일어서 있었다. 직장 생활을 통해 몸에 익힌 사회생활의 기본자세. 계약서상 갑과 을의 관계에서 주로 을에 해당하는 유빈은 누구에게든지 깍듯하게 인사하는 버릇이 생겼다.

"안녕하세요, 이사님."

"안녕하세요."

유미를 따라 고개를 숙이며 인사말을 건네는 유빈의 태도에 하윤이 '훗' 하고 웃음을 터트렸다. 유빈이 어색해하며 뒤로 멀찍이 물러선다. 낯선 타인처럼 얼렁뚱땅 대충 빠져나가고 싶어 하는 유빈의 의도가 눈에 훤했다. 하지만 그는 유빈의 연극에 맞장구를 쳐줄 생각이 전혀 없어 보였다. 곁으로 성큼 다가온 하윤이 그녀의 볼에 짧은 입맞춤으로 두 사람이 연인 관계임을 스스럼없이 공개했다. 예상치 못한 그의 공격에 당황한 유빈의 볼이 핑크빛으로 상기되어갔다.

다른 직원들도 꽤나 당황하고 있었다. 보수적인 분위기의 회사 내에서 보스의 애정 행각을 마음 편하게 지켜볼 입장이 아니었다. 앞다투어 휴게실을 빠져나가는 그들을 보며 유빈이 콧잔등에 주름을 잡았다.

"내가 난처해할 거 뻔히 알면서, 일부러 이러는 거지?"

"명심해, 네가 스스로 내 영역으로 걸어 들어온 거야."

하윤이 곱게 눈을 흘기는 유빈의 코를 장난스럽게 손끝으로 튕겼다.

"올 거면 나한테도 미리 언질을 주지 그랬어. 알았으면 점심 약속을 나중으로 미루는 건데 그랬다."

"잠깐 유미 보고 싶어서 들른 거야. 오후에 A/S 관계로 거래처에 들러야 해. 그런데 오빠는 내가 여기에 있다는 것을 어떻게 알았어?"

떠오르는 의구심에 유빈의 눈이 가늘어졌다. 유리벽을 통해 휴게실의 내부가 오픈되어 있었지만, 하윤의 위치에서 가장 구석진 모퉁이에 앉아 있던 유빈을 알아차리기에는 분명 무리가 있었다.

"점심은 뭐 먹었어?"

화제를 돌리는 하윤을 보니 의문이 확신으로 바뀌었다. 불편한 시선이 유리창 너머로 향했다.

"보고받았잖아."

퉁명스러운 대답에 하윤이 작게 한숨을 내쉬었다.

"며칠 동안만이야. 이 일만 해결되면 철수시킬 거야. 화났어?"

"화나서 이러는 게 아니잖아. 나만 또 바보처럼 아무것도 모르고 있잖아. 오빠만 힘들어하는 게 싫어서 그래. 미리 말해주면 좋았잖아."

"걱정시키고 싶지 않아서 그래. 오래 안 걸려."

화나지 않았다는 말에 눈에 띄게 안도하는 하윤을 보며 유빈은 하고 싶은 말을 안으로 삼켰다. 건물 외벽은 특수 유리로 밖에서는 내부를 들여다볼 수 없었다. 그러나 어디선가 유빈을 따라다니는 시선이 있었다. 의식하지 않으려 해도 결코 적응이 되지 않았다.

유빈은 커다랗게 한숨을 내쉬었다. 달갑지 않은 일이었지만 하윤이 원하는 일이라면 받아들이고 수긍하는 수밖에.

무슨 일일까. 기자라도 따라다니는 걸까. 걱정으로 흐려지는 유빈의 어깨를 감싸 안은 하윤이 정수리에 다정하게 키스했다. 이럴까 봐 일부러 얘기하지 않았다는 것을 안다. 근심 어린 표정을 지우고, 대신 한층 밝아진 얼굴로 하윤을 안심시켰다.

"알았어. 기다릴게."

"착하다, 서유빈."

유빈의 머리를 토닥이며 하윤이 유미에게 시선을 돌렸다.

"유미야, 기업문화팀 일은 어때? 적응하느라 힘들지 않아?"

"재미있습니다, 이사님."

"그럼 됐다. 그리고 우리끼리 있을 때는 너무 딱딱하게 굴지 말고 편하게 대해줬으면 좋겠다."

"네, 하윤 오빠."

그의 앞에서는 경직된 표정이 대부분이었던 유미가 밝게 웃고 있었다. 그를 바라보는 유미의 마음은 잔잔한 바다처럼 평화로웠다. 여전히 하윤을 존경하고 그에게 받은 은혜를 잊지 않았다. 하지만 지금은 더 이상 속절없는 짝사랑에 가슴 아파하지 않는다. 언젠가부터 유미는 하윤을 바라보는 게 더 이상 힘들지 않게 되었다. 동경과 사랑의 경계선에서 가윤을 통해 진정한 사랑의 의미를 깨닫게 된 순간부터였을 것이다.

"가윤이 녀석이랑 시간 맞춰서 같이 식사라도 하자."

"선배랑 시간 맞춰볼게요."

"보나마나 가윤 오빠 식사 시간 내내 툴툴거릴걸. 왜 하윤이는 오빠고 나는 선배라고 부르냐면서. 안 봐도 뻔해."

테이블 위에 흩어져 있는 베이커리와 컵을 정리하는 유미를 도우며 유빈이 한마디 거들었다. 유빈의 손에 들린 슈크림을 가져다 하윤이 크게 베어 물었다. 달콤한 버터크림이 입술 위로 삐져나왔다. 얼굴에 크림을 묻히고 싱긋 웃는 하윤의 모습이 훨씬 어려 보였다. 싱그러웠던 하윤의 미소, 그의 미소는 유미가 처음으로 만났던 18세의 하윤을 떠올리게 했다.

크리스마스 전등으로 화려하게 장식된 커다란 2층 벽돌집. 제니퍼를 따라 집 안으로 들어서는 그녀를 향해 하윤은 캐러멜 애플을 선물로 내밀었다. 사과를 둘러싼 달콤한 캐러멜 위에 잘게 부순 피칸이 뿌려져 있었다.

'메리 크리스마스. 그동안 외로웠지? 우리가 너를 한국으로 돌려보내줄 거야. 나랑 성민이 형이 이제부터 너를 돌봐줄게.'

하윤이 유미에게 건넨 첫인사였다. 산타클로스에게 처음으로 선물을 받은 아이처럼 기쁘고 들뜬 마음. 그때부터 유미는 피칸이 들어간 파이와 타르트를 좋아하기 시작했다. 세상으로부터 버림받았다고 좌절했던 순간에 손 내밀어준 고마운 사람. 평생 이 사람 옆에서 은혜를 갚으며 살겠다고 결심했었다.

유미가 티슈를 한 장 뽑아 하윤에게 내밀었다. 순수한 마음에서 베풀어준 선행. 하윤에게 고맙다고 말한 적이 있었던가. 너무나 고마워 차마 말로 표현할 수 없었던 그 말이 마음에 쌓여 굴레가 되어버렸다. 그리고 그 굴레는 유미뿐 아니라 하윤에게까지 커다란 짐이 되어 있었다.

"고마워요, 하윤 오빠."

그녀의 마음이 전달이 되었을까. 부드럽게 웃는 하윤의 미소에는 그녀를 향한 변함없는 신뢰가 담겨 있었다. 그때, 어디선가 '쯧쯧' 하며 혀 차는 소리가 들려왔다. 방금 전에 입가에 잔뜩 크림을 묻히고 먹던 모습은 머릿속에서 까마득히 지워버린 모양이었다. 콧잔등을 찡그린 유빈이 티슈를 들고 하윤의 입술을 훔치고 있었다. 피식. 유미의 웃음소리에 유빈이 개구쟁이처럼 한쪽 눈을 찡긋 감고 윙크를 보냈다. 오랜 시간을 함께한 세 사람이 마침내 편안한 마음으로 서로를 바라보고 있었다.

유니크 병원의 이사장실 앞에서 유빈은 초조해지는 마음을 심호흡으로 다스리고 있었다. 입구에는 '이사장 정숙희'라는 문패가 당당하게 걸려 있었다. 맹 과장을 통해 실내 연못 보수공사를 이유로 담당자를 보고 싶다는 연락을 받았다. 실내의 원활한 습도 조절을 위해 병원 측에서 반드시 넣어달라던 아이템이었다. 병원에 도착하자마자 1층 로비에 설치된 연못을 둘러보았다. 바닥에 깔린 자갈의 상태도 좋고, 물 흐름도 원활해 보였다.

시설관리팀에 들러 정확한 문제점을 파악하려 했지만, 돌아오는 대답은 아직까지는 아무런 문제도 발생하지 않았다는 것이었다. 시설관리팀에서 맹 과장에게 연락을 취하고서야 모든 것이 확실해졌다. 유빈을 만나고 싶다는 이사장의 호출. 이사장님이 관련되었다는 말에 시설관리팀 역시 유빈 못지않게 긴장하는 눈치였다. 회사에 피해가 가는 문제가 아니었다면 굳이 숙희를 만나러 이사장실까지 찾아오지 않았을 것이다. 무슨 일을 꾸미는지 모를 숙희의 얄팍한 속임수에 유빈은 버릇처럼 애꿏은 아랫입술만 물어뜯고 있었다.

똑똑. 노크 소리에 문이 열렸다. 아마도 그녀를 기다리고 있던 모양이었다. 단정한 옷차림의 비서가 안으로 굳게 닫힌 문을 가리키고는 핸드백을 챙겨들었다. 일찍 퇴근하라는 이사장의 특별지시를 따르는 듯했다. 언젠가 한 번은 그녀를 찾을 것이라고 예상했었다. 그때는 만남의 장소가 밀폐된 공간이 아니기를 바라보았었다.

어쩔 수 없이 사면이 꽉 막힌 이사장실로 들어서는 순간 유빈은 가슴이 답답해졌다. 작은 공간 곳곳에 진열된 명환의 사진들. 대학 졸업 사진부터 성공한 투자가로서 경제주간지 표지 모델 사진까지. 이사장실을 찾고 싶지 않았던 또 다른 이유 중의 하나였다. 가슴 밑바닥에 깊숙이 감추어두었던 그의 존재가 그녀를 아프게 흔들고 있었다.

"어서 오너라. 지난번에는 그렇게 헤어져서 마음이 많이 쓰였단다. 그사이에 명환이한테서는 따로 연락 없었니?"

교양을 표면에 두른 모습으로 숙희가 앞으로 다가왔다. 여전히 주름 하나 없는 인위적인 모습으로 화려한 보석을 몸에 두르고 있었다. 다만 어딘가 쫓기는 사람처럼 조급한 모습이 낯설었다. 자상한 모습을 가장한 채 두 손을 내미는 그녀의 모습에 유빈이 뒤로 한 발짝 물러났다. 카멜레온 같은 그녀의 모습에 거센 반감이 들었다.

"공사에 관련된 것이 아니라면 이만 돌아가보겠습니다."

돌아서는 유빈의 팔을 숙희가 잡아당겼다. 차가운 손의 느낌에 소름이 끼쳤다.

"잠깐만 시간을 내다오. 중요하게 할 말이 있어서 그래. 차라도 한잔 마실 테니?"

"생각 없습니다."

"그래, 그렇담 할 수 없구나. 오늘만 날도 아니니⋯⋯."

"⋯⋯."

"듣기로는 유성그룹 사람이랑 결혼할 사이라고 하더구나. 내 말이 맞니?"

여전히 뻣뻣한 자세로 입구에 서 있는 그녀 앞을 숙희가 왔다 갔다 초조하게 걷고 있었다.

"내가 요즘 조금 곤란한 일이 생겼단다. 별거는 아닌데 그래도 우리 같은 사람들은 그런 일로 이름이 오르내리고 하면 좋을 것이 없거든."

이제야 겨우 숙희의 쫓기는 듯한 모습에 의문이 풀리기 시작했다. 유빈을 대하는 태도가 달라진 이유도.

"무슨 일인지는 모르겠지만 저랑은 상관없는 일입니다."

"왜 상관이 없어?"

기어이 화를 참지 못하고 날카롭게 소리를 질렀다. 그러다가 다시 목소리를 부드럽게 가다듬고 유빈을 회유하기 시작했다.

"이게 다 누구 거라고 생각하니? 당연히 손녀딸인 네 몫이야. 너한테도 유니크 병원 이사장이라는 타이틀이 유성그룹 안주인 역할을 할 때 당당할 수 있지 않겠니."

다급한 상황에 처한 게 분명했다.

"무슨 잘못을 저지르셨는지는 모르겠지만, 잘못을 하셨으면 당연히 벌을 받으셔야지요. 지금이라도 죗값 치르고 나머지 인생이라도 떳떳하게 사세요. 이게 제가 말할 수 있는 전부입니다."

담담한 유빈의 태도에 숙희의 인내심이 바닥을 드러내기 시작했다.

"누굴 닮아서 그렇게 독한 거냐?"

"이제는 분명히 알겠어요. 내 핏속에 흐르는 잔인하고 독한 구석이 누구로부터 물려받은 것인지."

"뭐야? 태생이 천박한 것이 어디서 남자 하나 잘 물었다고 큰소리야? 버르장머리 없는 것……. 천박하고 뻔뻔한 것은 네 엄마를 그대로 닮았구나."

말에 칼을 물고 있었다. 저런 식으로 어린 수인의 마음을 난도질했겠지.

"함부로 말하지 마세요. 저희 엄마를 모욕하는 것을 더 이상 듣고만 있지 않을 겁니다."

"네가 감히 뭘 할 수 있는데? 내 아들이 싸고돈다고 니들이 감히 내 털끝 하나라도 건드릴 수 있을 것 같아?"

비열한 표정으로 코웃음을 치더니 화려하게 조각된 목조 테이블에서 서류 봉투를 집어 들었다. 그러고는 흰색의 봉투에서 꺼낸 종이를 유빈의 눈앞에서 흔들었다.

"네 엄마가 그래도 꽤 얼굴이 알려졌더구나. 예전 경찰 기록을 찾아보면 네 할머니가 명환이를 상대로 협박해서 돈을 뜯어내려고 했던 기록이 있을 거다."

이제야 명확히 알 것도 같았다. 왜 수인이 그토록 그들의 관계를 숨겼어야만 했는지. 각서와 합의서의 수수께끼가 풀리는 순간이었다. 몹쓸 짓을 당한 딸을 위해 할머니가 경찰에 신고를 했었구

나. 그런 할머니를 오히려 권력과 돈을 이용해 파렴치한으로 몰고 간 것이 분명했다. 그래서 수인이 합의서와 각서에 사인을 할 수밖에 없었을 것이다. 수인은 조작된 진실이 세상에 알려지는 것을 두려워하고 있었다. 세상의 손가락질로부터 유빈을 지켜주고 싶었을 것이다.

"네 엄마가 직접 작성해서 공증 받은 각서다."

지금 숙희는 각서를 빌미로 그녀를 협박하고 있었다. 하윤의 배경을 등에 업고 위기를 벗어나겠다는 비열한 술수, 유빈은 그다지 놀라지 않았다. 오히려 전보다 더 차분한 손길로 어깨에 두른 가방을 열었다. 그러고는 가장 안쪽에 달린 지퍼를 열고 펜처럼 보이는 녹음기를 꺼냈다. 담담한 목소리가 오히려 위협적이었다.

"이건 녹음기예요. 제가 클라이언트랑 상담을 할 때면 중요한 내용을 놓치지 않기 위해 미리 양해를 구하고 사용합니다. 15시간 이상 녹음할 수 있고, 아주 미세한 소리까지도 완벽하게 잡아냅니다. 우리나라 전자 제품 기술력이 세계 최고라는 것은 굳이 말씀 안 드리겠습니다. 지난번 김명환 대표와의 미팅도 사전에 양해를 구하고 대화 내용을 녹음하였습니다."

'제발 이제 그만하세요. 그 애가 돈을 받지 않았다는 것을 아시잖아요. 엄마가 경찰을 매수해서 받아낸 각서로 인해 어떤 비참한 결과가 있었는지 아세요? 엄마의 그 비틀린 모성애로 인해 명환이가 자책감에 얼마나 힘들어했는지 아시냐고요.'

절규 어린 미라의 목소리가 녹음기의 스피커를 통해 흘러나왔다. 숙희가 녹음기를 빼앗아가려 손을 뻗었다.

"카피본도 이미 만들어놓았습니다. 아드님이 얼마나 비열한 방법으로 저희 엄마한테 상처를 주었는지 세상이 알아도 상관없다면 마음대로 하세요. 저랑 저희 엄마는 외국에 나가 살면 되니까요."

숙희가 부들부들 떠는 모습을 유빈이 무감각한 표정으로 바라보고 있었다.

"감히…… 나를 협박하는 거냐?"

"협박은 이사장님이 하셨죠. 저는 그 협박에 어떻게 대처할 것인지만 대답해드렸고요. 진짜 협박은 지금부터입니다. 다시는 나한테 연락하지 마세요. 다시는 우리 엄마를 이용해서 어떤 일도 꾸미지 마세요. 우리 엄마를 지키기 위해 나는 내가 가진 전부를 내놓을 준비가 되었으니까요."

"건방진 년!"

뒤돌아서는 유빈을 향해 거친 욕설이 들려왔다. 손을 높이 쳐들고 한달음으로 다가와서 유빈의 뺨을 향해 거칠게 손바닥을 휘둘렀다. 인정사정없이 날아드는 손목을 유빈이 야무지게 잡고 막아냈다. 수인을 생각해서라도 단 한 대도 맞아줄 생각이 없었다. 부들부들 떨면서 끝까지 밀어붙이는 숙희의 손목을 부엽토 나르고 디딤석 올리던 팔뚝의 힘으로 강하게 틀어쥐고 아래로 끌어내렸다.

"나쁜 년!"

미친 사람처럼 질러대는 비명 소리가 귀청을 날카롭게 때렸다. 비열한 본성을 송두리째 드러내고 있었다. 여기서 더 드러낼 바닥이 남아 있을까. 이제라도 죗값을 치르기를 바랄 뿐이었다. 거친 쇳소리와 함께 이사장실의 문이 열리고 명환이 안으로 뛰어 들어왔다.

"어머니, 왜 이러세요!"

"못난 놈. 내가 너를 어떻게 키웠는데……."

목청이 찢어져라 소리를 질러대는 숙희를 유빈으로부터 떼어내며 명환은 차마 얼굴을 들지 못했다.

"미안하다. 다시는 이런 일로 곤란하게 하지 않으마."

애달파하는 명환을 보고 싶지 않았다. 뒤로 돌아서자 듬직한 품이 그녀를 감싸 안았다. 녹음기를 움켜쥔 손바닥에 땀이 배어 나오고 있었다. 너무나 꽉 거머쥔 손가락으로 손등의 관절이 하얗게 튀어나왔다. 의연한 척하고 있었지만 유빈의 어깨가 눈에 띄게 떨리고 있었다. 그녀가 얼마나 강한 척 힘들게 버티고 있는지 하윤은 잘 알고 있었다.

"괜찮아……. 이제 다 끝났어."

손바닥을 펼쳐 아프게 움켜쥔 녹음기를 하윤이 거두어갔다. 생명 줄처럼 잡고 있던 녹음기가 사라지자 불안해하는 손을 따뜻한 손바닥이 감싸주었다. 하윤이 이끄는 대로 걸음을 옮겼다. 비서실을 지나쳐 복도로 나오자 건장한 남자 세 명이 유빈을 스쳐갔다. 유빈이 방금 빠져나온 문을 통과해서 이사장실로 들어가는 남자들을 얼빠진 사람처럼 쳐다보았다.

"괜찮아?"

하얗게 질려 있는 볼을 쓰다듬으며 하윤이 유빈을 살폈다. 유빈은 넋이 나간 듯 멍한 표정을 짓고 있었다. 볼에 와 닿는 따뜻한 감촉에 눈을 깜빡였다. 그제야 하윤의 존재를 인식한 듯 긴장으로 굳어 있던 입가가 조금씩 부드러워졌다. 여기는 어떻게 알고 왔을까.

"어떻게……."

"늦어서 미안해."

아, 뒤늦은 깨달음에 유빈은 말없이 하윤의 품으로 파고들었다. 유빈이 이사장실로 들어갈 때만 해도 텅 비어 있던 복도가 지금은 웅성거리는 사람들로 붐비고 있었다. 병원 유니폼을 입은 사람들이 서너 명씩 모여 이사장실을 기웃거렸다. 경찰 운운하는 것이 조금 전에 그녀를 스치고 간 남자들을 언급하는 듯하였다.

지하 주차장에 대기하고 있던 하윤의 차에 도착할 때까지도 유빈은 아무것도 묻지 않았다. 자동차 안전벨트 버클 소리에 유빈이 잠에서 깨어났다. 짧은 이동거리임에도 깜빡 잠이 든 자신에게 놀라웠다. 진이 다 빠져버렸나 보다.

하윤의 손에 이끌려 집 안으로 들어선 유빈은 먼저 주방으로 향했다. 그곳은 수인의 손길이 가장 많이 묻어나는 곳이었다. 냉장고를 열어 수인이 칸칸이 채워 둔 반찬통들을 들여다보았다. 예쁜 수인의 글씨체로 날짜와 이름들이 꼼꼼하게 적혀 있었다. 됐어, 이걸로 충분해. 나는 여전히 착한 우리 엄마 딸이고, 착한 우리 할머니 손녀야.

"오빠, 내가 아주 어렸을 때부터 고모는 나에게는 엄마 같은 사람이었어. 남들은 이해하기 힘들겠지만, 나한테는 그랬어. 본능적으로 알 수 있었어."

"……."

"나는 내가 원하지 않는 상황에서 태어난 아이지만, 부끄럽게 생각하지 않을 거야. 나는 나를 사랑해주는 사람들이 너무나 많아서 태어나길 잘했다고 생각해."

냉장고의 문을 닫고 하윤을 향해 돌아선 유빈은 평상시의 모습을 되찾아가고 있었다. 사랑이 가득 담긴 하윤의 눈동자에 촉촉한 이슬이 녹아 있다고 생각했다. 두 손을 활짝 벌리고 그녀를 기다리는 그에게 한걸음에 달려가 안겼다. 단단한 품에 안겨 가슴에 얼굴을 비볐다. 그가 전해주는 따뜻한 온기와 기분 좋은 향기에 유빈의 마음속에서 나쁜 기억들이 서서히 사라져갔다.

"그런데 아직은 자신이 없어. 어떻게 고모에게 말을 꺼내어야 할지……. 고모의 상처받은 얼굴을 보는 게 두려워. 내가 너무 비겁해 보여?"

"너는 내가 아는 한 세상에서 가장 용감한 사람이야. 네 마음이 가는 대로 해."

"용기를 내야겠지. 고모, 아니 엄마를 위해서. 엄마가 짊어진 무거운 짐을 덜어주고 싶어. 엄마가 사랑했던 것들 내가 다시 찾아주고 싶어."

"너무 조급하게 생각하지 마. 오늘 당장이 아니어도 괜찮아."

"오늘이 아니어도 괜찮겠지? 오늘은 내가 조금 힘이 들어서……."

목소리가 잦아드는 유빈을 하윤이 단단히 안아주었다.

"그 사람은……."

경찰의 방문. 그물 안에 갇힌 물고기처럼 탈출구를 찾아 몸부림치던 정숙희 이사장. 하윤이 지켜주겠다는 말은 허황된 과장이 아니었다. 아마도 오래전부터 준비하고 기다리고 있었을 것이다.

"병원 신축 공사 수주와 관련해서 뇌물 수수 혐의를 받고 있어. 거기에 의료품 납품 회사로부터 대가로 로비를 받은 혐의도 있고. 이전에 센터 장으로 근무하던 병원에서 의약품 납품한 회사로부터 결제 금액에서 일정액을 리베이트로 받은 혐의도 조사받게 될 거야."

무슨 일이 벌어지고 있는 것인지 혼란스러워하는 유빈을 위해 하윤이 간략하게 상황을 설명했다.

"이번에는 절대 법망에서 빠져나가지 못할 거야. 반드시 죗값을 치르게 될 거야."

유빈의 표정을 살피는 하윤의 눈빛이 조심스러웠다.

"그랬구나……."

복잡하게 감정이 교차했다. 무슨 말을 해야 할까. 죄를 지은 만큼 벌을 받는 게 당연하다고 생각했다. 엄마와 할머니를 힘들게 한 만큼 벌을 아주 많이 받았으면 좋겠다고, 남의 인생을 농락한 만큼 비참하게 망가졌으면 좋겠다고 생각했다. 그럼에도 마냥 기뻐할 수 없는 이 복잡한 심정은 뭘까.

인정하고 싶지 않은 혈연, 그래서 손톱 밑의 아픈 가시 같은 존재. 기뻐할 수만은 없는 마음은 아픈 가시 같은 명환의 슬픔이 고스란히 전해져서가 아닐까. 혈연이 가져온 필연적인 이어짐. 의지만으로는 끊어낼 수 없는 운명의 연줄이 그들을 연결하고 있었다. 그래서 엄마에게 더욱 미안해진다. 그녀를 아프게 한 남자를 미워할 수만은 없어서…….

"데리러 와줘서 고마워."

그 안에 숨어 있는 뜻을 하윤은 이해했다. 누구보다 유빈을 잘 아는 하윤이기에 눈가에 어린 복잡한 속내를 알아차렸다. 꿋꿋하게 버티고 있는 유빈이 대견했다. 시련이 한 단계, 한 단계 그녀를 더 성숙한 어른으로 만들어주고 있었다.

"밥 먹자. 일기예보에 저녁에 비가 올 거래. 따뜻한 국물 있는 걸로 먹자."

멀어지려는 유빈을 품에 안았다. 찰랑거리는 머릿결을 따라 손으로 부드럽게 쓸어주었다. 유빈의 머리카락이 턱밑을 간질이고 있었다. 기분 좋은 느낌에 하윤은 눈을 감았다.

"조금만 더. 조금만 더 이러고 있자."

초록이 가득한 정원으로 하윤은 시간여행을 떠나고 있었다.

전기밥솥에서 밥이 다 되었다는 알림 소리가 어렴풋이 들려왔다. 고소한 냄새가 문지방을 넘어 유빈이 잠들어 있는 침실까지 스며들고 있었다. 고모가 자주 끓여주던 감자를 넣은 구수한 된장국 냄새였다. 침대에서 벌떡 일어나 시계를 보니 아침 9시였다. 출근 준비에 바빠 겨우 토스트 한 장으로 때우던 아침과는 대조되는 분위기. 엄마다.

벌컥 문을 열고 밖으로 나가보니 수인이 햇빛이 쏟아지는 거실 창가에 서서 화단의 꽃들을 바라보고 있었다. 한 손에는 김이 나는 예쁜 찻잔을 들고 작게 흥얼거리는 노랫소리는 유빈이 어린 시절에 자주 듣던 영화 '닥터 지바고'의 라라의 테마곡이었다.

어느 무더운 여름날 마당에 놓인 평상 위에서 수인의 다리를 베고 낮잠을 자던 기억이 있었다. 유빈이 잠들 때까지 한 손으로 부채질을 해주면서 흥얼거리던 노래였다. 기억의 편린. 유빈의 기억 속에 존재하는 가장 평화로운 시간이었다.

수인의 뒤로 가서 가냘픈 허리를 안고 등에 뺨을 비벼댔다. 항상 그리운 수인의 향기.

"유빈이 깼어? 하윤이랑 성민이 두 시간 후에 점심 먹으러 올 거야. 네가 좋아하는 된장국 끓였는데."

"……"

"이 서양란 참 예쁘다. 우리 유빈이를 닮은 것 같은데. 향기도 좋고. 예쁘게 참 잘 컸어."

"고모, 나는 고모가 내 엄마라서 너무 좋아."

유빈의 팔을 쓰다듬던 수인이 움직임을 멈춘 채 뻣뻣하게 굳어 버렸다.

"알고…… 있었어?"

떨리는 목소리로 돌아서려는 수인의 허리를 유빈이 더 세게 껴안았다.

"그냥 이렇게 있을래. 얼굴 보면 용기가 안 날 것 같아서 그래."

"어떻게……."

"그냥 알게 됐어. 아마도 처음부터 알고 있었던 것 같아. 고모가 나를 너무 사랑해줘서 자연스럽게 알고 있었던 것 같아. 그래서 고맙고 행복해."

수인이 힘없이 주저앉았다. 수인을 따라 바닥에 무릎을 꿇고 앉은 유빈은 여전히 수인의 등에 기대고 있었다. 그녀의 서러운 울음으로 퍼져 나가는 진동을 가슴으로 느끼고 있었다.

"다시는 그러지 마. 다시는 나 때문에 아무것도 포기하지 마. 사랑도 일도……. 앞으로는 내가 지켜줄게. 더 이상 나 때문에 아무것도 희생하지 마."

조용히 속삭이는 유빈의 음성에 원망은 숨겨져 있지 않았다.

"미안해……. 미안해, 유빈아."

미안하다는 말만 반복하며 수인은 서러운 울음을 토해냈다. 울음소리가 잦아들기를 기다리며 유빈은 가만히 등을 쓸어주었다. 얼마의 시간이 경과했다. 마침내 마음을 다잡은 수인이 몸을 돌려 유빈의 눈을 바라보았다. 붉은 눈시울로 배시시 웃는 모습에 수인의 가슴이 지끈거리며 아파왔다. 유빈이가 텅 빈 시골 마당에서 혼자 놀던 모습을 잊을 수가 없다. 혼자 놀기 심심할 거라며 장난감만 사다 안긴 자신을 오랜 동안 용서할 수 없었다.

"나 밉지 않아? 원망하지 않아?"

조용히 고개를 저으며 유빈이 자리에서 일어났다. 다시 돌아왔을 때는 손에 녹음기가 들려 있었다.

"김명환 대표랑 그 사람 어머니를 만났어."

녹음기를 재생하자 그날 그들이 나누었던 대화의 내용이 하나도 빠짐없이 흘러나오고 있었다. 또다시 시작된 수인의 서러운 울음소리. 힘들게 들썩이는 수인의 어깨를 유빈이 포근하게 안아주었다.

"왜 바로 말 안 했어?"

수인의 목소리는 유빈에 대한 걱정으로 심하게 떨리고 있었다. 그녀가 훨씬 전부터 알고 있었다는 사실까지는 알게 하고 싶지 않았다.

"생각을 정리할 시간이 필요했어. 그리고 그 사람들이 더 이상 내 주변을 맴돌지 못하게 확실하게 마무리하고 싶었어."

"유빈아, 어떡해? 나 때문에 잘못된 사실이라도 세상에 알려지면……."

겁에 질려하는 수인의 두 손을 잡아 자신의 손안에 감싸 안았다. 거칠어진 수인의 손마디가 애처로웠다.

"그러지 못할 거야. 내가 협박했어. 한 번만 더 우리 앞에 나타나면 세상에 이 녹음된 내용을 까발릴 거라고. 그리고 고모랑 나랑은 외국에 가서 살면 된다고. 하윤이 오빠는 영어 잘하니까 물론 데려가야겠지."

장난스럽게 농담을 하는 유빈을 보는 수인은 마음이 아팠다. 언젠가는 진실을 말해줘야 한다는 것을 알고 있었다. 그러나 매번 두려움이 앞섰다. 사회의 냉혹한 시선에서 유빈을 지켜주고 싶었다. 대단한 하윤의 집 안에 미혼모의 자식으로 태어났다는 것보다 오빠 부부의 자식으로 알려지는 게 낫다고 생각했다. 게다가 두 사람의 관계가 밝혀졌을 때 명환이 어떻게 나올지 두려웠다.

명환이 딸의 존재를 알고 접근하면 어떻게 하지, 각서의 존재를 알고 유빈이 그녀를 원망하고 떠나버리면 어떻게 하지. 두려움은 그녀를 겁쟁이로 만들었다. 무엇보다 사랑의 결실로 태어난 아이라고 떳떳하게 말해줄 수 없는 아픈 진실이 그녀를 주눅 들게 만들었다.

어느새 어른이 되어버린 걸까. 이렇듯 반듯하게 커서 수인의 보호자를 자처하고 나서는 유빈이 고맙고 자랑스러웠다. 잘 자란 어른이 되었다. 제대로 된 사랑을 베풀어주지도 못했는데 잘 자라 주었다.

"고등학교를 졸업하고 서울에 있는 대학교에 진학했어. 그곳에서 처음으로 사귄 친구가 정선이라는 아이였어. 정선이가 어려서부터 짝사랑했던 친구가 있었는데, 바로 명환이었어. 우연히 길에서 몇 번 마주친 적이 있었지. 명환이가 나를 많이 좋아했었던 것 같아."

가만히 고개를 끄덕이는 유빈의 손을 수인이 다정하게 쓸어주었다.

"친구를 잃고 싶지 않다는 이유로 피해 다니기 바빴지. 그런데 사실 나도 명환이가 싫지만은 않았어. 명문대 엘리트로, 매너도 좋고, 잘생기고. 그러던 차에 명환이 엄마가 나를 찾아왔었어. 주제 파악을 못한다면서 험한 말을 많이 하셨지."

"……."

"학교까지 찾아와서 행패를 부리시고. 그럴수록 명환이의 집착은 정도가 심해졌지. 더 이상 학교생활이 불가능할 지경에 이르러서 잠깐 동안 피신을 할 생각으로 오빠가 있는 미국으로 어학연수를 가려고 수속을 밟고 있었어. 그것을 알고 명환이가 찾아왔었어. 억지로 차에 태워 끌고 가는 것을 하숙집 아주머니가 보고 할머니한테 연락을 했어."

"비겁한 사람들……."

짐작했던 일이었다. 그녀가 인내해야 했을 고통과 수모를 생각하며 유빈은 격분했다.

"경찰 수사가 허망하게 결론이 났어. 정선이의 거짓 증언이 우리 측에 커다란 타격이 되었지. 의사인 아빠의 의료 사고 과실을 가지고 협박을 당했었나 봐. 나중에 울면서 사과를 하더라. 피해자가 가해자가 되는 순간이었지. 돈과 권력 앞에서 힘없는 사람만 바보가 된 거야. 지긋지긋한 상황에서 벗어나고만 싶었어. 그래서 각서를 쓸 수밖에 없었어."

방 안에만 틀어박혀 있던 수인은 억지로 떠밀려 미국으로 가야 했다. 임신 사실을 4개월이 지나서야 알게 되었다. 기쁨은 없고 원망만 가득했다. 산파의 도움을 받아 오빠의 집에서 유빈이를 낳았다. 엄마의 간곡한 권유로 출생신고서에 부모를 오빠 부부의 이름으로 올렸다. 그렇게 유빈은 오빠의 딸이 되었다.

한국으로 유빈이를 데리고 돌아온 후 연예인이 되기로 결심했다. 이름을 알리고 유명해지면 힘과 권력이 생길 거라고 착각했었다. 힘없이 나약했던 과거에서 벗어나고 싶어 이름까지 개명했다. 그런데 그 유명세가 수인의 발목을 붙잡았다. 수인과 유빈의 관계가 세상에 알려졌을 때 세상 사람들의 입방아에 상처받을 유빈이 수인은 가장 두려웠다. 내 상처를 돌보느라 바빠서, 남들의 시선이 두려워서, 온갖 비겁한 변명 뒤에서 어린 유빈은 혼자 방치되고 있었다. 미안해서 감히 엄마라도 나서지도 못했다.

"원망해도 돼. 마음껏 원망해도 돼. 내가 평생 갚으면서 살게."

유빈의 눈가에 고여 있는 눈물을 닦아주며 다정하게 등을 쓸어주는 수인의 손을 가슴 위로 가져갔다.

"원망 같은 거 없어. 고모의 사랑이 없었으면 내가 여기 이렇게 있을 수 없었어. 고모의 희생이 없었으면 내가 이렇게 당당하게 하윤 오빠 곁에 있을 수도 없었어. 나를 이렇게 예쁘게 낳아주고, 키워줘서 고마워. 나를 끝까지 지켜줘서 고마워."

진심을 담았다. 그들이 내뱉는 말 한마디, 한마디가 서로의 상처를 보듬어주고 있었다.

"아직도 그 사람이 밉지?"

그 사람이 누구를 지칭하는 것인지 수인은 단박에 알아차렸다.

"아니. 한때는 많이 미웠는데, 지금은 미움보다는 불쌍하다는 생각이 들어. 성품이 순한 사람이었어. 그 사람도 아마 많이 힘들었을 거야.”

다행이다. 싫어도 유빈을 보면 떠올릴 수밖에 없는 사람이었다. 가슴속에 미움을 안고 산다는 것은 영혼을 지치고 쇠약하게 만들었다. 나쁜 마음은 다 탈탈 털어내고, 그 빈자리를 기쁘고 좋은 것으로만 채워주고 싶었다.

“그럼 됐어. 이제 다 잊을 거야. 앞으로는 좋은 것들만 생각할 거야.”

모처럼 만에 수인의 무릎에 머리를 기대고 누웠다. 아침 일찍 수인이 열어놓은 유리창을 통해 선선한 가을바람이 불어왔다. 바람을 타고 어디선가 나뭇잎 타는 냄새가 실려 왔다. 겨우내 바짝 얼어붙었던 논두렁이 이른 봄 내음에 기지개를 켜면 시골 동네가 뿌연 연기에 휩싸이고는 했다. 할머니가 밭두렁에 불을 놓으면 건조한 바람이 순식간에 마른 잡초를 태우고 지나갔다. 그런 날은 공기 중에 이런 매캐한 냄새가 났다. 연례행사처럼 밭두렁을 태운 날에 할머니는 꼭 팥과 찹쌀을 넣고 밥을 지었었다. 어려서는 싫기만 했던 그 밥이 오늘은 참 그립다.

“갑자기 할머니가 만들어준 찰밥이 먹고 싶다. 고소한 참기름에 막 버무린 시금치나물이랑 같이. 어려서는 먹기 싫다고 만날 투덜거렸는데……. 지금 생각해보면 참 철이 없었어.”

“어린애 입맛에는 맛없는 게 당연해.”

“내가 소시지랑 햄에 집착하게 된 이유가 아마 할머니 시골 밥상에 반항하기 시작하면서부터일 거야…….”

“그래도 우리 유빈이는 착해서 속 썩이는 일 한 번 없다고 할머니가 항상 대견해하셨어.”

"맞아. 할머니가 항상 그러셨어. 너는 네 고모를 쏙 빼다 박았다고. 어쩜 하는 짓까지 똑같다고⋯⋯."

장난꾸러기처럼 웃는 유빈의 입매를 수인이 다정하게 쓰다듬었다. 둥그렇게 솟은 이마를 덮고 있는 머리카락을 옆으로 쓸어 넘기자 아치형의 눈썹이 제 모양을 드러냈다. 가늘고 길게 늘어진 모양이 수인의 눈썹과 꼭 닮아 있었다.

"엄마라고 한번 불러볼래?"

이제 호칭은 그들에게 별다른 의미가 없었다. 태어날 때부터 두 사람은 탯줄이라는 신비한 인연으로 묶여 있었다. 누구도 갈라놓을 수 없는 특별한 운명. 그렇지만 꼭 한 번은 불러보고 싶은 이름이었다. 아이들이 말을 하면서 처음으로 배우는 말. 그 말을 하기까지 24년이라는 시간을 거슬러왔다.

"엄마. 우리 엄마, 서수인."

현관문 앞에 신발을 차분하게 벗어놓고 들어오던 하윤은 거실 한가운데 우두커니 앉아 있는 유빈을 보고 깜짝 놀랐다. 방금 샤워를 했는지 물기 어린 머리카락이 갸름한 얼굴 양쪽으로 헝클어진 채 드리워져 있었다. 두 손으로 수저를 들고 양쪽 눈두덩이 위에 올려놓은 모습이 꽤나 익살스러웠다. 그럼에도 하윤은 인상을 찌푸리며 유빈의 맞은편에 주저앉았다. 젖은 머리카락에서 떨어지는 물 때문에 축축하게 젖어드는 얇은 반팔 티셔츠를 못마땅하게 바라보며 바닥에서 타월을 들어 올렸다.

"서유빈, 자꾸 말 안 듣지? 샤워하고는 따뜻하게 있어야 한다고 몇 번이나 말해? 이러니까 감기를 달고 사는 거야."

타월로 머리를 말리는 손길이 거침없었다. 빠르게 움직이는 손놀림에 머리가 이리저리 흔들렸다.

"어지러워……."

불평 어린 투정에 하윤이 젖은 머리를 타월로 감쌌다. 베란다 빨래 건조대에 걸려 있는 스웨터를 찾아 머리부터 뒤집어씌우더니 안방으로 사라졌다. 다시 거실로 돌아왔을 때는 한 손에 헤어드라이어가 들려 있었다. 곧이어 '윙' 하는 소리와 함께 따뜻한 바람이 불어왔다.

"남자들은 머리가 짧아서 대충 말려도 되니 좋겠다."

"……."

"이번 기회에 나도 머리를 짧게 자를까 봐. 머리가 길어서 말리기 힘들어. 어깨 위로 오는 단발 정도면 관리하기도 편할 것 같은데. 어떻게 생각해?"

대답 없는 하윤을 향해 유빈이 돌아앉았다.

"왜 아무런 대답이 없어?"

하윤은 그저 말없이 헤어드라이어의 스위치를 아래 칸으로 옮겼다. 이제 더운 바람 대신 시원한 바람이 불어왔다. 볼을 간질이던 머리카락이 뒤쪽으로 날아갔다. 하윤의 기다란 손가락이 규칙적으로 머리를 쓸어주자 기분이 좋아진 유빈은 눈을 감았다. 바람이 멈추고, 윙윙거리던 소리가 멈추자 가만히 눈을 떴다. 하윤이 말갛게 그녀를 바라보고 있었다.

"나 머리 자르지 마?"

"네가 좋으면 나도 좋아. 고모님은?"

"내가 갑자기 시금치나물 먹고 싶다고 했거든. 그래서 마트에 시금치 사러 가셨어."

무표정한 하윤의 표정이 조금 부드러워졌다.

"괜찮아?"

샤워를 하면서 울음보가 터져버렸다. 울려고 했던 것은 아닌데 하염없이 눈물이 흘러나왔다. 수인 앞에서는 의연한 모습으로 버텼지만 혼자 남겨지자 감정을 주체할 수 없었다.

"샤워하다 좀 울었어. 덕분에 속이 뻥 뚫린 기분이야. 마음속에 담아뒀던 앙금을 다 털어버린 것처럼 이제는 속이 시원해."

하윤이 벌겋게 부어 있는 눈가를 매만졌다. 편안해 보이는 유빈의 표정에 안도하는 모습이었다.

"앞으로는 혼자 울지 마."

"그렇게. 보기 흉하지? 고모, 아니 엄마가 걱정하기 전에 부은 눈을 어떻게든 가라앉혀야겠다."

엄마라는 호칭이 익숙하지 않아서인지 입에 담는 순간 어색한 미소가 흘러나왔다. 부은 눈이 완전히 감기자 하윤이 장난스럽게 머리를 헝클어뜨렸다. 달라진 호칭에 대해 아무런 내색이 없어서 오히려 마음이 가뿐해졌다. 유빈이 냉동실에서 얼려놓은 숟가락을 가져다 눈 위에 올려놓고 있을 때 도어 벨이 울렸다. 하윤이 문을 여는 소리가 들렸다. 좁은 현관에 울리는 구두 소리에 방문객이 성민임을 알 수 있었다.

"성민 오빠, 어서 와요. 고모는 잠깐 마트에 가셨어요."

"어…… 그래."

부은 눈을 가라앉혀야 한다는 생각에 양쪽 눈에 차가운 숟가락을 올려둔 상태로 성민을 맞으러 현관으로 향했다. 하윤의 뒤를 이어 거실로 들어서던 성민은 유빈의 모습에 놀랐는지 '으악' 하고 비명을 내질렀다. 덩치에 어울리지 않는 행동에 유빈은 커다랗게 웃음 터트렸다. 허무하게 뒷걸음치던 성민이 소파에 털썩 주저앉았다.

"뭐야, 성민 오빠 알고 보니 완전 겁쟁이잖아. 무술 공인 몇 단이라고 자랑하더니 알고 보니 심약 체질이었어. 그렇게 다리에 힘이 없어서 어떻게 해요? 앞으로 자주 놀라게 해줘야지……."

"네가 네 모습을 못 봐서 그런 말이 나오는 거야. 고글 낀 신세대 처녀 귀신인 줄 알았다."

호들갑을 떠는 성민 덕에 유빈은 한참을 경쾌하게 웃었다. 커다란 덩치에 어울리지 않게 과장스럽게 어깨를 부르르 떠는 모습에 웃느라 두 사람 사이에 흐르는 서먹서먹한 분위기를 감지하지 못했다.

"어쩌다 그렇게 눈이 부은 거야? 설마 하윤이가 속 썩이고 그런 건 아니지? 워낙 까칠한 성격이라……."

한쪽 눈썹을 치켜 올리는 하윤을 보고도 못 본 척 성민은 유빈만을 쳐다보고 있었다.

"사내자식이 뒤끝이 있어서 한번 아니다 싶으면 오래간다니까."

"맞아요. 가끔 보면 밴댕이 소갈딱지만도 못할 때가 있어. 은근히 잘 삐친다니까요."

"서유빈!"

하윤이 불만을 드러내며 유빈의 이마 한가운데를 손끝으로 튕겼다. 그러고는 못마땅한 시선으로 성민을 힐끗 노려보았다. 그를 앞에 두고 험담을 늘어놓으며 쿵짝이 잘 맞는 두 사람이 영 마음에 안 드는 눈치였다.

"아야! 왜 나한테만 그래. 시작은 성민 오빠가 먼저인데……."

불만스럽게 입을 삐죽이는 유빈을 지나쳐 성민이 주방으로 피신했다. 식탁에 차려진 음식을 한번 둘러보더니, 가스레인지 위에 놓인 냄비의 내용물을 들여다보았다. 다시 식탁 옆으로 다가온 성민이 과일 바구니에서 사과를 꺼내 입에 물었다. 슬쩍 하윤의 눈치를 살피고는 거실과 마주 보이는 식탁의 의자를 꺼내 앉았다. 행동이 물 흐르듯 자연스러운데도 뭔가가 어색해 보였다. 평상시의 성민과 다른 어딘가 모르게 불편해 보이는 모습에 유빈의 고개가 한쪽으로 기울어졌다.

"뭐야? 두 사람 혹시 나 모르게 싸웠어? 서로 인사도 안 하고. 그러고 보니 성민 오빠 얼굴 본 지도 오랜만인 것 같은데……."

"신경 쓰지 마. 네가 생각하는 그런 것 아니야."

미심쩍은 눈초리로 두 사람의 눈치를 살피는 유빈의 머리를 토닥거리고는 하윤이 냉장고 문을 열었다. 냉장고의 첫 칸에는 건강 음료들이 즐비하게 늘어서 있었다. 하윤은 가장 안쪽에 위치한 무가당 홍삼 음료를 한 병 꺼내 뚜껑을 열었다.

"이왕이면 나도 한 병 부탁하자."

성민의 부탁에 유빈이 미간에 주름을 잡았다. 홍삼 음료라면 끔찍이 싫어하는 그의 입맛을 누구보다 잘 알고 있었다. 분위기를 살피는 유빈을 보며 성민은 그저 어깨를 으쓱거릴 뿐이었다. 하윤은 별다른 표정의 변화가 없었다. 말없이 그가 마시려던 홍삼 음료를 식탁 테이블에 올려놓았다. 그러고는 본인은 대신 정수기에서 차가운 물을 유리컵에 받아 거실로 자리를 옮겼다.

"까칠하기는……."

그 말을 마지막으로 성민은 묵묵히 사과를 먹기 시작했다. 홍삼 음료는 주인을 잃고 덩그러니 식탁 한가운데 놓여 있었다. 두 남자는 서로를 외면한 채 한참을 말없이 각자의 자리에 앉아 있었다. 아삭거리며 사과 씹히는 소리를 들으면서 유빈은 가스레인지의 불을 켰다. 두 사람 사이의 갈등이 어디에서 왔는지 대충 짐작할 수 있을 것 같았다.

유미의 약혼과 관련해서 유빈을 찾아온 날. 성민은 약혼 얘기를 꺼내기 전에 사과부터 했었다. 제니퍼에게 수인과의 관계를 알려 준 사람이 자신이라는 말로, 상처를 줘서 미안하다며 한참을 마음 아파했다. 지난 일이기에 별로 문제가 될 것이 없을 거라고 생각했었는데 하윤에게는 단순하게 지난 일이 아니었나 보다.

절대적인 믿음이 있었기에 실망도 컸을 것이다. 가장 신뢰하고 의지했던 사람이었기에 용납하기 힘든 것인지도 모르겠다. 유빈은 보이지 않게 작은 한숨을 내쉬었다. 하윤의 마음을 헤아릴 수 있을 것 같으면서도, 한편으로는 어려웠다. 화가 난 마음에는 서운한 마음도 포함되어 있을 것이다. 그것을 알기에 함부로 옳다, 그르다 판단할 수도 없었다.

성민이 두 개째의 사과를 거의 먹어치웠을 때 수인이 돌아왔다. 시골에서 만들어 온 밑반찬들은 도자기 그릇에 담겨 얌전하게 식탁 위에 세팅되어 있었다. 가지찜, 견과류를 넣은 멸치볶음, 황태 구이, 단호박 샐러드, 양배추 비트 물김치, 총각김치, 조기 구이 등 가짓수가 너무 많아 작은 식탁이 더욱 비좁아 보였다. 찜기에 갈비

찜까지 담아내니 밥공기를 담을 여유 공간조차 남아 있지 않았다.

"뭘 이렇게 힘들게 준비하셨어요? 갈비찜에서 윤기 흐르는 것 좀 봐. 유빈이가 숙모님 닮았으면 요리 솜씨가 꽤나 좋겠는데요. 어때, 하윤아?"

하윤은 질문을 무시하고 조용히 갈비를 하나 집어 유빈의 밥공기 위에 올려주었다. 그녀가 먹는 모습을 지켜보다, 이번에는 황태구이 한 조각을 집어 들었다. 위로 들어 올리기가 무섭게 성민의 젓가락이 중간에서 가로챘다.

"잘 먹을게."

하윤의 얼굴 표정이 굳어졌지만 성민은 태연자약하게 잡곡밥과 함께 입으로 가져갔다. 하윤이 갈비를 하나 집어 올리자마자 또다시 성민의 젓가락이 다가왔다.

"여기까지만 하지."

음침하게 울리는 목소리에 성민은 할 수 없이 젓가락을 물렸다.

"무뚝뚝한 자식."

대신 수인이 커다란 갈비 한 조각을 그의 밥 위에 올려주었다.

"장난치기 좋아하는 것은 여전하네. 예전에도 하윤이 놀려준다고 자동차에 징그러운 곤충처럼 생긴 장난감 숨겨놓고 그러더니."

몇 번인가 자동차 뒷좌석에서 벌레가 나타나 놀란 경험이 있는 하윤이 황당한 표정을 지었다.

"그걸 기억하세요? 벌써 몇 년도 더 지난 일인데. 하윤이 자식이 워낙 인간미가 없어서 그냥 가볍게 장난 좀 쳐본 거였어요."

성민이 눈치를 보며 뒷머리를 긁적거렸다. 하윤은 뭔가 한마디 하고 싶은 게 분명한 표정인데도 꾹 참고 있었다.

"하윤이가 겉으로 보기에는 냉정하고 차가워 보여도 내면에는 사랑이 많은 아이야. 한번 마음을 주면 지고지순하고, 남을 배려할 줄도 알고. 나는 우리 하윤이가 곧고 변함없는 소나무 같은 사람이라고 생각해."

수인이 하윤을 바라보는 시선에는 흔들림 없는 애정이 담겨 있었다. 약혼이 깨지고, 유빈을 서울에 혼자 남겨두고 도망치듯이 한국을 떠날 수 있었던 이유도 하윤에 대한 믿음이 있었기 때문이었다. 반드시 지켜주겠다던 약속, 어둠을 밝혀주는 한 줄기 희망과도 같은 그 말에 매달렸었다. 그리고 그는 보란 듯이 그 약속을 지켜냈다.

"저도 알아요. 그래서 저는 하윤이 녀석이 아무리 구박해도 평생 옆에 붙어 있을 생각이에요. 저 녀석 마음이 어떤지는 제가 잘 알거든요."

성민의 단호한 말에 불안했던 유빈의 마음이 한결 놓였다. 복잡하게 엉켜 있는 하윤의 마음을 아는구나. 안도의 표정을 지으며 손으로 하트를 만들어 보내자, 능청스러운 표정으로 성민이 하트를 입으로 받아먹는 흉내를 냈다. 밝게 웃는 유빈의 눈이 반달 모양으로 반쯤 감겨 있었다. 유빈을 따라 웃음 짓는 수인. 특유의 애교가 녹아 있는 유빈의 미소는 수인의 것과 똑같이 닮아 있었다.

"강석 삼촌은 이번이 영구 귀국이 될 것 같아요. 치료가 잘 되어서 일상생활에는 지장이 없는데 무거운 카메라를 들고 현장에서의 촬영은 더 이상 무리일 것 같은가 봐요."

조기 살을 발라서 수저에 올려주는 수인을 보며 하윤이 조심스럽게 강석의 이야기를 꺼냈다.

"많이 다치신 거야? 사고가 있었다는 것은 나도 들었는데. 아저씨가 이메일로 그냥 조금 아프다고 해서 심각하게는 생각 못했었어."

얼마 전 해외로 촬영을 간 강석이 사고를 당했다는 소식을 듣고 이메일로 연락을 주고받았었다.

"아프리카 난민촌에서 어린아이들 촬영 중에 숙소 건물이 무너졌나 봐. 무너지는 건물 파편에 손목을 심하게 다치셨어. 다행히 수술은 잘 마치셨는데 한동안은 재활치료가 필요하실 거야. 삼촌이 쓰는 카메라도 그렇지만 렌즈까지 무게가 상당해서, 아마 떨림 때문에 예전 같은 사진들이 나오기 힘든가 봐. 스튜디오 촬영이면 모를까. 한동안은 직접 현장을 뛰어 다니시지는 못하실 듯해. 병신 되어서 돌아왔다고 할머니한테 싫은 소리 꽤나 듣고 계신가 봐요."

"너희 할머니 성격은 여전하시구나."

"그렇죠, 뭐."

수인의 얼굴에는 아무런 감정도 담겨 있지 않았다. 아마도 강석을 통해 사고 소식의 경과를 듣고 있었으리라고 유빈은 생각했다. 밥이 전혀 줄어들지 않는 수인의 밥공기 위로 갈비찜에서 건진 밤을 얹어주었다.

"나 지난번에 고모집 앞에서 강석 아저씨 만났어. 많이 힘들었는데 아저씨가 위로해주셔서 큰 힘이 되었어. 고모가 병문안 가서 내 대신 인사 좀 전해줘."

"내 정신 좀 봐. 게장 담근 거 가져왔는데. 그걸 안 꺼내놨네. 하윤이 게장 좋아하지?"

일부러 화제를 돌리는 수인의 의도를 유빈은 이해했다. 냉장고에서 게장이 담긴 유리통을 꺼내는 수인의 뒷모습이 쓸쓸해 보였다. 속상하다. 지금이라도 놓쳐버린 사랑을 다시 찾을 수는 없을까. 강석이 아직까지 혼자인 것도, 수인의 근처에 머물러 있는 이유도 사실은 그녀에 대한 사랑을 잊지 못해서가 아닐까. 게장을 담은 접시를 식탁의 구석 자리에 내려놓으며 수인이 유빈의 등을 쓰다듬었다. 유빈의 마음을 읽고, 괜찮다며 위로해주고 있었다.

"성민이 왜 이렇게 잘 못 먹어? 된장국은 아예 안 먹네. 된장국에 감자를 넣어서 입맛에 안 맞아?"

평소에는 매끼 왕성한 식욕을 자랑하던 성민이 겨우 밥 한 공기를 비우고 수저를 내려놓자 수인이 걱정스레 쳐다봤다.

"아니에요. 사과를 두 개나 먹었더니 배가 부르네요."

"어머나, 미안해서 어쩌니. 내가 너무 늦게 왔지? 그럼 음식 좀 싸줄 테니깐 가져가. 어차피 너랑 유미 몫으로 여유 있게 준비해왔어. 유미랑 아직 같이 살지?"

"네. 염치없지만 그럼 부탁드릴게요."

성민이 수저와 젓가락을 얌전하게 식탁 위에 올려두자, 수인이 곱게 달인 대추차를 냉장고에서 꺼냈다.

"유미도 같이 왔으면 좋았을걸. 가윤이랑 곧 결혼한다면서? 두 사람 사귀는 거 나는 전혀 몰랐지 뭐니. 참 잘 어울릴 것 같아. 준비해야 할 것이 한두 가지가 아닐 텐데……. 주위에 누가 도와줄 사람은 있나 모르겠네."

친정 엄마가 없는 유미를 걱정하는 수인을 보며 유빈이 어리광을 부리기 시작했다.

"그럼 고모가, 아니 엄마가 여기 남아서 유미 좀 도와주면 안 돼? 피아골 집은 강미 이모한테 부탁하면 되잖아. 할머니 제주도에서 오시면 한동안 광주에 계실 테니까, 나랑 여기 있으면서 유미랑 쇼핑도 하고, 뮤지컬도 보러 가고 하면 좋겠다."

"뮤지컬 보고 싶어?"

유빈은 고개를 끄덕여 수긍했다.

"하윤 오빠는 요즘 회사 일이 바빠서 통 같이 있을 시간이 없어."

"그러세요, 고모님. 유빈이랑 시간 좀 보내주세요. 저는 내일부터 또 중국으로 출장 가야 하거든요."

수인은 성민의 밥그릇을 치우고 대신 대추차를 담은 유리컵을 그 자리에 올려놓았다. 이제야 겨우 마음의 벽을 거두고 유빈과 허물없는 대화를 나누게 되었다. 티는 안 내지만 홀쭉해진 유빈의 볼이 그동안 심했을 마음고생을 말해주고 있었다. 가능하다면 옆에 머물면서 상처받은 마음을 토닥여주고 싶었다.

"그럴까…… 그런데 유미가 내가 도와주는 것을 좋아할까?"

게살을 바르는 유빈의 앞머리를 단정하게 귀 뒤로 넘겨주며 수인이 성민의 의견을 물어보았다. 뭔가 뚱한 표정으로 변한 유빈이 게살을 하윤의 수저에만 올려주지 않는다는 사실은 하윤만이 눈치채고 있었다.

"물론입니다. 저희야 감사할 뿐이죠. 그동안 제가 저축해놓은 돈이 있습니다. 돈 걱정 마시고 좋은 걸로 준비해주세요."

"그건 내가 알아서 해."

하윤이 툭하고 한마디를 건넸다.

"마음만 고맙게 받을게. 유미를 위해 일부러 따로 모아둔 돈이야. 내가 해주고 싶어."

"쓸데없이 고집 피우지 마. 유미는 나한테도 여동생이나 마찬가지야."

무뚝뚝하게 내뱉는 말투는 여전했지만, 속 깊은 정이 느껴져 성민은 가슴 깊은 곳이 얼얼해졌다.

"고맙다, 그렇게 생각해줘서. 유미가 들으면 기뻐하겠다."

"유미는 복도 많네. 이렇게 근사한 오빠가 둘이나 있어서. 그래서 결혼식은 어디서 할 예정이래?"

대화의 화제를 유미의 결혼으로 옮기자 수인이 눈에 띄게 활기를 찾아갔다. 시댁 식구들 예단은 어떻게 준비해야 하는지, 신혼집 가구들은 이미 들여놓았는지. 평상시보다 질문도 많아졌다.

대화에 끼지 못하고, 시종일관 시무룩한 표정의 유빈은 대충 몇 숟가락 뜨고는 자리에서 일어났다. 과일을 씻는 유빈의 뒷모습을 하윤이 계속 힐끔거리고 있었다. 수인도 이제는 말수가 현저하게 줄어든 유빈과 그런 유빈을 걱정스럽게 바라보는 하윤을 의식하고 있었다.

뭔가 서운한 게 있는 모양인데, 아무래도 하윤과 관련 있어 보였다. 연인 사이의 문제는 하윤에게 맡기는 게 낫겠지 싶어 의자를 뒤로 밀고 일어났다.

"갑자기 캐러멜 시럽 넣은 달달한 라테와 치즈 케이크가 먹고 싶네. 내가 사는 시골 동네에서는 상당히 귀한 음식이거든. 소화도 시킬 겸 잠깐 나가서 사가지고 올게. 하윤이한테 설거지 부탁해도 될까? 유빈이가 자랑하던데. 그리고 성민이한테는 에스코트 좀 부탁해도 될까? 모처럼 멋진 남자 팔짱 껴보고 싶은데. 여기 산책 코스가 좋더라구……."

"물론이죠, 고모님. 고모님 같은 미인은 언제든지 격하게 환영입니다."

흔쾌히 자리를 털고 일어난 성민이 팔짱을 내밀었다. 쾌활하던 유빈이 말수가 없어지고, 점점 어색하게 변해가는 분위기에 핑곗거리를 찾고 있기는 성민도 마찬가지였다. 현관문이 닫히면서 자동 잠금장치 소리가 들릴 때까지 하윤은 말없이 유빈의 움직임만 눈으로 좇고 있었다.

"서유빈, 무슨 일이야?"

식탁 위의 빈 밥공기를 하나씩 포개 싱크대로 옮기는 유빈의 손목을 잡고 표정을 살폈다. 무표정하게 손을 비틀어 빼는 그녀의 태도에 당황한 하윤의 미간에 가는 세로 줄이 생겼다.

"나한테 화났어?"

"화 안 났어."

하윤이 뚫어지게 바라보는 것을 의식하며 유빈은 빈 그릇들을 싱크대에 포개어 담았다. 반찬통도 정리해서 라벨이 눈에 잘 보이게 냉장고에 차곡차곡 쌓아두었다. 남은 갈비찜은 가스레인지 위에 올려두고, 음식 자국이 남은 식탁은 행주로 깨끗이 정리했다. 꽃무늬 앞치마를 두르고 노란색의 고무장갑을 꼈다. 하윤이 의자에서 일어나는 소리가 들렸지만 무시하고 싱크대 위의 수도꼭지를 틀었다. 뜨거운 물이 나오자 기름기 묻은 그릇부터 한 번씩 헹구기 시작했다.

"서유빈, 사실대로 말해. 걱정시키지 말고."

유빈은 묵묵히 흐르는 물에 그릇을 행구는 것에 집중했다. 물소리와 달그락대는 그릇 소리에 유빈이 듣지 못한다고 생각했는지 하윤이 옆으로 다가왔다. 그러고는 조바심 나는 손길로 수도꼭지 위에 달린 손잡이를 아래로 내렸다. 수도꼭지의 손잡이를 한참 노려보고 있던 유빈이 마침내 고무장갑을 벗고 그를 향해 돌아섰다. 그녀의 시선은 하윤이 입고 있는 스웨터의 첫 번째 단추에 고정되어 있었다.

"오빠는 허지나에 대해서 어떻게 생각해?"

예상하지 못한 질문인지 하윤은 곧바로 대답을 하지 못했다. 대신에 엄지와 검지로 유빈의 아래턱을 감싸 위로 들어 올렸다. 말갛게 들여다보는 시선이 그녀의 의중을 파악하고 있었다.

"누구? 비서실 허 실장?"

유빈은 말없이 고개만 끄덕였다.

"일처리 능력 확실하고, 머리가 좋고, 연산 능력이 뛰어난데 왜 비즈니스 과목을 전공했을까 궁금증이 이는 정도?"

유빈이 궁금한 것은 그런 단순한 비즈니스적인 능력이 아니었다.

"그 외에는? 미인이다, 패션 센스가 있다, 유머 감각이 있다, 대화가 통한다, 뭐 이런 생각은 안 해봤어?"

"내가 허 실장을 상대로 그런 생각을 해야 해?"

"그럼 됐어."

중국 출장을 간다는 말에 그녀가 떠올랐다. 하윤과 머리를 맞대고 다정하게 대화를 나누며 보여주던 들떠 보이던 미소. 무시하려 해도 세련된 외모와 자신감 넘치는 태도가 유빈에게 불안감을 심어주었다. 제니퍼가 언급했던 근사한 배경에 은연중에 기가 죽었다는 것을 수인이 알면 서운해하겠지.

"무슨 말이 하고 싶은 건데? 너는 허 실장을 어떻게 알아? 혹시 지나가 너한테 무슨 실수라도 했어?"

하윤의 입에서 지나라는 이름이 자연스럽게 흘러나오자 기분이 생각했던 것 이상으로 불쾌했다. 턱을 잡고 있던 하윤의 손을 털어내며 고개를 옆으로 돌렸다.

"지나라고 부르는 것을 보니 그 사람이랑 엄청 친한가 봐?"

"학교 후배이기도 하고……. 설마, 너 질투하는 거야?"

"무슨. 설마 내가 그 여자를 질투해야 해? 그런 거야?"

따지듯이 턱을 치켜들자, 하윤이 가볍게 코끝을 손가락으로 튕겼다.

"억지 부리지 마. 이러는 거 너답지 않아."

코끝에서 알싸한 진동이 느껴지는 순간 망치로 머리를 한 대 얻어맞은 것처럼 정신이 번쩍 들었다. 하윤의 말대로 자신이 지금 말도 안 되는 억지를 부리고 있다는 생각이 들었다. 삽시간에 얼굴이 벌겋게 달아오르며 화끈거렸다. 자신이 무슨 일을 저질렀는지 이제야 서서히 깨닫게 되었다.

세상에, 사춘기 소녀처럼 별일도 아닌 것에 혼자 토라져서는. 도대체 무슨 일을 벌인 거지. 혹시라도 엄마와 성민 오빠까지 눈치챈 것은 아니겠지. 그리고 보니 설거지를 하윤에게 맡기고 서둘러 나간 것이 전혀 수인답지 않았다. 유빈에게조차 뒷정리를 맡기지 않던 수인이었다. 억지스럽게 웃던 성민의 커다란 웃음소리도 마음에 걸렸다. 나중에 무슨 일이냐고 물어보며 뭐라고 설명을 하나.

망신도 이런 망신이 없었다. 철부지 아이도 아닌데 감정 조절을 못 하고 응석을 부렸으니…….

차마 하윤의 얼굴을 마주 볼 수 없어 싱크대를 향해 돌아섰다. 벗어두었던 고무장갑을 찾아 재빠르게 꼈다. 무슨 수를 써서라도 하윤의 관심을 다른 곳으로 돌리고 싶었다. 스펀지에 세제를 묻혀 비누 거품을 만들었다. 도자기 그릇을 스펀지로 박박 닦으며 수도꼭지를 틀었다. 갑자기 쏟아지는 물이 그릇에 맞고 유빈의 얼굴까지 튀어 올랐다. 팔을 들어 볼에 묻은 거품을 털어내는데 뒤에서 뻗어 나온 긴 팔이 수도꼭지를 잠갔다.

"서유빈, 귀여워서 어쩌지? 이런 식으로 질투할 줄도 알고, 질투한다고 표현할 줄도 알고……."

유빈은 얼굴이 화끈거려 저절로 고개가 숙여졌다.

"놀리지 마. 나 지금 엄청 부끄럽거든."

하윤이 허리 옆으로 손을 뻗어 노란색 고무장갑을 벗겨내고, 유빈의 허리를 잡고 돌려 품에 안았다.

"미안. 내가 회사 일 때문에 출장이 많아서 같이 있을 시간이 부족하지. 조금만 더 이해해줘. 지금 진행 중인 프로젝트만 마무리하면 시간 내서 같이 여행이라도 가자."

"바쁜데 일부러 그럴 거 없어."

웅얼거리는 목소리에 더 이상의 경계심은 없었다.

"내가 알기로는 지나는 오랜 연인이 있어. 현재 사귀는 사람이 없다고 하더라도 네가 신경 쓸 일은 전혀 없어."

그녀를 달래기 위해 하윤이 없는 말을 만들어냈을 리는 없다. 처음부터 경각심을 심어줘서 쫓아버리려는 사람의 말만 듣고, 혼자 판단하고 혼자 내린 결론이었다. 제니퍼 아줌마. 머리 좋으신 것은 알아줘야 한다. 하지만 밀리는 것도 여기까지다. 두 걸음 밀어내시면 세 걸음 다가갈 것이다. 다섯 걸음 밀어내시면 여섯 걸음 다가가면 된다. 그래도 자꾸 밀어내기만 하시면 책임지라고 생떼라도 부려봐야지. 처음부터 좋아하게 만들었으니 내 마음 책임지라고 떼를 써봐야지. 그러다 다친 마음은 하윤 오빠가 달래주겠지.

"몰라! 오빠가 설거지해. 나는 고모, 아니 엄마한테 전화해서 커피 마시러 갈 거야. 놀이터 뒤쪽으로 산책로가 있는데, 꼭 엄마랑 같이 걸어보고 싶었거든."

어느새 쾌활한 예전의 서유빈으로 돌아왔다. 감정이 들쑥날쑥하던, 풍부한 감정을 고스란히 얼굴에 담아내던 유빈. 앞치마를 벗고 주방을 벗어나려는 유빈의 팔을 하윤이 잡아당겼다. 이번에는 순순히 따라오는 그녀를 널따란 품에 안았다.

"내 눈에는 오로지 너만 보여. 그러니 다른 사람들한테 질투할 필요 없어."

"질투 아니다, 뭐. 그냥, 그냥 그 사람이 어떤 사람인지 궁금해서……"

한 치의 여유 공간도 없이 하윤이 유빈을 꼭 끌어안았다.

"질투했다고 솔직히 인정하시지."

"싫어, 절대 인정 안 해."

유빈이 품에서 벗어나려고 몸을 바르작거렸다. 그럴수록 하윤은 더욱 그녀를 바짝 끌어안았다. 그러고는 몸을 아래로 내려 허리를 양손으로 잡았다. 어깨 위로 들어 올릴 기세에 유빈이 바짝 긴장했다.

"이래도?"

"하기만 해. 우리 엄마한테 다 이를 거다."

어린아이 같은 협박에 하윤은 피식 웃고 말았다. 이제 더 이상 수인을 엄마라고 부르는 데 어색해하지 않았다. 그동안 못해본 응석이라도 부리고 싶을 걸까. 감정을 안으로 삭이기 바빴던 유빈이 서운한 감정을 여과 없이 내색한다. 샘내고, 토라지고, 그런 변덕스러움이 오히려 반가웠다.

다행이다. 거센 폭풍우가 지나가서, 거친 바람에 휩쓸려가지 않고 무사히 견디어주어서. 이제야 겨우 하윤은 유빈이 그의 곁에 온전히 머물러 있다는 사실을 실감할 수 있었다. 가슴속으로 퍼져가는 안도감에 슬며시 미소가 입 주위로 번져갔다.

"사랑해."

가만히 안고 서로의 온기를 느끼고만 있었다. 더 이상은 아무런 대화도 필요하지 않았다. 서로의 호흡을 느끼며 같은 공간, 같은 시간에 함께 있음을 감사했다. 잘 풀린 실타래가 두 사람을 튼튼하게 매듭지어주리라 굳게 믿고 있었다.

Chapter 9

　박람회 전시는 첫날부터 연이은 입장객들의 방문으로 나름 성공적인 스타트를 끊었다. 유빈의 아이디어를 십분 활용해서 물 흐르는 물레방앗간 옆에 노란 초가지붕도 세우고, 그 주변을 넝쿨나무들로 장식해서 옛 시골 마을의 향수를 고스란히 자아냈다. 온 들판에 흐드러지게 피어 있는 이름 모를 야생화의 분위기를 살리기 위해 우리나라 뒷산에서 흔히 볼 수 있었던 자생 식물 위주로 전시물을 디자인했다.

　도시 한복판에서 옛 시골의 정취를 느낄 수 있다는 취지는 좋은 반향을 일으켰다. 특히나 기성세대의 향수를 자극하고, 한국인의 정서에 대한 그리움을 고조시켰다. 그럼에도 많은 경쟁사들의 전시 작품들 중에서 방문객의 발길을 '초록세상' 전시장으로 끌어모은 것은 보조개 총각 한강의 역할이 컸다는 사실을 유빈도 인지하고 있었다. 인정하고 싶지 않지만 부정할 수 없는 현실이었다.

몇 날 밤을 고생해서 만든 전시 작품보다는 보조개가 움푹 팬 한강의 살인 미소가 전시장을 찾은 여자 방문객의 발길을 자석처럼 끌어모으고 있었다. 그리고 한번 끌어당긴 발걸음은 쉽사리 그 자리를 떠나지 못하게 했다. 덕분에 유빈은 방문객들 상대로 회사 홍보지와 명함을 전달하느라 오후 내내 서서 움직여야만 했다. 얼마나 힘들게 미소를 유지하고 있었는지 입술 근처의 볼 근육이 아릴 정도였다.

"아이구, 다리야."

유빈은 폐장 시간이 다가와서야 겨우 의자에 앉아 아픈 다리를 쉴 수 있었다.

"야, 서 대리. 엄살 피우지."

"엄살 아니거든요. 선배는 하이힐의 고통을 몰라서 그래요. 이럴 줄 알았으면 운동화를 신고 오는 건데 그랬어요."

"쯧쯧쯧, 그러게 내가 편한 신발 신고 오라고 했잖아."

방문객이 선물로 주고 간 음료수 병을 흔들면서 한강이 혀를 찼다.

"상철 선배가 반드시 단정하게 정장 입고 와야 한다고 했단 말이에요."

"너랑 순이 보면 희한해. 생전 가야 상철이 말에 고분고분하게 순응하는 것을 못 봤는데, 꼭 그런 쓸데없는 말은 새겨듣더라."

'뻥' 소리와 함께 뚜껑이 열렸다. 힘들어서 뭔가를 마시고 싶은 생각도 없었다. 음료수 병을 받아 탁자 위에 올려놓았다.

"한강 선배, 제가 저번에 뺑뺑이 돌려달라고 했던 말 취소예요.

저 지옥행 열차에서 내릴래요. 힘들어서 못 하겠어요."

"그 말 후회 안 할 자신 있지?"

"후회 안 할래요. 지금은 다리가 너무 아파요."

유빈은 오랜만에 신은 하이힐 때문에 종아리 근육이 단단하게 뭉친 것에만 신경을 쓰느라 전시회장 내 분위기가 술렁이는 것을 눈치채지 못했다. 설령 눈치챘다고 하더라도 신경 쓸 여력도 없었다.

"도대체 상철 선배랑 순이는 어디 가서 코빼기도 안 보여요? 금방 교대해줄 거라더니. 폐장 시간 다 되어가는데……."

"그러게. 이 좋은 구경거리를 놓치고 어디를 갔을까."

피식거리는 웃음을 흘리며 한강이 유빈의 발아래 무릎을 꿇고 앉았다. 한강이 하는 말의 의미를 파악하려는데 그녀의 다리 한쪽이 그의 허벅지 위로 올라갔다. 유빈이 미처 말릴 새도 없었다. 당황으로 유빈의 눈이 휘둥그레지거나 말거나 종아리를 부드럽게 마사지하듯이 쓰다듬는 척하기 시작했다.

"선배, 갑자기 왜 이래요?"

비록 바지를 입고는 있었지만, 항상 매너 있게 일정 거리를 유지하던 한강의 갑작스러운 신체 접촉에 유빈은 그저 당혹스러울 뿐이었다. 그 순간이었다. 한강의 바로 뒤에서 저승사자처럼 서 있는 하윤의 모습을 뒤늦게 발견한 것이. 어찌나 놀랐던지 유빈은 그 상태로 그대로 얼어버렸다.

딸꾹. 숨 쉬는 템포를 놓치고야 말았다. 유빈이 갑자기 숨을 거칠게 들이쉬더니 딸꾹질을 시작했다. 시퍼렇게 날이 선 모습으로 당장이라도 달려들어 한강을 때려눕힐 것 같은 하윤을 성민이 간신히 붙들고 있었다. 유빈은 너무 놀라 한강의 허벅지 위에 놓인

사랑 높은 집착   395

다리를 내려놓을 생각도 못 하고 있었다.

"유빈아, 어떻게 좀 해봐."

성민의 간절한 목소리에 그제야 겨우 유빈이 냉동에서 풀린 사람처럼 후다닥 자리에서 일어났다. 사고 능력의 마비가 왔나 보다. 한강의 허벅지에 올려져 있던 다리를 먼저 바닥에 내려놓아야 한다는 순서를 까먹고, 한 발로 일어서다 중심을 잃고 흔들렸다. 몸의 중심이 앞으로 쏠리며 발이 미끄러졌다. 어찌해볼 겨를도 없이 하이힐 뒤축으로 한강의 중심 부분을 눌러 찍어버렸다.

'아악.'

소리 없는 비명을 내지르며 한강이 중심을 잃고 뒤로 쓰러졌다. 한쪽 다리가 한강의 허벅지에 휩쓸려 그 위로 같이 쓰러질 뻔한 유빈을 하윤이 허리를 붙잡아 끌어당겼다. 아찔한 순간이었다. 하윤이 제때 움직이지 않았다면 더 큰 불상사가 일어났을지도 모를 일이었다. 상상만으로도 끔찍한 일이었다.

한강은 볼썽사나운 모습으로 다친 부위를 감싼 채 엉금엉금 기다시피 바닥을 헤매고 있었다. 어떡해! 폼생폼사 박한강을 저런 모습으로 망가뜨려놨으니. 이건 흡사 지옥행 특급 열차 VVVIP 티켓을 예매한 꼴이었다.

다급해진 유빈은 생각할 겨를도 없이 한강에게 다가가 응급조치로 등허리 아랫부분을 주먹으로 때리기 시작했다. 어느 TV 오락 프로그램에서 이런 방법으로 고통을 이완시켜주는 것을 본 기억이 있었다.

순진한 얼굴로 볼썽사나운 광경을 연출하고 있는 유빈의 손목을 한강이 거머쥐었다. 그렇지 않아도, 쪽팔려 지하 땅굴이라도 파서 들어가고 싶은 한강이었다. 젠장! 현하윤, 저 재수 없는 자식한테 한 방 먹이고 싶었는데. 이렇게 형편없이 망가진 모습을 보이고야 말았다. 추락한 자존심에 날개는 없었다.

"야, 인마. 너 죽을래?"

유빈의 손목을 쥐고 간신히 두 발로 일어서는데, 하윤이 반대편에서 유빈을 끌어당겼다.

"서유빈, 너 뭐 하는 거야?"

힘의 균형을 잃고 하윤에게 기우는 유빈으로 인해 다시 한강이 휘청거렸다. 넘어지려는 한강 쪽으로 기우는 유빈을 다시 하윤이 끌어당겼다. 덕분에 한강도 넘어지지 않고 버틸 수가 있었다. 마침내 유빈을 사이에 두고 팽팽한 기 싸움이 벌어졌다. 한 치의 양보도 없이 매서운 눈초리로 서로를 노려보고 있었다.

하윤과 한강의 중간 위치에 서서 양쪽 손목을 잡힌 채 이러지도 못하고 저러지도 못하는 유빈이었다. 살벌하게 오가는 두 사람의 시선 한가운데서 '딸꾹, 딸꾹' 도무지 주책없는 딸꾹질이 멈추지를 않았다.

그때, 갑자기 늘어난 구경꾼들이 겹겹이 쌓아 만들어놓은 벽 사이를 뚫고 익숙한 목소리가 들려왔다.

"복 터진 년."

모습은 드러내지 않은 채 한 맺힌 목소리만으로 스스로의 존재를 알려왔다. 순이의 불만을 신호탄으로 여기저기서 웃음소리가 터져 나오기 시작했다.

"웬일이래. 난 저 잘생긴 총각한테 뭔 일 나는 줄 알았네."

"얼마나 아팠을 거야. 호 하고 불어줄 수도 없고.……"

사랑 늪 집착 397

"그러게, 하필이면 거시기를……."

"여편네, 주책이야!"

"큭큭큭큭."

처참하게 고개를 숙인 한강의 손에서 서서히 힘이 빠져나갔다. 한 손이 자유로워진 유빈이 탁자에 올려둔 음료수 병을 가리켰다.

"미안해요, 선배. 딸꾹……."

"서 대리, 퇴근해라. 그리고 앞으로 각오 단단히 해라."

"딸꾹. 열심히 하겠습니다."

유빈은 성민이 전달해준 이온 음료를 급하게 들이켰다. 딸꾹질을 멈추는 게 급선무였다. 심한 딸꾹질로 눈물까지 맺혔다. 하윤이 등까지 토닥여주자 겨우겨우 진정이 되었다.

"괜찮아? 딸꾹질 멈춘 것 같아?"

하윤이 다정하게 눈가를 손가락으로 쓸어주더니 앞으로 흘러내린 머리도 단정하게 정리해주었다. 냉기가 뚝뚝 떨어지던 차가움을 버리고 꿀물이 좔좔 흐르는 다정함으로 무장한 하윤의 변화에 구경꾼들 사이에서 찬탄의 한숨이 새어나왔다.

"세상에나, 세상에나……. 저 아가씨 진짜 복 터졌네."

"그러게 말이야. 키도 크고, 코도 큰 것이 그것도 장난 아니겠어."

"거기시가 장난 아니게 거시기 하겠어."

"하여간 여편네, 주책이야!"

"큭큭큭큭."

"김순이, 빨랑 안 튀어와!"

한강의 신경질적인 명령에 순이가 구경꾼 장벽 사이에서 모습을 드러냈다.

"큭큭……. 갑니다."

완벽한 패배였다. 그럼에도 마지막 남은 자존심에 패배를 인정하고 싶지 않았다. 한강은 여유를 되찾은 모습으로 허리를 반듯하게 폈다.

"현하윤 씨, 인사가 늦었습니다."

"안녕하십니까."

마주 잡은 두 손에 힘줄이 불끈 솟아났다.

"어떻게 된 거야? 한강 선배는 어쩌다가 다친 거야?"

"그게, 내가 실수로 하이힐 뒤축으로……. 미안해서 죽을 것 같아."

"어쩌다가 그랬어. 하마터면 거시기 터질 뻔했다야!"

유빈의 소곤대는 소리와 상반되게 순이의 목소리는 전시회장에 쩌렁쩌렁 울려 퍼졌다. 한강의 손에서 또다시 힘이 빠져나갔다. 김순이, 어떻게 단 한 번도 도움이 안 되냐. 한 번쯤은 항상 흐트러짐 없는 하윤이 질투로 날뛰는 모습을 보고 싶었다. 얄팍한 복수심이 이런 말도 안 되는 결과를 가져올 줄이야. 이제야말로 미련 한 톨 남기지 않고 유빈을 마음으로부터 떠나보낼 수 있을 것 같았다.

"언제 시간 내서 술이나 한잔 같이하죠."

패배를 드러내며 한강이 한발 뒤로 물러났다.

"제가 정식으로 집으로 한번 초대하겠습니다."

마지막까지 빈틈을 보이지 않는다. 얄미운 자식. 나이도 더 어리다면서 도무지 비집고 들어갈 틈을 내보이지 않았다. 한강은 유빈의 보폭에 맞춰 천천히 걸어가는 하윤의 뒷모습을 노려보고 있었다. 몇 번이고 걸음을 멈추고, 하이힐을 신고 불편해하는 유빈의 상태를 살피느라 도통 박람회장을 벗어나지 못하고 있었다. 안고 가겠다는 그와 한사코 버티는 유빈과의 사이에 실랑이가 벌어지고 있는 것이 눈에 훤했다.

"유빈이 애인 진짜 잘났죠?"

칭찬에 인색한 순이한테서 오랜만에 들어보는 찬사였다.

"그러네."

다른 반박의 말이 떠오르지 않았다. 같은 남자가 봐도 멋진 남자였다. 지고지순한 사랑. 한 여자를 저토록 오랫동안 한결같이 사랑할 수 있을까. 허탈한 웃음이 나오는 한편, 홀가분한 기분이 들었다. 한때는 미치게 싫어했던 남자를 멋지다는 말로 평가내릴 수 있다니. 그래서 다행이다. 나보다 더 잘나고 멋진 남자에게 보낼 수 있어서. 젊은 날의 한 페이지를 장식했던 그림자 사랑은 이렇게 미련 없이 막을 내렸다.

자동차 뒷좌석에 오른 유빈은 하이힐부터 벗어 던졌다.

"오후 내내 서 있었어. 종아리도 뭉치고, 구두 때문에 발바닥도 너무 아파."

양반다리를 하고 앉은 유빈을 말없이 바라보던 하윤의 입꼬리가 미세하게 들썩거렸다. 종아리를 주무르며 마사지를 하고 있는데 하윤이 손을 뻗었다. 유빈은 무릎으로 다가온 그의 손을 탁 하고 쳐냈다. 미리 연막작전을 펴는 중이었다. 간신히 몸무게가 늘었나 했더니 다시 빠졌다고 아침에 잔소리를 들었다. 그 순간 난감하게 코피까지 흘리고 말았다. 타이밍도 절묘하지. 인상을 잔뜩 찌푸리는 하윤이 '당장 그만두라'는 소리를 억지로 목 안으로 삼키는 게 눈에 보일 정도였다.

"오늘 일로 삐치고 그러기 없기다. 그럼 나 완전 실망이야. 봐서 알겠지만, 한강 선배가 일부러 장난친 거야. 성민 오빠, 남자들은 원래 다들 그렇게 유치해?"

"나는 빠지련다."

운전대를 잡고 어두운 지하 주차장을 빠져나가며 성민은 백미러를 한 번 힐끔 쳐다볼 뿐이었다. 기대를 말아야지. 처음부터 성민은 항상 하윤의 편이었다.

"성민 오빠도 마찬가지야."

뻔뻔하게 나가기로 했는지, 승세를 잡기 위해서 목소리의 톤을 올리고, 턱을 치켜세우는 폼이 제법 야무졌다. 일찍 퇴근하겠다는 약속을 지키지 못해 하윤이 행사장까지 데리러왔다. 한 소리 들을 각오는 하고 있었지만, 그런 모습까지 보이고 말았으니 폭풍 잔소리 꽤나 듣게 생겼다. 혼날 것을 각오했는데 갑자기 하윤이 이마에 '쪽' 소리 나게 키스했다.

"잘했다, 서유빈."

순간 잘못 들었나 혼란스러웠다. 머리까지 토닥이는 모양새가 칭찬이 맞는 것 같은데. 진의를 파악하기 위해 얼굴을 바짝 앞으로 들이밀었다.

"화난 거 아니었어?"

생각에 잠긴 목소리가 하윤을 탐색하고 있었다. 고개가 한쪽으로 갸우뚱하고 기울어졌다. 길고 풍성한 속눈썹이 당황해서 깜빡거리는 모습이 귀여웠다. 또다시 입술에 길게 '쪽' 하고 키스하는 소리에 성민이 백미러를 슬쩍 흘겨보았다. 좁은 차 안에서의 애정 표현이 달갑지 않은 눈빛이었다. 유빈도 성민을 의식해서인지 반대편으로 멀찍이 물러났다. 이제는 실실 웃기까지 하는 하윤을 보며 유빈은 당황하기 시작했다.

"설마 아까 내가 한강 선배한테 실수한 것 때문에 이러는 것은 아니지? 만약 그런 거라면 지금 오빠가 엄청 유치하게 굴고 있다는 건 인정하지?"

"맞아, 나 유치해. 유치하다고 비난해도 상관없어. 그 선배라는 사람이 먼저 시작한 싸움이었어."

학교 선배, 직장 동료라는 명분으로 유빈의 옆에 머물러 있는 한강을 경계했었다. 유성그룹 직원이었다면 치사한 방법으로 외압을 넣어서라도 해외 파견 근무로 멀리 보내버리고 싶을 정도였다. 유빈과 다정한 모습을 연출하는 한강을 바라보며 질투로 주먹을 날리고 싶었던 적이 한두 번이었던가.

하윤의 사랑을 버거워하던 유빈이 그에게로 마음을 기울이는 것이 아닐까 초조해하며 애타하던 순간들이 오늘에야 조금 보상받은 기분이었다. 어찌 보면 직접 주먹을 날린 것보다도 훨씬 후련했다. 맞아도 하필이면⋯⋯. 마지막으로 유빈을 바라보는 한강의 눈빛이 확연히 달라져 있었다.

"말도 안 돼. 나는 괴로워 죽겠는데. 앞으로 내 회사 생활은 암흑천지라고⋯⋯."

유빈의 앙다문 입술이 아래로 축 처졌다. 하윤이 양손 검지를 이용해 처진 입술을 위로 끌어올려 억지스러운 웃는 미소를 만들어냈다.

"그러니까 내 말대로 한동안 쉬면 좋잖아. 일주일에 사흘은 야근이고, 주말에도 수시로 공사 현장 체크해야 한다고 들락거리고. 시간 있으면 거울 좀 봐. 여기서 더 마르면 진짜 나 화낼 거야."

"어떻게 아침에 하던 잔소리랑 토씨 하나까지 똑같아. 보약도 꼬박꼬박 챙겨 먹고 있잖아. 그러니 잔소리는 여기까지만 해."

"걱정되어 하는 말을 네가 잔소리로 치부하니깐 그게 더 문제지……"

하윤은 자꾸만 멀찍이 떨어지려는 유빈의 허리를 안아 무릎에 앉혔다.

"쯧쯧, 이것 좀 봐. 너무 가벼워서 바람에 날아갈까 걱정될 정도라니까."

"허풍쟁이! 살찌워서 잡아먹으려는 거 누가 모를 줄 알고."

"어떻게 알았어? 한입에 삼켜버릴 생각인데."

"뭐야, 갈수록 능글능글……."

변덕이 심하고, 능글거리는 하윤이 싫지가 않았다. 이성적이던 하윤이 모순에 맞지 않는 말로 억지를 부리는 것도 좋았다. 유빈과 함께 있을 때면 세상을 향한 경계심을 내려놓고 편안해지는 하윤을 보는 게 좋았다. 항상 같은 자리에 서서 등대처럼 길잡이가 되어주던 그에게 이제는 그녀가 안식처가 되어주고 싶었다.

하윤의 찡그러진 미간도 곱게 펴주고, 치켜 올라간 결이 고운 눈썹도 손가락으로 쓰다듬었다. 그러다가 무슨 생각에서인지 한쪽 눈꼬리를 위로 올리고, 나머지 눈꼬리를 아래로 잡아당겼다.

"못생겼다. 밖에서는 이렇게 못난 얼굴로 다녔으면 좋겠다. 다른 여자들이 얼씬도 못하게."

엉뚱한 행동에 하윤의 얼굴에 금세 살뜰한 미소가 퍼져갔다. 그러자 두 손을 넓게 펼친 유빈이 부채처럼 하윤의 미소가 드리워진 얼굴을 옆으로 가렸다. 오롯이 한 사람만을 향한 미소.

"그리고 이렇게 예쁜 미소는 나만 볼 수 있었으면 좋겠다, 영원히."

하윤의 얼굴이 서서히 부채 안으로 들어왔다. 하나로 연결된 연인의 모습에 상민은 오른손을 들어 백미러를 조정했다. 백미러에서 두 사람의 인영이 사라지자, 대신 오디오의 볼륨을 크게 틀었다.

사무실 문을 열고 복도로 나서려던 순이가 다시 안으로 들어왔다. 코를 킁킁거리며 두 눈을 지그시 감고 뭔가에 취해 있는 듯한 표정이었다.

"유빈아, 이리 와서 여기 향수 냄새 좀 맡아봐. 혹시 이거 어디 브랜드인지 알아?"

"이름은 모르겠는데, 면세점 코너에 가면 있어."

"요즘 이 건물에서 자주 맡는 향이거든. 엘리베이터에서도 맡고……. 우리 사무실 사람은 아닌데. 너무 맘에 들어."

백화점에 갔다 우연히 맡게 된 향이었다. 김명환 대표를 떠올리게 하는 익숙한 향기.

"이번에 우리 아빠 생일 선물 이 향수로 해드려야겠다. 주변에 남자라고는 가족밖에 없으니, 원. 그런데 누구지? 사무실 복도 앞에서 한참을 어슬렁거린 것 같은데……. 암튼 이번에는 진짜 간다."

자조적으로 한숨을 크게 한 번 내쉰 순이가 박람회장에 비치해둘 회사 광고지가 들어 있는 박스를 손에 들고 문을 나섰다.

유미의 결혼 준비는 차근차근 진행이 되고 있었다. 신혼집이 될 가윤의 펜트하우스 공사 시공 날짜도 정해졌다. 한강은 유빈의 요구대로 좋은 직장 동료로서의 거리를 지키고 있었다. 툭툭 농담도 던지고, 짓궂은 장난도 치는 편안한 선후배 사이. 풀리지 않는 숙제처럼 여겨지던 일들이 하나둘씩 제자리를 찾아가고 있었다. 아직은 해결해야 할 밀린 숙제 하나가 유빈에게는 남아 있었다. 차일피일 미루던 일을 더 이상은 미루지 말아야겠다는 생각이 문득 들었다.

만나고 싶다는 유빈의 연락에 명환은 바로 그날 오후에 사무실로 찾아왔다. 박람회 행사로 다들 외부에 나가 사무실은 유빈 혼자 지키고 있었다. 명환을 바라보는 유빈의 마음은 해 질 녘의 들판을 바라보는 것처럼 고요하고 평화로웠다. 과하지 않은 향수 냄새, 낮은 바리톤의 듣기 좋은 음성, 봄날처럼 온화한 시선. 의식하지 못하는 사이, 이미 유빈의 기억 한 모퉁이에 그가 존재하고 있었다.

오랜만에 본 명환은 살이 많이 빠진 듯 보였다. 명환을 사무실 뒤편에 있는 휴게실로 안내했다. 넓은 사무실을 둘러보며 유빈의 책상을 찾은 그의 눈이 반짝하고 활기를 찾았다. 수인이 담긴 사진 액자를 보는 그의 얼굴에 잔잔한 미소가 퍼졌다.

명환에게 하고 싶은 말이 있었다. 아니, 명환에게 부탁하고 싶은 말이 있었다. 그래서 그를 유빈이 가장 편하게 생각하는 공간으로 초대했다.

"차 드시겠어요? 향기 좋은 찔레꽃차가 있는데요."

전기포트에 생수를 붓고, 투명한 유리로 된 꽃차 전용 주전자에 수인이 말린 찔레꽃을 집어넣었다. 꽃차의 색을 감상할 수 있는 투명한 유리잔도 꺼내놓고, 아침 출근길에 사온 수제 쿠키도 작은 꽃무늬 접시에 담아 명환 앞에 내밀었다. 물이 끓자, 꽃잎이 들어 있는 주전자에 부었다. 말린 꽃잎이 부풀어 오르며 예쁜 향과 색을 내는 모습을 두 사람 다 말없이 지켜보고 있었다. 유빈이 주전자의 손잡이를 들어 명환의 찻잔에 조심스럽게 부어 앞으로 밀어주었다.

"뜨거우니 조심하세요."

"고맙다. 조금 여윈 것 같구나."

유빈은 묵묵히 자신의 몫인 찻잔에 물을 부었다. 같은 것을 보았구나. 뭉클해지는 마음을 다잡으며 찻잔의 손잡이를 움켜쥐었다.

"쉽지 않았을 텐데. 연락해줘서 고맙구나."

"쿠키 좀 드세요."

찻물을 한입 입에 물고, 명환이 쿠키를 집어 들었다. 바싹하게 깨지는 쿠키가 입가에 작은 부스럼을 만들었다. 유빈이 종이 냅킨을 한 장 집어 찻잔 옆에 올려두었다.

"내 어머니가 잘못을 많이 했다. 부잣집 외동딸로 데릴사위나 다름없는 고학생인 아버지와 애정 없는 결혼생활을 했지. 그래서인지 누나보다는 외아들인 나에 대한 애정이 과했단다. 마마보이 소리를 들으면서 어머니가 원하는 것은 다 해드렸지. 유일하게 처음으로 한 반항이 너의 엄마에 대해서였다. 그래서 나를 향한 괘씸한 원망을 네 엄마한테 쏟아부은 것 같다."

"……"

"자식에 관해서는 욕심이 많은 분이셨지. 그 일이 있고 어머니가 손을 써서 바로 군대에 입대를 했어야만 했었다. 그러고는 외국으로 쫓겨 나갔지. 그 당시에는 차라리 어머니가 시키는 대로 따르는 것이 그나마 네 엄마를 지켜주는 것이라고 생각했었다. 못난 놈이라 네 앞에서 한없이 부끄럽구나."

유빈은 말없이 따뜻한 꽃차의 향기를 들이켰다.

"너와 네 엄마한테 너무나 큰 상처를 줬어. 어머니의 재판이 진행될 거다. 재판이 마무리되는 대로 나는 외국에 나가 있을 예정이다. 아마도 한동안은 한국으로 돌아오지 않을 거야."

말을 마친 명환이 조심스럽게 그녀 앞으로 사각의 서류 봉투를 내밀었다. 두꺼워 보이는 봉투 안을 무엇이 채우고 있을지 유빈은 상상이 되었다.

"이걸로 뭘 어떻게 하려는 건 아니다. 다만 이렇게라도 해야 내 마음이 편안해질 것 같아서 그런다. 부탁이니 받아다오."

유빈은 아무런 말도 없이 봉투를 가져다가 안의 내용물을 들여다보았다. 은행 통장과 등기 서류 같은 것들이 자리를 차지하고 있었다. 봉투에 내용물을 다시 가지런히 담아 명환 앞으로 밀어주었다.

"엄마의 명예를 지켜드리고 싶어요. 이해해주실 거라고 믿어요. 다른 사람의 도움 없이도 잘 살아왔고, 앞으로도 잘 살 거예요. 엄마는 더 이상 원망하지 않는다고 하셨어요. 저희는 잘 살고 있어요. 그러니 걱정하지 마시고 대표님도 잘 살아 주세요. 그렇게 해주세요, 저를 위해서. 이 말씀 드리고 싶어서 뵙자고 했어요."

물질의 보상이 유빈에게 아무런 의미가 없다는 것은 명환도 잘 알고 있었다. 그럼에도 불구하고 뭐라도 해주고 싶었다. 아버지로서의 욕심이었다. 또다시 쓸데없는 욕심을 부렸다는 것을 깨달은 명환은 마음이 씁쓸해졌다.

"혹시 나중에라도 연락해주지 않겠니? 언젠가 모든 것이 안정을 찾아가면 그때라도……"

"네, 그럴게요. 언젠가 모든 것이 제자리를 찾아가고 평화로워지면."

두 사람의 시선이 허공에서 만났다. 욕심을 냈었다. 그 욕심에 사랑하는 사람들이 또다시 상처 입을 줄은 몰랐다. 지켜주고 싶던 딸에게 상처만 남겨준 꼴이 되어버렸다. 사과를 하고 싶었지만 감히 유빈 앞에 다시 나설 용기도 없었다. 그런 그를 유빈이 위로를 해주고 있었다.

"한 번만 안아볼 수 있겠니?"

울림이 있는 바리톤의 음색. 나지막한 그의 목소리에 유빈은 아무런 거부감 없이 그를 안아주었다. 포옹은 오래 지속되지 않았다. 사무실 문에 매달린 종소리에 명환이 후다닥 물러났다. 사람들에게 설명할 수 없는 그들의 관계 때문에 유빈이 곤란해지는 것을 보고 싶지 않았다. 따스하게 남아 있는 온기가 빠져나가지 않게 두 주먹을 불끈 쥐었다.

마지막으로 명환이 유빈을 바라보았다.

'어디서든 기죽지 말고 당당하게 살아라. 사랑한다, 내 딸아.'

떠나기 전 바라본 명환의 눈이 그렇게 말하고 있었다. 유빈은 한동안 명환이 떠난 빈자리를 지키고 있었다. 그가 남기고 간 찻물이 차갑게 식어갈 쯤 자리에서 일어났다. 남긴 찻물을 버리고, 주전자와 찻잔을 깨끗이 씻어 말렸다.

휴게실 문에 하윤이 기대어 유빈의 움직임을 말없이 지켜보고 있었다. 하윤이 옆에 있다는 것만으로도 커다란 위로가 되어주었다. 텅 비어버린 것 같은 마음이 그의 존재감으로 빠르게 채워져가고 있었다. 어떠한 위로의 말도 필요 없었다. 하윤의 손에 큼지막한 유빈의 노트북 가방을 들려주고 사무실의 문을 잠갔다.

복도에서는 익숙한 명환의 향기가 났다. 한동안 사무실 밖에서 서성거리고 있었나 보다. 좁은 엘리베이터 안에도 명환의 잔재가 또렷이 남아 있었다. 못내 아쉬워 쉽게 떠나지 못했을 발걸음이 느껴졌다. 붉게 변해가는 눈시울에서 가는 눈물 한 줄기가 툭 하고 흘러내렸다. 언젠가는, 언젠가 모두가 평안해지는 날. 그때가 되면…….

바퀴에 자갈 밟히는 소리가 들리자 유빈이 잠에서 깨어났다. 하윤과 같이 살기 시작하면서 부쩍 잠이 많아졌다. 하윤이 자갈이 깔려 있는 마당에 차를 세우고 자신을 걱정스럽게 바라보고 있는 것이 눈에 들어왔다. 무거운 눈꺼풀을 간신히 밀어올리고 안전벨트의 버클을 풀었다.

"잠깐만 기다려."

운전석에서 내린 하윤이 보조석 차문을 열었다. 양복바지가 더러워지는 것을 개의치 않고, 한쪽 무릎을 바닥에 대고 넓은 등을 내밀었다.

"업어줄 거야?"

"응."

폴짝 등에 올라탄 유빈의 몸무게에도 흔들림 없이 번쩍 허리를 펴고 몸을 일으켰다. 흘러내리는 유빈의 엉덩이를 양손으로 단단히 받치고 집 쪽으로 천천히 걸음을 내디뎠다. 피곤해 보이는 유빈이 잘 수 있게 하윤은 최대한 작은 동작으로 움직이고 있었다. 하윤의 의도와는 달리 단단한 등을 가슴으로 느끼며 하윤 특유의 체취에 자극받은 그녀의 심장이 조금씩 반응하기 시작했다. 달콤한 체취를 더 깊이 느끼고 싶어 뒷덜미에 코를 가져다 대고 비벼대자 킥킥거리는 웃음소리가 들려왔다.

"괜찮아?

"그럼. 미인은 잠꾸러기라던데. 20대 후반이 가까이 오니 드디어 나도 미인 대열에 들어서나 봐. 오빠가 밤마다 너무 괴롭혀서 그래. 요즘은 사무실에서도 휴게실 큰 소파가 내 전용이라니깐."

"뭐든 만만한 내 탓이야? 바쁜 회사 일 때문이라고는 절대 안 하지."

"어떻게 알았어? 내가 생각하기에도 오빠가 제일로 만만한 경향이 없지 않아 있는 것 같아."

"까분다. 잠 깼으면 현관문이나 열지."

1719. 등에 업힌 상태로 새로 이사 온 현관의 비밀번호를 눌렀다. 근사한 2층 주택이었다. 얼마 전에 마무리 공사가 끝나 집 안에는 아직도 페인트 냄새가 남아 있었다. 아직은 심플한 가구 몇 개만이 넓은 거실을 차지하고 있었다. 복층 구조로 정원이 한눈에 내려다보이는 넓은 거실. 평소에 유빈이 꿈꾸어왔던 구조로 집 안이 설계되어 있었다.

'나는 계단이 거실 중앙에 있었으면 좋겠어. 외국 잡지에서 본 적이 있는데, 아치형으로 뱅글뱅글 돌아가는 그런 계단. 그리고 거실은 2층 천장까지 높게 뚫려 있으면 좋겠다. 시야가 확 트인 느낌이 들 것 같아. 대신 그런 거실은 겨울에 추우니 난로가 있어야겠지. 앞쪽은 통유리였으면 좋겠다. 그러면 거실에 있어도 정원에 앉아 있는 것 같은 착각이 들 것 같아. 가까이 산이 보이면 더 좋겠지. 거실 바로 옆에 작업실이 있었으면 좋겠어. 거기도 마당이 잘

보이게 전면이 유리로 되어 있으면 좋겠다.'

대학 시절 유빈이 주절대던 말들을 주의 깊게 새겨들은 하윤이 직접 설계에 참여해 지어진 그들만의 보금자리였다. 주택 인테리어에 별다른 관심이 없던 유빈조차도 아름답게 꾸미고 싶은 욕구가 마구마구 생기는 그런 예쁜 공간이었다.

'마당은 우선 자갈만 깔아뒀어. 네가 직접 꾸미고 싶어 할 것 같아서. 가구는 네가 관심이 없는 것 같아서 내가 대충 골라뒀어.'

수인이 서울에 올라온 다음 날 하윤이 그들을 이곳으로 데리고 왔었다. 그리고 정식으로 수인에게 유빈과의 결혼을 허락받았다. 아직 결혼식 날짜가 정해진 것은 아니었지만, 유빈은 그들만의 특별한 결혼식을 계획하고 있었다.

"오빠, 우리 맛있는 거 해 먹자. 할머니가 담아준 김치로 김치찌개 해 먹을까? 꽁치 넣고 깻잎 많이 넣고. 이상하게 얼큰한 거 먹고 싶다. 기분이 꿀꿀할 때는 맛있게 먹고, 한숨 푹 자는 것도 나쁘지 않더라."

유빈의 말에 하윤이 위층으로 가려던 발걸음이 주방으로 향했다.

"기분이 꿀꿀해? 나가서 맛있는 거 먹고 기분 전환 할까? 아니면 모처럼 영화 보러 갈래?"

유빈을 걱정해주는 하윤의 관심이 기분 좋았다. 이렇게까지 사랑받을 자격이 있는 건가 오히려 가끔은 미안한 생각까지 들 정도였다. 한결같은 하윤의 사랑을 맘껏 누리는 매 순간이 행복했다.

"아니야, 오히려 밀린 숙제를 해버린 것처럼 마음이 홀가분해. 데리러 와줘서 고마워. 오빠 덕에 감정 추스르기가 훨씬 쉬웠어. 이젠 진짜 아무렇지 않아."

사랑 혹은 집착

유빈이 하윤의 등에서 뛰어내렸다. 뒤돌아서는 하윤의 볼을 양 손으로 잡아당겨 장난스럽게 입술에 쪽 하고 입맞춤해주었다. 그 녀의 밝은 표정에 그제야 안심하는 표정이었다. 깍지 낀 손을 하고 커다란 냉장고가 자리하고 있는 곳으로 걸음을 옮겼다.

"유미가 사다준 슈크림이 어디 있더라……. 단거 먹으면 기분이 많이 업될 것도 같은데. 그것 먹고 힘내서 내가 맛있는 저녁 차려 줄게."

냉동실을 뒤적거리던 유빈이 상자를 발견하고 기쁜 마음으로 환호성을 질렀다. 그러다 빈 상자임을 알아차리고는 실망으로 입 술을 실룩거렸다.

"분명히 남겨뒀었는데. 혹시 이거 오빠가 다 먹은 거야?"

"미안. 다시 사다놓으려고 했었어. 원래 오늘 집에 오는 길에 들 러서 사오려고 했는데, 네가 잠이 드는 바람에 그냥 온 거야."

"그럼 빈 박스는 왜 그냥 둔 거야? 다 먹고 난 후에는 박스를 치 워야 내가 뭐가 있고 없고를 알아서 다시 채워놓는다고 말했잖아. 커피도 그래. 캡슐만 꺼내 먹고 빈 상자를 그 자리에 놓아둬서 내 가 아침에 얼마나 황당했는지 알아? 라테 한잔 마시려고 준비 다 해놨는데 캡슐이 없잖아. 바쁜데 다시 드롭커피 내리느라고 정신 없었어. 알았으면 내가 미리미리 주문을 했을 건데."

야속하게 바라보는 눈길에 제법 원망이 담겨 있었다.

"뭐야, 지금 바가지 긁는 마누라 흉내 내는 거야?"

어느새 가까이 다가온 하윤이 냉장고 문에 비스듬히 기대었다. 그러고는 시니컬한 표정으로 그녀를 내려다보았다. 한쪽으로 치 켜 올라간 입술 라인이 단아한 그의 얼굴에 장난꾸러기 같은 소년의 모습을 만들어냈다. 심술 난 것 같으면서, 재미난 것을 발견했을 때 짓는 표정. 기습 공격이라도 당한 것 같았다. 여전히 섹시하고 아름다운 하윤은 순간순간 유빈의 가슴을 두근거리며 뛰게 만들었다.

"내가 언제 바가지를 긁었다고 그래? 그냥 빈 상자는 휴지통에 버려달라는 부탁을 하는 거지."

"그거 내가 싫다고 불평하는 거잖아."

"바보. 내가 어떻게 오빠가 싫다고 불평을 해? 그거랑 이거랑은 차원이 다른 거지."

짜증 섞인 불평이 불만스러운 듯 하윤의 눈썹이 꿈틀거렸다. 자석에 끌려가는 것처럼 유빈의 시선이 하윤의 삐죽거리는 입술 움직임을 좇아가고 있었다. 시선을 의식한 하윤이 일부러 하얀 치아 사이로 아랫입술을 쓸어내렸다. 도톰한 입술이 빨갛게 부풀어 오르자 유빈은 자기도 모르게 혀로 자신의 입술을 축였다.

"그럼 앞으로도 내가 잘못한 거 있으면 일일이 싫다며 잔소리하겠네."

조명 빛에 반사되어 반짝하고 빛을 내는 맑은 눈이 하윤을 올려다보고 있었다. 하윤이 혀로 아랫입술을 핥았다, 몇 번 튕기고는 두 손가락으로 아랫입술을 둥글게 말았다. 손가락의 움직임에 따라 굉장히 선정적인 모양으로 변해 가는 입술에 유빈이 시선을 온통 빼앗겼다.

두 눈을 똑바로 뜨고도 왠지 세뇌를 당하고 있는 기분이었다. 하윤의 입술이 가까이 다가오라고 유혹하고 있었다. 머릿속이 하얗게 비워지고, 몸은 오로지 본능에 따라 움직이고 있었다. 유빈이 서서히 발꿈치를 들어 올리며 얼굴을 가까이했다. 그러자 하윤이 손가락을 그녀의 이마에 붙이고 더 이상의 접근을 차단했다.

"아직 대답 못 들었어."

"무슨 대답?"

순진한 눈동자는 질문을 전혀 이해하지 못하고 있었다. 씰룩 비틀어진 입술이 웃음을 참고 있는 것도 같았다. 큼큼거리는 목소리가 낮게 갈라져 있었다.

"앞으로도 잔소리 계속할 건지 아닌지……."

멀리서 사이렌 소리가 들렸다. 주택가 입구에 소방서가 있다더니, 소방차가 출동이라도 하는 모양이었다. 뿌연 안개가 걷히는 것처럼 머릿속의 사고가 분명해졌다. 타고난 지략가. 하윤의 의도를 깨달은 순간 유빈의 목에서 고양이처럼 갸르릉거리는 소리가 났다.

"엉터리, 관둬. 치사해서 나도 뽀뽀 안 해. 나는 가서 샤워할 거야. 겨울이 다가와서 그런지 피부가 너무 건조해지는 것 같아. 이번에 순이가 생일 선물로 준 목욕용품이나 제대로 사용해봐야지. 그 회사 버터크림이 보습효과가 그렇게 좋다고 하던데, 오늘은 몽땅 발라서 얼마나 좋은지 제대로 확인해봐야겠어."

하윤은 유난히 바닐라향이 나는 바디 제품을 싫어했다. 더구나 일반 로션보다 찐하고 오래 남는 버터크림의 맛을 끔찍이도 싫어했다.

"너!"

장난스럽게 혀를 내밀며 유빈이 뒷걸음질 쳤다. 허리를 낚아채려 하윤이 손을 뻗었지만, 유빈은 재빨리 몸을 피해 원형 테이블 뒤로 돌아갔다. 유빈을 잡으러 다가오는 하윤을 피해 테이블 주위를 빙글빙글 돌며 움직였지만, 다리가 긴 하윤의 걸음에는 당해낼 재간이 없었다. 얼마 못 가 팔이 붙잡혔다. 팔이 붙잡힘과 동시에 허리를 감싸 안은 그의 품 안으로 포박당하고 말았다. 안기자마자 유빈의 다리를 받쳐 안고, 번쩍 들어 올린 하윤이 큼직한 걸음으로 계단을 올라가기 시작했다.

"항상 승산 없는 게임을 시작하지. 벌 받을 준비 되었지? 오늘은 대충 안 넘어갈 거야. 우선 샤워 대신 거품 목욕부터 시작할 거야."

유빈은 키득거리며 하윤의 머리카락을 손가락에 휘감았다.

"목욕이 끝나면 바디 로션 대신 오일 마사지를 할 생각이야. 마음의 준비를 단단히 해두는 편이 좋을걸."

지난번 오일 마사지가 어떠한 자극을 불러왔는지 기억하는 유빈의 얼굴이 순식간에 달아올랐다.

"사촌형제 아니랄까 봐. 어째 갈수록 가윤 오빠랑 닮아가는 것 같아. 능글능글해지는 것이……."

"그 자식 이름이 여기서 왜 나와? 그리고 뭐야, 지금 또 나한테 불만인 거야?"

하윤이 위협적으로 유빈의 등을 받치고 있던 손에 힘을 주더니, 훌쩍 가슴 위로 들어 올렸다. 겁에 질린 유빈이 그의 목 뒤로 두 손을 단단히 깍지 끼고 매달렸다. 나선형 계단을 내려다보는 것만으로도 어지러운 유빈은 눈을 질끈 감았다.

"아냐, 아냐! 무조건 가윤 오빠가 나빠."

당장이라도 어깨에 둘러멜 것 같던 하윤이 원래의 위치대로 유빈을 받쳐 안았다. 입술이 달싹거리는 모양새가 삐친 모양이었다.

피식. 웃음소리와 함께 부드러운 입술이 질끈 감은 눈꺼풀을 간질였다.

"왜 이렇게 귀여운 거야. 이러니 자꾸만 놀리고 싶어지지."

입술이 포개지고 짧은 키스가 이어졌다.

"가끔은 진짜 모르겠어. 나처럼 평범한 애를 왜 오빠같이 완벽한 사람이 좋아하는 걸까? 그 이유가 정말 궁금해."

습관처럼 하윤의 턱밑에 얼굴을 묻은 유빈이 따뜻한 입김을 내보내며 웅얼거렸다.

"네가 얼마나 특별한 사람인지 진짜 몰라서 묻는 거야?"

침실로 들어온 하윤이 유빈을 조심스럽게 침대 위로 내려놓았다. 그러고는 바로 안쪽에 있는 욕실로 성큼성큼 걸어 들어갔다. 곧이어 욕조에 물 받는 소리가 들렸다. 돌아온 하윤은 은은한 장미향을 품고 있었다.

하얀 목욕 가운을 침대 위에 펼쳐놓고, 하윤이 유빈을 일으켜 세웠다. 하윤의 손이 블라우스의 단추를 풀고 소매를 잡아당기자, 손을 움츠려 팔을 뺐다. 그의 손이 청바지의 버튼을 향하자, 유빈이 팔을 뒤로 돌려 브래지어의 후크를 끌렀다. 그리고 자연스럽게 어깨끈을 끌어내리려는 손이 하윤에 의해 제지당했다.

"안 돼. 네가 얼마나 특별한 사람인지 알고 싶으면 얌전히 기다려."

짙은 눈동자가 드러난 가슴 윤곽을 더듬거렸다. 여전히 하윤의 노골적인 시선을 상대할 때면 부끄러움이 앞선다. 붉게 홍조가 올라오는 유빈의 목을 손등으로 부드럽게 쓸어내리고 어깨끈을 팔에서 걷어냈다. 물방울 모양의 가슴 선을 따라 손가락이 천천히 움

416

직였다. 살결이 스치는 자국마다 신경세포가 흥분으로 들썩였다. 그 한가운데 꼿꼿하게 제 모습을 드러낸 분홍색 돌기를 손끝으로 가볍게 비틀자, '끙' 하는 앓는 소리가 유빈의 입에서 새어나왔다.

즉각적인 반응에 하윤의 입가에 만족의 미소가 걸렸다. 짓궂은 미소를 내려다보던 유빈은 쑥스러움에 가슴을 팔로 가리며 매트리스 위로 주저앉았다. 작은 동작만으로 공기의 흐름이 바뀌었다. 맨살이 차가운 공기에 노출되면서 매끄러운 살결 위로 오돌토돌 자극이 일어났다. 여유로운 미소가 사라지고 금세 걱정 어린 표정의 하윤이 목욕 가운을 집어 노출된 부위를 감싸주었다.

"추워? 감기 걸리면 안 되는데……."

부드러운 감촉에 감싸인 유빈이 가만히 고개를 저었다.

"따뜻한 물에 들어가면 기분이 좋아질 거야. 가자, 공주님."

유빈이 다시 매트리스 위로 번쩍 들려 세워졌다. 순식간에 헐렁한 청바지가 하윤의 손에 의해 밑으로 내려갔다. 다리를 바지에서 빼내기 위해 하나씩 번갈아가며 들어 올리자, 무릎이 겹쳐진 목욕 타월 사이로 잠깐씩 형체를 드러냈다. 하얀 가운 사이로 감칠맛 나게 드러났다 사라지는 뽀얀 허벅지가 하윤의 동물적 본능을 일깨우기 시작했다. 하윤의 어깨 근육이 팽팽하게 당겨지는 것이 열린 셔츠의 목깃 사이로 드러났다. 불안하게 흔들리는 눈동자의 움직임에 유빈은 장난기가 동했다.

가운 밑으로 손을 집어넣고 엉덩이 라인에 걸쳐진 끈을 아래로 끌어당겼다. 가는 줄로 이어진 손바닥만 한 팬티가 순식간에 무릎을 지나 발목 아래로 떨어졌다. 팬티를 완전히 벗어버리기 위해 다리 한쪽을 들어 올렸다. 일부러 허벅지를 옆으로 살짝 비틀었다.

벌어진 가운 안쪽으로 은밀한 숲이 살짝 모습을 드러냈다 사라졌다. 하윤의 시선은 오로지 허벅지 안쪽에 꽂혀 있었다.

반대쪽 다리가 올라가며 발목에 걸린 팬티가 바닥으로 굴렀다. 올라간 다리는 하윤의 바지 중심부 위에 닿았다. 적당하게 올라선 그의 자존심이 발바닥의 움직임에 따라 꿈틀거리고 있었다. 이번에는 하윤의 입에서 '끙' 하며 앓는 소리가 새어나왔다. 원하던 반응에 유빈의 입가가 부드러운 곡선을 그렸다.

"갑자기 얌전히 기다리는 게 지루해졌어. 내가 왜 특별한지는 지금부터 내가 직접 알아낼 거야. 움직이기 없기. 재미있는 놀이가 생각이 났으니까."

침대에서 훌쩍 뛰어내린 유빈이 그의 정면에 섰다. 오른손의 검지를 들어 이마에서 코로, 입술로, 천천히 옮겨갔다. 입술에 닿는 유빈의 손가락을 하윤이 물고 자극적으로 빨아들였다. 킥킥거리던 유빈이 다시 손가락을 움직였다. 턱 한가운데 움푹 파인 부분을 지나고, 목울대를 거쳐, 어깨로 내려뜨렸다. 단단한 가슴 윤곽을 더듬거리던 손가락이 탄탄한 복부를 지나 허리선에서 멈추었다. 그러고는 갑자기 바지의 버클을 강하게 잡고 끌어당겼다. 바짝 다가선 하윤에게 유빈은 싱긋 웃음을 흘렸다.

섹시한 요부보다는 장난꾸러기 소녀 같은 유빈의 표정이 그의 정복욕을 더욱 자극하고 있었다. 초록 정원에서 처음으로 하윤의 마음을 설레게 만들었던 바로 그 소녀. 조그마한 자극에도 쉽게 얼굴을 붉히던 수줍음 많던 소녀. 숱이 많고 컬이 진 까만 속눈썹이 그를 유혹하듯 깜빡거린다. 수줍은 듯 눈을 내려뜨는 모습에 17살 서유빈의 모습이 겹쳐 보였다.

왜 너여야만 하는지, 왜 그의 심장은 유빈을 향해서만 반응을 하는지, 하윤도 이유를 모른다. 그가 아는 유일한 한 가지는 그녀와 함께 있을 때 그는 설렌다. 그녀가 옆에 있으면 시간은 빛의 속도로 흐른다. 그래서 그녀와 함께하는 일분일초가 아쉽고 애달프다. 그녀가 있기에 그는 오늘도 꿈을 꾼다.

"사랑한다, 서유빈. 잔소리꾼 와이프가 되어도 좋으니깐 내 옆에 있어. 늙어가는 것도 내 옆에서 해. 죽을 때까지 내 옆에만 있어. 그럼 네가 하라는 대로 다 할게."

유빈이 미소 짓는다. 그녀의 미소에는 빛이 났다. 녹슬지 않는 반짝임이 언제나 그녀를 새롭게 한다. 약속이라도 하는 듯 맑고 고요한 눈동자가 그를 담았다. 그에 관해서라면 뭐든 허투루 보지 않는다. 투명한 눈동자를 가득 채우는 사랑에 하윤의 가슴이 두근거렸다. 거친 듯 빠르게 두 심장이 서로를 향해 뛰고 있었다.

그냥, 너라서야……. 서유빈, 너라서…….

Epilogue

　푸른색의 피로연 드레스를 곱게 차려입은 유빈이 직사각형 테이블 중앙에 앉아 그곳에 모인 사람들을 둘러보고 있었다. 그녀가 공들여 설계한 정원이 한눈에 내려다보이는 베란다에 세팅된 피로연 파티는 이제 막바지를 향해 달려가고 있었다. 점심때부터 시작된 파티는 5월의 따사로운 햇살과 공기 중에 그윽하게 퍼진 라일락 향기로 방문객들의 기분을 한껏 고무시켰다. 가까운 지인들을 초대해서 결혼식에 함께하지 못한 아쉬움을 달래는 행복한 시간이었다.

　17세 그리고 19세에 만나 사랑에 빠졌던 하윤과 유빈은 10년 사랑의 결실을 그들만의 특별한 결혼식으로 자축했다. 제주도의 아름다운 바닷가를 배경으로 해변에서 올린 결혼식은 유빈이 꿈꿔 왔던 낭만적인 예식이었다. 석양빛이 아름답게 물들어가는 하늘과 시원한 바다색이 만나는 시간에 그들은 부부로서 영원한 미래를 약속했다. 주례나 사회자 없이 서로의 사랑을 담은 서약문 낭독으로 형식적인 절차를 대신했다.

신랑 들러리로 성민이 초대되고, 신부 들러리로 유미가 그들만의 결혼식에 초대받았다. 그리고 양가 친척을 대신해 수인과 가윤이 그들의 결혼식을 축복해주었다. 행복한 미소가 가득한 아름다운 결혼식이었다. 겉치레도 없고, 보여주기 위한 허례도 없었다.

유럽으로 떠났던 신혼여행에서 돌아오자마자 주위 사람들의 성화에 할 수 없이 그들의 결혼을 공식화하는 자리를 마련해야만 했다. 집안 어른들과 가까운 친구들만 초대한 단출한 파티였지만, 파티 준비를 위해 아침부터 북적이는 사람들과 여행 동안 쌓인 피로로 유빈은 심신이 꽤나 지쳐 있었다. 덕분에 간간이 새어나오는 하품을 참는 모습을 하윤에게 들켜버렸다.

하윤의 눈치에 강석과 오미영 회장이 제일 먼저 자리를 떴다. 다음으로 수인이 할머니를 모시고 국내선 공항으로 출발했다. 그 뒤를 이어 '초록세상' 식구들이 작별의 인사를 전하고 떠났다. 사실 한강의 손에 상철과 순이가 끌려나갔다고 하는 말이 솔직한 표현에 가까웠다. 최고급 샴페인에 온갖 종류의 알코올을 섞어 새로운 맛을 시음하던 두 사람이 서서히 한계점에 이르러가자, 한강이 성민의 도움으로 두 사람을 차에 싣고 먼저 자리를 떠났다.

'인간들아, 어떻게 평생에 도움이 안 되냐.'

고급 샴페인을 4병이나 해치워버린 두 사람을 억지로 테이블에서 떼어내며 끊임없이 한강이 주절주절 불평을 늘어놓았다.

파티 전문가의 손길에 핑크색으로 치장된 베란다에는 이제 가윤, 유미, 성민만이 남아 한창 이야기꽃을 피우고 있었다.

"괜찮아? 위로 올라가서 잠깐 쉬었다 내려올까?"

의자를 바짝 끌어다 옆에 놓은 하윤이 유빈을 무릎 위로 안아 올렸다. 품에 안자마자 이마와 코끝에 다정하게 키스했다. 방문객들을 전혀 의식하지 않는 태도였다. 방문객들도 워낙 익숙한 풍경이라 눈길도 주지 않았다. 하윤은 한 손으로 유빈의 턱을 받쳐들고 혈색을 살폈다. 그러고는 볼을 마주 대고 체온을 체크했다. 조금이라도 피곤한 기색이 엿보이면 바로 안아들고 위층 침실로 데려가겠다는 의지 같은 것이 엿보였다.

"지금은 하나도 안 피곤해. 오늘은 우리가 주인공이잖아. 오빠는 내 걱정 말고 마지막까지 손님들 걱정이나 해. 내 말대로 할 거지?"

대답 대신 하윤은 벗어나기 위해 버둥거리는 유빈을 꼼짝도 못 하게 팔 안에 가두어버렸다. 벌써 10번도 넘게 같은 질문을 반복하고 있었다. 하윤의 얼굴에는 그저 형식적인 피로연 파티가 어서 빨리 끝나기만을 바라는 티가 역력했다.

"진짜 괜찮아?"

"하윤 오빠 자꾸 내 핑계로 위층으로 도망가려고 하는 거잖아. 모처럼 다들 바쁜 시간 내서 와줬는데, 작별 인사는 제대로 해야지."

"그러게. 다들 바쁘다는 사람들이 왜 아직도 안 가고 있는 건지 이해가 안 된다."

일부러 큰 목소리를 내는 하윤으로 인해 성민, 가윤, 유미의 시선이 그들에게로 집중되었다. 막상 시선을 끌어모은 하윤은 유빈의 머리칼에 얼굴을 묻고 있었다.

"성민이 형, 지금 우리한테 가라는 거지?"

"나한테도 그렇게 들리는데……."

가윤과 성민이 짓궂은 시선을 교환했다.

"유빈아, 우리 지금 가야 해? 오빠가 모처럼 유빈이 만날 생각에 스케줄 다 제치고 달려왔는데. 결혼식 때도 바빠서 간신히 식만 보고 가야 해서 엄청 서운했거든……"

"당연히 나야 오래 있을수록 더 좋지. 유미가 바빠서 자주 못 만나니 나도 헤어지기 싫어. 이럴 게 아니라 우리 집 안으로 자리를 옮길까? 여기 의자보다는 푹신한 소파가 편할 거야."

"좋은 생각이다."

의자를 박차고 일어나려는 가윤의 팔을 유미가 잡아끌었다. 그가 의자에 주저앉자, 이번에는 유미가 일어났다.

"아니야, 유빈아. 너 너무 피곤해서 안 돼. 장시간 비행에, 시차 적응도 해야 하고, 그러다 아프면 큰일 나. 사실 우리가 너무 오래 있었어. 선배, 우리 그만 가요."

유미가 그들을 중재하고 나섰다. 팔을 다시 잡아끄는 유미를 가윤이 뿌루퉁한 시선으로 바라보기 시작했다. 이대로 두면 일부러라도 밤을 새고 갈 사람들이었다. 가윤은 여전히 하윤을 자극하는 일이라면 물불을 안 가리고 덤비고 있었다.

"박유미, 이번 기회에 확실히 담판을 짓자. 나는 아직도 확신이 안 서. 누가 먼저야? 나야, 아니면 유빈이야?"

말없이 멀뚱히 가윤을 내려다보는 유미를 대신해서 유빈이 변호하고 나섰다.

"당연히 가윤 오빠가 먼저지."

"나는 못 믿겠어. 지금도 아침에 나 깨우기 전에 유빈이 너한테 전화해서 모닝콜 해주잖아."

"그거야……. 오빠의 밤낮이 바뀐 생활 패턴 때문에 일부러 안 깨우는 거지. 그리고 나는 만날 지각 대장인 거 아니까 신경 써주는 거고."

"그럼 왜 나는 한 번도 안 싸주는 도시락을 유빈이 너한테는 수시로 싸주는데."

"오빠는 회사에 출근 안 하잖아. 대신에 주말마다 근사한 저녁 식사 차려준다고 입이 닳도록 자랑했잖아."

"싸울 거면 집에 가서 싸워. 앵앵거리는 소리, 귀에 거슬려."

하윤이 가윤에게는 시선도 안 주면서 시비조로 한마디 던졌다.

"저 자식이! 일부러 바쁜 스케줄 조정해서 와 줬더니……. 착각하지 마, 너 보러 온 거 아니고 넘버 원 내 팬이 나 보고 싶다고 해서 온 거다."

"저 자식이……."

두 사람이 티격태격할 기미를 보이자 유미가 의자를 밀고 뒤로 걸어 나왔다. 그리고 밀린 의자를 테이블 밑으로 다시 단정하게 집어넣었다. 떠나겠다는 확실한 의사 표현이었다.

"최가윤, 그만하지. 나 지금 집에 갈 건데, 따로 가?"

단아한 표정에 흔들림이 없었다. 유미의 카리스마에 가윤이 군소리 없이 자리에서 일어나 가방과 다른 소지품을 챙기기 시작했다. 유빈 앞에서는 한없이 천사 같은 유미가 남들 앞에서는 한 번씩 전혀 다른 모습으로 돌변한다. 오늘처럼 여전사 같은 카리스마를 내뿜을 때면 가윤은 반대로 순한 양이 된다.

돌계단을 내려가는 유미를 따라잡은 가윤이 어깨에 팔을 둘렀다. 유미가 가볍게 털어내자, 대신에 허리를 감싸 안았다. 그것마저 뿌리치려는 유미를 더욱 강하게 끌어안고 무차별적으로 얼굴에 키스 세례를 퍼붓기 시작했다. 한차례의 진한 키스 후에 느슨해진 가윤의 팔에서 유미가 벗어났다.

고개를 돌려 구경꾼들을 확인한 유미가 가윤의 정강이를 발로 찼다. 아프다며 다리를 껴안고 절룩거리면서도 가윤의 얼굴에서는 시종일관 미소가 떠나지 않았다. 손이 다시 허리로 다가오자 유미가 주차장을 향해 도망치듯 뛰어가기 시작했다. 일부러 유미가 벗어나게 유도한 듯 가윤이 만족스러운 미소를 얼굴에 가득 머문 채 빠른 걸음으로 추격을 시작했다.

"주변에 정상인 커플이 없다. 나도 이만 가야겠다."

불평 섞인 말과는 대조되게 편안해 보이는 성민이 자리에서 일어났다. 그의 얼굴에는 동생인 유미의 행복한 모습에 저절로 아빠 미소가 새겨져 있었다.

"아까 변호사님이 전화하셨었어. 잠깐 들르시겠다고 하셔서 주소 보내드렸다."

"문자 받았어요. 와줘서 고마워요, 오빠."

"그래. 편히 쉬고……. 아, 저기 변호사님 오셨다. 나중에 보자."

성민이 가리키는 방향으로 고개를 돌리니 제니퍼가 주차장으로 연결된 돌계단 위에 서 있었다. 여전히 하나로 깔끔하게 묶은 머리에, 늘씬한 몸매를 강조한 샤넬 라인의 드레스를 입고, 자신감 넘치는 걸음으로 그들을 향해 다가오고 있었다. 사실 유빈은 하루 종일 시어머니인 제니퍼가 도착하기만을 기다리고 있었다. 그 사건 이후로 오랜만에 한국을 찾은 그녀였다.

제니퍼를 향해 걸어 나가는 유빈의 뒤를 하윤이 따라오고 있었다.

털을 바짝 세운 암사자가 새끼 사자를 지키려는 듯 유빈의 등을 가슴으로 바짝 끌어당겨 허리를 두 팔로 감싸 안았다. 강한 보호색을 드러내는 하윤의 태도에 유빈은 저절로 기다란 한숨을 내쉬었다.

"내가 분명히 말했지, 나 이제 열일곱 살 아니라고. 어머니랑 씨름을 해도 내가 이기고, 백 미터 달리기를 해도 내가 이겨."

"그래서 이러는 거야. 괜히 쓸데없는 곳에 힘쓰지 말라고."

귓속말로 속삭이는 하윤의 옆구리를 팔꿈치로 찔러주었다. 그러자 아프다며 응석을 부리던 하윤이 유빈의 양손을 교차시켜 품 안에 가두어버렸다.

"어서 오세요. 기다리고 있었어요. 공항에서 바로 오시는 길이세요?"

친밀한 태도로 다가온 제니퍼가 포옹하기 위해 양팔을 내밀었다. 그녀를 향해 앞으로 다가가려던 유빈은 하윤의 품에 갇혀 옴짝달싹 못했다. 유빈을 사이에 두고 서로 세력 다툼이라도 하는 꼴이었다. 외모뿐만 아니라, 고집까지도 똑같이 닮은 두 사람이었다. 그래서 유빈은 제니퍼를 미워할 수가 없었다. 사랑하는 하윤이 유일하게 닮은 사람.

"유빈이 오늘 정말 예쁘구나. 드레스가 정말 잘 어울려."

"고맙습니다. 어머니 센스는 여전하세요."

드레스는 제니퍼가 결혼 선물로 보내준 것이었다. 대학 졸업 선물로 보내준 드레스와 비슷한 스타일이었다. 드레스는 몸에 딱 달라붙는 디자인으로, 피부와 드레스가 하나인 것처럼 육감적인 몸의 곡선을 그대로 드러내주고 있었다. 거기에 다리와 다리 사이 길게 갈라진 틈을 통해 걸을 때마다 희고 늘씬한 다리가 보일 듯, 말

듯 섹시미를 더해주었다.

"이제야 진짜 딸이 생긴 것이 실감나는구나. 다른 선물이 주차장에 있는데, 하윤이가 좀 가져다줄래?"

"……."

제니퍼의 말에, 미동이 없는 하윤을 향해 유빈이 돌아섰다. 콧등 위로 주름을 잡고 화난 표정을 만들어 내는 유빈의 제스처에 하윤이 이번에는 순순히 뒤로 물러났다. 여전히 대화를 거부하는 하윤의 태도에 제니퍼의 얼굴 근육이 미세하게 틀어졌다 제자리를 잡아갔다.

"오는 길에 내 차 트렁크에서 선물 봉투 좀 가져다줘. 엄마가 어머니 드리라고 야생화 말린 것 보내셨거든."

고개를 한 번 끄덕이고는 하윤이 커다란 보폭을 이용해 계단을 내려갔다. 멀어지는 하윤의 뒷모습을 바라보는 제니퍼의 얼굴에 옅은 슬픔이 배어들었다. 시간이 지날수록 벌어지는 두 사람의 간격에 뒤늦은 후회와 안타까움이 고스란히 묻어나고 있었다.

"제가 처음 어머니 만난 날, 첫눈에 반한 거 모르셨죠?"

항상 당당하게 마주하던 제니퍼의 시선이 유빈에게서 비껴나갔다. 깊은 눈매가 복잡한 감정을 담고 있었다. 그 안에 외로움이 깃들어 있다고 유빈은 생각했다. 오랜 싸움에 지친 병사의 노고가 그 안에 숨겨져 있다고 유빈은 믿고 있었다.

"같은 편이 되어드릴게요. 힘들면 제게 기대세요."

초점이 흔들리는 눈동자가 유빈에게 향했다. 진한 마스카라 아래 촉촉한 물기가 스며들었다, 사라져갔다고 하면 착각일까.

"처음 만났을 때 마음이 예쁜 아이라고 생각했다. 가족이 된 것을 환영한다. 이 말 해주려고 들렀다."

더 이상의 감정 표현은 없었다. 유빈의 얼굴을 가볍게 토닥이고는 제니퍼가 한 걸음 뒤로 물러났다.

"나는 약속이 있어서 이만 가봐야겠다. 네 어머니께도 내 대신 감사 인사 전해주렴."

어느새 다가온 하윤의 손에서 꽃차가 들어 있는 봉투가 제니퍼에게 전달되었다. 한동안 하윤의 얼굴을 말없이 바라보던 제니퍼가 미련 없이 뒤로 돌아섰다. 당당한 걸음걸이로 왔던 길을 되돌아가는 그녀를 하윤이 지켜보고 있었다. 차가움과 따스함. 동전의 양면처럼 여전히 제니퍼 안에는 차가움과 따스함이 공존하고 있었다.

"어머님 좀 늙으신 것 같아."

"……."

생각이 많아 보이는 하윤의 품으로 파고들며 유빈이 중얼거렸다. 제니퍼가 떠난 자리를 말없이 바라보던 하윤이 가만히 고개를 끄덕였다. 말수가 줄어든 하윤을 걱정스럽게 바라보며 유빈이 셔츠 아래 드러난 가슴에 이마를 비볐다. 그러고는 가슴에 귀를 대고 심장의 고동 소리에 귀를 기울였다.

"괜찮아?"

정수리에 닿는 입술의 감촉에 고개를 들어보니 하윤의 눈빛이 서서히 평상시로 돌아가고 있었다.

"이 드레스 어머니 선물이라고 말 안 했잖아?"

"그랬나? 나는 오빠가 보면 눈치챌 줄 알았는데……."

허리에 감겨 있던 하윤의 손이 스멀스멀 엉덩이 라인으로 더듬거리며 내려오더니 드레스의 벌어진 틈으로 들어왔다.

"뭘 확인하고 싶은 거야."

얼굴이 붉어진 유빈이 잽싸게 그의 손을 잡아끌어 올렸다. 넓은 정원에 단 두 사람만 남았다는 것을 알면서도, 시선을 들어 돌계단에 아무도 없다는 것을 눈으로 확인했다.

"서유빈. 은근히 대담한데……."

"오해하지 마. 이번에는 안에 제대로 갖춰 입었어."

유빈이 가지고 있던 속옷으로는 피부처럼 달라붙는 드레스를 입을 수가 없었다. 라인이 그대로 노출되는 드레스 질감에 인터넷을 통해 처음으로 속옷을 주문했었다. 가느다란 줄로 연결된 손바닥 한 뼘도 안 되는 작은 면적의 천 조각이었지만, 아쉬운 대로 격식을 갖춰 차려입을 수 있었다.

"못 믿겠는데. 눈으로 직접 확인하기 전까지는……."

유빈의 몸에서 물러난 하윤이 베란다를 가로질러 나무 계단을 뛰어 올라갔다. 현관문을 열고, 손가락을 까닥거리며 도전적인 자세로 유빈을 불러들였다.

"좋아, 그 도전 받아줄게."

유빈이 턱을 치켜들고 거만한 자세로 걸어가는 내내 하윤의 시선은 움직이는 다리로 인해 벌어진 드레스 자락 사이에 고정되어 있었다. 계단 앞에 다가서 하이힐을 신은 다리 한쪽을 층계 위로 올려놓았다. 하얀 허벅지의 라인이 드러나며 드레스의 틈이 더욱 벌어졌다. 얇은 천을 뚫어질 듯 바라보는 노골적인 시선에 갇혀 옴짝달싹도 할 수가 없었다. 뜨거운 시선만으로도 얇은 천 아래 피부에 전율이 훑고 지나갔다.

하윤은 꼼짝도 않고 그 자리에서 유빈의 움직임을 하나하나 예리하게 주시하고 있었다. 유빈이 일부러 한쪽 다리를 두 계단을 건

너뛰어 올렸다. 드레스의 틈이 더욱 옆으로 벌어지자 금색의 천 조각이 모습을 드러냈다. 아슬아슬하게 중요한 부분만을 가리는 작은 사이즈 때문에 어제 스파에 들러 비키니 왁스까지 했다. 달라진 변화로 하윤이 지난밤 얼마나 흥분 상태였는지를 떠올리자 작은 전율이 등줄기를 타고 흘렀다.

부끄러운 기억에 유빈이 다소곳이 다리를 모았다. 그 순간 하윤의 눈이 번쩍하고 빛을 발했다. 하윤도 지금 금색 천 조각 아래 달라진 변화를 기억해낸 모양이었다. 거기까지가 한계인 듯 하윤이 긴 보폭을 이용해 순식간에 유빈의 앞으로 다가왔다. 드러난 허벅지 안으로 하윤의 손이 들어왔다. 허벅지 안쪽을 쓰다듬으며 점점 더 안으로 깊숙이 올라오는 손가락의 자극에 아찔한 감각이 아랫배를 관통했다.

앞쪽을 가리고 있는 얇은 천을 더듬거리던 하윤의 손가락이 천의 가장자리를 타고 위쪽으로 옮겨갔다. 가느다란 끈을 쫓아 허리 라인을 훑어가던 손가락이 엉덩이 골 안에 숨어들어 있는 천을 따라 움직였다. 다시 앞쪽으로 다가온 손가락이 얇은 천 조각 안으로 거침없이 밀고 들어오자, 자극에 유빈의 허리가 저절로 꿈틀거렸다. 보들보들한 살결의 향연에 하윤의 이성이 마비되었다. 손의 움직임에 방해가 되는 천 조각을 잡아당기자 뚝 하고 끈이 끊어졌다. 금색 조각이 하이힐 옆으로 스르륵 힘없이 떨어졌다.

거기까지였다. 자제력을 잃은 하윤이 유빈을 번쩍 들어 올리고 품에 안긴 유빈을 타들어가는 시선으로 내려다보았다. 벌어진 드레스의 목선이 한쪽 가슴을 그대로 노출시키고, 드레스의 치마 자락은 말아 올라가 있었다. 벌어진 틈새로 얇은 천 조각이 가리고 있던 비밀스러운 장소가 여지없이 드러났다. 하얀 꽃잎과 가운데 불그스름하게 돋아난 꽃술. 하윤이 급하게 숨을 몰아쉬었다. 그 뒤로 이어지는 불규칙한 호흡이 격해져 가는 그의 갈증을 대변하고 있었다.

"미치겠다."

가까이 다가오는 얼굴을 바라보기 위해 들어 올린 유빈의 시선이 다급하게 그의 어깨 너머로 향했다. 그 순간, 조금 전까지 아무도 없던 그곳에 사람의 그림자가 어른거렸다.

"안 돼. 돌아서지 마."

후다닥 다리를 모으고 하윤의 품 안으로 뛰어내린 유빈은, 시뻘겋게 달아올라 당혹스러움을 감추지 못하는 얼굴을 하윤의 어깨에 깊숙이 묻었다.

"어어, 미안. 나는 방해하려던 게 아니고, 두고 간 핸드폰의 행방을 찾으러 온 거야. 이것만 찾으면 바로 갈 거야."

가윤이 돌계단을 올라오면서 커다랗게 소리를 질렀다.

"저 자식이……."

"오빠, 아무 말도 하지 마. 나 지금 창피해서 죽을지도 몰라. 그냥 이 상태로 있어."

씩씩대는 하윤을 간신히 달래는데, 가윤의 장난기 가득한 음성이 조금씩 멀어져갔다.

"아니다, 내가 안 좋은 타이밍에 온 것 같다. 나중에 다시 올게, 하던 거 마저 해. 이번에는 진짜 간다."

용기내서 빼꼼히 고개를 옆으로 내어보니 계단을 내려가던 가윤이 갑자기 뒤돌아섰다.

"야, 사촌. 유빈이 피곤하다는데 적당히 좀 하지. 그러다 아프기라도 하면 나까지 힘들어져. 유빈아, 제발 아프지 마라. 나 죽 먹기 싫다."

피식. 유빈과 눈이 마주친 가윤이 한쪽 눈을 찡긋하고 윙크를 보냈다. 아주 느린 걸음으로 주차장을 향해 발걸음을 내디디며 손마저 슬로모션으로 흔드는 모습에 생긋 웃음이 나왔다. 하윤에게 한 방 먹였다는 생각에 기세등등하게 승자의 미소를 입에 걸고 있을 것이다. 자동차 스피커에서 들리는 커다란 록 음악이 그의 심정을 대신했다.

감기에 걸릴 때마다 유미가 죽을 끓여다 주었었는데, 그런 날은 가윤도 죽을 먹었나 보다. 싫다 불평하면서도 단 한 방울도 남기지 않았을 그가 상상이 되었다.

"나는 가윤 오빠가 하윤 오빠 사촌이라서 너무 좋아. 유미랑 다 같이 진짜 가족이 된 거잖아. 오빠랑 결혼해서 가족이 이렇게 많이 생길 줄 알았으면 더 일찍 결혼할걸 그랬어."

"서유빈, 너 자꾸 다른 남자한테 웃어주고 그럴래."

"순 엉터리. 가윤 오빠가 무슨 다른 남자야……."

"나한테는 동네 꼬마도 남자야."

투정부리는 하윤을 유빈이 앞으로 밀어버렸다. 계단에서 밀려 중심을 잃자, 맨 아래층까지 반동으로 내려갔다. 하윤을 두고 유빈이 재빨리 집 안으로 뛰어들었다. 어디로 숨을까 고민하는 유빈의 뒤쪽으로 후다닥 발자국 울리는 소리가 들려왔다. 급한 마음에 우선은 2층 계단으로 올라가던 유빈의 팔이 계단 아래 하윤의 손에 맥없이 끌려들어갔다.

"꼭 승산 없는 게임을 하지."

"아깝다. 오늘은 확실히 도망갈 수 있을 거라고 생각했는데."

"어림없어. 나한테서 도망칠 수 있을 거라고는 꿈도 꾸지 마."

뒤돌아선 유빈의 허리를 하윤이 안았다. 고개를 숙여 내려다보는 유빈의 시선이 하윤의 총명해 보이는 까만 눈과 마주쳤다. 주마등처럼 그들의 첫 만남이 떠올랐다.

"떨어뜨리지 않을 거니깐, 안심하고 손 놔."

유빈이 하윤의 말투를 흉내 냈다.

"느티나무 아래에서 처음으로 나를 안아주던 날. 목소리가 얼마나 근사했는지 오빠는 모를 거야. 심장이 쿵쾅거리는 소리를 들킬까 봐 얼마나 조마조마했다고."

"그때 나한테 반했다고 고백하는 거야?"

"맞아, 나는 처음 만났을 때부터 오빠한테 반했어. 지금도 시도 때도 없이 오빠한테 반하고, 심장이 자동으로 두근거려."

"서유빈, 항상 이렇게 먼저 선수를 치지. 그리고 분명히 말하는데 너보다는 내가 먼저 반했어."

"아냐, 내가 먼저야……."

"내가 먼저라니깐. 좋아, 오늘 밤에 확실하게 증명해줄게."

유빈이 사랑스럽게 웃고 있었다. 기분 좋은 울림이 가슴으로 퍼져가는 것을 느끼며 하윤은 유빈을 안고 성큼성큼 계단을 올라갔다.

Side Story 1

"가윤아, 드디어 일이 터졌어. 네가 저번에 찾아갔던 1학년 여학생 있잖아. 표면적으로 네 외가 친척이라는……. 지금 우리 학교 2학년 오공주들이 걔 불러서 쓰레기 창고로 갔어. 걔들 싸움 장난 아니래. 네 사생 팬이라던데, 어쩌냐?"

3층 복도에서 운동장을 내려다보며 지루하게 하품을 하던 가윤에게 같은 반 친구 형수가 달려왔다. 초등학교 때부터 같은 학교를 다닌 유일한 학교 친구였다.

"뭐? 언제? 그럼 선생님한테 가서 일러야지, 왜 나한테 와."

"미쳤냐? 걔들 남친 중에 일진도 있다는데. 나는 조용히 학교 졸업하고 싶다."

생각해볼 것도 없다는 표정의 형수를 뒤로하고 가윤이 정신없이 복도를 내달리기 시작했다. 아 참! 쓰레기 창고는 또 어디야?

뒤를 돌아보니 식상한 학교생활에 소소한 재밋거리를 찾는 형수가 열심히 뒤쫓아 오는 것이 보였다.

"야, 쓰레기 창고로 앞장서."

형수가 달리는 방향을 따라 넓은 운동장을 가로질렀다. 무슨 놈의 고등학교가 대학교도 아니고 쓸데없이 이렇게 넓은 거야. 교문 옆 담쟁이넝쿨이 우거진 담장을 따라 안쪽으로 들어가니 창고처럼 보이는 허름한 건물이 나타났다. 여학생들의 모습이 보이지 않자, 형수가 주변을 둘러보기 시작했다.

"어디에 있는 거야?"

초조함과 걱정을 가득 담은 가윤의 목소리 뒤편으로 여학생의 날카로운 비명 소리가 들려왔다. 긴장으로 목뒤의 솜털까지 주뼛서는 기분이었다. 유빈이 벌써 맞고 있는 거야? 제기랄! 강석의 약혼이 취소되고, 유빈과 수인이 학교 근처의 아파트로 거처를 옮겼다. 갑작스레 수인이 해외 유학을 떠났다는 말을 듣고, 유빈을 위로해주기 위해 찾아갔었다. 연락처를 전해주고 힘들 때면 연락하라던 그의 친절이 이런 어처구니없는 결과를 불러올 줄은 꿈에도 몰랐다.

하윤이 떠오르자 가윤은 더 아찔해졌다. 지금 유빈이 처한 상황을 알게 된다면 길길이 날뛰며 그를 잡아먹으려 들 것이 틀림없었다. 뒤끝 있는 성격으로 봐서 한동안 가윤을 괴롭히려 들 것이 뻔했다. 지금은 아무런 생각도 하지 말자. 우선은 유빈을 찾아 안전한 곳으로 데리고 가는 것이 급선무였다. 소리의 진원지를 찾아 정신없이 주위를 훑어보았다. 창고 뒤쪽으로 오두막길이 있었다. 그 길을 타고 가니 커다란 나무 기둥들 가운데 조그마한 공터가 나타났다.

그곳에 여학생들이 한데 엉켜 있었다. 교복 상의를 최대한 타이트하게 줄여 몸매를 강조하고, 짧은 교복 치마 밑으로 체육복 바지를 받쳐 입은 다섯 명의 여학생들이 한 명의 여학생을 상대로 몸싸움을 벌이고 있었다. 여학생들의 문화를 잘 모르는 가윤이 보기에도 같은 교복을 입은 그들이 결코 한편이 될 수 없을 거라는 생각이 들었다.

상대편인 여학생은 키가 크고 짧은 머리에 멀리서 보기에는 미소년 같은 이미지를 가지고 있었다. 무릎까지 오는 항아리 같은 치마만 아니었다면 남학생으로 착각했을지도 모르겠다. 다리를 움직일 때마다 불편한지 한 손으로 치마를 허벅지 위까지 끌어올렸는데, 그녀가 한 번씩 발길질을 할 때마다 허벅지 중간까지 올라가는 치마 밑으로 쭉 뻗은 각선미가 그대로 드러나고 있었다. 아찔한 하얀 살결의 허벅지가 드러날 때마다 가윤의 심장이 미친 듯이 요동을 치고 있었다.

체계적으로 운동을 배운 사람 같았다. 두서없이 날아오는 주먹질과 발길질을 피해 움직이는 모습이 춤을 추는 듯한 착각을 일으키게 했다. 헛되이 버리는 동작 없이 치고 빠지는 솜씨에 감탄사가 나왔다. 그럼에도 5대 1로 싸우기에는 역부족이라 얼굴이며 배로 날아오는 주먹을 모두 다 피하지는 못했다. 맞고 휘청거리는 모습에는 저절로 안타까운 한탄이 흘러나왔다. 머리카락을 몇 번 잡힌 듯 짧은 머리도 엉망으로 흐트러져 있었다.

반면 오공주들의 상태도 그리 좋아 보이지는 않았다. 오랜 싸움으로 체력이 떨어지기 시작한 모양이었다. 움직임이 둔해진 여학생 두 명의 머리카락을 양손으로 거머쥔 그녀가 인정사정없이 두 사람의 이마를 거침없이 맞부딪쳤다. 둔탁한 마찰음과 함께 여학생들의 울부짖는 비명 소리가 가윤의 귀를 어지럽혔다.

"뭐 해? 언제까지 구경만 하고 있을 거야. 싸움 안 말릴 거야?"

앞으로 차마 나서지는 못하는 겁 많은 형수가 가윤의 등을 떠밀었다. 그제야 가윤은 비현실적인 세계에서 현실로 되돌아온 느낌이었다. 싸움을 말린다고 와서는 한참을 구경만 하고 있었다.

"야, 거기 여학생들! 너네 지금 뭐 하는 거야?"

큰 소리로 존재를 드러낸 가윤으로 인해 여학생들의 동작이 일순간 정지했다. 가윤이 누군지 알아본 오공주들은 우왕좌왕 자신들의 모습을 숨기기 바빴다. 반면 그녀는 오히려 기회를 잡은 듯 거침없이 등을 내보이는 오공주들을 몰아붙이기 시작했다.

"도망쳐!"

그중 가장 덩치가 큰 여학생이 리더인지 소리를 질렀다. 짧은 머리를 한 그녀의 고개가 덩치 큰 여학생에게 향했다. 순식간에 일어난 일이었다. 명령을 내리고 자리를 피하려는 여학생의 머리카락이 잡혔다. 잡힌 머리카락 탓에 몸이 뒤로 무게중심을 잃자, 그녀가 여학생의 뒷무릎을 발로 찼다. 무릎이 허무하게 꺾인 여학생이 휘청거리자, 바닥으로 무릎을 꿇고 앉게 만들었다. 그러고는 머리카락을 바짝 당겨 한쪽 귀에 입을 가져다대고 귓속말을 하기 시작했다.

작은 소리로 소곤거리는 바람에 내용을 듣지 못했지만, 상당히 위협적인 말들이 오고 가는 듯 보였다. 듣고 있던 오공주의 리더격이 놀라 울음을 터트렸다. 나머지 친구들이 간신히 울고 있는 친구를 그 여학생에게서 떼어냈다. 울음을 터트리는 덩치 큰 여학생을 데리고 나머지 학생들이 가윤이 걸어온 반대 방향으로 뛰기 시작했다. 전력질주로 도망치는 그들 뒤로 "미친년."이라는 고함 소리가 들려왔다.

홀로 남겨진 그녀는 교복에 묻은 흙이며 마른 나뭇잎들을 털고 있었다. 다가서는 가윤에 차가운 일별을 가하고, 그뿐이었다. 입술이 터지고 뺨이 불그스름하게 부어 있었다. 날카로운 손톱에 긁힌 자국도 보였다. 드러난 다리 여기저기 맞고 긁힌 상처 자국이 보였다. 걱정이 담긴 가윤의 눈길은 철저하게 외면당했다. 교복 왼쪽 가슴에 달린 명찰에 적힌 이름, 박유미.

"이리 와서 등 좀 숙여."

유미가 쭈뼛거리며 서 있는 형수를 담장 밑으로 불렀다. 1학년 후배로부터 반말을 들었지만, 전혀 반감을 느끼지 못하는 형수가 쪼르르 담장 밑으로 달려가 기마 자세를 취했다. 형수의 다리를 밟고 올라선 유미가 이번에는 그의 어깨로 한 발을 올려놓았다. 불안정해 보이는 모습에 가윤이 달려가 허리를 단단히 받혀 중심을 잡아주었다. 가느다란 허리의 부드러운 감촉에 가윤의 손에 저절로 힘이 들어갔다. 쿵쾅거리며 천둥을 치는 듯 요란하게 울리고 있는 심장박동 소리가 그녀에게까지 들리지는 않을까 그는 자신도 모르게 자꾸만 마른침을 삼키고 있었다.

"둘 다 눈 깔어."

위협적인 저음에 형수와 가윤의 고개가 스르르 바닥으로 향했다. 강한 내디딤을 느끼고 고개를 들자, 유미가 높은 담장 위에 앉아 가윤을 내려다보고 있었다. 노출된 허벅지에는 신경도 쓰지 않는 듯 유미의 표정에는 아무것도 담겨 있지 않았다.

그때의 그녀의 얼굴을 가윤은 오랫동안 잊을 수가 없었다. 갸름한 얼굴에 시원하게 뻗은 이마와, 가는 눈썹 라인 밑으로 굵게 쌍꺼풀 진 눈. 그 안에 담긴 연한 갈색의 눈동자가 가윤을 정직하게 바라보고 있었다. 무심한 눈. 가윤을 향한 일말의 관심도 그 안에는 담겨 있지 않았다. 가윤의 심장이 무섭게 뛰고 있는 데 반해 그녀는 그에게 한줌의 호기심도 드러내지 않았다.

"서유빈한테는 아무 말도 하지 마."

그날 이후 가윤은 없는 시간을 억지로라도 만들어서 학교에 등교했다. 그리고 쉬는 시간이면 줄기차게 유빈이 있는 1학년 교실을 찾았다. 유빈의 곁에는 항상 유미가 있기 때문이었다. 처음에는 '요것 봐라.' 하는 반발심이었다. 안티 포함 백만 대군 팬클럽을 거느리고 있는 인기 가수였다. 좋든 싫든 사람들은 그에게 반응했다. 무관심으로 일별하는 유미에게서 어떤 식으로든 반응을 끌어내겠다는 목표로 가윤은 오늘도 1학년이 머무는 1층으로 향한 계단을 힘차게 내딛고 있었다.

콘크리트 벽 사이로 울리는 '오빠.', '가윤아.', '여보.', '자기야.' 등의 외침을 적당히 흘려들으며 유빈의 교실 뒷문을 노크했다. 여학생들의 비명 소리에 유빈은 이미 그의 등장을 예상하고 있었다. 반가움으로 반짝이던 유빈의 눈빛이 어느 순간부터 빛을 잃어가는 것이 영 그의 자존심을 건드렸다. 오늘도 유미는 여전히 책에 고개를 파묻은 채 그를 외면하고 있었다.

그사이에 앞머리가 조금 자랐는지 자꾸 눈앞으로 흘러내리는 몇 가닥을 귀찮다는 듯이 손으로 쓸어 올리는 모습에 가윤의 시선이 쏠렸다. 가슴이 또다시 정신없이 두근거리기 시작했다. 콩닥콩닥······. 콩닥콩닥······. 쓸데없는 자존심 좀 세우려다 심장병이라도 얻어가는 거 아냐.

"가윤 오빠, 저희 반 다음 주가 기말고사예요. 다들 공부에 집중해야 한다고, 담임선생님이 오빠한테 말 좀 전해달라고······. 제가 요즘 오빠 때문에 조금 상황이 그래요."

쭈뼛거리며 가윤의 두 번째 교복 단추에 시선을 고정한 유빈이 힘들게 꺼낸 얘기였다. 하지만 유빈이 곤란해하거나 말거나 가윤의 시선은 여전히 유미의 자리를 맴돌고 있었다. 그런 그의 팔을 유빈이 잡아당겼다. 그제야 겨우 가윤의 떨떠름한 시선이 유빈에게 정면으로 향했다. 유빈의 손짓에 고개를 숙여 머리를 가까이 가져다대니 숨소리가 귓가를 간질였다. 간지러움에 키득거리는 가윤의 뒤편에서 여학생들의 비난 섞인 한숨이 터져 나오고 있었다.

"저기, 기말고사 끝나고 겨울방학 시작하면 제가 유미랑 자리를 한번 마련해볼게요. 유미가 워낙 책을 좋아하니 서점에서 우연히 만난 것처럼 꾸밀 수도 있고······. 암튼 방법을 찾아볼게요."

순식간에 가윤의 얼굴이 붉은 홍조를 띠었다. 유빈은 귀까지 빨개진 그가 귀엽다는 생각이 들었다. 내가 모를 줄 알았을까? 만날 유미만 쳐다보면서? 저절로 웃음이 터져 나왔다.

"어. 그게 나는······ 네가 생각하는 그런 게 아니라······. 단지, 그게······."

"훗. 그럼 마련하지 마요?"

허구한 날 놀림거리만 되었다가 반대의 입장이 되고 보니 의외로 재미가 있었다. 유빈은 왜 만날 때마다 하윤이 그녀에게 장난치며 키득거리는지 이해할 수 있을 것 같았다.

"아니, 뭐……. 네가 원하면 그러든지. 공부 열심히 해. 오빠가 나중에 다시 연락할게. 언제 녹음실로 놀러와."

벌겋게 달아오른 얼굴이 식을 줄을 몰랐다. 그래도 좋았다. 생각만으로도 살 떨리게 좋았다. 씰룩거리며 승천하는 광대를 지켜주기가 힘이 들었다.

'뭐야, 이게. 내가 유미를 진짜 좋아하기라도 하는 거야.'

Side Story 2

　조용한 계단에서 엘리베이터 도착 음에 아래층으로 고개를 내밀기도 벌써 몇 번째인지. 몸서리치게 시린 겨울바람에 귓불이 얼어서 따가울 정도였다. 가죽장갑을 벗어서 따뜻한 손의 온기로 녹여도 얼마 가지 못했다. 초조하게 두 다리로 제자리걸음만 한 시간도 넘게 하고 있는 중이었다.

　오늘은 어떻게든 전화번호를 받아가겠다는 욕심에 유미의 아파트 현관문이 보이는 계단 위에 숨어서 두 시간째 유미를 기다리고 있었다. 오늘 중으로 돌아오기는 하겠지? 도대체 이렇게 추운 날 어디를 이렇게 쏘다니고 있는 거야.

　해외 공연 준비로 바빠진 스케줄에 간신히 집에 다녀오겠다는 핑계를 대고 유미를 보러 왔다. 절대로 틈을 주지 않는 유미 때문에 가윤의 가슴앓이는 나날이 심해져가고 있었다. 같은 학교를 다닐 때는 유빈을 만나러 간다는 핑계로 교실로 쳐들어가기라도 했는데, 다음 주에 졸업식을 하고 나면 그것마저도 할 수가 없게 된다.

마침내 엘리베이터 도착 음이 들리고 문이 열리는 소리가 들렸다. 잽싸게 고개를 내밀어 아래를 보니 엘리베이터 내부의 빛이 어두운 복도로 쏟아져 나오고 있었다. 커다란 장신의 남자가 걸어 나오는 모습이 보였다. 그 뒤를 따라 유미의 모습이 보였다. 아찔한 충격에 누구한테 머리를 세게 얻어맞은 기분이었다. 유빈이가 분명히 사귀는 사람이 없다고 했는데.

"유미야, 후회하지 않을 자신 있는 거지?"

다정하게 이름을 부르는 남자를 향해 뛰쳐나가 주먹을 휘두르고 싶었다. 그러면 유미한테 더 큰 미움을 받을 거라는 것을 알기에 간신히 참았다.

"무슨 뜻이야?"

"힘들면 여기서 그만둬도 된다고 말하는 거야. 오빠가 너 대신 다 갚을 거야. 그러니깐 힘들면 여기서 그만둬. 오빠는 너 더 이상 상처받는 거 원하지 않아."

"나 유빈이 정말로 좋아해. 처음에는 하윤 오빠 부탁 때문에 유빈이 옆에 있었지만, 지금은 내가 원해서 유빈이 옆에 있고 싶어."

"믿어도 되는 거지?"

하윤의 이름이 나오자 마침내 가윤은 남자의 정체가 누구인지 알 것 같았다. 하윤이 한국에 나올 때마다 옆을 지켜주던 경호원. 매번 바뀌는 그들 중에서 유독 하윤의 곁에 계속 머물고 있던 장신의 남자.

"오빠가 무슨 걱정 하는지 알아. 하지만 내가 하윤 오빠 생각하는 감정은 오빠가 걱정하는 거랑은 달라."

"믿어도 되는 거지?"

"응. 유빈이 정말 좋은 아이야. 그 애 덕분에 한국 생활이 즐거워."

"네가 그렇게 말하면 오빠는 믿을게. 눈 나빠지니깐, 책 너무 많이 읽지 말고."

"알았어, 오빠도 길 미끄러우니깐 운전 조심해. 도착하면 문자 줘."

유미가 엘리베이터 안으로 사라지는 성민을 배웅했다. 엘리베이터가 아래를 향하는 것을 확인하고서야 가윤은 계단을 급하게 내려갔다. 현관문의 디지털 록에 비밀번호를 누르고 있던 유미가 조용한 공간을 울리는 발소리에 놀라 계단 위로 고개를 들어 올렸다.

"놀라지 마, 나야."

그의 존재를 확인한 유미의 눈동자가 놀라서 더 크게 부풀어지는 것을 가윤이 만족스럽게 바라봤다.

"서, 선배가…… 어, 어떻게……."

당황해서 말까지 더듬는 모습이 들켜서는 안 되는 비밀을 가윤이 알아버렸다는 것을 확인시켜주었다. 하윤이, 이 자식! 나중에 만나면 단단히 혼을 내줘야지.

"네 핸드폰 이리 내."

패딩 호주머니에서 핸드폰을 꺼내 내미는 유미의 손이 심하게 떨리고 있었다. 매사 당당하던 유미가 격하게 동요하는 모습에 순간 가윤의 마음이 흔들렸다. 상처받은 표정이 얼핏 유미의 얼굴에 스쳐갔다. 그 모습에 가윤은 유미를 꼬옥 껴안고 괜찮다고 위로라도 해주고 싶은 충동이 들었다. 학교 공터에서 봤던 여전사의 모습과 상반된 상처받은 듯한 가녀린 유미의 모습. 어느 것이 진짜 박유미의 모습일까.

모르겠다. 약해지지 말자. 두 시간 기다린 보람이 여기에 있는데.

유미의 핸드폰에 가윤은 자신의 번호를 저장시켰다. 그리고 그 번호로 통화 버튼을 눌렀다. 가윤의 패딩 호주머니에 들어 있는 핸드폰에서 자신의 히트곡이 요란하게 울리기 시작했다.

"앞으로 내 이름으로 번호 뜨면 무조건 받아. 세 번 이상 씹으면 유빈이한테 대신 전화할 거야."

"비겁해요."

"걱정하지 마. 나도 바빠서 자주는 전화 못 해. 대신에 문자는 한 번도 씹지 마."

유미의 비난은 정당했다. 무슨 이유 때문인지는 모르지만 약점 잡힌 유미의 마음을 이용하는 본인 또한 하윤이 자식보다 나을 것이 없다는 생각이 들었다. 하지만 지금으로서는 모든 가능한 방법을 다 동원해서라도 유미의 관심을 끌어야만 했다.

언제 당황했었냐는 듯 사납게 노려보는 유미의 눈길에 가윤이 움찔했다. 그래, 차라리 이렇게 전사의 모습으로 덤벼. 그래야 나도 더 뻔뻔하게 다가서지.

현관문을 쾅 하고 닫고 들어가는 유미를 보며 씨익 하고 사악한 미소를 떠올렸다. 호주머니에서 핸드폰을 꺼내 문자를 찍어 유미의 번호로 전송했다.

[졸업 선물 준비해둬. 꼭 만들어서 줄 것. 유빈이한테 확인할 것임.]

문자를 보내고 속으로 100을 세었다. 아무런 답장이 없었다. 이번에는 소리를 내며 다시 100까지 세었다. 그리고 현관문을 세차게 두드렸다. 인터폰을 통해 유미의 화난 음성이 들려왔다.

-또 뭔데요.

"내가 방금 문자 보냈거든."

-몰랐어요.

"문자 왔다는 벨소리 다 들렸어. 앞으로 잔머리 써도 안 통해. 문자 받고 24시간 내로 답장해. 해외 갔다 올 건데, 만약에 갖고 싶은 것 있으면 문자로 보내. 간다."

그 순간 '띠리링' 하는 알림 소리가 가윤의 핸드폰에서 울렸다.

[1818181818181818]

큭큭큭. 유미가 발끈하는 모습이 너무 귀여웠다. 앞으로 박유미 길들이는 재미에 푹 빠질 것만 같았다. 졸업 선물을 받으려면 나도 답례 선물을 준비해야겠지. 여자아이들은 뭘 좋아하지. 코디 누나한테 물어볼까. 아니면 그냥 유빈이한테 물어볼까.

벅찬 행복에 날아갈 것만 같았다. 도저히 참을 수 없어 10층 계단을 한걸음에 뛰어 내려왔다. 그러고는 주차장에서 대기하고 있던 밴에 뛰어들자마자 소리를 질렀다.

"박유미, 나 너 진짜 좋다."

-마침-

작가 후기

보잘것없는 글솜씨로 두 번째 작가 후기를 쓰게 되었습니다.

『상명하복 vs 항명』으로 처음 제 이름을 소개하고, 『사랑 혹은 집착』을 통해 독자 여러분들에게 조금은 친숙하게 다가갈 수 있기를 바라봅니다.

전작보다 먼저 연재를 했던 글입니다. 여러 번의 수정 작업을 거치느라 세상에 조금 늦게 나오게 되었습니다. 수정 과정이 쉽지는 않았습니다. 중구난방으로 등장하는 주변 인물들을 주인공의 사랑 이야기를 중심으로 하나의 틀 안에서 자연스럽게 녹아들도록 여러 차례에 걸쳐 수정을 해야 했습니다. 그래서 연재 때와는 다른 인물들이 등장하기도 하고, 거기에 따른 에피소드들도 새롭게 첨가되었습니다.

거친 원석과도 같은 글을 자연스럽게 다듬을 수 있도록 조언을 아끼지 않으신(?) 와이엠북스 편집부에 진심으로 감사드립니다. 덕분에 조금은 덜 부끄러운 글을 세상에 내놓을 수 있게 되었습니다.

여전히 부족한 게 많습니다. 머릿속에는 하고 싶은 이야기들이 많은데, 글로 풀어내기가 어렵다는 것을 글을 쓰면서 더욱 실감하는 것 같습니다.

저도 로맨스 소설을 즐겨 읽는 독자입니다. 가슴 뛰게 만드는 사랑 이야기를 만났을 때의 행복감을 누구보다 잘 알고 있습니다. 중간에 다른 볼일로 책을 잠시 덮어두고 있을 때부터, 다시 책을 펼치는 순간까지의 기분 좋은 설렘. 이런 기분 좋은 감정을 전달할 수 있는 이야기를 해드리고 싶습니다.

하윤과 유빈의 사랑 이야기에 조금은 설레고, 뭉클함을 느끼셨다면 더는 바랄 게 없겠습니다. 글을 쓰는 동안 먹먹한 가슴으로 눈물도 흘리고, 두근거림을 느끼기도 했습니다. 제가 느꼈던 감정을 독자 여러분과 조금이나마 교류할 수 있다면 정말 행복하겠습니다.

두서없는 이야기를 들어주셔서 감사합니다. 늘 건강하세요.

응원해주는 가족과 친구들, 아주 많이 사랑합니다.

- 2016년 2월의 어느 날, 빛가람 드림.